Zabójcy bażantów

Jussi Adler-Olsen

Zabójcy bażantów

przełożyła Joanna Cymbrykiewicz

słowo/obraz terytoria

Dedykowane trzem gracjom i żelaznym damom:
Annie, Lenie i Charlotte

PROLOG

Nad czubkami drzew rozległ się kolejny strzał.

Okrzyki naganiaczy stały się znacznie wyraźniejsze. Tętno napierało na błony bębenkowe, a hausty mokrego powietrza boleśnie rozsadzały płuca.

„Biegiem, byle nie upaść! Jeśli upadnę, już się nie podniosę. Cholera, czemu nie mogę uwolnić rąk? Szybciej! Cicho, żeby mnie nie usłyszeli. Usłyszeli? Czyli to już? Czy moje życie ma się tak zakończyć?"

Gałęzie smagały po twarzy, pozostawiając strużki krwi, która mieszała się z potem.

Okrzyki mężczyzn dobiegały już ze wszystkich stron. Dopiero teraz pojawił się lęk przed śmiercią.

Rozległy się kolejne strzały. Świst kul był tak blisko, że pot zaczął płynąć ciurkiem, rozchodząc się pod ubraniem jak okład.

Za jakieś dwie minuty tu będą. Dlaczego ręce na plecach nie chcą słuchać? Jak taśma może tak mocno trzymać?

Nad korony drzew wzbiły się nagle z trzepotem spłoszone ptaki. Taniec cieni za gęstwiną świerków stał się wyraźniejszy. Zostało im może ze sto metrów. Wszystko stało się wyraźniejsze. Głosy. Żądza krwi myśliwych.

Jak to zrobią? Pojedynczy strzał, jedna strzała i po wszystkim? I już?

Nie, dlaczego mieliby się tym zadowolić? Te bydlaki nie były przecież takie miłosierne. Nie byli tacy. Mieli te swoje strzelby i brudne noże. Zademonstrowali już skuteczność swoich kusz.

„Gdzie się schować? Znajdę jakieś miejsce? Zdążę wrócić? Dam radę?"

Wzrok przeszukiwał leśne poszycie w tę i we w tę. Ale taśma, która niemal całkowicie zakrywała oczy, utrudniała zadanie, a nogi wciąż o coś potykały się w biegu.

„Teraz zobaczę, jak to jest być na ich łasce. Nie zrobią dla mnie wyjątku, przecież właśnie to ich bawi. Tylko tak można to przetrwać".

Serce waliło teraz mocno i boleśnie.

1

Balansowała na krawędzi, gdy skradała się ku deptakowi Strøget. Z twarzą do połowy zakrytą zgniłozielonym szalem, przemykała obok oświetlonych witryn sklepowych, pilnie śledząc ruch uliczny. Chodziło o to, żeby rozpoznawać innych, pozostając nierozpoznaną. Żeby żyć w spokoju ze swoimi demonami, a resztę pozostawić tym, którzy mijali ją w pędzie. Pozostawić całą resztę gnojkom, którzy źle jej życzyli, i tym, którzy przechodzili obok z obojętnym spojrzeniem.

Kimmie uniosła wzrok na latarnie, spowijające zimnym światłem ulicę Vesterbrogade. Wciągnęła powietrze w nozdrza. Wkrótce noce staną się chłodne. Czas przygotować kryjówkę na zimę.

Stała w tłumie zmarzniętych gości parku rozrywki Tivoli, przed przejściem dla pieszych naprzeciwko dworca głównego, kiedy spostrzegła obok kobietę w tweedowym płaszczu. Zmierzyła ją para zmrużonych oczu, nos zmarszczył się, po czym kobieta odsunęła się od niej. Zaledwie kilka centymetrów, ale jednak.

„No, Kimmie" – w głowie rozległ się sygnał alarmowy, ogarnęła ją wściekłość.

Przesunęła spojrzenie się w dół po ciele kobiety, aż dotarła do nóg. Rajstopy połyskiwały, kostki prężyły się na wysokich obcasach, a Kimmie poczuła zdradziecki uśmiech w kącikach ust. Jednym kopnięciem mogłaby złamać te obcasiki. Baba by się wywaliła. Przekonałaby się, że nawet kostiumik od Christiana Lacroix może się pobrudzić na mokrym chodniku. Nauczyłaby się pilnować własnego nosa.

Kimmie uniosła wzrok i spojrzała kobiecie prosto w twarz. Oczy obrysowane wyraźną kredką, przypudrowany nosek, loczki przystrzyżone włosek po włosku. Zimne, lekceważące spojrzenie. Tak, doskonale znała ten typ. Sama kiedyś taka była. Aroganckie bufony o wnętrzu ziejącym pustką. Takie były kiedyś jej tak zwane przyjaciółki. Taka była macocha.

Nie znosiła ich.

„No, zrób to!" – wyszeptał głos w jej głowie. „Nie gódź się na takie traktowanie. Pokaż jej, kim jesteś! No, dalej!"

Kimmie spojrzała na grupkę ciemnoskórych chłopców po drugiej stronie ulicy. Gdyby nie ich wszędobylskie spojrzenia, wepchnęłaby kobietę pod nadjeżdżający autobus linii 47. Wyobraziła sobie, jaka wspaniała krwawa plama by po niej została! Jaką falę szoku wywołałoby w zbiorowisku okaleczone ciało tej wyniosłej kobiety! Cóż za pyszne poczucie sprawiedliwości by jej to dało.

Ale Kimmie nie pchnęła. W tłumie zawsze znajdzie się jakieś czujne oko. Poza tym coś w niej samej ją powstrzymywało. Przerażające echo dawno minionych dni.

Podniosła ramię do twarzy, biorąc głęboki wdech. To, co zarejestrowała stojąca obok kobieta, było zgodne z prawdą. Ubranie strasznie cuchnęło.

Gdy zapaliło się zielone światło, wkroczyła na przejście dla pieszych, wlokąc za sobą walizkę na krzywych kółkach. To będzie jej ostatnia runda, bo nadeszła pora wyrzucić stare rupiecie.

Najwyższy czas zmienić skórę.

Przed kioskiem, na środku hali dworcowej stał billboard z pierwszymi stronami gazet, tarasując przejście zabieganym i niewidomym. Chodząc po mieście, wielokrotnie widziała reklamy dzienników i była wręcz chora z obrzydzenia.

– Bydlę – wymamrotała, mijając billboard ze wzrokiem utkwionym przed siebie. Potem jednak obróciła głowę i kątem oka dostrzegła twarz na pierwszej stronie gazety „BT".

Na sam widok tego mężczyzny przeszedł ją dreszcz.

Napis pod zdjęciem brzmiał: „Ditlev Pram wykupuje prywatne szpitale w Polsce za 12 miliardów". Splunęła na posadzkę i przez chwilę stała spokojnie, by się wyciszyć. Nienawidziła Ditleva Prama. Jego i Torstena, i Ulrika. Ale któregoś dnia zobaczą. Któregoś dnia dobierze im się do skóry. Już ona im pokaże.

Zaniosła się śmiechem, wywołując uśmiech u zbliżającego się przechodnia. Kolejny naiwniak, który myśli, że wie, co się dzieje w głowach innych.

Nagle przestała się śmiać.

Dalej, tam gdzie zwykle, stała Szczurza Tine. Zgięta wpół, kiwała się i wyciągała brudną rękę w obłąkanej wierze, że w tym mrowisku może choć jeden człowiek nie poskąpi jej dziesięciokoronówki. Tylko narkomani potrafią tak stać godzinami. Nieszczęśnicy.

Kimmie przemknęła za nią, idąc prosto do wyjścia na ulicę Reventlowsgade, ale Tine ją zauważyła.

– Cześć! O cholera, cześć, Kimmie! – dobiegło zza jej pleców bełkotliwe zainteresowanie, ale Kimmie nie zareagowała. Na otwartych przestrzeniach ze Szczurzą Tine nie było za dobrze. Tylko kiedy siedziała na ławce, jej mózg funkcjonował jako tako.

Była za to jedynym człowiekiem, którego Kimmie tolerowała.

Nie wiadomo dlaczego wiatr tego dnia był wyjątkowo przenikliwy, więc ludzie spieszyli się do domów. Dlatego przy schodach na postoju taksówek przy Istedgade stało pięć czarnych mercedesów z włączonymi silnikami. Czyli jeden powinien zostać, kiedy będzie go potrzebowała – pomyślała. Tylko tyle chciała wiedzieć.

Wlokąc walizkę, przeszła na ukos przez ulicę, weszła do tajskiego sklepu mieszczącego się w piwnicy i postawiła walizkę przy oknie. Tylko raz podwędzili jej stamtąd bagaż, ale to się nie powinno powtórzyć przy takiej pogodzie. Wtedy nawet złodzieje siedzą w domach. Zresztą, co za różnica. W walizce nie ma niczego ważnego.

Po dziesięciu minutach czekania na placu Dworcowym nadarzyła się okazja. Z taksówki wysiadła porażająco piękna kobieta w futrze z norek i z walizką na solidnych, gumowych kółkach. Miała szczupłe ciało o rozmiarze nieco powyżej 38. Kiedyś Kimmie chodziła tylko za kobietami noszącymi rozmiar 40, ale to było dawno. Trudno się utuczyć jako bezdomna na ulicy.

Ukradła walizkę, gdy kobieta próbowała rozeznać się w obsłudze automatu biletowego w hali dworca. Przeszła do tylnego wyjścia i w okamgnieniu znalazła się przy taksówkach na Reventlowsgade.

Trening czyni mistrza.

Załadowała skradzioną walizkę do bagażnika pierwszej taksówki i poprosiła kierowcę, żeby ją przewiózł.

Wyciągnęła z kieszeni płaszcza gruby plik banknotów stukoronowych.

– Dostanie pan dodatkowo parę stówek, jeśli pan zrobi, jak mówię – powiedziała, ignorując jego podejrzliwe spojrzenie i wydęte nozdrza.

Za jakąś godzinę wrócą po starą walizkę. Ona w nowych ciuchach, pachnących obcą kobietą.

Do tego czasu nozdrza taksówkarza będą wydymać się z innego powodu.

2

Ditlev Pram wiedział, że jest przystojnym mężczyzną. W biznes klasie samolotu kobiety nie protestowały, gdy opowiadał o swoim lamborghini i o tym, jak szybko dojeżdża do posiadłości w Rungsted.

Tym razem skierował pożądanie ku kobiecie z delikatnym puszkiem na karku, noszącej okulary w grubych czarnych oprawkach, które nadawały jej twarzy wyraz nieprzystępności. Kręciło go to.

Próby nawiązania kontaktu nie przynosiły rezultatu. Zaoferował jej „The Economist" ze zdjęciem oświetlonej w kontrze elektrowni atomowej na pierwszej stronie, ale otrzymał tylko odmowny gest ręką. Zadbał, by dostała drinka, ale go nie wypiła. A kiedy samolot ze Szczecina wylądował punktualnie na lotnisku Kastrup, całe dziewięćdziesiąt cennych minut było zmarnowanych.

Takie rzeczy budziły w nim agresję.

Poszedł prosto szklanymi korytarzami Terminalu 3 i zobaczył, jak jego ofiara wchodzi na ruchomą taśmę dla pieszych. Jakiś człowiek mający trudności z chodzeniem zmierzał w stronę ruchomego chodnika.

Ditlev przyspieszył i znalazł się przy taśmie akurat w chwili, gdy starszy pan stawiał na niej nogę. Ditlev wyobraził to sobie dokładnie: gdyby dyskretnie go podciął, ten łupnąłby w taflę z pleksiglasu, a potem jechałby po niej gębą w tych krzywych brylach, gorączkowo próbując się podnieść.

Miał wielką ochotę wprowadzić myśli w czyn, taki już był. Dla niego i dla innych z grupy było to naturalne. Ani ekscytujące, ani wstydliwe. Gdyby naprawdę to zrobił, byłaby to w sumie wina tej baby. Przecież mogła po prostu z nim pójść. Za godzinę leżeliby w jego sypialni.

Sama tego chciała, cholera.

Komórka zadzwoniła w chwili, gdy w lusterku wstecznym znikała restauracja „Strandmøllekroen", a przed nim rozpostarło się migoczące morze.

– Tak – powiedział, spoglądając na wyświetlacz.

Dzwonił Ulrik.

– Taki jeden ją widział parę dni temu – oznajmił. – Na przejściu dla pieszych przy dworcu głównym na Bernstorffsgade.

Ditlev wyłączył odtwarzacz mp3.

– Okej. Kiedy dokładnie?

– W zeszły poniedziałek. Dziesiątego września. Koło dziewiątej wieczorem.

– Co zrobiłeś w tej sprawie?

– Torsten i ja pokręciliśmy się tam. Nie było jej.

– Torsten tam był?

– Tak. Wiesz, jak to wyglądało. Nie było z niego pożytku.

– Kto został wyznaczony do tego zadania?

– Aalbæk.

– Dobrze. Jak wyglądała?

– Podobno była całkiem nieźle ubrana. Chudsza niż wcześniej. Ale śmierdziała.

– Śmierdziała?

– Tak, potem i szczynami.

Ditlev kiwnął głową. To było w Kimmie najgorsze. Potrafiła nie tylko znikać na całe miesiące czy lata, ale też nigdy nie było wiadomo, kim jest. Niewidzialna i nagle w nieprzyjemny sposób widoczna. Stanowiła największe niebezpieczeństwo w ich życiu. Jedyne, jakie rzeczywiście mogło im zagrażać.

– Tym razem musimy ją mieć, kapujesz, Ulrik?

– A myślisz, że po co, kurwa, dzwonię?

3

Dopiero gdy znalazł się w piwnicy Komendy Głównej, przed tonącymi w ciemnościach gabinetami Departamentu Q, Carl Mørck uświadomił sobie, że wakacje i lato bezpowrotnie minęły. Zapalił światło i spojrzał na biurko, na którym w chaotycznych rzędach piętrzyły się teczki spraw. Ogarnęła go przemożna ochota, by zatrzasnąć za sobą drzwi i uciec. Nie pomogło to, że Assad postawił pośrodku pęk mieczyków, które mogłyby zablokować średniej wielkości ulicę.

– Witaj z powrotem, szefie! – rozległo się za jego plecami.

Odwrócił się i spojrzał prosto w żywe i lśniące oczy Assada. Cienkie, ciemne włosy zachęcająco sterczały we wszystkie strony. Zwarty i gotowy na kolejną rozgrywkę na ołtarzu Komendy Głównej, mój Boże!

– Ależ! – odezwał się Assad, widząc przygasłe spojrzenie swego szefa. – Nie widać, żebyś dopiero co wrócił z wakacji, Carl.

Carl potrząsnął głową.

– A wracam z jakichś wakacji?

Na drugim piętrze znowu coś pozamieniali. Cholerna reforma policji. Niedługo Carl będzie musiał używać GPS-u, żeby trafić do gabinetu szefa Wydziału Zabójstw. Nie było go nędzne trzy tygodnie, a tu przynajmniej pięć nowych twarzy, gapiących się na niego, jakby spadł z księżyca.

Kto to, u licha, jest?

– Carl, mam dla ciebie dobre wieści – powiedział szef Wydziału Zabójstw, Marcus Jacobsen, podczas gdy wzrok Carla błądził po ścianach jego nowego gabinetu. Jasnozielone powierzchnie przywodziły na myśl jednocześnie salę operacyjną i centrum dowodzenia kryzysowego z thrillera Lena Deightona. Ze wszystkich ścian wpatrywały się w niego bezradnie zwłoki o wyblakłych oczach. Mapy, diagramy i grafiki dyżurów zlewały się w wielobarwny chaos. Wystrój skutecznie przygnębiał.

– Dobre wieści, powiadasz. Nie brzmi zachęcająco – odpowiedział Carl, opadając na krzesło naprzeciwko szefa.

– No, Carl. Wkrótce masz wizytę z Norwegii.

Carl spojrzał na niego spod ciężkich powiek.

– Słyszałem, że ta delegacja składa się z pięciu osób. Przyjadą z Komendy Głównej Policji w Oslo, żeby zobaczyć Departament Q. Przyszły piątek, godzina dziesiąta, pamiętasz? – Mrugnął porozumiewawczo. – Mam przekazać, że się cieszą. I są pod tym względem, cholera, osamotnieni.

– Z tego powodu wzmocniłem twój zespół. Dołączy do niego Rose.

Carl wyprostował się na krześle.

Po opuszczeniu gabinetu szefa zatrzymał się pod drzwiami, usiłując opuścić wysoko uniesione brwi. Mówi się, że nieszczęścia chodzą parami. To by się zgadzało, niech to szlag. Pięć minut w pracy i już ma niańczyć stażystkę z sekretariatu, nie wspominając o zabawianiu stada małp górskich. Dziwnym trafem udało mu się o tym zapomnieć.

– Gdzie jest ta nowa, która ma przyjść do mnie na dół? – zapytał panią Sørensen, siedzącą za kontuarem w sekretariacie.

Babsztyl nie podniósł nawet wzroku znad klawiatury.

Zastukał w blat. Bez efektu.

Wtedy poczuł stuknięcie w ramię.

– Rose, oto on, we własnej osobie – dobiegło go zza pleców. – Przedstawiam ci Carla Mørcka.

Odwrócił się i ujrzał dwie zaskakująco podobne twarze. Przyszło mu do głowy, że nie na darmo wynaleziono czerń. Kruczoczarne, króciutkie, rozwichrzone włosy, czarne jak smoła oczy i ciemne, ponure ubranie. Cholernie nieprzyjemne.

– A niech to, Lis! Co się z tobą stało?

Najbardziej efektowna sekretarka w wydziale wygładziła niegdyś delikatne, jasne włosy i obdarzyła go promiennym uśmiechem.

– Ładnie, prawda?

Powoli pokiwał głową.

Carl spojrzał na drugą kobietę, noszącą niebotycznie wysokie obcasy i wpatrującą się w niego z uśmiechem, który każdego zbiłby z tropu. Zwrócił więc wzrok na Lis, która przypominała tamtą do złudzenia. Ciekawe, kto kogo zaraził tym wizerunkiem.

– To właśnie Rose. Jest u nas od paru tygodni i wysyła dobre wibracje na cały sekretariat. Zostawiam ją pod twoją opieką. Dbaj o nią, Carl!

Carl wdarł się do gabinetu Marcusa, uzbrojony we wszelkie możliwe argumenty, ale po dwudziestu minutach dotarło do niego, że klamka zapadła. Uzyskał tygodniowe odroczenie, a teraz musi po prostu zabrać dziewczynę na dół. Marcus Jacobsen poinformował Carla, że pomieszczenie tuż obok jego gabinetu, w którym składowano narzędzia i wszelki sprzęt potrzebny do odgradzania miejsca przestępstwa, zostało już wysprzątane i urządzone. Rose Knudsen była nową pracownicą Departamentu Q i basta.

Bez względu na to, jakimi motywami kierował się szef Wydziału Zabójstw, Carlowi się to nie podobało.

– Miała najwyższe oceny w szkole policyjnej, ale oblała test z jazdy, a wtedy już po tobie, nawet jak się nadajesz. Może też była zbyt wrażliwa do pracy w terenie, ale chciała pracować w policji, więc wyszkoliła się na sekretarkę i przez rok siedziała na posterunku City. Przez ostatnich parę tygodni zastępowała panią Sørensen, ale ona przecież już wróciła – oznajmił Marcus Jacobsen, obracając po raz piętnasty swoją wypełnioną po brzegi paczkę papierosów.

– A dlaczego nie odesłałeś tej nowej do City, jeśli można wiedzieć?

– No, zgadnij, dlaczego? Były tam jakieś wewnętrzne niesnaski. Nie ma to związku z nami.

– Okej. – Słowo „niesnaski" zabrzmiało niepokojąco.

– W każdym razie masz teraz sekretarkę, Carl. Do tego zdolną.

Prawdę powiedziawszy, mówił tak o wszystkich.

– Uważam, że wygląda na naprawdę wyjątkowo miłą – Assad próbował dodać Carlowi animuszu w blasku świetlówek Departamentu Q.

– Powiem ci, że wywołała jakieś niesnaski w City. A to znaczy, że nie jest miła.

– Nies...? Muszę to usłyszeć jeszcze raz.

– Nieważne, Assad.

Jego asystent kiwnął głową, biorąc z filiżanki łyk miętowego ulepku.

– Posłuchaj, Carl. Nie mogłem się posunąć z tą sprawą, do której mnie przyłożyłeś, jak cię nie było. Patrzyłem tu i tam, i wszędzie, ale wszystkie akta sprawy zniknęły w bałaganie nad nami.

Carl spojrzał w górę. Ach tak? Zniknęły, psiakość? No dobrze, jednak coś pozytywnego się tego dnia zdarzyło.

– Tak, zupełnie zniknęły. Ale popatrzyłem za to na te kupki tutaj i znalazłem tę. Jest bardzo ciekawa.

Assad podał mu jasnozieloną teczkę i stanął jak słup soli, z wyrazem wyczekiwania na twarzy.

– Zamierzasz tu stać, gdy będę czytał?

– Tak, chętnie – odpowiedział, stawiając filiżankę na biurku Carla.

Carl nabrał w policzki powietrza i wypuścił je powoli, otwierając teczkę.

Sprawa była stara. Naprawdę stara. Dokładnie z lata 1987 roku. Tamtego roku pojechali z kumplem pociągiem na letni karnawał do Kopenhagi. Tam nauczyła go tańczyć sambę pewna rudowłosa dziewczyna, której biodra ani na chwilę nie traciły rytmu. Było to tak boskie, że zakończyli noc na kocu za krzakiem w parku Kongens Have. Miał wtedy dwadzieścia kilka lat i po tym wyjeździe już nigdy, przenigdy nie czuł się prawiczkiem.

Piękne lato 1987. Tego lata przeniesiono go do Vejle, na posterunek przy Antonigade.

Do morderstw musiało dojść jakieś osiem, dziesięć tygodni po letnim karnawale, mniej więcej wtedy, gdy rudowłosa postanowiła obdarzyć innego Jutlandczyka swym kipiącym sambą ciałem. Właściwie to dokładnie wtedy, gdy chodził na pierwsze nocne patrole po wąskich uliczkach Kopenhagi. Dziwne, że nie pamiętał tej sprawy. Była przecież wyjątkowa.

W domu letniskowym nad jeziorem Dybesø, w miejscowości Rørvig znaleziono dwójkę młodych ludzi, rodzeństwo, chłopaka i dziewczynę, w wieku siedemnastu i osiemnastu lat. Byli tak pobici, że nie sposób ich było rozpoznać. Dziewczyna była strasznie zmaltretowana. Nacierpiała się okropnie. Świadczyły o tym obrażenia powstałe, gdy się broniła.

Spojrzał w tekst. Ani śladu przemocy seksualnej, nic nie zginęło.

Następnie przeczytał jeszcze raz raport z sekcji zwłok, po czym przejrzał wycinki z gazet. Było ich niewiele, za to z możliwie największymi nagłówkami.

„Pobici na śmierć" – napisał dziennik „Berlingske Tidende", dodając szczegółowy opis zwłok, co nie jest typowym posunięciem dla tej staroświeckiej, paniusiowatej gazety.

Ciała leżały w pokoju kominkowym. Dziewczyna w bikini, jej brat nago, z ręką zaciśniętą na butelce koniaku. Został zabity ciosem w tył głowy, zadanym tępym narzędziem, które później udało się zidentyfikować jako młotek ciesielski, znaleziony w kępie wrzosów między jeziorami Flyndersø i Dybesø.

Motyw pozostał nieznany, ale podejrzenie wkrótce padło na grupę uczniów ze szkoły z internatem, którzy przebywali w domu letniskowym któregoś z rodziców, niedaleko Flyndersø. Kilka razy sprowokowali awanturę w lokalnej dyskotece o nazwie „Rundka", w której ucierpiało kilku miejscowych rozrabiaków.

– Doszedłeś już tam, gdzie jest napisane, kim są podejrzani?

Carl spojrzał na Assada spode łba. Wzrok był wystarczająco wymowny, ale Assada nie powstrzymał.

– Tak, oczywiście. Raport sugeruje też, że ich ojcowie to byli sami tacy, co zarabiają dużo pieniędzy. Czy dużo było takich, co dobrze zarabiali w złotych latach osiemdziesiątych czy jak to się nazywało?

Carl kiwnął głową. Właśnie doszedł do tego fragmentu.

Tak, zgadzało się. Ojcowie ich wszystkich to ludzie sławni, nawet dziś.

Kilkakrotnie przesunął wzrok po nazwiskach uczniów szkoły z internatem. Ten widok mógł przyprawić o zimne poty, bo nie tylko ich ojcowie dużo zarabiali i byli znani wszystkim bez wyjątku. To samo dotyczyło kilkorga młodych z tej grupy. Urodzeni pod szczęśliwą gwiazdą, teraz świecącą jeszcze jaśniej. Byli to Ditlev Pram, założyciel wielu ekskluzywnych prywatnych szpitali, Torsten Florin, projektant o międzynarodowej sławie, i analityk giełdowy Ulrik Dybbøl Jensen. Wszyscy zajmowali miejsca na samym szczycie duńskiej drabiny sukcesu, podobnie jak zmarły już armator Kristian Wolf. Dwoje ostatnich członków grupy różniło się od reszty. Kirsten-Marie Lassen też kiedyś należała do śmietanki towarzyskiej, ale dziś nikt nie znał miejsca jej pobytu. Bjarne Thøgersen, który przyznał się do zamordowania rodzeństwa i teraz siedział w więzieniu, pochodził ze skromniejszych kręgów.

Kiedy skończył czytać, cisnął akta sprawy na stół.

– No tak, nie rozumiem, w jaki sposób to wylądowało u nas – powiedział Assad. Normalnie by się uśmiechnął, tym razem tego nie zrobił.

Carl pokręcił głową.

– Ja też tego nie rozumiem. Ktoś już za to trafił do więzienia. Przyznał się. Dostał dożywocie i do dziś siedzi za kratami. Poza tym sam się zgłosił, więc skąd wątpliwości? Zakończone i po sprawie. – Zamknął teczkę z hukiem.

– Tak – Assad zagryzł wargę. – Ale zgłosił się dopiero dziewięć lat po morderstwach.

– No i co z tego? Jednak się zgłosił. Miał tylko osiemnaście lat, kiedy ich zabił. Może w późniejszych latach przekonał się, że nieczyste sumienie nigdy nie blaknie.

– Blaknie?

Carl westchnął.

– Tak, blaknie. Usycha, zanika. Wyrzuty sumienia nie ustają z biegiem lat, Assad. Wręcz przeciwnie.

Widać było, że to ruszyło Assada.

– Przy sprawie współpracowali policjanci z Nykøbing Sjælland i Holbæk. Lotna Brygada też w tym brała udział. Ale nie widzę, kto nam przesłał tę sprawę. A ty?

Carl rzucił okiem na pierwszą stronę teczki.

– Nie, nigdzie tego nie ma. Bardzo dziwne. – Jeśli to nie żaden z tych dwóch okręgów przesłał mu teczkę, to kto? I po co w ogóle wznawiać sprawę, w której zapadł wyrok?

– Czy to może mieć związek z tym tutaj? – zapytał Assad. Przewertował teczkę i znalazł załącznik z urzędu skarbowego, który podał Carlowi. „Zeznanie roczne" – głosił napis na górze. Wystawiono je na nazwisko Bjarnego Thøgersena, zamieszkałego w gminie Albertsund, w zakładzie karnym we Vridsløselille. Zabójcy tych dwojga młodych.

– Patrz! – Assad wskazał ogromną kwotę w rubryce „Sprzedaż akcji". – Co powiesz?

– Powiem, że pochodzi z bogatej rodziny, a teraz ma dużo czasu na zabawę pieniędzmi. I najwyraźniej nieźle mu to wychodzi. Do czego zmierzasz?

– Że on nie pochodzi z bogatej rodziny, mogę cię zapewnić, Carl. On był jedynym z tej szkoły z internatem, co dostawał stypendium. Widać, że był trochę inny od pozostałych z grupy. Popatrz – przewertował wstecz.

Carl oparł głowę na dłoni.

Tak przedstawiała się sprawa urlopu. Była definitywnie zakończona.

4

Jesień 1986

Wszyscy bardzo się różnili, ale jedno łączyło tę szóstkę licealistów z drugiej klasy. Po zakończeniu zajęć spotykali się w lesie albo na Wyboistych Ścieżkach i odpalali lufki, nawet kiedy lało. Cały osprzęt leżał w pogotowiu w wydrążonym pniu drzewa. Bjarne o to zadbał. Papierosy marki Cecil, zapałki, folia i najprzedniejsza trawka z rynku w Næstved.

Stali w kółeczku i mieszali świeże powietrze z szybkimi haustami dymu, uważając, żeby nie upalić się na tyle mocno, by zdradziły ich rozszerzone źrenice.

Właściwie nie chodziło o odurzenie. Chodziło wyłącznie o samodzielne decyzje. O ostentacyjne olewanie wszystkich autorytetów. A palenie haszu w pobliżu szkoły to najgorsze, co można zrobić.

Puszczali lufkę w obieg i drwili z nauczycieli, prześcigając się w pomysłach, co by im zrobili.

Tak minęła prawie cała jesień – aż do dnia, w którym Kristiana i Torstena prawie przyłapano z oddechem tak zalatującym trawką, że nawet dziesięć ząbków czosnku nie zdołało tego zatuszować. Wtedy zdecydowali, że będą jedli haszysz. Tego się nie da wyczuć.

Później wszystko zaczęło się na poważnie.

Kiedy przyłapano ich na gorącym uczynku, stali w zaroślach nad potokiem. Zupełnie otumanieni, wygłupiali się beztrosko, a z liści kapały krople topniejącego szronu. Nagle zza krzaków wychylił się jeden z młodszych chłopców i spojrzał im prosto w oczy. Jasnowłosy i ambitny, mały, wkurzający pupilek nauczycieli. Szukał żuka na lekcję biologii.

Zamiast tego natknął się na Kristiana, który wkładał osprzęt do wydrążonego drzewa, Ulrika i Bjarnego w paroksyzmie śmiechu oraz Ditleva z rękami pod bluzką Kimmie. Ona też śmiała się jak szalona. Rzadko kiedy trafiał im się lepszy towar.

– Powiem wszystko dyrektorowi! – krzyknął chłopiec, nie orientując się w porę, jak błyskawicznie ucichł śmiech starszych uczniów. To był zwinny dzieciak, przyzwyczajony do drażnienia innych, a oni byli tak nieprzytomni, że z łatwością dałby radę uciec. Ale zarośla były gęste, a niebezpieczeństwo, na jakie ich narażił, zbyt duże.

Bjarne miał najwięcej do stracenia, gdyby został wyrzucony, więc to jego Kristian napuścił na gówniarza. Uderzył pierwszy.

– Mój tata może zniszczyć firmę twojego, jeśli tylko zechce! Spadaj, Bjarne, ty zasrańcu, bo pożałujesz! Puszczaj mnie, palancie! – krzyczał chłopiec.

Przez chwilę się wahali. Chłopiec uprzykrzył już życie wielu kolegom. Wychowankami szkoły byli przed nim jego ojciec, wuj i starsza siostra. Podobno jego rodzina należała do stałych darczyńców szkoły, a od tych dotacji był zależny Bjarne.

Wtedy podszedł Kristian, który bynajmniej nie uskarżał się na problemy materialne.

– Jak będziesz trzymał gębę na kłódkę, dostaniesz dwadzieścia tysięcy koron – powiedział poważnie.

– Dwadzieścia tysięcy koron! – chłopiec skrzywił się pogardliwie. – Jeden telefon do mojego taty i będę miał dwa razy tyle. – I splunął Kristianowi w twarz.

– Kurwa, ty gówniarzu, zabijemy cię, jeśli piśniesz choć słówko! – rozległo się uderzenie i chłopiec runął w tył, na pień drzewa, łamiąc kilka żeber z głośnym trzaskiem.

Przez chwilę leżał, dysząc z bólu, ale spojrzenie nadal miał harde. Wtedy podszedł Ditlev.

– Możemy cię teraz udusić, żaden problem. Albo przytrzymać cię pod wodą w strumieniu. Albo pozwolimy ci odejść i damy ci tych dwadzieścia tysięcy koron, żebyś trzymał język za zębami. Jeśli teraz wrócisz i powiesz, że się przewróciłeś, to ci uwierzą. Co ty na to, gówniarzu?

Ale chłopiec nie odpowiedział.

Ditlev podszedł do leżącego na ziemi dzieciaka. Zaciekawiony, przyjrzał mu się badawczo. Reakcja tego gówniarza go zafascynowała. Nagle uniósł dłoń, jakby do zadania ciosu, ale chłopiec wciąż nie reagował. Wtedy Ditlev uderzył go mocno otwartą dłonią w czubek głowy. Chłopiec skulił się przerażony, a wtedy Ditlev uderzył znowu. To było wspaniałe uczucie. Ditlev z uśmiechem kontynuował.

Później opowiadał, że te ciosy sprawiły mu pierwszą w życiu prawdziwą frajdę.

– Ja też! – zarechotał Ulrik, przedzierając się do zszokowanego chłopca. Był największy z nich wszystkich, a cios jego pięści pozostawił brzydki ślad na kości policzkowej chłopaka.

Kimmie zaprotestowała słabo, ale została znokautowana przez wybuch śmiechu, który wypłoszył z zarośli wszystkie ptaki.

Sami odnieśli chłopca do szkoły i przypatrywali się, kiedy przyjechała po niego karetka. Część z nich się niepokoiła, ale chłopak nie zakablował. Właściwie to już nigdy nie wrócił. Plotka głosiła, że ojciec zabrał go ze sobą do Hongkongu, ale nie musiało tak być.

Parę dni później napadli w lesie psa i zatłukli go na śmierć. Wtedy nie było już odwrotu.

5

Na murze, nad trzema oknami szprosowymi widniał napis „Caracas". Willę zbudowano za fortunę zarobioną na handlu kawą. Ditlev Pram natychmiast odkrył potencjał budynku. Kilka kolumn tu i tam. Parę kilkumetrowych ścian z zielonkawego szkła. Równe linie fontann z szemrzącą wodą i gładkie powierzchnie trawników z futurystycznymi rzeźbami, ciągnące się do cieśniny Øresund – tyle wystarczyło, żeby stworzyć zaplecze dla najnowszego szpitala na wybrzeżu Rungstedkysten. Specjalność – chirurgia szczękowa i plastyczna. Niezbyt oryginalne, za to nadzwyczaj intratne, zarówno dla Ditleva, jak i dla zatrudnionych u niego hinduskich i wschodnioeuropejskich lekarzy i dentystów.

On, jego starszy brat i dwie młodsze siostry odziedziczyli fortunę, której ojciec dorobił się na spekulacjach akcjami i agresywnych przejęciach w latach osiemdziesiątych. Ditlev zaś pilnie strzegł swojego spadku. Obecnie jego imperium obejmowało szesnaście szpitali, a cztery kolejne były w fazie projektowania. Ditlev z powodzeniem realizował ambicję, by przynajmniej piętnaście procent dochodów z operacji plastycznych piersi i liftingów twarzy z całej Europy Północnej zasilało jego konto. Trudno o majętną kobietę na północ od Schwarzwaldu, która nie poprawiałaby natury na stole operacyjnym Ditleva Prama. Krótko mówiąc, szło mu doskonale.

Jedynym zmartwieniem była Kimmie. Od dziewięciu lat męczyła go sama myśl o jej istnieniu. Miał już tego dosyć.

Poprawił wieczne pióro Mont Blanc, leżące krzywo na biurku, i spojrzał jeszcze raz na markowy zegarek.

Zostało jeszcze sporo czasu. Aalbæk będzie tu dopiero za dwadzieścia minut. Pięć minut później przyjdzie Ulrik, może zjawi się też Torsten, Bóg raczy wiedzieć.

Wstał i przeszedł wyłożonymi hebanem korytarzami obok oddziału szpitalnego i sal operacyjnych. Przyjaźnie i zachęcająco skinął głową w stronę pracowników świadomych faktu, że jest tu niepodzielnym władcą, po czym pchnął drzwi do kuchni, położonej na najniższym poziomie, ze wspaniałym widokiem na bladobłękitne niebo i cieśninę Øresund. Podał rękę kucharzowi i pochwalił go, wprawiając w zakłopotanie, po czym poklepał po ramieniu jego pomocników i zniknął w pralni.

Wyliczył, że firma pralnicza Berendsen Textil Service dostarczałaby pościel szybciej i taniej, ale nie o to chodziło w posiadaniu własnej pralni. W ten sposób nie tylko pranie było łatwo dostępne, ale również sześć dziewczyn z Filipin, które pracowały w obsłudze. Czym wobec tego były pieniądze?

Widział, że młode, ciemnoskóre kobiety kulą się na jego widok, i jak zwykle go to rozbawiło. Chwycił najbliższą i wciągnął ją do magazynu z pościelą. Wyglądała na przestraszoną, ale znała się na rzeczy. To była ta z najwęższymi biodrami i najmniejszym biustem, za to najbardziej doświadczona. Pobierała nauki w burdelach Manili, a w porównaniu z nimi jej przeżycia tutaj były pestką.

Zdjęła mu spodnie i bez dalszych wstępów przyssała się do jego członka. Jedną ręką masowała mu podbrzusze, a drugą wkładała sobie penis do ust, podczas gdy Ditlev bił ją po barkach i ramionach.

Nigdy nie osiągał z nią satysfakcji, orgazm wkradał się w jego tkanki inną drogą. Gdy padały ciosy, pompa tłocząca adrenalinę działała pełną parą i już po paru minutach mu wystarczyło.

Odsunął się, podciągnął ją za włosy i wsadził język głęboko do jej ust, zdejmując jej majtki i wkładając palce do pochwy. Kiedy popchnął ją z powrotem na podłogę, oboje mieli już dosyć.

Poprawił ubranie, włożył jej w usta banknot tysiąckoronowy i opuścił pralnię, kłaniając się wszystkim przyjaźnie.

Dziewczyny wyglądały tak, jakby odczuły ulgę, a nie powinny. Jego obchód po klinice Caracas będzie trwał jeszcze przez cały przyszły tydzień. Niech poczują, kto tu rządzi.

Tego ranka prywatny detektyw wyglądał jak ścierwo. Doprawdy niepożądany kontrast z lśniącym gabinetem Ditleva. Było widać aż nazbyt wyraźnie, że ten tyczkowaty człowiek spędził całą noc na kopenhaskich ulicach, ale, do cholery, czy nie za to właśnie mu płacili?

– Jak tam, Aalbæk? – warknął Ulrik, siedzący obok Ditleva, i wyciągnął nogi pod stołem konferencyjnym. – Coś nowego w sprawie zaginionej Kirsten-Marie Lassen?

„Zawsze tak rozpoczyna rozmowy z Aalbækiem" – pomyślał Ditlev, wpatrując się gniewnie w ciemnoszare fale za panoramicznymi oknami.

Do licha, żeby to się już skończyło. Żeby pamięć o Kimmie przestała go gnębić. Kiedy ją złapią, musi zniknąć na dobre. Już on coś wymyśli.

Detektyw rozprostował kark, tłumiąc ziewnięcie.

– Facet z zakładu szewskiego na dworcu widział Kimmie kilka razy. Chodzi z walizką na kółkach, a ostatnio miała na sobie spódnicę w szkocką kratę. Ogólnie ten sam strój, w którym widziała ją kobieta przy Tivoli. Ale o ile wiem, Kimmie nie przychodzi regularnie na dworzec. W ogóle niczego nie robi regularnie. Pytałem tam wszystkich. Pracowników kolei, policję, włóczęgów, sprzedawców. Kilka osób wie o jej istnieniu, ale nie ma pojęcia, gdzie przebywa ani kim jest.

– Musisz zatrudnić ekipę do całodobowego monitorowania dworca, dopóki ona znów się nie zjawi. – Ulrik wstał. Był wysokim mężczyzną, ale sprawiał wrażenie niższego, kiedy mówił o Kimmie. Być może jako jedyny spośród nich rzeczywiście był w niej zakochany. Ciekawe, czy nadal dręczyło go to, że tylko on jej nigdy nie miał – pomyślał Ditev po raz enty i zaśmiał się w duchu.

– Całodobowy monitoring? To będzie was cholernie dużo kosztowało – odparł Aalbæk. Już miał wyciągnąć kalkulator ze swojej żałosnej torby, ale nie zdążył.

– Daj spokój! – wrzasnął Ditlev, chcąc rzucić mu czymś w głowę, ale zrezygnował. – Nie waż się mówić o pieniądzach, bo gówno o nich wiesz, kapujesz? Ile to może być, Aalbæk? Paręset tysięcy? Coś w tym stylu? A jak myślisz, ile Ulrik, Torsten i ja zdążyliśmy zarobić, gadając o twoich nędznych stawkach? – Wziął jednak wieczne pióro i rzucił w jego stronę. Celował w oko, ale nie trafił.

Później, kiedy drzwi się zamknęły za chudą postacią Aalbæka, Ulrik podniósł pióro Mont Blanc i włożył do kieszeni.

– Znalezione niekradzione – powiedział ze śmiechem.

Ditlev tego nie skomentował. Następnym razem niech Ulrik lepiej uważa.

– Torsten się dziś odezwał? – zapytał.

Z twarzy Ulrika zniknął cały entuzjazm.

– Tak, dziś rano pojechał na wieś do Gribskov.

– Czy jemu jest kompletnie wszystko jedno, co tu się dzieje?

Ulrik wzruszył ramionami, szerszymi niż kiedykolwiek. Tak to jest, kiedy ma się w domu kucharza, którego specjalnością jest foie gras.

– Nie jest w najlepszej formie, Ditlev.

– Aha. Czyli musimy radzić sobie sami, tak? – Ditlev zagryzł zęby. Któregoś dnia Torsten naprawdę się załamie, muszą się z tym liczyć. A wtedy będzie równie niebezpieczny, co Kimmie.

Ditlev czuł, że Ulrik mu się przygląda.

– Nie zrobisz nic Torstenowi, prawda, Ditlev?

– Oczywiście, że nic nie zrobię, chłopie. Przecież to Torsten.

Przez chwilę patrzyli na siebie jak drapieżniki. Z pochylonymi głowami mierzyli się wzrokiem. Ditlev wiedział, że w konkurencji zwanej uporem nigdy nie zatriumfuje nad Ulrikiem Dybbølem Jensenem. Jego ojciec stworzył rodzinny instytut analiz giełdowych, ale to Ulrik przysporzył mu niezrównanych wpływów. Kiedy przy czymś obstawał, musiało być podług jego woli. Za wszelką cenę.

– No, Ulrik – przerwał ciszę Ditlev. – Niech Aalbæk wykona swoją robotę, to zobaczymy.

Wyraz twarzy Ulrika się zmienił.

– Polowanie na bażanty przygotowane? – zapytał, podekscytowany jak dziecko.

– Tak, Bent Krum zebrał całą ekipę. W czwartek o szóstej rano w gospodzie „Tranekær". Musimy zaprosić miejscowych dupków, ale pewnie po raz ostatni.

Ulrik zaśmiał się.

– Widzę, że macie jakiś plan na polowanie.

Ditlev kiwnął głową.

– Tak, przewidywana jest niespodzianka.

Szczęki Ulrika zaczęły pracować. Było widać, że myśl go podnieciła. Podniecony i niecierpliwy – to była prawdziwa natura Ulrika.

– Co powiesz, Ulrik? Sprawdzisz ze mną, co słychać w pralni u dziewczynek z Filipin?

Ulrik podniósł głowę i zmrużył oczy. Czasami oznaczało to „tak", innym razem „nie" – nigdy nie wiadomo. Miał zbyt wiele wykluczających się skłonności.

6

– Lis, wiesz może, w jaki sposób ta sprawa wylądowała na moim biurku?

Spojrzała na teczkę Carla, poprawiając swoją nową, rozwichrzoną fryzurę. Wykrzywione w dół wargi zapewne oznaczały „nie".

Carl podał teczkę pani Sørensen.

– Może pani wie?

Rzut oka na pierwszą stronę teczki zajął jej pięć sekund.

– Niestety nie – odparła. W jej spojrzeniu czaił się triumf. Taka właśnie była pani Sørensen – kiedy Carl miał problemy, przeżywała swoje wielkie chwile.

Zastępca szefa, Lars Bjørn, szef Wydziału Zabójstw ani żaden z szefów brygad dochodzeniowych też nie mieli nic do powiedzenia. Teczka sprawy po prostu sama położyła się na jego stole.

– Carl, dzwoniłem na policję w Holbæk! – krzyknął Assad ze swojego gabinetu wielkości pudełka po butach. – O ile wiedzą, teczka znajduje się w ich archiwum, tam gdzie powinna. Ale sprawdzą to, jak będą mieli czas.

Carl położył na stole swoje buty Ecco w rozmiarze czterdzieści pięć.

– Co mówią w Nykøbing Sjælland?

– Chwileczkę. Dzwonię – Assad zagwizdał parę zwrotek jakiejś smętnej pieśni ze swojej ojczyzny, wystukując numer. Brzmiała, jakby gwizdał ją od tyłu. Niedobrze.

Carl uniósł wzrok na wiszącą na ścianie tablicę korkową. Wisiały tam w rzędzie wzruszająco zgodne czołówki czterech gazet: brawurowe rozwiązanie sprawy Merete Lynggaard. Departament Q, nowo utworzoną jednostkę do spraw pod specjalnym nadzorem, z Carlem Mørckiem na czele, określano jako zawrotny sukces.

Spojrzał na swoje zmęczone dłonie, które z ledwością obejmowały tę pieprzoną teczkę niewiadomego pochodzenia, grubości trzech centymetrów. Słowo „sukces" pasowałoby w tym kontekście równie dobrze do padliny.

Westchnął i przeczytał zawartość po raz kolejny. Zabójstwo dwojga młodych ludzi. Bestialski mord. Podejrzewa się kilkoro dzieci bogaczy, a po dziewięciu latach zgłasza się jedyny gołodupiec z całej grupy i przyznaje się do winy. Za jakieś trzy lata Thøgersen wyjdzie na wolność. Warto zauważyć, że z kupą kasy zarobionej na handlu akcjami podczas pobytu w pierdlu. Czy to w ogóle legalne? Można grać na giełdzie w więzieniu? Co za nieprzyjemna wizja.

Po raz trzeci przeczytał wnikliwie kopie raportów z przesłuchań i przejrzał resztę sprawy Bjarnego Thøgersena. Prawdopodobnie morderca nie znał wcześniej ofiar. Chociaż skazany twierdził, że spotykał się z rodzeństwem, nie można było tego w żaden sposób udowodnić. Akta sprawy wręcz temu przeczyły.

Ponownie spojrzał na pierwszą stronę teczki. Było tam napisane „Komenda w Holbæk". Dlaczego nie Nykøbing? Dlaczego nie pracowała z nimi Lotna Brygada? Czyżby ludzie z Nykøbing byli za blisko sprawy? O to chodziło? Czy po prostu nie byli dość dobrzy?

– Hej, Assad! – krzyknął przez zalany zimnym światłem korytarz. – Zadzwoń do Nykøbing i zapytaj, czy ktoś z tamtego posterunku znał zamordowanych osobiście!

Z nory Assada dobiegł w odpowiedzi jedynie odgłos rozmowy telefonicznej.

Carl wstał i przeszedł przez korytarz.

– Assad, zapytaj, czy ktoś z posterunku...

Assad powstrzymał go ruchem ręki. Był pochłonięty rozmową.

– Tak, tak, tak – powtarzał do słuchawki, po czym rozległo się jeszcze z dziesięć podobnych przytaknięć.

Carl westchnął ciężko i powiódł wzrokiem po pomieszczeniu. Na regale Assada pojawiło się więcej zdjęć w ramkach. Fotka dwóch starszych kobiet biła na głowę wszystkie inne rodzinne zdjęcia. Jedna z nich miała ciemny puch nad górną wargą, druga była zupełnie zamazana. Za to jej włosy były wyraźne i przypominały kask motocyklowy. Ciotki Assada, jak ocenił Carl.

Wskazał zdjęcia, gdy Assad odłożył słuchawkę.

– To moje ciotki z Hamah. Ta z włosami już nie żyje.

Carl kiwnął głową. Nic dziwnego, sądząc po jej wyglądzie.

– Co powiedzieli w Nykøbing?

– Oni też nam nie przysłali tej sprawy, Carl. Nie mogli tak zrobić, bo mieli dobre powody – wcale jej nie dostali.

– Aha. Ale w aktach sprawy jest napisane, że ludzie z Nykøbing, z Holbæk i z Lotnej Brygady pracowali nad nią wspólnie.

– Nie. Mówią, że ci z Nykøbing przeprowadzili tylko oględziny zwłok, a potem przekazali sprawę dalej.

– Tak? W sumie to dziwne. Wiesz może, czy kogoś z Nykøbing łączyły osobiste relacje z ofiarami?

– I tak, i nie.

– Tak? Dlaczego?

– Ponieważ zamordowani byli dziećmi jednego z detektywów. – Wskazał swoje notatki. – Nazywał się Henning P. Jørgensen.

Carl pomyślał o zmaltretowanej dziewczynie. To był najgorszy koszmar każdego policjanta – znaleźć ciała własnych dzieci.

– Tak, to smutne. Ale wiemy też, dlaczego sprawa została wznowiona. Za tym na pewno kryją się powody osobiste. Powiedziałeś, że i tak, i nie. Dlaczego?

Assad oparł się na krześle.

– Bo na posterunku nie ma już nikogo spokrewnionego z dziećmi. Tuż po znalezieniu ciał ich ojciec pojechał z powrotem na posterunek w Nykøbing Sjælland. Przywitał się z dyżurnym, poszedł prosto do magazynu broni i strzelił ze służbowego pistoletu dokładnie tu. – Przytknął krótkie palce do skroni.

Reforma policji niosła ze sobą wiele osobliwości. Okręgi nie nazywały się już tak samo, ludzie nie nosili tych samych tytułów, poprzenoszono archiwa. Ogólnie rzecz biorąc, większość z trudem odnajdywała się w całym tym rozgardiaszu. Wielu wykorzystało okazję, by wyskoczyć w biegu i zamienić stopień policyjny na przedwczesną emeryturę.

Kiedyś przejście policjanta na emeryturę to nie były żarty. Średnia długość życia emerytowanego policjanta, poprzedzonego wyczerpującą karierą zawodową, nie była nawet dwucyfrowa. Tylko dziennikarze byli w gorszej sytuacji, ale ta grupa zawodowa wypijała też więcej piwa. Na coś trzeba umrzeć.

Carl znał detektywów, którzy wyciągnęli kopyta po niecałym roku emerytury, pozostawiając świat w rękach kolejnych osiłków w mundurach. Ale na szczęście te czasy już się kończyły. Nawet policjanci chcieli cieszyć się życiem i zobaczyć wnuki w studenckich biretach. W konsekwencji wiele osób odeszło ze służby, jak na przykład Klaes Thomasen, emerytowany policjant z Nykøbing Sjælland, który właśnie ich przywitał, prezentując obwisłe brzuszysko. Trzydzieści pięć lat w policji – i starczy, jak mówił. Teraz ciągnęło go bardziej do żony i domu. Carl dobrze go rozumiał. Chociaż kwestia żony była bardziej skomplikowana. Oczywiście z technicznego punktu widzenia Carl nadal miał żonę, ale właśnie mijał rok i dzień, odkąd od niego odeszła. Jej młodzi kochasie z kozią bródką na pewno by protestowali, gdyby próbował ją odzyskać.

Gdyby w ogóle chciał.

– Ma pan sobie ładny dom – powiedział Assad, wyglądając z podziwem przez okna z widokiem na pola wokół Stenløse i wypielęgnowany trawnik Klaesa Thomasena.

– Dziękujemy, że zechciał się pan z nami spotkać, panie Thomasen – dodał Carl. – Nie ma już wielu osób, które znały Henninga Jørgensena jako policjanta.

Uśmiech Klaesa Thomasena zbladł.

– Najlepszy kolega i przyjaciel, jakiego można sobie wyobrazić. Mieszkaliśmy wtedy drzwi w drzwi. Między innymi dlatego się przeprowadziliśmy. Nie potrafiliśmy dłużej tam mieszkać, gdy wdowa po nim rozchorowała się i oszalała. Za dużo złych wspomnień.

– Domyślam się, że Henning Jørgensen nie był przygotowany na to, kogo znajdzie w domu letniskowym?

Pokręcił głową.

– Otrzymaliśmy wezwanie od sąsiada, który tam zajrzał przypadkiem i znalazł zamordowane dzieciaki. Zadzwonił na posterunek. To ja odebrałem wezwanie. Jørgensen w tym dniu miał wolne. Zobaczył rząd samochodów policyjnych przed swoim domkiem, kiedy przyjechał po dzieci. Następnego dnia mieli pójść do trzeciej klasy liceum.

– Był pan na miejscu, kiedy przyjechał?

– Tak, razem z technikami i szefem brygady dochodzeniowej – pokręcił głową. – Tak, on też już nie żyje. Wypadek samochodowy!

Assad wyciągnął notes i zaczął pisać. Wkrótce jego pomocnik będzie całkiem samodzielny. Już się na to cieszył.

– Co pan zastał w tym domku? Tak ogólnie – zapytał.

– Wszystkie drzwi i okna były otwarte na oścież. Różne ślady butów. Samych butów nie znaleźliśmy, ale piasek znaleziony na miejscu pochodził z tarasu domu jednego z podejrzanych. Jak weszliśmy do pokoju kominkowego, zobaczyliśmy na podłodze zwłoki. – Usiadł przy stole i gestem polecił im to samo.

– Widoku dziewczyny wolałbym nie pamiętać, sam pan rozumie. Przecież ją znałem – powiedział, podczas gdy jego żona o przyprószonych siwizną włosach nalewała kawę. Assad odmówił, ale go zignorowała.

– Nigdy nie widziałem tak zmasakrowanego ciała – ciągnął. – Była taka drobna i chudziutka. Nie rozumiem, jak udało jej się tak długo przeżyć.

– Co pan ma na myśli?

– Sekcja zwłok wykazała, że kiedy ją zostawili, jeszcze żyła. Może nawet przez godzinę. Krwotok z wątroby skumulował się w jamie brzusznej. Straciła za dużo krwi.

– Mordercy ryzykowali.

– Właściwie nie. Jej mózg był tak uszkodzony, że nie wniosłaby nic do sprawy, nawet gdyby przeżyła. To było widać na pierwszy rzut oka – na samą myśl odwrócił twarz w stronę pól. Carl znał to uczucie. Wewnętrzne obrazy sprawiają, że trzeba spojrzeć na świat z innej perspektywy. Stanąć obok.

– Mordercy o tym wiedzieli?

– Tak. Otwarte wgniecenie czaszki nie budzi wątpliwości. Było na samym środku czoła, nietrudno było zauważyć. Dość niezwykłe umiejscowienie.

– A chłopak?

– Leżał obok ze zdziwionym, ale spokojnym wyrazem twarzy. To był taki dobry chłopak. Spotkałem go parę razy w domu i na posterunku. Chciał być policjantem, tak jak ojciec – zwrócił wzrok w stronę Carla. Rzadko widywało się zaprawionego w boju policjanta o tak smutnych oczach.

– Ojciec przyszedł i zobaczył to wszystko?

– Niestety tak – pokręcił głową. – Chciał od razu zabrać ciała dzieci. Miotał się w rozpaczy po miejscu zdarzenia i pewnie zatarł ślady. Musieliśmy użyć siły, by go stamtąd wyciągnąć. Do dziś tego żałuję.

– I wtedy przekazaliście sprawę ludziom z Holbæk?

– Nie, zabrano ją nam – kiwnął głową do żony. Stół był już suto zastawiony. – Ciasteczko? – zapytał, jakby chciał, by już podziękowali i wyszli.

– Czyli to dzięki panu sprawa znalazła się u nas?

– Nie – wypił łyk kawy i zerknął na notatki Assada. – Ale cieszę się, że sprawę wznowiono. Zawsze mam skopany dzień, gdy widzę w telewizji tych gnojków Ditleva Prama, Torstena Florina i tego faceta z giełdy.

– Widzę, że ma pan własne zdanie na temat winy.

– Cholera, mogę się o to założyć!

– A co ze skazanym Bjarnem Thøgersenem?

Stopy emerytowanego policjanta zaczęły zataczać koła po parkiecie, ale jego twarz była spokojna.

– Zrobili to razem, ta kurewska banda bogatych bachorów, niech mi pan wierzy. Ditlev Pram, Torsten Florin, gość z giełdy i ta dziewczyna. Ten gówniarz Bjarne Thøgersen też pewnie z nimi był, ale zrobili to razem. I Kristian Wolf, szósty z nich. On nie umarł tak po prostu, na atak serca. Według mojej teorii tamci go usunęli, bo stchórzył. To też było morderstwo.

– O ile wiem, Kristian Wolf zginął od przypadkowego postrzału, prawda? Według raportu sam się postrzelił w udo. Wykrwawił się na śmierć, bo w pobliżu nie było innych uczestników polowania.

– W ogóle w to nie wierzę. To było morderstwo.

– A na czym wspiera pan tę teorię? – Assad pochylił się nad stołem i chwycił ciasteczko, patrząc na Thomasena.

Thomasen wzruszył ramionami. Intuicja policjanta. Co Assad może o tym wiedzieć? – myślał zapewne.

– Aha, ale może jest coś związanego z morderstwami w Rørvig, na co moglibyśmy spojrzeć, a nie znajdziemy tego w innych miejscach? – ciągnął Assad.

Klaes Thomasen podsunął Assadowi miseczkę z ciastkami.

– Nie sądzę.

– Więc kto? – nalegał Assad, odsuwając miseczkę. – Kto nam może dalej pomóc? Jeśli się tego nie dowiemy, sprawa wróci na kupę.

Zaskakująco celna uwaga.

– Spróbujcie skontaktować się z żoną Henninga, Marthą Jørgensen. Po morderstwach i samobójstwie męża całymi miesiącami chodziła od drzwi do drzwi śledczych. Porozmawiajcie z Marthą.

7

Powietrze nad torami było szare od mgły. Z przeciwnej strony pajęczej sieci trakcji kolejowej już od paru godzin dobiegał warkot żółtych furgonetek pocztowych. Ludzie jechali do pracy, a pociągi podmiejskie, wprawiające w drżenie dom Kimmie, były wypchane po brzegi.

To mógł być początek zwyczajnego dnia, ale wewnątrz niej rozpanoszyły się demony. Były jak majaki – złowrogie, nieprzewidywalne i uciążliwe.

Uklękła na chwilę, modląc się, by głosy zamilkły, ale również tego dnia siły wyższe miały wolne. Pociągnęła więc solidny łyk z butelki stojącej przy jej prowizorycznej pryczy.

Kiedy pół butelki whisky przepaliło jej wnętrzności, postanowiła zostawić walizkę. Miała inny bagaż: nienawiść, obrzydzenie, gniew.

Torsten Florin był numerem jeden na liście. Od śmierci Kristiana Wolfa. Często o tym myślała.

Widziała lisią twarz Torstena w jakimś tygodniku. Puszył się przed swoim odnowionym i obsypanym nagrodami pałacem ze szkła, mieszczącym dom mody na Indiakaj w dawnym porcie wolnocłowym. Właśnie tam chciała skonfrontować go z rzeczywistością.

Obolała ześliznęła się z wysłużonej pryczy i powąchała się pod pachami. Zapach nie był jeszcze ostry, więc kąpiel w łaźni może zaczekać.

Rozmasowała sobie kolana, po czym włożyła rękę pod pryczę, wyciągnęła trumienkę i otworzyła wieko.

– Dobrze się spało, skarbie? – zapytała, gładząc palcem małą główkę.

„Jakie te włoski miękkie, a rzęsy długie" – myślała dzień w dzień. Uśmiechnęła się ciepło do maleństwa, zamknęła ostrożnie wieko i wsunęła trumnę z powrotem. To był, jak zawsze, najpiękniejszy moment dnia.

Pogrzebała w stosie ubrań i wyjęła parę najgrubszych rajstop. Plamy pleśni na suficie z papy ją ostrzegły. W tym roku jesień jest kapryśna.

Kiedy była gotowa, ostrożnie otworzyła drzwi swego domku z cegły i wyjrzała na nasyp. Od torów kolejowych, po których przez całą dobę pędziły pociągi, dzieliło ją może półtora metra.

Nikt jej nie widział.

Wymknęła się, zamknęła drzwi na klucz i zapięła guziki płaszcza. Przeszła dwadzieścia kroków wokół stalowoszarej stacji transformatorowej, z rzadka doglądanej przez pracowników kolei, wyasfaltowaną ścieżką dotarła do kutej bramy wychodzącej na ulicę Ingerslevsgade i otworzyła ją kluczem.

Klucz do bramy był kiedyś jej największym marzeniem. Wtedy mogła dojść do budki kolejowej tylko po kamieniach wzdłuż płotu, od strony stacji Dybbølsbro. I to jedynie nocą, żeby jej nie nakryli. Jakieś trzy, cztery godziny snu i musiała opuszczać mały, okrągły budynek. Wiedziała, że gdyby ją zobaczono choć raz, zostałaby usunięta. Dlatego noc stała się jej najlepszą towarzyszką, aż do ranka, gdy dostrzegła napis na bramie prowadzącej na Ingerslevsgade. Głosił „Fabryka Løgstrup Hegn".

Zadzwoniła tam, przedstawiając się jako Lily Carstensen z działu zaopatrzenia kolei, i umówiła się ze ślusarzem na chodniku przed kutą bramą. Z tej okazji ubrała się w odprasowany niebieski kostium, w którym do złudzenia przypominała kierowniczkę średniego szczebla instytucji publicznej. Otrzymała dwie kopie klucza oraz rachunek, który uregulowała gotówką. Odtąd mogła wchodzić i wychodzić, kiedy jej się podobało.

Kiedy tylko była ostrożna i demony dawały jej spokój, wszystko się układało.

Pojechała autobusem w stronę stacji Østerport, czując na sobie lepkie spojrzenia ludzi. Wiedziała doskonale, że coś mamrocze. „Przestań, Kimmie" – poprosiła się w duchu, ale usta nie chciały jej słuchać.

Czasami słyszała swoje słowa tak, jakby wypowiadał je ktoś obcy. Tak było też tego dnia. Uśmiechnęła się do małej dziewczynki, a ta odwzajemniła się grymasem.

Czyli było bardzo źle.

Wysiadła kilka przystanków za wcześnie, czując na plecach dziesiątki tysięcy oczu. Obiecała sobie, że ostatni raz jedzie autobusem. Ludzie byli za blisko. Już lepiej jechać pociągiem.

– Znacznie lepiej – powiedziała głośno, idąc w stronę Store Kongensgade. Ulica była prawie pusta. W głowie prawie żadnych głosów.

Dotarła do budynku na Indiakaj po przerwie na lunch i stwierdziła, że miejsca parkingowe firmy Brand Nations, które, wnioskując po emaliowanej tabliczce, należały do Torstena Florina, świecą pustkami.

Otworzyła torebkę i zajrzała do środka. Podwędziła ją w foyer kina Pałacowego dziewczynie, która była zajęta sobą i swoim lusterkiem. Z legitymacji ubezpieczeniowej wynikało, że lalunia nazywała się Lise-Maja Petterson. Pewnie kolejna ofiara numerologii – pomyślała – odsuwając granat ręczny, i poczęstowała się nieprzyzwoicie smacznym papierosem Lise-Mai marki Peter Jackson. „Palenie powoduje choroby serca" – przeczytała na paczce.

Zaśmiała się w głos, zapalając papierosa i zaciągając się głęboko. Paliła, odkąd wyrzucono ją ze szkoły z internatem, a jej serce nadal sprawowało się bez zarzutu. To nie zawał serca ją zabije. Była tego pewna.

Kiedy po kilku godzinach paczka była pusta, a zgniecione niedopałki leżały na chodniku, Kimmie chwyciła za rękaw jedną z dziewczyn, które raz po raz tanecznym krokiem wychodziły przez szklane drzwi Brand Nations.

– Wiesz, kiedy przyjdzie Torsten Florin? – spytała, otrzymując w odpowiedzi tylko spojrzenie pełne nieufności.

– Wiesz? – dopytywała się, szarpiąc dziewczynę za rękaw.

– Puszczaj! – krzyknęła dziewczyna i chwyciła obiema dłońmi rękę Kimmie, próbując ją wykręcić.

Kimmie zacisnęła powieki, bo nie cierpiała szarpania. Nienawidziła, kiedy ludzie nie chcieli jej odpowiedzieć. Nie znosiła ich spojrzeń, dlatego zamachnęła się wolną ręką i płynnym ruchem, zaczynającym się od biodra, uderzyła dziewczynę w podbródek.

Ta upadła na chodnik jak szmaciana lalka. Wrażenie było miłe i niemiłe zarazem. Kimmie wiedziała po prostu, że tak się nie robi.

– No, gadaj! – ponagliła, pochylając się nad zszokowaną kobietą. – Wiesz, kiedy przyjdzie Torsten Florin?

Kiedy tamta po raz trzeci wykrztusiła, że nie wie, Kimmie obróciła się na pięcie. Wiedziała, że musi minąć sporo czasu, zanim znów się tu wybierze.

Natknęła się na Szczurzą Tine przy sfatygowanej fasadzie sklepu Jacob's Full Houses przy ulicy Skelbækgade. Stała z plastikową torbą pod szyldem „Grzyby sezonowe", szminkę miała już od dawna startą. Pierwsi klienci, którym obciągała w bocznych uliczkach, załapywali się na mocny makijaż oczu i wyróżowane policzki, ale ostatni musieli zadowolić się czymś skromniejszym. Miała rozmazaną szminkę i wyraźne ślady ścierania z twarzy spermy rękawami. Klienci Tine nie używali kondomów. Minęły lata, odkąd Tine mogła tego oczekiwać. Odkąd mogła oczekiwać czegokolwiek.

– Cześć, Kimmie, cześć, skarbie! Zajebiście cię widzieć! – wybełkotała i chwiejnym krokiem ruszyła Kimmie na spotkanie na cienkich jak patyki nogach.

– Szukałam cię, skarbie – powiedziała, wymachując dopiero co zapalonym papierosem. – Wiesz, że wypytują o ciebie na dworcu?

Chwyciła Kimmie i pociągnęła ją na drugą stronę, do ławek przy „Cafe Yrsa".

– Gdzie się ostatnio podziewałaś? Cholernie się za tobą stęskniłam – oznajmiła Tine, wyławiając z reklamówki dwie butelki piwa.

Tine piła łapczywie, a Kimmie spoglądała na centrum handlowe Fisketorvet.

– Kto o mnie pytał? – zagaiła Kimmie, odsuwając butelkę w stronę Tine. Piwo to napój plebsu. Wyniosła to z domu.

– Ach, jacyś faceci – Tine odstawiła dodatkowe piwo pod ławkę. Kimmie wiedziała, że dobrze jej się tu siedzi. Tutaj czuła, że żyje. Browarek w garści, pieniądze w kieszeni, w pożółkłych palcach papierosek.

– Opowiedz mi wszystko, Tine.

– Och, Kimmie, wiesz, że mam słabą pamięć. Hera, co nie? Tutaj trochę szwankuje – postukała się w głowę. – Ale nic im nie mówiłam. Powiedziałam tylko, że nie wiem, kim jesteś. – Wybuchła śmiechem. – Pokazali mi twoje zdjęcie, Kimmie. – Pokręciła głową. – Daj spokój, ależ byłaś wtedy ładna, kochanie!

Zaciągnęła się głęboko.

– Ja też kiedyś byłam piękna, naprawdę. Był taki jeden, co tak mówił. Nazywał się... – spojrzała w górę. To też uleciało.

Kimmie pokiwała głową.

– Czy ktoś jeszcze o mnie pytał?

Tine kiwnęła głową i wzięła kolejny łyk.

– Tacy dwaj, ale nie razem. Jeden przyszedł nocą, tuż przed zamknięciem dworca, znaczy musiało być koło czwartej. Zgadza się, Kimmie?

Kimmie wzruszyła ramionami. Właściwie to wszystko jedno. Wiedziała już, że jest ich dwóch.

– Ile to będzie kosztować? – rozległ się nad nimi głos. Postać wyrosła tuż przed Kimmie, ale ona nie reagowała. To był rewir Tine.

– Za ile mi obciągniesz? – rozległo się znowu.

Poczuła w boku łokieć Tine.

– To do ciebie, Kimmie – powiedziała bez zainteresowania. Tego dnia zarobiła już, ile trzeba.

Kimmie podniosła głowę i spojrzała w twarz przeciętnego faceta, z rękami w kieszeniach płaszcza i żałosnym wyrazem twarzy.

– Spadaj – powiedziała, mordując go samym wzrokiem. – Spadaj, bo ci rąbnę.

Odsunął się i wyprostował, po czym uśmiechnął się krzywo, jakby groźba sama w sobie go zadowalała.

– Pięćset. Pięćset, jeśli przedtem przepłuczesz usta. Nie chcę mieć na kutasie twojej flegmy, kapujesz?

Wyciągnął pieniądze z kieszeni i potrząsnął nimi, a głosy w głowie Kimmie wzmagały się.

– No, dawaj! – wyszeptał jeden, po czym zawołały chórem: – Sam się o to prosi!

Chwyciła stojącą pod ławką butelkę i przyłożyła ją do ust, podczas gdy facet próbował wytrzymać jej spojrzenie.

Odskoczył zdumiony, gdy odchyliła głowę i splunęła mu piwem w ryj. Z wściekłością obejrzał swój płaszcz i znów na nią spojrzał. Wiedziała, że teraz jest niebezpieczny. Napady na Skelbækgade nie należały do rzadkości. Tamilski chłopak rozdający gazety przy skrzyżowaniu nie będzie chciał się mieszać.

Dlatego podniosła się i rozbiła butelkę piwa na głowie faceta, aż odłamki szkła prysnęły na przekrzywioną skrzynkę na listy po drugiej stronie ulicy. Krew utworzyła deltę przy uchu i pociekła na kołnierz płaszcza. Mężczyzna patrzył na wycelowany w siebie tulipan. Pewnie myślał gorączkowo, jak to wyjaśni żonie, dzieciom, kolegom. W końcu rzucił się pędem ku stacji, ze świadomością, że konieczna będzie interwencja lekarza i nowy płaszcz, by wszystko wróciło do normy.

– Widywałam już tego idiotę – wybełkotała Tine, patrząc na rozlewającą się po chodniku plamę piwa. – Cholera jasna, Kimmie! Muszę iść do Aldika po jeszcze jedną butelkę, nie?

Szkoda dobrego piwa! Że też ten dureń musiał się przybłąkać, kiedy nam było tak cholernie miło!

Kimmie opuściła butelkę i oderwała wzrok od oddalającego się faceta, po czym włożyła palce w spodnie, wyciągnęła zamszową saszetkę i otworzyła ją. Wycinki z gazet były aktualne. Wymieniała je raz na jakiś czas, żeby na bieżąco się orientować, jak wyglądają tamci. Wygładziła wycinki i zbliżyła je do twarzy Tine.

– Czy to ten o mnie pytał? – pokazała palcem zdjęcie z gazety. Pod spodem widniał napis: „Ulrik Dybbøl Jensen, dyrektor instytutu analiz giełdowych UDJ, odmawia współpracy z zespołem doradców obywatelskich".

Z upływem czasu Ulrik stał się wielki, dosłownie i w przenośni.

Tine spojrzała na wycinek zza niebieskawej chmury dymu z papierosa i pokręciła głową.

– Żaden nie był taki gruby.

– A ten tu? – wycinek pochodził z kobiecego pisma, które znalazła w koszu na ulicy Øster Farimagsgade. Z długimi włosami i promienną cerą Torsten Florin wyglądał na geja, ale nim nie był. Mogła o tym zaświadczyć.

– Tego już kiedyś widziałam. W TvDanmark albo w czymś takim. Coś z modą, nie?

– Czy to on, Tine?

Zachichotała, jakby to była zabawa. Czyli to nie Torsten.

Po pokazaniu zdjęcia Ditleva Prama Kimmie schowała wycinki z powrotem do spodni. – Co ci faceci o mnie mówili?

– Tylko tyle, że cię szukają, skarbie.

– Rozpoznałabyś ich, jakbyśmy ich poszukały?

Wzruszyła ramionami.

– Nie przychodzą codziennie, Kimmie.

Kimmie przygryzła wargi. Musi uważać. Są coraz bliżej.

– Powiesz mi, jak ich znów zobaczysz, rozumiesz? Przyjrzyj się, jak wyglądają, dobrze? Zapisz sobie, to zapamiętasz. – Położyła rękę na kolanie Tine, wystającym niczym ostrze noża spod przetartych dżinsów. – Jak będziesz miała jakieś informacje, włóż je pod tamtą żółtą tabliczkę – wskazała ogłoszenie „Wynajem samochodów – rabaty".

Tine zakaszlała, kiwając głową.

– Dostaniesz tysiąc koron dla swojego szczura za każdą cenną informację. Co ty na to, Tine? Twój szczur dostanie nową klatkę. Trzymasz go wciąż u siebie, prawda?

Przez pięć minut stała pod tablicą „Parking" przy charakterystycznym szczycie budynku tłuszczowni C. E. Bast, by się upewnić, że Tine już na nią nie patrzy.

Nikt nie wiedział, gdzie mieszka, i tak miało pozostać.

Przeszła na ukos przez ulicę do kutej bramy, z narastającym bólem głowy i piekącą skórą. Gniew i frustracja naraz. Demony tego nienawidziły.

Kiedy już siedziała na wąskiej pryczy, z butelką whisky w ręce, rozglądając się po skąpo oświetlonym pokoiku, ogarnął ją spokój. To był jej prawdziwy świat. Tu czuła się bezpiecznie. Tu było wszystko, czego potrzebowała. Trumienka z jej najukochańszym maleństwem pod łóżkiem, plakat z bawiącymi się dziećmi na drzwiach, zdjęcie dziewczynki, gazety, które poprzyklejała do ścian dla izolacji. Stos ubrań, nocnik i sterta gazet na podłodze, dwie świetlówki na baterie, na półce para butów na zmianę. Z tym wszystkim mogła robić, co tylko chciała, a jeśli zapragnęłaby czegoś nowego, było ją na to stać.

Zaśmiała się, czując działanie whisky, i sprawdziła otwory w murze za trzema cegłami. Robiła to prawie zawsze po powrocie do swego domku. Najpierw skrytka z kartami kredytowymi i ostatnimi wydrukami z bankomatów, potem skrytka z gotówką.

Każdego dnia przeliczała, ile jej zostało. Żyła na ulicy od jedenastu lat, a zostało jej jeszcze 1.344.000. Jeśli będzie żyła jak dotąd, to nie zdoła ich wydać. Same pieniądze z kradzieży wystarczały z grubsza na codzienne potrzeby. Ubranie też kradła. Nie jadła dużo, a tak zwany zorientowany prozdrowotnie rząd zadbał, by alkohol kosztował grosze. Teraz można zapić się na śmierć za pół ceny w tym pięknym kraju! Zaśmiała się znowu, wyjęła z torebki granat i włożyła do pozostałych, leżących w trzeciej skrytce. Potem starannie włożyła cegły z powrotem, tak że trudno było cokolwiek zauważyć.

Tym razem lęk zjawił się bez uprzedzenia. Nie tak jak zwykle. Z reguły ostrzegały ją wewnętrzne obrazy. Uniesione do ciosu dłonie. Czasami krew i okaleczone ciała. Innym razem ulotne wspomnienia śmiechu sprzed lat. Szept o złamanych obietnicach. Ale tym razem głosy nie zdążyły jej ostrzec.

Zadrżała, czując w brzuchu skurcze ściskające wnętrzności. Mdłości były nieuniknionym następstwem, podobnie jak łzy. Wcześniej próbowała gasić pożar uczuć alkoholem, ale to tylko pogarszało sprawę.

W takich chwilach po prostu czekała na zmrok, a godziny mijały.

Wstanie, kiedy rozjaśni jej się w głowie. Wyjdzie na stację Dybbølsbro. Pojedzie windą na peron 3 i poczeka, aż obok przemknie pociąg. Wyciągnie ramiona, stanie na samym brzegu peronu i powie:

– Nie uciekniecie, bydlaki.

Potem pozwoli głosom podejmować decyzje.

8

Ledwo Carl wszedł do gabinetu, jego wzrok spoczął na plastikowym segregatorze leżącym pośrodku biurka.

„Co, do diabła" – pomyślał i zawołał Assada.

Wskazał segregator, gdy Assad stanął w drzwiach.

– Wiesz, skąd to się wzięło? – Ale Assad pokręcił głową. – Nie ruszamy tego, rozumiesz? Mogą tam być odciski palców.

Wpatrywali się obaj w leżącą na wierzchu kartkę w plastikowej koszulce. „Napad bandy ze szkoły z internatem" – głosił wydruk.

Była to lista brutalnych napadów z podaną datą, miejscem i nazwiskami ofiar. Wyglądało na to, że dokonywano ich przez dłuższy okres. Młody mężczyzna na plaży przy zamku Nyborg. Napaść w biały dzień na bliźniaków na boisku piłkarskim. Małżeństwo na wyspie Langeland. Co najmniej dwadzieścia napadów.

– Musimy się dowiedzieć, kto to tu przynosi, Assad. Dzwoń po techników. Jeśli to ktoś z komendy, identyfikacja odcisków palców będzie prosta.

– Ode mnie nie brali odcisków palców – Assad był wręcz rozczarowany.

Carl pokręcił głową. Dlaczego? W końcu zatrudnienie Assada było nietypowe.

– Assad, znajdź adres matki tych zamordowanych. Przez ostatnie lata kilka razy się przeprowadzała. Wygląda na to, że nie mieszka już w ostatnim miejscu zameldowania w Tisvilde, więc musisz pokombinować, co, Assad? Zadzwoń do sąsiadów, tam masz numery telefonów. Może coś wiedzą. – Wskazał stertę świstków, które właśnie wygrzebał z kieszeni.

Następnie sięgnął po notes i zapisał zadania. Poczuł, że rozpoczął właśnie nową sprawę.

– Nie, naprawdę, Carl. Nie trać czasu na sprawę z wyrokiem! – szef Wydziału Zabójstw, Marcus Jacobsen, pokręcił głową, grzebiąc w notatkach. Cztery nowe, poważne sprawy w zaledwie osiem dni. Do tego trzy wnioski o urlop i dwa zwolnienia lekarskie, w tym pewnie jedno na stałe. Carl dobrze wiedział, o czym szef Wydziału Zabójstw teraz myśli: kogo od jakiej sprawy odsunąć? Ale to na szczęście jego problem.

– Skoncentruj się lepiej na tej wizycie z Norwegii, Carl. Słyszeli o sprawie Merete Lynggaard i chcieliby wiedzieć, jak wybierasz zadania i które traktujesz priorytetowo. Pewnie mają sporo starych spraw do zamknięcia. Jeśli skupisz się na przygotowaniu swojego gabinetu, a do tego pokażesz im, jak wygląda dobrze wykonana robota duńskiej policji, to będą mieli o czym gadać na spotkaniu z ministrem.

Carl zwiesił głowę. Jego goście mają iść potem na kawkę do tego nadętego ministra sprawiedliwości i plotkować o jego departamencie? Naprawdę mało zabawne.

– Muszę się dowiedzieć, kto podrzuca sprawy na moje biurko, Marcus. Potem zobaczymy.

– Tak, tak, sam zdecydujesz, Carl. Ale jeśli weźmiesz sprawę z Rørvig, nie możesz nas w to mieszać pod żadnym pozorem. Nie możemy sobie pozwolić na zmarnowanie choćby jednej osobogodziny.

– Spokojnie – odparł Carl, wstając.

Marcus nachylił się do urządzenia głośnomówiącego.

– Lis, mogę cię prosić na chwilę? Nie mogę znaleźć kalendarza.

Wzrok Carla padł na podłogę, gdzie leżał terminarz szefa. Musiał zsunąć się ze stołu.

Popchnął go czubkiem buta, tak że zniknął pod biurkiem. Może w ten sposób zniknie też spotkanie z Norwegami.

Posłał Lis ciepłe spojrzenie, kiedy mijała go drobnym kroczkiem. Bardziej podobała mu się przed metamorfozą, ale co tam. Lis to Lis.

„Nie mogę się doczekać, kiedy do was dołączę" – zdawały się mówić głębokie jak Rów Mariański dołeczki w policzkach Rose Knudsen, uśmiechającej się zza kontuaru.

Nie odwzajemnił tego uśmiechu. Przecież sam nie miał dołeczków.

W piwnicy Assad był już po popołudniowej modlitwie, gotowy do wyjścia. Ubrany w za dużą wiatrówkę, pod pachą trzymał małą skórzaną teczkę.

– Matka zamordowanego rodzeństwa mieszka u dawnej przyjaciółki w Roskilde – oznajmił i dodał, że gdyby pojechali szybciej, mogliby się tam dostać w niecałe pół godziny. – Ale dzwonili też z Hornbæk, Carl. To nie były takie dobre wiadomości.

Carl pomyślał o Hardym. Długie na dwieście siedem centymetrów, sparaliżowane ciało z twarzą zwróconą ku cieśninie Øresund i żaglówkom, żegnającym się z sezonem.

– Co się stało? – zapytał i poczuł się fatalnie. Minął już ponad miesiąc, odkąd ostatnio odwiedził dawnego kolegę.

– Mówią, że dość często płacze. Mimo że dają mu masę pigułek i podobnych rzeczy, on i tak płacze.

To był zwyczajny domek jednorodzinny na końcu ulicy Bażanciej. Na mosiężnej tabliczce było napisane: „Jens-Arnold i Yvette Larsen", a niżej, na kartoniku drukowanymi literami: MARTHA JØRGENSEN.

W drzwiach powitała ich delikatna jak anioł kobieta w wieku emerytalnym. Tak urocza starsza pani, że Carl aż się uśmiechnął.

– Tak, Martha mieszka u mnie od śmierci mojego męża. Uprzedzam, że nie czuje się zbyt dobrze – szepnęła w korytarzu. – Lekarz mówi, że choroba postępuje bardzo szybko.

Jeszcze przed wejściem na werandę usłyszeli kaszel jej przyjaciółki. Siedziała, wpatrując się w nich zapadniętymi oczami. Przed nią stał szereg fiolek z lekarstwami.

– Kim jesteście? – spytała, strzepując drżącą ręką popiół z cygaretki.

Assad usadowił się na krześle usłanym spłowiałymi wełnianymi kocami i zwiędłymi liśćmi ze stojących na oknie roślin, po czym bez wahania ujął dłoń Marthy Jørgensen i przyciągnął do siebie.

– Powiem jedną rzecz, pani Martho. Tak jak pani się teraz czuje, tak samo czuła się moja mama. I nie było to zbyt przyjemne.

Matka Carla zabrałaby rękę, ale Martha Jørgensen tego nie zrobiła.

„Skąd Assad wie takie rzeczy?" – pomyślał Carl, szukając dla siebie roli w tym scenariuszu.

– Zdążymy się jeszcze napić herbaty przed przyjściem pielęgniarki – powiedziała Yvette z natarczywym uśmiechem.

Martha się rozpłakała, gdy Assad wyjawił jej powód ich wizyty.

Zanim zaczęła mówić, na stole pojawiły się herbata i ciastka.

– Mój mąż był policjantem – rzekła.

– Tak, wiemy, pani Jørgensen – to były pierwsze słowa, które Carl do niej skierował.

– Dostałam kopie akt sprawy od jego dawnego kolegi.

– Rozumiem. Od Klaesa Thomasena?

– Nie. – Zakaszlała i stłumiła atak, głęboko zaciągając się cygaretką. – Od innego, nazywał się Arne, ale już nie żyje. Zbierał do teczki wszystko, co miało związek ze sprawą.

– Czy możemy ją zobaczyć, pani Jørgensen?

Chwyciła się za głowę przezroczystą ręką. Jej usta drżały.

– Nie, to niemożliwe. Już jej nie mam. – Siedziała chwilę z zaciśniętymi oczami. Pewnie bolała ją głowa. – Nie wiem, kto ją pożyczał ostatnio. Wielu do niej zaglądało.

– Czy to ta? – Carl podał jej jasnozieloną teczkę.

Pokręciła głową.

– Nie, tamta była większa. Szara i dużo większa. Nie mieściła się w jednej ręce.

– Czy są wobec tego inne materiały? Może ma pani coś, co moglibyśmy pożyczyć?

Spojrzała na przyjaciółkę.
– Powiemy im, Yvette?
– Naprawdę nie wiem, Martho. Myślisz, że tak będzie lepiej?
Chora kobieta zwróciła głęboko osadzone niebieskie oczy na podwójny portret, stojący na parapecie między zardzewiałą konewką a figurką z piaskowca, przedstawiającą świętego Franciszka z Asyżu.
– Spójrz na nich, Yvette. Czym sobie zasłużyli? – Jej oczy zwilgotniały. – Moje dzieci. Nie możemy tego dla nich zrobić?
Yvette postawiła na stole pudełko czekoladek After Eight.
– Możemy – westchnęła i podeszła do kąta, gdzie złożony papier świąteczny i wielorazowe opakowania utworzyły swoiste mauzoleum czasów, w których niedostatek był na porządku dziennym.
– Proszę – powiedziała, wyciągając z ukrycia wypełnione po brzegi pudełko po butach.
– Przez ostatnich dziesięć lat Martha i ja co jakiś czas uzupełniałyśmy teczkę o nowe wycinki. Od śmierci mego męża mamy tylko siebie, prawda?
Assad wziął pudełko i otworzył je.
– Jest tu kilka wzmianek o niewyjaśnionych napadach – kontynuowała Yvette. – A także wycinki dotyczące zabójców bażantów.
– Zabójców bażantów? – spytał Carl.
– Tak, a jak inaczej takich nazwać? – Yvette poszperała w pudle i odnalazła odpowiedni przykład na zdjęciu.
Faktycznie można ich było nazwać zabójcami bażantów. Na dużym zdjęciu z tygodnika wszyscy stali obok siebie. Członkowie rodziny królewskiej, grupka pomniejszej szlachty oraz Ulrik Dybbøl Jensen, Ditlev Pram i Torsten Florin. Każdy z przełamaną dubeltówką pod pachą i nogą ustawioną zwycięsko przed stosami ustrzelonych bażantów i kuropatw.
– Oj – powiedział Assad. Bo też więcej nie dało się powiedzieć.

Spostrzegli, że w Marcie zaczyna rosnąć wzburzenie, ale nie mieli pojęcia, do czego doprowadzi.

– Nie potrafię się z tym pogodzić! – wykrzyknęła nagle. – Trzeba się ich pozbyć! Oni zabili moje dzieci i męża. Niech ich piekło pochłonie!

Próbowała się podnieść, ale złamała się wpół pod własnym ciężarem i uderzyła czołem o kant stołu. Wyglądało na to, że nawet tego nie poczuła.

– Oni też powinni umrzeć! – wysyczała z policzkiem na serwecie i wyciągnęła ręce, przewracając filiżanki.

– Spokojnie, Martho – powiedziała Yvette, próbując ułożyć dyszącą ciężko Marthę na stercie poduszek.

Kiedy Martha odzyskała kontrolę nad oddechem i znów biernie siedziała, ćmiąc cygaretkę, Yvette zaprowadziła ich do jadalni obok. Przeprosiła za reakcję przyjaciółki, tłumacząc, że guz mózgu jest tak duży, iż nigdy nie wiadomo, jak i dlaczego zareaguje. Nie żeby zawsze taka była.

Jakby w ogóle potrzebne były usprawiedliwienia.

– Był tu mężczyzna, który powiedział Marcie, że znał Lisbet – uniosła prawie niewidoczne brwi. – Lisbet była córką Marthy, a syn miał na imię Søren. Ale to pewnie panowie wiedzą, prawda? – Assad i Carl kiwnęli głowami. – Może to przyjaciel Lisbet pożyczył tę teczkę, nie wiem. – Spojrzała w stronę pokoju z werandą. – Przyrzekł Marcie solennie, że przyniesie ją z powrotem. – Spojrzała na nich z takim smutkiem, że miało się ochotę ją przytulić. – Pewnie nie zdąży.

– Czy pamięta pani, jak się nazywał ten człowiek, co wziął teczkę? – spytał Assad.

– Nie, niestety. Nie było mnie, gdy ją pożyczała, a ona już niewiele pamięta. – Popukała się w głowę. – Rozumieją panowie, guz.

– Nie wie pani, czy to był policjant? – zapytał Carl.

– Nie sądzę. Ale może? Nie wiem.

– Dlaczego nie dostał też tego? – spytał Assad, mając na myśli pudełko po butach, które trzymał pod pachą.

– Ach, tego. To tylko taki pomysł Marthy. Przecież ktoś już się przyznał do tych morderstw, prawda? Pomagałam jej zbierać wycinki, bo dobrze jej to robiło. A człowiek, który pożyczył teczkę, pewnie uznał, że nie mają żadnego znaczenia. Bo pewnie nie mają.

Zapytali ją jeszcze o klucz do domu letniskowego Marthy, a także o dni, w których popełniono morderstwa. Yvette odparła, że po pierwsze, to zdarzyło się dwadzieścia lat temu, a po drugie, człowiek nie ma ochoty wracać do tego pamięcią.

Pożegnali się, gdy przyszła pielęgniarka.

Na stoliku nocnym Hardy'ego stało zdjęcie jego syna. Był to jedyny przedmiot, który zdradzał, że ta nieruchoma postać z rurkami w cewce moczowej i z przylizanymi tłustymi włosami wiodła kiedyś życie zupełnie różne od tego, jakie dawał jej respirator, wiecznie włączony telewizor i zabiegane salowe.

– Trochę potrwało, zanim przywlokłeś tu dupsko – powiedział z oczami utkwionymi w wyimaginowany punkt jakieś tysiąc metrów nad Kliniką Urazów Rdzenia Kręgowego w Hornbæk. W miejsce, skąd rozciągał się nieograniczony widok i skąd można było spaść tak skutecznie, żeby nigdy się nie obudzić.

Carl usiłować wymyślić jakieś sensowne usprawiedliwienie, ale dał sobie spokój. Ujął za to ramkę ze zdjęciem i powiedział:

– Słyszałem, że Mads poszedł na uniwersytet.

– Gdzie to słyszałeś? Rżniesz moją żonę? – odparował bez mrugnięcia.

– Nie, Hardy, dlaczego mówisz takie rzeczy, do cholery? Wiem, bo... No tak, ktoś na komendzie o tym mówił.

– Gdzie się podział twój mały Syryjczyk? Wysłali go z powrotem na pustynię?

Carl znał Hardy'ego. To była zwykła rozmowa towarzyska.

– Powiedz, Hardy, o czym myślisz. Przecież tu jestem – wziął głęboki wdech. – Od teraz będę częściej cię odwiedzał, stary. Miałem wakacje, rozumiesz.

– Widzisz te nożyczki na stole?

– Tak, jasne.

– Zawsze tam leżą. Tną nimi gazę. I taśmę przytrzymującą sondy i igły. Wyglądają na ostre, nie sądzisz?

Carl spojrzał na nożyczki.

– Tak, Hardy.

– Mógłbyś je wziąć i przycisnąć mi do tętnicy szyjnej, Carl? Bardzo bym się ucieszył. – Zaśmiał się, ale nagle przestał. – Czuję drganie w ramieniu, Carl. Wydaje mi się, że tuż pod mięśniem barkowym.

Carl zmarszczył czoło. Hardy czuje drganie. Biedny człowiek. Dobrze by było!

– Mam cię podrapać, Hardy? – odchylił koc i zaczął się zastanawiać, czy podciągnąć rękaw, czy drapać przez materiał.

– Kurwa, ty idioto! Słuchaj, co mówię! Czuję drganie. Widać to?

Carl odchylił koszulę. Hardy zawsze stawiał sobie atrakcyjny wygląd za punkt honoru. Zadbany i opalony. Teraz miał skórę białą jak u larwy, jeśli nie liczyć delikatnych jasnoniebieskich żył.

Carl położył mu dłoń na ramieniu. Nie było tam nawet śladu mięśnia. Jakby dotykał tłuczonej, skruszałej wołowiny. Ale żadnego drgania nie poczuł.

– Czuję to tylko w jednym malutkim punkcie, Carl. Weź nożyczki i ponakłuwaj. Nie za szybko, żebym zdążył powiedzieć, jak trafisz.

Biedny człowiek. Sparaliżowany od szyi w dół. Niewielkie czucie w ramieniu i tyle. Wszystko inne to po prostu rozpaczliwa nadzieja.

Ale Carl nakłuwał, jak go o to prosił Hardy. Metodycznie w dół, do połowy ramienia, w górę i wszędzie wokół. Kiedy dochodził do pachy, Hardy gwałtownie wciągnął powietrze.

– Tu, Carl. Weź długopis i zaznacz.

Zrobione. Od czego ma się przyjaciół.

– Zrób to jeszcze raz. Spróbuj mnie nabrać, Carl. Powiem ci, kiedy trafisz w zaznaczony punkt. Zamknę oczy.

Zaśmiał się albo może lekko załkał, gdy Carl kolejny raz ukłuł go w zaznaczonym miejscu.

– Tu! – krzyknął.

Cholera, niewiarygodne! Aż ciarki przechodziły.

– Carl, nie mów nic pielęgniarkom.

Carl zmarszczył brwi.

– Ale dlaczego, Hardy? Przecież to fantastycznie. Może mimo wszystko jest jeszcze nadzieja? Będą mieli jakiś punkt zaczepienia.

– Będę się starał powiększyć ten obszar, Carl. Chcę odzyskać jedną rękę, kapujesz? – Hardy po raz pierwszy spojrzał na dawnego kolegę. – Nikogo nie powinno obchodzić, do czego tej ręki użyję, zrozumiano?

Carl kiwnął głową. Zgadzał się na wszystko, co podtrzymywało Hardy'ego na duchu. Marzenie o dosięgnięciu nożyczek i wbiciu ich sobie w szyję było, jak widać, jedynym celem w jego życiu.

Pozostało jeszcze pytanie, czy tego punktu w ramieniu nie było od początku. Ale lepiej to zostawić. W wypadku Hardy'ego to przecież żadna różnica.

Carl poprawił mu koszulę i podciągnął koc pod brodę.

– Widujesz się jeszcze z tą psycholożką, Hardy? – Carl wyobraził sobie apetyczne ciało Mony Ibsen. Podziałało jak balsam.

– Tak.

– Okej? O czym rozmawiacie? – zapytał w nadziei, że jego imię zostanie wplecione w treść odpowiedzi.

– Ciągle chce się babrać w tej strzelaninie na Amager. Nie wiem, do czego to potrzebne. Ale jak tutaj jest, najbardziej ją interesuje ten pieprzony pistolet na gwoździe.

– Ach tak.

– I wiesz co, Carl?

– No?

– Przez nią o tym myślę, chociaż nie chcę. Myślę sobie: co to da, że będę się nad tym zastanawiał? Ale to pytanie pozostaje.

– Jakie pytanie, Hardy?

Spojrzał Carlowi w oczy. Tak jak wtedy, gdy brali podejrzanego w krzyżowy ogień pytań. Nie oskarżycielsko, nie wymownie. Niepokojąco.

– Ty, ja i Anker weszliśmy do altanki jakieś osiem, dziesięć dni po zamordowaniu tego człowieka, prawda?

– Owszem.

– Mordercy mieli mnóstwo czasu, żeby zatrzeć ślady. Po prostu masę. Dlaczego tego nie zrobili? Dlaczego czekali? Mogli przecież spalić całe to dziadostwo. Usunąć zwłoki i wszystko spalić.

– Tak, to zastanawiające. Mnie też to dziwi.

– Ale dlaczego wrócili wtedy, gdy my tam byliśmy?

– Tak, to też jest zastanawiające.

– Zastanawiające? Wiesz co, Carl? Ja się aż tak nie zastanawiam. Już nie. – Próbował odchrząknąć, ale nie udało mu się.

– Może Anker mógłby coś o tym powiedzieć, gdyby jeszcze żył – powiedział.

– O co ci chodzi? – Od tygodni nie myślał o Ankerze. Ich superkolega został zastrzelony na ich oczach w butwiejącej altanie ledwie dziewięć miesięcy temu, a już zniknął z jego świadomości. Ciekawe, jak długo myślano by o nim w podobnej sytuacji.

– Ktoś tam na nas czekał, Carl. Inaczej to, co się zdarzyło, nie miałoby żadnego sensu. To nie było zwyczajne dochodzenie. Ktoś z nas był w to uwikłany i nie byłem to ja. Czy to ty, Carl?

9

Sześć terenowych aut stało na brukowanym podjeździe przed żółtą fasadą gospody „Tranekær". Ditlev Pram wychylił głowę przez boczną szybę, dając znak, by za nim podążać.

Gdy dojechali do lasu, słońce wciąż majaczyło za linią horyzontu, a naganiacze oddalali się od terenu polowania. Ludzie w samochodach znali procedurę, więc po kilku minutach stanęli przed Ditlevem w zapiętych kurtkach, trzymając przełamane strzelby. Kilku z nich z psami u boku.

Ostatni jak zwykle wyszedł Torsten Florin. Spodnie w drobną kratkę i obcisła kurtka myśliwska o oryginalnym kroju – oto zestaw dnia. W tym ubranku mógłby iść na bal.

Ditlev spojrzał z dezaprobatą na wyżła, którego w ostatniej chwili wyciągnięto przez tylne drzwi terenówki. Dopiero później zlustrował twarze zebranych. Jednego z uczestników on sam w każdym razie nie zapraszał.

Przyciągnął do siebie Benta Kruma.

– Kto ją zaprosił, Krum? – spytał szeptem. Jako adwokat Ditleva Prama, Torstena Florina i Ulrika Dybbøla Jensena, Bent Krum zajmował się koordynowaniem ich polowań. Ten wszechstronny człowiek gasił wszystkie wywołane przez nich pożary, a obecnie był zależny od okrągłych sum, które co miesiąc przelewali mu na konto.

– To twoja żona, Ditlev – odparł półgłosem. – Pozwoliła Lissan Hjorth zabrać się z mężem. Podobno jest lepszym strzelcem niż sam Hjorth.

Lepszym strzelcem? Co to ma, kurwa, do rzeczy? Na polowaniach Ditleva nie było kobiet. Było po temu wiele powodów, ale Krum o tym nie wiedział. Cholerna Thelma.

Ditlev położył rękę na ramieniu Hjortha.

– Przykro mi, stary, ale nie możemy zabrać twojej żony – powiedział i poprosił go, by dał żonie kluczyki do auta, wiedząc, że mogą z tego wyniknąć problemy. – Niech jedzie do gospody. Zadzwonię tam i każę im otworzyć. I niech weźmie z sobą tego waszego nieułożonego psa. To wyjątkowe polowanie z nagonką, Hjorth, sam wiesz.

Kilku próbowało się targować. Starzy, bogaci idioci nieznający się na prawdziwych pieniądzach. Jakby mieli coś do gadania. Ale może nie znali tego zasranego wyżła.

Wbił czubek buta w leśne poszycie i powtórzył:

– Żadnych kobiet. Idź, Lissan.

Ditlev rozdzielił między wszystkich pomarańczowe szaliki, unikając wzroku Lissan.

– Pamiętaj, żeby zabrać ze sobą to zwierzę – powiedział tylko. Nie będą sobie, cholera, przychodzić i mieszać w jego regułach myśliwskich. To nie jest zwyczajne polowanie.

– Jeśli moja żona nie może z nami iść, Ditlev, to ja też nie – próbował naciskać Hjorth. Żałosny człowieczek w biednej, znoszonej kurtce marki Moorland. Czy nie odczuł już, jak to jest wchodzić w drogę Ditlevowi Pramowi? Czy okazało się to korzystne dla jego interesów? Czy nie zbankrutował, gdy Ditlev przerzucił się z zakupem granitu do Chin? Naprawdę znowu chce być ukarany? Nic prostszego.

– Jak wolisz – odwrócił się do nich plecami i spojrzał na pozostałych. – Znacie reguły. Nikomu nic do tego, co tu się wydarzy, jasne? – Pokiwali głowami. Nie spodziewał się innej reakcji. – Mamy nagonionych dwieście bażantów i kuropatw, i kogutów, i kur. Wystarczy dla wszystkich. – Zaśmiał się. – No, może jeszcze nie sezon na kury, ale czy to komuś przeszkadza? – spojrzał na ludzi z miejscowego koła łowieckiego. Mają trzymać gęby na kłódkę. Wszyscy pracują dla niego albo z nim. – Ale po co gadać o ptactwie, które i tak ustrzelicie. Znacznie ciekawsza jest inna zwierzyna, którą dziś dla was mam. Nie powiem, co to jest. Sami się przekonacie.

Pełne wyczekiwania twarze śledziły jego ruchy, gdy odwrócił się do Ulrika i wziął od niego pęk gałązek.

– Większość was zna reguły. Dwóch wyciągnie gałązkę krótszą niż inne. Ci, którym się poszczęści, odłożą śrutówki i dostaną w zamian sztucery. Dla nich nie będzie kuraków, za to zabiorą do domu przygotowaną na dziś specjalną zwierzynę. Gotowi?

Kilku mężczyzn rzuciło cygara na ziemię i przydeptało je. Każdy na swój sposób psychicznie przygotowywał się do polowania.

Ditlev się uśmiechnął. Teraz byli w najlepszej formie jako panowie świata. Bezwzględni i egocentryczni, jak w podręczniku.

– Tak, zwykle wybrańcy ze sztucerami dzielą łup między siebie – powiedział. – Ale decyduje o tym ten, który ustrzeli zwierzynę. Przecież wszyscy wiemy, jak jest, kiedy to Ulrik zdobywa trofeum.

Cała grupa się roześmiała, nie licząc Ulrika. Czy chodziło o pakiety akcyjne, kobiety czy nagonione dziki, Ulrik z nikim się nie dzielił. Znali go od tej strony.

Ditlev schylił się po dwa pokrowce ze sztucerami.

– Patrzcie – powiedział, prezentując broń w świetle poranka. – Oddałem nasze stare sauery classic z powrotem do sklepu myśliwskiego, żebyśmy mogli wypróbować te dwa cudeńka – uniósł nad głową sztucer Sauer-Elegance. – Są już przestrzelone i piekielnie dobrze leżą w dłoniach. Dobrej zabawy!

Wyciągnął przed siebie wiązkę gałązek, ignorując wściekłą wymianę zdań między małżeństwem Hjorthów, a po losowaniu wręczył sztucery szczęśliwcom.

Jednym z nich był Torsten. Sprawiał wrażenie podekscytowanego, ale raczej nie z powodu polowania. Będą musieli porozmawiać później.

– Torsten już to zna, ale Saxenholdt to przeżycie ma jeszcze przed sobą. Gratulacje! – Kiwnął głową do młodego faceta i wzniósł toast piersiówką w stronę pozostałych. Apaszka i nażelowane włosy. Typowy wychowanek szkoły z internatem. Pozostanie nim aż do śmierci. – Tylko wam wolno strzelać do zwierzyny dnia, więc musicie to zrobić porządnie. Pamiętajcie, żeby strzelać tak długo, aż zwierzyna przestanie się ruszać. Kto położy zwierzę, otrzymuje nagrodę dnia.

Cofnął się o krok i wyjął kopertę z wewnętrznej kieszeni kurtki.

– Akt przekazania efektownego trzypokojowego mieszkanka w Berlinie, z widokiem na pasy startowe lotniska Tegel. Ale spokojnie, lotnisko niedługo zniknie, a pod samymi oknami jest pomost kąpielowy.

Kiedy ludzie zaczęli klaskać, uśmiechnął się. Co tam, do cholery! Żona suszyła mu głowę o to mieszkanie przez pół roku, ale czy choć raz chciało jej się tam wybrać? Skąd! Nawet z tym swoim zasranym kochasiem. No, to niech cholerstwo idzie w diabły.

– Żona się wycofuje, Ditlev, ale psa zabieram – rozległo się za jego plecami. Ditlev odwrócił się i spojrzał prosto w hardą twarz Hjortha. Widać było, że próbuje negocjować, żeby nie stracić twarzy.

Ditlev zerknął przez ramię i momentalnie pochwycił spojrzenie Torstena. Nikt nie będzie rządził Ditlevem Pramem. Kiedy on mówi, żeby nie brać ze sobą psa, to jak się nie słucha, samemu jest się sobie winnym.

– Chcesz wziąć ze sobą psa, Hjorth. Dobrze, w takim razie niech będzie – powiedział Ditlev, unikając spojrzenia jego żony.

Nie miał ochoty kłócić się z tym babskiem. To sprawa wyłącznie między nim a Thelmą.

Zapach próchnicy ze ściółki leśnej stał się intensywny, gdy dotarli do polany na szczycie wzgórza. Pięćdziesiąt metrów poniżej leżał spowity mgłą zagajnik, a za nim gąszcz zarośli, ciągnący się aż do gęstego lasu, rozpościerającego się przed nimi niczym morze. Wspaniały widok.

– Rozproszcie się – powiedział i z zadowoleniem skinął głową, gdy odległość między nimi wyniosła około ośmiu metrów.

Odgłos klaskania zza zagajnika nie był jeszcze wystarczająco mocny. Tylko kilka wypłoszonych bażantów uniosło się w powietrze i opadło ponownie w zarośla. W stłumionych krokach myśliwych wokół Ditleva znać było wyczekiwanie. Niektórzy byli silnie uzależnieni od tego kopa adrenaliny w mgle poranka. Naciśnięcie na spust potrafiło ich na długo zaspokoić. Zarabiali miliony, ale to dzięki zabijaniu czuli, że żyją.

Po jednej stronie Ditleva szedł młody Saxenholdt, blady z podniecenia. Jego ojciec też tak wyglądał, gdy został stałym uczestnikiem polowań. Szedł ostrożnie, wpatrując się raz w zagajnik, raz w gąszcz kilkaset metrów dalej. W pełni świadomy, że celny strzał może zapewnić mu miłosne gniazdko, nad którym jego rodzice nie będą mieli kontroli.

Ditlev podniósł rękę i wszyscy się zatrzymali. Pies Hjortha zaskomlał i zaczął kręcić się w kółko z podniecenia, a jego skretyniały właściciel usiłował przywołać go do porządku. Zgodnie z przewidywaniami.

Wtedy z zagajnika wyleciały z trzepotem pierwsze ptaki. Po szybkich strzałach martwe ciała padły głucho na ziemię. Hjorth nie potrafił już utrzymać w ryzach swego psa, który wyrwał mu się z wywalonym ozorem, gdy sąsiad wydał komendę „Aport!". W tym momencie setki ptaków naraz wzbiły się do lotu, a towarzystwo myśliwskie ogarnął amok. Huk wystrzałów i echo rozlegające się w zaroślach były ogłuszające.

Ditlev to uwielbiał. Strzały bez końca. Zabijanie bez końca. Trzepoczące plamy na niebie w orgii kolorów. Powolne opadanie ptasich ciał. Wytrwałość mężczyzn ładujących strzelby. Dostrzegł frustrację Saxenholdta, któremu nie wolno było strzelać jak reszcie ze śrutówkami. Jego wzrok wędrował od zagajnika do skraju lasu i dalej, po płaskim, porosłym zaroślami terenie. Skąd nadejdzie jego zdobycz? Tego nie wiedział. I im większa żądza krwi ogarniała towarzystwo, tym mocniej zaciskał dłoń na sztucerze.

Pies Hjortha rzucił się do gardła innemu psu, który puścił zdobycz i wycofał się, skomląc. Zauważyli to wszyscy w grupie oprócz Hjortha, który wciąż ładował i strzelał, ale dotąd nie trafił.

Gdy wyżeł po raz trzeci wrócił ze zdobyczą i znów rzucił się na inne psy, Ditlev kiwnął na Torstena, który też już śledził psa oczami. Mięśnie, instynkt i złe wychowanie w jednym. Fatalna mieszanka u psa myśliwskiego.

Było tak, jak Ditlev przewidział. Pozostałe psy czaiły się na wyżła, nie pozwalając mu się zbliżać do ptaków, które spadały na polanę, więc pies Hjortha poleciał tropić dalej w las.

– Teraz uważajcie – krzyknął Ditlev do obu strzelców ze sztucerami. – Pamiętajcie, że chodzi o kompleksowo wyposażone mieszkanie w Berlinie! – Zaśmiał się i wystrzelił z obu luf do kolejnego stada, które wirując, wznosiło się znad terenu polowania. – Lepszy zgarnie wszystko!

W tym momencie pies Hjortha wyłonił się z mrocznych zarośli, niosąc kolejnego ptaka. Wtedy ze sztucera Torstena rozległ się pojedynczy strzał i pies został trafiony, zanim zdążył wbiec na polanę. Pewnie tylko Ditlev i Torsten widzieli, co przytrafiło się zwierzęciu, gdyż jedyną reakcją, jaką strzał wywołał w gromadzie, był głośny, gwałtowny wdech Saxenholdta, a później śmiech pozostałych, z Hjorthem na czele. Myśleli, że Torsten spudłował.

Ale za chwilę, gdy Hjorth znajdzie swego psa z przestrzeloną czaszką, nie będzie mu do śmiechu i, miejmy nadzieję, dostanie nauczkę. Żadnych źle ułożonych psów na polowaniu, jeśli Ditlev Pram tak mówi.

Gdy usłyszeli nowe dźwięki w zaroślach za zagajnikiem, Ditlev kątem oka spostrzegł, że Krum kręci głową. Czyli ich adwokat też widział, jak Torsten zabił psa.

– Nie strzelajcie, póki nie będziecie pewni, zrozumiano? – powiedział do mężczyzn stojących u jego boku. – Naganiacze są na całym terenie za zagajnikiem, więc przypuszczam, że zwierzę wyjdzie z tamtych krzaków – wskazał kilka wysokich jałowców. – Celujcie około metra nad ziemią, w sam środek zwierzyny. Wtedy chybiony pocisk wbije się w ziemię.

– Co tam jest? – zapytał szeptem Saxenholdt, wskazując ruchem głowy kępę drzewek, które nagle zaczęły się poruszać. Rozległ się dźwięk łamanych gałązek, najpierw cichy, potem głośniejszy, a krzyki naganiaczy idących za zwierzęciem stawały cię coraz bardziej przenikliwe.

I wtedy wyskoczyło.

Strzały Saxenholdta i Torstena padły w tej samej chwili, a ciemna sylwetka przechyliła się na bok i w niezdarnych skokach zaczęła biec. Dopiero kiedy zwierzę wybiegło na polanę, można je było rozpoznać. Mężczyźni zaczęli wydawać z siebie rozentuzjazmowane okrzyki, a Saxenholdt i Torsten po raz kolejny przymierzali się do strzału.

– Stop! – krzyknął Ditlev, bo struś zatrzymał się i stał zdezorientowany, rozglądając się wokoło. Dzieliło go od nich jakieś sto metrów. – Musicie go trafić w głowę! – krzyknął. – Po jednym strzale. Ty pierwszy, Saxenholdt.

Wszyscy mężczyźni stali spokojnie, gdy uniósł sztucer i wstrzymując oddech, nacisnął spust. Trafił trochę za nisko, bo szyja została rozerwana i odrzuciła głowę do tyłu. Ale tłum aż zaryczał z zachwytu. Nawet Torsten, ale w zasadzie po co mu trzypokojowe mieszkanie w Berlinie?

Ditlev uśmiechnął się. Myślał, że struś od razu się przewróci, ale jeszcze przez parę sekund bezgłowe zwierzę biegało w kółko, nim padło martwe na nierównym podłożu. Leżało przez chwilę, podrygując w skurczach, zanim nogi znieruchomiały. Niezwykły widok.

– Ja pierdolę! – wrzasnął młody facet, gdy grupa oddawała strzały w stronę ostatnich kuraków. – To struś! Kurwa, ustrzeliłem pierdolonego strusia! Ja pierdolę, ale to będzie kręcić panienki w knajpie! Nawet wiem, które.

Spotkali się wszyscy w gospodzie i wypili po kieliszku zamówionym przez Ditleva. Widać było, że Torsten tego potrzebuje.

– Co jest, Torsten? Kiepściutko wyglądasz – powiedział Ulrik i jednym haustem wypił kieliszek likieru Jägermeister. – Wkurzyłeś się, że to nie ty? Ale przecież już, kurwa, strzelałeś do strusi.

Torsten obracał swój kieliszek w palcach.

– Chodzi o Kimmie. Sprawa jest poważna. – odparł, zanim wypił zawartość.

Ulrik nalał następną kolejkę i wzniósł toast.

– Aalbæk pracuje nad sprawą. Wkrótce ją złapiemy, spokojnie, Torsten.

Torsten Florin wyciągnął z kieszeni pudełko zapałek i zapalił stojącą na stole świeczkę. Nie ma nic smutniejszego niż świeca bez ognia, powtarzał zawsze.

– Chyba nie wyobrażasz sobie, że Kimmie to babuleńka, która krąży po ulicach w obsranych ciuchach i pozwala się odnaleźć naszemu durnemu detektywowi? Chodzi o Kimmie, do kurwy nędzy, nie? Przecież ją znacie. Nie znajdą jej, a to nas będzie słono kosztowało, jarzycie?

Ditlev odstawił kieliszek i podniósł wzrok na strop.

– O co ci chodzi? – Nie znosił takiego humoru u Torstena.

– Wczoraj napadła na jedną z naszych modelek przed domem mody. Stała przed budynkiem przez wiele godzin. Na chodniku leżało osiemnaście zdeptanych petów. Jak myślicie, na kogo czekała?

– Co znaczy „napadła"? – zafrasował się Ulrik.

Torsten pokręcił głową.

– Spokojnie, Ulrik. Nic groźnego, tylko jeden cios. Policja nie została w to wmieszana. Dałem dziewczynie tydzień wolnego i bilety na weekend do Krakowa.

– Jesteś pewny, że to ona?

– Tak. Pokazałem jej stare zdjęcie Kimmie.

– Żadnych wątpliwości?

– Żadnych. – Teraz Torsten był poirytowany.

– Nie możemy dopuścić, żeby Kimmie została złapana – ciągnął Ulrik.

– Jasne, kurwa, że nie możemy. Nie możemy też dopuścić, żeby zbliżyła się do nas, co? Przecież ona jest zdolna do wszystkiego.

– Myślicie, że ma jeszcze pieniądze? – zapytał Ulrik w chwili, gdy wszedł kelner z pytaniem, czy ma im jeszcze coś podać.

Ditlev skinął do zaspanego mężczyzny.

– Mamy wszystko, co potrzeba, dziękuję – powiedział.

Siedzieli w milczeniu, dopóki ukłoniwszy się, nie opuścił sali.

– Cholera, Ulrik. Na ile dokładnie nas wtedy oskubała? To były prawie dwa miliony. Jak myślisz, ile wydaje na ulicy? – Torsten uśmiechnął się do niego szyderczo. – Nic, a to oznacza, że może kupić, co tylko zechce. Broń też. Jeśli się włóczy po ulicach Kopenhagi, to ma z czego wybierać, jestem przekonany.

Ulrik przesunął swoje zwaliste cielsko.

– Może powinniśmy wzmocnić ekipę Aalbæka.

10

– Proszę powtórzyć, z kim pan chce rozmawiać? Z komisarzem kryminalnym al-Assadem? – Carl spojrzał na słuchawkę. Komisarz kryminalny?! Assad? To dopiero awans!

Przełączył rozmowę i chwilę później usłyszał dzwonek telefonu na biurku Assada.

– Tak – odezwał się Assad w swojej szafie na szczotki.

Carl uniósł brwi i pokręcił głową. Komisarz kryminalny al-Assad, jak on śmiał!

– Dzwonili z policji w Holbæk i powiedzieli, że przez cały ranek szukali teczki z morderstwami z Rørvig. – Assad podrapał się w zarośnięty dołeczek na policzku. Przeglądali te teczki już od dwóch dni, więc sprawiał wrażenie zmęczonego. – I wiesz co? Już jej nie mają! Utopiła się jak kamień w wodzie.

Carl westchnął.

– Załóżmy więc, że ktoś ją usunął, dobrze? Może ten Arne, który dał Marcie Jørgensen szarą teczkę z raportami o morderstwach? Zapytałeś, jakiego była koloru? Czy była szara?

Assad pokręcił głową.

– Aha, w zasadzie to wszystko jedno. Według słów Marthy człowiek, który ją zabrał, już nie żyje, więc z nim i tak nie porozmawiamy.

Carl zacisnął powieki.

– Jest jeszcze jedna rzecz, Assad. Czy mógłbyś mi powiedzieć, kiedy to zostałeś mianowany komisarzem kryminalnym? Powinieneś naprawdę uważać, kiedy podajesz się za policjanta. W prawie istnieje na to surowy paragraf. Paragraf 131, jeśli chcesz wiedzieć. Ryzykujesz odsiadkę sześciu miesięcy.

Assad odchylił głowę.

– Komisarz kryminalny? – zapytał, wstrzymując oddech i chwytając się za pierś, jakby chciał zaświadczyć o swojej niewinności. Podobne święte oburzenie Carl widział ostatnio, kiedy dziennikarze oskarżyli premiera o przyzwolenie na stosowanie tortur przez duńskich żołnierzy w Afganistanie.

– Nigdy by mi to nie przyszło do głowy – ciągnął Assad. – Przeciwnie. Powiedziałem, że jestem asystentem komisarza kryminalnego. Ludzie nie słuchają uważnie, Carl. – Rozłożył ręce. – Czy to moja wina?

Asystent komisarza kryminalnego! Dobry Boże, właśnie od takich rzeczy człowiek mógł nabawić się wrzodów.

– Jak chcesz być taki dokładny, to nazywaj się asystentem podkomisarza kryminalnego, albo nawet lepiej: asystentem podkomisarza policji. Ale jeśli koniecznie chcesz używać tego tytułu, to ja nie mam z tym problemu. Bylebyś tylko wymawiał go bardzo wyraźnie, rozumiesz? A teraz możesz już iść na parking i przygotować naszego grata. Jedziemy do Rørvig.

Dom letniskowy położony pośrodku kępy sosen z upływem lat zapadł się w piasek. Wnioskując po oknach, nie używano go od czasu morderstwa. Duże, zmatowiałe tafle w oprawie zbutwiałych desek. Bardzo przykry widok.

Przyjrzeli się śladom kół, ciągnącym się wzdłuż kolonii domków. Oczywiście o tej porze, we wrześniu, w promieniu paru kilometrów nie było żywej duszy.

Assad przysłonił oczy dłońmi, usiłując zajrzeć do środka przez największe okno.

– Chodź, Assad – powiedział Carl. – Klucz powinien wisieć z tyłu.

Zajrzeli pod okap dachu na tyłach domu. Klucz wisiał od dwudziestu lat w widocznym miejscu. Nad samym oknem kuchennym, na zardzewiałym gwoździu, dokładnie według słów Yvette, przyjaciółki Marthy Jørgensen. Ale niby kto miał go zdjąć? Pewnie nikt nie miał ochoty tu wchodzić.

Nawet złodzieje, którzy co roku po sezonie plądrowali domki letniskowe, widzieli gołym okiem, że tutaj niczego nie znajdą. Wszystko w tym domu mówiło, że lepiej sobie odpuścić.

Zdjął klucz i otworzył drzwi. Stary zamek zadziwiająco łatwo ustąpił i drzwi otworzyły się płynnie.

Wetknął głowę do środka, wyczuwając natychmiast zapach biedy. Wilgoć, stęchlizna i zaniedbanie. Zapach, który panuje w sypialniach starych ludzi.

Poszukał kontaktu w korytarzu i stwierdził, że prąd został odcięty.

– Proszę! – powiedział Assad, podtykając Carlowi pod nos latarkę halogenową.

– Zabierz tę latarkę, Assad. Nie potrzebujemy jej.

Ale Assad wyruszył już w przeszłość, omiatając snopem światła ławy w ludowych kolorach i niebieskie, emaliowane naczynia.

Wewnątrz nie było wcale tak ciemno. Szare światło słoneczne wlewało się anemicznie przez zakurzone szyby, ukazując salon niczym nocną scenę ze starego, czarno-białego filmu. Duży, granitowy kominek. Szerokie deski podłogowe. Wszędzie szwedzkie dywaniki ze szmatek. I gra Trivial Pursuit, wciąż rozłożona na podłodze.

– Dokładnie tak, jak w raporcie – skonstatował Assad i szturchnął pudełko z grą. Kiedyś musiało być granatowe, dziś było czarne. Plansza nie była aż tak zabrudzona, podobnie jak dwa wciąż stojące na niej pionki. W ferworze walki zostały zepchnięte ze swoich pól, ale tylko nieznacznie. W różowym pionku punktacyjnym tkwiły cztery kolorowe trójkąciki. Brązowy pionek nie miał ani jednego. Carl obstawiał, że różowy pionek z trójkącikami za cztery poprawne odpowiedzi należał do dziewczyny. Jeśli tak, to w tym dniu myślała bardziej trzeźwo niż jej brat. Może wypił za dużo koniaku. Tak w każdym razie sugerował raport z sekcji zwłok.

– Stoi tu od 1987. Ta gra naprawdę jest taka stara, Carl? Niesamowite.

– Może minęło kilka lat, nim trafiła do Syrii, Assad. Można ją w ogóle kupić w Syrii?

Zauważył, że Assad zamilkł, po czym przyjrzał się dwóm pudełkom na karty z pytaniami. Przed każdym z pudełek leżała pojedyncza karta. Czyli to były ostatnie pytania w życiu, na które rodzeństwo miało odpowiedzieć. Jeśli się nad tym zastanowić, to rzeczywiście przygnębiające.

Przesunął wzrokiem po podłodze.

Ślady morderstwa nadal były widoczne. W miejscu znalezienia dziewczyny widniały ciemne plamy. To musiała być krew, podobnie jak ciemne plamki na planszy do gry. W kilku miejscach widać było jeszcze narysowane przez techników koła wokół odcisków palców, ale numery już się starły. Proszek do zdejmowania odcisków palców, pozostawiony przez techników, też był już nie do wytropienia. Ale to akurat zrozumiałe.

– Niczego nie znaleźli – powiedział Carl do siebie.

– Co?

– Nie znaleźli odcisków palców innych osób poza rodzeństwem i rodzicami. – Spojrzał jeszcze raz na grę. – Dziwne, że gra nadal tu jest. Myślałem, że technicy wzięli ją ze sobą, żeby ją dokładniej zbadać.

– Tak – Assad kiwnął głową i popukał się w głowę. – Dobrze powiedziane, Carl. Teraz tak sobie przypominam. Gra była rzeczywiście okazywana w sprawie przeciwko Bjarnemu Thøgersenowi, więc faktycznie ją zabrali.

Obaj utkwili wzrok w grze.

Nie powinno jej tu być.

Carl zmarszczył brwi, po czym wyciągnął komórkę i zadzwonił na komendę.

Lis nie sprawiała wrażenia uszczęśliwionej.

– Dostaliśmy wyraźne wytyczne, że nie jesteśmy już do twojej dyspozycji, Carl. Czy ty w ogóle wiesz, jacy jesteśmy zajęci? Jeśli nie słyszałeś o reformie policji, to chętnie odświeżę ci pamięć. A teraz jeszcze kradniesz nam Rose.

Akurat ją mogą sobie, cholera, zachować, jeśli to ma im pomóc.

– Hej! Powoli. To ja, Carl! Spokojnie, dobrze?

– Teraz masz własnego specjalistę od czarnej roboty. Porozmawiaj z nią. Już łączę!

Zaniepokojony spojrzał na komórkę i podniósł ją z powrotem do ucha dopiero, gdy usłyszał charakterystyczny głos.

– Tak, szefie? W czym mogę pomóc?

Zmarszczył brwi.

– Hmm, z kim rozmawiam? Rose Knudsen?

Jej zachrypnięty śmiech nie napawał nadzieją na przyszłość.

Poprosił ją, by się dowiedziała, czy wśród przedmiotów zgromadzonych w sprawie z Rørvig znajduje się granatowa gra Trivial Pursuit z edycji Genus. Nie, nie miał pojęcia, gdzie szukać. Tak, jest wiele możliwości. Gdzie ma zapytać najpierw? Musi sobie sama poradzić. Byle szybko.

– Kto to był, Carl? – spytał Assad.

– Twoja konkurencja, Assad. Lepiej uważaj, żebyś przez nią nie wrócił do gumowych rękawic i wiadra.

Ale Assad tego nie słyszał. Ukucnął przed planszą i przyglądał się plamom krwi.

– Czy to nie dziwne, że na grze nie ma więcej krwi, Carl? Przecież właśnie tu zatłukli ją na śmierć – powiedział, wskazując plamę na dywaniku obok.

Carl przypomniał sobie zdjęcia ciał na miejscu zdarzenia.

– Owszem – odparł, kiwając głową. – Tak, masz rację.

Otrzymała tyle ciosów, straciła tyle krwi, a jednak na planszy było jej niewiele. Niech to szlag, że też nie wzięli ze sobą teczki sprawy! Mogliby porównać miejsce przestępstwa ze zdjęciami.

– Pamiętam to tak, że na planszy tak jakby też było dużo krwi – powiedział Assad, stukając palcem w żółty środek gry.

Carl kucnął obok niego, ostrożnie włożył palec pod planszę i podniósł ją. Zgadza się, została przesunięta. Kilka plam krwi znajdowało się na podłodze, parę centymetrów pod krawędzią. Wbrew prawom fizyki.

– To nie jest ta sama plansza, Assad.

– Nie, nie jest.

Carl delikatnie odłożył planszę z powrotem, po czym spojrzał na pudełko, na którym widniały niewielkie ślady, prawdopodobnie proszku do zbierania odcisków palców. Pudełko było gładkie, poza tym minęło dwadzieścia lat. Tak naprawdę proszek mógł być czymkolwiek. Przypominał mąkę ziemniaczaną, był kredowobiały.

– Ciekawe, kto tu postawił tę grę – powiedział Assad. – Znasz ją? – ciągnął.

Carl nie odpowiedział.

Spojrzał w górę, na półki zajmujące przestrzeń pod sufitem. Przypomniały mu się czasy, kiedy niklowane wieże Eiffla i bawarskie kufle z cynową pokrywką były popularnymi trofeami podróżniczymi. Setki pamiątek na półkach świadczyły o tym, że rodzina miała przyczepę kempingową i doskonale poznała przełęcz Brenner i dzikie Góry Harzu. Carl pomyślał o swoim ojcu. Pozwolił na chwilę owładnąć się nostalgii.

– Czego tak szukasz, Carl?

– Nie wiem – pokręcił głową. – Ale coś mi mówi, że trzeba mieć oczy szeroko otwarte. Czy możesz otworzyć okna, Assad? Musimy tu wpuścić więcej światła.

Carl wstał i jeszcze raz przebiegł wzrokiem po podłodze, sięgając ręką do paczki papierosów w kieszeni na piersi, podczas gdy Assad opukiwał futryny okien.

Jeśli nie liczyć tego, że nie było ciał i ktoś majstrował przy grze, to wszystko z pozoru wyglądało tak, jak wtedy.

Kiedy zapalał papierosa, zadzwonił telefon. To była Rose.

Powiedziała, że gra cały czas znajduje się w archiwum w Holbæk. Zniknęła teczka ze sprawą, ale grę nadal mieli.

Czyli nie była aż tak beznadziejna.

– Zadzwoń jeszcze raz – powiedział Carl, zaciągając się głęboko dymem. – Zapytaj ich o pionki punktacyjne i trójkąciki.

– Trójkąciki?

– Tak, tak się nazywają te pierdółki, które dostaje się za właściwą odpowiedź. Wkłada się je do pionków punktacyjnych. Zapytaj, które torciki znajdują się w każdym z pionków. Zanotuj, które, każdy pionek.

– Torciki?!

– Tak, do cholery! Tak też się na nie mówi. Trójkąciki albo torciki, to jedno i to samo. Takie małe trójkątne pierdółki. Nie znasz Trivial Pursuit?

Znów się zaniosła tym swoim złowieszczym śmiechem.

– Trivial? Dzisiaj to się nazywa Bezzerwizzer, wujaszku! – I przerwała połączenie.

No cóż, chyba się jednak nie pokochają.

Zaciągnął się jeszcze raz, żeby uspokoić puls. Może udałoby się wymienić Rose na Lis. Przecież Lis chciała zwolnić tempo. W każdym razie stanowiłaby ozdobę piwnicy, obok ciotek Assada. Nawet z włosami punkówy.

W tej samej chwili rozległ się przeraźliwy rumor łamanego drewna i tłuczonego szkła, po czym dało się słyszeć parę cudzoziemskich słów Assada, które niewiele miały wspólnego z popołudniową modlitwą. Za to rozbicie w drobny mak okna dało niesamowity efekt, bo światło momentalnie zalało wszystkie kąty, nie pozostawiając wątpliwości, że przez ostatnie lata pająki miały w tym domu niezłe używanie. Pajęczyny zwisały z sufitu jak girlandy, a kurz zalegający na półkach z pamiątkami nadawał wszystkiemu ten sam kolor.

Carl i Assad odegrali wydarzenia zgodnie z tym, co przeczytali w raportach.

Wczesnym popołudniem ktoś wtargnął przez otwarte drzwi kuchenne i zabił chłopaka pojedynczym ciosem młotkiem, który znaleziono kilkaset metrów dalej. Chłopak prawdopodobnie nie zdążył niczego zarejestrować. Według raportu z oględzin zwłok i sekcji poniósł śmierć na miejscu. Świadczyły o tym kurczowo zaciśnięte palce na butelce z koniakiem.

Dziewczyna pewnie próbowała się zerwać, ale bandyci natychmiast się na nią rzucili. Została pobita na śmierć, dokładnie w tym miejscu, gdzie na dywanie widniała ciemna plama i gdzie znaleziono resztki tkanki mózgowej, śliny, moczu i krwi zamordowanej.

Podejrzewano, że już po wszystkim mordercy zdjęli chłopakowi kąpielówki, żeby go ośmieszyć. Kąpielówek nigdy nie znaleziono, ale było nie do pomyślenia, że rodzeństwo siedziało nad grą planszową w bikini i nago. Związek kazirodczy nie wchodził w rachubę. Oboje byli w związkach i do tego żyli w zgodzie.

Ich partnerzy nocowali w domku dzień przed atakiem, ale rano pojechali do Holbæk, gdzie chodzili do szkoły. Nie znaleźli się w kręgu podejrzanych. Oboje mieli alibi; poza tym w wyniku morderstw zupełnie się załamali.

Telefon znów się odezwał. Carl spojrzał na numer na wyświetlaczu i na wszelki wypadek głęboko się zaciągnął.

– Tak, Rose – powiedział.

– Uważają, że pytanie o trójkąciki i torciki jest dziwne.

– No i?

– Ale musieli się do tego zabrać, nie?

– Tak i?

– Różowy pionek miał cztery trójkąciki: żółty, różowy, zielony i niebieski.

Carl spojrzał na leżący przed nim pionek. Tak, tutaj by się zgadzało.

– Pionki w kolorze niebieskim, żółtym, zielonym i pomarańczowym nie były używane. Leżały w pudełku razem z resztą trójkącików. Były puste.

– Tak, a brązowy?

– A w tym brązowym był brązowy i różowy trójkącik, nadążasz?

Carl nie odpowiedział. Spojrzał tylko na pusty brązowy pionek punktacyjny, leżący na planszy. Bardzo dziwne.

– Dziękuję, Rose – powiedział. – Dobra robota.

– I co, Carl? – spytał Assad. – Co powiedziała?

– W brązowym pionku powinien być brązowy i różowy torcik, Assad. A ten tutaj jest pusty.

Przyjrzeli mu się obaj.

– Czy nie powinniśmy teraz szukać tych dwóch torcików, których tak brakuje? – spytał Assad, rzucając się na podłogę i zaglądając pod stojący pod ścianą dębowy kredens.

Carl po raz kolejny zaciągnął się głęboko papierosem. Dlaczego ktoś miał podmienić grę? Widać, że coś jest nie tak. I dlaczego zamek w drzwiach kuchennych tak łatwo chodził? I dlaczego w ogóle podrzucono im tę sprawę na stół w piwnicy? Kto za tym stał?

– Musieli kiedyś urządzać święta w letnim domku, pewnie było zimno – stwierdził Assad i wyciągnął z czeluści pod kredensem plecione serduszko bożonarodzeniowe.

Carl kiwnął głową. W tym domu chyba nigdy nie mogło być zimniej niż teraz. Wszystko w nim kojarzyło się z przeszłością i nieszczęściem. Kto w ogóle jeszcze pamiętał tamte czasy? Starsza pani umierająca na guz mózgu, to wszystko.

Spojrzał na drzwi prowadzące do trzech sypialni. Znajdowały się tuż obok siebie. Tata, mama i dzieci. Zajrzał po kolei do pokoi. Łóżka sosnowe, których się spodziewał, i stoliki nocne przykryte czymś budzącym odległe skojarzenia z obrusem w kratę. Pokój dziewczyny zdobiły zdjęcia gwiazd muzyki pop – Duran Duran i Wham. Pokój chłopaka – Suzy Quatro w obcisłej czarnej skórze. Tam, w pościeli, rozpościerała się przed nimi świetlana przyszłość. Tu zaś, w salonie za plecami Carla, została im brutalnie wydarta. Czyli oś życia znajduje się dokładnie w tym miejscu, gdzie on stoi. Na progu między świetlaną przyszłością a tym, co naprawdę się zdarza.

– W szafkach kuchennych jest jeszcze spirytus, Carl! – krzyknął Assad z kuchni. Czyli w domu na pewno nie było złodziei.

Kiedy stali przed domkiem, przyglądając mu się z zewnątrz, Carla ogarnął niepokój. Ta sprawa była jak zabawa z rtęcią. Trująca, gdy się jej dotknie, a zarazem nieuchwytna. Ulotna i konkretna jednocześnie. Tyle czasu upłynęło. Człowiek, który sam się zgłosił na policję. Grupa uczniów ze szkoły z internatem, wciąż zajmująca wyżyny społeczne.

– Czego tu szukać? Po co w ogóle to ciągnąć? – zapytał sam siebie, zwracając się równocześnie do swego towarzysza. – Myślę, że powinniśmy zostawić tę sprawę, Assad – powiedział. – Chodź, wracamy do domu.

Kopnął kępę trawy rosnącą na piasku i wyjął kluczyki do samochodu. Miało to oznaczać, że sprawa przesądzona. Ale do Assada to nie dotarło. Stał tylko i patrzył w stłuczone okno pokoju kominkowego, jakby otworzył wrota do świętości.

– Nie wiem, Carl – powiedział. – Jesteśmy jedynymi ludźmi, którzy mogą teraz coś zrobić dla zamordowanych, jesteś tego świadom?

„Zrobić coś dla zamordowanych" – powiedział Assad, tak jakby ta drobna postać z Bliskiego Wschodu mogła rzucić linę ratunkową w przeszłość.

Carl kiwnął głową.

– Nie sądzę, byśmy coś więcej tu zdziałali, ale przejdźmy się drogą – powiedział, zapalając kolejną fajkę. Świeże powietrze najlepiej smakowało przez papierosa. Szli przez kilka minut pod wiatr, delikatnie niosący zapachy późnego lata, aż dotarli do pobliskiego domku letniskowego. Dobiegające z jego wnętrza dźwięki zdradzały, że ostatni emeryt w okolicy jeszcze nie udał się na zimowy spoczynek.

– Tak, teraz nie ma tu ludzi, ale jest dopiero piątek – powiedział rumiany mężczyzna w spodniach podciągniętych wysoko, aż na pierś, którego znaleźli za domkiem. – Przyjdźcie jutro. W soboty i niedziele pełno tu ludzi. I jeszcze z miesiąc tak będzie.

Gdy spostrzegł odznakę policyjną Carla, całkiem rozwiązał mu się język. W jednym długim zdaniu musiał opowiedzieć im o wszystkim. Złodzieje, potopieni Niemcy, piraci drogowi w okolicach Vig.

Carl pomyślał, że ten mężczyzna od wielu lat żył jak Robinson Crusoe, nie mając z kim się komunikować.

Nagle Assad chwycił faceta za rękę:

– Czy to pan zabił tych dwoje nastolatków na tej ulicy, która nazywa się Przy Żywopłocie?

To był starszy człowiek. Zamarł w pół wdechu. Przestał mrugać, jego oczy zmatowiały jak u trupa, a wargi rozchyliły się i zsiniały. Nie zdążył nawet złapać się za klatkę piersiową, tylko po prostu runął w tył, a Carl rzucił się za nim.

– Dobry Boże, Assad! Co cię napadło, do cholery? – rozległy się słowa Carla, zanim poluzował kołnierzyk i pasek mężczyzny.

Minęło dziesięć minut, nim starszy pan wrócił do siebie. W tym czasie jego żona, która pędem przybiegła ze składziku na narzędzia, nie wypowiedziała ani słowa. To było długie dziesięć minut.

– Stokrotnie przepraszam za mojego partnera – powiedział Carl do zszokowanego mężczyzny. – Jest tutaj na wymianie w ramach duńsko-irackiego programu policyjnego i nie rozumie wszystkich niuansów językowych. Zdarza się, że jego i moje metody ze sobą kolidują.

Assad nic nie powiedział. Może słowo „kolidować" go przystopowało.

– Dobrze pamiętam tę sprawę – powiedział wreszcie mężczyzna, już spokojniejszy w objęciach żony. – Była straszna. Ale jeśli chcecie coś wiedzieć, to pytajcie Valdemara Florina. Mieszka niedaleko, na ulicy Flyndersøvej. Tylko pięćdziesiąt metrów dalej w prawo. Tabliczki nie sposób przeoczyć.

– Czemu powiedziałeś to o irackiej policji, Carl? – zapytał Assad, ciskając kamień w morze.

Carl go zignorował, wpatrując się w pyszniącą się na wzgórzu rezydencję Valdemara Florina. Wtedy, w latach osiemdziesiątych, zdjęcie tego bungalowu często widywało się w tygodnikach. To tutaj balowała śmietanka towarzyska. Legendarne, wystawne imprezy. Plotka głosiła, że kto próbował dorównać przyjęciom Florina, zyskiwał śmiertelnego wroga na całe życie.

Valdemar Florin zawsze był bezkompromisowym człowiekiem. Często poruszał się na granicy prawa, ale z niewiadomych przyczyn nigdy nie przyłapano go na jego łamaniu. Kilka odszkodowań za łamanie praw autorskich i molestowanie seksualne młodych pracownic – owszem, ale nic ponadto. Florin był asem handlu. Nieruchomości, systemy uzbrojenia, ogromne zamówienia żelaznych racji żywnościowych, spekulacja ropą na giełdzie w Rotterdamie. Potrafił wszystko.

Teraz to pieśń przeszłości. Więzi łączące Valdemara Florina ze światem pięknych i bogatych poluzowały się, gdy jego żona, Beate, odebrała sobie życie. Z dnia na dzień jego domy w Rørvig i Vedbæk stały się twierdzami, których nikt nie chciał odwiedzać. Było tajemnicą poliszynela, że swoją słabością do bardzo młodych dziewcząt doprowadził żonę do śmierci. Tego nie wybaczano nawet w jego kręgach.

– Dlaczego, Carl? – ponowił pytanie Assad. – Dlaczego powiedziałeś to o irackiej policji?

Spojrzał na swego niewysokiego towarzysza. Pod śniadą cerą policzki pałały mu czerwienią. Bóg jeden wie, czy z oburzenia, czy od chłodnej bryzy znad cypla Skansehage.

– Assad, nie powinieneś napadać na nikogo z takimi pytaniami. Jak mogłeś oskarżyć tego starszego człowieka o coś, czego z pewnością nie zrobił? Czemu to miało służyć?

– Sam to przecież robiłeś.

– Może więc obaj damy sobie z tym spokój?

– A co z iracką policją?

– Zapomnij o tym, Assad. Wyssane z palca – odparł Carl. Ale czuł spojrzenie Assada na karku, kiedy prowadzono ich do salonu Valdemara Florina, i zanotował to w pamięci.

Valdemar Florin siedział przed panoramicznym oknem z widokiem na ulicę Flyndersøvej i niemal bezkresną panoramę zatoki Hesselø. Za nim cztery pary podwójnych szklanych drzwi w amfiladzie otwierały się na taras kryty piaskowcem i basen, leżący pośrodku ogrodu niczym wyschnięta oaza. Kiedyś to miejsce tętniło życiem. Bywali tu nawet członkowie rodziny królewskiej.

Florin siedział spokojnie, czytając książkę. Nogi na podnóżku, ogień w kominku, szklaneczka whisky na marmurowym stole. Bardzo harmonijny widok, jeśli nie liczyć kartek z książki, walających się po dywanie.

Carl odchrząknął parę razy, ale stary rekin finansjery nie odrywał oczu od książki i spojrzał na nich dopiero, gdy doczytał do końca strony. Następnie wyrwał kartkę i rzucił na podłogę obok pozostałych.

– Wtedy wiadomo, jak daleko się doczytało – powiedział. – Komu zawdzięczam ten zaszczyt?

Assad spojrzał na Carla, unosząc brwi. Niektórych zwrotów nadal nie potrafił na bieżąco przetrawić.

Uśmiech Valdemara Florina znikł, gdy Carl pokazał mu odznakę policyjną. A kiedy poinformował, skąd przychodzą i w jakiej sprawie, Valdemar Florin kazał im się wynosić.

Miał na oko siedemdziesiąt pięć lat. Wciąż był chudym i wyniosłym drapieżnikiem, który potrafi ugryźć. A w głębi jego jasnych oczu czaił się uśpiony gniew, który w każdej chwili mógł wybuchnąć. Wystarczył tylko podmuch, by go rozniecić.

– Owszem, przychodzimy niezapowiedziani, panie Florin, i jeśli pan chce, żebyśmy poszli, zrobimy to. Żywię do pana ogromny szacunek i podziw, dlatego oczywiście zrobię to, czego pan sobie życzy. Mogę przyjść jutro rano, jeśli panu bardziej pasuje.

Pod pancerzem Florina pojawił się przebłysk reakcji. Carl właśnie dał mu to, co chciał dostać. Niech diabli wezmą pieszczoty, pochlebstwa i deszcz prezentów, skoro jedyną rzeczą, jakiej ludzie rzeczywiście pragną, jest szacunek. Okaż bliźnim szacunek, a zatańczą, jak im zagrasz – mawiał nauczyciel Carla w szkole policyjnej. Sprawdza się, cholera.

– Nie dam się nabrać na piękne słówka – powiedział mężczyzna. Ale się nabrał.

– Czy możemy usiąść, panie Florin? Dosłownie na pięć minut.

– A o co chodzi?

– Myśli pan, że Bjarne Thøgersen działał sam w sprawie zabójstwa tej dwójki rodzeństwa w 1987? Wyjawię panu, że zgłosił się do nas ktoś, kto twierdzi coś innego. Pański syn pozostaje poza podejrzeniem, ale jego koledzy już nie.

Florin wydął nozdrza, jakby tłumił przekleństwo, ale zamiast tego rzucił na stół pozostałości książki.

– Helen! – krzyknął, obracając się. – Przynieś jeszcze whisky! – Zapalił egipskiego papierosa, nie częstując ich.

– Kto? Kto tak twierdzi? – spytał napastliwie.

– Niestety, nie możemy tego zdradzić. Ale nie ulega wątpliwości, że Bjarne Thøgersen nie działał sam.

– Ach, ta miernota... – jego ton był pełen pogardy, ale nie kontynuował tej wypowiedzi.

Do pokoju weszła około dwudziestoletnia dziewczyna w czarnym mundurku i białym fartuszku. Rutynowo dolała whisky i wody, nie zaszczycając ich nawet jednym spojrzeniem.

Przechodząc obok Florina, przelotnie musnęła dłonią jego rzadkie włosy. Dobrze ułożona.

– Naprawdę chętnie służyłbym pomocą – powiedział Florin, sącząc whisky – ale minęło już tyle czasu i uważam, że lepiej to sobie darować.

Carl się nie zgodził.

– Czy znał pan kolegów syna, panie Florin?

Na jego ustach pojawił się uśmieszek.

– Jest pan bardzo młody, więc jeśli nic panu o tym nie wiadomo, byłem wtedy zajęty. Nie, nie znałem. To było kilkoro dzieciaków, których Torsten poznał w szkole z internatem.

– Dziwił się pan, że na grupę padło podejrzenie? To byli przecież grzeczni młodzi ludzie, prawda? Wszyscy pochodzili z dobrych domów.

– Nie wiem, co mnie dziwiło, a co nie – spojrzał na nich znad brzegu szklanki, mrużąc oczy. Te oczy dużo już widziały. I to znacznie gorszych rzeczy niż Carl Mørck.

Odłożył szklankę.

– Ale w 1987, podczas dochodzenia, kilkoro z nich się wyróżniało – powiedział.

– Co ma pan na myśli?

– Oczywiście ja i mój adwokat zadbaliśmy o to, żeby być na posterunku w Holbæk podczas przesłuchania młodych. Mój adwokat był przez cały czas kuratorem całej szóstki.

– Bent Krum, prawda?

Pytanie zadał Assad, ale Valdemar Florin potraktował go jak powietrze.

Carl kiwnął do Assada. Ta informacja była pewna.

– Wyróżniali się, mówi pan. Kto według pana się wyróżniał podczas przesłuchań? – ciągnął.

– Może niech pan lepiej zadzwoni do Benta Kruma i zapyta go, skoro się znacie. Wciąż ma doskonałą pamięć, jeśli wolno mi zauważyć.

– Ach tak. Skąd ta pewność?

– Nadal jest adwokatem mego syna. A także Ditleva Prama i Ulrika.

– Twierdził pan, że nie zna tych młodych, panie Florin. Ale mówi pan o Ditlevie Pramie i Ulriku Dybbølu Jensenie w sposób pozwalający sądzić, że jest inaczej.

Potrząsnął nieznacznie głową.

– Znałem ich ojców. I tyle.

– A czy znał pan również ojców Kristiana Wolfa i Kirsten-Marie Lassen?

– Słabo.

– A ojca Bjarnego Thøgersena?

– Płotka. Nie znałem go.

– Miał skład drewna w Północnej Zelandii – wtrącił Assad. Carl kiwnął głową. On sam to dobrze pamiętał.

– Proszę posłuchać – powiedział Valdemar Florin, spoglądając przez okna dachowe na kryształowo czyste niebo. – Kristian Wolf nie żyje, zgadza się? Kimmie zniknęła bez śladu wiele lat temu. Mój syn mówi, że włóczy się z walizeczką po ulicach Kopenhagi. Bjarne Thøgersen siedzi. O czym my tu, do diabła, mówimy?

– Kimmie? Mówi pan o Kirsten-Marie Lassen? Tak ją nazywali? Florin nie odpowiedział. Wziął tylko kolejny łyk i podniósł ze stołu swoją książkę. Audiencja skończona.

Gdy opuszczali dom, widzieli przez okna werandy, jak rzuca zmaltretowaną książkę na stół i sięga po telefon. Sprawiał wrażenie rozzłoszczonego. Może chciał ostrzec adwokata, że mogą się zjawić. Albo dzwonił do firmy monitoringowej z pytaniem o systemy ostrzegania, dzięki którym nieproszeni goście będą odprawiani już przy bramie.

– On wiedział wszystko, co można wiedzieć – powiedział Assad.

– Może i tak. Z takimi jak on nigdy nie wiadomo. Całe życie uczą się uważać na to, co mówią. Ale wiedziałeś, że Kimmie żyje na ulicy?

– Nie, nigdzie o tym nie piszą.

– Musimy ją znaleźć.

– Tak. Ale możemy też najpierw porozmawiać z resztą.

– Może – Carl spojrzał na wodę. Oczywiście, że muszą porozmawiać ze wszystkimi. – Ale kiedy kobieta pokroju Kimmie Lassen odwraca się plecami do swego bogatego środowiska i ląduje na ulicy, to musi być ku temu powód. Tacy ludzie potrafią mieć wyjątkowo bolesne rany, do których warto się dobrać, Assad. Dlatego musimy ją znaleźć.

Kiedy dotarli do samochodu stojącego przy domku letniskowym, Assad stał przez chwilę, zastanawiając się. – Nie rozumiem, co z tą grą, Carl.

„Wielkie umysły myślą podobnie" – przemknęło przez głowę Carla.

– Obejdźmy dom jeszcze raz, Assad. Właśnie miałem to zaproponować. Musimy zabrać ze sobą grę i zbadać odciski palców.

Tym razem przeszukali wszystko. Szopy, zarośnięty metrowym zielskiem trawnik za domem i składzik na butle gazowe. Gdy ponownie znaleźli się w salonie, wciąż byli w punkcie wyjścia.

Assad ukląkł na podłodze i zabrał się do ponownego poszukiwania dwóch trójkącików z brązowego pionka, wzrok Carla zaś przesunął się wolno po półkach z pamiątkami i meblach.

W końcu jego spojrzenie spoczęło na pionkach i grze Trivial Pursuit.

To było takie oczywiste – pionki stojące na żółtym, środkowym polu. Małe fragmenty całości. Jeden pionek z trójkącikami, które powinny się w nim znajdować, i jeden, w którym brakowało dwóch. Różowy i brązowy.

Wtedy naszła go pewna myśl.

– Tu jest jeszcze jedno świąteczne serduszko – mruknął Assad, wyciągając je spod brzegu dywanu.

Ale Carl się nie odezwał. Schylił się powoli i podniósł karty leżące luzem przy pudełkach. Dwie karty z sześcioma pytaniami na każdej. Każde z pytań zapisane w kolorze odpowiadającym kolorom trójkącików.

W tej chwili interesowały go tylko brązowe i różowe pytania.

Następnie odwrócił karty i spojrzał na odpowiedzi.

Poczucie, że dokonał przełomu, sprawiło, że westchnął głęboko.

– Tutaj! Tu coś jest, Assad – powiedział cicho, kontrolując się, jak mógł. – Spójrz.

Assad podniósł się, trzymając w ręce gwiazdkowe serduszko, i spojrzał na karty ponad ramieniem Carla.

– Co?

– W jednym pionku brakowało różowego i brązowego trójkącika, prawda? – Najpierw podał Assadowi jedną, potem drugą kartę. – Popatrz na różową odpowiedź na tej karcie i na brązową na tamtej. Co tam jest napisane?

– Na jednej jest napisane „Arne Jacobsen", a na drugiej „Johan Jacobsen".

Spojrzeli na siebie.

– Arne? Tak się nazywał ten policjant, który wziął teczkę z Holbæk i dał ją Marcie Jørgensen, nie? Jak on miał na nazwisko, pamiętasz może?

Assad uniósł brwi, po czym wyjął notes z kieszonki na piersi i przekartkował notatki wstecz, aż dotarł do przesłuchania Marthy Jørgensen.

Wyszeptał kilka niezrozumiałych słów i uniósł wzrok.

– Masz rację, nazywał się Arne. Tu jest napisane. Ale Martha Jørgensen nie wymieniła nazwiska.

Jeszcze raz wyszeptał parę słów po arabsku i spojrzał na grę.

– Jeśli Arne Jacobsen jest policjantem, to kim jest ten drugi?

Carl wyciągnął telefon i zadzwonił bezpośrednio na policję w Holbæk.

– Arne Jacobsen? – zamyślił się dyżurny. Nie, niech lepiej porozmawia z którymś ze starszych kolegów. Chwileczkę, przełączy go.

Minęły zaledwie trzy minuty i Carl mógł się rozłączyć.

11

Zdarza się to, gdy człowiek kończy czterdzieści lat. Albo w dniu, w którym zarobi pierwszy milion. Albo przynajmniej wtedy, gdy ojciec przechodzi na emeryturę i odtąd czeka go już tylko rozwiązywanie krzyżówek. W tym dniu większość mężczyzn chce poczuć, że wreszcie wyswobodzili się z pęt patriarchalnej wyższości, przemądrzałych uwag i krytycznych spojrzeń.

Tak się jednak nie stało w wypadku Torstena Florina.

Jego fortuna przewyższała majątek ojca, oddalił się o lata świetlne od czworga młodszego rodzeństwa, które w przeciwieństwie do niego, nie odznaczyło się niczym szczególnym. Nawet w mediach pojawiał się o wiele częściej niż ojciec. Wszyscy w Danii go znali. Był podziwiany, szczególnie przez te kobiety, których zawsze pożądał jego ojciec.

A jednak czuł się źle, kiedy słyszał w słuchawce jego głos. Czuł się jak nieznośny bachor – gorszy i pogardzany. W jego brzuchu pojawiał się supeł, który mógł zniknąć dopiero po rzuceniu słuchawki na widełki.

Ale Torsten nie rzucał słuchawką. Nigdy, kiedy dzwonił ojciec.

Po takiej rozmowie, nawet krótkiej, Torsten nie potrafił pozbyć się złości i frustracji.

„Los najstarszego dziecka" – mawiał jedyny sensowny nauczyciel w szkole, a Torsten nienawidził go za te słowa. Jeżeli bowiem były prawdziwe, to jak w ogóle można coś zmienić? To pytanie nękało go codziennie. Ulrik i Kristian byli w podobnej sytuacji.

Połączyła ich właśnie bolesna nienawiść do ojców. Gdy Torsten okładał na oślep niewinne ofiary lub skręcał karki gołębiom sympatycznego nauczyciela albo gdy później spoglądał w oczy przerażonej konkurencji, do której docierało, że stworzył kolejną niepowtarzalną kolekcję, zawsze myślał o swoim ojcu.

– Głupi bydlak – powiedział drżącym głosem, gdy ojciec odłożył słuchawkę. – Głupi gnojek – wysyczał w stronę wiszących na ścianach dyplomów i licznych trofeów myśliwskich. Gdyby w sali obok nie było projektantów, głównych nabywców i czterech piątych wszystkich najlepszych klientów firmy i jej rywali, chętnie wykrzyczałby swoją pogardę. Zamiast tego chwycił zabytkowy drewniany metr, który dostał na pięciolecie istnienia firmy, i uderzył nim wypchaną głowę kozicy, wiszącą na ścianie.

– Bydlak, bydlak, bydlak! – wykrzykiwał szeptem, nie szczędząc razów.

Kiedy poczuł, jak na karku zbiera mu się pot, przestał i spróbował zebrać myśli. Głos jego ojca i to, co mu powiedział, wytrąciły go z równowagi.

Torsten podniósł wzrok. Za oknem, w miejscu gdzie las schodzi do morza, latało kilka głodnych srok. Skrzeczały radośnie, szarpiąc martwe ptaki, na których wcześniej wyładował swój gniew.

„Zasrane ptaszyska" – pomyślał, wiedząc, że wkrótce się uspokoi. Po chwili zdjął z haczyka łuk myśliwski, wyjął kilka strzał ze schowanego za biurkiem kołczanu, otworzył drzwi na taras i zaczął strzelać do ptaków.

Kiedy ich skrzeczenie ucichło, szalejąca w jego głowie wściekłość zniknęła. Pomagało za każdym razem.

Wyszedł na trawnik, wyciągnął strzały z ptasich ciał, kopniakami przesunął truchła na skraj lasu, do pozostałych, i wrócił do swojej pracowni. Wsłuchawszy się w niczym niezakłócony szmer rozmów gości, powiesił łuk na miejsce i wrzucił strzały z powrotem do kołczanu. Dopiero wtedy wybrał numer Ditleva.

– Policja kryminalna była w Rørvig, żeby porozmawiać z moim ojcem – to były pierwsze słowa, jakie wypowiedział, gdy Ditlev podniósł słuchawkę.

Po drugiej stronie na moment zapadła cisza.

– Okej – odparł Ditlev, akcentując drugą sylabę. – Czego chcieli?

Torsten wziął głęboki oddech.

– Pytali o rodzeństwo z okolic Dybbesø. Nic konkretnego. O ile ten stary pierdziel dobrze zrozumiał, ktoś przyszedł na policję i zaczął mącić w sprawie winy Bjarnego.

– Kimmie?

– Nie wiem, Ditlev. O ile wiem, nie powiedzieli, kto.

– Musisz ostrzec Bjarnego, rozumiesz? I to już! Co jeszcze?

– Ojciec zasugerował, żeby skontaktowali się z Krumem.

Śmiech Ditleva po drugiej stronie był taki, jak zawsze. Zupełnie beznamiętny.

– Z Kruma nic nie wyciągną – powiedział po chwili.

– Nie. Ale prowadzą jakieś dochodzenia, a to źle.

– Byli z policji z Holbæk? – spytał Ditlev.

– Nie sądzę. Stary uważa, że z kopenhaskiego Wydziału Zabójstw.

– Kurwa, zna ich nazwiska?

– Nie, ten arogancki palant jak zwykle nie dosłyszał. Ale Krum będzie je miał.

– Nieważne. Dzwonię do Aalbæka. Zna kilka osób w Komendzie Głównej.

Po zakończeniu rozmowy Torsten przez chwilę siedział i patrzył przed siebie niewidzącym wzrokiem, oddychając coraz głębiej. W tej chwili jego mózg owładnięty był wizjami przerażonych ludzi, którzy błagali o litość i wołali o pomoc. Wspominał krew i śmiech pozostałych z grupy. Prowadzone później rozmowy. Zbiór fotek Kristiana, wokół których spotykali się co wieczór, upalając się do nieprzytomności lub ładując w siebie amfetaminę. W takich chwilach jak ta przypominał sobie o wszystkim i delektował się tym, nienawidząc się za to.

Otworzył szeroko oczy, by wrócić do rzeczywistości. Zwykle otrząśnięcie się z tych wizji zajmowało mu kilka minut, ale podniecenie erotyczne zawsze pozostawało.

Chwycił się za krocze. Jego penis znowu był twardy.

Kurwa, dlaczego nie potrafi kontrolować tych uczuć? Dlaczego ciągle wracają?

Wstał i zamknął na klucz drzwi prowadzące do sąsiednich apartamentów, z których dobiegały głosy władców duńskiego świata mody.

Wziął głęboki oddech i powoli osunął się na kolana.

Złożył ręce i spuścił głowę. Czuł, że czasami to konieczne.

– Panie Boże – wyszeptał kilkakrotnie. – Wybacz mi. Albowiem nic nie mogę na to poradzić.

12

Ditlev Pram w ciągu kilku sekund zapoznał Aalbæka z sytuacją, ignorując skargi tego durnia na brak ludzi i długie noce. Niech trzyma mordę na kłódkę, skoro płacą mu tyle, ile chce.

Następnie obrócił się na krześle i skinął przyjaźnie do zaufanych pracowników zgromadzonych wokół stołu konferencyjnego.

– Proszę mi wybaczyć – odezwał się po angielsku. – Mam problem z ciotką staruszką. Ciągle znika z domu, a o tej porze roku trzeba ją znaleźć, nim zapadnie zmrok.

Uśmiechnęli się ze współczuciem. Rozumieli to. Rodzina przede wszystkim. W ich krajach też tak jest.

– Dziękuję za informacje – uśmiechnął się szeroko. – Jestem głęboko wdzięczny, że nasza współpraca doszła do skutku. Najlepsi lekarze Europy Północnej w jednym miejscu, czegóż więcej można chcieć? – uderzył dłońmi o stół. – No, bierzemy się do roboty. Stanislav, zaczniesz?

Ordynator oddziału chirurgii plastycznej kiwnął głową i włączył rzutnik. Pokazał im twarz mężczyzny z narysowanymi liniami. Pokazał, gdzie wykona nacięcia. Już to wypróbował, pięć razy w Rumunii i dwa na Ukrainie. Czucie w nerwach twarzowych wracało zaskakująco szybko za każdym razem, poza jednym przypadkiem. Brzmiało to bezproblemowo. Zapewnił, że w ten sposób można przeprowadzić lifting twarzy, wykonując o połowę mniej nacięć niż standardowo.

– Proszę spojrzeć – powiedział. – Tu, na samej górze, po obu stronach twarzy. Usuwa się powierzchnię w kształcie trójkąta, po czym tę okolicę się unosi i zakłada kilka szwów. Proste i załatwiane ambulatoryjnie.

W tym momencie wtrącił się dyrektor szpitala Ditleva.

– Wysłaliśmy już opisy operacji do czasopism – wyjął cztery pisma europejskie i jedno amerykańskie. Nie najbardziej prestiżowe, ale wystarczająco dobre. – Publikacje ukażą się jeszcze przed Bożym Narodzeniem. Nazwaliśmy tę terapię „The Stanislav Facial Correction".

Ditlev kiwnął głową. Z pewnością były w tym duże pieniądze, a ci ludzie byli zdolni. Superprofesjonalni mistrzowie skalpela. Każdy z nich dostawał pensję odpowiadającą wynagrodzeniu dziesięciu lekarzy w kraju ojczystym. Nie budziło to w nich wyrzutów sumienia, ale dzięki temu wszyscy tu obecni jechali na tym samym wózku. Ditlev, który zarabiał na ich pracy, i oni, zarabiający na wszystkich innych. Niezwykle korzystna hierarchia, szczególnie jeśli to on znajdował się na samym szczycie. A teraz ocenił obiektywnie, że jedna nieudana operacja na siedem była absolutnie nie do przyjęcia. Ditlev unikał niepotrzebnego ryzyka; nauczył się tego od szkolnych kolegów. Jeśli istniało ryzyko wdepnięcia w gówno, to należało je po prostu obejść. Dlatego za chwilę powie „nie" temu projektowi i zwolni dyrektora za podanie czegoś do publicznej wiadomości bez jego akceptacji. Również dlatego, że nie potrafił myśleć o czymkolwiek innym niż telefon od Torstena.

Za jego plecami rozległ się dźwięk aparatu głośnomówiącego. Odchylił się do tyłu i przycisnął guzik.

– Tak, Birgitte – powiedział.

– Pańska żona tu idzie.

Ditlev spojrzał na pozostałych. Czyli opierdol poczeka, a sekretarka musi wstrzymać publikację artykułów.

– Proszę poprosić Thelmę, żeby została tam, gdzie jest – powiedział. – Przejdę do części prywatnej. Już skończyliśmy.

Od kliniki do ich willi prowadził stumetrowy szklany korytarz wśród zieleni. Można było suchą nogą przejść przez ogród, podziwiając jednocześnie morze i las bukowy. Pomysł pochodził z Muzeum Sztuki Współczesnej w Luizjanie, tyle że u niego nie było obrazów na ścianach.

Thelma dała jasno do zrozumienia, o co jej chodzi. Nie życzył sobie, żeby ktoś był świadkiem scen w jego gabinecie. Jej oczy pałały nienawiścią.

– Rozmawiałam z Lissan Hjorth – powiedziała cierpko.

– Ach tak? Trochę to zajęło. Nie powinnaś być teraz w Aalborgu, u swojej siostry?

– Nie byłam w Aalborgu, tylko w Göteborgu, i to wcale nie z moją siostrą. Lissan mówi, że zastrzeliliście jej psa.

– Jacy „wy"? Mówię ci, że to był wypadek. Ten pies był nieposłuszny i wbiegł między nas a zwierzynę. Ostrzegałem Hjortha. Mówisz, że co robiłaś w tym Göteborgu?

– To Torsten zastrzelił psa.

– Owszem i bardzo mu z tego powodu przykro. Mamy kupić Lissan nowego pieska? O to chodzi? Powiedz mi lepiej, co takiego robiłaś w Göteborgu.

Na jej czole pojawił się cień. Tylko wyjątkowo porywcza natura była w stanie wywołać zmarszczki na skórze twarzy tak silnie napiętej po pięciu liftingach, ale Thelma Pram taką właśnie miała.

– Podarowałeś moje mieszkanie w Berlinie temu gówniarzowi, Saxenholdtowi. Moje mieszkanie, Ditlev! – wyciągnęła palec w jego stronę. – To będzie wasze ostatnie polowanie, rozumiesz?

Zbliżył się do niej. Był to jedyny sposób, żeby ją zmusić do wycofania.

– Przecież i tak nigdy nie używałaś tego mieszkania, prawda? Nie mogłaś namówić kochasia, żeby tam pojechał? – uśmiechnął się. – Niedługo będziesz dla niego za stara, Thelmo.

Uniosła głowę, zadziwiająco dobrze znosząc jego obelgi.

– Nie masz pojęcia, o czym mówisz, rozumiesz? Zapomniałeś tym razem napuścić na mnie Aalbæka, skoro nawet nie wiesz, kim on jest. Tak, Ditlev? Nie wiesz, z kim byłam w Göteborgu? – zaśmiała się.

Ditlev się zatrzymał. Pytanie go zaskoczyło.

– Rozwód będzie drogi, Ditlev. Robisz dziwne rzeczy. Coś takiego kosztuje, kiedy w grę zaczynają wchodzić adwokaci.

Twoje perwersyjne zabawy z Ulrikiem i innymi. Myślisz, że długo będę to trzymała za darmo w tajemnicy?

Uśmiechnął się. To był blef.

– Sądzisz, że nie wiem, co teraz myślisz, Ditlev? Myślisz: „Nie ośmieli się". Ma u mnie za dobrze. Ale nie, Ditlev, wyrosłam z ciebie. Dla mnie możesz nawet zgnić w więzieniu. Wtedy będziesz musiał się obejść bez swoich niewolnic z pralni. Myślisz, że dasz radę, Ditlev?

Spojrzał na jej szyję. Wiedział przecież, jak mocno potrafi uderzyć. Wiedział, gdzie.

Wyczuła to i cofnęła się jak łasica.

Jeśli więc ma uderzyć, to będzie musiał zajść ją od tyłu. Nie ma ludzi niezniszczalnych.

– Jesteś chory psychicznie, Ditlev – powiedziała. – Zawsze o tym wiedziałam, ale kiedyś byłeś chory w zabawny sposób. Teraz już tak nie jest.

– Skoro tak, Thelmo, to poszukaj sobie adwokata.

Uśmiechnęła się jak Salome prosząca o głowę Jana Chrzciciela na tacy.

– I mam spotkać Benta Kruma po drugiej stronie stołu? Nie, Ditlev, tego nie zrobię. Mam inne plany. Po prostu poczekam, aż nadarzy się odpowiednia okazja.

– Grozisz mi?

Spod opaski wyswobodziło się kilka kosmyków jej włosów. Odchyliła głowę, odsłaniając nagą szyję. Pokazywała, że się go nie boi. Kpiła z niego.

– Myślisz, że to czcze groźby? – W jej oczach płonął ogień. – Wcale nie. Wyniosę się, kiedy będzie mi pasować. Mężczyzna, którego spotkałam, czeka na mnie. To dojrzały mężczyzna, nie miałeś o tym pojęcia, co, Ditlev? Ale starszy od ciebie. Znam swoje potrzeby. Nie zaspokoi ich byle młokos.

– Aha. Kto to jest?

Uśmiechnęła się krzywo.

– Frank Helmond. A to ci niespodzianka, prawda?

W głowie Ditleva aż się zakotłowało.

Kimmie, ludzie z policji, Thelma i do tego Frank Helmond.

„Teraz lepiej uważaj, w co się pakujesz" – ostrzegł sam siebie, zastanawiając się, czy nie sprawdzić, które filipińskie dziewczyny mają wieczorną zmianę.

Wtedy ogarnęła go kolejna fala odrazy. Frank Helmond. Co za upokorzenie! Niedorobiony lokalny polityk! Niższa kasta. Indywiduum pośledniego kalibru.

Poszukał Helmonda w książce telefonicznej i znalazł adres, który znał już wcześniej. Helmond nie należał do ludzi, którzy ukrywają przed światem swoje miejsce zamieszkania. Ale taki właśnie był Helmond, wszyscy o tym wiedzieli. Mieszkał w willi, na którą nie było go stać, w dzielnicy, której mieszkańcy nigdy nie zagłosowaliby na jego żałosną, mierną partię.

Ditlev podszedł do regału z książkami, wyciągnął gruby tom i otworzył go. W środku był pusty. Zostało akurat tyle miejsca, żeby zmieścić tam woreczki z kokainą.

Pierwsza ścieżka stępiła obraz zmrużonych oczu Thelmy. Kolejna sprawiła, że się wyprostował i zerknął na telefon, zapominając, że w jego słowniku istnieje słowo „ryzyko". Miał ochotę położyć temu kres. Dlaczego więc tego nie zrobić w odpowiedni sposób? Z Ulrikiem. Po ciemku.

– Obejrzymy u ciebie film? – spytał w chwili, gdy Ulrik podniósł słuchawkę. Po drugiej stronie rozległo się zadowolone westchnienie.

– Mówisz serio? – spytał Ulrik.

– Jesteś sam w domu?

– Tak. Ditlev, kurwa, mówisz serio? – już był podniecony.

To będzie nadzwyczajny wieczór.

Widzieli ten film niezliczoną ilość razy. Bez niego nic nie byłoby takie samo.

Po raz pierwszy obejrzeli *Mechaniczną pomarańczę* w szkole, na początku drugiej klasy liceum. Nowy nauczyciel, który niewłaściwie odczytał kodeks szkoły, dotyczący otwartości na różne kultury, pokazał ten film klasie. Ten i jeszcze jeden, zatytułowany *Jeżeli...*, opowiadający o buncie w angielskiej szkole z internatem. Tematem przewodnim była angielska szkoła w latach sześćdziesiątych. Zdawałoby się, że to wyjątkowo odpowiedni temat dla szkoły z internatem, opartej na brytyjskich tradycjach. Dyrekcja szkoły uznała jednak, że bez względu na swoje walory film był zupełnie nie na miejscu. Dlatego nauczyciel nie zabawił w szkole długo.

Ale szkoda już została wyrządzona, bo Kimmie i nowy uczeń w klasie, Kristian Wolf, bezkrytycznie wchłonęli przesłanie filmu. Dzięki niemu otworzyły się przed nimi nowe horyzonty wolności i zemsty.

Inicjatywę przejął Kristian. Był prawie dwa lata starszy i nikomu nie okazywał szacunku. Cała klasa była w niego wpatrzona. Choć regulamin szkoły tego zabraniał, zawsze miał kieszenie wypchane pieniędzmi. Chłopak o czujnym spojrzeniu, który z wyjątkową starannością dobrał sobie do towarzystwa Ditleva, Bjarnego i Ulrika. Mieli ze sobą bardzo dużo wspólnego. Byli nieprzystosowani, przepełnieni nienawiścią do szkoły i autorytetów. Tak, to *Mechaniczna pomarańcza* ich połączyła.

Znaleźli film w wypożyczalni wideo i wielokrotnie obejrzeli go ukradkiem w norze Kristiana i Ulrika. Pokłosiem tej fascynacji był zawarty przez nich pakt. Będą tacy jak banda z *Mechanicznej pomarańczy.* Obojętni na otoczenie. Ciągle w poszukiwaniu podniet i przekraczający granice. Diaboliczni i bezlitośni.

Kiedy napadli na chłopca, który przyłapał ich na paleniu haszu, wszystko nabrało sensu. Dopiero potem Torsten, obdarzony zmysłem autokreacji, wymyślił, że powinni mieć na sobie maski.

Ditlev i Ulrik wyjechali z Fredensborga, wciągnąwszy wiele ścieżek kokainy. Gaz do dechy. Ciemne okulary i długie, tanie płaszcze. Kapelusze na głowach, rękawiczki na dłoniach. Jasne, chłodne umysły. Sprzęt jednorazowego użytku na przyjemny wieczór incognito.

– Kogo tropimy? – zapytał Ulrik, kiedy zatrzymali się przed szafranowożółtą fasadą kawiarni „JFK" na rynku w Hillerød.

– Poczekaj, przekonasz się – powiedział Ditlev, otwierając drzwi do knajpy, w której odbywała się piątkowa balanga. W każdym kącie siedzieli ludzie i hałasowali. Niezłe miejsce, jeśli lubi się jazz i niezobowiązujące towarzystwo. Ditlev nie znosił obu tych rzeczy.

Znaleźli Helmonda na samym końcu lokalu. Pulchny, z połyskującą głową, stał pod żyrandolem przy barze i żywo gestykulując, rozmawiał z innym podrzędnym lokalnym politykiem. Prowadzili swoją malutką krucjatę w przestrzeni publicznej.

Ditlev wskazał go.

– Pewnie jeszcze trochę posiedzi, więc wypijmy sobie piwo – powiedział, kierując się do jednego z pozostałych barów.

Ale Ulrik stał w bezruchu, obserwując ofiarę ogromnymi źrenicami, ukrytymi za przyciemnianymi szkłami okularów. Zadowolony z tego, co widzi. Mięśnie jego szczęki już zaczęły energicznie pracować.

Ditlev go znał.

Wieczór był mglisty, ale przyjemny, więc Frank Helmond rozmawiał przez jakiś czas ze swoim adwokatem przed drzwiami, zanim każdy z nich ruszył w swoją stronę. Frank poszedł dalej ulicą Helsingørsgade, powłócząc nogami, a oni ruszyli za nim w odległości około piętnastu metrów, wiedząc doskonale, że od posterunku policji dzieli ich najwyżej dwieście metrów. Jeszcze jeden czynnik, dzięki któremu Ulrik ciężko dyszał z uciechy.

– Czekamy, aż dojdzie do tej wąskiej przecznicy – powiedział szeptem. – Po lewej stronie jest sklep z używanymi rzeczami. Nikt o tej porze tamtędy nie chodzi.

Dalej, po spowitej mgłą ulicy, szła para starszych ludzi. Zgarbieni, zbliżali się do wylotu deptaka. Już od dawna powinni leżeć w łóżkach.

Nie zrobili na Ditlevie najmniejszego wrażenia. Tak działała kokaina. Nie licząc tej pary, ulica była pusta, więc wszystko grało. Chodnik był suchy. Wilgotna bryza owiewała fasady domów, a także trzech mężczyzn, którzy za kilka sekund odegrają swoje role w starannie zaaranżowanym i dobrze przećwiczonym rytuale.

Kiedy od Franka Helmonda dzieliło ich zaledwie kilka metrów, Ulrik podał Ditlevowi maskę. Gdy się z nim zrównali, lateksowe maski były już na swoich miejscach. Na zabawie karnawałowej wywoływaliby uśmiechy na twarzach. Ulrik miał całe pudło masek. Mówił, że przecież trzeba mieć wybór. Tym razem wybrał modele 20027 i 20048. Można je było kupić w internecie, ale Ulrik już tego nie robił. Przywoził je z zagranicy. Identyczne maski, o tych samych numerach. Niemożliwe do wytropienia. Tym razem były to maski dwóch staruszków o twarzach pooranych bruzdami. Były bardzo realistyczne i bardzo się różniły od twarzy, które się za nimi znajdowały.

Ditlev jak zawsze uderzył pierwszy. To on powalił ofiarę na bok, wydając z siebie ciche westchnienie, a Ulrik chwycił Helmonda i wciągnął do bocznej uliczki.

Tam zadał mężczyźnie pierwszy cios. Trzy razy prosto w czoło, raz w szyję. W zależności od siły ciosów ofiary często traciły wtedy przytomność. Tym razem Ditlev poinstruował go, żeby nie bił zbyt mocno.

Powlekli za sobą bezwładne ciało mężczyzny, którego nogi zahaczały o mur wąskiej uliczki. Kiedy dotarli do jeziora Slotssøen, dziesięć metrów dalej, cały seans się powtórzył. Najpierw lżejsze ciosy, tym razem wymierzane w tułów, później mocniejsze. Gdy do sparaliżowanego mężczyzny dotarło, że jest mordowany, z jego ust wydobyły się ciche, nieartykułowane dźwięki. Właściwie nie musiał nic mówić. Ofiary w ogóle nie musiały się odzywać. Z reguły ich oczy mówiły wszystko.

Ciało Ditleva wypełniło się falami ciepła. Właśnie o to mu chodziło. O te cudowne fale gorąca. Tak jak kiedyś, w słonecznym ogrodzie rodziców, gdy był jeszcze dzieckiem i świat wciąż jeszcze był mu przyjazny. Kiedy Ditleva ogarniało to uczucie, musiał się powstrzymywać, żeby nie zabić ofiary.

Inaczej było z Ulrikiem. Śmierć w zasadzie go nie interesowała. Pociągała go przestrzeń między władzą a niemocą, a właśnie w niej znajdowała się teraz ich ofiara.

Ulrik stanął w rozkroku nad milczącą postacią i przez maskę wpatrywał się w oczy mężczyzny. Następnie wyjął z kieszeni nóż do tapet, ledwo wystający z jego olbrzymiej dłoni. Przez chwilę wyglądało to tak, jakby dyskutował sam ze sobą, czy ma przestrzegać wytycznych Ditleva, czy zabrać się porządnie do roboty. Dwie pary oczu spojrzały na siebie przez dziury w maskach.

„Ciekawe, czy moje oczy też tak szaleńczo wyglądają" – pomyślał Ditlev.

Ulrik przystawił mężczyźnie nóż do szyi. Przejechał po widocznych na niej żyłach tępą stroną ostrza, po czym przesunął nóż w górę, wzdłuż nosa i przed mrugające powieki. Mężczyzna zaczął dyszeć.

To nie była zabawa kota z myszą, tylko coś znacznie gorszego. Zdobycz nie szukała nawet możliwości ucieczki. Poddała się już swemu przeznaczeniu.

Wtedy Ditlev spokojnie kiwnął głową do Ulrika i zwrócił spojrzenie na nogi mężczyzny. Niedługo będzie po nich widać, kiedy Ulrik zacznie ciąć. Nogi zaczną dygotać z przerażenia.

Już! Przez nogi Helmonda przeszedł dreszcz. Wspaniały dreszcz, dzięki któremu bezbronność ofiary uwidoczniała się bardziej niż kiedykolwiek. Ten zastrzyk energii, z którym w życiu Ditleva nic nie mogło się równać.

Zobaczył, że krew spływa na żwir, ale Frank Helmond nie wydał z siebie najlżejszego dźwięku. Zaakceptował swoją rolę. Jakiś szacunek mu się jednak należał.

Kiedy go zostawiali, jęczącego na brzegu jeziora, wiedzieli, że dobrze wykonali robotę. Mężczyzna przeżyje fizycznie, ale wewnątrz będzie martwy. Miną całe lata, nim odważy się znów wyjść na ulicę.

Dwóch panów Hyde'ów mogło iść do domu, by powołać do życia doktorów Jekyllów.

Kiedy dotarł do domu w Rungsted, była już głęboka noc, ale jego myśli ciągle były klarowne. On i Ulrik umyli się, wrzucili kapelusze, rękawiczki, płaszcze i okulary przeciwsłoneczne do pieca, a nóż ukryli pod kamieniem w ogrodzie. Następnie zadzwonili do Torstena i uzgodnili dalszy plan. Torsten oczywiście dostał szału, co było zrozumiałe. Wykrzykiwał, że to nie jest dobry moment na takie rzeczy. Wiedzieli, że ma rację. Ale Ditlev nie musiał się usprawiedliwiać przed Torstenem, a już na pewno nie musiał go o nic błagać. Torsten wiedział doskonale, że jadą na tym samym wózku. Jeśli spadnie jeden, spadną wszyscy – i tyle. A gdyby wmieszała się w to policja, musieli po prostu mieć alibi na podorędziu.

Właśnie z tego, a nie z innego powodu Torsten został wmieszany w sprawę, którą zaaranżowało dwóch pozostałych. Ditlev i Ulrik spotkali się późnym wieczorem w „JFK" w Hillerød, a po jednym piwku pojechali do Torstena do Ejlstrup. Na miejsce dotarli o dwudziestej trzeciej – o to właśnie chodziło. To znaczy, że byli tam pół godziny przed napadem. Nikt nie będzie w stanie udowodnić, że było inaczej. Może widziano ich w pubie, ale kto by pamiętał, kiedy, gdzie i jak długo? Tam, nieopodal Gribskov, trzech starych przyjaciół piło razem koniak. Gadali o dawnych czasach. Nic szczególnego. Zwykły, sympatyczny piątkowy wieczór w gronie przyjaciół. Tak właśnie powiedzą. Tego się będą trzymać.

Ditlev wszedł do holu i skonstatował z zadowoleniem, że w całym domu jest ciemno i że Thelma zaszyła się w swoim mateczniku. W pokoju kominkowym wypił duszkiem trzy szklaneczki cypryjskiej brandy, żeby uspokoić myśli i powoli wyciszyć upojenie dokonaną zemstą.

Wszedł do kuchni po puszkę kawioru, który miał zamiar spożyć na leżąco, delektując się wspomnieniem przerażonej twarzy Franka Helmonda. Kuchenna posadzka była piętą achillesową ich pomocy domowej. Kiedy Thelma dokonywała inspekcji, kończyło się to zawsze ochrzanem. Bez względu na swoje starania sprzątaczka nigdy nie potrafiła jej zadowolić. Kto by zresztą potrafił?

Dlatego też było jasne jak słońce, że coś jest nie tak. Spojrzał na wzór szachownicy na posadzce i odkrył ślady butów. Niedużych, ale też nie tak małych jak u dziecka. Brudne ślady.

Ditlev ściągnął usta. Stał chwilę, wyostrzając wszystkie zmysły, ale niczego nie zarejestrował. Ani zapachu, ani dźwięków. Przesunął się bokiem do stojaka na noże i wybrał największy, japoński misono. Był niezrównany w filetowaniu sushi, więc jeśli ktoś mu się nawinie pod rękę, tym gorzej dla niego.

Przez dwuskrzydłowe drzwi przemknął do ogrodu zimowego, stwierdzając od razu, że od okien ciągnie, choć były pozamykane. Wtedy dostrzegł dziurę w jednym z lufcików. Nie była duża, ale jednak.

Przesunął wzrokiem po podłodze ogrodu zimowego. Było tu więcej śladów stóp i zniszczeń. Rozrzucone kawałki szkła świadczyły o zwykłym włamaniu. Skoro nie włączył się alarm, musiało się to wydarzyć, zanim Thelma udała się na spoczynek.

Nagle poczuł, że ogarnia go panika.

Wracając do holu, wyciągnął ze stojaka jeszcze jeden nóż. Czuł się bezpieczniej, dzierżąc broń w każdej ręce. Bał się nie tyle samego ataku, ile tego, że nastąpi on znienacka, więc wyciągnął noże w bok i oglądał się za siebie przy każdym kroku.

Wreszcie wszedł na górę i zatrzymał się przed sypialnią Thelmy.

Spod drzwi sączyła się cienka smużka światła.

Czyżby ktoś tam na niego czekał?

Zacisnął mocniej dłonie na rękojeściach noży i ostrożnie pchnął drzwi. W pokoju, na środku łóżka, leżała Thelma.

W doskonałej formie, ubrana w peniuar, wpatrywała się w niego wielkimi, rozwścieczonymi oczami.

– Przyszedłeś, żeby mnie też zabić? – powiedziała, a jej spojrzenie wyrażało bezgraniczny wstręt. – Zgadza się?

Po czym wyciągnęła pistolet spod kołdry i wycelowała w niego.

Jednak to nie pistolet, ale chłód w jej głosie sprawił, że Ditlev się zatrzymał i upuścił noże.

Znał Thelmę. Gdyby to był ktokolwiek inny, mógłby potraktować to jak żart. Ale Thelma nie żartowała. Była pozbawiona poczucia humoru. Dlatego stał w bezruchu.

– Co się dzieje? – spytał, wpatrując się w pistolet. Wyglądał na prawdziwy i był na tyle duży, żeby każdemu zamknąć gębę.

– Widzę, że było włamanie, ale nikogo już tu nie ma, więc możesz to odłożyć – powiedział, czując, jak w żyłach krąży mu kokaina. Mieszanka adrenaliny i prochów potrafiła zdziałać cuda. Tyle że nie teraz.

– Skąd, do cholery, w ogóle masz ten pistolet? Daj spokój, proszę, i odłóż go na bok, Thelmo. Powiedz, co się stało.

Ale Thelma nie poruszyła się ani o milimetr.

Gdy tak leżała, była bardzo pociągająca. Już dawno taka nie była.

Chciał podejść bliżej, ale nie dopuściła do tego, zaciskając mocniej dłoń na pistolecie.

– Napadłeś na Franka, Ditlev – powiedziała. – Nie mogłeś mu odpuścić, co, Ditlev, bydlaku?

Skąd ona, do kurwy nędzy, mogła o tym wiedzieć? I to tak szybko?

– O co ci chodzi? – powiedział, usiłując wytrzymać jej spojrzenie.

– Wiedz, że on przeżyje, a to nie działa na twoją korzyść, Ditlev, sam rozumiesz.

Ditlev oderwał wzrok od jej oczu i zaczął rozglądać się za nożami po podłodze. Nie powinien był ich upuszczać.

– Nie mam pojęcia, o czym mówisz – powiedział. – Wieczorem byłem u Torstena. Zadzwoń i spytaj go.

– Ty i Ulrik byliście wieczorem w „JFK" w Hillerød. Nie muszę wiedzieć nic więcej, kapujesz?

Kiedyś poczułby, jak jego mechanizmy obronne koncentrują się na wymyśleniu jakiejś historyjki, ale teraz niczego nie czuł. I tak miała go w garści.

– Zgadza się – odpowiedział bez mrugnięcia okiem. – Byliśmy tam, nim pojechaliśmy do Torstena, i co z tego?

– Nie mam ochoty cię słuchać, Ditlev. Podejdź tutaj i podpisz to albo cię zabiję.

Wskazała kilka dokumentów leżących w nogach łóżka, po czym strzeliła. Kula z hukiem wbiła się w ścianę za Ditlevem. Obejrzał się, oceniając rozmiar szkody. Dziura miała wielkość dłoni dorosłego mężczyzny.

Rzucił okiem na leżący na samym wierzchu papier. Ciężka sprawa. Jeśli podpisze, Thelma zarobi ponad trzydzieści pięć milionów rocznie za tych dwanaście lat, kiedy krążyli wokół siebie jak drapieżniki.

– Jeśli podpiszesz, nie doniesiemy na ciebie, Ditlev. Więc lepiej to zrób.

– Jeśli na mnie doniesiecie, to dla ciebie nic nie zostanie, Thelmo. Pomyślałaś o tym? Doprowadzę ten bajzel do bankructwa, nawet jak będę za kratami.

– Podpiszesz, myślisz, że tego nie wiem? – w jej śmiechu pobrzmiewała pogarda. – Wiesz równie dobrze jak ja, że nie będzie tak źle. I tak dostanę swoją część łupu, nim pójdziesz z torbami. Może nie tak dużo, ale wystarczy. Ale ja cię znam, Ditlev. Masz praktyczne usposobienie. Po co pozbywać się firmy i siedzieć w pierdlu, skoro można pozbyć się żony w cywilizowany sposób? Dlatego podpiszesz. A jutro zarejestrujesz Franka w klinice, rozumiesz? Chcę, żeby w ciągu miesiąca był jak nowy. A nawet w lepszym stanie.

Pokręcił głową. Zawsze była diabłem wcielonym. Ale swój ciągnie do swego, jak mawiała jego matka.

– Skąd masz pistolet, Thelmo? – zapytał spokojnie, wziął papiery i naskrobał swój podpis na pierwszych dwóch z góry. – Co się stało?

Patrzyła na papiery, zwlekając z odpowiedzią, póki nie dostanie ich do rąk.

– Tak, szkoda, że cię nie było wieczorem, Ditlev. Myślę, że wtedy nie potrzebowałabym twoich podpisów.

– Aha. A to dlaczego?

– Jakaś żebraczka stłukła szybę i groziła mi tym – potrząsnęła pistoletem. – Pytała o ciebie, Ditlev.

Zaniosła się śmiechem, aż peniuar zsunął jej się z ramienia.

– Powiedziałam, że jeśli przyjdzie jeszcze raz, wpuszczę ją przez drzwi wejściowe. Wtedy załatwi, co tylko chce, nie robiąc sobie kłopotu z tłuczeniem szyb.

Ditlev poczuł, jak jego skóra robi się chłodna.

Kimmie! Po tylu latach!

– Dała mi pistolet i poklepała po policzku, jakbym była małym dzieckiem. Coś wymamrotała, a potem wyszła głównymi drzwiami. – Thelma znów zaczęła się śmiać. – Ale nie rozpaczaj, Ditlev. Mam ci przekazać, że twoja przyjaciółka wpadnie cię odwiedzić innym razem.

13

Szef Wydziału Zabójstw Marcus Jacobsen potarł czoło. Co za pechowy początek tygodnia! Właśnie przyniesiono mu czwarty wniosek urlopowy w ciągu czterech dni. Dwóch ludzi z najlepszego zespołu dochodzeniowego było na zwolnieniu lekarskim, a do tego ten bestialski napad na środku ulicy w samym centrum, w Indre By. Kobieta została pobita do nieprzytomności, a potem wrzucona do pojemnika na śmieci. Napady stawały się coraz bardziej brutalne, nic dziwnego więc, że wszyscy domagali się natychmiastowego wyjaśnienia tej sprawy. Gazety, opinia publiczna, komendantka policji. Jeśli kobieta umrze, to rozpęta się piekło. Ten rok bił rekordy pod względem liczby morderstw. Czegoś podobnego nie zanotowano od ponad dziesięciu lat. Właśnie z tej przyczyny, a także z powodu dużej liczby rezygnacji z pracy w policji kierownictwo ciągle zwoływało zebrania.

Wciąż pracują pod presją, a teraz nawet pieprzony Bak składa wniosek o urlop. Że też z nich wszystkich akurat Bak, cholera jasna.

Dawnymi czasy Bak i on zapaliliby sobie papierosa i przeszliby się na dziedziniec wewnętrzny, załatwiając problemy od ręki – był o tym przekonany. Ale dawne czasy się skończyły, a on był bezsilny. Nawet nie mógł zaproponować swoim ludziom niczego sensownego. Pensja gówniana, godziny pracy też. Ludzie byli wykończeni, a wykonanie pracy w zadowalający sposób graniczyło z niemożliwością. I nawet nie można rozładować frustracji za pomocą papierosa. Co za kretyństwo.

– Musisz przycisnąć polityków, Marcus – oznajmił jego zastępca Lars Bjørn, patrząc na panoszących się w korytarzu specjalistów od przeprowadzek. Całe to zamieszanie tylko po to, żeby wszystko wyglądało efektownie, jak nakazywała reforma. Kamuflaż i zasłona dymna.

Marcus uniósł brwi, spoglądając na swego zastępcę z tym samym zrezygnowanym uśmiechem, który przez ostatnich kilka miesięcy był przyklejony na dobre do ust Larsa Bjørna.

– Kiedy przyjdziesz i ty, by poprosić mnie o zwolnienie? Jesteś przecież jeszcze dość młodym człowiekiem. Nie marzy ci się przypadkiem jakaś inna praca? Czy twoja żona też nie wolałaby, żebyś więcej przebywał w domowych pieleszach?

– Do diabła, Marcus. Tylko twoje stanowisko przyjąłbym chętniej niż obecne. – Powiedział to tak sucho i trzeźwo, że można się było przestraszyć.

Marcus kiwnął głową.

– Okej. Ale mam nadzieję, że jeszcze długo poczekasz, bo ja nie zamierzam zwijać manatków przed czasem. To do mnie niepodobne.

– Po prostu porozmawiaj z komendantką policji i poproś ją, żeby ponaciskała polityków. Wtedy będziemy mieć znośne warunki.

Rozległo się pukanie do drzwi i zanim Marcus zdążył zareagować, Carl Mørck już był w gabinecie. Czy ten facet choć raz nie mógł zrobić czegoś zgodnie z przepisami?

– Nie teraz, Carl – powiedział, wiedząc doskonale, że zmysł słuchu Carla Mørcka potrafi być zdumiewająco wybiórczy.

– Tylko chwileczkę – Carl niezauważalne skinął głową do Larsa Bjørna. – Chodzi o sprawę, nad którą pracuję.

– Morderstwa w Rørvig? Jeśli potrafisz mi powiedzieć, kto skatował kobietę wczoraj wieczorem na środku ulicy Store Kannikestræde, to chętnie posłucham. W przeciwnym razie musisz sobie radzić sam. Wiesz, co sądzę o tej sprawie. Zapadł w niej wyrok. Poszukaj sobie jakiejś innej, w której winni ciągle pozostają na wolności.

– Ktoś od nas jest wmieszany w tę sprawę.

Marcus z rezygnacją zwiesił głowę.

– Aha. Kto?

– Jakieś dziesięć, może piętnaście lat temu policjant o nazwisku Arne Jacobsen zabrał teczkę sprawy z posterunku w Holbæk, mówi ci to coś?

– Ładne nazwisko, ale ja nie mam z tym nic wspólnego.

– Był osobiście zaangażowany w sprawę. Jego syn chodził z dziewczyną, która została zamordowana.

– No i?

– I ten syn dziś pracuje tu, na komendzie. Mam zamiar go przesłuchać. To tyle, żebyś wiedział.

– Kto to jest?

– Johan.

– Johan? Johan Jacobsen, nasza złota rączka? Niemożliwe!

– Posłuchaj, Carl. Jeśli chcesz wziąć jednego z naszych cywilnych pracowników na przesłuchanie, to lepiej inaczej to nazwij – przerwał Lars Bjørn. – To ja będę rozmawiać ze związkami zawodowymi, jeśli coś pójdzie nie tak.

Marcus zorientował się, że szykuje się pyskówka.

– Dajcie spokój, obaj. – Zwrócił się do Carla Mørcka. – O co chodzi?

– Poza tym, że były policjant zabrał akta sprawy z posterunku w Holbæk? – Carl wyprostował plecy tak, że zakrył większą powierzchnię ściany. – Chodzi o to, że jego syn położył tę sprawę na moim biurku. I że w dodatku Johan Jacobsen włamał się na miejsce przestępstwa i pozostawił tam ślady, które kierują uwagę na niego. Wydaje mi się, że ma w zanadrzu więcej materiałów. Marcus, on wie o tej sprawie więcej, niż się śniło filozofom, jeśli można tak to ująć.

– Dobry Boże, Carl. Ta sprawa ma ponad dwadzieścia lat. Nie możesz po prostu prowadzić swego piwnicznego show w ciszy i spokoju? Chyba są sprawy mniej oczywiste niż ta tutaj.

– Masz rację. To stara sprawa. I to właśnie nią w piątek na twoją prośbę będę zabawiać bandę łosi z zakichanej północy. Pamiętasz? Więc bądź tak miły i postaraj się, żeby Johan przyszedł do mnie w ciągu dziesięciu minut, dobrze?

– Nie mogę.

– Co to znaczy?

– O ile wiem, Johan jest na zwolnieniu lekarskim. – Spojrzał znacząco na Carla znad okularów do czytania. – Nie próbuj się z nim kontaktować w domu, rozumiesz? Wczoraj przeżył załamanie nerwowe. Nie chcemy mieć z tym kłopotów.

– Skąd w ogóle wiesz, że to on położył teczkę sprawy u ciebie? – spytał Lars Bjørn. – Znaleźliście jego odciski palców na dokumentach?

– Nie. Dziś otrzymałem wyniki analizy i niczego nie wykazała. Po prostu wiem, okej? Johan to właściwy człowiek. Jeśli nie wróci do poniedziałku, jadę do niego. Mówcie, co chcecie.

14

Johan Jacobsen mieszkał w mieszkaniu spółdzielczym na Vesterbrogade, na skos od Teatru przy Czarnym Koniu i niegdysiejszego Muzeum Muzyki Mechanicznej. Dokładnie tam, gdzie nastąpiły decydujące starcia między policją a dzikimi lokatorami w 1990. Carl pamiętał ten czas aż nazbyt dobrze. Ileż to razy stał w takich miejscach w mundurze bojowym i okładał na oślep dziewczyny i chłopaków w swoim wieku?

Nie najlepsze wspomnienia ze starych, dobrych czasów.

Musieli zadzwonić kilkakrotnie nowiutkim domofonem, nim Johan Jørgensen ich wpuścił.

– Nie spodziewałem się was tak szybko – powiedział cicho, prowadząc ich do salonu.

Owszem, było stąd widać stare, kryte dachówką dachy „Czarnego Konia" i „Gospody". Właśnie tak, jak sobie wyobrażał.

Salon był duży, ale nie przedstawiał się schludnie. Widać było wyraźnie, że od pewnego czasu nie tknęła go wprawna kobieca ręka czy krytyczne spojrzenie. Talerze z zaschniętym sosem piętrzące się na ladzie, walające się po podłodze butelki coli. Kurz, tłuszcz, bałagan.

– Tak, przepraszam – powiedział, usuwając sterty ubrań z kanapy i ławy. – Miesiąc temu odeszła ode mnie żona – rzekł z nerwowym tikiem, który wcześniej często widywali na komendzie. Tak jakby starał się zrobić unik przed rzuconą w twarz garścią piasku.

Carl kiwnął głową. Żal człowieka z powodu żony. Znał to uczucie.

– Wiesz, dlaczego tu jesteśmy?

Przytaknął.

– Czyli przyznajesz otwarcie, że to ty położyłeś teczkę Rørvig na moim biurku, Johan?

Ponownie pokiwał głową.

– No tak, ale dlaczego jej nam po prostu nie dałeś? – powiedział Assad, wydymając dolną wargę. Gdyby włożył czapkę w stylu Fidela Castro, przypominałby do złudzenia Jasera Arafata.

– Wzięlibyście ją wtedy?

Carl pokręcił głową. Wątpliwe. Sprawa sprzed dwudziestu lat, z wydanym wyrokiem. Nie, Johan miał rację.

– Spytalibyście mnie, skąd ją mam? Spytalibyście, dlaczego interesuję się tą sprawą? Poświęcilibyście czas, żeby się nią zainteresować? Zrobilibyście to? Przecież widziałem te sterty na twoim biurku, Carl.

Carl kiwnął głową.

– I podmieniłeś pudełka z grą Trivial Pursuit, żeby zostawić ślad. To musiało być niedawno, bo zamek w drzwiach kuchennych lekko chodził, mam rację?

Johan potwierdził.

Czyli było tak, jak Carl podejrzewał.

– Okej, rozumiem, że chciałeś sprawdzić, czy wgryźliśmy się w sprawę. Ale to trochę ryzykowny sposób, prawda? A gdybyśmy nie zwrócili uwagi na grę Trivial Pursuit? I nie odkryli nazwisk na kartach?

Wzruszył ramionami.

– Ale jesteście tu.

– Nie rozumiem tego za dobrze – Assad siedział przy oknie wychodzącym na ulicę Vesterbrogade. Przy padającym od tyłu świetle jego twarz wydawała się zupełnie ciemna.

– Czyli nie jesteś zadowolony, że Bjarne Thøgersen przyznał się, że to zrobił?

– Gdybyście byli przy odczytywaniu wyroku, to też nie bylibyście zadowoleni. Wszystko było ukartowane.

– Tak, oczywiście – powiedział Assad. – Może to dziwne, że człowiek tak sam się zgłasza?

– Co według ciebie było w tej sprawie niezwykłego, Johan? – wtrącił Carl.

Unikając spojrzenia Carla, spojrzał za okno, jakby szare niebo mogło uspokoić szalejącą w nim burzę.

– Przez cały czas wszyscy się uśmiechali – powiedział. – Bjarne Thøgersen, obrońca. Tych trzech aroganckich gnojków siedzących w ławkach dla publiczności.

– Torsten Florin, Ditlev Pram i Ulrik Dybbøl Jensen – o nich mówisz?

Kiwnął głową, próbując opanować drżenie ust.

– Siedzieli i uśmiechali się, powiadasz. To zbyt krucha podstawa, żeby się na niej opierać, Johan.

– Tak, ale teraz wiem więcej niż wtedy.

– Sprawę prowadził Arne Jacobsen, twój ojciec – powiedział Carl.

– Tak.

– A ty gdzie wtedy byłeś?

– Chodziłem do technikum w Holbæk.

– W Holbæk? Znałeś oboje zamordowanych?

– Tak – powiedział niemal bezgłośnie.

– Czyli znałeś też Sørena?

Kiwnął głową.

– Tak, trochę, ale nie tak dobrze jak Lisbet.

– Posłuchaj no, ty – wtrącił Assad. – Widzę u ciebie po twarzy, że Lisbet ci powiedziała, że już nie jest w tobie zakochana. Czy nie było tak, Johan? I tak cię nie chciała. – Brwi Assada powędrowały w dół. – A jak nie mogłeś jej mieć, to ją zamordowałeś, a teraz chcesz, żebyśmy sami to wykryli, żebyśmy cię zatrzymali i żebyś nie musiał popełniać samobójstwa, zgadza się?

Johan zamrugał gwałtownie, po czym jego wzrok znieruchomiał.

– Czy on musi tu być, Carl? – spytał, siląc się na opanowanie.

Carl pokręcił głową. Wybuchy Assada niestety zaczęły przeradzać się w nawyk.

– Assad, czy nie mógłbyś wyjść do drugiego pokoju? Tylko na pięć minut – wskazał dwuskrzydłowe drzwi za Johanem.

Wtedy Johan podskoczył jak oparzony. Strach może przejawiać się na wiele sposobów, a Carl znał większość.

Dlatego Carl spojrzał na zamknięte drzwi.

– Nie, nie tam. Tam jest straszny bałagan – powiedział Johan, stając przy drzwiach. – Usiądź w jadalni, Assad. Możesz też wziąć sobie filiżankę kawy z kuchni, jest gotowa.

Ale Assad też odebrał ten sygnał.

– Dziękuję, wolę herbatę – powiedział, przecisnął się za Johanem i jednym ruchem otworzył drzwi na oścież.

Pokój za drzwiami okazał się kolejnym pomieszczeniem o wysokim suficie. Wzdłuż jednej ściany były blaty, a na nich stosy teczek i papierów. Ale najbardziej intersująca była twarz na ścianie, patrząca na nich z góry melancholijnymi oczami. To była wysoka na metr fototapeta z twarzą młodej kobiety. Tej, którą zamordowano w Rørvig. Lisbet Jørgensen. Niesforne loki na tle bezchmurnego nieba. Typowa letnia fotka z głębokimi cieniami na twarzy. Gdyby nie te oczy i wielkość zdjęcia, no i to niezwykle wyeksponowane miejsce, trudno by było w ogóle zauważyć, że to twarz. Ale teraz było to widoczne.

Wszedłszy do pokoju, stwierdzili, że to świątynia. Wszystko tu miało związek z Lisbet. Świeże kwiaty przy ścianie z wycinkami na temat morderstwa, przeciwległa ściana udekorowana charakterystycznymi kwadratowymi fotkami robionymi aparatem Instamatic, przedstawiającymi dziewczynę w wyblakłych barwach. Bluzka, kilka listów i pocztówek. Szczęśliwe i straszne czasy naprzeciw siebie.

Johan nic nie powiedział. Stanął tylko przed fototapetą, pozwalając się wessać spojrzeniu dziewczyny.

– Dlaczego nie wolno nam było zobaczyć tego pokoju, Johan? – spytał Carl.

Zapytany tylko wzruszył ramionami i Carl zrozumiał. To było zbyt intymne. Na tych ścianach Johan obnażył swoją duszę, życie i zniweczone marzenia.

– Tamtej nocy z tobą zerwała. Powiedz wreszcie, jak jest, tak będzie dla ciebie lepiej – rozległo się ponowne oskarżenie Assada.

Johan odwrócił się i spojrzał na niego twardo.

– Mówię tylko, że ta, którą kochałem ponad wszystko na całym świecie, została zmasakrowana przez ludzi, którzy teraz siedzą sobie na samym szczycie i śmieją się z nas. To, że zapłaciła za to taka zasrana miernota, jak Bjarne Thøgersen, jest tylko kwestią pieniędzy. Judaszowych srebrników, mamony, parszywej, kurwa, kasy.

– A teraz chcesz z tym skończyć? – spytał Carl. – Tylko dlaczego właśnie teraz?

– Bo teraz znów jestem sam i nie potrafię myśleć o niczym innym. Nie rozumiecie?

Johan Jacobsen miał zaledwie dwadzieścia lat, kiedy oświadczył się Lisbet. Ich rodzice byli przyjaciółmi. Rodziny często się odwiedzały i Johan był zakochany w Lisbet, odkąd pamiętał.

Był u niej nocą, gdy jej brat kochał się ze swoją dziewczyną w pokoju obok.

Rozmawiali poważnie, a potem kochali się, co w jej wypadku było gestem pożegnania. Wyszedł stamtąd o świcie, płacząc, a tego samego dnia ona już nie żyła. W ciągu zaledwie dziesięciu godzin przeszedł od największego szczęścia, przez głęboki zawód miłosny, do samego piekła. Po tej nocy i następującym po niej poranku nigdy nie zdołał się otrząsnąć. Z kolejną dziewczyną ożenił się i miał dwoje dzieci, ale wciąż nie mógł zapomnieć o Lisbet.

Gdy ojciec na łożu śmierci powiedział mu, że wykradł akta sprawy dla matki Lisbet, Johan już następnego dnia do niej pojechał, żeby odzyskać teczkę.

Od tej pory te papiery stały się jego najważniejszą własnością, a Lisbet zajmowała coraz więcej miejsca w jego życiu.

W końcu zajmowała go zbyt wiele. Wtedy żona się wyprowadziła.

– Co masz na myśli, mówiąc „zajmowała zbyt wiele miejsca”? – spytał Assad.

– Mówiłem o niej bez przerwy. Myślałem dzień i noc. Wszystkie te wycinki prasowe, wszystkie raporty. Czułem przymus, żeby cały czas o tym czytać.

– A teraz? Chcesz z tym skończyć? To dlatego nas w to wmieszałeś? – spytał Carl.

– Tak.

– Co w takim razie dla nas masz? To wszystko tutaj? – Carl rozpostarł ramiona nad pokaźnymi stertami papierów.

Kiwnął głową.

– Kiedy to wszystko przejrzysz, przekonasz się, że zrobiła to banda z internatu.

– Zrobiłeś dla nas listę innych napadów. Już ją widzieliśmy. Czy to o niej mówisz?

– To była tylko część listy. Tu mam całą – nachylił się nad stołem, podniósł stos wycinków i wyciągnął spod nich kartkę formatu A4.

– Tutaj się to zaczyna, jeszcze przed morderstwami w Rørvig. Ten chodził do tej samej szkoły, tak wynika z tekstu – wskazał stronę z dziennika „Politiken” z 15 czerwca 1987, której nagłówek głosił: „Tragiczny wypadek na pływalni Bellahøj. 19-latek ginie w wyniku upadku z dziesięciometrowej trampoliny”.

Przewertował kilka spraw. Wiele z nich Carl widział już na liście podłożonej w siedzibie Departamentu Q. Poszczególne wydarzenia dzieliły jakieś trzy, cztery miesiące. Kilka z nich zakończyło się śmiercią.

– To wszystko mogą być nieszczęśliwe wypadki, tak – powiedział Assad. – Jaki to ma związek z młodzieżą z internatu? Te wypadki nie muszą w ogóle mieć ze sobą nic wspólnego. Masz na to jakiś dowód?

– Nie. To robota dla was.

Assad potrząsnął głową i odwrócił wzrok.

– Szczerze mówiąc, nic tu nie widzę. Po prostu pomieszało ci się w głowie przez tę sprawę. Współczuję ci. Powinieneś poszukać pomocy psychologicznej. Może zamiast bawić się z nami w chowanego, lepiej idź do tej Mony Ibsen w Komendzie Głównej.

W drodze powrotnej na komendę Carl i Assad milczeli, każdy pogrążony we własnych myślach. Trybiki w ich głowach pracowały nad sprawą na najwyższych obrotach.

– Zrób nam po filiżance herbaty, Assad – polecił Carl w piwnicy, odkładając do kąta reklamówki z materiałami Johana Jacobsena. – Nie za słodką, dobra?

Położył nogi na biurku, włączył TV2 News i wyłączył mózg, nie spodziewając się w tym dniu niczego więcej.

Ten stan rzeczy zmienił się w ciągu kolejnych pięciu minut.

Odebrał telefon po pierwszym sygnale i spojrzał w sufit, słysząc niski głos szefa Wydziału Zabójstw.

– Rozmawiałem z komendantką, Carl. Nie rozumie, dlaczego dalej grzebiesz w tej sprawie.

Carl zaprotestował, najpierw na pokaz, ale kiedy Marcus Jacobsen nie chciał podać dodatkowych argumentów, poczuł, że wzrasta mu ciśnienie.

– A niby dlaczego nie, zapytam jeszcze raz?

– Nie i już. Masz się koncentrować wyłącznie na sprawach bez wyroku. A resztę odłóż do archiwum.

– Czyli to nie ja o tym decyduję?

– Nie, jeśli komendantka tak mówi.

Rozmowa skończona.

– Pyszna miętowa herbata z odrobiną cukru – powiedział Assad, podając mu filiżankę. Łyżeczka mogłaby stać pionowo w tym syropie.

Carl przyjął herbatę gorącą jak piekło i przyprawiającą o mdłości i wlał ją w siebie jednym haustem. Powoli zaczął się przyzwyczajać do tego paskudztwa.

– Nie bądź zły, Carl. Odłożymy sprawę na parę tygodni, aż do powrotu tego Johana. Później powolutku będziemy go przyciskać, dzień po dniu. Zobaczysz, że kiedyś przyzna się do wszystkiego.

Carl przyjrzał się jego zadowolonej minie. Można by pomyśleć, że jest doklejona. Przecież pół godziny temu był agresywny, natarczywy i aż siny ze złości!

– Do czego się przyzna, Assad? O czym ty, u diabła, mówisz?

– Tamtej nocy dowiedział się od Lisbet Jørgensen, że ona go nic a nic nie chce. Na pewno powiedziała, że ma innego faceta, a on wrócił rano i zabił ich oboje. Jeśli trochę pogrzebiemy, to na pewno się dowiemy, że między Johanem a bratem Lisbet były jakieś kwasy. Może wtedy zupełnie zwariował.

– Daj spokój, Assad. Zabrano nam tę sprawę. Poza tym ani trochę nie wierzę w twoją teorię. Jest zakręcona jak świński ogon.

– Świński ogon?

– Tak, do cholery, świński ogon! Gdyby Johan to zrobił, załamałby się już sto lat temu.

– Jeśli jest stuknięty, to nie – Assad popukał się w łysy czubek głowy.

– Ktoś, kto jest stuknięty, nie zostawia takich śladów, jak te karty do Trivial Pursuit! Podsuwa człowiekowi narzędzie zbrodni pod sam nos i odwraca głowę w drugą stronę? Poza tym słyszałeś, co mówiłem. Nie mamy już tej sprawy.

Assad wpatrywał się nieobecnym wzrokiem w wiszący na ścianie płaski ekran, na którym pokazywano materiał na temat napadu na ulicy Store Kannikestræde.

– Nie, nie słyszałem. Nie mam ochoty tego słuchać. Mówisz, że kto nam zabrał tę sprawę?

Poczuli, że zbliża się Rose, jeszcze zanim ją zobaczyli. Nagle stanęła w drzwiach, trzymając w objęciach artykuły biurowe i torebki z piekarni z motywem krasnali świątecznych. Pod każdym względem zdecydowanie nie w porę.

– Puk, puk! – wykrzyknęła, stukając czołem o futrynę. – Nadciąga kawaleria, trarara! Pyszne ciasteczka dla wszystkich!

Assad i Carl spojrzeli po sobie. Jeden ze zbolałym wyrazem twarzy, drugi z radosnymi ognikami w oczach.

– Cześć, Rose, witamy w Departamencie Q! Wszystko dla ciebie przygotowałem, możesz być pewna – powiedział ten mały zdrajca.

Posłała Carlowi wymowne spojrzenie, gdy Assad prowadził ją do sąsiedniego pokoju. „Nie pozbędziesz się mnie tak łatwo" – mówiło. Ale do tanga trzeba dwojga, cholera jasna. A jego nie da się przekupić drożdżówką i herbatnikiem.

Przez chwilę Carl spoglądał na stojące w kącie reklamówki, po czym wyciągnął z szuflady kartkę papieru.

Zapisał na niej:

PODEJRZANI:

BJARNE THØGERSEN?
JEDNA LUB WIĘCEJ OSÓB Z GRUPY Z INTERNATU?
JOHAN JACOBSEN?
ZABÓJSTWO PRZEZ PRZYPADKOWĄ OSOBĘ?
KTOŚ ZWIĄZANY Z GRUPĄ Z INTERNATU?

Zmarszczył brwi, sfrustrowany mizernym rezultatem. Gdyby Marcus zostawił go w spokoju, pewnie sam z siebie podarłby kartkę na kawałki. Ale nic z tego. Polecono mu zostawić tę sprawę i właśnie dlatego nie zamierzał tego zrobić.

Ojciec go przejrzał, gdy Carl był jeszcze dzieckiem. Wyraźnie mu zabronił zaorać łąkę, więc Carl to zrobił. Ostrzegał, żeby trzymał się z dala od wojska, dlatego Carl się zaciągnął. Przebiegły ojciec nastawiał go nawet przeciw dziewczynom. Ta wieśniaczka się nie nadaje – mówił, a Carl już pukał do jej drzwi. Taki właśnie jest, zresztą zawsze taki był. Nikt nie mógł mu rozkazywać i dlatego tak łatwo było go kontrolować. Dobrze o tym wiedział. Pytanie, czy komendantka policji też o tym wiedziała. Chyba jednak nie.

Ale o co właściwie chodzi, do jasnej cholery? Skąd w ogóle komendantka wie, że on pracuje nad tą sprawą? Wiedziała o tym tylko garstka ludzi.

W myślach wyliczał: Marcus Jacobsen, Lars Bjørn, Assad, ludzie z Holbæk, Valdemar Florin, mężczyzna z domu letniskowego, matka zamordowanych...

Przez chwilę gapił się przed siebie. Tak, ci ludzie to wiedzieli, no i mnóstwo innych, jeśli się zastanowić.

Już na tym etapie hamulec mógł nacisnąć ktokolwiek, z dowolnego powodu. Kiedy w kontekście morderstwa wymienia się takie nazwiska, jak Florin, Dybbøl Jensen i Pram, można szybko wpłynąć na niebezpieczne wody.

Pokręcił głową. Było mu naprawdę obojętne, kto jak się nazywał i w co była wmieszana komendantka. Teraz pracują nad tą sprawą i nikt nie może ich powstrzymać.

Podniósł wzrok. Z pokoju Rose dochodziły nowe dźwięki. Gwałtowne wybuchy charakterystycznego chrapliwego śmiechu, do tego Assad na dokładkę. Jak się rozkręcą, będzie tu jak na imprezie techno.

Stuknięciem wydobył z paczki papierosa, zapalił go i spojrzał na mgiełkę unoszącą się nad kartką. Potem napisał:

ZADANIA:

PODOBNE MORDERSTWA W TYM SAMYM CZASIE? SZWECJA? NIEMCY?
KTO Z DAWNEGO ZESPOŁU DOCHODZENIOWEGO JEST JESZCZE NA SŁUŻBIE?
BJARNE THØGERSEN / WIĘZIENIE VRIDSLØSELILLE
WYPADEK UCZNIA ZE SZKOŁY Z INTERNATEM NA PŁYWALNI BELLAHØJ. ZBIEG OKOLICZNOŚCI?
Z KIM Z TAMTYCH CZASÓW SZKOŁY MOŻNA POROZMAWIAĆ?
ADWOKAT BENT KRUM!
TORSTEN FLORIN, DITLEV PRAM I ULRIK DYBBØL JENSEN: AKTUALNE SPRAWY? ZGŁOSZENIA NA POLICJĘ W MIEJSCU PRACY? PROFILE PSYCHOLOGICZNE?

ZBADAĆ SPRAWĘ KIMMIE ALIAS KIRSTEN-MARIE LASSEN – Z JAKIMI KREWNYMI MOŻNA POROZMAWIAĆ? OKOLICZNOŚCI ŚMIERCI KRISTIANA WOLFA!

Postukał ołówkiem w papier, po czym mniej rzucającym się w oczy pismem zanotował:

HARDY.
WYWALIĆ ROSE NA ZBITY PYSK.
PRZELECIEĆ MONĘ IBSEN.

Spojrzał na ostatnią linijkę, czując się jak niesforny podrostek ryjący w blacie ławki imiona dziewczyn. Gdyby wiedziała, jak ciasno robiło mu się w spodniach, kiedy oczyma wyobraźni widział jej tyłek i falujące piersi. Kilka razy odetchnął głęboko, po czym wyjął z szuflady gumkę do wycierania i zaczął ścierać dwie ostatnie linijki.

– Przeszkadzam, panie Mørck? – od strony drzwi odezwał się głos, który sprawił, że jego krew zawrzała i ścięła się jednocześnie. Pięć komend z rdzenia kręgowego zostało rozesłanych po ciele Carla: zostaw gumkę, zakryj ostatnią linijkę, odłóż fajkę, głupkowata mina won, zamknij usta.

– Przeszkadzam? – zapytała, podczas gdy on siedział z szeroko otwartymi oczami, próbując spojrzeć jej prosto w oczy.

Wciąż były brązowe. Mona Ibsen wróciła. O mało nie umarł ze strachu.

– Czego chciała Mona? – spytała Rose z uśmieszkiem. Tak jakby to była jej sprawa.

Stała w drzwiach, przeżuwając powoli ciastko z kremem, podczas gdy Carl usiłował wrócić do siebie.

– Czego takiego chciała, Carl? – zapytał Assad z pełnymi ustami. Nigdy wcześniej tak niewielka ilość kremu nie została tak sumiennie wsmarowana w tak imponującą ilość szczeciny na brodzie.

– Opowiem ci później – obrócił się ku Rose w nadziei, że nie zauważy jego pałających policzków, w które jego mocno bijące serce wpompowało sporo krwi. – Urządziłaś się już w swoim nowym lokum?

– O kurczę, obchodzi cię to? Dziękuję. Tak, jeśli ktoś nie cierpi światła słonecznego, kolorów na ścianach i miłego towarzystwa, to tu jest dla niego idealne miejsce – dała Assadowi kuksańca. – Żartuję, Assad. Jesteś w porządku.

Tak, zanosi się na miłą współpracę.

Carl wstał i z mozołem przepisał listę podejrzanych i zadań na białą tablicę.

Następnie zwrócił się do nowo przybyłej supersekretarki. Jeśli sądzi, że on ma jakieś problemy, to zajmie jej myśli czymś innym. Będzie zasuwać tak ostro, że w porównaniu z tym zgniatanie kartonów w fabryce margaryny to raj.

– Sprawa, którą obecnie się zajmujemy, jest niebezpieczna ze względu na potencjalnie zamieszane w nią osoby – oznajmił, wpatrując się w ciastko, które skubała siekaczami jak wiewiórka. – Za chwilę Assad pokrótce cię wprowadzi. Potem cię poproszę, żebyś ułożyła papiery z reklamówek w porządku chronologicznym i zestawiła je z papierami z biurka. Następnie wszystko skopiujesz dla siebie i dla Assada, oprócz tej teczki tutaj. Ta musi poczekać na później – odsunął na bok szarą teczkę Johana Jacobsena i Marthy Jørgensen. – Kiedy będziesz gotowa, zbadaj wszystko, co dotyczy tego punktu – wskazał linijkę z wypadkiem na trampolinie w Bellahøj. – Mamy co robić, więc się pospiesz. Datę wypadku znajdziesz na kartce ze schematem, w tej czerwonej reklamówce na samym wierzchu. Lato 1987 – przed morderstwami w Rørvig – któregoś tam czerwca.

Spodziewał się marudzenia. Jedna uszczypliwa uwaga byłaby dobrym pretekstem, żeby dorzucić parę zadań do listy, ale Rose była zaskakująco opanowana. Niewzruszona spojrzała na połówkę ciastka z kremem, po czym wepchnęła je sobie do paszczy, zdolnej pochłonąć chyba wszystko.

Zwrócił się do Assada:

– Co powiesz na parę dni poza piwnicą?

– Chodzi o Hardy'ego?

– Nie. Masz znaleźć Kimmie. Musimy zacząć tworzyć własny profil ludzi ze szkoły z internatem. Ja zajmę się pozostałymi.

Assad sprawiał wrażenie, jakby próbował to wszystko ogarnąć. On – w pogoni za bezdomną po kopenhaskich ulicach, a Carl – wygodnie, w ciepełku, w towarzystwie bogaczy, popijając kawę i koniak. W każdym razie Carl tak to widział.

– Nie rozumiem, Carl – oznajmił. – Ciągniemy dalej tę sprawę? Czy nie dowiedzieliśmy się właśnie, że mamy się od niej trzymać z daleka?

Carl zmarszczył brwi. Niech lepiej Assad trzyma gębę na kłódkę. Kto wie, czy Rose jest lojalna? Dlaczego w ogóle tu się znalazła? Przecież o nią, cholera, nie prosił.

– No tak, skoro już o tym mowa, komendantka policji zapaliła nam czerwone światło w tej kwestii. Czy to dla ciebie problem? – spytał Rose.

Wzruszyła ramionami.

– Dla mnie w porządku. Ale następnym razem to ty stawiasz ciastka – powiedziała, podnosząc reklamówki.

Kiedy tylko Assad otrzymał wytyczne, ruszył w siną dal. Dwa razy dziennie miał dzwonić na komórkę Carla i składać raport z poszukiwań Kimmie. Na jego liście zadań znajdowały się między innymi wywiad w ewidencji ludności, rozmowy z patrolami, urzędnikami socjalnymi z ratusza, ludźmi z prowadzonego przez kościół przytułku Kirkens Korshær na Hillerødgade i tym podobne. Niezłe wyzwanie dla nowicjusza prosto z pustyni, zwłaszcza że jedyne informacje o poczynaniach Kimmie pochodziły od Valdemara Florina. Według niego chodziła po ulicach Kopenhagi z walizką – i to od lat. Niezbyt precyzyjne, o ile w ogóle można było wierzyć temu człowiekowi. Zważywszy na złą sławę grupy z internatu, bardzo wątpliwe, czy Kimmie jeszcze żyje.

Carl otworzył jasnozieloną teczkę i zanotował numer ewidencyjny Kirsten-Marie Lassen. Następnie wyszedł na korytarz, gdzie Rose energicznie i wyjątkowo irytująco przepuszczała stosy papierów przez kopiarkę.

– Potrzebujemy tu kilku stołów do układania papierów – powiedziała, nie podnosząc wzroku.

– Aha. Jakiegoś konkretnego producenta? – odparł z przekąsem i podał jej numer ewidencyjny. – Potrzebuję wszystkich jej danych osobowych. Ostatnie miejsce pobytu, ewentualne hospitalizacje, wypłata zasiłków, wykształcenie, miejsce pobytu rodziców, jeżeli jeszcze żyją. Odłóż na razie kopiowanie, potrzebuję tego na wczoraj. To wszystko, dziękuję.

Wyprostowała się na swoich szpilkach. Utkwiła wzrok w jego gardle, co nie było zbyt miłe.

– Za dziesięć minut przyniosę ci gotowe zamówienie – powiedziała sucho. – Stawiam na Malling-Beck. Mają w katalogu stoły z regulowaną wysokością za pięć do sześciu tysięcy.

Na wpół przytomny wrzucał zakupy do wózka, głowę zajętą miał myślami o Monie Ibsen. Pierwsze, co zarejestrował, to brak obrączki na jej palcu. A także fakt, że pod wpływem jej spojrzenia zaschło mu w gardle. Kolejny dowód na to, że już od dawna nie zadawał się z kobietami.

Szlag by to trafił.

Podniósł wzrok, próbując rozeznać się w znacznie rozszerzonym asortymencie supermarketu Kvickly, podobnie jak inni, którzy błądzili w poszukiwaniu papieru toaletowego tam, gdzie teraz były kosmetyki. Zwariować można.

Na końcu deptaka dobiegała końca rozbiórka pasmanterii „Konkurrenten". Allerød nie przypominało już idyllicznego prowincjonalnego miasteczka. Carlowi zaczynało być wszystko jedno. Jeśli nie dobierze się do Mony Ibsen, to mogą równie dobrze zburzyć kościół i postawić jeszcze jeden supermarket.

– Carl, czegoś ty nakupił? – spytał jego lokator, Morten Holland, wypakowując zakupy. Oznajmił, że też miał ciężki dzień. Dwie godziny studiowania administracji i trzy za ladą w wypożyczalni wideo. To musiały być ciężkie chwile, Carl to sobie wyobrażał.

– Może mógłbyś zrobić chilli con carne – powiedział, ignorując komentarz Mortena, że w takim razie fajnie by było, gdyby kupił trochę fasoli i mięsa.

Zostawił drapiącego się w głowę Mortena przy stole kuchennym i udał się na piętro, gdzie fala nostalgicznej muzyki wylewała się z pokoju Jespera.

W środku trwała orgia z udziałem Led Zeppelin. Jesper rozwalał żołnierzy na swoim Nintendo, a jego dziewczyna o wyglądzie zombie siedziała na łóżku i realizowała potrzebę komunikacji, śląc w świat SMS-y.

Carl westchnął na myśl o tym, że on i Belinda byli bardziej pomysłowi na poddaszu w Brønderslev. Niech żyje elektronika, skoro dzięki temu ma spokój.

Wtoczył się do sypialni i wbił niewidzący wzrok w łóżko. Gdyby Morten nie miał go zawołać na obiad w ciągu dwudziestu minut, już dawno by poległ w starciu ze snem.

Położył się z rękami pod głową i spojrzał w sufit, wyobrażając sobie prężącą się pod kołdrą nagą Monę Ibsen. Jeśli się szybko nie weźmie do rzeczy, to jego sprzęt wkrótce wysiądzie. Mona Ibsen albo kilka szybkich połowów w knajpach, inaczej może równie dobrze zaciągnąć się do korpusu policyjnego w Afganistanie. Lepsza twarda kulka w łeb niż dwie sflaczałe w gaciach.

Niewiarygodnie szpetne połączenie gangsta rapu z łomotem walących się blaszanych baraków zadudniło przez ścianę z pokoju Jespera. Ma tam pójść pozrzędzić, zatkać uszy czy co?

Pozostał w pozycji leżącej, z poduszką przyciśniętą do głowy. Może dlatego zaczął myśleć o Hardym.

Hardy, który nie może się ruszyć. Hardy, który nie może podrapać się w czoło, kiedy go swędzi. Hardy, który nie ma absolutnie nic do roboty poza myśleniem. Gdyby padło na Carla, już dawno by oszalał.

Spojrzał na zdjęcie, na którym Hardy, Anker i on obejmują się ramionami. „Trzech cholernie dobrych gliniarzy" – pomyślał. Dlaczego Hardy ostatnio temu zaprzeczył? O co mu chodziło, kiedy sugerował, że ktoś czekał na nich w tym baraku na Amager?

Spojrzał na zdjęcie Ankera. Był z nich trzech najniższy, miał za to najbardziej przeszywające spojrzenie. Po prawie trzech miesiącach wciąż wyraźnie widział przed sobą te oczy. Czy Hardy naprawdę myślał, że Anker mógł mieć coś wspólnego z tymi, którzy go zabili?

Carl pokręcił głową. Trudno uwierzyć. Przesunął wzrok na zdjęcia ukazujące miłe chwile z Viggą z czasów, kiedy jeszcze uwielbiała z nim baraszkować, a potem popatrzył na zdjęcie gospodarstwa w Brønderslev. Wreszcie spojrzał na fotkę, którą Vigga zrobiła mu w dniu, w którym wrócił z pracy w swoim pierwszym prawdziwym mundurze galowym.

Zmrużył oczy. Zdjęcie wisiało w ciemnym kącie, ale wyraźnie było widać, że coś z nim jest nie tak.

Upuścił poduszkę i wstał, a Jesper po drugiej stronie ściany włączył kolejną przeraźliwą kakofonię. Carl powoli podszedł do fotografii. Na początku plamy wyglądały jak cienie, ale kiedy się zbliżył, zobaczył, czym są.

Trudno z czymkolwiek pomylić plamy tak świeżej krwi. Dopiero teraz zauważył, że cienkimi strużkami spływa po ścianie. Jak, do jasnej cholery, mógł to przeoczyć? I co to, cholera, ma być?

Zawołał Mortena, po czym wszedł do Jespera, wyrywając go ze słodkiej drzemki przed ekranem. Wskazał na plamy, podczas gdy obaj panowie przyglądali mu się – jeden z odrazą, a drugi z poczuciem krzywdy.

Nie, Morten nie miał do czynienia z tym obrzydlistwem.

Nie, Jesper, też nie. Ani jego dziewczyna, jeśli pyta. Pogięło go czy jak?

Carl spojrzał jeszcze raz na krew i kiwnął głową.

Przy odpowiednim sprzęcie otwarcie drzwi do domu, znalezienie przedmiotu, na który Carl w miarę często patrzy, uwalanie go krwią zwierzęcą i zniknięcie zajęłoby najwyżej trzy minuty. Wygospodarowanie tych trzech minut nie nastręczało trudności, jeśli wziąć pod uwagę, że ulica Magnolievangen, a właściwie cała dzielnica Rønneholtsparken świeci pustkami od ósmej do szesnastej.

Jeśli ktoś myślał, że taka błazenada skłoni go do zaniechania śledztwa, to był nie tylko wyjątkowo głupi.

Był też, niech go szlag, czegoś winny.

15

Miała dobre sny tylko wtedy, gdy wypiła. Między innymi dlatego piła.

Jeśli nie wypiła kilku solidnych łyków whisky, efekt był do przewidzenia. Po kilkugodzinnym czuwaniu i wsłuchiwaniu się w szepczące głosy w końcu traciła z oczu wiszący na drzwiach plakat z bawiącymi się dziećmi i dawała się ponieść mrocznym, koszmarnym wizjom. Te cholerne obrazy jakby tylko czyhały, aż zaśnie. Wspomnienia miękkich włosów matki i jej twarzy, twardej jak kamień. Obrazy małej dziewczynki, która chciała stać się niewidzialna, kryjąc się w zakamarkach przypominającej pałac willi. Straszne chwile. Niewyraźny obraz matki, która zwyczajnie ją zostawiała. Lodowate objęcia kobiet, które zajęły jej miejsce.

I kiedy budziła się ze spoconym czołem, jednocześnie drżąc z zimna na całym ciele, sny zwykle się urywały na tym etapie – gdy odwracała się plecami do nienasyconych w konsumpcji mieszczuchów oraz ich fałszywej moralności. Do wszystkiego, o czym chciała zapomnieć. Chciała też zapomnieć o czasach, które później nastąpiły.

Wieczorem ostro popiła, więc poranek nie był zbyt ciężki. Potrafiła sobie przecież poradzić z chłodem, kaszlem i świdrującym bólem głowy. Byle myśli i głosy były spokojne.

Przeciągnęła się, włożyła rękę pod leżankę i wyciągnęła kartonowe pudło. To była jej spiżarnia, a jej system był prosty. Najpierw trzeba zjeść to, co znajdowało się po prawej stronie pudła. Kiedy po prawej nie było już jedzenia, obracała pudło o sto osiemdziesiąt stopni i znowu jadła to, co leżało na prawo. Wtedy mogła wypełnić pustą lewą stronę świeżymi towarami ze sklepu Aldi. Procedura zawsze była taka sama, a w pudle znajdowało się jedzenie na jakieś dwa, trzy dni. Inaczej się psuło, szczególnie jeśli słońce nagrzewało dach.

Beznamiętnie wlała w siebie jogurt. Już od wielu lat jedzenie niespecjalnie ją interesowało.

Następnie wsunęła pudło z powrotem pod leżankę i grzebała tam, aż odnalazła trumienkę. Gładziła ją, szepcząc:

– Kochanie, mamusia teraz idzie do miasta. Niedługo wróci do domu.

Obwąchała się pod pachami i stwierdziła, że czas na kąpiel. Wcześniej kąpała się raz na jakiś czas na dworcu głównym, ale z tym już koniec, odkąd Tine ostrzegła ją, że ktoś jej tam szuka. Jeśli już koniecznie musi tam iść, będzie to wymagało szczególnych przygotowań.

Oblizała łyżkę i wrzuciła plastikowy kubeczek do śmietnika, próbując równocześnie zaplanować kolejne posunięcia.

Wczoraj wieczorem była w domu Ditleva. Przez godzinę siedziała na dworze, na ulicy Strandvejen, i przyglądała się mozaice rozświetlonych okien szprosowych, nim głosy dały jej zielone światło. Dom był dobrze utrzymany, ale sterylny i beznamiętny jak sam Ditlev, jakżeby inaczej? Stłukła szybę i rozejrzała się uważnie, gdy nagle pojawiła się przed nią kobieta w peniuarze. Kiedy Kimmie wyjęła pistolet, w oczach kobiety pojawił się lęk. Zastąpiła go ulga, gdy przekonała się, że to jej mąż stanowi cel.

Podała kobiecie pistolet, mówiąc, że może go użyć według własnego uznania. Ta popatrzyła na niego przez chwilę, zważyła go w dłoni, po czym się uśmiechnęła. Pewnie wiedziała, do czego może go użyć. Właśnie tak, jak przewidziały to głosy.

A Kimmie lekkim krokiem pomaszerowała z powrotem w przeświadczeniu, że jej przesłanie jest jasne dla wszystkich. Depcze im po piętach. Żaden z nich nigdzie nie może czuć się pewnie. Byli obserwowani.

O ile ich znała, na ulicach pojawi się jeszcze więcej tropicieli. Bawiło ją to. Świadczyło o tym, że daje im się we znaki.

Już ona skupi ich uwagę tak, że nie będą w stanie myśleć o niczym innym.

Kiedy Kimmie brała prysznic obok innych kobiet, to nie ich nieufność była najgorsza. Ani też ciekawskie spojrzenia małych dziewczynek na podłużne blizny na jej plecach i brzuchu. Nawet nie jawna radość matek i córek z przebywania razem ani dobiegający z pływalni beztroski hałas i śmiech.

Najgorszy był dla niej widok kobiecych ciał, które emanowały życiem. Złote obrączki na palcach, które miały kogo pieścić. Dające pokarm piersi. Wystające brzuchy i łona czekające tylko, by wydać owoce. Takie widoki były pożywką dla głosów.

Kimmie szybko zdjęła ubranie i bez rozglądania się rzuciła je na szafki, zostawiając na podłodze reklamówki z czystą odzieżą. Musi się uwinąć na tyle szybko, żeby jej wzrok nie zaczął błądzić wokół.

Dopóki jeszcze miała kontrolę.

Dlatego po zaledwie dwudziestu minutach Kimmie stała na moście Tietgens w dopasowanym płaszczu, z upiętymi włosami, z odświętną mgiełką luksusowych perfum na skórze i spoglądała na tory biegnące do dworca głównego. Już dawno tak się nie ubierała i stanowczo nie czuła się z tym dobrze. W tej chwili stanowiła odzwierciedlenie tego wszystkiego, z czym walczyła, ale to konieczność. Pójdzie powoli wzdłuż peronu, pojedzie ruchomymi schodami i przejdzie jak każdy całą drogę do hali dworca głównego. Jeśli za pierwszym razem nie zauważy niczego niezwykłego, usiądzie sobie w rogu, przed kawiarnią „Train Fast Food", z filiżanką kawy i raz na jakiś czas spojrzy na zegar. Będzie wyglądać jak zwykła podróżna. Nowoczesna kobieta z brwiami delikatnie rysującymi się nad przyciemnionymi szkłami okularów.

Jak jedna z tych, które wiedzą, czego chcą od życia.

Siedziała tam od godziny, kiedy zobaczyła Szczurzą Tine przechodzącą obok chwiejnym krokiem, z przechyloną głową i wzrokiem skupionym pół metra przed sobą. Wychudzona kobieta uśmiechała się nieprzytomnie do wszystkiego i niczego. Widać było, że właśnie wzięła działkę heroiny. Tine jeszcze nigdy nie sprawiała wrażenia tak bezbronnej i przezroczystej, ale Kimmie się nie ruszyła. Odprowadziła ją tylko wzrokiem, aż ta zniknęła za rogiem McDonalda.

Właśnie dzięki temu omiatającemu, badawczemu spojrzeniu dostrzegła chudego faceta, który stał przy ścianie i rozmawiał z dwoma innymi mężczyznami w jasnych płaszczach. To nie fakt, że trzech dorosłych mężczyzn stoi tak blisko siebie, przykuł jej uwagę. Raczej to, że w trakcie rozmowy nie patrzyli sobie w oczy, tylko przez cały czas rozglądali się po dworcu. To oraz ich niemal identyczne ubrania sprawiły, że w jej głowie zapaliły się lampki ostrzegawcze.

Wstała powoli. Poprawiła okulary i płynnym krokiem ruszyła w ich stronę, kołysząc się na szpilkach. Kiedy podeszła bliżej, zauważyła, że wszyscy dobiegają czterdziestki. Głębokie bruzdy wokół ust świadczyły o niełatwym życiu. Nie były to tego rodzaju bruzdy, jakich dorabiają się biznesmeni, przerzucając do późna papiery na biurku w niezdrowym świetle jarzeniówek. Nie, te były wyżłobione przez długie godziny w trudnych warunkach atmosferycznych. Ci mężczyźni zarabiali na czekaniu i obserwowaniu.

Kiedy dzieliło ją od nich parę metrów, cała trójka nagle na nią spojrzała. Uśmiechnęła się do nich, próbując nie odsłonić zębów. Minęła ich w bliskiej odległości i poczuła, jak spowija ich cisza. Kiedy odeszła kilka kroków dalej, powrócili do rozmowy. Zatrzymała się i zaczęła grzebać w torebce. Usłyszała, że jeden z nich ma na imię Kim. Oczywiście, imię na K.

Mówili o terminach i miejscach spotkania, w ogóle się nią nie przejmując. Mogła więc swobodnie się przemieszczać. Jej opis nijak nie pasował do osoby, którą obecnie udaje. Oczywiście, że nie.

Obeszła halę dworca, z szepczącymi głosami w roli przewodników, kupiła magazyn kobiecy w kiosku po drugiej stronie, po czym wróciła do punktu wyjścia. Na miejscu został już tylko jeden mężczyzna. Stał oparty o ścianę, wyraźnie nastawiony na to, że trochę poczeka. Wszystkie jego ruchy były spowolnione, tylko oczy pracowały. Takimi właśnie ludźmi otaczali się Torsten, Ulrik i Ditlev. Wyrobnicy. Kanalie. Ludzie, którzy zrobią wszystko dla pieniędzy. Podejmą się rzeczy, których próżno szukać w ogłoszeniach o pracy.

Wydawało jej się, że im dłużej mu się przygląda, tym bardziej zbliża się do tych łajdaków, których chce dopaść. Ekscytacja się wzmogła, a głosy w jej głowie zaczęły się przekrzykiwać.

– Przestańcie! – szepnęła, spuszczając wzrok. Poczuła, że mężczyzna siedzący przy sąsiednim stoliku spojrzał znad talerza, próbując zlokalizować powód jej złości.

Niech sobie radzi sam.

„Przestań" – pomyślała, wbijając wzrok w czasopismo. „Kampania na rzecz Twojego małżeństwa" – głosił duży nagłówek. Ale zwróciła uwagę tylko na „K".

Wielka litera K z zawijasami. Znów to K.

Uczniowie trzeciej klasy liceum mówili o nim po prostu K, ale miał na imię Kåre. To on zgarnął większość głosów drugoklasistów w głosowaniu na prefekta z najstarszej klasy. Wyglądał jak bohater. O Kårem szeptały po pokojach i w sypialniach wszystkie dziewczyny, ale to Kimmie go zaliczyła. Po trzech tańcach na balu drugoklasistów przyszła kolej na nią, a Kåre poczuł jej palce tam, gdzie jeszcze nikt go nie dotykał. Kimmie bowiem znała swoje ciało, ciała chłopaków też. Kristian o to zadbał.

Kåre wpadł jak śliwka w kompot.

Mówiono, że średnia przystojnego prefekta od tego dnia zaczęła się obniżać, i dziwiono się, że taki zdolny i zmotywowany uczeń nagle zaczął tracić grunt pod nogami. A Kimmie to cieszyło. To była jej sprawka. To jej ciało wstrząsnęło posadami świata tego wzoru cnót. Wyłącznie jej ciało.

Wszystko już czekało na Kårego. Jego przyszłość była od dawna zaplanowana przez rodziców, którzy nigdy nie zdołali go poznać. Chodziło tylko o to, by utrzymać syna w ryzach i wywiązać się ze zobowiązań kasty bogaczy.

Jeśli można uszczęśliwić rodzinę i osiągnąć sukces, to miało się w życiu cel. Pal licho koszty.

Tak sądzili.

Kåre stał się celem numer jeden właśnie z tego powodu. Wszystko, co sobą reprezentował, przyprawiało ją o mdłości. Najlepszy uczeń. Najcelniejszy strzelec. Najszybszy biegacz. Doskonały mówca na apelach. Z najstaranniej przystrzyżoną fryzurą, w najdokładniej odprasowanych spodniach. Kimmie chciała go tego pozbawić. Obrać go jak cebulę i zajrzeć do środka.

A kiedy już z nim skończyła, rozejrzała się za trudniejszą zdobyczą. Naprawdę było z czego wybierać. Nie bała się niczego ani nikogo.

Kimmie raz na jakiś czas podnosiła wzrok znad tygodnika. Gdyby mężczyzna spod ściany sobie poszedł, poczułaby to. Ponad dziesięć lat na ulicy wyostrzało zmysły.

Jej przeczucia obudziły się, gdy godzinę później zauważyła kolejnego faceta kręcącego się po hali w ten sam, pozornie bezcelowy sposób. Jego nogi nie przestawały się ruszać, a oczy obmacywały otoczenie. Nie był to kieszonkowiec, który czujnym wzrokiem odnajduje torebkę ofiary czy pozostawiony bez nadzoru płaszcz. Nie cwaniaczek, który za chwilę wyciągnie rękę, pozwalając innemu wykonać czarną robotę. Nie, takich facetów znała na wylot, a on do nich nie należał.

To był niewysoki, krępy mężczyzna w znoszonym ubraniu. Gruby płaszcz z dużymi kieszeniami, odstający jak wylinka, zdradzał ubóstwo, ale to też się nie zgadzało. Na tym Kimmie również się znała. Faceci w strojach wyrzutków, ci, którzy się poddali, w ogóle nie patrzyli na innych. Ich wzrok utkwiony był w śmietnikach. W ulicy, którą mieli przed sobą. Rozglądali się po kątach, gdzie mogła kryć się pusta butelka. Może nawet oglądali niedostępne witryny sklepowe albo promocyjne menu sieci SunSet. Nigdy, przenigdy nie łowili ludzkich spojrzeń i nie przyglądali się ich zachowaniom tak, jak robił to ten człowiek spod swoich krzaczastych brwi. Poza tym miał śniadą skórę jak Turek czy Irańczyk. Kto to widział, żeby Turek czy Irańczyk upadł tak nisko, by włóczyć się jak bezdomny po ulicach Kopenhagi? No, kto?

Śledziła go wzrokiem, kiedy mijał mężczyznę stojącego przy ścianie. Spodziewała się, że dadzą sobie znak, ale tak się nie stało.

Siedziała więc spokojnie i spoglądała znad gazety, prosząc głosy, by się do tego nie mieszały. Siedziała tak, aż niski mężczyzna wrócił do punktu wyjścia, ale i tym razem obaj faceci nie nawiązali kontaktu.

Wtedy wstała cicho, wsunęła ostrożnie krzesło pod kawiarniany stolik i zachowując bezpieczną odległość, poszła za niskim, śniadym mężczyzną.

Szedł powoli. Raz na jakiś czas wychodził z hali i wyglądał na ulicę Istedgade, ale ani razu nie odszedł na tyle daleko, żeby nie mogła śledzić go ze schodów przy budowie wykopu kolejowego.

Nie ulegało wątpliwości, że kogoś szukał, a tym kimś mogła być ona. Dlatego kryła się w cieniu narożników i tablic z ogłoszeniami.

Kiedy po raz dziesiąty rozglądał się koło poczty dworcowej, odwrócił się nagle i spojrzał prosto na nią. Nie zdążyła się na to przygotować, więc obróciła się na swoich wysokich obcasach i poszła w stronę postoju taksówek. Przywoła jedną z nich i umknie. On jej nie przeszkodzi.

Nie spodziewała się tylko, że Szczurza Tine stoi tuż za nią.

– Cześć, Kimmie! – przywitała się przenikliwym głosem, patrząc nieprzytomnie. – Tak myślałam, że to ty, kochanie. Pięknie dziś wyglądasz, co się dzieje?

Wyciągnęła ramiona do Kimmie, jakby chciała się upewnić, że jest prawdziwa, ale Kimmie wymknęła się nagłym ruchem, zostawiając Tine z rękami w powietrzu.

Słyszała za sobą szybkie kroki mężczyzny.

16

Tej nocy telefon dzwonił trzykrotnie, ale za każdym razem, gdy Carl go odbierał, w słuchawce panowała cisza.

Przy śniadaniu zapytał Jespera i Mortena Hollanda, czy zauważyli w domu coś niezwykłego, ale odpowiedziały mu jedynie zaspane spojrzenia.

– Może wczoraj zapomnieliście zamknąć okna albo drzwi? – badał. Przecież musiał istnieć jakiś sposób, żeby dotrzeć do tego tkwiącego w sennym odrętwieniu towarzystwa.

Jesper wzruszył ramionami. Łatwiej było wygrać w totka niż dogadać się z nim o tej porze. Za to Morten wyburczał coś na kształt odpowiedzi.

Następnie Carl obszedł cały dom, ale niczego podejrzanego nie zauważył. Zamek do drzwi wejściowych nie był zarysowany. Okna wyglądały tak, jak powinny. Włamania dokonali ludzie, którzy znali się na rzeczy.

Po trwającym dziesięć minut śledztwie Carl wsiadł do stojącego między betonowymi blokami samochodu służbowego i stwierdził, że czuje zapach benzyny.

– Kurwa mać! – wykrzyknął, w ułamku sekundy otworzył przednie drzwi peugeota i rzucił się w bok na parking. Przeturlał się kilkakrotnie, nim znalazł schronienie za samochodem dostawczym, i czekał, aż na Magnolievangen rozlegnie się huk, który wysadzi szyby z okien.

– Carl, co się dzieje? – zapytał spokojny głos.

Odwrócił się i zobaczył kumpla od grilla, Kenna, który mimo porannego chłodu nie marznął w T-shircie.

– Nie ruszaj się, Kenn – polecił, wpatrując się w ulicę Rønneholt Parkvej. Nie zauważył w pobliżu żadnego ruchu, jeśli nie liczyć ruchliwych brwi Kenna. Może ktoś czeka z pilotem, aż on znów zbliży się do auta. Może wystarczy iskra z zapłonu.

– Ktoś majstrował przy moim samochodzie – powiedział, odrywając spojrzenie od dachów i setek okien.

Przez chwilę zastanawiał się, czy nie wezwać techników policyjnych, ale dał sobie spokój. Ci, którzy chcieli go nastraszyć, nie zostawiali na prawo i lewo odcisków palców czy innych śladów. Lepiej pogodzić się z obecnym stanem rzeczy i pojechać pociągiem.

Myśliwy czy zwierzyna? W tej chwili na jedno wychodziło.

Nie zdążył jeszcze zdjąć płaszcza, a Rose już stała w jego gabinecie, z uniesionymi brwiami i rzęsami czarnymi jak węgiel.

– Mechanicy są w Allerød i mówią, że z twoim samochodem nic wielkiego się nie stało. Nieszczelny układ paliwowy, interesuje cię to?

Ze zrezygnowaną miną powoli opuściła powieki, ale Carl to zignorował. Wolałby wzbudzać respekt.

– Wyznaczyłeś mi masę zadań, Carl. Porozmawiamy o tym czy mam poczekać, aż opary benzyny wywietrzeją ci z głowy?

Zapalił papierosa i rozsiadł się w fotelu.

– Gadaj – powiedział, zastanawiając się jednocześnie, czy mechanicy wykazali się przytomnością umysłu i zabrali jego samochód na komendę.

– Najpierw wypadek na pływalni Bellahøj. Nie ma tu za bardzo o czym mówić. Gość miał dziewiętnaście lat i nazywał się Kåre Bruno – spojrzała na niego hardo, a dołeczki na jej policzkach uwidoczniły się w pełnej krasie. – Bruno, co ty na to? – stłumiła chichot. – Był dobrym pływakiem, w ogóle był dobry w sporcie. Rodzice mieszkali w Istambule, ale dziadkowie w Emdrup, blisko pływalni Bellahøj. Zwykle przebywał u nich w wolne weekendy – przewertowała swoje papiery. – Raport określa tę śmierć jako nieszczęśliwy wypadek, do którego przyczynił się sam Kåre Bruno. Niezachowanie ostrożności na dziesięciometrowej trampolinie jest dość nierozsądne, jeśli można zauważyć – wetknęła długopis we włosy. Pewnie nie zagości tam długo.

– Tamtego przedpołudnia padał deszcz, więc przypuszczam, że chłopak się poślizgnął na śliskiej nawierzchni, kiedy chciał się przed kimś popisać. Był tam sam, toteż nikt nie widział, co dokładnie się stało. Dopóki nie leżał na kafelkach z głową obróconą o sto osiemdziesiąt stopni.

Carl spojrzał na Rose z pytaniem cisnącym się na usta, ale go zgasiła.

– Owszem, Kåre chodził do szkoły z internatem z Kirsten-Marie Lassen i tamtymi z grupy. On był w trzeciej klasie liceum, a tamci w drugiej. Jeszcze nie rozmawiałam z nikim ze szkoły, ale mogę to ewentualnie zrobić później. – Zatrzymała się nagle, jak kula po uderzeniu w betonową bryłę. Carl musi się przyzwyczaić do tego sposobu bycia.

– Okej. Zaraz się do tego zabierzemy. A co z Kimmie?

– Naprawdę uważasz, że ona odgrywa tak ważną rolę w tej grupie? – spytała. – Niby dlaczego?

„Mam policzyć do dziesięciu?" – pomyślał.

– Ile dziewczyn było w grupie z internatu? – zapytał po chwili. – I ile z nich w tym czasie zniknęło? Tylko jedna, prawda? Do tego dziewczyna, którą można podejrzewać o chęć zmiany swego dotychczasowego statusu. Dlatego się nią interesuję. Jeśli Kimmie nadal istnieje, to może stanowić klucz do wielu informacji. Nie wydaje ci się, że to sensowne założenie?

– Kto mówi, że ona chce zmienić swój obecny status? Wielu bezdomnych siłą nie można zawlec do domów, jeśli o to ci chodzi.

Jeżeli ciągle będzie tak kłapać paszczą, trafi go szlag.

– Zapytam jeszcze raz: czego dowiedziałaś się o Kimmie?

– Wiesz co, Carl, nim do tego dojdziemy, chciałabym powiedzieć, że powinieneś kupić krzesło, żebyśmy mieli z Assadem na czym siedzieć podczas składania raportu. Człowieka zaczynają boleć plecy, jak musi tak się uwieszać na tych drzwiach, żeby wałkować każdy najmniejszy drobiazg.

„To się uwieszaj gdzieś indziej" – pomyślał, zaciągając się głęboko papierosem.

– Domyślam się, że już wypatrzyłaś odpowiednie krzesło w jakimś katalogu – odpowiedział.

Na to nie raczyła odpowiedzieć. Pewnie krzesło będzie tu jutro stało.

– W publicznych rejestrach nie ma za dużo informacji o Kirsten-Marie Lassen. W każdym razie nigdy nie pobierała zasiłku socjalnego. Wyrzucono ją ze szkoły z internatem, kiedy była w trzeciej klasie liceum. Kontynuowała edukację w Szwajcarii, ale nic więcej o tym nie mam. Jej ostatni zgłoszony adres zameldowania to adres Bjarnego Thøgersena przy ulicy Arnevangen w dzielnicy Brønshøj. Nie wiem, kiedy fizycznie się stamtąd wyprowadziła, ale sądzę, że niedługo przed zgłoszeniem się Thøgersena na policję. Czyli gdzieś tak w maju lub czerwcu 1996. A wcześniej, w latach 1992–1995, była zameldowana pod adresem swojej macochy, przy Kirkevej w Ordrup.

– Zaraz mi podasz pełne nazwisko i adres tej pani, prawda?

Wręczyła mu żółty świstek, zanim jeszcze zdążył skończyć zdanie.

Kobieta miała na imię Kassandra. Kassandra Lassen. Słyszał o filmie *Most Kasandra*, ale nie o takim imieniu, cholera.

– A co z ojcem Kimmie? Jeszcze żyje?

– Owszem – odparła. – Willy K. Lassen, pionier software'u. Mieszka w Monte Carlo z nową żoną i zdaje się, że z kilkorgiem równie nowych dzieci, mam to gdzieś na swoim biurku. Urodził się około 1930 roku, więc musiał mieć w lufie sporo naboi albo ta jego nowa żona to niezłe ziółko. – Wykrzywiła się w uśmiechu, który zajmował cztery piąte twarzy, po czym zaśmiała się tym swoim chrapliwym śmiechem, który pewnego dnia sprawi, że Carl straci panowanie nad sobą.

Skończyła się śmiać.

– Nie mam danych, żeby Kirsten-Marie Lassen nocowała w którejś z tych noclegowni, z którymi mamy kontakt, ale mogła przecież wynająć pokój czy coś podobnego, co nie jest zarejestrowane w skarbówce. A co tam, przecież właśnie w ten sposób utrzymuje się moja siostra. Ma czterech lokatorów naraz. Trzeba przecież czymś wykarmić troje dzieciaków i cztery koty, kiedy ma się za męża takiego bydlaka, który nawiewa z domu, no nie?

– Rose, uważam, że nie powinnaś zdradzać mi zbyt wielu szczegółów. Pragnę ci przypomnieć, że bądź co bądź jestem stróżem prawa.

Odwróciła dłonie w stronę Carla. Jej wzrok mówił „Broń Boże, jeśli on ma zamiar się wywyższać, dla niej to nie problem".

– Ale mam informację o hospitalizacji Kirsten-Marie Lassen w szpitalu Bisperbjerg latem 1996. Nie mam kartoteki, bo potrzebny jest dostęp do archiwum, jeśli tylko człowiek potrzebuje informacji na temat wydarzenia z przedwczoraj. Mam tylko datę przyjęcia do szpitala i datę, kiedy zniknęła.

– Zniknęła ze szpitala? W trakcie leczenia?

– Nie wiem nic na ten temat, ale jest wpis, że wyszła wbrew zaleceniom lekarzy.

– Jak długo była hospitalizowana?

– Jakieś dziewięć, dziesięć dni – Rose przewertowała swoje żółte karteczki. – Jest. Od 24 lipca 1996 do 2 sierpnia 1996.

– Drugiego sierpnia?

– Tak, a o co chodzi?

– To data morderstw w Rørvig. Dokładnie dziewięć lat później.

Wydęła wargi. Widocznie strasznie się wkurzyła, że sama na to nie wpadła.

– Na jakim oddziale leżała? Psychiatrycznym?

– Nie. Ginekologicznym.

Zabębnił palcami w stół.

– Okej. Musisz zdobyć tę kartotekę. Pojedź tam i zaproponuj swoją pomoc, jeśli będzie trzeba.

Kiwnęła zdawkowo.

– A co z archiwami prasowymi, Rose? Szukałaś tam?

– Tak, nic tam nie ma. W 1987 rozprawy odbywały się za zamkniętymi drzwiami, a przy aresztowaniu Bjarnego Thøgersena nazwisko Kimmie w ogóle nie padło.

Wziął głęboki oddech. Dopiero teraz to do niego dotarło. Nikt z grupy z internatu nie został nigdy wymieniony z nazwiska na forum publicznym. Spokojniutko, z nieposzlakowaną opinią pięli się na wyżyny społeczne. Nic więc dziwnego, że chcieli utrzymać ten stan rzeczy.

Ale dlaczego, do jasnej cholery, próbowali go nastraszyć w taki amatorski sposób, kompletnie poniżej krytyki? Dlaczego nie zwrócili się do niego bezpośrednio i nie wyjaśnili mu wszystkiego, skoro już wiedzą, że to on prowadzi śledztwo w tej sprawie? Wszystko inne budziło przecież tylko podejrzenia i opór.

– Zniknęła w 1996 – powiedział. – Czy nie poszukiwano jej przez media?

– Nikt jej nie poszukiwał. Policja też nie. Po prostu zniknęła. Rodzina nie zareagowała.

Carl pokiwał głową. Fajna rodzinka.

– Czyli w gazetach nie ma nic o Kimmie – powiedział. – A co z imprezami i tym podobnymi? Nigdzie nie bywała? Przecież ludzie z tych sfer to robią.

– Nie mam pojęcia.

– Więc zabierz się do tego, proszę. Popytaj ludzi z tygodników. Zapytaj w „Gossip". Mają przecież wszystkich w archiwach. Chyba dasz radę znaleźć jakiś podpis pod zdjęciem czy coś w tym stylu.

Spojrzała na niego z wyrazem twarzy, który pewnie miał dać mu do zrozumienia, że jest beznadziejny.

– Odnalezienie jej kartoteki pewnie chwilę potrwa. Od czego mam zacząć?

– Od szpitala Bispebjerg. Ale pamiętaj o tych tygodnikach. Ludzie z jej kręgów to nie lada gratka dla tych sępów. Masz jej dane osobowe?

Podała mu papier, na którym nie było niczego nowego. Urodzona w Ugandzie. Rodzeństwa brak. Przez całe dzieciństwo co roku nowe miejsce zamieszkania – na zmianę w Anglii, USA i Danii. Kiedy miała siedem lat, rodzice się rozwiedli, a prawo do opieki nad nią dostał, o dziwo, ojciec. Do tego urodziła się w Wigilię.

– Carl, zapomniałeś zapytać o dwie rzeczy. Uważam, że to żenujące.

Podniósł wzrok na Rose. Kiedy się spojrzało z dołu, przypominała tęgawą Cruellę De Mon, tuż zanim chapsnęła sto jeden dalmatyńczyków. Może postawienie krzesła po przeciwnej stronie biurka nie było aż tak złym pomysłem. To by nieco zmieniło perspektywę.

– Co jest żenujące? – zapytał, nie chcąc znać odpowiedzi.

– Nie zapytałeś o stoły, Carl. Te z korytarza. Już je dostarczono, ale są w kartonach i trzeba je złożyć. Chciałabym, żeby Assad mi pomógł.

– W porządku, jeśli się w tym połapie. Ale, jak widzisz, nie ma go tu. Jest na polu i szuka myszy.

– Aha. A ty?

Powoli pokręcił głową. Składać z nią stoły? Chyba ma nie po kolei w głowie.

– A ta druga sprawa, o którą nie zapytałem, jeśli można wiedzieć?

Sprawiała wrażenie, jakby nie miała ochoty odpowiadać.

– Jeśli nie złożymy tych stołów, to ja nie skopiuję reszty tych papierów, o które mnie prosiłeś. Coś za coś.

Carl przełknął ślinę. Za tydzień jej tu nie będzie. Niech tylko poniańczy tych pieprzonych norweskich rybożerców w piątek, a pozbędzie się jej, nie brudząc sobie rąk.

– Jeśli chodzi o drugą sprawę, to rozmawiałam z urzędem skarbowym. Powiedzieli mi, że Kirsten-Marie Lassen pracowała zawodowo w okresie 1993–1996.

Carl aż przerwał zaciąganie się dymem.

– Naprawdę? Gdzie?

– Dwa z tych miejsc już nie istnieją, ale ostatnie miejsce pracy – owszem. Tam też pracowała najdłużej. To sklep zoologiczny.

– Sklep zoologiczny? Była ekspedientką w sklepie ze zwierzętami?

– Nie wiem. Zapytaj ich o to. Wciąż mają ten sam adres. Ørbækgade 62 na Amager. Sklep nazywa się Nautilus Trading SA.

Carl zanotował. To musi jeszcze trochę poczekać.

Schyliła ku niemu głowę, unosząc brwi.

– Tak, Carl. To wszystko – skinęła do niego głową. – Nie ma za co, że tak powiem.

17

– Chciałbym się dowiedzieć, kto zablokował moje śledztwo, Marcus.

Szef Wydziału Zabójstw spojrzał znad okularów do czytania. Jasne, że nie miał ochoty na to odpowiadać.

– Chyba powinieneś wiedzieć, że miałem u siebie w domu nieproszonych gości. Spójrz.

Wyjął swoje stare zdjęcie w mundurze galowym i wskazał plamy krwi.

– Zwykle wisi w mojej sypialni. Wczoraj wieczorem krew była świeża.

Szef Wydziału Zabójstw odchylił się do tyłu i wytężył wzrok. Nie zachwyciło go to, co zobaczył.

– I jak to sobie tłumaczysz, Carl? – spytał po chwili namysłu.

– Jak można to sobie tłumaczyć? Ktoś chce mnie zastraszyć.

– Wszyscy policjanci prędzej czy później dorabiają się wrogów. Dlaczego łączysz to z bieżącą sprawą? A wśród twojej rodziny i znajomych nie ma żartownisiów?

Carl poczęstował szefa kwaśnym uśmiechem. Dobre sobie.

– W nocy mój telefon zadzwonił trzy razy. Myślisz, że po drugiej stronie ktoś był?

– No dobra! Czego ode mnie oczekujesz?

– Proszę, żebyś mi powiedział, kto blokuje moje śledztwo. A może wolisz, żebym sam zadzwonił do komendantki?

– Przyjdzie tu dziś po południu. Wtedy się przekonamy.

– Trzymam cię za słowo.

– Zobaczymy, jak będzie.

Carl trzasnął drzwiami gabinetu szefa mocniej niż zwykle i spojrzał prosto w ziemistobladą o poranku gębę Baka. Czarną skórzaną kurtkę, w którą zawsze był okutany, nonszalancko przewiesił przez jedno ramię. Żeby było widać, że ją ma.

– Co tam, Bak? Słyszałem, że nas opuszczasz. Dostałeś spadek czy co?

Stał przez chwilę, tak jakby się zastanawiał, czy podsumowanie ich wieloletniej wspólnej służby wychodziło na minus, czy na plus. Potem obrócił głowę i powiedział:

– Wiesz, jak jest. Albo jest się cholernie dobrym policjantem, albo cholernie dobrą głową rodziny.

Carl rozważał, czy nie położyć mu ręki na ramieniu, ograniczył jednak się do podania mu dłoni.

– Dziś ostatni dzień! Życzę ci szczęścia i powodzenia w życiu rodzinnym, Bak. Chociaż jesteś strasznym dupkiem, to musisz wiedzieć, że nie byłoby tak strasznie zobaczyć cię tu znowu, gdyby naszła cię taka ochota po urlopie.

Zmęczony mężczyzna spojrzał na niego ze zdziwieniem. Choć może lepiej byłoby to określić „z oszołomieniem". Mikroskopijne przejawy uczuć Børgego Baka niełatwo zinterpretować.

– Carl, nigdy nie byłeś miły – powiedział, kręcąc głową. – Ale jesteś w porządku.

Jak na nich była to istna orgia komplementów.

Carl odwrócił się i kiwnął głową do Lis stojącej za kontuarem ze stertą papierów porównywalną do tej, która leżała obecnie na piwnicznej podłodze i czekała na umieszczenie na jednym ze stołów – zdążyła je skręcić.

– Carl – powiedział Bak z ręką na klamce drzwi gabinetu szefa Wydziału Zabójstw. – To nie Marcus cię blokuje, jeśli tak właśnie podejrzewasz. To Lars Bjørn. – Uniósł palec wskazujący. – I nie wiesz tego ode mnie.

Carl rzucił okiem w stronę gabinetu podinspektora kryminalnego. Jak zawsze żaluzje w oknach wychodzących na korytarz były spuszczone, ale drzwi – otwarte.

– Wróci dopiero o trzeciej. O ile wiem, jest na spotkaniu z komendantką – brzmiały ostatnie słowa Baka.

Zastał Rose Knudsen klęczącą na podłodze piwnicznego korytarza. Niczym dorodny niedźwiedź polarny ślizgający się po lodzie, klęczała z rozstawionymi nogami i łokciami na rozłożonym kawałku kartonu. Wokół niej walały się nogi stołowe, metalowe podpórki, przeróżne śruby i inne narzędzia, a w odległości dziesięciu centymetrów od jej nosa leżała instrukcja montażu. Zamówiła cztery stoły z regulowaną wysokością. Carl miał nadzieję, że w wyniku jej wysiłków tyle ich właśnie powstanie.

– Nie miałaś jechać do szpitala Bisperbjerg, Rose?

Nawet nie drgnęła. Wskazała tylko w stronę drzwi Carla.

– Na twoim biurku leży kopia – powiedziała, po czym znowu pochłonęły ją schematy montażu.

Szpital Bisperbjerg przefaksował jej trzy strony, które rzeczywiście leżały na biurku Carla. Ostemplowane, z datą – dokładnie tego szukał. Kirsten-Marie Lassen. Przebywała na oddziale od 24 lipca do 2 sierpnia 1996. Połowa słów była po łacinie, ale ich znaczenie było zrozumiałe.

– Rose, chodź no tutaj! – krzyknął.

Z podłogi dobiegł strumień przekleństw i złorzeczeń, ale jednak się podniosła.

– Tak – powiedziała, z kropelkami potu na zmasakrowanej maskarą twarzy.

– Znaleźli kartotekę!

Pokiwała głową.

– Czytałaś ją?

Znów kiwnęła głową.

– Kimmie była w ciąży i została przyjęta do szpitala z krwotokiem w wyniku niefortunnego upadku ze schodów – powiedział. – Pomyślnie przeszła leczenie i prawdopodobnie doszła do siebie, ale jednak straciła dziecko. Były ślady nowych obrażeń, to też czytałaś?

– Tak.

– A tak na marginesie: nie ma niczego o ojcu czy jakichś krewnych.

– Ludzie w Bisperbjerg mówią, że mają tylko to.

– Aha – ponownie spojrzał na kartotekę. – W chwili przyjęcia była w czwartym miesiącu ciąży. Po czterech dniach stwierdzili, że niebezpieczeństwo poronienia minęło, ale dziewiątego dnia jednak poroniła. Przy kolejnym badaniu odkryto świeże ślady uderzeń na jej brzuchu. Kimmie wytłumaczyła je upadkiem z łóżka szpitalnego. – Carl zaczął szperać w poszukiwaniu papierosa. – Jakoś trudno w to uwierzyć.

Rose cofnęła się o kilka kroków, mrużąc oczy i machając ręką. Nie lubi dymu. Fajnie. Czyli można jakoś trzymać ją na odległość.

– Niczego nie zgłoszono na policję – powiedziała. – Ale o tym już przecież wiedzieliśmy.

– Nic nie ma na temat łyżeczkowania czy czegoś w tym stylu. Co znaczy to tutaj? – wskazał parę linijek niżej w kartotece. – Placenta, czy to nie znaczy łożysko?

– Dzwoniłam tam. To znaczy, że najprawdopodobniej podczas poronienia nie wyszło całe łożysko.

– Jak duże jest łożysko w czwartym miesiącu?

Wzruszyła ramionami. Tego najwyraźniej nie uczyli na uniwersytecie ekonomicznym.

– I nie zdążyła poddać się łyżeczkowaniu?

– Nie.

– O ile się orientuję, to może mieć fatalne konsekwencje. Z infekcjami w podbrzuszu nie ma żartów. Poza tym miała przecież obrażenia od uderzeń. Poważne, jak sądzę.

– To dlatego nie chcieli pozwolić jej wyjść – pokazała na blat stołu. – Widziałeś tę kartkę?

To był mały, żółty, samoprzylepny świstek. Co ona sobie, do cholery, wyobraża? Jak on ma dostrzec na swoim biurku coś tak małego? Igła w stogu siana to w porównaniu z tym pikuś.

Napis brzmiał: „Zadzwoń do Assada".

– Dzwonił jakieś pół godziny temu. Mówił, że prawdopodobnie widział Kimmie.

Carl poczuł się, jakby dostał w żołądek.

– Gdzie?

– Na dworcu głównym. Masz do niego zadzwonić.

Zerwał płaszcz z haczyka.

– To tylko czterysta metrów stąd. Idę!

Ludzie na ulicy ubrani byli w koszulki z krótkimi rękawami. Cienie nagle zrobiły się długie i ostre, a przechodnie uśmiechali się na wyścigi. Była końcówka września i ponad dwadzieścia stopni ciepła, z czego tu się, do diabła, cieszyć? Niech lepiej zadrą głowy i ze zgrozą popatrzą na dziurę ozonową. Zdjął płaszcz i przerzucił go przez ramię. Jeszcze trochę, a w styczniu będzie się chodziło w sandałach. Niech żyje efekt cieplarniany.

Wyjął komórkę, wybrał numer Assada i stwierdził, że bateria się wyczerpała. To już drugi raz w ciągu paru dni. Gówniana bateria.

Wszedł do hali dworca i przejechał wzrokiem po tłumie ludzi. Beznadzieja. Potem zrobił krótką, bezowocną rundę przez morze walizek.

„Pies to drapał" – pomyślał i poszedł na ukos na dworcowy posterunek policji, mieszczący się przy zejściu do Reventlowsgade.

Będzie musiał zadzwonić do Rose i poprosić o numer telefonu Assada. Już słyszał ten jej chrapliwy, szyderczy śmiech.

Ludzie zza kontuaru posterunku go nie znali, więc pokazał odznakę.

– Carl Mørck, cześć. Komórka mi padła, czy mogę skorzystać z waszego telefonu?

Jeden z nich wskazał podniszczony aparat za kontuarem, jednocześnie próbując pocieszyć dziewczynkę, która zgubiła starszą siostrę. Wieki temu on sam też pocieszał dzieci jako patrolujący ulice funkcjonariusz. Aż strach pomyśleć.

Właśnie wybierał numer, gdy po drugiej stronie żaluzji zobaczył Assada przy schodach prowadzących w dół do toalet.

Chował się za grupką egzaltowanych licealistów z plecakami i nie robił dobrego wrażenia, stojąc w tym swoim nędznym płaszczu i rozglądając się we wszystkie strony.

– Dziękuję – powiedział Carl i odłożył słuchawkę.

Dzieliło ich tylko jakieś pięć, sześć metrów, kiedy Carl wyszedł z posterunku. W tej chwili ktoś zaszedł Assada od tyłu i chwycił go za ramiona. Był śniady, miał niewiele ponad trzydziestkę i nie wyglądał przyjaźnie. Jednym ruchem obrócił kumpla Carla i zaczął wykrzykiwać mu w twarz przekleństwa. Carl nie rozumiał, ale wyraz twarzy Assada nie pozostawiał żadnych wątpliwości. Przyjaciółmi to oni nie byli.

Kilka licealistek spojrzało na nich z oburzeniem. „Plebs! Idioci!" – mówiły ich dumne oblicza.

Wtedy facet uderzył Assada, a Assad mu oddał. Wyjątkowo precyzyjny, paraliżujący cios, który natychmiast powstrzymał napastnika. Przez chwilę się słaniał, podczas gdy nauczyciele z liceum dyskutowali, czy nie zainterweniować.

Ale Assadowi było wszystko jedno. Chwycił faceta i trzymał go mocno, aż tamten znowu zaczął wrzeszczeć.

Kiedy grupa licealistów się wycofała, wzrok Assada padł na Carla. Reakcja była błyskawiczna. Mocno odepchnął faceta na pewną odległość i machnął ręką, pokazując tamtemu, że ma znikać. Carl popatrzył przez chwilę w twarz mężczyzny, nim poszedł do wyjścia na perony. Baczki w szpic i lśniące włosy. Przystojny facet o nienawistnym spojrzeniu. Typ, którego nie chciało się spotkać po raz drugi.

– Co tu się wydarzyło? – spytał Carl.

Assad wzruszył ramionami.

– Przykro mi, Carl. To tylko jakiś idiota.

– Co mu zrobiłeś?

– Zapomnij o tym, Carl. To idiota.

Oczy Assada były czujne i rozbiegane. Krążyły od posterunku policji za Carlem do licealistów, od Carla i z powrotem. To był zupełnie inny Assad niż ten, który parzył w piwnicy herbatę miętową. Mężczyzna, który coś ukrywał.

– Opowiesz mi, o co chodziło, kiedy będziesz gotów, okej?

– O nic nie chodziło. To taki jeden, co mieszka koło mnie. – Uśmiechnął się. Prawie przekonująco. – Dostałeś wiadomość ode mnie? Wiesz, że twoja komórka całkiem padła, prawda?

Carl kiwnął głową.

– Skąd wiesz, że widziałeś właśnie Kimmie?

– Taka prostytutka-narkomanka zawołała ją po imieniu.

– Więc gdzie jest teraz?

– Nie wiem. Zdążyła się wymknąć taksówką.

– Do kurwy nędzy, Assad! Chyba za nią pojechałeś?

– Tak. Moja taksówka była tuż za nią, ale kiedy dotarliśmy do Gasværksvej, jej taksówka zatrzymała się za rogiem, przy chodniku. I już jej nie było, tak. Przyjechałem sekundę za późno i już jej nie było.

Sukces i fiasko za jednym zamachem.

– Taksówkarz z jej taksówki powiedział, że dostał pięćset koron. Wsiadła po prostu do taksówki i krzyknęła: „Jedź szybko na Gasværksvej! To twoje, te wszystkie pieniądze!"

Pięćset koron za pięćset metrów. To musi być desperacja.

– Szukałem jej, naturalnie. Wchodziłem do sklepów, żeby się dowiedzieć, czy coś widzieli. Dzwoniłem do drzwi.

– Wziąłeś numer do taksówkarza?

– Tak.

– Wezwij go na przesłuchanie. Coś mi tutaj śmierdzi.

Assad kiwnął głową.

– Wiem, kim jest ta prostytutka-narkomanka. Mam jej adres. – Podał mu kartkę. – Dziesięć minut temu dostałem go na posterunku. Nazywa się Tine Karlsen. Wynajmuje pokój na Gammel Kongevej.

– Dobrze, Assad. Ale w jaki sposób otrzymałeś te informacje od funkcjonariuszy? Za kogo się podałeś?

– Pokazałem im moją kartę identyfikacyjną z Komendy Głównej.

– To ci nie daje prawa do otrzymywania takich informacji, Assad. Jesteś pracownikiem cywilnym.

– Aha. Ale i tak je dostałem. Byłoby dobrze, gdybym dostał odznakę policyjną, skoro wysyłasz mnie tak w teren, Carl.

– Przykro mi, Assad, nie da rady – pokręcił głową. – Mówisz, że na posterunku ją znają. Była aresztowana?

– O tak, mnóstwo razy. Mają już jej dosyć. Zwykle chodzi i żebrze przy głównym wejściu.

Carl spojrzał w górę, na żółty budynek przylegający do budynku Teaterpassagen. Mnóstwo kawalerek na czterech dolnych piętrach, klitki ze skosami na poddaszu. Nietrudno zgadnąć, gdzie ulokowała się Tine Karlsen.

Drzwi na piątym piętrze otworzył mężczyzna o odpychającej aparycji, ubrany w znoszony niebieski szlafrok.

– Tine Karlsen, mówi pan? Musi pan sam sprawdzić. – Poprowadził go klatką schodową przez korytarz z czworgiem czy pięciorgiem drzwi na piętrze i wskazał jedne z nich, skubiąc siwą brodę. – Nie bardzo lubimy, kiedy policja nam się tu plącze. Narozrabiała?

Carl zmrużył oczy i posłał mu kwaśny uśmiech. Facet zarabiał niezłą kasę na swoich obskurnych pokoikach, więc niech lepiej odpowiednio traktuje swoich lokatorów, do jasnej cholery.

– Jest bardzo ważnym świadkiem w pewnej głośnej sprawie. Proszę, by zapewnił jej pan wsparcie, którego potrzebuje. Rozumiemy się?

Facet zostawił brodę. Czy się rozumieją? Nie miał zielonego pojęcia, o czym Carl mówi. Niech będzie i tak. Byle zadziałało.

Otworzyła po nieskończenie długim pukaniu do drzwi. Rzadko widuje się tak upodlone twarze.

W pokoju uderzył go ostry zapach, jaki wydzielają zbyt rzadko sprzątane klatki ze zwierzętami. Carl aż nazbyt dobrze pamiętał etap w życiu swego przyszywanego syna, kiedy to dniem i nocą na jego biurku parzyły się chomiki. W okamgnieniu ich liczba czterokrotnie wzrosła, a tendencja ta by się utrzymała, gdyby syn nagle nie przestał się nimi interesować, a chomiki nie zaczęły pożerać się nawzajem. Przez okres paru miesięcy, nim Carl podarował pozostałe zwierzęta świetlicy, smród stanowił stały element domowej atmosfery.

– Widzę, że ma pani szczura – powiedział, schylając się nad stworem.

– Wabi się Lasso i jest zupełnie oswojony. Mam go wyjąć, żeby go pan wziął na ręce?

Zmusił się do uśmiechu. Wziąć na ręce?! Takiego miniprosiaka z łysym ogonem? To już woli żreć jego karmę.

Wtedy zdecydował, że pokaże jej odznakę policyjną.

Spojrzała na nią bez zainteresowania i chwiejnym krokiem podeszła do stołu, by z nabytą przez lata wprawą wsunąć dyskretnie strzykawkę i kawałek folii aluminiowej pod gazetę. Heroina, gdyby ktoś pytał.

– Słyszałem, że zna pani Kimmie?

Jeśli przyłapano by ją ze strzykawką w żyle albo na kradzieży w sklepie czy ma robieniu dobrze klientowi na ulicy, to nawet by się nie skrzywiła. Ale to pytanie ją ruszyło.

Carl podszedł do mansardowego okna i wyjrzał na tracące liście drzewa, które otaczały jezioro Skt. Jørgens Sø. Cholernie ładny widok ma ta narkomanka.

– Czy ona nie jest pani najlepszą przyjaciółką? Słyszałem, że są panie blisko.

Podszedł jeszcze bliżej do okna i spojrzał w dół, na ścieżki wokół jeziora. Gdyby to była normalna dziewczyna, pewnie parę razy w tygodniu urządzałaby sobie przebieżkę wokół jeziora, podobnie jak ci, którzy biegali tam teraz.

Jego wzrok przesunął się na przystanek autobusowy na Gammel Kongevej, na którym stał mężczyzna w jasnym płaszczu i patrzył w górę, na fasadę budynku. W ciągu wielu lat służby Carl od czasu do czasu widywał tego człowieka. Nazywał się Finn Aalbæk. Chuchro, które swego czasu zwykło nachodzić jego i jego kolegów na Antonigade, żeby wycyganić jakieś informacje dla swego minibiura detektywistycznego. Mijało właśnie pięć lat, odkąd Carl widział go po raz ostatni. Wciąż był szpetny.

– Zna pani tego na dole, w jasnym płaszczu? – zapytał. – Widziała go już pani?

Podeszła do okna i westchnęła głośno, próbując skupić wzrok na mężczyźnie. – Widziałam jednego w takim samym płaszczu na dworcu głównym. Ale ten stoi za daleko, żebym go rozpoznała.

Spojrzał na jej ogromne źrenice. Pewnie by go nie poznała, nawet gdyby deptał jej po palcach.

– A ten, którego pani widziała na dworcu, co to za jeden?

Odeszła od okna, potykając się o kanapę, aż Carl musiał ją podtrzymać.

– Nie wiem, czy chce mi się z panem gadać – wybełkotała. – Co Kimmie zrobiła?

Podprowadził ją do pryczy i położył na cienkim materacu.

„W takim razie spróbujemy inaczej" – pomyślał Carl, rozglądając się. Pokój miał dziesięć metrów kwadratowych i był na tyle pozbawiony osobowości, na ile jest to możliwe. Oprócz klatki ze szczurem i ubrań, których sterty walały się po kątach, było tu zaledwie kilka przedmiotów. Kilka lepkich gazet na stole. Stosy cuchnących piwskiem reklamówek z supermarketu Irma. Łóżko przykryte szorstkim wełnianym kocem. Umywalka i stara lodówka, a na niej zaświniona mydelniczka, mocno sfatygowane ręczniki, przewrócona butelka z szamponem z drogerii Matas i kupka spinek do włosów. Puste ściany i parapet.

Spojrzał na nią.

– Chce pani zapuścić włosy, prawda? Wydaje mi się, że bardzo by pani pasowały.

Instynktownie chwyciła się za kark. Czyli miał rację. To dlatego nosi te spinki.

– W półdługich włosach też pani ładnie, ale myślę, że w długich wyglądałaby pani naprawdę pięknie. Ma pani ładne włosy.

Nie uśmiechnęła się, ale w jej oczach widać było, że krzyczy z radości. Przez krótką chwilę.

– Chętnie wziąłbym pani szczura na ręce, ale nabawiłem się alergii na gryzonie i tym podobne. Bardzo mi z tym ciężko. Nie mogę już nawet przytulić naszego kotka.

Tym ją zawojował.

– Kocham tego szczurka. Ma na imię Lasso – uśmiechnęła się, ukazując coś, co kiedyś było szeregiem białych zębów. – Czasami nazywam go Kimmie, ale nie mówiłam jej o tym. To z powodu szczura nazywają mnie Szczurzą Tine. Czy to nie miłe, jak człowiek wie, że to z powodu ukochanego stworzenia tak go nazywają?

Carl był skłonny się zgodzić.

– Kimmie nic nie zrobiła – powiedział. – Szukamy jej, bo ktoś za nią tęskni.

Przygryzła policzek.

– Tyle że ja nie wiem, gdzie ona mieszka. Ale jak ją zobaczę, to na pewno jej przekażę, jeśli tylko mi pan poda swoje nazwisko.

Kiwnął głową. Lata walki z władzami wytrenowały ją w sztuce ostrożności. Zupełnie wyniszczona przez prochy, a jednak czujna. Imponujące i niemal równie irytujące. Z pewnością nie przysłuży się sprawie, jeśli powie Kimmie za dużo. Ryzykują tylko, że zniknie na dobre. Dziesięć lat doświadczenia i Assadowe polowanie pokazały, do czego jest zdolna.

– Okej, będę z panią szczery. Ojciec Kimmie jest poważnie chory, a jeśli ona usłyszy, że szuka jej policja, jej ojciec już nigdy jej nie zobaczy. Byłoby strasznie szkoda. Czy nie może jej pani po prostu przekazać, żeby zadzwoniła pod ten numer? Lepiej nie wspominać o chorobie i policji. Tylko poprosić, by zadzwoniła.

Zanotował numer swego telefonu i podał jej kartkę. Teraz musi tylko pamiętać, żeby naładować komórkę.

– A jeśli zapyta, kim pan jest?

– Proszę po prostu powiedzieć, że pani nie wie, ale że ta wiadomość ją ucieszy.

Powieki Tine zamknęły się powoli. Jej dłonie leżały bezwładnie na chudych kolanach.

– Słyszała pani?

Kiwnęła głową, nie otwierając oczu.

– Tak zrobię.

– Dobrze. Bardzo się cieszę. Pójdę już. Wiem, że na dworcu głównym ktoś szukał Kimmie. Wie pani, kto to był?

Spojrzała na niego, nie unosząc głowy.

– Pytał tylko, czy znam Kimmie. Pewnie też chciał, żeby skontaktowała się z ojcem, prawda?

Na Gammel Kongevej zaszedł Aalbæka od tyłu.

– Stary znajomy, coś podobnego! – powiedział, kładąc mu ciężko dłoń na ramieniu. – Co porabiasz, stary? Kopę lat, co? – ciągnął.

Oczy Aalbæka bynajmniej nie zalśniły radością ze spotkania.

– Czekam na autobus – powiedział, odwracając głowę.

– Okej – Carl stał przez chwilę, patrząc na niego. Dziwaczna reakcja. Dlaczego skłamał? Dlaczego nie powiedział po prostu: „Jestem w robocie. Śledzę kogoś". Przecież to jego praca, obaj o tym wiedzieli. Nie był o nic oskarżony. Nie musiał ujawniać, dla kogo pracuje.

Zdradził się. To nie ulegało wątpliwości. Miał całkowitą jasność, że to właśnie Carlowi wchodzi w paradę.

„Czekam na autobus" – powiada. Co za dureń!

– Dużo podróżujesz w pracy, prawda? Nie byłeś przypadkiem wczoraj na wycieczce w Allerød i nie zapaskudziłeś mojego zdjęcia? No, jak było?

Aalbæk odwrócił się spokojnie i spojrzał na Carla. Był typem, który nie zareaguje nawet na bicie i kopniaki. Carl znał gościa, który urodził się z niewykształconymi płatami czołowymi i po prostu nie potrafił wpaść w złość. Jeśli mózg zachowywał się podobnie w wyniku wzburzenia i stresu, to w wypadku Aalbæka uczucia te zastępowała hucząca pustka.

Carl spróbował jeszcze raz. Nie zaszkodzi, do cholery!

– Co tu robisz, Aalbæk? Nie możesz mi powiedzieć? Czy nie powinieneś być u mnie i rysować swastyk na prętach mojego łóżka? Bo chyba nie ma związku między sprawami, nad którymi obecnie obaj pracujemy, co Aalbæk?

Jego twarz emanowała wrogością.

– Wciąż jesteś upierdliwym starym zrzędą, co Mørck? Nie mam zielonego pojęcia, o czym mówisz.

– Dlaczego tu stoisz i gapisz się na piąte piętro? Bo pewnie nie dlatego, że masz nadzieję, że Kimmie Lassen zajrzy na górę do Tine Karlsen, prawda? – Podszedł bliżej do Aalbæka. – Skojarzyłeś dziś Tine Karlsen z piątego piętra z Kimmie, zgadza się?

Mięśnie szczęk tego chuderlaka chodziły pod skórą jak szalone.

– Nie wiem, o kim i o czym gadasz, Mørck. Jestem tu, bo rodzice jednego dzieciaka chcą wiedzieć, co porabia ich syn w sekcie Moon na pierwszym piętrze.

Carl kiwnął głową. Dobrze pamiętał jak zmyślny potrafi być Aalbæk. Oczywiście, że umie sfabrykować jakąś historyjkę, kiedy trzeba.

– Myślę, że fajnie byłoby zobaczyć papiery za twoje ostatnie zlecenia. Czy któryś z twoich pracodawców nie jest przypadkiem zainteresowany odnalezieniem Kimmie? Coś mi się tak zdaje. Tyle że nie do końca wiem, dlaczego. Powiesz mi to dobrowolnie czy mam zażądać kwitów?

– Możesz sobie żądać, czego chcesz. Tylko pamiętaj o nakazie sądowym.

– Aalbæk, stary druhu – klepnął go w plecy na tyle mocno, że łopatki zadzwoniły o siebie. – Powiedz swoim pracodawcom, że im bardziej będą mnie nękać, tym chętniej będę ich tropić. Zrozumiałeś?

Aalbæk starał się nie łapać gorączkowo powietrza, ale z pewnością to zrobi, kiedy tylko Carl sobie pójdzie.

– Zrozumiałem, że coś ci się poprzestawiało we łbie, Mørck. Zostaw mnie w spokoju.

Carl kiwnął głową. Takie są wady szefowania najmniejszej niezależnej jednostce dochodzeniowej. Gdyby miał więcej ludzi, to przyczepiłby do Finna Aalbæka kilka superogonów. Coś mu mówiło, że opłacałoby się śledzić tę chudzinę, ale kto ma to robić? Rose?

– Odezwiemy się – powiedział Carl, znikając w Vodroffsvej.

Kiedy tylko zniknął z pola widzenia, pobiegł ile sił w nogach w dół przecznicy i skręcił, wychodząc za wieżowcem firmy Codan na Gammel Kongevej, na wysokości Værnedamsvej. Kilka długich susów i już był po drugiej stronie, w samą porę, by zobaczyć Aalbæka gadającego przez telefon nad brzegiem jeziora.

Może i trudno go sprowokować, ale na zadowolonego nie wyglądał.

18

W czasie, kiedy Ulrik pracował jako analityk giełdowy, zarobił dla wielu inwestorów więcej niż ktokolwiek inny w branży. Słowem kluczem były informacje, informacje i jeszcze raz informacje. W tej branży fortuny nie powstawały przez przypadek, a już na pewno nie dzięki szczęściu.

Nie istniała branża, w której nie miał kontaktów, ani koncern medialny, w którym nie miał informatorów. Był pewny siebie i ostrożny, analizował firmy notowane na giełdzie dogłębnie i przy użyciu wszystkich dostępnych środków, nim ocenił rentowność ich akcji. Czasami nawet tak dogłębnie, że firmy prosiły, by zapomniał o tym, czego się dowiedział. Znajomości z ludźmi, którzy mieli coś na sumieniu albo których trzeba było wyciągnąć z paskudnej sytuacji, poszerzały się jak kręgi na wodzie. Aż w końcu objęły całe to morze, w którym pływała elita.

W innym kraju uczyniłoby to z Ulrika wielce niebezpiecznego człowieka, który byłby najlepszym sprzymierzeńcem z poderżniętym gardłem, ale tutaj było inaczej. W małej Danii było tak, że jeśli miało się na kogoś haka, to ten ktoś miał w zanadrzu coś równie druzgocącego. Tak mądrze urządzono ten system. Grzeszki jednej osoby szybko przechodziły na inną, jeśli się o nich nie milczało. Ta bardzo praktyczna zasada sprawiła, że nikt nic o nikim nie mówi, nawet przyłapany na gorącym uczynku.

Nikt przecież nie chce siedzieć sześć lat w więzieniu za wykorzystywanie poufnych informacji. I nikt nie chce podcinać gałęzi, na której siedzi.

Na szczycie tego stale rosnącego drzewa z pieniędzmi Ulrik uprządł sobie pajęczynę, w lepszych kręgach zwaną siecią. Wspaniały mechanizm, który paradoksalnie więcej odsiewa, niż wychwytuje.

Ulrik łowił w swoją sieć wyjątkowo cenną zwierzynę. Ludzi, o których się czytało. Ludzi, których się szanowało. Samą śmietankę. Wszystko to były osoby, które oderwały się od swoich fundamentów i teraz dryfowały na samej górze, gdzie nie trzeba dzielić słonecznego światła z pospólstwem.

To z nimi chadzał na polowania. Z nimi siadywał w lożach. Z tymi, którzy potrafią cieszyć się życiem, i to w dobrym towarzystwie.

Z tego względu Ulrik stanowił ważną figurę w grupie ze szkoły z internatem. Był powszechnie znany jako dusza towarzystwa, a za nim stali murem jego przyjaciele z młodości, Ditlev Pram i Torsten Florin. To była mocna, ale też mocno niejednorodna ekipa, którą niczym triumwirat zapraszano wszędzie, gdzie tylko coś się działo.

Tego popołudnia rozpoczęli zabawę w śródmieściu, na przyjęciu w galerii, która utrzymywała kontakty ze sceną teatralną i rodziną królewską. Następnie wylądowali wśród galowych mundurów, medali i orderów na wykwintnym wieczorku, na którym wygłaszano mowy perfekcyjnie napisane przez niezaproszonych, pozostających w cieniu sekretarzy, podczas gdy kwartet smyczkowy wprowadzał towarzystwo w świat Brahmsa, a szampan i bufonada lały się wartkimi strumieniami.

– To prawda, co słyszę, Ulrik? – spytał siedzący z boku minister, próbując zamroczonym od alkoholu wzrokiem ustalić odległość od kieliszka. – To prawda, że latem Torsten zabił z kuszy parę koni na polowaniu? Tak po prostu, w szczerym polu? – Jeszcze raz spróbował dolać trochę do zbyt wysokiego kieliszka.

Ulrik wyciągnął rękę, wspierając jego wysiłki.

– Wiesz co? Nie wierz we wszystko, co słyszysz. A tak przy okazji: może wybrałbyś się któregoś dnia na nasze polowanie? Sam zobaczysz, na czym to polega.

Minister kiwnął głową. Właśnie tego oczekiwał i bardzo by mu się to podobało. Ulrik wiedział takie rzeczy. Kolejna ważna osobistość w jego sieci.

Zwrócił się ku swojej towarzyszce, która od jakiegoś czasu próbowała pochwycić jego wzrok.

– Pięknie dziś wyglądasz, Isabel – powiedział, kładąc dłoń na jej ręce. Za godzinę się przekona, co faktycznie proponuje.

Ditlev wyznaczył go do tego zadania. Nie zawsze się udawało, ale tym razem sprawa była pewna. Isabel zrobi, o co ją poproszą – sprawiała wrażenie otwartej na wszystko. Będzie oczywiście trochę lamentować, ale ciągnące się latami nuda i niezaspokojenie powinny działać na ich korzyść. Może gorzej zniesie sposób, w jaki Torsten obejdzie się z jej ciałem, ale z drugiej strony mieli już przykłady na to, że kobiety właśnie od Torstena się uzależniały. Torsten znał kobiecą zmysłowość lepiej niż większość mężczyzn. W każdym razie potem musi trzymać gębę na kłódkę. Gwałt czy nie, ma siedzieć cicho. Po co ryzykować utratę dostępu do tych milionów, którymi dysponował jej mąż impotent?

Przesunął ręką wzdłuż jej przedramienia, po jedwabnym rękawie. Uwielbiał ten chłodny materiał, tak chętnie noszony przez gorącokrwiste kobiety.

Kiwnął do Ditleva, który siedział przy innym stole, na ukos od niego. To miał być sygnał, ale u boku Ditleva pochylał się jakiś mężczyzna i absorbował jego uwagę. Facet szepnął coś do Ditleva, który trzymał na końcu widelca mus z łososia, nie zwracając na nic uwagi. Spojrzenie utkwione w nicość, uniesione brwi. Nie sposób z czymkolwiek pomylić tych sygnałów.

Ulrik podniósł się, podając jakiś pretekst, i klepnął Torstena po ramieniu, kiedy mijał jego stół.

Opuszczona kobieta musi zaczekać.

Usłyszał z tyłu, jak Torsten usprawiedliwia się przed swoją towarzyszką. Po chwili ucałował jej dłoń. Takich rzeczy oczekuje się od mężczyzn takich, jak Torsten Florin. Heteroseksualny mężczyzna, który ubiera panie, wiedział też dobrze, jak je rozbierać.

Cała trójka spotkała się w foyer.

– Z kim rozmawiałeś? – spytał Ulrik.

Ditlev podniósł rękę i dotknął muszki. Jeszcze nie zdążył ochłonąć po usłyszeniu informacji.

– To był jeden z moich ludzi z Caracas. Mówił, że Frank Helmond powiedział pielęgniarkom, że to ja na niego napadłem.

Takiego bałaganu Ulrik nie cierpiał. Czy Ditlev nie zapewniał, że ma całą sytuację pod kontrolą? Że Thelma obiecała, że Helmond będzie siedział cicho, jeśli rozwód i jego operacje plastyczne pójdą gładko?

– Kurwa! – wybuchnął stojący obok nich Torsten.

Ditlev spojrzał na nich po kolei.

– Helmond był wciąż pod wpływem narkozy. Nikt takich rzeczy nie traktuje poważnie. – Spojrzał na podłogę. – Będzie dobrze. Ale jest jeszcze coś. Mój człowiek miał też telefon od Aalbæka. Najwyraźniej wszyscy mamy wyłączone komórki.

Podał im kartkę, którą Torsten przeczytał, zaglądając Ulrikowi przez ramię.

– Nie rozumiem tego ostatniego – powiedział Ulrik. – Co to znaczy?

– Ale ty potrafisz być ciemny, Ulrik – Torsten spojrzał na niego lekceważąco. Ulrik tego nienawidził.

– Kimmie gdzieś się kręci – przyhamował ich Ditlev. – Nie słyszałeś o tym, Torsten, ale widziano ją dziś na dworcu centralnym. Jeden z ludzi Aalbæka słyszał, jak jakaś narkomanka woła ją po imieniu. Widział ją tylko z tyłu, ale obserwował ją już wcześniej. Miała na sobie drogie ciuchy i dobrze wyglądała. Siedziała jakąś godzinę, półtorej przy stoliku w kawiarni. Myślał, że po prostu czeka na pociąg. W jakimś momencie minęła ich w dość bliskiej odległości, gdy Aalbæk instruował swoich ludzi.

– Kurwa, ja pierdolę! – dobiegło od strony Torstena.

Tego ostatniego Ulrik też jeszcze nie słyszał. Niedobrze. Może wie, że jej poszukują.

Cholera jasna. Oczywiście, że wie. Przecież to Kimmie.

– Znowu nam umknie, wiem to – powiedział.

Wszyscy to wiedzieli.

Lisia twarz Torstena zrobiła się jeszcze węższa.

– Aalbæk wie, gdzie mieszka ta narkomanka?

Ditlev kiwnął głową.

– Zajmie się nią?

– Tak, pytanie tylko, czy nie jest za późno. Policja też tam była.

Ulrik podniósł rękę i zaczął masować się po karku. Ditlev z pewnością miał rację.

– Nie rozumiem ostatniej linijki tej wiadomości. Czy to znaczy, że ten, kto prowadzi dochodzenie, zna miejsce pobytu Kimmie?

Ditlev pokręcił głową.

– Aalbæk zna tego policjanta na wylot. Gdyby to wiedział, zabrałby tę narkomankę na komendę od razu po wizycie. Może to oczywiście zrobić później, musimy wziąć tę możliwość pod uwagę. Spójrz lepiej na przedostatnią linijkę. Jak ją rozumiesz?

– Że Carl Mørck jest na naszym tropie. Przecież wiemy to od dawna.

– Przeczytaj jeszcze raz, Ulrik. Aalbæk pisze: „Mørck mnie widział. Tropi nas".

– W czym problem?

– Że właśnie połączył Aalbæka, nas, Kimmie i tamtą starą sprawę w wielką, chaotyczną całość. A dlaczego tak się dzieje, Ulrik? Skąd wie o Aalbæku? Czy zrobiłeś coś, o czym nie wiemy? Rozmawiałeś wczoraj z Aalbækiem, co mu powiedziałeś?

– Tylko to, co zwykle, kiedy ktoś ze mną zadziera. Że może dać temu policjantowi ostrzeżenie.

– Co za dureń! – wykrzyknął Torsten.

– A to ostrzeżenie? Kiedy zamierzałeś nam o tym powiedzieć?

Ulrik spojrzał na Ditleva. Od czasu napaści na Franka Helmonda nie mógł wyjść z transu. Nazajutrz pojechał do pracy i czuł się niezwyciężony. Widok wystraszonego na śmierć, zakrwawionego Helmonda działał jak życiodajny eliksir. Wszystkie transakcje i indeksy szły tego dnia po jego myśli. Nic nie może ani nie powinno go powstrzymać. Zasrany gliniarz, babrający się w sprawach, które go nie dotyczą, też.

– Powiedziałem Aalbækowi tylko tyle, że może wywrzeć na nim lekką presję – powiedział. – Umieścić ze dwa ostrzeżenia w widocznym miejscu, żeby zrobić na facecie wrażenie.

Torsten odwrócił się plecami i stał, patrząc na marmurowe schody przecinające foyer. Już sam widok jego pleców pokazywał, jakie uczucia się w nim kłębią.

Ulrik odchrząknął i opowiedział, co się zdarzyło. Że nie było to nic szczególnego. Że chodziło tylko o parę telefonów i kilka plam kurzej krwi na zdjęciu. Trochę jak haitański rytuał wudu. Jak już mówił, nic takiego.

Obaj skierowali na niego wzrok.

– Idź po Visby'ego, Ulrik – warknął Ditlev.

– Jest tu?

– Pół departamentu tu jest. A co ty, kurwa, myślałeś?

Podsekretarz stanu w Ministerstwie Sprawiedliwości, Visby, od dawna zabiegał o lepszą pracę. Nie mógł liczyć na awans na dyrektora departamentu pomimo oczywistych kwalifikacji, dawno też zszedł z drogi kariery prawniczej, odcinając sobie tym samym drogę do stanowisk sędziowskich w sądach wyższych instancji. Teraz szukał gorączkowo nowych kąsków do pożarcia, nim dopadną go wiek i pokłosie złych uczynków.

Poznał Ditleva na polowaniu i umówili się, że w zamian za kilka przysług przygotuje się do przejęcia schedy po ich adwokacie, Bencie Krumie, kiedy ten pogrąży się w wiecznych rozkoszach emerytury i czerwonego wina. Może nie jest to praca zapewniająca prestiżowe tytuły, ale za to dzień pracy jest krótki, a gaża więcej niż przyzwoita.

I Visby przydał im się przy kilku okazjach. Naprawdę dobry wybór.

– Znowu potrzebujemy twojej pomocy – powiedział Ditlev, kiedy Ulrik prowadził go do holu.

Podsekretarz stanu rozejrzał się, zupełnie jakby kryształowe żyrandole miały oczy, a tapety uszy.

– Tu i teraz? – spytał.

– Carl Mørck dalej prowadzi sprawę. Trzeba go powstrzymać, rozumiesz? – powiedział Ditlev.

Visby zaczął gmerać przy swoim granatowym krawacie z wizerunkiem muszli, symbolu szkoły z internatem, wodząc wzrokiem po holu.

– Zrobiłem, co mogłem. Nie mogę już pisać dyrektyw w czyimś imieniu, nie ryzykując, że minister sprawiedliwości się do tego dobierze. W obecnej sytuacji to ciągle może wyglądać jak pomyłka.

– To musi być załatwiane przez komendantkę?

Kiwnął głową.

– Owszem, pośrednio. Nie mogę nic więcej zrobić w tej sprawie.

– Dociera do ciebie, co właśnie mówisz? – spytał Ditlev.

Visby zacisnął usta. Zdążył już zaplanować sobie życie, Ulrik to po nim widział. Żona w domu oczekiwała czegoś nowego. Czasu i podróży. Tego, o czym marzą wszyscy.

– Może udałoby się zawiesić Mørcka – powiedział podsekretarz. – Przynajmniej na jakiś czas. To nie będzie proste po tym, jak wyjaśnił sprawę Merete Lynggaard, ale miał depresję w wyniku tej strzelaniny sprzed prawie dwóch lat, więc może mieć nagły nawrót. Przynajmniej na papierze. Przyjrzę się temu.

– Mogę namówić Aalbæka, żeby go oskarżył o napad na ulicy – powiedział Ditlev. – Czy to coś da?

Podsekretarz kiwnął głową.

– Napad? Całkiem nieźle! Ale muszą być świadkowie.

19

– Jestem prawie pewny, że to Finn Aalbæk włamał się do mnie przedwczoraj, Marcus – powiedział Carl. – Kto ma się postarać o nakaz sądowy, żeby zajrzeć mu w papiery, ty czy ja?

Szef Wydziału Zabójstw nie uniósł wzroku znad leżących przed nim krwawych zdjęć. Kobieta napadnięta na Store Kannikestræde wyglądała, delikatnie mówiąc, fatalnie. Ślady po uderzeniach na twarzy wyglądały jak sine zagłębienia, okolice oczu były mocno podpuchnięte.

– Czy mam rację, podejrzewając, że to ma związek z twoim śledztwem w sprawie morderstw w Rørvig, Carl?

– Chcę się tylko dowiedzieć, kto zatrudnił Aalbæka, to wszystko.

– Nie prowadzisz już dochodzenia w tej sprawie, Carl. Już o tym rozmawialiśmy.

Pierwsza osoba liczby mnogiej? Ten dureń powiedział „my"? Czyżby szef Wydziału Zabójstw nie znał pierwszej osoby liczby pojedynczej? Czemu, do jasnej cholery, nie zostawią go po prostu w spokoju?

Wziął głęboki oddech.

– Właśnie dlatego do ciebie przychodzę. Co będzie, jak się okaże, że klienci Aalbæka to podejrzani w sprawie z Rørvig? Nie robi to na tobie wrażenia?

Szef położył na stole swoje okulary do czytania.

– Carl! Po pierwsze, masz się zastosować do słów komendantki. W sprawie zapadł wyrok, a to ją inaczej plasuje na liście priorytetów tam, na górze. Poza tym nie przychodź tu do mnie i nie strugaj wariata. Myślisz, że tacy ludzie, jak Pram i Florin, i ten tam analityk giełdowy, są takimi idiotami, żeby zatrudniać Aalbæka w tradycyjny sposób? Jeśli, podkreślam, jeśli to w ogóle oni. Daj mi już spokój. Za parę godzin mam spotkanie z komendantką.

– Myślałem, że było wczoraj?

– Owszem, dzisiaj też. Idź już, Carl.

– Do diabła, Carl! – krzyknął Assad ze swojego gabinetu. – Chodź, zobacz!

Carl zwlókł się z krzesła. Od powrotu Assada nic nie było po nim widać, ale Carl jeszcze pamiętał. Chłodne spojrzenie faceta, który zamierzał się na Assada na dworcu. Spojrzenie, w którym kumulowała się wieloletnia nienawiść. Jak Assad mógł wmawiać zaprawionemu w boju policjantowi, że to nic nie znaczyło? Absolutnie nic?

Przedarł się przez częściowo złożone stoły Rose, które wciąż leżały na piwnicznej podłodze niczym wyrzucone na brzeg wieloryby. Niech je teraz zabiera. Carl w każdym razie nie ma zamiaru ponosić żadnej odpowiedzialności, jeśli ktoś z góry wywali się przez to dziadostwo.

Assad był rozpromieniony.

– Tak, o co chodzi? – spytał Carl.

– Mamy zdjęcie, Carl. Mamy po prostu zdjęcie, tak!

– Zdjęcie? Czyje?

Postukał w przycisk spacji na klawiaturze komputera i na ekranie pojawiło się zdjęcie. Nie było ostre, nie było *en face*, ale to była Kimmie Lassen. Carl rozpoznał ją natychmiast ze starych fotografii. Kimmie dzisiaj. Rzut okiem na profil odwracającej się niemal czterdziestoletniej kobiety. Bardzo charakterystyczny profil. Nos o prostym grzbiecie, nieco zadarty u dołu. Bardzo wydatna dolna warga. Chude policzki i delikatne zmarszczki przebijające się wyraźnie przez tonę makijażu. Mogliby z łatwością pomajstrować przy jej starych zdjęciach, dodając oznaki starzenia. Wciąż była atrakcyjna, ale zniszczona. Gdyby zatrudnili komputerowców i pobawili się programami do obróbki zdjęć, mieliby nie lada materiał do akcji poszukiwawczej.

Teraz brakowało im tylko wystarczającego powodu, by jej szukać. Może poprosić o to kogoś z rodziny? Trzeba to zbadać.

– Mam nową komórkę, więc nie wiedziałem, czy udało mi się ustrzelić fotkę. Po prostu nacisnąłem, kiedy ode mnie uciekała. Wiesz, refleks. Próbowałem wczoraj wieczorem przerzucić coś na ekran, ale zrobiłem coś źle.

Niemożliwe!

– Co ty na to? Czy to nie fantastyczne, Carl?

– Rose! – krzyknął Carl, obracając głowę w stronę piwnicznego korytarza.

– Nie ma jej. Jest na Vigerslev Allé.

– Vigerslev Allé – pokręcił głową Carl. – Co ona tam robi, do diabła?

– Czy nie mówiłeś, że ma zbadać, czy w tygodnikach nie ma czegoś o Kimmie?

Carl spojrzał na ramki ze zdjęciami starych, rozeźlonych ciotek Assada. Sam niedługo też tak będzie wyglądał.

– Jak wróci, daj jej to zdjęcie, żeby mogła porównać je ze starym. Dobrze, że je zrobiłeś, Assad. Dobra robota – klepnął swego kompana w ramię, żywiąc nadzieję, że w rewanżu nie poczęstuje go tą pistacjową masą, którą sam przeżuwał. – Za godzinę mamy wizytę w zakładzie karnym we Vridsløselille. Zbieramy się?

Już na ulicy Egona Olsena, jak przemianowano dawną ulicę Więzienną, Carl wyraźnie wyczuł niepokój swego kolegi. Nie żeby się pocił albo ociągał. Zrobił się tylko niezwykle milczący i utkwił martwy wzrok w wieże przy bramie wejściowej, jakby tylko czekały, żeby go zmiażdżyć.

Carl tak się nie czuł. Dla niego zakład karny we Vridsløselille był poręczną szufladą, do której można zamieść najgorszych dupków w całym kraju i mocno ją zatrzasnąć. Gdyby zsumować wszystkie kary, jakie odbywało tutaj prawie dwustu pięćdziesięciu osadzonych, dawałoby to nieco ponad dwa tysiące osobolat. Czyste marnotrawstwo życia i siły roboczej.

Nie jest to miejsce, w którym miałoby się ochotę oddychać, ale większość przecież zasłużyła na odsiadkę. Zawsze żywił takie przekonanie.

– Idziemy tu, w prawo – oznajmił Carl, kiedy uporali się z formalnościami.

Assad nie wydusił z siebie ani słowa, odkąd znaleźli się za bramą. Poza tym opróżnił kieszenie, nie otrzymawszy takiej dyspozycji. Ślepo wykonywał polecenia. Jak widać, znał procedurę.

Carl wskazał położony po drugiej stronie dziedzińca szary budynek z białą tabliczką z napisem „Odwiedziny".

Tu czekał na nich Bjarne Thøgersen. Pewnie uzbrojony po zęby w wymijające gadki. Za jakieś trzy lata stąd wyjdzie. Nie może sobie nabruździć.

Wyglądał lepiej, niż Carl się spodziewał. Jedenaście lat w więzieniu zwykle zostawia po sobie ślady. Zgorzkniały wyraz twarzy, mętne spojrzenie, głębokie przeświadczenie o własnej bezużyteczności, które w końcu zaczyna się przejawiać w postawie ciała. Zamiast tego siedział przed nimi człowiek o jasnych, szelmowskich oczach. Oczywiście chudy i czujny, ale jednak w nadspodziewanie dobrej formie.

Wstał, podając Carlowi dłoń. Żadnych pytań czy wyjaśnień. Widocznie ktoś go o wszystkim uprzedził. Carl umiał to wyczuć.

– Carl Mørck, podkomisarz kryminalny – przedstawił się jednak.

– To mnie kosztuje dziesięć koron za godzinę – odpowiedział facet z uśmieszkiem. – Mam nadzieję, że to ważne.

Nie przywitał się z Assadem, ale Assad też się nie kwapił. Odciągnął po prostu krzesło do tyłu i usiadł w pewnej odległości.

– Pracuje pan w warsztacie? – Carl spojrzał na zegarek. Za kwadrans jedenasta. Tak, faktycznie, środek dnia pracy.

– O co chodzi? – spytał Thøgersen, siadając na krześle w zwolnionym tempie. Też dobrze znany sygnał. Czyli jednak było trochę nerwów. I dobrze.

– Nie spędzam za dużo czasu z innymi osadzonymi – ciągnął niezachęcany. – Nie mogę więc udzielić panu informacji, jeśli o to chodzi. Ale swoją drogą fajnie by było ubić interes, żeby czmychnąć stąd trochę wcześniej – zaśmiał się krótko, próbując przeniknąć oschły sposób bycia Carla.

– Dwadzieścia lat temu zabił pan dwoje młodych ludzi. Przyznał się pan, więc nie musimy rozmawiać o tej części sprawy. Jest jednak osoba, o której mógłby nam pan coś opowiedzieć.

Kiwnął głową z uniesionymi brwiami. Odrobina dobrej woli i zdumienia we właściwych proporcjach.

– Mówimy o Kimmie. Słyszałem, że byliście dobrymi przyjaciółmi.

– Zgadza się, chodziliśmy razem do szkoły z internatem i przez pewien czas chodziliśmy trochę ze sobą. – Uśmiechnął się. – Cholernie seksowna babka. – Po dwunastu latach bez seksu powiedziałby tak o wszystkich. Strażnik im powiedział. Bjarne Thøgersen nigdy nie miał wizyt. Nigdy. Ta była pierwsza od lat.

– Zacznijmy od początku. Pasuje to panu?

Wzruszył ramionami i na chwilę spuścił wzrok. Oczywiście, że mu nie pasowało.

– Pamięta pan, dlaczego Kimmie wyrzucono ze szkoły?

Odchylił głowę i utkwił spojrzenie w suficie.

– Spiknęła się z nauczycielem. To zabronione.

– A co się z nią działo potem?

– Potem przez rok mieszkała w wynajętym mieszkaniu w Næstved. Pracowała przy grillu – zaśmiał się. – Taa, jej starzy nic o tym nie wiedzieli. Myśleli, że dalej chodzi do szkoły. Ale w końcu się dowiedzieli.

– Poszła do szkoły z internatem w Szwajcarii?

– Tak, była tam jakieś pięć lat. Nie tylko w szkole, na uniwersytecie też. Jak on się, kurdę, nazywał? – pokręcił głową. – Pal licho, w każdym razie kształciła się na weterynarza. A tak, to było Berno. Uniwersytet w Bernie.

– Czyli musiała być świetna z francuskiego?
– Nie, z niemieckiego. Mówiła, że studia były po niemiecku.
– Skończyła?
– Nie, niezupełnie. Nie wiem, dlaczego, ale musiała zrezygnować.
Carl spojrzał na Assada, który zapisał to w swoim notesie.
– I co? Gdzie mieszkała potem?
– Wróciła do domu. Mieszkała przez jakiś czas w Ordrup u swoich rodziców, znaczy u ojca i macochy. A potem wprowadziła się do mnie.
– Wiemy, że pracowała przez jakiś czas w sklepie zoologicznym. Czy to nie było poniżej jej kwalifikacji?
– Dlaczego? Przecież nie skończyła weterynarii.
– A pan? Z czego pan żył?
– Pracowałem w składzie drewna mojego ojca. To wszystko jest w raporcie. Przecież to wiecie.
– Czy nie było tam napisane, że odziedziczył pan skład w 1995, a krótki czas potem wszystko spłonęło? Potem był pan bezrobotny, prawda?
Najwyraźniej facet potrafił też sprawiać wrażenie zranionego. „Niekochane dziecko robi różne miny" – jak mawiał jego dawny kolega, Kurt Jensen, który zasiadał teraz w Folketingu i zbijał bąki.
– To jakieś bzdury – zaprotestował. – Nigdy mnie nie oskarżono o ten pożar. Co miałbym na tym zyskać? Zakład ojca nie był ubezpieczony.
„Faktycznie" – pomyślał Carl. Powinien był to sprawdzić.
Carl siedział przez jakiś czas, spoglądając na ściany. Bywał tu niezliczoną ilość razy. Te ściany słyszały mnóstwo kłamstw. Mnóstwo wymijających odpowiedzi i pocieszeń, w które nikt nie wierzył.
– Jakie miała układy z rodzicami? – spytał. – Wie pan?
Bjarne Thøgersen przeciągnął się. Był już znacznie spokojniejszy. Wkroczyli w strefę niezobowiązującej pogawędki. Nie chodziło o niego, a to mu się podobało. Był bezpieczny.

– Do dupy – powiedział. – Jej starzy byli zwykłymi dupkami. Ojca prawie nigdy nie było w domu. A ten babsztyl, z którym się ożenił, to była po prostu paskudna zdzira.

– Co pan ma na myśli?

– No, wie pan. Taka, co ma we łbie tylko pieniądze. Łasa na kosztowności. – Smakował to wyrażenie. Takich sformułowań nie używało się na co dzień w jego świecie.

– Kłócili się?

– Tak. Kimmie mówiła, że potwornie się kłócili.

– Co robiła Kimmie, kiedy pan mordował tę dwójkę?

Nagły przeskok w wydarzeniach sprawił, że wzrok faceta zamarł utkwiony w kołnierz Carla. Gdyby Bjarne Thøgersen był podłączony do elektrod, wskaźniki wszystkich przyrządów pomiarowych wychyliłyby się mocno.

Przez chwilę milczał, ociągając się z odpowiedzią, po czym rzekł:

– Była z innymi w domu letniskowym ojca Torstena. Dlaczego pan o to pyta?

– Niczego po panu nie zauważyli, kiedy pan wrócił? Musiał pan mieć krew na ubraniu?

Carl pożałował ostatniego pytania. Nie miało być takie konkretne. Teraz przesłuchanie utkwi na jakiś czas w martwym punkcie. Thøgersen odpowie, iż powiedział pozostałym, że próbował ratować potrąconego psa. Przecież to było w raporcie, niech to szlag.

– Uważała, że fajnie z tą krwią? – rozległo się od strony Assada, zanim facet zdążył odpowiedzieć.

Bjarne Thøgersen spojrzał zmieszany na niskiego mężczyznę. Można się było spodziewać niedowierzania w jego wzroku, ale nie wahania, z którego jasno wynikało, że Assad trafił w sedno. Więcej nie było trzeba. Bez względu na to, czy historia trzymała się kupy, czy nie, wiedzieli już, że Kimmie uważała, iż krew jest fajna. Bardzo to nie pasowało do kogoś, kto postanowił poświęcić życie na ratowanie małych zwierzątek.

Carl skinął krótko do Assada. Wystarczyło, żeby dać do zrozumienia Thøgersenowi, że jego reakcja została odnotowana. Że zareagował zbyt gwałtownie i niewłaściwie.

– Fajnie? – próbował łagodzić Thøgersen. – Nie sądzę.

– Czyli wprowadziła się do pana – ciągnął Carl. – To było w 1995, prawda, Assad?

Assad kiwnął w swoim kącie.

– Tak, w 1995, 29 września. Spotykaliśmy się ze sobą od jakiegoś czasu. Cholernie seksowna babka. – Już to mówił.

– Dlaczego pamięta pan tę datę tak dokładnie? Minęło już sporo lat.

Rozłożył ręce.

– Owszem, a co się odtąd wydarzyło w moim życiu? Dla mnie to jedno z ostatnich wydarzeń, zanim tu trafiłem.

– No tak – Carl starał się sprawiać zachęcające wrażenie. Po chwili zmienił wyraz twarzy. – Był pan ojcem jej dziecka?

W tym momencie Thøgersen spojrzał na zegarek. Jego blada cera nieco się zaróżowiła. Widać było, że godzina zaczęła dłużyć się w nieskończoność.

– Nie wiem.

Carl rozważał, czy nie wpaść teraz w złość, ale się powstrzymał. Nie pora na to.

– Mówi pan, że pan nie wie. Jak to rozumieć? Miała innych, kiedy mieszkaliście razem?

Odrzucił głowę w bok.

– Oczywiście, że nie.

– Czyli to z panem była w ciąży?

– Przecież się wyprowadziła, nie? Skąd mam, kurwa, wiedzieć, z kim potem chodziła do łóżka?

– Według naszych informacji poroniła około osiemnastotygodniowy płód. Czyli mieszkała u pana, kiedy zaszła w ciążę.

Podniósł się gwałtownie i obrócił krzesło o sto osiemdziesiąt stopni. Zuchwałe zachowanie, wyuczone przez pobyt w więzieniu. Nonszalanckie przechadzki po budynku głównym. Luzackie potrząsanie kończynami, demonstrujące obojętność. Niedbale popalane na boisku papierosy. No i ten chwyt z odwracaniem krzesła i konfrontowaniem się z kolejnymi pytaniami z rękami na oparciu i rozstawionymi nogami. Ta zagrywka nazywała się: „Zadawaj te swoje pytania, mam to gdzieś. I tak nic ze mnie nie wyciągniesz, zasrany gliniarzu".

– Czy to nie wszystko jedno, kurwa, kto to był? – spytał. – Dzieciak i tak nie przeżył.

Dziesięć do jednego, iż wiedział, że to nie było jego dziecko.

– A potem zniknęła.

– Tak, czmychnęła ze szpitala. Zupełne kretyństwo.

– To do niej niepodobne?

Wzruszył ramionami.

– Skąd, kurwa, mam to, wiedzieć? O ile wiem, wcześniej nie zdarzały jej się poronienia.

– Szukał jej pan? – rozległo się ze strony Assada.

Bjarne Thøgersen spojrzał na niego tak, jakby to nie była jego sprawa.

– Szukał pan? – powtórzył Carl.

– Nie byliśmy już razem od jakiegoś czasu. Nie, nie szukałem.

– Dlaczego nie byliście już razem?

– Bo nie byliśmy. Nie układało się.

– Zdradzała pana?

Thøgersen jeszcze raz spojrzał na zegarek. Od poprzedniego razu minęła minuta.

– Dlaczego sądzi pan, że to ona mnie zdradzała? – spytał, rozciągając mięśnie szyi.

Przez pięć minut drążyli sprawę związku. Bez rezultatu. Wił się jak piskorz.

Tymczasem Assad powolutku przysunął bliżej swoje krzesło. Z każdym pytaniem wykonywał kolejny dyskretny ruch. W końcu był już niemal przy samym stole. Nie ulegało wątpliwości, że to wkurza Thøgersena.

– Widzimy, że poszczęściło się panu na giełdzie – stwierdził Carl. – Wnioskując z pańskiego zeznania podatkowego, stał się pan zamożnym człowiekiem, prawda?

Wygiął w dół kąciki ust. Z samozadowoleniem. Oto rzecz, o której chętnie porozmawia.

– Nie narzekam – odparł.

– Kto dostarczył panu kapitału na inwestycje?

– Możecie to sobie sprawdzić w zeznaniach podatkowych.

– Cóż, tak się składa, że nie noszę pańskich zeznań podatkowych za ostatnich dwanaście lat w kieszeni, więc uważam, że powinien mi pan sam odpowiedzieć na to pytanie.

– Pożyczyłem pieniądze.

– Dobry ruch. Zwłaszcza gdy weźmie się pod uwagę, że siedzi pan w pierdlu. Założę się, że pożyczkodawcy to miłośnicy ryzykownych posunięć. Ktoś z tutejszych baronów narkotykowych?

– Pożyczyłem je od Torstena Florina.

„Bingo!" – pomyślał Carl. Chciał w tej chwili zobaczyć twarz Assada, ale patrzył na Thøgersena.

– Ach tak. Wciąż byliście przyjaciółmi, mimo że miał pan swoją tajemnicę? Że to pan zabił te dzieciaki. Odrażająca zbrodnia, o którą swego czasu podejrzewano między innymi Torstena. Przyznaję, że to się nazywa kumpel! A może był panu winien przysługę?

Bjarne Thøgersen zorientował się, w którą stronę to zmierza, i zamilkł.

– Jest pan dobry w akcjach, tak? – Assad dosunął krzesło do samego stołu. Wśliznął się na miejsce niepostrzeżenie niczym gad.

Thøgersen wzruszył ramionami.

– Lepszy niż większość, owszem.

– Piętnaście milionów koron się tego nazbierało – rozmarzył się Assad. – I jeszcze rośnie. Może mógłby pan tak udzielić kilku porad. Daje pan od siebie porady?

– Jak panu się udaje być na bieżąco z rynkiem, Bjarne? – przyłączył się Carl. – Pańska komunikacja ze światem zewnętrznym musi być przecież ograniczona?

– Czytam gazety i wymieniam listy.

– Czyli może zna pan strategię *buy and hold*? Albo strategię TA-7, jest coś takiego? – pytał spokojnie Assad.

Carl powoli obrócił ku niemu głowę. To jakieś bzdury czy co? Thøgersen uśmiechnął się krótko.

– Polegam na swoim nosie i akcjach indeksu KFX. Wtedy nie może być źle. – Ponownie się uśmiechnął.

– To był dobry okres.

– Wie pan co, panie Thøgersen? – powiedział Assad. – Powinien pan wziąć i porozmawiać z moim kuzynem. Zaczął od pięćdziesięciu tysięcy koron, a teraz mijają trzy lata, a on wciąż ma pięćdziesiąt tysięcy koron. Myślę, że by pana polubił.

– Sądzę, że pański kuzyn powinien trzymać się z daleka od handlu akcjami – odparł zirytowany i skierował wzrok na Carla. – Proszę mi powiedzieć, czy nie mieliśmy rozmawiać o Kimmie? Co to ma wspólnego z moimi transakcjami na giełdzie?

– Zgadza się, tylko ostatnie pytanie dla mojego kuzyna – naciskał Assad. – Czy akcje Grundfosu mają dobre notowania na indeksie KFX?

– Tak, nie są złe.

– Okej. Dziękuję, tak. Nie sądziłem, że Grundfos w ogóle jest notowany na giełdzie, ale pan na pewno wie lepiej.

Touché! – pomyślał Carl, gdy Assad otwarcie do niego mrugnął. Nietrudno sobie wyobrazić, jak czuje się w tej chwili Bjarne Thøgersen. Czyli inwestował za niego Ulrik Dybbøl Jensen. To pewne. Bjarne Thøgersen guzik wiedział o akcjach, ale musiał mieć wystarczająco dużo na życie po wyjściu z więzienia. Coś za coś.

W zasadzie nie musieli wiedzieć więcej.

– Chcemy, żeby spojrzał pan na to zdjęcie – powiedział Carl. Położył przed nim na stole Assadowy wydruk wczorajszej fotki. Została trochę obrobiona i była ostra jak brzytwa.

Patrzyli obaj na Thøgersena, gdy przyglądał się zdjęciu. Naturalnie oczekiwali zaciekawienia. To zawsze szczególna rzecz – zobaczyć, jak wygląda po latach twoja była. Nie spodziewali się jednak, że jego reakcja będzie tak silna. Facet, który żył wśród najgorszych przestępców w Danii. Dziesięć lat upokorzenia. Za pan brat z najgorszym gównem. Porządek dziobania, homoseksualizm, napady, groźby, szantaże, brutalność. Człowiek, który przez to wszystko przeszedł i wyglądał pięć lat młodziej od swoich rówieśników, poszarzał na twarzy. Jego wzrok uciekał od twarzy Kimmie, by zaraz wrócić. Przypominał świadka egzekucji, który nie chce jej oglądać, ale nie może się oprzeć. Ogromne napięcie wewnętrzne. Carl oddałby wszystko, żeby tylko je zrozumieć.

– Nie cieszy się pan na jej widok. Ale przecież dobrze wygląda – powiedział – nie sądzi pan?

Bjarne powoli kiwnął głową, szybko połykając ślinę.

– To po prostu dziwne – powiedział.

Próbował się uśmiechnąć, niby smutno, ale nie chodziło o smutek.

– Skąd macie jej zdjęcie, skoro nic wiecie, gdzie przebywa?

Pytanie samo w sobie było całkiem logiczne, ale jego ręce drżały. Głos się podwyższył. Oczy błyszczały.

Bał się. O to chodziło.

Kimmie dosłownie wystraszyła go na śmierć.

– Masz iść na górę, do szefa Wydziału Zabójstw – usłyszeli Carl i Assad, gdy mijali budkę wartowniczą na komendzie. – Jest też komendantka.

Wchodził po schodach, gromadząc w myślach argumenty. Na pewno się jej, cholera, odszczeknie. Któż nie zna komendantki? Czy nie jest po prostu zwykłym adwokaciną pchającym się na stanowisko sędziowskie?

– Oho! – powiedziała zachęcająco pani Sørensen zza kontuaru. Już on jej da „oho"!

– Dobrze, że jesteś, Carl. Siedzimy tu sobie i dyskutujemy – powiedział szef Wydziału Zabójstw i wskazał mu wolne krzesło. – Sprawa nie wygląda dobrze.

Carl zmarszczył brwi. Nie przesadza? Skinął głową komendantce siedzącej w blasku swego urzędu nad dzbankiem herbaty, który dzieliła z Larsem Bjørnem. Herbatka, a niech to!

– Pewnie się domyślasz, o co chodzi – powiedział Marcus Jacobsen. – Dziwię się tylko, że sam o tym nie wspomniałeś przy porannym spotkaniu.

– O czym ty mówisz? Że nadal prowadzę śledztwo w sprawie z Rørvig? Przecież po to mnie zatrudniono! Żebym sam dobierał sprawy. Może wolno mi poprowadzić i tę?

– Carl, do diabła, bądź mężczyzną i nie owijaj w bawełnę! – Lars Bjørn wyprostował na krześle swoje chuderlawe ciało, by nie wypaść blado na tle imponującej sylwetki komendantki. – Mówimy o Finnie Aalbæku, właścicielu firmy Detecto, którego wczoraj pobiłeś na Gammel Kongevej. Mamy tu opis sprawy według jego adwokata. Sam sobie przeczytaj, o co chodzi.

Sprawa? O czym oni mówią? Carl chwycił papier i rzucił na niego okiem. Co ten Aalbæk kombinuje? Tu było napisane czarno na białym, że Carl na niego napadł. Naprawdę wierzyli w takie śmierdzące gówno?

Na piśmie widniało logo kancelarii Sjölund & Virksund. Nieźle – zatrudnić szajkę złodziei z wyższych sfer w sprawie bajeczek takiej miernoty.

Ale czas się zgadzał. Właśnie wtedy Carl zaskoczył Aalbæka na przystanku. Rozmowa też się mniej więcej zgadzała, ale klepnięcie po plecach przerobiono na kilkakrotny cios pięścią w twarz Aalbæka i podarte ubranie. Były też zdjęcia obrażeń. Aalbæk wyglądał fatalnie.

– Ten popapraniec jest opłacany przez Prama, Dybbøla Jensena i Florina – bronił się Carl. – Kazali go sprać, żeby odsunąć mnie od sprawy, gwarantuję wam!

– Może ma pan rację, panie Mørck, ale jednak musimy zareagować. Zna pan procedury dotyczące przemocy na służbie – komendantka spojrzała na niego oczami, które zaprowadziły ją tak wysoko, do miejsca z naprawdę ładnym widokiem. Jego też na chwilę unieszkodliwiła.

– Nie chcemy pana zawieszać – kontynuowała. – Przecież wcześniej nie dopuszczał się pan przemocy, prawda? Ale wiosną miał pan traumatyczne i przygnębiające przeżycie. Może ma na pana większy wpływ, niż pan sądzi? Dobrze to rozumiemy.

Carl posłał jej kwaśny uśmiech. „Nie dopuszczał się pan przemocy" – mówi. Dobrze, że tak uważa.

Szef Wydziału Zabójstw spojrzał na niego z namysłem.

– Oczywiście teraz będzie dochodzenie. Dopóki będzie trwało, chcemy wykorzystać okazję i posłać cię na intensywną psychoterapię. Będzie można dotrzeć do tego, co przeżyłeś przez ostatnie pół roku. W tym czasie wolno ci wykonywać tylko zadania administracyjne. Możesz przychodzić i wychodzić jak zawsze, ale naturalnie musimy cię prosić, żebyś na ten czas oddał odznakę i broń. Przykro mi. – Wyciągnął przed siebie rękę. To najzwyklejsze w świecie zawieszenie.

– Pistolet jest na górze, w magazynie – powiedział Carl, oddając odznakę. Przecież jej brak w niczym mu nie przeszkodzi. Powinni o tym wiedzieć. Ale może właśnie o to chodziło? Żeby się ośmieszył. Dał się złapać na uchybieniach na służbie. O to szło? Miał się ośmieszyć, żeby mogli się go pozbyć?

– Znam tego adwokata, Tima Virksunda. Wyjaśnię mu, że już pan nie prowadzi tej sprawy, panie Mørck. Powinien się ucieszyć. Doskonale zdaje sobie sprawę, że sposób bycia jego klienta bywa prowokujący. Nikt nie chce, aby sprawa skończyła się w sądzie – powiedziała komendantka. – To rozwiązuje też pański problem z zastosowaniem się do poleceń, prawda? – pokiwała mu palcem wskazującym. – Tym razem będzie pan musiał. Musi pan wiedzieć, że nie toleruję niesubordynacji, panie Mørck. Mam nadzieję, że się rozumiemy. Wie pan, że w tej sprawie zapadł wyrok. Proszę, żeby zajął się pan innymi. Jak często trzeba to powtarzać?

Kiwnął głową i wyjrzał na zewnątrz. Nie cierpiał takich gadek. Jeśli o niego chodzi, to cała trójka mogłaby w tej chwili wstać i wyskoczyć przez okno.

– Wolno spytać, dlaczego mam sobie dać spokój z tą sprawą? Kto wydał polecenie? Politycy? Z jakim uzasadnieniem? O ile wiem, w tym kraju wszyscy są równi wobec prawa. Zdaje się, że dotyczy to również podejrzanych? Czy może coś źle zrozumiałem?

Spojrzeli na niego surowo, niczym inkwizytorzy.

Pewnie na kolejnym etapie wrzucą go do wody, żeby sprawdzić, czy będzie się unosił na powierzchni jak Antychryst.

– Carl, nigdy nie zgadniesz, co dla ciebie mam! – oznajmiła podekscytowana Rose. Rzucił okiem na piwniczny korytarz. Stoły jeszcze nie zostały złożone.

– Mam nadzieję, że wymówienie – powiedział sucho, sadowiąc się w fotelu w gabinecie.

Przez tę wypowiedź tusz na jej rzęsach jakby przybrał na wadze.

– Mam dwa krzesła do twojego gabinetu.

Spojrzał na drugą stronę biurka, zastanawiając się, jak na powierzchni dziesięciu centymetrów kwadratowych mają się nagle zmieścić dwa krzesła.

– Poczekajmy z tym – powiedział. – Co jeszcze?

– Mam też parę zdjęć z „Gossip" i z „Życia Kobiety" – odparła tym samym tonem, rzucając mu kopie wycinków z większym impetem, niżby wypadało.

Carl spojrzał na nie bez zainteresowania. Co to ma z nim wspólnego, skoro zabrali mu sprawę? Bogiem a prawdą powinien kazać jej spakować to wszystko i poszukać naiwniaka, który skręci te jej zasrane stoły za dobre słowo i klepnięcie po plecach.

Sięgnął po wycinki.

Jeden z nich pochodził z dzieciństwa Kimmie. Magazyn „Życie Kobiety" nakreślił portret rodziny Lassen. Tytuł brzmiał: „Bez domowego ogniska nie byłoby sukcesu". Był to pean na cześć pięknej żony Willy'ego K. Lassena, Kassandry Lassen, ale zdjęcie pokazywało coś innego. Ojciec ubrany w popielaty garnitur ze spodniami o wąskich nogawkach i macocha w krzykliwych kolorach i makijażu z lat siedemdziesiątych. Zadbani, oboje po trzydziestce. Pewni siebie i stanowczy. Nie robi na nich najmniejszego wrażenia mała Kirsten-Marie, wciśnięta między nich. Za to było widać wyraźnie, że sytuacja robi wrażenie na Kimmie. Wielkie, wystraszone oczy. Dziewczynka, która znalazła się tam przez przypadek.

Zupełnie inaczej wyglądała na zdjęciu z „Gossip", zrobionym siedemnaście lat później.

Podpis brzmiał: „Styczeń 1996". Czyli rok, w którym zniknęła. Zrobiono je gdzieś na mieście. Prawdopodobnie przed knajpą „Det Elektriske Hjørne", ale równie dobrze mogło to być przed „Sommersko" czy „Café Victor". Kimmie w doskonałym humorze. Obcisłe dżinsy, boa wokół szyi, zalana w trupa. Pomimo śniegu na chodniku miała głęboki dekolt. Jej twarz zastygła w radosnym grymasie. Otaczały ją znane osoby, między innymi Kristian Wolf i Ditlev Pram, ubrani w płaszcze. Podpis pod zdjęciem był łaskawy: „Śmietanka towarzyska się bawi. Wieczór Trzech Króli ma swoją królową. Czyżby Kristian Wolf, lat 29, najbardziej pożądany kawaler w Danii, wreszcie znalazł towarzyszkę życia?"

– Ci z „Gossip" byli bardzo uczynni – dodała Rose. – Może znajdą dla nas więcej wycinków.

Kiwnął głową. Jeśli sądzi, że ci z „Gossip" są uczynni, to musi być bardzo naiwna.

– W ciągu najbliższych dni skręcisz te stoły, dobrze, Rose? Jeśli coś znajdziesz w tej sprawie, kładź mi to na biurku. Wezmę, kiedy mi będzie potrzebne, rozumiesz?

Trudno to było wywnioskować na podstawie wyrazu jej twarzy.

– Co się zdarzyło u Jacobsena, szefie? – rozległ się głos w drzwiach.

– Co się zdarzyło? Zawiesili mnie, cholera, ale mam tu dalej urzędować. Jeśli będziecie coś ode mnie chcieli w tej sprawie, to napiszcie mi na kartce i połóżcie na stole przy drzwiach. Nie wolno wam ze mną o tym rozmawiać, bo mnie po prostu odeślą do domu. Aha, Assad, pomóż Rose skręcić te idiotyczne stoły! – pokazał ręką na korytarz. – A teraz nadstawcie uszu: jeśli będę chciał coś powiedzieć albo wydać polecenie w sprawie, to będę to pisał na takich kartkach – wskazał arkusze kalkulacyjne. – Pamiętajcie, że kiedy tutaj jestem, mogę wykonywać tylko prace administracyjne.

– Pieprzone dyrektywy! – zagrzmiał Assad. Nie dało się tego lepiej ująć.

– Do tego muszę iść na psychoterapię. Może mnie nie być w gabinecie przez jakiś czas. Zobaczymy, jakiego debila napuszczą na mnie tym razem.

– Tak, zobaczymy – rozległ się niespodziewanie głos w korytarzu.

Spojrzał na drzwi, pełen złych przeczuć.

Owszem, to była Mona Ibsen. Trafiła idealnie. Akurat, kiedy stoi ze spodniami opuszczonymi do samej ziemi.

– Carl, musimy rozpocząć dłuższą terapię – powiedziała, przepychając się obok Assada.

Wyciągnęła do niego rękę. Była ciepła i trudno było mu ją puścić.

Gładka i bez obrączki.

20

Zgodnie z umową znalazła kartkę od Tine na Skelbækgade, pod pozbawionym poczucia humoru napisem „Wynajem samochodów – rabaty", włożoną w szparę pod dolną śrubą. Wilgoć zaczęła już rozmazywać pismo.

Widać było, że niewykształcona dziewczyna miała trudności, by zmieścić wszystkie te duże litery na małej kartce, ale Kimmie była przyzwyczajona do odszyfrowywania ludzkich niedociągnięć.

CZEŚĆ. WCZORAJ BYŁA U MNIE POLICJA – NAZYWAŁ SIĘ CARL MØRKE – I JESZCZE JEDEN NA ULICY CIĘ SZÓKAŁ – TEN Z DWORCA. NIEWIEM KTO TO. UWARZAJ – DO ZOBACZENIA NA ŁAWCE. T. K.

Przeczytała tekst parokrotnie, wyhamowując za każdym razem przy literze K niczym pociąg towarowy przed szlabanem. Litera wwiercała się w siatkówkę. Wżerała na dobre. Skąd to K?

Policjant miał na imię Carl. Carl przez C. To lepsza litera niż K, choć wymawiana tak samo. Nie bała się go.

Oparła się o nissana w kolorze czerwonego wina, który od zawsze stał pod ogłoszeniem. Słowa Tine sprawiły, że ogarnęło ją przemożne zmęczenie. Były jak paradujące wewnątrz diabły, które wysysały z niej życie.

„Nie będę wychodzić z domu" – pomyślała. „Nie dorwą mnie".

Ale jak mogła być pewna, że jej tam nie dorwą? Tine najwyraźniej rozmawiała z ludźmi, którzy jej szukają. Wypytywali ją o rzeczy, które tylko ona wiedziała o Kimmie. Dużo różnych rzeczy. Nagle Tine przestała być po prostu Szczurzą

Tine, stanowiącą zagrożenie tylko dla samej siebie. Nagle stała się też niebezpieczna dla Kimmie.

„Nie wolno jej z nikim rozmawiać" – pomyślała. „Muszę jej to powiedzieć, jak będę jej dawać tych tysiąc koron".

Instynktownie się rozejrzała i dostrzegła roznosiciela darmowych gazetek, ubranego w jasnoniebieską nylonową kamizelkę.

„Ma mnie pilnować?" – pomyślała. To możliwe? Już wiedzieli, gdzie mieszka Tine. Najwyraźniej wiedzieli też, że utrzymują kontakty. Mogli śledzić Tine do samego szyldu i zauważyć, jak wkłada karteczkę. Ci, którzy jej szukali, również mogli ją przeczytać.

Spróbowała zebrać myśli. Czy w takim wypadku nie zabraliby karteczki? Pewnie by zabrali. A może nie?

Jeszcze raz spojrzała na gazeciarza. Dlaczego ten czarnoskóry mężczyzna, utrzymujący się z niewdzięcznego rozdawania gazet zabieganym, rozpieszczonym ludziom, miałby pogardzić dodatkowym groszem? Chodziło przecież tylko o śledzenie jej wzrokiem wzdłuż Ingerslevsgade i torów kolejowych. Zrobiłby to z łatwością, gdyby tylko cofnął się do zejścia na stację Dybbølsbro. Trudno o lepszy punkt obserwacyjny. Z takiej wysokości facet widziałby wyraźnie, dokąd ona idzie i gdzie wchodzi. Do kutej bramy i jej domku było najwyżej pięćset metrów. Nie więcej.

Zagryzła górną wargę i owinęła się wełnianym płaszczem. Po chwili ruszyła ku niemu.

– Proszę – powiedziała, wciskając mu piętnaście banknotów tysiąckoronowych. – Możesz już iść do domu, nie?

Tylko na niemych filmach można było zobaczyć czarnoskórych z tak szeroko otwartymi oczami i wyraźnymi białkami. Jakby wyciągnięta w jego stronę drobna ręka trzymająca banknoty stanowiła urzeczywistnienie marzenia. Datek na wynajem mieszkania. Albo sklepik. Na bilet do domu. Do życia pośród innych śniadych ludzi pod palącym słońcem.

– Dziś jest środa. Umówmy się, że zadzwonisz do pracy i powiesz, że wracasz dopiero pod koniec miesiąca. Rozumiesz, o co mi chodzi?

Mgła nadciągnęła nad miasto i park Enghaveparken jak upojenie i otuliła ją. Otoczenie zniknęło, spowite białym całunem. Najpierw kolumny w oknach Kongens Bryghus, potem stojące przed nim bloki, muszla koncertowa na końcu parku, wreszcie fontanna. Wilgotna, pachnąca jesienią mgła.

„Oni muszą umrzeć" mówiły głosy w jej głowie.

Tego ranka otworzyła skrytkę w murze i wyjęła granaty. Przyglądała się już tym diabelskim wynalazkom, wyobrażając sobie wszystko bardzo dokładnie. Umrą osobno. Jeden po drugim, po kolei, żeby strach i gniew wbił pozostałych w ziemię.

Zaśmiała się do siebie, wciskając zgrabiałe dłonie głęboko w kieszenie płaszcza. Udowodnili już, że się jej boją. A teraz te bydlaki zrobią wszystko, by ją odnaleźć. Podchodzili bliżej. Bez względu na koszty. Co za tchórze.

Nagle przestała się śmiać. Tego ostatniego nie przemyślała.

Przecież są tchórzliwi, a tchórze nie czekają. Kiedy nadchodzi czas, uciekają, by ratować życie.

– Muszę ich dorwać razem – powiedziała na głos. – Muszę coś wymyślić, inaczej mi się wymkną. Muszę coś wymyślić.

Wiedziała, że potrafi, ale głosy w jej głowie życzyły sobie czegoś innego. Były uparte, jak zwykle. Można było od tego oszaleć.

Wstała z parkowej ławki, próbując kopnąć gromadzące się wokół niej sroki.

W którą stronę ma iść?

„Mille, Mille, mała Mille" – powtarzała bez końca swoją mantrę. To nie jest dobry dzień. Za dużo decyzji.

Spuściła wzrok i spostrzegła na butach wilgotne ślady zostawione przez mgłę. Powróciła myślami do liter na karteczce od Tine. T. K. Ale skąd to K?

To było w drugiej klasie liceum, tuż przed feriami, zaledwie parę tygodni po tym, jak wystawiła do wiatru Kårego Bruna i pozwoliła mu pójść na dno. Załamał się, gdy mu wygarnęła, że uważa go za przeciętnie uzdolnionego i średnio atrakcyjnego.

Parę dni potem Kristian zaczął się z nią droczyć.

– Nie ośmieliłabyś się, Kimmie – szeptał codziennie podczas porannego psalmu.

I codziennie ją trącał i klepał po ramieniu, gdy pozostali z grupy stali w pobliżu.

– Nie ośmieliłabyś się, Kimmie.

Ale Kimmie by się ośmieliła, dobrze o tym wiedzieli i uważnie śledzili jej ruchy. Demonstrowała swoje zaangażowanie podczas lekcji. Prężyła nogi między rzędami krzeseł, podnosząc spódnicę. Dołeczki na policzkach prezentowały się najlepiej, kiedy szła do odpowiedzi. Przezroczyste bluzeczki i przymilny ton głosu. Wzbudzenie pożądania w jedynym nauczycielu, którego właściwie wszyscy lubili, zajęło jej czternaście dni. Wzbudziła je tak wyraźnie, że wszystkich to bawiło.

Stanowił ostatni nabytek szkoły. Miał gładką skórę, a jednak był prawdziwym mężczyzną. Plotka głosiła, że uzyskał najlepszy wynik egzaminu końcowego na filologii na Uniwersytecie Kopenhaskim. W ogóle nie był typowym nauczycielem w szkole z internatem. Zdecydowanie różnił się od tego środowiska, a teksty, które czytali na zajęciach, świadczyły o jego wszechstronności.

Kimmie poszła do niego z pytaniem, czy nie mógłby poduczyć jej do egzaminu. Przed zakończeniem pierwszej lekcji był zgubiony. Torturowany przez jej kształty, tak dobrze eksponowane przez cienką bawełnianą sukienkę.

Miał na imię Klavs, przez „v", co zwykł tłumaczyć słabą orientacją swego ojca, a także jego zamiłowaniem do tej postaci z filmów Disneya.

Nikt nie śmiał go nazywać konikiem Klavsem, ale i tak udało jej się wydobyć z niego ogiera. Po trzech zajęciach z nią stracił głowę. Przyjmował ją w swoim mieszkaniu, niekompletnie ubrany i z maksymalnie odkręconymi kaloryferami. Zasypywał ją pocałunkami, błądząc niecierpliwymi dłońmi po jej nagiej skórze. Rozpalony bezbrzeżnym pożądaniem, które odebrało mu rozum. Za nic miał podsłuchujące uszy, zazdrosne spojrzenia, przepisy i sankcje.

Miała powiedzieć dyrektorowi, że ją wykorzystał. Chciała zobaczyć, do czego to doprowadzi, żeby kolejny raz stać się panią sytuacji.

Ale nie mogła tego zrobić.

Dyrektor wezwał ich razem. Kazał im czekać koło siebie, milczącym i zaniepokojonym, w recepcji, z sekretarką w roli przyzwoitki.

Od tego dnia Klavs i Kimmie już nigdy ze sobą nie rozmawiali.

Nie troszczyła się, co się później z nim działo.

U dyrektora Kimmie dowiedziała się, że ma się pakować, bo autobus do Kopenhagi odjeżdża za pół godziny. Niech nie zawraca sobie głowy szkolnym mundurkiem. Właściwie lepiej, żeby nie miała go na sobie. Od tej chwili może się uważać za relegowaną.

Kimmie przyjrzała się zaczerwienionym policzkom dyrektora, nim spojrzała mu w oczy.

– Możesz nie wierzyć... – zrobiła przerwę, by dobitnie zaznaczyć tę niedopuszczalną, obraźliwą formę – ...możesz nie wierzyć, że on mnie zmusił. Ale nie bądź taki pewny, czy brukowce spojrzą na tę sprawę tak samo. Wyobrażasz sobie, jaki będzie skandal? Nauczyciel gwałci uczennicę w... wyobrażasz sobie?

Warunek jej milczenia był prosty. Ona odejdzie. Po prostu spakuje się i natychmiast opuści szkołę. Nie zależało jej, byle tylko szkoła nie zgłosiła tego jej rodzicom. To właśnie był jej warunek.

Dyrektor zaprotestował. Mówił, że to nieprzyzwoite, by szkoła przyjmowała opłaty za usługi, których nie świadczy, na co Kimmie bezceremonialnie oderwała róg kartki z pierwszej lepszej książki i zapisała numer.

– Proszę – powiedziała. – To numer mojego konta w banku. Przekazuj mi te przelewy.

Westchnął głęboko. Ta karteczka pogrzebała jego wieloletni autorytet.

Uniosła wzrok we mgle, czując, jak ogarnia ją spokój. Od strony placu zabaw dobiegły do niej dzikie okrzyki dzieci, dopingując ją do działania.

Na całym placu było tylko dwoje dzieci z opiekunką. To były małe dzieci o niezdarnych ruchach, które bawiły się w berka między opustoszałymi jesienią przyrządami do zabawy.

Podeszła do nich we mgle i obserwowała w milczeniu jedno z nich. Dziewczynka trzymała w rączce coś, co chciał chwycić chłopiec.

Sama kiedyś miała taką dziewczynkę.

Poczuła, że opiekunka wstaje, nie spuszczając z niej wzroku. Alarm włączył się w chwili, gdy Kimmie wyłoniła się z krzaków w brudnym ubraniu i potarganych włosach.

– Wczoraj tak nie wyglądałam, szkoda, że mnie nie widziałaś! – krzyknęła do opiekunki.

Gdyby miała na sobie strój z dworca, sprawy wyglądałyby inaczej. Może opiekunka nawet by z nią porozmawiała.

Posłuchałaby jej.

Ale niania nie słuchała. Jednym skokiem sprytnie odcięła drogę Kimmie do dzieci, rozłożyła ramiona i krzyknęła, że dzieci natychmiast mają do niej przyjść. Ale one nie chciały. Takie szkraby nie zawsze słuchają, nawet tego nie wie? Kimmie to rozbawiło.

Zadarła więc głowę i zarechotała opiekunce prosto w twarz.

– No, chodźcie! – krzyknęła dziewczyna histerycznie, patrząc na Kimmie, jakby ta była zwykłym śmieciem.

Dlatego Kimmie podeszła bliżej i ją uderzyła. Nie będzie z niej robić jakiegoś monstrum.

Dziewczyna leżała na ziemi, wrzeszcząc, że ma przestać ją bić i że ją załatwi. Że zna wielu takich, który mogą to zrobić.

Kimmie kopnęła ją w bok. Raz i drugi, żeby przestała się drzeć.

– Chodź tu i pokaż, co masz w rączce, maleńka – wabiła. – Co tam masz, gałązkę?

Ale dzieci stały jak sparaliżowane. Drżały tylko i zawodziły, żeby Camilla do nich przyszła.

Kimmie podeszła bliżej. Dziewczynka była śliczna, nawet kiedy była zapłakana. Miała takie piękne, długie włosy. Brązowe, zupełnie jak mała Mille.

– Podejdź, kochanie, pokaż, co tam trzymasz – powtórzyła, zbliżając się ostrożnie.

Usłyszała za sobą syk i mimo że się odwróciła, nie zdołała się uchronić od silnego i desperackiego ciosu w szyję.

Zaryła nosem w żwir, czując, jak uderza brzuchem o krawężnik.

Tymczasem dziewczyna, którą dzieci nazywały Camillą, wyminęła ją w milczeniu i chwyciła dzieciaki pod pachy. Porządna dziewucha z robotniczej dzielnicy. W opiętych spodniach i z włosami w strąkach.

Kimmie uniosła głowę i zobaczyła, jak niania z wrzeszczącymi dziećmi znika za krzakami.

Sama kiedyś miała taką dziewczynkę jak ta. Teraz leży w trumience pod pryczą i cierpliwie czeka.

Wkrótce się odnajdą.

21

– Chciałabym, żebyśmy tym razem byli ze sobą zupełnie szczerzy – powiedziała Mona Ibsen. – Ostatnio nie osiągnęliśmy przecież zbyt dużo, prawda?

Carl rozejrzał się po jej gabinecie. Plakaty z widoczkami – palmy, góry i tym podobne. Jasne, świetliste kolory. Krzesła ze szlachetnych gatunków drewna, nieprzytłaczające rośliny doniczkowe. Nienaganny porządek. Żadnej przypadkowości. Żadnych rozpraszających gadżetów. A jednak ogromnie rozpraszający był sam fakt, że człowiek leży rozkojarzony na leżance, marząc tylko o tym, by zerwać ubranie z tej kobiety.

– Postaram się – odparł. Zrobi wszystko, o co go poprosi. I tak nie miał nic lepszego do roboty.

– Wczoraj zaatakował pan człowieka. Czy może mi pan wyjaśnić, dlaczego?

Zaprotestował, zapewnił o swojej niewinności, a jednak patrzyła na niego tak, jakby kłamał.

– Najwyraźniej w pana wypadku postęp może nastąpić wyłącznie poprzez retrospekcję. Może się to panu wydawać nieprzyjemne, ale to konieczne.

– Dobrze! – powiedział, przymykając oczy na tyle, by widzieć jej piersi falujące w rytm oddechu.

– Brał pan udział w strzelaninie na Amager w styczniu bieżącego roku, już o tym rozmawialiśmy. Pamięta pan dokładną datę?

– To było 26 stycznia.

Kiwnęła głową, jakby data była wyjątkowo właściwa.

– Pan miał szczęście, ale pański kolega, Anker, zginął, a drugi leży w szpitalu sparaliżowany. Jak pan sobie z tym radzi po upływie ośmiu miesięcy?

Spojrzał w sufit. Jak sobie z tym radzi? Nie miał zielonego pojęcia. To się po prostu nie powinno było wydarzyć.

– Oczywiście smutno mi, że tak się stało – pomyślał o Hardym leżącym w Klinice Urazów Rdzenia Kręgowego. Smutne, nieruchome spojrzenie. Sto dwadzieścia kilo martwej wagi.

– Dręczy to pana?

– Tak, trochę – silił się na uśmiech, ale ona i tak przeglądała papiery.

– Hardy podejrzewa, że napastnicy czekali na was na Amager. Mówił to panu?

Carl potwierdził.

– Również o swoich podejrzeniach, że to Anker albo pan ich ostrzegł?

– Tak.

– Jak pan się czuje z tą myślą?

Teraz mu się przyglądała. Według niego jej oczy wysyłały sygnały erotyczne. Ciekawe, czy wie, jak diabelnie to rozprasza.

– Może ma rację – odpowiedział.

– Oczywiście można po panu poznać, że nie miał pan z tym nic wspólnego. Zgadza się?

Nawet gdyby miał, chyba nie spodziewała się innej reakcji niż zaprzeczenie? Myśli, że ludzie są aż tak głupi? Że niby ile można wyczytać z twarzy?

– Oczywiście, że to nie ja.

– Ale jeśli to Anker, to coś mu poszło nie tak, prawda?

„Może i za tobą szaleję" – pomyślał. „Ale zadawaj sensowne pytania, do cholery, jeśli mam się dalej w to bawić".

– Tak, naturalnie – odpowiedział szeptem. – Hardy i ja musimy się liczyć z taką ewentualnością. Zabierzemy się do tego, kiedy tylko skończą się szykany spowodowane przez kłamstwa takiego jednego wszawego detektywa i paru prominentów przestanie mi podstawiać nogi.

– W Komendzie Głównej ten epizod nazywa się sprawą pistoletu na gwoździe, z powodu narzędzia zbrodni. Ofiara została zabita strzałem w głowę, prawda? Wyglądało to na egzekucję.

– Być może. Z oczywistych względów nie zdążyłem zobaczyć zbyt wiele. Od tamtej chwili nie pracuję nad tą sprawą. Nastąpił też ciąg dalszy, ale to pewnie pani wie. Dwóch młodych mężczyzn zostało zabitych w Sorø w identyczny sposób. Policja uważa, że stoją za tym ci sami sprawcy.

Kiwnęła głową. Jasne, że o tym wiedziała.

– Ta sprawa pana męczy, zgadza się? – spytała.

– Nie, nie powiedziałbym, żeby mnie męczyła.

– W takim razie co pana męczy?

Chwycił się skórzanej kozetki. Właśnie nadarzała się okazja.

– Męczy mnie, że ilekroć próbuję panią gdzieś zaprosić, odmawia pani. Właśnie o to chodzi.

Wyszedł z gabinetu Mony Ibsen cały w skowronkach. Oczywiście zwymyślała go, po czym poddała serii pytań, pełnych wyrzutów i wątpliwości. Parokrotnie miał ochotę zerwać się z impetem z kozetki i domagać, by mu uwierzyła. Ale leżał dalej i potulnie odpowiadał na pytania. W rezultacie ona, co prawda bez entuzjazmu, za to z nieobecnym uśmiechem, zgodziła się zjeść z nim kolację, kiedy już nie będzie jej klientem.

Może myślała, że ta niesprecyzowana obietnica zapewnia jej bezpieczeństwo. Że on zawsze będzie na cenzurowanym jako klient, który ciągle jest w trakcie terapii. Ale Carl wiedział lepiej. Już on dopilnuje, żeby dotrzymała obietnicy.

Rzucił okiem na Jægersborg Allé i na zniszczone centrum dzielnicy Charlottenlund. Pięć minut spacerem do kolejki podmiejskiej, półgodzinna jazda i znów zasiądzie na regulowanym krześle w swoim piwnicznym zakamarku. Nie najlepsza sceneria dla kogoś, kto właśnie otrzymał dawkę optymizmu.

Coś powinno się dziać, a tu kompletne zero.

Kiedy doszedł do Lindegårdsvej, zatrzymał się i rozejrzał. Wiedział doskonale, że na drugim końcu ulicy nazwa dzielnicy zmienia się na Ordrup. Nawet sensownie byłoby przejść się tam właśnie teraz.

Wybrał więc w komórce numer Assada, spoglądając odruchowo na stan baterii. Dopiero co ją naładował, a już była w połowie wyczerpana. Wkurzające.

Assad się zdziwił. Przecież nie wolno im w ogóle ze sobą rozmawiać.

– Bzdury, Assad. Po prostu nie będziemy się afiszować z naszymi działaniami na komendzie. Posłuchaj uważnie, czy mógłbyś się dowiedzieć, z kim ze szkoły z internatem moglibyśmy porozmawiać? W tej dużej teczce jest księga pamiątkowa. Sprawdź, z kim chodzili do klasy. Albo znajdź jakiegoś nauczyciela, który tam pracował w okresie 1985–1987.

– Już na to patrzyłem – powiedział. A czego on się, do diabła, spodziewał? – Mam parę nazwisk, ale będę szukał dalej, szefie.

– Dobrze. Przełącz mnie, z łaski swojej, do Rose.

Minęła minuta, zanim usłyszał jej zasapany głos.

– Tak! – w jej słowniku nie istniały formy grzecznościowe, stosowane wobec szefostwa.

– Domyślam się, że skręcasz stoły?

– Tak! – jeśli tak krótkie słowo było w stanie oddać irytację, oskarżenie, chłód i potworne zniecierpliwienie z powodu przerwania ważniejszych czynności, to Rose Knudsen opanowała tę sztukę do perfekcji.

– Potrzebuję adresu macochy Kimmie Lassen. Pamiętam, że dawałaś mi tę kartkę, ale nie mam jej przy sobie. Podaj mi po prostu ten adres, dobrze? I proszę, bez żadnych pytań, kiedy i dlaczego!

Stał tuż przed witryną Danske Bank, gdzie dobrze zakonserwowane panie i podobni panowie stali cierpliwie w długich kolejkach. Tak samo bywało w uboższych dzielnicach Brøndby i Tåstrup w dniach wypłaty, tak jak dziś, ale to przecież zrozumiałe. Ale po jakie licho dobrze sytuowani ludzie z ekskluzywnego Charlottenlund stoją w kolejce w banku? Nie mają za co zapłacić rachunków? Albo może nie wiedział czegoś o nawykach bogaczy? Może za drobniaki kupowali akcje, podobnie jak żule z Vesterbro kupują fajki i browarki?

„Co kto lubi" – pomyślał. Spojrzał na fasadę apteki i w oknie budynku dostrzegł szyld adwokata Benta Kruma: „Reprezentacja przed Sądem Najwyższym" – głosił napis. Takie uprawnienie może się przydawać, kiedy ma się za klientów Prama, Dybbøla Jensena i Florina.

Westchnął ciężko.

Przejść obojętnie obok tej kancelarii to jak zignorować wszystkie biblijne pokusy. Niemal słyszał szatański śmiech. Jeśli zadzwoni do drzwi i zacznie wypytywać Benta Kruma, to po dziesięciu minutach będzie miał na głowie komendantkę. A wtedy nad Departamentem Q i Carlem Mørckiem zapadnie wieczny mrok.

Stał przez chwilę, wahając się między przymusową emeryturą a odłożeniem konfrontacji na bardziej sprzyjającą sposobność.

„Najmądrzej byłoby odpuścić" – pomyślał, ale jego palec żył własnym życiem i z impetem wcisnął guzik domofonu. Niech to szlag, żeby ktoś miał mu przeszkadzać w dochodzeniu. Benta Kruma trzeba przesłuchać. Im wcześniej, tym lepiej.

Pokręcił głową, zdejmując palec z przycisku. Znajdował się w sytuacji, w której był już tysiące razy. Dosięgła go klątwa młodości. Jeśli ktoś ma podejmować decyzje, będzie to on – i tylko on.

Niski kobiecy głos polecił mu, by poczekał. Czekał więc, nim na schodach rozległy się kroki, a przez szybę w drzwiach zobaczył sylwetkę kobiety. Pomysłowo ubrana, z markowym szalem na ramionach i w rustykalnym kożuchu. Do takiego samego modliła się Vigga przed sklepem Birgera Christensena na deptaku Strøget przez co najmniej cztery piąte czasu ich wspólnego pożycia. Ale nigdy by tak na niej nie leżał. Nawet gdyby kupiła ten płaszcz, prawdopodobnie czekałby go smutny los – pewnie zostałby pocięty na kawałki i ponownie zszyty, żeby służyć za draperie wokół zakręconych obrazów któregoś z jej szalonych artystycznych kochasiów.

Kobieta otworzyła drzwi, obdarzając go porażająco białym uśmiechem, który można sobie sprawić jedynie za pieniądze.

– Bardzo mi przykro, ale właśnie wychodzę. Męża tu nie ma we czwartki. Może umówi się pan na inny dzień?

– Nie, ja... – instynktownie poszukał w kieszeni odznaki policyjnej, ale natrafił jedynie na paprochy. Powiedziałby, że prowadzi śledztwo. Coś tam, że chce tylko zadać jej mężowi kilka rutynowych pytań i że może przyjść za godzinę, dwie, jeśli to możliwe. Króciutko. Ale powiedział coś innego.

– Czy pani mąż jest na polu golfowym?

Spojrzała na niego nierozumiejącym wzrokiem.

– O ile wiem, mój mąż nie gra w golfa.

– Rozumiem – wziął głęboki oddech. – Przykro mi, że muszę to powiedzieć. Ale i pani, i ja jesteśmy oszukiwani. Pani mąż i moja żona mają romans. A ja chciałbym wiedzieć, na czym stoję.

– Zrobił zagubioną minę, widząc, jak dotkliwie zranił tę Bogu ducha winną kobietę.

– Przepraszam – powiedział. – Jest mi bardzo przykro. – Położył jej ostrożnie rękę na ramieniu. – To było niewłaściwe z mojej strony, proszę mi wybaczyć.

Wycofał się z powrotem na chodnik i pokłusował w stronę Ordrup, zszokowany, że udzieliły mu się impulsywne zapędy Assada. „Niewłaściwe z mojej strony" – powiedział. Delikatnie mówiąc, niezły eufemizm.

Mieszkała naprzeciw kościoła na Kirkevej. Trzy podjazdy dla samochodów, dwa ciągi schodów, murowany domek ogrodnika, setki metrów wypucowanego muru wokół ogrodu, no i przypominająca pałac willa o powierzchni pięćset, sześćset metrów kwadratowych. Na jej drzwiach znajdowało się więcej mosiądzu niż na całym królewskim okręcie „Dannebrog". Określenia „skromna i nierzucająca się w oczy" byłyby w tym wypadku zupełnie chybione.

Z radością odnotował cienie poruszające się za szybami na parterze. Czyli jest szansa.

Pokojówka wyglądała na zmęczoną, ale zgodziła się przyprowadzić do drzwi Kassandrę Lassen, o ile to w ogóle możliwe.

Zwrot „przyprowadzić do drzwi" okazał się trafniejszy, niż mógł się spodziewać.

Od strony salonów dobiegły do niego wypowiedziane wysokim głosem słowa protestu, przerwane okrzykiem:

– Mówisz, że to młody mężczyzna?

Była książkowym przykładem babsztyla z wyższych sfer, który lepsze czasy i mężczyzn ma już za sobą. Daleko jej było do tej wymuskanej, szczupłej kobiety z artykułu w „Życiu Kobiety". Koronny dowód na to, że w ciągu trzydziestu lat wiele się może wydarzyć. Była ubrana w japońskie kimono, tak luźne, że satynowa bielizna stanowiła nieodłączny element całości. Gestykulowała dłońmi o długich paznokciach. Od razu pojęła, że prawdziwy z niego facet. Najwyraźniej z nich nie wyrosła.

– Ależ zapraszam do środka – powitała go. Wionęło od niej przetrawionym alkoholem dobrej marki. Według Carla – szkocka whisky. Opar był tak gęsty, że koneser potrafiłby zapewne określić rocznik.

Poprowadziła go pod ramię, albo raczej pokazywała drogę, klejąc się do niego. W końcu wylądowali w tej części parteru, którą ona poufałym tonem nazwała „My Room".

Posadzono go w sąsiednim fotelu, tak że znalazł się dokładnie naprzeciw jej ciężkich powiek i jeszcze cięższych piersi. Niezapomniany widok.

Tutaj też spotkał się, można by powiedzieć, z przychylnością i zainteresowaniem, ale tylko do chwili, gdy wyjawił cel wizyty.

– Mówi pan, że chce się pan czegoś dowiedzieć o Kimmie, tak? – położyła rękę na piersi, co miało oznaczać, że albo on ma sobie pójść, albo też ona osunie się na podłogę.

Wtedy do głosu doszła jego jutlandzka natura.

– Jestem tu, bo słyszałem, że ten dom jest wzorem dobrych manier. Że można się tu spodziewać dobrego przyjęcia bez względu na charakter wizyty – spróbował. Bez rezultatu.

Chwycił karafkę z whisky i napełnił jej szklaneczkę. Może to ją rozluźni.

– Ta dziewczyna w ogóle jeszcze żyje? – spytała bez empatii.

– Tak, mieszka na ulicach Kopenhagi. Mam jej zdjęcie, chce pani zobaczyć?

Przymknęła oczy i odwróciła wzrok, jakby trzymał jej przed nosem psią kupę. Dobry Boże, jak bardzo chciała tego uniknąć!

– Czy mogłaby mi pani powiedzieć, jaka była reakcja pani i pani ówczesnego męża wtedy, w 1987, kiedy usłyszeli państwo, że pod adresem Kimmie i jej przyjaciół kierowane są podejrzenia?

Ponownie podniosła dłoń do piersi. Chyba tym razem po to, by zebrać myśli. Wyraz jej twarzy się zmienił. Przemądrzałość i whisky zaczęły współdziałać.

– Wie pan, drogi panie, szczerze mówiąc, nie byliśmy w to specjalnie zaangażowani. Trochę podróżowaliśmy, rozumie pan. – Nagłym ruchem odwróciła do niego głowę. Odzyskanie orientacji zajęło jej dobrą chwilę. – Podróże to eliksir życia, jak mówią. Mój mąż i ja poznaliśmy mnóstwo cudownych przyjaciół. Świat jest pięknym miejscem, nie sądzi pan, panie...?

– Mørck. Carl Mørck – kiwnął głową. Równie bezdusznych stworzeń trzeba by szukać w baśniach braci Grimm. – Tak, ma pani całkowitą rację. – Nie musiała wiedzieć, że jeśli nie liczyć wycieczki autokarowej na Costa Brava, gdzie Vigga odwiedzała lokalnych artystów, a Carl smażył się na plaży w towarzystwie emerytów, nigdy nie ruszył się dalej niż dziewięćset kilometrów od Kopenhagi.

– Uważa pani, że istniały podstawy, by podejrzewać Kimmie? – zapytał.

Opuściła kąciki ust, próbując zapewne sprawiać poważne wrażenie.

– Wie pan co? Kimmie była niedobrą dziewczynką. Potrafiła nawet uderzyć. Tak, nawet jak była zupełnie mała. Ręce jej chodziły jak pałeczki bębenka, kiedy tylko coś szło nie po jej myśli. O tak – próbowała zademonstrować, rozpryskując whisky na wszystkie strony.

„Jakie normalnie rozwinięte dziecko tego nie próbowało?" – pomyślał Carl. „Szczególnie przy takich rodzicach".

– Rozumiem. Gdy była starsza, też taka była?

– Ha! Była odrażająca. Wyzywała mnie od najgorszych. Nawet sobie pan nie wyobraża, jak do mnie mówiła.

A jednak sobie wyobrażał.

– No i była łatwa.

– Łatwa? To znaczy?

Potarła delikatne niebieskie żyłki na grzbiecie dłoni. Dopiero teraz spojrzał na jej dotknięte reumatyzmem stawy, po czym na jej prawie pustą już szklaneczkę. „Uśmierzanie bólu ma różne oblicza" – pomyślał.

– Kiedy wróciła ze Szwajcarii, przyprowadzała do domu pierwszego lepszego i... tak, powiem wprost, parzyła się z nim jak zwierzę, przy otwartych drzwiach, kiedy ja byłam w domu. – Pokręciła głową. – Trudno było wytrzymać samej, panie Mørck. – Spuściła głowę i spojrzała na niego z powagą. – Tak, wtedy Willy, ojciec Kimmie, spakował swoje rzeczy i się ulotnił – wzięła łyk ze szklanki. – Tak jakbym w ogóle chciała go zatrzymać, tego żałosnego...

Znów odwróciła do niego głowę, ukazując garnitur zębów zabarwionych od czerwonego wina.

– Idzie pan sam przez życie, panie Mørck? – Jej otwarte ramię i wyrażone wprost zaproszenie były jak żywcem wzięte z harlequina.

– Owszem – powiedział, podejmując wyzwanie. Spojrzał jej prosto w oczy, wytrzymując spojrzenie, aż powoli uniosła brwi i upiła kolejny łyk. Jej trzepoczące krótkie rzęsy wystawały nad brzegiem szklanki. Już dawno mężczyzna nie patrzył na nią w ten sposób.

– Wiedziała pani o ciąży Kimmie? – zapytał.

Wzięła głęboki wdech, sprawiając wrażenie nieobecnej, ale na jej czole malował się namysł. Tak jakby większą przykrość sprawiło jej słowo „ciąża" niż wspomnienie wyjątkowo poronionej relacji międzyludzkiej. Sama nie zdołała przecież dać życia, o ile Carl wiedział.

– Tak – powiedziała, patrząc chłodno. – Ta dziewucha faktycznie była w ciąży. Czy to mogło kogoś dziwić?

– I co się zdarzyło?

– No i oczywiście chciała pieniędzy.

– Dostała je?

– Nie ode mnie! – dała sobie spokój z flirtem, który teraz zastąpiła głęboka pogarda. – Ale jej ojciec dał jej dwieście pięćdziesiąt tysięcy i poprosił, by przestała się z nim kontaktować.

– A pani miała z nią kontakt?

Pokręciła głową. Jej oczy mówiły: „I bardzo dobrze".

– Wie pani, kto był ojcem dziecka?

– Ach, ten nieudacznik, który podpalił skład drewna swego ojca.

– Chodzi pani o Bjarnego Thøgersena? Tego, który poszedł siedzieć za te morderstwa?

– Zapewne. Naprawdę już nie pamiętam, jak się nazywał.

– Ach tak! – z pewnością kłamała. Whisky czy nie, takich rzeczy nie zapomina się ot, tak. – Kimmie tu mieszkała przez jakiś czas. Mówi pani, że to nie było dla pani łatwe?

Spojrzała na niego z niedowierzaniem.

– Chyba pan nie myśli, że wytrzymałam długo w tym burdelu? Nie, w tamtym okresie wolałam mieszkać na wybrzeżu.

– Na wybrzeżu?

– Słoneczne wybrzeże, rozumie pan. Fuengirola. Wspaniały taras na dachu, tuż nad promenadą. Piękne miejsce. Zna pan Fuengirolę, panie Mørck?

Kiwnął głową. Pewnie była tam ze względu na swój reumatyzm, ale poza tym wybierali się tam nieudolni życiowo ciułacze, którzy mieli coś na sumieniu. Gdyby wymieniła Marbellę, byłoby to dla niego bardziej zrozumiałe. Dysponowała przecież jakimś majątkiem.

– Myśli pani, że w domu jest jeszcze coś, co należało do Kimmie? – zapytał.

Jakby coś w niej pękło. Siedziała po prostu w milczeniu, niespiesznie opróżniając szklaneczkę. Kiedy szklanka była już pusta, stan jej mózgu przedstawiał się podobnie.

– Kassandra powinna wypocząć – powiedziała pokojówka, która przez cały czas stała w pogotowiu gdzieś w tle.

Carl podniósł rękę, by ją powstrzymać. Zrodziło się w nim pewne podejrzenie.

– Czy mogę rzucić okiem na pokój Kimmie, pani Lassen? Rozumiem, że wciąż tu jest w niezmienionym stanie?

To był istny strzał z biodra. Pytanie, które każdy wytrawny policjant trzyma w skrzynce z napisem „Warto spróbować". Zaczynało się zawsze od „Rozumiem, że...".

To dobry punkt zaczepienia w trudnych sytuacjach.

Ułożenie pani domu w złoconym łożu zajęło pokojówce równe dwie minuty, które Carl wykorzystał na rekonesans. Jeśli faktycznie był to dom rodzinny Kimmie, to nie był przystosowany do wychowywania dzieci. Ani jednego kąta do zabawy. Wszędzie mnóstwo bibelotów oraz japońskich i chińskich waz. Jak człowiek zamachał rękami, ryzykował sprawę o odszkodowanie z sześcioma zerami. Bardzo nieprzyjemna atmosfera, która z pewnością nie zmieniła się przez cały ten czas. Według niego – więzienie dla dziecka.

– Wie pan – powiedziała pokojówka, wchodząc na drugie piętro. – Kassandra tylko tu mieszka, dom należy do córki. Całe drugie piętro wygląda tak jak wtedy, gdy tu mieszkała.

Czyli Kassandra Lassen mieszkała w tym domu na łasce Kimmie. Gdyby Kimmie wróciła na łono społeczeństwa, azyl Kassandry stanowiłby zapewne zamknięty rozdział. Co za zrządzenie losu! Bogata kobieta żyjąca na ulicy i biedna, która bawi się w parnasy. To dlatego Kassandra mieszkała we Fuengiroli, a nie w Marbelli. To nie był jej wybór.

– Ostrzegam, że jest tam bałagan – powiedziała pokojówka, otwierając drzwi. – Ale woleliśmy tak to zostawić. Nie można dopuścić, by córka wróciła i oskarżyła Kassandrę o wściubianie nosa w nie swoje sprawy. Dobrze to wymyśliła.

Kiwnął głową, stojąc na brzegu czerwonego chodnika. Skąd się bierze tak lojalną i zaślepioną służbę w dzisiejszych czasach? Nie mówiła nawet z obcym akcentem!

– Znała pani Kimmie?

– Skąd! Czy wyglądam, jakbym tu była od 1995 roku? – Roześmiała się serdecznie.

Tyle że faktycznie wyglądała.

To było zupełnie samodzielne mieszkanie. Spodziewał się kilku pokoi, ale nie tak wiernego odwzorowania poddasza z paryskiej Dzielnicy Łacińskiej. Był tam nawet balkon francuski. Nieduże szprosowe okna w wykuszach, które mieściły się w skosach, były zabrudzone. Poza tym było tu bardzo ładnie. Jeśli pokojówka uważała, że panuje tu bałagan, pewnie padłaby trupem na widok pokoju Jespera.

Walało się tutaj trochę brudnych ubrań, ale poza tym nic. Nawet jednej kartki na biurku ani niczego na stoliku przed telewizorem, co mogłoby wskazywać, że kiedyś mieszkała tu młoda kobieta.

– Może się pan rozejrzeć, panie Mørck, ale wolałabym najpierw zobaczyć pana odznakę. To standardowa procedura, zgadza się?

Kiwnął głową, grzebiąc po kieszeniach. Co za upierdliwa dziewucha. Wreszcie znalazł sfatygowaną wizytówkę, która przeleżała w kieszeni chyba ze sto lat.

– Przykro mi, ale zostawiłem odznakę na komendzie. Proszę posłuchać, jestem dyrektorem departamentu, więc nie wyjeżdżam zbyt często w teren. Ale mam tu wizytówkę, proszę. Będzie pani wiedziała, kim jestem.

Przyjrzała się numerowi i adresowi, po czym obmacała wizytówkę, jakby była ekspertem od fałszerstw.

– Chwileczkę – powiedziała, podnosząc słuchawkę designerskiego telefonu od Banga i Olufsena, który stał na biurku.

Przedstawiła się jako Charlotte Nielsen i spytała o komisarza kryminalnego Carla Mørcka, po czym przestępowała z nogi na nogę, kiedy ją przełączano.

Spytała znowu i poprosiła o opis Mørcka.

Zaśmiała się, mierząc go wzrokiem, i odłożyła słuchawkę z uśmiechem na ustach.

Ciekawe, co ją tak rozbawiło? Stawiał jeden do dziesięciu, że gadała z Rose.

Nie wyjaśniwszy przyczyny swego chichotu, wycofała się, zostawiając go samego z wszystkimi pytaniami w opuszczonym mieszkaniu młodej dziewczyny. Mieszkaniu, które prawdopodobnie nie miało do opowiedzenia żadnej historii.

Przeszukał wszystko wiele razy. Równie często w drzwiach pojawiała się pokojówka. Podjęła się pilnowania, uważając, że najlepszym sposobem będzie wpatrywanie się w niego jak w siedzącego na ręce wygłodniałego komara. Ale ugryzienie nie nastąpiło. Carl nie nabałaganił ani nie schował niczego do kieszeni marynarki.

Sprawa wydawała się beznadziejna. Kimmie opuściła mieszkanie szybko, ale na dobre. Rzeczy nienadające się dla cudzych oczu zostały pewnie wyniesione do widocznych z balkonu kubłów, stojących na brukowanym podjeździe przed domem.

To samo dotyczyło ubrań. Na krześle przy łóżku leżała nieduża sterta ubrań, ale nie było tam bielizny. Po kątach porozrzucane były buty, ale nie brudne skarpety. Dokonała selekcji, co jeszcze ujdzie, a co przekracza już barierę intymności. I właśnie na tym polegał problem. Nie było tu nic intymnego.

Brakowało nawet dekoracji na ścianach, które w normalnych warunkach mogłyby powiedzieć coś o jej guście czy poglądach. W jej małej marmurowej łazience nie było szczoteczki do zębów. W szafce żadnych tamponów, a w kuble obok ubikacji ani jednego patyczka do uszu. Na muszli klozetowej nie został żaden ślad po wypróżnieniu, a w umywalce – ślad po paście do zębów.

Kimmie pozostawiła to miejsce tak sterylnie oczyszczone z osobowości, że mieszkająca tu istota płci żeńskiej mogła równie dobrze być wiejską pieśniarką z Armii Zbawienia, jak nowoczesną dziewczyną z wyższych sfer, mieszkającą w ekskluzywnej dzielnicy.

Uniósł kołdrę, próbując uchwycić jej zapach. Podniósł podkładkę na biurko sprawdzając, czy pod spodem nie zawieruszyła się jakaś karteczka. Przetrzepał dno pustego kosza na śmieci, zajrzał do szuflad kuchennych, wsadził głowę do szafki. Nic.

– Niedługo się ściemni – powiedziała pokojówka o imieniu Charlotte, co miało znaczyć, że ma sobie poszukać innego miejsca do zabawy w policjanta.

– Czy na górze jest strych? – spytał z nadzieją. – Jakieś drzwiczki czy schody, których stąd nie widać?

– Nie, nic nie ma.

Carl spojrzał w górę. Dobra, czyli nad mieszkaniem nie było strychu.

– Zrobię jeszcze jedną rundkę – powiedział.

Pomacał wszystkie klepki w podłodze, żeby sprawdzić, czy któraś nie jest luźna. W kuchni uniósł plakaty z przyprawami w poszukiwaniu skrytki. Ostukał meble i dna szafek kuchennych i szaf z ubraniami. Niczego nie było.

Pokręcił głową, spierając się sam z sobą. Niby dlaczego miało tu coś być?

Zamknął za sobą drzwi do mieszkania i przez chwilę stał na półpiętrze, sprawdzając, czy jest tam coś ciekawego. Gdy okazało się, że tu też nic nie ma, starał się pozbyć natrętnego wrażenia, że jednak coś przeoczył.

Wtedy zadzwoniła jego komórka, przywracając mu poczucie rzeczywistości.

– Mówi Marcus – zabrzmiał głos. – Carl, dlaczego nie ma cię w gabinecie? I co tam się w ogóle dzieje? Po korytarzu walają się elementy stołów, Bóg jeden wie, ilu. A w twoim gabinecie roi się od żółtych karteczek. Gdzie jesteś, Carl? Zapomniałeś, że jutro masz wizytę z Norwegii?

– Kurwa! – powiedział nieco za głośno. Tak, szczęśliwie udało mu się o tym zapomnieć.

– Okej? – zabrzmiało po drugiej stronie linii. Znał to „okej" szefa. Nie ma co się nim przejmować.

– Jestem już w drodze na komendę – spojrzał na zegarek. Było po czwartej.

– Już?! Nie, niczym się nie przejmuj – szef brzmiał kategorycznie. Chyba był zły. – Przyjmę jutro tę wizytę. Oni nie mogą wejść do tego twojego chlewu w piwnicy.

– Zaraz, o której przyjeżdżają?

– O dziesiątej, ale odpuść sobie, Carl. Ja się nimi zajmę, a ty bądź gotów na pytania, o ile w ogóle będziemy zainteresowani twoimi komentarzami.

Gdy Marcus Jacobsen się rozłączył, Carl stał przez chwilę, wpatrując się w komórkę. Aż do tej chwili goście z królestwa suszonych ryb mogli go pocałować w wiadome miejsce, ale teraz jego zdanie diametralnie się zmieniło. Skoro szef Wydziału Zabójstw chce wziąć na siebie tę wizytę z własnej woli, to on do tego nie dopuści.

Zaklął kilkakrotnie i spojrzał na świetlik znajdujący się u szczytu imponujących schodów. Wpadające przez szyby słońce wciąż stało wysoko. Wprawdzie był już fajrant, ale Carl nie miał ochoty jechać do domu.

Nie był jeszcze psychicznie gotowy na jazdę Hestestien, wśród pól, prosto do domu i garów Mortena. Dostrzegł ostry cień rzucany przez ościeżnicę okienną i poczuł, że na czole tworzy mu się głęboka zmarszczka.

W domach z tego okresu ościeżnice okien dachowych miały zwykle trzydzieści centymetrów głębokości. Ale te tutaj były głębsze. Znacznie głębsze. Przynajmniej pięćdziesiąt centymetrów. Wywnioskował, że dom musiał zostać dodatkowo ocieplony.

Odchylił głowę i odkrył, że między sufitem a skosem jest pęknięcie. Prześledził je wzrokiem wzdłuż całego pomieszczenia i skończył w punkcie wyjścia. Tak, skośne ściany nieco osiadły. Widać było, że dom nie od razu został wybudowany z dobrą izolacją. Dołożono przynajmniej piętnastocentymetrowe ocieplenie, wykończone płytami gipsowymi. Porządne szpachlowanie i malowanie, ale wiadomo, że szpary i tak po jakimś czasie się pojawiają.

Obrócił się i ponownie otworzył drzwi do mieszkania. Poszedł prosto do ściany zewnętrznej i obejrzał skosy. Tutaj też były szpary na łączeniach, ale poza tym nic specjalnego.

Przestrzeń była pusta, ale zdaje się, że i tak nie można tam było niczego schować. W każdym razie nie od środka.

Powtórzył kilkakrotnie te słowa: „W każdym razie nie od środka!" Wtedy jego wzrok padł na drzwi balkonowe. Chwycił klamkę, otworzył je i wszedł na balkon, na którym położone na ukos dachówki tworzyły malownicze tło.

– Pamiętaj, że minęło już dużo czasu – szepnął do siebie i przebiegł wzrokiem po rzędach dachówek po jednej stronie dachu. To była północna strona domu i powstałe przez deszczówkę porosty pokrywały sporą część dachu niczym kurtyna teatralna. Przyjrzał się też dachówkom po drugiej stronie i od razu zauważył różnicę.

Dachówki zostały położone we właściwy sposób, choć tutaj też wszędzie były porosty. Różnica polegała na tym, że jedna dachówka tuż nad miejscem, gdzie balustrada łączy się z dachem, była nieco przekrzywiona. To były zachodzące na siebie karpiówki, które pod spodem mają kołek zapobiegający obluzowaniu się dachówki. Tyle że właśnie ta dachówka się obluzowała. Tak jakby kołek usunięto, a poluzowana karpiówka leżała wśród umocowanych.

Kiedy ją uniósł, poddała się bez problemów.

Carl zaczerpnął ostrego wrześniowego powietrza.

Ogarnęło go poczucie, że ma przed sobą coś wyjątkowego. Chyba podobne uczucie miał Howard Carter, gdy po zrobieniu wąskiego otworu w drzwiach grobowca, nagle znalazł się w miejscu spoczynku Tutenchamona. Przed Carlem leżała bowiem skrzynka z niemalowanego metalu, ukryta pod dachówką w wyłożonej wełną mineralną skrytce. Miała wielkość pudełka po butach i była owinięta w przezroczysty plastik.

Nagle serce zaczęło mu walić jak młotem. Zawołał pokojówkę.

– Proszę spojrzeć na tę skrzynkę.

Schyliła się niechętnie i zajrzała pod dachówki.

– No, skrzynka. Co to takiego?

– Nie wiem, ale będzie pani mogła zaświadczyć, że ją tam pani widziała.

Spojrzała na niego nadąsana.

– To teraz można człowieka oskarżyć o to, że czegoś nie widzi?

Zwrócił swój telefon w stronę skrytki i zrobił parę zdjęć, po czym pokazał je pokojówce.

– Zgadza się pani, że to są zdjęcia tej właśnie skrytki?

Ujęła się pod boki. Chyba nie powinien zadawać więcej pytań.

– Wyjmę ją teraz i zabiorę na posterunek – to nie było pytanie, tylko stwierdzenie. W przeciwnym razie pognałaby na dół obudzić Kassandrę Lassen. Mogłaby się z tego zrobić niezła awantura.

Oddaliła się za jego przyzwoleniem, kręcąc głową, z widocznie nadszarpniętym zaufaniem do inteligencji władz.

Zastanawiał się, czy nie wezwać techników, ale zarzucił ten pomysł na myśl o snujących się wszędzie kilometrach plastikowej taśmy i o facetach w białych kitlach. I tak mieli dużo roboty, a on nie miał chwili do stracenia. I tyle.

Włożył więc rękawiczki, wyjął ostrożnie pudełko, odłożył dachówkę na miejsce, wniósł pudełko do środka i położył je na stole. Następnie rozpakował je i otworzył bez najmniejszego wysiłku. Jednym zamaszystym i sprawnym ruchem.

Na wierzchu leżał pluszowy miś. Niewiele większy niż pudełko od zapałek. Jasnożółty, z pluszem wytartym na mordce i łapkach. Być może był to kiedyś najdroższy skarb Kimmie i jej jedyny przyjaciel. Może należał do kogoś innego. Następnie Carl podniósł gazetę leżącą pod maskotką. Napis w rogu informował, że było to „Berlingske Tidende" z 29 września 1995. W tym dniu wprowadziła się do Bjarnego Thøgersena. Poza tym nie było tam nic ciekawego, tylko długa lista ogłoszeń o pracy.

Spojrzał do pudełka w nadziei, że czekają tam na niego kartki z pamiętnika albo listy i że wieści o wcześniejszych zdarzeniach ujrzą światło dzienne, ale znalazł tylko pięć małych plastikowych koszulek, w których zwykle trzyma się posegregowane znaczki czy karty z przepisami. Instynktownie chwycił za wewnętrzną kieszeń marynarki, wyjął parę białych bawełnianych rękawiczek, włożył je i wyjął całość z metalowej kasetki.

„Po co w ogóle chować takie rzeczy?" – pomyślał i poznał odpowiedź, zaglądając do dwóch leżących na samym dole koszulek.

– Jasna cholera! – wykrzyknął.

To były dwie karty do Trivial Pursuit. Każda w osobnej koszulce.

Po pięciu minutach głębokiej koncentracji wyjął swój notes i starannie zapisał, w jakiej kolejności względem siebie znajdowały się koszulki.

Następnie przyjrzał im się po kolei z uwagą.

Była tam jedna koszulka z męskim zegarkiem na rękę, jedna z kolczykiem, jedna z czymś przypominającym gumkę, wreszcie jedna z chusteczką do nosa.

Cztery koszulki, nie licząc dwóch z kartami do Trivial.

Zagryzł wargi.

Razem było ich sześć.

22

Ditlev pokonał schody do kliniki Caracas czterema krokami.

– Gdzie on jest? – krzyknął do sekretarki i ruszył w kierunku wskazywanym przez jej palec.

Frank Helmond leżał sam, wyposzczony i przygotowany do operacji numer dwa.

Kiedy Ditlev wszedł do sali, spojrzał na niego bez cienia respektu.

„Dziwne" – pomyślał Ditlev, przesuwając wzrok po pościeli aż do jego zabandażowanej twarzy. „Ten idiota tu leży i patrzy na mnie, nie okazując respektu. Niczego się nie nauczył? Kto mu zrobił krzywdę? Kto go na powrót połatał?"

Kiedy przyszło co do czego, byli we wszystkim zgodni. Że leczenie licznych głębokich ran na twarzy Helmonda należy połączyć z delikatnym liftingiem twarzy i ujędrnieniem partii wokół szyi i klatki piersiowej. Odsysanie tłuszczu, zabiegi upiększające i wprawne dłonie lekarzy – oto co mógł mu zaoferować Ditlev. Biorąc pod uwagę, że Ditlev musiał dołożyć jeszcze żonę i majątek, znajdowali się w punkcie, w którym można było oczekiwać od Helmonda jeśli nie wdzięczności, to przynajmniej pokory i dotrzymywania umów.

Ale umowa została złamana, bo Helmond się wygadał. Pielęgniarki pewnie się teraz dziwiły temu, co usłyszały. Trzeba je było wyprowadzić z błędu.

Jednakże bez względu na stopień zamroczenia pacjenta, pewne słowa już padły: „To robota Ditleva Prama i Ulrika Dybbøla Jensena".

To były jego słowa.

Ditlev darował sobie wstęp. Facet był gotowy, żeby mu to i owo wygarnąć.

– Wiesz, jak łatwo jest niepostrzeżenie zabić człowieka pod narkozą? – zapytał. – Co, nie wiesz? W każdym razie teraz cię przygotowują do wieczornej operacji, Frank, więc miejmy nadzieję, że anestezjologom nie zadrży ręka. W końcu płacę im, żeby dobrze wykonywali swoją robotę, nie? – Wyciągnął palec w stronę Helmonda. – I jeszcze pewien drobiazg. Ustaliliśmy, że dotrzymujesz warunków umowy i trzymasz gębę na kłódkę. W przeciwnym razie ryzykujesz, że twoje organy skończą jako rezerwa dla młodszych i lepszych niż ty. To by było wkurzające, co?

Ditlev postukał w podłączoną kroplówkę.

– Nie żywię do ciebie urazy, Frank. I z tobą ma być tak samo, rozumiemy się?

Szturchnął mocno jego łóżko i odwrócił się. Jeśli to nie pomoże, ten nieudacznik sam będzie sobie winien.

Trzasnął drzwiami z taką siłą, że przechodzący obok sanitariusz musiał sprawdzić, czy są sprawne, kiedy Ditlev się odwrócił.

Następnie udał się prosto do pralni. Potrzeba czegoś mocniejszego niż agresja słowna, żeby pozbyć się tego nieprzyjemnego wrażenia, jakie pozostawiła po sobie sama obecność Helmonda.

Nie wypróbował jeszcze swego najnowszego nabytku, dziewczyny z tej części wyspy Mindanao, gdzie za pójście do łóżka z niewłaściwą osobą płaciło się głową. Przyglądał się jej z upodobaniem. Właśnie takie lubił. Uciekała wzrokiem i była przekonana, że jest nic niewarta, co w połączeniu z dostępnością jej ciała wznieciło w nim ogień. Ogień, który wymagał ugaszenia.

– Sytuacja z Helmondem jest pod kontrolą – powiedział później. Siedzący za kierownicą Ulrik z zadowoleniem pokiwał głową. Widać było, że sprawiło mu to ulgę.

Ditlev spojrzał na rysujący się przed nimi las. Ogarnął go spokój. W zasadzie to całkiem przyzwoite zakończenie tygodnia, który przecież wymknął się spod kontroli.

– A co z policją? – spytał Ulrik.

– Też pod kontrolą. Ten Carl Mørck został odsunięty od sprawy.

Zatrzymali się pięćdziesiąt metrów od bramy wiodącej na posesję Torstena i zwrócili twarze do kamer. Za dziesięć sekund leżąca między świerkami brama się otworzy.

Ditlev wybrał w komórce numer Torstena, kiedy wjeżdżali na dziedziniec.

– Gdzie jesteś? – spytał.

– Przejedźcie obok stodoły. Jestem w menażerii.

– Jest w menażerii – przekazał Ulrik i poczuł, jak wzbiera w nim podniecenie. Czekała ich najbardziej intensywna część rytuału, a już na pewno najbardziej wyczekiwana przez Torstena.

Wielokrotnie mieli okazję widzieć Torstena Florina przechadzającego się wśród roznegliżowanych modelek. Widzieli go skąpanego w świetle reflektorów i obsypywanego gradem pochwał przez znane osobistości. A jednak najbardziej zadowolony był wtedy, gdy odwiedzali menażerię przed polowaniem.

Kolejne polowanie odbędzie się w dzień powszedni. Terminu jeszcze nie ustalono, ale nastąpi to mniej więcej za tydzień. Tym razem uczestniczyć w nim będą wyłącznie osoby, które zyskały prawo do ustrzelenia zwierzyny dnia. Ludzie, którzy na polowaniach zdobyli mnóstwo cennych doświadczeń i dóbr materialnych. Ludzie, którym mogli zaufać, ponieważ byli tacy jak oni.

Ulrik zaparkował samochód w chwili, gdy Torsten wyszedł z budynku, ubrany w zakrwawiony, gumowy fartuch.

– Witajcie! – powiedział, uśmiechając się szeroko. Czyli właśnie skończył ubój.

Od ich ostatniej wizyty halę powiększono. Była dłuższa i jaśniejsza dzięki licznym przeszkleniom. Czterdziestu łotewskich i bułgarskich pracowników sumiennie wykonywało swoją pracę i posiadłość Dueholt zaczynała zbliżać się do wyobrażeń Torstena na temat własnego domu. Stało się to jego ambicją przed piętnastu laty, kiedy jako dwudziestoczterolatek zarobił swoje pierwsze miliony.

W pomieszczeniu znajdowało się około pięćset klatek ze zwierzętami, wszystkie oświetlone lampami halogenowymi. Dla dziecka spacer po menażerii Torstena Florina byłby bardziej egzotyczny niż wizyta w zoo. Dla dorosłego z normalnym podejściem do praw zwierząt taki spacer byłby szokiem.

– Patrzcie – powiedział Torsten. – Waran z Komodo.

Rozkoszował się tym tak otwarcie, jakby jego ciało przeszywał orgazm. Ditlev to rozumiał. To nie była zwykła zwierzyna, ale groźna i w dodatku pod ochroną.

– Myślę, że weźmiemy go do posiadłości Saxenholdtów, jak spadnie śnieg. Teren polowania jest tam do ogarnięcia, a takie stwory potrafią się świetnie chować. Wyobrażacie sobie?

– Słyszałem, że ich ukąszenia są najbardziej jadowite na świecie – powiedział Ditlev. – Bezbłędnie celuje, nim zaciśnie szczęki wokół ofiary.

Zobaczyli, że Florin drży, jakby przeszedł go zimny dreszcz. Owszem, załatwił im wspaniałą zwierzynę. Ciekawe, jak?

– A co na następny raz? – spytał Ulrik z zaciekawieniem.

Rozłożył ramiona. Znaczyło to, że ma już pomysł, ale mają się sami domyślić.

– Możemy wybierać z tego – powiedział, wskazując ogromną liczbę klatek, w których siedziały małe zwierzęta o wielkich oczach.

Panowała tu sterylna czystość. To, że taka liczba zwierząt z kilometrami przewodów pokarmowych i stosowną ilością produktów przemiany materii nie była w stanie zdominować całej hali zapachem moczu i odchodów, było zasługą czarnoskórych pracowników Torstena. Na jego posesji mieszkały trzy somalijskie rodziny. Zamiatały, przygotowywały jedzenie, odkurzały i wywoziły odchody, uwijając się jak mrówki, ale podczas wizyty gości nigdy ich nie było widać. Ludzie na pewno zaczęliby gadać.

W ostatnim rzędzie stało obok siebie sześć wysokich klatek ze skulonymi sylwetkami.

Ditlev się uśmiechnął, zajrzawszy do dwóch pierwszych. Szympans był harmonijnie zbudowany, ale jego pełne agresji oczy utkwione były w zwierzęciu uwięzionym obok, dzikim psie dingo, który stał z ogonem między nogami i trząsł się, a z jego obnażonych zębów kapała ślina.

Torsten był po prostu niesamowicie kreatywny. Do tego znacznie wykraczał poza granice tego, co akceptowała większość. Ryzykował więzienie i milionowe grzywny, gdyby organizacje zajmujące się ochroną zwierząt zajrzały do jego świata. Jego imperium upadłoby z dnia na dzień. Szanujące się kobiety z klasą mogły bez problemu nosić futra, ale kiedy szympans zostaje wystraszony na śmierć przez psa dingo albo z piskiem ucieka przez duński las liściasty – co to, to nie.

W czterech ostatnich klatkach znajdowały się bardziej pospolite zwierzęta. Dog niemiecki, ogromny kozioł, borsuk i lis. Wszystkie oprócz lisa siedziały skulone i patrzyły na nich, jakby przeczuwały swój los. Lis stał w kącie, drżąc.

– Myślicie pewnie, co tu się dzieje? Już wam wyjaśniam – Florin włożył ręce do kieszeni fartucha i wskazał głową doga. – Ten tutaj ma stuletni rodowód. Kosztował mnie okrągłą sumkę, dwieście tysięcy koron, ale uważam, że nie powinien przekazywać dalej swoich odrażających genów, szczególnie tych parszywych oczu.

Zgodnie z przewidywaniami Ulrik się zaśmiał.

– A to jest szczególne zwierzę – Torsten kiwnął głową w stronę klatki numer dwa. – Pewnie pamiętacie, że moim wielkim idolem jest adwokat Rudolf Sand. Prowadził dokładne rejestry swoich trofeów przez prawie sześćdziesiąt pięć lat. Naprawdę legendarny zabójca – pokiwał sam do siebie i postukał w pręty klatki, aż zwierzę cofnęło się z opuszczoną głową i przygotowanymi do ataku rogami. – Sand ustrzelił dokładnie 53 276 sztuk zwierzyny. A taki kozioł był jego najważniejszym i największym trofeum. To jest koza krętoroga, być może znana lepiej jako pakistański markur. Powiem wam, że Sand polował na samca markura w górach Afganistanu przez prawie dwadzieścia lat, nim udało mu się wreszcie po stu dwudziestu pięciu dniach polowania ustrzelić ogromnego starego kozła. Można przeczytać o jego przeżyciach w internecie, polecam. Lepszego myśliwego ze świecą szukać.

– I to jest właśnie markur? – uśmiech Ulrika był morderczy sam w sobie.

Torsten się rozpromienił.

– Tak, cholera! Tylko parę kilo lżejszy niż ten Rudolfa Sanda. Piękne zwierzę. Oto jak można wykorzystać kontakty z Afganistanie. Niech żyje wojna!

Wybuchli śmiechem i skierowali wzrok na borsuka.

– A ten plądrował przez długie lata okolicę na południe od gospodarstwa, ale ostatnio podszedł za blisko pułapki. Musicie wiedzieć, że mam z tym zwierzaczkiem osobiste porachunki.

„Czyli nie będziemy do niego strzelać" – pomyślał Ditlev. Któregoś dnia Torsten zajmie się nim sam.

– Oto on, lisek chytrusek. Wiecie, dlaczego jest wyjątkowy?

Przyglądali się trzęsącemu się zwierzęciu. Lis sprawiał wrażenie przestraszonego, a jednak wyciągał głowę w ich stronę, dopóki Ulrik nie kopnął w kraty.

Znalazł się przy nich tak szybko, że zdążył złapać zębami czubek buta Ulrika. Odskoczyli obaj, on i Ditlev. Wtedy też dostrzegli pianę wokół pyska, oszalałe oczy i nadchodzącą śmierć, która ogromnymi krokami zbliżała się do zwierzęcia.

– Ja pierdolę, Torsten, szatański plan! To ten, nie? To jest zwierzę, na które następnym razem zapolujemy, mam rację? Wypuścimy na wolność lisa z galopującą wścieklizną! – zaśmiał się rubasznie, aż udzieliło się to Ditlevowi. – Znalazłeś zwierzę, które zna las na pamięć. Do tego z wścieklizną. Już się nie mogę doczekać, aż powiesz to towarzystwu myśliwskiemu. Kurwa, Torsten, dlaczego wcześniej na to nie wpadliśmy?

Torsten i jego przyjaciele wybuchli śmiechem, a po hali rozniosło się tupanie i piski zwierząt, które powciskały się w najodleglejsze kąty swoich więzień.

– Dobrze, że chodzisz w porządnych butach, drogi Ulriku – zaśmiał się Torsten, wskazując odciski zębów, wciąż widoczne na szytych na miarę butach Wolverine, należących do Ulrika. – W przeciwnym razie musielibyśmy jechać do szpitala w Hillerød, a trudno by to było wyjaśnić, nie sądzisz?

– Jeszcze jedno – dodał, prowadząc ich do najjaśniej oświetlonej części hali. – Patrzcie!

Wskazał strzelnicę stanowiącą przedłużenie hali. Tunel miał jakieś dwa metry średnicy i co najmniej pięćdziesiąt długości. Dokładnie oznaczony, metr po metrze. Trzy tarcze – jedna do łuku i strzał, jedna do karabinu, wreszcie pancerny kulochwyt do strzelania z broni cięższego kalibru.

Spojrzeli z podziwem na ściany. Co najmniej czterdziestocentymetrowa izolacja akustyczna. Tylko nietoperz byłby w stanie usłyszeć strzał z zewnątrz.

– Wszędzie rozmieszczone są dysze z powietrzem, więc na torze można symulować podmuch wiatru – Torsten wcisnął guzik. – Taka siła wiatru daje odchylenie, które wymaga dwu-trzyprocentowej korekcji przy strzale z łuku. Tu jest tabela – wskazał wiszący na ścianie niewielki ekran komputera. – Można tu wprowadzić każdy rodzaj broni i symulację wiatru. – Wszedł na tor. – Ale najpierw trzeba to poczuć na sobie. Przecież nie zabierzemy tego sprzętu do Gribskov, nie?

Ulrik podążył za nim. Jego mocne włosy nie poruszyły się ani o milimetr. Pod tym względem wskaźniki na głowie Torstena były lepsze.

– Teraz do rzeczy – ciągnął Torsten. – Wypuszczamy w lesie lisa chorego na wściekliznę. Jest cholernie agresywny, jak sami widzieliście, więc naganiacze będą zabezpieczeni aż do wysokości pachwin – zademonstrował na sobie. – To my, myśliwi, będziemy narażeni na atak. Oczywiście zadbam, żeby w pobliżu była szczepionka, ale nawet powierzchowna rana zadana przez niego we wściekłym szale może zabić człowieka. A przegryziona tętnica udowa? Wiecie, jak to by się skończyło.

– Kiedy powiesz to ludziom? – spytał Ulrik z wyczekiwaniem w głosie.

– Tuż przed rozpoczęciem. Ale teraz najlepsze. Patrzcie, przyjaciele.

Schylił się i wyciągnął broń zza beli słomy. Ditlevowi już się podobał jego wybór. Była to kusza, do tego wyposażona w lunetę. W Danii obowiązuje bezwzględny zakaz jej używania według znowelizowanej ustawy o posiadaniu broni z roku 1989, ale jest zabójcza i doskonale się nią celuje. Oczywiście, jeśli się potrafi. No i trzeba rzecz załatwić jednym strzałem, bo ponowne załadowanie chwilę trwa. To będzie polowanie z wieloma niewiadomymi, obarczone dużym ryzykiem. Właśnie takie, jak trzeba.

– Kusza będzie się nazywać Relayer Y25. To będzie jubileuszowa edycja Excalibura, wychodzi na wiosnę. Wyprodukowano tylko tysiąc sztuk, no i te dwie. Lepiej być nie może. – Wyciągnął jeszcze jedną kuszę ze skrytki i podał każdemu.

Ditlev ujął swoją kuszę wyciągniętą ręką. Ważyła tyle, co nic.

– Przysłano je do kraju rozparcelowane, każdą część osobno. Zdawało mi się, że jedna część zaginęła w transporcie, ale wczoraj przyszła. – Torsten się zaśmiał. – Przesyłka trwała rok, niezłe, co?

Ulrik szarpnął cięciwę. Dźwięk przywodził na myśl harfę, był ostry i wysoki.

–Podobno siła jej naciągu wynosi dwieście funtów, ale myślę, że może być większa. A kiedy użyjesz bełtu 2219, nawet większe zwierzęta nie mają szans przy strzale z odległości poniżej osiemdziesięciu metrów. Zaraz zobaczycie.

Torsten wziął kuszę, położył strzemię na ziemi i włożył w nie stopę. Następnie energicznym ruchem naciągnął i zablokował cięciwę. Wiedzieli, że robił to już wielokrotnie.

Potem wyjął bełt z kołczanu i umieścił go ostrożnie w kuszy. Po kilku sekundach oddał strzał w stronę tarczy ustawionej czterdzieści metrów dalej. Jego zamaszysty, płynny i cichy ruch zupełnie nie przystawał do ogromnej siły wystrzału.

Spodziewali się, że Torsten trafi w środek tarczy, ale nie tego, że bełt zatoczy w powietrzu ogromny łuk i że wbije się w tarczę tak głęboko, iż nie będzie go widać.

– Kiedy będziecie celować do lisa, musicie stać wyżej, żeby nie trafić któregoś z naganiaczy. Taki bełt przetnie lisa na wylot. Chyba że traficie go między łopatki, a lepiej, żeby tak nie było, co? Wtedy nie zginie, tylko po prostu ucieknie.

Podał im kartkę.

– Macie tu link do strony ze składaniem i użytkowaniem kuszy. Polecam dokładne obejrzenie wszystkich filmików.

Ditlev spojrzał na link: http://www.excaliburcrossbow.com/demo/listings.php?categoryid=47.

– Po co? – spytał.

– Bo to wy dwaj wygracie losowanie.

23

Carl wrócił do piwnicy, gdzie na chybotliwych nogach stał jeden złożony stół z regulowaną wysokością. Obok klęczała Rose, klnąc nad śrubokrętem krzyżowym. „Niezły tyłek" – pomyślał, przechodząc nad nią okrakiem bez słowa.

Kątem oka spojrzał na złożony stół i pełen złych przeczuć dostrzegł co najmniej dwadzieścia żółtych karteczek zapisanych wyjątkowo charakterystycznym, drukowanym pismem Assada. Pięć z nich dotyczyło telefonów od Marcusa Jacobsena. Wziął je od razu i zgniótł. Resztę pozbierał w jedną lepiącą się masę i wetknął do tylnej kieszeni spodni.

Zajrzał do gabinetu Assada, wielkości gniazda dla kury nioski, i zastał tam dywan modlitewny na podłodze i pusty fotel.

– Gdzie on jest? – spytał Rose.

Nie raczyła odpowiedzieć. Wskazała tylko palcem za plecy Carla.

Zajrzał do swego gabinetu i zobaczył Assada siedzącego wygodnie z nogami opartymi na morzu papierów na biurku, zaczytanego i nieobecnego duchem. Jego głowa kiwała się energicznie w takt bliżej nieokreślonej muzyki dobiegającej ze słuchawek. Na stercie spraw, które Carl nazwał „kategorią 1: sprawy bez sprawcy", stała parująca szklanka herbaty. Pracowicie i przytulnie zarazem.

– Co ty tu, do cholery, robisz, Assad? – wybuchnął znienacka, aż facet podskoczył jak oparzony, zrzucając z biurka akta sprawy i rozlewając po całym stole szybko rozprzestrzeniającą się po papierze zawartość szklanki.

W panice rzucił się na biurko, używając rękawów swetra jako ścierki. Dopiero gdy Carl uspokajającym gestem położył mu dłoń na ramieniu, szok na jego twarzy zamienił się w znajomy, szelmowski uśmiech, który mówił, że mu przykro i że nic nie może poradzić, ale ma w zanadrzu jakieś wieści. Dopiero wtedy zdjął z uszu słuchawki.

– Tak, przepraszam, że tu siedzę, Carl. Ale w moim gabinecie cały czas ją tak słyszałem.

Wskazał kciukiem na korytarz, gdzie przekleństwa i wyrzekania Rose lały się nieprzerwanym strumieniem, zupełnie jak wspaniałości przetaczające się po suficie piwnicy kilometrami rur kanalizacyjnych.

– Przecież miałeś jej pomóc skręcać te stoły, Assad.

Położył palec na swoich pełnych wargach.

– Ona chce sama. Próbowałem!

– Pozwól tutaj, Rose! – krzyknął Carl, rzucając zalaną herbatą stertę papierów w kąt pokoju.

Stanęła przed nimi ze złowrogim spojrzeniem i ręką tak mocno zaciśniętą wokół śrubokrętu krzyżowego, że aż pobielały jej kłykcie.

– Masz dziesięć minut, by zrobić miejsce na te twoje dwa krzesła, Rose – powiedział Carl. – Assad, pomóż jej je wypakować.

Siedzieli przed nim jak dwoje uczniaków o zaciekawionych twarzach. Krzesła były w porządku, chociaż on sam raczej nie wybrałby nóg w zielonym kolorze. Trzeba się będzie do nich przyzwyczaić.

Opowiedział im o odkryciu w domu w Ordrup, po czym postawił przed nimi metalową kasetkę z otwartym wiekiem.

Na Rose nie zrobiło to wrażenia, natomiast oczy Assada wyglądały, jakby miały wyskoczyć z orbit.

– Jeśli na tych dwóch kartach Trivial znajdziemy odciski palców pasujące do odcisków któregoś z zamordowanych w Rørvig, to coś mi mówi, że pozostałe dowody też będą nosić odciski palców ludzi, których spotkał równie brutalny los – powiedział Carl i odczekał chwilę, by sprawdzić, czy go zrozumieli.

Położył pluszowego misia na rozłożonych w rzędzie sześciu plastikowych koszulkach. Chusteczka do nosa, zegarek, kolczyk i gumka oraz dwie koszulki, każda z kartą Trivial Pursuit.

„Ojej, jaki słodziutki!" – mówiły oczy Rose, utkwione w misiu. Czego on się spodziewał?

– Widzicie coś szczególnego w tych koszulkach? – spytał.

– W dwóch znajdują się karty Trivial – odparła Rose bez wahania. Czyli jednak była przytomna. Dałby się pokroić, że nie.

– Właśnie! Dobrze, Rose. A to oznacza?

– Z logicznego punktu widzenia oznacza to, że każda koszulka reprezentuje osobę, a nie zdarzenie – powiedział Assad. – W przeciwnym razie karty Trivial leżałyby w tym samym plastiku, nie? W morderstwach w Rørvig były dwie ofiary. Znaczy dwie plastikowe koszulki – rozciągnął szeroko ręce. Uśmiech też się rozszerzył. – Czyli jedna plastikowa koszulka na jedną osobę, tak.

– Właśnie – powiedział Carl. Przynajmniej na Assada można liczyć.

Rose złożyła dłonie i uniosła je powoli do ust. Tylko ona wiedziała, czy to szok, olśnienie, czy jedno i drugie.

– Twierdzicie, że może być mowa o sześciu morderstwach? – zapytała.

Carl uderzył w stół.

– Otóż to, sześć morderstw! – wybuchnął. Wreszcie cała trójka się zgadzała.

Rose spojrzała ponownie na słodkiego malutkiego misia. Jakoś nie potrafiła go połączyć z pozostałymi przedmiotami. Bo też nie było to łatwe.

– Tak – powiedział Carl. – Ta maskotka musi oczywiście mieć swoje znaczenie, skoro nie była zapakowana jak pozostałe przedmioty.

Siedzieli przez chwilę, wpatrując się w misia.

– Rzecz jasna, nie wiemy, czy wszystkie dowody mają związek z morderstwem, ale istnieje taka możliwość – Carl uniósł rękę nad biurkiem. – Assad, podaj mi, proszę, listę Johana Jacobsena. Wisi na tablicy za tobą.

Położył listę na biurku, tak żeby wszyscy mogli ją widzieć, i wskazał dwadzieścia wydarzeń wynotowanych przez Johana Jacobsena.

– Istnieje nikłe prawdopodobieństwo, że te sprawy mają coś wspólnego ze sprawą z Rørvig. Mogą się nawet nie łączyć ze sobą nawzajem. Ale wystarczy, żebyśmy przy metodycznym podejściu do spraw znaleźli choć jedną, która ma związek z jednym z tych przedmiotów. Szukamy jednego przestępstwa, w które może być wmieszana grupa z internatu. Jeśli je znajdziemy, to jesteśmy w domu. Co powiesz, Rose? Zajmiesz się tym?

Opuściła ręce, nagle tracąc przyjemny wygląd.

– Carl, wysyłasz strasznie mylące sygnały. Jednego dnia nie wolno nam ze sobą rozmawiać, następnego mamy pracować pełną parą. Najpierw mam skręcać stoły, potem mam przestać. Czego człowiek ma się spodziewać? Co powiesz za dziesięć minut?

– Hej, chwileczkę. Chyba się nie rozumiemy. Masz składać stoły, w końcu sama je zamówiłaś.

– To bardzo nieładnie, że dwóch mężczyzn każe mi to robić samej.

Tutaj wtrącił się Assad.

– Och, ale ja chciałem, przecież mówiłem – bąknął.

Ale Rose nie odpuszczała.

– Carl, czy ty wiesz, jaki upierdliwy jest ten stelaż? Ciągle coś nie pasuje.

– Zamówiłaś je i jutro mają wszystkie stać w korytarzu. Złożone! Mamy wizytę z Norwegii, co, zapomniałaś?

Odchyliła głowę w tył, jakby miał nieświeży oddech.

– Proszę, znów to samo. Wizyta z Norwegii? – rozejrzała się wokół. – Wizyta z Norwegii! Niby jak? Przecież to wygląda jak jakaś graciarnia! A u Assada można doznać szoku.

– Więc zrób coś z tym, Rose.

– Halo, tym też mam się zająć? Nie za dużo zadań naraz, co? Pewnie mamy tu jeszcze zostać na noc?

Pokręcił głową, zastanawiając się. Faktycznie, jest to jakieś wyjście.

– Nie, ale możemy jutro przyjść o piątej rano – odparował.

– O piątej! – aż ją odrzuciło. – Nie, mówmy poważnie. Jesteś jakiś niedorobiony, człowieku! – złorzeczyła, a Carl zastanawiał się, kogo z posterunku City zapytać, jak udało im się wytrzymać tydzień z takim monstrum, jak Rose.

– Ależ Rose – próbował łagodzić Assad. – To tylko tak dlatego, że sprawa ruszyła tak do przodu.

Aż podskoczyła.

– Assad, nie wtrącaj się i nie psuj awantury! I daj już spokój z tym „tak". Pozbądź się tego, człowieku, przecież potrafisz! Jak rozmawiasz przez telefon, to nieźle ci idzie.

Zwróciła się do Carla.

– Ten tutaj – powiedziała, wskazując Assada – niech skręca stoły, a ja się zajmę resztą. Jutro przyjdę dopiero o wpół do szóstej, bo wcześniej nie mam autobusu. – Wzięła misia i wetknęła mu do kieszeni na piersi.

–A właściciela tego poszukaj sobie sam, rozumiesz?

Assad i Carl zgodnie utkwili spojrzenia w stole, kiedy z hukiem wypadła za drzwi. Oto autentyczny sobowtór Yvonne z *Gangu Olsena.*

– Czyli tak... – Assad zrobił dramatyczną pauzę, by ocenić zasadność słowa „tak". – Czyli tak oficjalnie pracujemy nad sprawą, Carl?

– Nie, jeszcze nie. Przekonamy się jutro – uniósł do góry zwitek żółtych karteczek. – Wnioskując z karteczek, miałeś co robić, Assad. Znalazłeś kogoś ze szkoły, z kim możemy pogadać. Kto to jest?

– To właśnie z tym tak siedziałem, kiedy wszedłeś, Carl – Assad sięgnął przez stół po kilka kopii gazetki członkowskiej byłych uczniów szkoły. – Dzwoniłem do szkoły, ale niezbyt się cieszyli, jak chciałem rozmawiać o Kimmie i innych. Zdaje mi się, że nie pasowały im te morderstwa. Chyba próbowali też wtedy wyrzucić ze szkoły Prama, Dybbøla Jensena, Florina i Wolfa z powodu śledztwa przeciwko nim – potrząsnął głową. – Nie tak dużo wskórałem. Ale później przyszedł mi do głowy pomysł, żeby poszukać kogoś z klasy tego chłopaka, który spadł i umarł w Bellahøj. No i do tego znalazłem nauczyciela, który był w szkole dokładnie wtedy, co Kimmie i tamci. Może on by z nami tak chętnie porozmawiał, gdyż nie zabawił tam długo.

Przed ósmą wieczorem Carl znajdował się w Klinice Urazów Rdzenia Kręgowego, gapiąc się na puste łóżko Hardy'ego.

Zaczepił pierwszą lepszą osobę w białym fartuchu.

– Gdzie on jest? – zapytał, pełen niedobrych przeczuć.

– Jest pan krewnym?

– Tak – odparł, nauczony złym doświadczeniem.

– Hardy Henningsen ma wodę w płucach. Przenieśliśmy go do sali, gdzie będziemy w stanie lepiej mu pomóc.

Wskazała salę z napisem „Intensywna opieka medyczna".

– Tylko szybko – powiedziała. – Jest bardzo zmęczony.

Po wejściu do sali nietrudno się było zorientować, że z Hardym jest gorzej. Respirator pracował pełną parą. Hardy znajdował się w pozycji siedzącej, z nagim torsem, rękami na kołdrze, maską zakrywającą pół twarzy i rurką w nosie. Otaczały go kroplówki i przyrządy pomiarowe.

Miał otwarte oczy, ale był zbyt zmęczony, by się uśmiechnąć na widok Carla.

– Cześć, staruszku – powiedział Carl, kładąc ostrożnie dłoń na jego ręce. Pewnie Hardy i tak nic nie czuł, ale zawsze coś. – Co się stało? Mówią, że masz wodę w płucach?

Coś odpowiedział, ale głos został stłumiony przez maskę i szum aparatury. Carl przysunął się bliżej.

– Powtórz – poprosił.

– Kwas żołądkowy przedostał się do płuc – zadudnił głuchy głos.

„Fu, niech to szlag!" – pomyślał Carl, zaciskając dłoń na jego bezwładnym ramieniu. – Musisz wrócić do siebie, Hardy, słyszysz?

– Ten punkt na ramieniu się powiększył – wyszeptał. – Czasami pali jak ogień, ale nic nikomu nie mówię.

Carl wiedział, dlaczego, i nie czuł się z tym dobrze. Hardy miał nadzieję, że doprowadzi rękę do stanu, w którym będzie mógł ją unieść, wziąć nożyczki do cięcia gazy i przekłuć tętnicę szyjną. Pytanie, czy należało tę nadzieję podzielać.

– Mam problem, Hardy. Potrzebuję twojej pomocy – powiedział Carl, przysuwając krzesło bliżej. – Znasz Larsa Bjørna z dawnych czasów w Roskilde lepiej niż ja. Może ty mi powiesz, co tak naprawdę się u nas dzieje?

Wyjaśnił pokrótce, jak przystopowano jego śledztwo. Że zdaniem Baka wmieszany był w to Lars Bjørn. I że odbyło się to przy pełnym poparciu komendantki.

– A teraz zabrali mi odznakę – zakończył.

Hardy siedział, patrząc w sufit. Dawniej wyciągnąłby papierosa.

– Lars Bjørn zawsze nosi granatowy krawat, prawda? – powiedział po chwili z dużym wysiłkiem.

Carl zamknął oczy. Tak, zgadzało się. Krawat był nieodłączną częścią garderoby Larsa Bjørna. I faktycznie był granatowy.

Hardy próbował odkaszlnąć, ale zamiast tego wydał z siebie dźwięk przywodzący na myśl czajnik z wygotowującą się wodą.

– On był uczniem tej szkoły, Carl – powiedział cicho. – Na krawacie są cztery muszelki. To krawat szkoły z internatem.

Carl siedział w milczeniu. Kilka lat temu w szkole była sprawa o gwałt, która podkopała jej renomę. Czego z kolei ma nie ujawnić ta sprawa?

Kurwa. Lars Bjørn był uczniem tej szkoły. Jeśli Bjørn bierze w tym aktywny udział, to czy odgrywa rolę sługusa i obrońcy szkoły, czy jakąś inną? Kto raz został uczniem szkoły z internatem, zostaje nim na zawsze. Tak się przecież mówi.

Powoli kiwnął głową. Oczywiście. Jakie to proste.

– Okej, Hardy – powiedział, bębniąc palcami o pościel. – Jesteś po prostu genialny, jak można w to wątpić? – pogładził dawnego kolegę po włosach. Były wilgotne i jakby martwe w dotyku.

– Nie jesteś na mnie zły, Carl? – odezwał się głos spod maski.

– Dlaczego o to pytasz?

– Przecież wiesz. Sprawa z pistoletem na gwoździe. To, co powiedziałem psycholożce.

– Hardy, do diabła! Jak tylko poczujesz się lepiej, rozwiążemy tę sprawę razem, dobra? Doskonale rozumiem, że kiedy tu leżysz, przychodzą ci do głowy różne dziwaczne myśli na temat tej sprawy. Rozumiem, Hardy.

– Nie dziwaczne, Carl. Coś w tym było. I miało to związek z Ankerem. Coraz bardziej się w tym upewniam.

– Kiedy nadejdzie odpowiedni czas, rozwiążemy to wspólnie.

Hardy siedział przez chwilę w milczeniu, pozwalając, by respirator wykonywał swoją robotę. Carl mógł tylko patrzeć, jak jego klatka piersiowa unosi się i opada.

– Wyświadczysz mi przysługę? – przerwał tę monotonię Hardy.

Carl cofnął się na krześle. Właśnie tej chwili się obawiał podczas odwiedzin u Hardy'ego. Tego uporczywego marzenia, że Carl pomoże Hardy'emu umrzeć. Eutanazja, jeśli użyć ładnego słowa. Inaczej zabójstwo z litości. Oba sformułowania są straszne.

Carl nie bał się kary, nie miał też zastrzeżeń natury etycznej. Po prostu nie potrafił.

– Nie, Hardy. Nie proś mnie o to więcej. Nie myśl, że nie rozważałem takiej możliwości. Przykro mi, stary, ale po prostu nie mogę.

– Nie o to chodzi, Carl – zwilżył suche wargi, jakby miało to złagodzić treść wypowiedzi. – Chcę cię spytać, czy nie mógłbym leżeć u ciebie w domu zamiast tutaj.

Od milczenia, które zapadło potem, krajało się serce. Carl był jak sparaliżowany. Słowa uwięzły mu w gardle.

– Zastanawiałem się nad jedną rzeczą, Carl – ciągnął cicho Hardy. – Może ten, co u ciebie mieszka, mógłby się mną opiekować?

Dla Carla jego desperacja była jak pchnięcie nożem. Niemal niezauważalnie pokręcił głową. Morten Holland pielęgniarzem? U niego w domu? Aż chciało się wyć.

– Za opiekę domową dostaje się dużo pieniędzy, Carl, dowiadywałem się. Parę razy dziennie przychodzi do domu pielęgniarka, żaden problem. O to się nie martw, Carl.

Carl utkwił wzrok w podłodze.

– Hardy, mój dom niezbyt się do tego nadaje. Jest nieduży. Do tego Morten mieszka w piwnicy, a to jest zabronione.

– Przecież mógłbym leżeć w salonie, Carl – jego głos ochrypł. Brzmiało to, jakby rozpaczliwie powstrzymywał płacz, ale może to u niego normalne. – Salon jest duży, zgadza się? Mógłbym leżeć w kąciku. A o piwnicy i Mortenie nikt nie musi wiedzieć. Przecież na górze są trzy pokoje, prawda? Do jednego wstawilibyście po prostu łóżko, a on zostałby w piwnicy, co? – Ten dorosły mężczyzna go błagał. Że też taki wzrost może iść w parze z taką bezradnością.

– Och, Hardy – słowa nie chciały przejść Carlowi przez usta. Wyobraził sobie ogromne, nieporęczne łóżko i całą aparaturę u siebie w salonie. Istny koszmar. Trudności rozsadziłyby cały dom od środka. To znaczy to, co jeszcze z niego zostało. Morten by wyjechał. Jesper bez przerwy by się czegoś domagał. To było niewykonalne bez względu na to, jak bardzo Carl, teoretycznie, by chciał.

– Jesteś zbyt chory, Hardy. Gdybyś czuł się trochę lepiej... – zrobił dłuższą pauzę w nadziei, że Hardy uwolni go od poczucia winy, ale on nic nie powiedział. – Powinieneś najpierw odzyskać czucie, Hardy – powiedział zatem Carl. – Pożyjemy, zobaczymy.

Dostrzegł, jak jego przyjaciel powoli zamyka oczy. Zniknęła z nich ostatnia iskierka nadziei.

„Pożyjemy, zobaczymy" – powiedział Carl.

Przecież Hardy nic innego nie robi.

Następnego ranka Carl był na nogach bardzo wcześnie, co w pracy w Wydziale Zabójstw zdarzyło mu się ostatnio w szczenięcych latach. Był piątek, a jednak na autostradzie z Hillerød trudno było uświadczyć choć jeden samochód. W garażach ludzie niemrawo zamykali za sobą drzwi aut. Pachniało czekającą w pogotowiu kawą z termosu. Jeszcze sporo czasu.

W piwnicy czekała go niespodzianka. W korytarzu stał równiutki rząd stołów, z blatami starannie uniesionymi do wysokości łokcia, zapraszając do królestwa Departamentu Q. Ocean papierów zamienił się w równe sterty, najwyraźniej posegregowane według jakiegoś kłopotliwego systemu. Na ścianie wisiały w szeregu trzy tablice korkowe z wycinkami na temat sprawy, a na ostatnim stole, na małym, bogato zdobionym dywanie modlitewnym, w pozycji embrionalnej leżał Assad i pochrapując, spał snem sprawiedliwego.

Z biura Rose dobiegał dźwięk, który w najlepszym wypadku można było uznać za Air autorstwa Bacha, w aranżacji na gwizdek. Bądź co bądź, Air to koncert organowy dla zaawansowanych.

Dziesięć minut później siedzieli przed nim z parującymi filiżankami w gabinecie, który poprzedniego dnia Carl nazywał swoim, a którego teraz nie był w stanie rozpoznać.

Rose przyglądała mu się, gdy zdejmował marynarkę i wieszał ją na oparciu krzesła.

– Ładna koszula, Carl – powiedziała. – Widzę, że pamiętałeś, by przełożyć do niej misia. Bardzo dobrze! – wskazała wypukłość w jego kieszeni na piersi.

Kiwnął głową. Miś miał mu przypominać, żeby przy nadarzającej się okazji przesunąć Rose do innego, Bogu ducha winnego wydziału.

– I co tak powiesz, szefie? – powiedział Assad, szerokim gestem omiatając pomieszczenie, w którym ani jeden szczegół nie kłuł w oczy. Raj dla specjalistów od feng shui. Czyste linie i takaż podłoga.

– Poprosiliśmy o pomoc Johana. Właśnie wczoraj wrócił do pracy – powiedziała Rose. – W końcu to on to wszystko zaczął.

Carl próbował dodać życia do swego zastygłego uśmiechu. Był całkiem zadowolony, może tylko nieco oszołomiony.

Cztery godziny później cała trójka siedziała na swoich miejscach, czekając na przybycie norweskiej delegacji. Każdy odegrał swoją rolę. Przedyskutowali listę napadów i zweryfikowali fakt, że odciski palców na kartach Trivial pokrywają się z łatwymi do zidentyfikowania odciskami zamordowanego Sørena Jørgensena, a także z jednym, gorzej zachowanym, odciskiem palca jego siostry. Pytanie, kto zabrał karty z miejsca zbrodni. Czy był to Bjarne Thøgersen? Dlaczego w takim razie karty leżały w kasetce Kimmie w Ordrup? Gdyby okazało się, że w domu letniskowym był ktoś inny poza Thøgersenem, sprawa różniłaby się diametralnie od interpretacji sądu, przedstawionej przy ogłaszaniu wyroku.

W gabinecie Rose Knudsen zapanowała euforia, w wyniku której zmaltretowany Bach został zastąpiony dźwiękami gorączkowego wygrzebywania materiałów dotyczących śmierci Kristiana Wolfa. Natomiast Assad próbował wytropić miejsce zamieszkania i pracy niejakiego K. Jeppesena, który niegdyś był nauczycielem duńskiego Kimmie i spółki.

Nie brakowało pracy do przyjścia Norwegów.

Kiedy dochodziło dwadzieścia po dziesiątej, Carl już wiedział, że godzina wybiła.

– Nie przyjdą tu, jeśli po nich nie pójdę – powiedział, biorąc swoją teczkę.

Pobiegł po kamiennych schodach rotundy na drugie piętro.

– Już są? – krzyknął do wykończonych kolegów, zajętych rozsupływaniem swoich węzłów gordyjskich. Kiwnęli głowami.

W jadalni znajdowało się co najmniej piętnaście osób. Oprócz szefa Wydziału Zabójstw był też jego zastępca Lars Bjørn, Lis i sekretarki, kilku energicznych młodzianów w źle skrojonych garniturach, pewnie z Ministerstwa Sprawiedliwości, oraz pięciu barwnie ubranych mężczyzn, którzy w przeciwieństwie do pozostałych, powitali go promiennymi uśmiechami. Zawsze to jakiś plus dla gości z Oslostanu.

– Oto i Carl Mørck, jaka miła niespodzianka! – wykrzyknął szef Wydziału Zabójstw, choć widać było, że myśli coś zupełnie innego.

Podał im wszystkim rękę, Lis też, i przedstawił się Norwegom, wymawiając wyraźnie każde słowo, chociaż nie zrozumiał absolutnie niczego z ich wypowiedzi.

– Zapraszam na dalsze zwiedzanie do dolnych komnat – zagaił Carl, ignorując złowrogie spojrzenia Larsa Bjørna. – Najpierw jednak chciałbym opowiedzieć o zasadach, jakie mi przyświecają jako szefowi nowo utworzonej jednostki, czyli Departamentu Q.

Ustawił się przed planszą, którą najwyraźniej omawiali, i zapytał:

– Czy wszyscy rozumieją, co mówię?

Odnotował ich skwapliwe potakiwania, jak również wizerunek czterech muszli na granatowym krawacie Larsa Bjørna.

Przez kolejnych dwadzieścia minut opowiadał o rozwiązaniu sprawy Merete Lynggaard, w której Norwegowie byli nieźle zorientowani, wnioskując z wyrazu ich twarzy. Na koniec zreferował sprawę, nad którą obecnie pracuje.

Widać było, że ludzie z Ministerstwa Sprawiedliwości są zdezorientowani. Wywnioskował, że nic o tej sprawie nie wiedzieli.

Zwrócił się do szefa Wydziału Zabójstw:

– W naszym dochodzeniu dopiero wczoraj weszliśmy w posiadanie jednoznacznych dowodów potwierdzających, że przynajmniej jedna osoba z grupy, Kimmie Lassen, ma bezpośredni lub pośredni związek z tym zdarzeniem.

Wyjaśnił okoliczności i zapewnił wszystkich, że w wyciąganiu kasetki ze skrytki asystował wiarygodny świadek, widząc jednocześnie, jak spojrzenie Larsa Bjørna robi się coraz mroczniejsze.

– Mogła dostać tę kasetkę od Bjarnego Thøgersena, z którym mieszkała – wtrącił celnie szef Wydziału Zabójstw. Ta możliwość została już przedyskutowana w piwnicy.

– Owszem, ale nie wydaje mi się. Proszę spojrzeć na datę z gazety. Pochodzi z dnia, w którym według Bjarnego Thøgersena Kimmie Lassen się do niego wprowadziła. Przypuszczam, że zapakowała i schowała kasetkę, żeby on jej nie znalazł. Ale może być też inne wyjaśnienie. Miejmy nadzieję, że wytropimy Kimmie Lassen, żeby ją przesłuchać w tej sprawie. W związku z tym chcielibyśmy prosić o szeroko zakrojoną akcję poszukiwawczą i wzmocnienie naszej ekipy o kilka osób, które obserwowałyby teren wokół dworca centralnego i śledziły narkomankę Tine, jak również panów Prama, Dybbøla Jensena i Florina. – W tym miejscu posłał jadowite spojrzenie Larsowi Bjørnowi, po czym zwrócił wzrok na Norwegów. – Są to trzej byli uczniowie szkoły z internatem, których w swoim czasie podejrzewano o podwójne morderstwo w Rørvig. To znane w Danii osoby, które obecnie jako szanowani obywatele zajmują miejsca na samym szczycie drabiny społecznej – wyjaśnił.

Teraz nawet na czole szefa Wydziału Zabójstw pojawiły się zmarszczki.

Carl zwrócił się teraz bezpośrednio do Norwegów, którzy żłopali kawę, jakby przebyli sześćdziesięciogodzinny lot o suchym pysku albo pochodzili z kraju, który miał embargo na mokkę od czasów niemieckiej inwazji:

– Jak zapewne się państwo orientują dzięki swojej niesamowitej pracy oraz pracy Kripo w Oslo, takie szczęśliwe zrządzenia losu potrafią naprowadzić na ślad innych przestępstw, których we właściwym czasie nie zdołano rozwikłać, albo też nigdy nie zakwalifikowano ich jako przestępstwa.

Wtedy jeden z Norwegów podniósł rękę i śpiewnym językiem zadał mu pytanie, które Carl musiał usłyszeć parę razy, nim przyszedł mu w sukurs jeden z urzędników.

– Komisarz Trønnes chciałby się dowiedzieć, czy sporządzono listę potencjalnych przestępstw, które mogą mieć związek z morderstwami w Rørvig – przetłumaczył.

Carl grzecznie skinął głową. Jak, u diabła, udało mu się wyłowić tyle treści z tego pokwikiwania?

Wyjął z teczki listę Johana Jacobsena i zawiesił ją na tablicy magnetycznej.

– Szef Wydziału Zabójstw przyczynił się znacznie do tej części ustaleń – spojrzał z wdzięcznością na Marcusa Jacobsena, który z kolei obdarzył uśmiechem wszystkich zebranych, choć wyglądał jak jeden wielki znak zapytania.

– Nasz szef oddał do dyspozycji Departamentu Q wyniki śledztwa, które na własną rękę przeprowadził cywilny pracownik komendy. Bez pomocy dobrych kolegów, takich jak on i jego ludzie, i bez współpracy międzywydziałowej w śledztwie nigdy nie udałoby się osiągnąć tak wiele w tak krótkim czasie. Pamiętajmy, że zajmujemy się tą ponaddwudziestoletnią sprawą od dokładnie czternastu dni. Dziękuję, Marcus.

Podniósł w jego stronę wyimaginowany kieliszek, wiedząc, że któregoś dnia wróci to do niego jak bumerang.

Pomimo usilnych starań Larsa Bjørna, aby zmienić zamysły Carla, z łatwością udało się przekonać Norwegów, by zeszli do piwnicy.

Urzędnicy próbowali zaznajomić Carla z komentarzami, jakie czynili reprezentanci bratniego kraju. Według słów urzędników podziwiali oni duńską gospodarność oraz fakt, że za każdym razem rezultaty były ważniejsze niż codzienne potrzeby odnoszące się do zasobów i dobra personelu. Kiedy ta interpretacja rozniesie się wśród ludzi na górze, Carl spotka się zapewne z irytacją.

– Facet tuż za mną ciągle mnie o coś pyta, a ja nic nie rozumiem. Mówisz po norwesku? – wyszeptał do Rose, podczas gdy Assad wychwalał duńską policję pod niebiosa za jej politykę integracyjną, a oprócz tego z zadziwiającą rutyną i znawstwem objaśniał tajniki codziennej harówki.

– Postępujemy według następującego klucza – powiedziała Rose, biorąc na tapetę sprawy, które zdążyła usystematyzować przez noc. Na dodatek posługiwała się najbardziej zrozumiałym i najładniejszym norweskim, jaki Carl miał okazję słyszeć.

Jakkolwiek niechętnie, musiał jednak przyznać, że nie jest z nią znowu tak najgorzej.

Kiedy dotarli do gabinetu Carla, na ekranie telewizora leciał film z wycieczki po słonecznym norweskim Holmenkollen. Płytę DVD o osobliwościach Oslo włączył Assad, który zdążył kupić ją w księgarni dziesięć minut wcześniej. W niejednym oku zakręciła się łza. Minister sprawiedliwości będzie szalał z radości, kiedy za godzinę spotkają się na lunchu.

Jeden z Norwegów, prawdopodobnie ich szef, wymamrotał swoje nazwisko i zaprosił Carla do Oslo, wspominając coś w serdecznych słowach o bratnim narodzie. A jeśli Carl nie może, to powinien przynajmniej udać się z nimi na lunch. Gdyby i na to nie miał czasu, to musi mu z całego serca uścisnąć dłoń, bo naprawdę na to zasłużył.

Kiedy wyszli, Carl spojrzał na swoich pomocników z wyrazem twarzy, który w chwili słabości można było zinterpretować jako wyraz ciepła i wdzięczności. Nie dlatego, że Norwegowie zostali tak sprawnie oprowadzeni po zawiłościach systemu, ale dlatego, że najprawdopodobniej wkrótce szefostwo wezwie go na drugie piętro, by się pokajać i zwrócić mu odznakę. Kiedy ją dostanie, zawieszenie przejdzie do historii, jeszcze zanim zdąży się uprawomocnić. A kiedy przejdzie do historii, nie będzie musiał chodzić na psychoterapię do Mony Ibsen. A skoro tak, to byli przecież umówieni na kolację. Czy jednak byli umówieni na kolację, tego nie wiedział nikt.

Już zamierzał wypowiedzieć pod ich adresem kilka łaskawych słów, w których nie będzie się nad nimi rozpływać, za to obieca im, że dziś mogą wyjść z pracy o godzinę wcześniej, ale kolejny telefon zmienił jego plany.

Wiadomość, którą Assad zostawił w liceum w Rødovre, wydała owoce w postaci telefonu od pewnego nauczyciela nazwiskiem Klavs Jeppesen.

Owszem, może się spotkać z Carlem, i owszem, pracował w szkole z internatem w połowie lat osiemdziesiątych. Dobrze pamięta ten okres.

Nie były to dobre czasy.

24

Znalazła Tine skuloną pod schodami na klatce schodowej na Dybbølsgade, niedaleko Enghave Plads. Była brudna, posiniaczona i na takim głodzie, że dałaby się pokroić za działkę. Według jednego z miejscowych pijaczków siedziała tam niemal całą dobę i nie chciała się ruszyć ani o krok.

Wcisnęła się pod stopnie tak głęboko, jak tylko się dało. W zupełną ciemność.

Drgnęła, kiedy Kimmie wcisnęła głowę pod schody.

– Boże, to ty, Kimmie, kochanie – wykrzyknęła z ulgą i rzuciła się Kimmie w ramiona. – Cześć, Kimmie, cześć! Właśnie ciebie chciałam zobaczyć. – Drżała jak osika i szczękała zębami.

– Co się stało? – spytała Kimmie. – Dlaczego tu siedzisz? Dlaczego tak wyglądasz? – pogładziła jej spuchnięty policzek. – Kto cię uderzył, Tine?

– Dostałaś karteczkę ode mnie, prawda, Kimmie? – odsunęła się i spojrzała na jej przekrwione oczy o żółtawych białkach.

– Tak, widziałam ją. Bardzo dobrze, Tine.

– Dostanę tych tysiąc koron?

Kimmie skinęła głową i otarła pot z jej czoła. Jej twarz była straszliwie pokiereszowana. Jednego oka prawie nie było widać. Usta były spuchnięte. Wszędzie widniały wybroczyny i niebiesko-żółte ślady.

– Nie możesz chodzić tam, gdzie zawsze – skrzyżowała drżące ręce na piersi, żeby się uspokoić. Nie udało się. – Ci faceci u mnie byli. Nie było dobrze. Ale teraz tu zostanę, prawda?

Kimmie miała zamiar zapytać, co się stało, kiedy rozległo się skrzypienie drzwi wejściowych. Był to jeden z lokatorów, powracający do domu z trofeami brzęczącymi w reklamówce z Netto. Nie należał do nowych mieszkańców tej okolicy. Na jego obu ramionach roiło się od tatuaży wykonanych domowym sposobem.

– Nie wolno wam tu siedzieć – warknął ze złością. – Spadajcie na ulicę, śmierdziele – powiedział, idąc w ich stronę.

Kimmie wstała.

– Lepiej idź do siebie i zostaw nas w spokoju – odparła, podchodząc kilka kroków w jego stronę.

– Bo co? – położył reklamówkę między stopami.

– Bo ci przyłożę.

Widać było, że spodobało mu się to, co usłyszał.

– Ho, ho, brzmisz całkiem do rzeczy, ty zdziro. Wybieraj, spadasz z tą dziwką narkomanką na ulicę albo idziesz ze mną na górę. Co ty na to? Jak dla mnie ta kurwa może sobie leżeć i gnić, gdzie chce, jeśli tylko ze mną pójdziesz.

Próbował jej dotknąć, gdy naraz jej twarda pięść uderzyła w jego tłuste brzuszysko i zapadła się w nim jak w cieście. Uderzyła go jeszcze raz, deformując jego twarz, na której malowało się zaskoczenie. Na klatce rozległ się łomot, kiedy zwalił się na deski.

– Auu! – zastękał z czołem na ziemi, a Kimmie wróciła pod schody.

– Kto przyszedł? Mówisz, że jacyś faceci? Dokąd przyszli?

– Ci z dworca. Przyszli do mojego mieszkania i mnie pobili, kiedy nie chciałam mówić o tobie, Kimmie. – Próbowała się uśmiechnąć, ale opuchlizna lewej strony twarzy na to nie pozwoliła. Podciągnęła kolana. – Teraz zostanę tutaj. Sram na nich.

– O kim mówisz? O policji?

Pokręciła głową.

– Oni? Skąd! Ten policjant był nawet uprzejmy. Nie, to były jakieś dupki, które chciały cię dopaść, bo im za to płacą. Uważaj na nich.

Chwyciła Tine za chudą rękę.

– Bili cię! Powiedziałaś coś? Pamiętasz?

– Kimmie, muszę dostać działkę, nie?
– Tine, dostaniesz te swoje tysiąc koron. Powiedziałaś im coś o mnie?
– Boję się teraz wyjść na ulicę, musisz mi ją załatwić, Kimmie, mogłabyś? I napój czekoladowy, i jakieś fajki. No i parę browarów, sama wiesz.
– Tak, tak, dostaniesz to wszystko. Odpowiedz mi teraz, Tine. Co powiedziałaś?
– Nie możesz najpierw po to pójść?
Kimmie spojrzała na Tine. Widać było jej strach, że Kimmie nie da jej tego, czego tak pragnie, kiedy już jej o wszystkim opowie.
– Mów, Tine!
– Obiecałaś, Kimmie! – kiwnęły do siebie głowami. – No tak, bili mnie. Nie chcieli przestać, Kimmie. Powiedziałam, że raz na jakiś czas spotykamy się na ławce. Powiedziałam też, że wiele razy widziałam, jak idziesz Ingerslevsgade, i że pewnie gdzieś tam mieszkasz. – Spojrzała na nią prosząco. – Nie jest tak, prawda, Kimmie?
– Powiedziałaś coś jeszcze?
Głos Tine stał się gardłowy, a dreszcze wstrząsające jej ciałem wyraźniejsze.
– Nie, przysięgam, Kimmie. Nic nie powiedziałam.
– I poszli?
– Tak. Może przyjdą znowu, ale nie powiem więcej niż to, co już powiedziałam. Przecież nic więcej nie wiem.
Ich spojrzenia spotkały się w półmroku. Tine próbowała nakłonić Kimmie, żeby jej uwierzyła, ale ostatnie zdanie zabrzmiało fałszywie.
Czyli wiedziała coś więcej.
– Co można powiedzieć więcej, Tine?
Reakcja odstawienna dotarła do jej podkulonych nóg, które zaczęły podskakiwać na podłodze.
– Tylko to o parku Enghaveparken. Że siedzisz tam i patrzysz na małe dzieci, jak się bawią. Tylko to.

Miała większe uszy i oczy, niż Kimmie przypuszczała. Czyli przyprowadzała klientów dalej niż na Skelbæksgade czy na ten kawałek Istedgade między dworcem a Gasværksvej. Może to właśnie tam im obciągała. W końcu nie brakowało tam krzaków.

– I co jeszcze, Tine?

– Och, Kimmie. Nie pamiętam wszystkiego. Potrafię myśleć tylko o prochach, nie?

– A może potem? Jak już dostaniesz swoje prochy, przypomnisz sobie o mnie więcej? – uśmiechnęła się do Tine.

– Tak, myślę, że tak.

– O tym, dokąd chodzę i gdzie mnie widujesz? Jak wyglądam? Gdzie robię zakupy? Kiedy bywam na ulicy? Że nie lubię piwa? Że oglądam wystawy na Strøget? Że cały czas jestem w mieście? Takie rzeczy?

Wyglądało na to, że te podpowiedzi sprawiły jej ulgę.

– Tak, takie rzeczy, Kimmie. Właśnie o takich rzeczach nic nie powiem.

Kimmie poruszała się z dużą ostrożnością. Istedgade była istną plątaniną kryjówek i pułapek. Nikt nie mógł przejść tą ulicą, wiedząc z absolutną pewnością, że dziesięć metrów dalej nie stoi ktoś i go nie obserwuje.

Teraz wiedziała, że są do tego zdolni. Pewnie tropi ją wiele osób.

Dlatego ta chwila była czymś w rodzaju roku zerowego. Znowu znalazła się w czasie, w którym wszystko się zatrzymało i trzeba zacząć szukać nowych dróg.

Ile to już razy zdarzyło się tak w jej życiu? Nieodwołalna zmiana? Przełom?

„Nie dorwiecie mnie" – pomyślała, wzywając taksówkę.

– Proszę mnie wysadzić na rogu Dannebrogsgade.

– O czym pani mówi? – śniade ramię taksówkarza, leżące na zagłówku siedzenia dla pasażera, sięgnęło do klamki tylnych drzwi.

– Proszę wysiąść – powiedział, otwierając drzwi. – Mam jechać trzysta metrów?

– Oto dwieście koron. Proszę nie włączać taksometru.

Pomogło.

Wyskoczyła przy Dannebrogsgade i błyskawicznie znalazła się na Letlandsgade. Najwyraźniej nikt jej nie obserwował. Przeszła naokoło, przez Litauens Plads i wzdłuż murów, aż znalazła się z powrotem na Istedgade i stanęła naprzeciwko sklepu warzywniczego.

– Parę susów i już jestem – powiedziała do siebie.

– Cześć, znów tu jesteś? – spytał sprzedawca.

– Czy Mahmoud jest na zapleczu? – spytała.

Siedział z bratem za zasłoną, oglądając jakąś arabską stację. Zawsze to samo studio telewizyjne i monotonny głos spikera.

– Oho – odezwał się Mahmoud, niższy z nich. – Już odpaliłaś granaty? A jak tam pistolet? Dobry, nie?

– Nie wiem, oddałam go. Potrzebuję nowego. Tym razem pistoletu z tłumikiem. I do tego parę działek dobrej heroiny. Naprawdę dobrej, kapujesz?

– Teraz? Chyba ci odbiło, kobieto. Myślisz, że możesz sobie wejść z ulicy i dostać takie rzeczy? Tłumik! Czy ty w ogóle wiesz, o czym mówisz?

Wyjęła ze spodni zwitek banknotów. Wiedziała, że jest tam ponad dwadzieścia tysięcy.

– Poczekam dwadzieścia minut przed sklepem. I więcej mnie tu nie zobaczycie, rozumiemy się?

Minutę później telewizor został wyłączony, a obaj panowie zniknęli.

Ustawiono dla niej krzesło w sklepie i zaproponowano zimną herbatę albo colę. Nie skorzystała.

Po półgodzinie przyszedł facet, który chyba był spokrewniony z pozostałymi i do tego nie lubił ryzyka.

– Wejdź tutaj, porozmawiamy! – zakomenderował.

– Dałam tamtym ponad dwadzieścia tysięcy. Masz ze sobą towar?

– Chwileczkę – powiedział. – Nie znam cię, podnieś ręce.

Zrobiła, jak kazał, i patrzyła mu prosto w oczy, gdy zaczął obmacywać ją po łydkach, poprowadził dłoń po wewnętrznej stronie jej ud aż do krocza, gdzie zatrzymał się na chwilę. Potem wprawną dłonią przejechał po jej pośladkach, plecach, brzuchu, pod piersiami i nawet w zagłębieniach pod nimi, po czym podążył wyżej, aż do jej szyi i włosów. Zwolnił nacisk i obmacał jej kieszenie i ubranie, by wreszcie jeszcze raz wylądować rękami na jej piersiach.

– Nazywam się Khalid – powiedział. – Jesteś w porządku, nie masz żadnych mikrofonów, za to masz bardzo seksowne ciało.

Kristian Wolf pierwszy dostrzegł ogromny potencjał Kimmie i powiedział jej, że ma bardzo seksowne ciało. To było jeszcze przed napadem na Wyboistych Ścieżkach, zanim uwiodła prefekta, przed wyrzuceniem jej ze szkoły i skandalem z nauczycielem. Po oględzinach stwierdził, że Kimmie bez większych problemów potrafi przetworzyć energię, która powinna się objawić w postaci autentycznych uczuć, w imponujące, wszechogarniające wyładowania seksualne.

Wystarczyło pogłaskać ją po szyi i powiedzieć, że się za nią szaleje, i można było liczyć na głębokie pocałunki i wszystko, o czym marzy nastolatek.

Kristian zorientował się, że kiedy chciało się z Kimmie uprawiać seks, nie należało o to pytać. Wystarczyło zabrać się do roboty.

Torsten, Bjarne, Florin i Ditlev także w mig nauczyli się tej sztuki. Tylko Ulrik nie rozumiał przesłania. Był grzeczny, uprzejmy i wierzył święcie, że trzeba najpierw wkraść się w jej łaski. Dlatego go nimi nie obdarzyła.

Kimmie była wszystkiego świadoma. Również tego, jak strasznie Kristian się wściekł, kiedy później zaczęła zaliczać facetów spoza ich kręgu.

Niektóre dziewczyny mówiły, że ją śledził.

Wcale by się nie zdziwiła.

Kiedy nauczyciel i prefekt zniknęli z pola widzenia, a Kimmie mieszkała we własnym mieszkaniu w Næstved, spędzali u niej pięć razy więcej szkolnych weekendów, niż im było wolno. Rytuały były przewidywalne. Brutalne filmy wideo, trawka, opowieści o napadach. Kiedy nadchodziły wolne weekendy i wszyscy teoretycznie jechali do swoich wyzutych z uczuć rodzin, wsiadali do jej różowej mazdy i jechali tak długo, aż nie wiedzieli, gdzie się znajdują. Po prostu przed siebie. Zatrzymywali się w parku albo w lesie, wkładali rękawiczki i maski i atakowali pierwszą lepszą osobę. Wiek i płeć nie miały znaczenia.

Jeśli był to mężczyzna wyglądający na skorego do oporu, Kimmie ściągała maskę i stawała na przedzie w rozpiętym płaszczu i bluzce i kładła na piersiach ręce ubrane w rękawiczki. Kto by się nie zatrzymał, zdezorientowany?

Później zawsze wiedzieli, która z ofiar będzie trzymała gębę na kłódkę, a którą należy uciszyć.

Tine spojrzała na Kimmie, jakby ta uratowała jej życie.

– To dobry towar, Kimmie? – zapaliła papierosa i wetknęła palec w proszek. – Całkiem dobry – powiedziała, smakując go na języku. Spojrzała na woreczek. – Trzy gramy, nie?

Kimmie kiwnęła głową.

– Powiedz najpierw, czego chciała ode mnie policja.

– Chodziło o twoją rodzinę, o nic innego, na pewno, Kimmie.

– O moją rodzinę? To znaczy?

– Coś tam, że twój ojciec jest chory i że nie skontaktowałabyś się z nim, gdybyś się tak po prostu o tym dowiedziała. Przykro mi, że muszę ci to powiedzieć, Kimmie – próbowała chwycić jej ramię, ale nie dała rady.

– Mój ojciec? – już samo wymówienie tego słowa działało jak zastrzyk z trucizną. – On jeszcze żyje? Mam nadzieję, że nie. A jeśli żyje, to niech lepiej zdycha. – Gdyby ten tłuścioch z reklamówką z Netto wciąż tu był, kopnęłaby go w żebra. Jeden kopniak za ojca, jeden tak sobie.

– Gliniarz ostrzegał, że mam ci tego nie mówić. Ale i tak to zrobiłam, wybacz, Kimmie. – Spojrzała pożądliwie na reklamówkę w ręce Kimmie.

– Jak nazywał się ten gliniarz?

– Teraz tego nie pamiętam, Kimmie. Czy to nie wszystko jedno? Nie napisałam ci tego na karteczce?

– Skąd wiesz, że to był gliniarz?

– Pokazał mi swoją odznakę, prosiłam o to.

Głosy w głowie Kimmie podpowiadały jej szeptem, co ma myśleć. Wkrótce nie będzie musiała już nikogo ani niczego słuchać. Wysyłać na jej poszukiwanie policjanta, bo jej ojciec zachorował? Akurat! Plakietka policyjna, wielka sprawa! Florin czy ktoś inny z łatwością mógł ją załatwić.

– Jak ci się udało dostać trzy gramy za tysiąc koron, Kimmie? Może towar nie jest czysty? Nie, oczywiście, że jest, ale jestem głupia.

Uśmiechnęła się prosząco do Kimmie. Przymknięte oczy, cienka jak pergamin skóra, drgawki z głodu narkotycznego.

Kimmie odwzajemniła jej uśmiech, podając jej napój czekoladowy, chipsy, piwo, woreczek z heroiną, butelkę wody i strzykawkę.

Z resztą będzie musiała poradzić sobie sama.

Poczekała, aż zapadnie zmrok, po czym przebiegła drogę od pływalni aż do kutej bramy. Wiedziała, co się wydarzy, i była tym strasznie podekscytowana.

Przez kolejne minuty opróżniała skrytki z gotówki i kart kredytowych, położyła dwa granaty na łóżku, a jeden włożyła do torebki.

Spakowała do walizki najpotrzebniejsze rzeczy, zdjęła plakaty z drzwi i ścian i położyła je na samym wierzchu w walizce. W końcu wyciągnęła trumienkę spod łóżka i otworzyła ją.

Malutkie zawiniątko było brązowe i ważyło tyle, co nic. Wyciągnęła butelkę whisky, podniosła ją do ust i wypiła duszkiem. Tym razem głosy nie zniknęły.

– Tak, tak, trzeba się pospieszyć – powiedziała, ostrożnie umieszczając zawiniątko w walizce i przykrywając kapą na łóżko. Następnie pogładziła je czule po ubranku i zamknęła wieko.

Zawlokła walizkę aż na Ingerslevsgade. Gotowe.

Stojąc w drzwiach, rozejrzała się po domku, by zapamiętać ten najważniejszy przerywnik w swoim życiu.

– Dziękuję za schronienie – powiedziała, cofając się i odbezpieczając granat, po czym rzuciła go na łóżko, w stronę pozostałych.

Kiedy budynek wyleciał w powietrze, była już daleko za bramą.

Gdyby była bliżej, uderzenia eksplodujących kawałków muru byłyby zapewne ostatnią rzeczą, jaką poczułaby w życiu.

25

Huk był wyczuwalny jako głuche tąpnięcie w szybach gabinetu szefa Wydziału Zabójstw.

Carl i szef spojrzeli po sobie. To nie były przedwczesne fajerwerki sylwestrowe.

– Jasna cholera – powiedział szef. – Żeby tylko obyło się bez trupów.

Ten przyjazny i pełen empatii człowiek myślał w tej sytuacji bardziej o swoich zasobach kadrowych niż o ewentualnych ofiarach.

Ponownie zwrócił się do Carla.

– Nie próbuj powtarzać numeru z wczoraj, Carl. Rozumiem cię, ale następnym razem przyjdź najpierw do mnie, bo wyjdę na totalnego idiotę, rozumiesz?

Carl kiwnął głową. Co racja, to racja. Po czym opowiedział mu o swoich podejrzeniach dotyczących Larsa Bjørna. Że przypuszczalnie miał osobiste powody, by ingerować w śledztwo Carla.

– Chyba musimy poprosić tu Larsa Bjørna, prawda?

Marcus Jacobsen westchnął.

Może wiedział, że sprawa jest przesądzona. Może myślał, że się wywinie. W każdym razie Lars Bjørn po raz pierwszy nie miał na sobie swego nieodłącznego krawatu.

Szef Wydziału Zabójstw od razu przystąpił do ofensywy.

– Dochodzą mnie wieści, że utrzymujesz w tej sprawie kontakty z ministerstwem i komendantką, Lars. Czy będziesz na tyle honorowy i powiesz mi, o co w tym chodzi, nim przejdziemy do ostatecznych wniosków?

Bjørn siedział przez chwilę, masując się po brodzie. Z wykształcenia był wojskowym. Podczas pracy w policji miał klasyczne i nieskazitelne CV. Odpowiedni wiek. Hobbystyczne studia na Uniwersytecie Kopenhaskim. Oczywiście prawo. Zdolności organizacyjne. Ponadprzeciętna łatwość nawiązywania kontaktów, do tego niezgorsze doświadczenie w podstawowej pracy policyjnej. A teraz taka oczywista wpadka. Rozgrywki polityczne w pracy. Zachodzenie kolegi od tyłu i blokowanie śledztwa, z którym w zasadzie nie miał nic wspólnego. I po co? Przez solidarność ze szkołą, którą opuścił ćwierć wieku temu? Przez wzgląd na starą przyjaźń? Co on, do kurwy nędzy, miał do powiedzenia? Jedno fałszywe słowo i już po nim. Cała trójka o tym wiedziała.

– Chciałem nas uchronić przed kompletnym fiaskiem – powiedział i w tej samej chwili tego pożałował.

– Skoro nie potrafisz wymyślić lepszego usprawiedliwienia, możesz się pakować, rozumiesz?

Carl zobaczył, jak przykro się zrobiło szefowi Wydziału Zabójstw. On i Bjørn stanowili zgrany tandem, nieważne, jak bardzo zastępca irytowałby Carla.

Bjørn westchnął.

– Zauważyliście oczywiście, że włożyłem inny krawat?

Pokiwali głowami.

– Swego czasu byłem uczniem szkoły z internatem.

Tak, tego również się domyślili – Bjørn to dostrzegł.

– Szkoła parę lat temu cieszyła się złą sławą w związku z podejrzeniem o gwałt, więc dyrekcja nie chce, aby rozgrzebywano tę sprawę.

To też wiedzieli.

– A starszy brat Ditleva Prama chodził ze mną do klasy. Jest teraz w zarządzie szkoły.

Wstyd się przyznać, ale to z kolei umknęło uwagi Carla.

– Jego żona jest siostrą podsekretarza stanu w Ministerstwie Sprawiedliwości, a ten podsekretarz był bardzo dobrym adwersarzem komendantki podczas prac nad reformą.

„Boże, jak w *Dynastii*! – pomyślał Carl. Wkrótce okaże się, że wszyscy są nieślubnymi dziećmi Blake'a Carringtona.

– Naciskano mnie z dwóch stron. To stowarzyszenie byłych uczniów szkoły działa jak bractwo i oczywiście popełniłem tu błąd. Ale sądziłem, że podsekretarz działa w interesie komendantki, więc uważałem, że nie postępuję źle. Że ona nie chce ujawnienia tej sprawy, bo z jednej strony prominentne osobistości w nią zamieszane nigdy nie zostały o nic oskarżone, z drugiej zaś – w sprawie zapadł już wyrok, a odsiadka wkrótce dobiegnie końca. Wydawało mi się, że próbowano nie dopuścić do oceny, czy miały miejsce uchybienia w postępowaniu sądowym lub jakieś inne machlojki. Nie wiem, dlaczego nie sprawdziłem tego u ministra, ale przy wczorajszym lunchu stało się jasne, że komendantka nie ma pojęcia o śledztwie, więc niestety nie mogła być w nie wtajemniczona. Teraz to wiem.

Marcus Jacobsen kiwnął głową. Był już gotowy do niewdzięcznej roboty.

– Nie poinformowałeś mnie o tym wszystkim, Lars. Powiedziałeś tylko, że komendantka wydała polecenie, by Departament Q wstrzymał śledztwo. W tej chwili myślę, że to ty doradziłeś komendantce, by wydała to polecenie, jako że osobiście podałeś jej błędne informacje. Co jej w ogóle powiedziałeś? Że nie ma żadnej sprawy? Że Carl Mørck dla zabawy przy niej grzebie?

– Byłem u niej z podsekretarzem stanu z Ministerstwa Sprawiedliwości. To on ją poinformował.

– On też jest byłym uczniem tej szkoły?

Kiwnął głową ze zbolałą miną.

– Tak naprawdę mogli to zainicjować Pram i reszta grupy, Lars, nie rozumiesz? Prośba, z którą zwrócił się do ciebie brat Ditleva Prama! Niedopuszczalny lobbing podsekretarza stanu!

– Tak, jestem tego świadom.

Szef Wydziału Zabójstw cisnął długopis na stół. Był najzwyczajniej w świecie wściekły.

– Od tej chwili jesteś zawieszony. Bądź tak miły i napisz wyjaśnienie, które będę mógł przedłożyć ministrowi. Nie zapomnij wymienić tego podsekretarza stanu po nazwisku.

Lars Bjørn jeszcze nigdy nie wyglądał tak żałośnie. Gdyby Carl zawczasu nie uważał, że jest upierdliwym wrzodem na dupie, byłoby mu go nawet żal.

– Marcus, mam propozycję – wtrącił Carl.

W oczach Larsa Bjørna pojawił się ledwie zauważalny błysk. Między nimi od zawsze istniało dobre, wrogie porozumienie.

– Dajmy spokój z tym zawieszeniem. Przecież potrzeba nam siły roboczej, prawda? Jak narobimy wokół tego rabanu, to sprawa wyjdzie na jaw. Prasa, syf i malaria. Dziennikarze będą stać na dziedzińcu i wrzeszczeć, Marcus. Poza tym ci, których dotyczy śledztwo, zrobią się czujniejsi. Nie potrzebuję tego.

Bjørn potakiwał nieświadomie przy każdej wypowiedzi. Żałosna kreatura.

– Chcę, żeby Bjørn był zaangażowany w sprawę. Do nadzorowania prac przez najbliższe dni. Poszukiwanie, śledzenie, zwykła czarna robota. Sami nie damy rady, a przecież jesteśmy na tropie, Marcus. Jeśli teraz się przyłożymy, to może nam się uda wyjaśnić dodatkowo parę morderstw – postukał w listę morderstw autorstwa Johana Jacobsena. – Serio, Marcus.

W wyniku eksplozji budynku na terenie kolei na Ingerslevsgade nikt nie został poszkodowany, ale dziennikarze TV2 News i ten ich wkurzający helikopter już się tam kręcili, zupełnie jakby właśnie uderzyło kilkanaście organizacji terrorystycznych.

Prezenterka była oczywiście strasznie podekscytowana, ale nie zdradzała tego w najmniejszym stopniu. Najlepszą informację serwuje się z powagą i troską. Wiadomości sensacyjne znajdowały się na pierwszym miejscu, czyli ludzie z Komendy Głównej znów się znaleźli pod dziennikarskim ostrzałem.

Carl oglądał to u siebie w piwnicy. Dobrze, że to nie ma nic wspólnego z nim.

Do pokoju weszła Rose.

– Lars Bjørn postawił na nogi cały wydział poszukiwawczy. Wysłałam im zdjęcie Kimmie, a Assad dodał od siebie, co zaobserwował, gdy ją śledził. Szukają też Tine Karlsen. W każdym razie znajduje się w oku cyklonu, jak sądzę.

– O co ci chodzi?

– Wydział poszukiwawczy znajduje się przecież na Skelbæksgade. Czy to nie tam Tine Karlsen zwykle się puszcza?

Kiwnął głową i spojrzał w swoje notatki i wskazówki.

Lista zadań nie miała końca. Chodziło o to, by jak najlepiej ustalić priorytety.

– Oto lista zadań dla ciebie, Rose. Zajmij się nimi w tej kolejności.

Wzięła kartkę i przeczytała na głos:

1) ZNALEŹĆ POLICJANTÓW, KTÓRZY UCZESTNICZYLI W ŚLEDZTWIE W RØRVIG W 1987. SKONTAKTOWAĆ SIĘ Z POLICJĄ W HOLBÆK I Z WYDZIAŁEM WYJAZDOWYM NA UL. ARTILLERIVEJ.
2) ZNALEŹĆ KOLEGÓW Z KLASY CZŁONKÓW GRUPY. ZDOBYĆ ZEZNANIA NAOCZNEGO ŚWIADKA NA TEMAT ICH ZACHOWANIA.
3) Z POWROTEM DO SZPITALA BISPERBJERG. ZNALEŹĆ LEKARZA ALBO PIELĘGNIARKĘ, KTÓRZY PRACOWALI NA GINEKOLOGII PODCZAS POBYTU KIMMIE.
4) SZCZEGÓŁY ŚMIERCI KRISTIANA WOLFA.
NA DZISIAJ DZIĘKUJĘ!

Myślał, że ostatnie słowa podziałają łagodząco, ale tak się nie stało.

– W takim razie powinnam była, jasny gwint, przyjść tu o czwartej rano, a nie o wpół do szóstej – powiedziała podwyższonym głosem. – Chyba cię porąbało, człowieku! Przecież dopiero co pozwoliłeś nam wyjść z pracy godzinę wcześniej!

– Owszem, ale to było kilka godzin temu.

Rozłożyła ramiona i opuściła je z impetem.

– No i...?

– No i teraz wszystko wygląda inaczej. Zaplanowałaś coś na weekend?

– Co?

– Rose, wreszcie masz okazję pokazać, z jakiej gliny zostałaś ulepiona. I nauczyć się, jak wygląda prawdziwe dochodzenie. Pomyśl o wolnych dniach, które później dostaniesz jako rekompensatę.

Skrzywiła się. To ona będzie decydować, kiedy przyjdzie czas na żarciki.

Telefon zadzwonił w chwili, gdy Assad wszedł do gabinetu. Dzwonił szef Wydziału Zabójstw.

Carl się zapienił.

– Dopiero co miałeś odebrać dla mnie czworo ludzi z lotniska, a teraz mówisz, że jednak ci ich nie przyznano?

Szef potwierdził.

– Nie możemy obejść się bez pomocy przy śledzeniu podejrzanych! Co będzie, jak wyjdzie na jaw, że śledztwo jednak nie zostało zablokowane? Jak myślisz, gdzie będą jutro panowie Pram, Florin i Dybbøl Jensen? Bo pewnie nie w pobliżu. Raczej w Brazylii.

Wziął głęboki oddech i pokręcił głową.

– Wiem dobrze, że nie mamy niezbitych dowodów na ich współudział, ale poszlaki, Marcus! Przecież, kurwa, są, nie?

Potem Carl siedział w swoim gabinecie, gapił się w sufit, ciskając najbardziej soczyste wiejskie przekleństwa, jakich nauczył się od pewnego mieszkańca Frederikshavn na obozie skautów w 1975. Baden-Powell nie byłby zachwycony.

– Co tak powiedział Marcus, Carl? Dostaniemy wsparcie? – zapytał Assad.

– Co powiedział? Powiedział, że muszą najpierw wyjaśnić sprawę napadu na Store Kannikestræde. Wtedy będzie od groma czasu i ludzi. No i że muszą jeszcze zająć się tym wybuchem na terenie dworca.

Carl westchnął. Z czasem stawał się coraz lepszy w te klocki. Jak nie jedno, to drugie.

– Siadaj, Assad – powiedział. – Musimy sprawdzić, czy lista Johana Jacobsena do czegoś się nadaje.

Zbliżył się do tablicy magnetycznej i napisał:

14.06.1987: KÅRE BRUNO, UCZEŃ ZE SZKOŁY Z INTERNATEM, SPADA Z DZIESIĘCIOMETROWEJ TRAMPOLINY I GINIE.
2.08.1987: MORDERSTWA W RØRVIG.
13.09.1987: NAPAD NA PLAŻY W NYBORGU. W OKOLICY PIĘCIU MŁODYCH MĘŻCZYZN/DZIEWCZYNA. NAPADNIĘTA KOBIETA W SZOKU. NIE WYPOWIADA SIĘ
8.11.1987: BRACIA BLIŹNIACY, BOISKO PIŁKARSKIE, TAPPERNØJE. ODCIĘTE DWA PALCE. POBICI.
24.04.1988: MAŁŻEŃSTWO, WYSPA LANGELAND. ZNIKNIĘCIE. NALEŻĄCE DO NICH PRZEDMIOTY ODNALEZIONE W RUDKØBING.

Zapisawszy wszystkich dwadzieścia przypadków, spojrzał na Assada.

– Co jest wspólnym mianownikiem wszystkich tych wydarzeń? Jak sądzisz, Assad?

– Wszystkie miały miejsce w niedzielę.

– Tak, też tak myślałem. Jesteś pewny?

– Tak!

Logiczne. Oczywiście, że w niedzielę. Nie mieli przecież innych możliwości, ponieważ byli w szkole z internatem. Zasady życia w takiej szkole są restrykcyjne.

– Poza tym do wszystkich tych miejsc można było dojechać z Næstved w ciągu paru godzin – powiedział Assad. – Na przykład w Jutlandii nie było żadnych napadów.

– Co jeszcze zwróciło twoją uwagę, Assad? – dopytywał się Carl.

– W okresie 1988–1992 żadna z ofiar nie znika.

– Co masz na myśli?

– To, co mówię. Że to były zwykłe napady. Pobicie i takie tam. Nikt nie został znaleziony martwy ani nie zaginął.

Carl długo wpatrywał się w listę. Przygotował ją cywilny pracownik Komendy Głównej, do tego osobiście zaangażowany w sprawę. Skąd mają wiedzieć, że nie był stronniczy? Przecież w Danii co roku odnotowuje się tysiące napadów.

– Assad, poproś tu Johana – powiedział Carl, wertując papiery.

Tymczasem zamierzał skontaktować się ze sklepem zoologicznym, w którym pracowała Kimmie. Tam może leżeć klucz do jej charakteru, marzeń i systemu wartości. Może uda mu się umówić na spotkanie jutro rano albo przed południem. Jutrzejszego wieczora był umówiony z nauczycielem z liceum w Rødovre. Organizowali imprezę dla absolwentów, którą nazywali „o-es-wu" – ostatnia sobota września, 28.09.2007. Czysta przyjemność i niezły ubaw, jak się wyraził.

– Johan już idzie – powiedział Assad, zagłębiając się w listę z tablicy.

– To się działo, kiedy Kimmie była w Szwajcarii – rozległ się po chwili jego stłumiony głos.

– Co się działo?

– W latach 1988–1992 – kiwnął sam do siebie – nikt nie zginął ani nie zniknął, kiedy Kimmie była w Szwajcarii. W każdym razie nikt z tej listy, tak.

Johan nie wyglądał najlepiej. Wcześniej ganiał po Komendzie Głównej niczym cielę, które właśnie odkryło niezmierzone połacie i bujność łąki. Obecnie przypominał cielaka rzeźnego, który wylądował w kojcu. Pozbawiony możliwości manewru i swobody.

– Chodzisz jeszcze do psychologa, Johan? – spytał Carl.

Chodził.

– Ona jest zdolna, tylko ja nie czuję się za dobrze – odpowiedział.

Carl spojrzał na zdjęcie rodzeństwa, wiszące na tablicy magnetycznej. Może to był powód.

– W jaki sposób wybierałeś sprawy na swoją listę, Johan? Skąd wiesz, że nie ma setek innych spraw, których nie ująłeś?

– Brałem po prostu wszystkie napady w okresie 1987–1988, popełnione w niedzielę, których ofiary same nie zgłosiły, a odległość od Næstved wynosiła maksymalnie sto pięćdziesiąt kilometrów. – Spojrzał badawczo na Carla. Ich stuprocentowe zrozumienie było dla niego sprawą największej wagi.

– Posłuchajcie! Dużo się naczytałem o takich szkołach z internatem. Pragnienia i potrzeby jednostki nic tam nie znaczą. Uczniowie muszą się dostosować do specyficznego rytmu, w którym obowiązki i lekcje znajdują się na pierwszym miejscu i wszystko odbywa się w ustalonych porach. Przez okrągły tydzień. Chodzi o to, żeby zaszczepić w nich dyscyplinę i poczucie wspólnoty. Na tej podstawie wydedukowałem, że napady dokonane w dni powszednie w ciągu roku szkolnego czy w weekendy przed śniadaniem, czy też o jakiejkolwiek porze po kolacji nie wchodzą w grę. Krótko mówiąc, grupa miała w tym czasie co innego do roboty. Właśnie dlatego tak dobrałem te sprawy. Niedziele po śniadaniu i przed kolacją. Właśnie wtedy musiały następować ataki.

– Twierdzisz, że popełniali przestępstwa w niedzielę, w środku dnia.

– Owszem, tak uważam.

– W tym czasie można przejechać maksymalnie paręset kilometrów, jeśli chce się do tego znaleźć ofiary i na nie napaść.

– Tak, podczas roku szkolnego. Wakacje to zupełnie inna sprawa. – Johan spojrzał w ziemię.

Carl sprawdził w kalendarzu wiecznym.

– Ale morderstwa w Rørvig też popełniono w niedzielę. Czy to przypadek, czy znak rozpoznawczy grupy?

Johan posmutniał.

– Myślę, że to przypadek. To było tuż przed rozpoczęciem szkoły. Może mieli wrażenie, że nie skorzystali za dużo podczas wakacji. Nie wiem. Przecież są chorzy psychicznie.

Później Johan wyjaśnił, że lista obejmująca kolejne lata została stworzona intuicyjnie. Carl wcale nie uważał, że coś w tym złego. Ale jeśli mają kierować się intuicją, to wyłącznie jego. Czyli teraz ograniczą się do lat, w których Kimmie przebywała w Szwajcarii.

Kiedy Johan wrócił do swoich codziennych obowiązków, Carl siedział przez chwilę i analizował listę, po czym zadzwonił na policję w Nyborgu. Dowiedział się tam, że bliźniacy napadnięci na plaży w 1987 już wiele lat temu wyemigrowali do Kanady. Dostali w spadku niewielką sumę pieniędzy i założyli park maszyn – powiedział dyżurny, który wnioskując z głosu, mógł mieć około czterdziestki. Przynajmniej tak słyszeli na posterunku. Nikt tam nie znał szczegółów dotyczących życia tych chłopaków. W końcu minęło już trochę czasu.

Potem Carl spojrzał na datę zaginięcia małżeństwa na wyspie Langeland. Jego wzrok spoczął na teczce, którą zamówił i zostawił dla niego Assad. To była dwójka nauczycieli z Kilonii, którzy przypłynęli do Rudkøbing, a później jeździli od pensjonatu do pensjonatu. Na ostatni nocleg zatrzymali się w Stoense.

Z raportu policyjnego wynikało, że widziano ich w porcie w Rudkøbing w dniu zaginięcia. Wedle wszelkiego prawdopodobieństwa wypłynęli na zbiornik Smålandshavet, gdzie ich łódź wywróciła się do góry dnem. Znalazł się jednak ktoś, kto w tym dniu widział parę na zatoce Lindelse Nor, a później widziano też w porcie kilku młodych facetów kręcących się w pobliżu miejsca, w którym zacumowała łódź małżeństwa. Mówiono, że byli to eleganccy młodzi mężczyźni. Nie miejscowe chłopaki w czapkach z daszkiem z logo Castrolu czy BP, ale tacy w odprasowanych koszulach i z dobrze ostrzyżonymi włosami. Niektórzy uważali, że to ci faceci odpłynęli łódką zamiast jej właścicieli, ale były to tylko lokalne spekulacje.

Raport wspominał również o przedmiotach znalezionych na plaży nad zatoką Lindelse Nor, które według rodziny mogły należeć do zaginionych, ale nie było co do tego pewności.

Carl po raz pierwszy przeczytał listę. Pusty termos bez logo, szal, para skarpet i kolczyk. Ametyst i srebro. Składający się z dwóch części. Taki do wkładania do dziurki w uchu, bez zapięcia. Po prostu wygięty srebrny drucik.

Może nie był to oszałamiająco szczegółowy opis – mniej więcej taki, jaki jest w stanie wysmażyć policjant płci męskiej. Za to pasował jak ulał do kolczyka leżącego przed Carlem w woreczku obok dwóch kart do Trivial Pursuit.

Właśnie w tym momencie objawienia wszedł Assad, który wyglądał jak ucieleśnienie szczęśliwości.

– Właśnie się dowiedziałem, że takich gumowych opasek używało się na pływalni w Bellahøj, żeby człowiek wiedział, ile siedzi w wodzie.

Carl dołożył wszelkich starań, by oprzytomnieć. Był jeszcze pochłonięty rozmyślaniami. Co mogło się równać z jego niezwykłym odkryciem dotyczącym kolczyka?

– Takich gumowych opasek używało się wszędzie, Assad. Nadal się to robi.

– Tak – odparł. – Ale kiedy znaleziono Kårego Bruno zabitego na kafelkach, okazało się, że zgubił swoją opaskę.

26

– On czeka w dyżurce na górze, Carl – powiedział Assad. – Chcesz, żebym tu był, kiedy zejdzie?

– Nie – pokręcił głową Carl. Assad miał dość roboty. – Ale możesz zaparzyć nam kawy. Tylko nie za mocnej, proszę!

A kiedy Assad pogwizdywał w sobotniej ciszy, w której nawet rury kanalizacyjne pracowały na pół gwizdka, Carl przeleciał szybko wzrokiem informacje z *Kto jest kim w Danii* na temat gościa, który tu zmierzał.

Nazywał się Mannfred Sloth. Czterdzieści lat. Dzielił pokój z Kårem Bruno, zmarłym prefekcie ze szkoły z internatem. Absolwent z 1987 roku. Członek Gwardii Królewskiej. Porucznik rezerwy. Magister ekonomii, MBA, dyrektor pięciu przedsiębiorstw, odkąd skończył trzydzieści trzy lata. Sześć stanowisk w zarządzie, z czego jedno w instytucji państwowej. Inicjator i mecenas wielu wystaw portugalskiej sztuki współczesnej. Od 1994 żonaty z Agustiną Pessoą. Wcześniej konsul Danii w Portugalii i w Mozambiku.

Nic dziwnego, że dochrapał się krzyży rycerskich i międzynarodowych odznaczeń.

– Mam tylko kwadrans – zagaił, podając rękę. Założył nogę na nogę, jesienny płaszcz odsunął na bok i uniósł nogawki na tyle, żeby spodnie nie zniekształciły się pod naporem kolan. Nietrudno wyobrazić go sobie w środowisku szkoły z internatem. Nieco trudniej – w piaskownicy z dziećmi.

– Kåre Bruno był moim najlepszym przyjacielem i wiem na pewno, że nie przyszłoby mu do głowy, żeby pójść na odkryty basen. Bardzo się zdziwiłem, że znaleziono go na Bellahøj. W takim miejscu człowiek przebywa w zbyt bliskiej odległości z kim popadnie, wie pan – powiedział i, o dziwo, naprawdę tak uważał. – Poza tym nigdy wcześniej nie widziałem, żeby skakał do wody, a już na pewno nie z dziesięciometrówki.

– Uważa pan, że to nie był wypadek?

– Jak to mógł być wypadek? Kåre to był mądry chłopak. Nie pchałby się tam, skoro wiadomo, że upadek może skończyć się śmiercią.

– A nie mogło to być samobójstwo?

– Samobójstwo! Niby dlaczego? Dopiero co skończyliśmy szkołę. Dostał od ojca buicka regala limited w prezencie maturalnym. Model coupé, wie pan.

Carl przezornie kiwnął głową, choć nie wiedział. Wiedział tylko, że buick to samochód, i to musiało mu wystarczyć.

– Miał jechać do USA studiować prawo. Harvard, wie pan. Czemu miałby robić coś tak głupiego? To się w ogóle nie trzyma kupy.

– Zawód miłosny? – zaryzykował Carl.

– Och, przecież mógł mieć każdą.

– Pamięta pan Kimmie Lassen?

Skrzywił się. Wspominał ją bez sentymentu.

– Czuł się zraniony, kiedy go rzuciła?

– Zraniony? Był wściekły! Nie życzył sobie, żeby ktoś go rzucał, kto to lubi? – uśmiechnął się kredowobiałymi zębami i odgarnął grzywkę. Oczywiście podkoloryzowaną i świeżo ostrzyżoną.

– I co miał zamiar z tym zrobić?

Mannfred Sloth zawahał się i strzepnął kurz z poły płaszcza.

– Przyszedłem tu dziś, bo zdaje mi się, że mamy podobne zdanie. Że został zamordowany. Zepchnięty z trampoliny. W przeciwnym razie po co sprawialibyście sobie tyle zachodu, żeby się ze mną skontaktować po dwudziestu latach. Zgadza się?

– Nie mamy absolutnej pewności, ale oczywiście istnieje powód, z jakiego zajęliśmy się tą sprawą na nowo. Kto mógłby go zepchnąć, jak pan myśli?

– Nie mam pojęcia. Kimmie chodziła do klasy z paroma rąbniętymi kolesiami. Kręcili się wokół niej jak jakieś satelity, a ona nimi dyrygowała, jak się jej podobało. Miała ładne piersi, wie pan? Cycki rządzą, co nie? – zaśmiał się krótko i chrapliwie. Nie pasowało to do niego.

– Wie pan może, czy próbował ratować ten związek?

– Kręciła już wtedy z tym nauczycielem. Taki mały belfer z przedmieścia, któremu na tyle brakowało klasy, że zadawał się z uczennicami.

– Pamięta pan, jak się nazywał?

Pokręcił głową.

– Nie zabawił tam długo. Uczył w paru klasach duńskiego, jak sądzę. Człowiek nie zwracał na niego uwagi, o ile nie miał z nim lekcji. On... – Podniósł palec, a jego spojrzenie mówiło, że się koncentruje i coś sobie przypomina. – Tak, pamiętam! Nazywał się Klavs. Klavs przez „v", też coś! – prychnął. Imię wystarczyło.

– Klavs, mówi pan? Klavs Jeppesen?

Podniósł głowę.

– Tak, Jeppesen. To by się zgadzało – kiwnął głową.

„Uszczypnijcie mnie, bo chyba śnię!" – pomyślał Carl. Właśnie z tym człowiekiem miał się spotkać wieczorem.

– Postaw kawę tutaj, Assad. Dziękuję.

Poczekali, aż zniknie za drzwiami.

– No, trzeba przyznać – powiedział gość Carla z uśmieszkiem – macie tu skromne warunki, ale służba chodzi jak w zegarku. – Zaśmiał się w ten sam sposób, co wcześniej, a Carl dokładnie sobie wyobraził, jak się odnosił do miejscowych w Mozambiku.

Spróbował mokki i zdaje się, że miał dość po pierwszym łyku.

– Okej – powiedział. – Wiem, że nadal był zadurzony w tej dziewczynie, wielu było. Kiedy więc została wyrzucona, chciał ją mieć dla siebie, gdy zamieszkała w Næstved.

– Nie rozumiem, w jaki sposób stracił życie w Bellahøj.

– Po egzaminie wprowadził się do dziadków. Mieszkał tam już wcześniej. Mieszkali w Emdrup. Bardzo mili i kulturalni ludzie, wtedy często u nich bywałem.

– Jego rodziców nie było w Danii?

Wzruszył ramionami. Dzieci Mannfreda Slotha też pewnie były w szkole z internatem, żeby on mógł się poświęcić własnym sprawom. Pieprzyć go.

– Wie pan, czy ktoś z grupy drugoklasistów mieszkał w pobliżu pływalni?

Spojrzał na ukos za plecy Carla. Dopiero teraz zdał sobie sprawę z doniosłości tego pomieszczenia. Teczki ze starymi sprawami. Zdjęcia na tablicy magnetycznej. Lista ofiar napadów, na której szczycie znajdowało się nazwisko jego przyjaciela, Kårego Bruno.

„Kurwa" – pomyślał Carl, obracając się i widząc, na czym spoczął jego wzrok.

– Co to jest? – spytał Mannfred Sloth ze złowrogą powagą i palcem skierowanym w stronę listy.

– Och – odparł Carl – sprawy nie są ze sobą powiązane. Po prostu ustawiamy je w porządku chronologicznym.

„Co za kretyńskie wyjaśnienie" – pomyślał. Po kiego diabła pisać coś na tablicy, skoro równie dobrze można ustawić teczki obok siebie na półce?

Ale Mannfred Sloth się nie dopytywał. Nie wykonywał tego typu mrówczej pracy, więc skąd miał znać tak podstawowe procedury?

– Macie co robić – powiedział.

Carl rozłożył ręce.

– Właśnie dlatego to takie ważne, by odpowiadał pan na moje pytania tak dokładnie, jak to tylko możliwe.

– O co pan pytał?

– O to, czy ktoś z grupy mieszkał w pobliżu Bellahøj.

Potwierdził bez wahania.

– Tak, Kristian Wolf. Jego rodzice mieli efekciarski dom nad jeziorem. Przejął go, gdy wysiudał ojca z firmy. Zdaje mi się, że teraz mieszka tam jego żona ze swoim nowym mężem.

Więcej z niego nie wydobędzie. Ale i tak nie jest źle.

– Rose! – zawołał, kiedy stukanie butów marki Lloyd, należących do Mannfreda Slotha, ucichło na korytarzu.

– Co wiesz na temat śmierci Kristiana Wolfa? – zapytał.

– Halo, Carl! – postukała się w głowę notesem. – Masz Alzheimera czy jak? Wyznaczyłeś mi cztery zadania, a to był numer cztery w twoim rankingu. Jak myślisz, ile mogę wiedzieć na ten temat?

Na śmierć o tym zapomniał.

– Kiedy będziesz mogła coś powiedzieć? Nie możesz zmienić kolejności?

Wzięła się pod boki niczym włoska *mamma* zamierzająca wyłajać wylegującego się na kanapie obiboka. Nagle się uśmiechnęła.

– A co tam, pieprzyć to! I tak nie potrafię udawać. – Pośliniła palec i przewertowała swój notes. – Wydaje ci się, że sam o wszystkim decydujesz? Oczywiście, że zajęłam się tą sprawą w pierwszej kolejności, ponieważ była najłatwiejsza.

Kristian Wolf miał w chwili śmierci zaledwie trzydzieści lat i był nieprzyzwoicie bogaty. Firmę przewozową założył jego ojciec, ale Kristian go wykołował i doprowadził do ruiny. Mówiono, że odpłacił mu pięknym za nadobne. Facet wychował syna bez uczuć i dostał to, na co zasłużył.

Nieprzytomnie bogaty, do tego kawaler, dlatego nie lada sensację wywołał jego czerwcowy ślub z hrabianką, trzecią córką hrabiego Saxenholdta, Marią Saxenholdt. Pisano, że szczęście trwało zaledwie cztery miesiące, gdy Kristian Wolf zginął od postrzału 15 września 1996.

Jego śmierć wydawała się bezsensowna, może więc dlatego gazety rozpisywały się o niej bez końca. Poświęcono jej znacznie więcej artykułów niż terminalowi autobusowemu na placu Ratuszowym i niemal tyle samo, co parę miesięcy wcześniej wygranej Bjarnego Riisa w Tour de France.

Bladym świtem wyszedł sam ze swojej wakacyjnej posiadłości na wyspie Lolland. Miał dołączyć do reszty towarzystwa myśliwskiego po półgodzinie, ale minęły dwie, nim znaleziono go z paskudną raną postrzałową uda, wykrwawionego na śmierć. Raport z sekcji zwłok mówił, że śmierć nastąpiła szybko.

Zgadzało się. Carl widywał już podobne rzeczy.

Dziwiono się, że taki doświadczony myśliwy mógł popełnić tak kardynalny błąd. Kilku jego towarzyszy z polowań mówiło jednak, że Kristian Wolf lubił chodzić z bronią gotową do strzału, bo kiedyś na Grenlandii nie trafił w niedźwiedzia polarnego. Wtedy miał zbyt zgrabiałe palce, by odbezpieczyć broń. Taka sytuacja nie mogła się powtórzyć.

Bez względu na wszystko sposób, w jaki postrzelił się w udo, stanowił zagadkę, ale wywnioskowano, że wpadł w uskok i pociągnął za spust broni wiszącej luźno na palcu. Rekonstrukcja wypadku wykazała, że to prawdopodobna wersja.

Młoda żona nie zrobiła z tego zdarzenia wielkiej sprawy, co w mniej lub bardziej oficjalny sposób przypisywano temu, że już wtedy żałowała tego małżeństwa. Był mimo wszystko znacznie starszy i bardzo się od niej różnił, a spadek łagodził ranę jak plaster.

Willa wchodziła wręcz w wody jeziora. Kiedy się człowiek rozejrzał, wokół nie było domów podobnego kalibru. Taka rezydencja sprawiała, że wartość okolicznych domów znacznie wzrastała.

Carl obstawiał, że przed załamaniem na rynku nieruchomości willa kosztowałaby czterdzieści milionów koron. Obecnie sprzedaż takiego domu w zasadzie była niemożliwa. Kto wie, czy jego mieszkańcy nie głosowali na rząd, który doprowadził do takiego stanu rzeczy. Ale co tam, do licha, w końcu to tylko słowa. Najpierw rozbuchana konsumpcja, potem przegrzana gospodarka – kto by się tym przejmował w takiej okolicy?

Zresztą sami się o to prosili.

Chłopiec, który otworzył mu drzwi, miał góra dziewięć lat. Był zakatarzony, miał czerwony nos, a ubrany był w szlafrok i pantofle. Nieoczekiwany widok w tym ogromnym holu, gdzie handlowcy i finansiści od wielu lat przyjmowali swoich poddanych.

– Nie wolno mi nikomu otwierać – powiedział z trudem przez dwie bańki smarków. – Mama niedługo wróci. Jest w Lyngby.

– Czy mógłbyś do niej zadzwonić i powiedzieć, że chce z nią rozmawiać policja?

– Policja? – spojrzał na Carla sceptycznie. Właśnie w takich sytuacjach długa czarna skórzana kurtka *à la* Bak czy szef Wydziału Zabójstw pomogłaby zbudować wzajemne zaufanie.

– Proszę – powiedział Carl. – Tak wygląda moja odznaka policyjna. Zapytaj mamę, czy mogę poczekać w środku.

Wtedy chłopiec zamknął drzwi.

Carl przez pół godziny stał na kamiennych schodach, obserwując ludzi chodzących po ścieżkach po drugiej stronie jeziora. Rumianych, wywijających rękami i szybko przebierających nogami. Sobotnie przedpołudnie. Bogata Dania wyszła z domu gromadzić bogactwa.

– Szuka pan kogoś? – spytała kobieta, wysiadając z samochodu. Była czujna. Jeden fałszywy ruch, a rzuci zakupy na schody i popędzi do tylnego wyjścia.

Nauczony doświadczeniem, natychmiast wyciągnął odznakę.

– Carl Mørck, Departament Q. Pani syn nie dzwonił?

– Mój syn jest chory, leży w łóżku – zaniepokoiła się nagle. – Nie jest tak?

Czyli nie zadzwonił, mały spryciarz.

Carl ponownie się przedstawił, po czym został z niechęcią wpuszczony.

– Frederik! – kobieta krzyknęła w stronę piętra. – Przywiozłam parówki! – Sprawiała wrażenie miłej i naturalnej. Człowiek się tego nie spodziewał po autentycznej hrabiance.

Dreptanie na schodach ucichło nagle, kiedy chłopiec spostrzegł w holu Carla. Dziecięce wyobrażenia o karze, jaka może grozić za niezastosowanie się do słów policjanta, sprawiły, że jego zasmarkana twarz przybrała zaniepokojony wyraz. Z pewnością nie był gotów na konfrontację z konsekwencjami swego postępku.

Carl puścił do niego oko. Wszystko w porządku.

– Leżysz w łóżku, prawda, Frederik?

Chłopiec powoli pokiwał głową, po czym zniknął ze swoim hot-dogiem. Pewnie myślał, że co z oczu, to z serca. Bystry chłopak!

Carl od razu przeszedł do sedna.

– Nie wiem, czy jestem w stanie pomóc – powiedziała, patrząc na niego przyjaźnie. – Kristian i ja właściwie nie znaliśmy się zbyt dobrze. Nie wiem, co mogło się wtedy dziać w jego głowie.

– A potem wyszła pani ponownie za mąż?

– Proszę mi mówić ty – uśmiechnęła się. – Tak, poznałam swojego męża Andrew w tym samym roku, w którym zginął Kristian. Mamy troje dzieci: Frederika, Susanne i Kirsten.

Całkiem zwyczajne imiona. Może Carl powinien zrewidować swoje uprzedzenia dotyczące znaków rozpoznawczych klasy rządzącej.

– Frederik jest najstarszy?

– Nie, najmłodszy. Bliźniaczki mają jedenaście lat – uprzedziła jego pytanie o wiek. – Tak, Kristian jest ich biologicznym ojcem, ale tak naprawdę mój obecny mąż zawsze odgrywał tę rolę. Obie dziewczynki są w świetnej żeńskiej szkole z internatem, nieopodal posiadłości moich teściów w Eastbourne.

Powiedziała to w miły i niewymuszony sposób, bez cienia wstydu. Młoda, beztroska kobieta. Jak, do licha, mogła coś takiego robić własnym dzieciom? Jedenaście lat i już wyekspediowane na angielskie zadupie i poddane tresurze.

Spojrzał na nią z ugruntowaną na nowo teorią klas społecznych.

– Czy kiedy byliście małżeństwem, Kristian wspominał kiedykolwiek o niejakiej Kirsten-Marie Lassen? Zabawna zbieżność z imieniem jednej z twoich córek. Kristian znał bardzo dobrze kobietę o tym imieniu. Nazywano ją Kimmie. Swego czasu byli razem w szkole internatem. Mówi ci to coś?

Jej twarz pociemniała.

Siedział przez chwilę, czekając, czy sama coś powie, ale tak się nie stało.

– Okej, co jest? – zapytał.

Wyciągnęła przed siebie dłonie – jej palce drżały.

– Po prostu nie chcę o tym rozmawiać. Tak jest łatwiej.

Nie musiała tego mówić. Było to widać wyraźnie.

– Myślałem, że może miał z nią romans – czy o to chodzi? Mimo że byłaś wtedy w ciąży.

– Nie wiem, co go z nią łączyło, i nie chcę wiedzieć. – Wstała, krzyżując ręce na brzuchu. Za chwilę go stąd wyprosi.

– Teraz jest żebraczką. Żyje na ulicy.

Ta wiadomość wcale jej nie pocieszyła.

– Po rozmowie z nią Kristian mnie bił, zadowolony? Nie wiem, co tu robisz, ale lepiej już sobie idź.

Czyli jednak.

– Jestem tu, bo prowadzę śledztwo w sprawie morderstwa – spróbował.

Odpowiedź padła błyskawicznie.

– Jeśli myślisz, że to ja zabiłam Kristiana, to się dobrze zastanów. Nie dlatego, że nie miałam na to ochoty – pokręciła głową, spoglądając na jezioro.

– Dlaczego mąż cię bił? Był sadystą? Pił?

– Czy był sadystą? – zerknęła na korytarz, by się upewnić, czy nie wyjrzy stamtąd znienacka mała główka. – Możesz się o to założyć.

Stał przez chwilę, zajmując się rozpoznaniem terenu, po czym wsiadł do samochodu. W tym ogromnym domu panowała kiedyś straszna atmosfera. Kobieta odkryła przed nim krok po kroku, co rosły trzydziestoletni mężczyzna może zrobić z delikatną dwudziestodwuletnią kobietą. Jak codzienny koszmar stał się jej chlebem powszednim. Zaczęło się od wyzwisk i gróźb, potem nastąpiła eskalacja. Uważał, żeby nie pozostawić śladów, bo wieczorami musiała się pięknie ubrać i dobrze wyglądać. Dlatego ją wybrał. Wyłącznie dlatego.

Kristian Wolf. Człowiek, w którym zakochała się w ciągu sekundy i o którym będzie próbowała zapomnieć przez resztę życia. O nim, jego czynach, jego charakterze i ludziach, którzy go otaczali. To wszystko musiało zniknąć.

W samochodzie Carl zaczął węszyć w poszukiwaniu zapachu benzyny. Następnie zadzwonił do Departamentu Q.

– Tak – powiedział Assad w słuchawkę. Nie: Departament Q, asystent podkomisarza kryminalnego Hafez al-Assad czy coś. Po prostu „Tak"!

– Assad, musisz przedstawić siebie i departament, kiedy odbierasz telefon – powiedział, nie przedstawiwszy się.

– Cześć, Carl! Rose dała mi swój dyktafon. Jest śliczny, tak! A teraz ona chce z tobą rozmawiać.

– Rose jednak dzisiaj przyszła?

Kiedy się zbliżała, w słuchawce rozległy się krzyki i echo ciężkich kroków.

– Okej. Mocne wejście.

Nie zamierzała tego komentować.

– Ona pracuje w prywatnym szpitalu nad jeziorem Arresø. – Podała mu adres. – Łatwo było ją znaleźć, kiedy dowiedziałam się, jak się nazywa. Też całkiem ciekawie, ja pierdzielę!

– Gdzie ją znalazłaś?

– Oczywiście w szpitalu Bisperbjerg. Przeryłam się przez archiwa. Pracowała na ginekologii, kiedy Kimmie była pacjentką. Już do niej dzwoniłam, pamięta tę sprawę. Mówi, że wszyscy pracownicy z tamtych czasów ją pamiętają.

„Najpiękniejszy szpital Danii" – zacytowała Rose ze strony internetowej.

Carl spojrzał na śnieżnobiałe budynki i skwapliwie przytaknął. Wszystko było bajkowe. Nawet teraz, późną jesienią, na trawnikach mógłby się odbywać turniej Wimbledonu. Majestatyczne otoczenie. Jeszcze parę miesięcy temu tym widokiem cieszyła oczy para królewska.

Następnie przyszedł czas na pałac królewski we Fredensborgu.

Przełożona pielęgniarek, Irmgard Dufner, w pewien sposób kontrastowała z tym miejscem. Uśmiechnięta i ogromna jak zmierzający do portu żaglowiec, wypłynęła mu na spotkanie. Ludzie niezauważalnie schodzili na bok, mijając ją. Fryzura na pazia, ostrzyżona jak pod garnkiem, łydki jak kłody, buty uderzające z hałasem o podłogę.

– Pan Mørck, jak sądzę! – roześmiała się, potrząsając jego dłonią, zupełnie jakby chciała opróżnić mu kieszenie.

Była potężna z wyglądu, a jej pamięć bynajmniej nie odstawała od wizerunku. Marzenie każdego policjanta.

Była oddziałową na oddziale Kimmie w Bisperbjerg i chociaż nie miała dyżuru, kiedy pacjentka zniknęła, okoliczności były na tyle wyjątkowe i tragiczne, że – według jej słów – człowiek nie mógł tego zapomnieć.

– Kiedy ta kobieta została przyjęta, była mocno pokiereszowana, więc sądziliśmy, że straci dziecko. Ale całkiem dobrze to zniosła. Tak bardzo pragnęła tego dziecka. Po tygodniu byliśmy gotowi ją wypisać.

Ściągnęła usta.

– Ale rano, po moim dyżurze nocnym, nastąpiło u niej szybkie i gwałtowne poronienie. Według lekarza wyglądało to tak, jakby sama je sprowokowała. W każdym razie miała wielkie sińce na brzuchu. Ale zważywszy, jak się cieszyła, trudno w to uwierzyć. Z takimi rzeczami nigdy nic nie wiadomo. Różne sprzeczne uczucia dochodzą do głosu, jak człowiek zostaje sam z nieplanowanym dzieckiem.

– Czego mogła użyć, by spowodować takie sińce, pamięta pani?

– Ktoś mówił, że krzesła z sali. Że wzięła je do łóżka i uderzała się nim w brzuch. W każdym razie leżało na podłodze, kiedy personel wszedł i zastał ją nieprzytomną, z płodem leżącym między nogami w kałuży krwi.

Carl wyobraził to sobie. Smutny widok.

– Płód był na tyle duży, że było go widać?

– Ależ oczywiście! W osiemnastym tygodniu wygląda jak prawdziwy człowieczek wielkości czternastu, piętnastu centymetrów.

– Z rączkami i nóżkami?

– Ze wszystkim. Płuca nie są jeszcze wystarczająco rozwinięte, oczy też. Ale poza tym wszystko jest.

– I leżał między jej nogami?

– Tak, w naturalny sposób urodziła dziecko i łożysko.

– Łożysko, mówi pani. Nie było w nim niczego niezwykłego?

Kiwnęła głową.

– Właśnie takie rzeczy się zapamiętuje. Oraz to, że ukradła płód. Moi koledzy przykryli go prześcieradłem, kiedy starali się powstrzymać krwotok. Kiedy po chwili przyszli z powrotem, nie było ani pacjentki, ani płodu. Natomiast łożysko wciąż tam było. Właśnie na tej podstawie jeden z naszych lekarzy uznał, że jest pęknięte. Tak jakby rozdarte na pół.

– Czy to się zdarzyło podczas samego poronienia?

– Czasami tak się dzieje, ale bardzo rzadko. Może był to skutek uderzenia w brzuch. Jakkolwiek było, konsekwencje są poważne, jeśli kobieta nie podda się łyżeczkowaniu.

– Ma pani na myśli możliwość infekcji?

– Tak, dawniej był to spory problem.

– A jeśli pacjentka nie podda się łyżeczkowaniu?

– Ryzykuje śmierć.

– Okej. Mogę pani powiedzieć, że nie umarła. Żyje do dziś. Może nie jest w najlepszej kondycji, bo mieszka na ulicy, ale jednak żyje.

Splotła pulchne palce i położyła dłonie na kolanach.

– Żal mi jej. Wiele kobiet nigdy nie dochodzi do siebie po takich przeżyciach.

– Chodzi pani o to, że trauma po utracie dziecka w taki sposób może spowodować, że kobieta wycofuje się z życia w społeczeństwie?

– Och, sam pan wie. W takiej sytuacji wszystko jest możliwe. Człowiek ciągle się z tym styka. Można wpędzić się w chorobę psychiczną i wyrzuty sumienia, których nie sposób zagłuszyć.

– Spróbuję podsumować całą sprawę, co wy na to, przyjaciele? – spojrzał na Assada i Rose, wiedząc już, że każde z nich ma coś do powiedzenia. Muszą poczekać.

– Mamy grupę młodych ludzi, składającą się z silnych indywidualności, przez co rozumiem, że zawsze realizują swój plan. Pięciu facetów, każdy o innej osobowości, i dziewczyna, która prawdopodobnie jest centralną postacią w grupie.

Jest energiczna i piękna. Wdaje się w krótki romans z jednym z prymusów szkolnych, Kårem Bruno, który według moich nieodpartych odczuć traci życie przy wydatnej pomocy grupy. W każdym razie wskazuje na to dowód z tajemnej metalowej skrzynki Kimmie Lassen. W grę może wchodzić zazdrość albo bójka, ale może to być oczywiście banalny wypadek, a schowana gumowa opaska może stanowić rodzaj trofeum. Gumowa opaska sama w sobie nie świadczy jednoznacznie o winie, ale jest podstawą do podejrzeń.

Grupa wciąż trzyma się razem, mimo że Kimmie opuszcza liceum. Taki stan rzeczy przyczynia się w pośredni albo bezpośredni sposób do zabójstwa dwojga, być może zupełnie przypadkowych, młodych ludzi w Rørvig. Do morderstwa przyznaje się Bjarne Thøgersen, prawdopodobnie kryjąc jedną lub więcej osób z grupy. Wszystko wskazuje na to, że w związku z perspektywą dużych pieniędzy. Pochodził z nie najlepiej sytuowanej rodziny, jego związek z Kimmie się skończył, więc znalazł sensowne rozwiązanie w swojej wyjątkowej sytuacji. Wiemy w każdym razie, że ktoś z grupy był w to zamieszany, jako że w skrytce Kimmie znaleźliśmy dowody z odciskami palców zamordowanych.

Jako Departament Q zaczęliśmy pracę nad sprawą pod wpływem podejrzeń prywatnej osoby, jakoby wyrok skazujący Thøgersena był błędem. Najważniejszą kwestią jest być może fakt, że Johan Jacobsen zaopatrzył nas w listę napadów i zaginięć, do których mogła przyczynić się grupa. Na podstawie listy możemy też stwierdzić, że kiedy Kimmie przebywała w Szwajcarii, można mówić jedynie o pobiciach, nie o zabójstwach czy zaginięciach. Można mieć pewne wątpliwości co do listy, ale rozumowanie Johana Jacobsena wydaje się sensowne.

Grupa dowiaduje się, że prowadzę sprawę. Nie wiem, jak, ale pewnie przez Aalbæka, po czym następują próby obstrukcji dochodzenia.

W tym momencie Assad podniósł palec w górę:

– Obstrukcji? Tak powiedziałeś?

– Tak, próbuje się powstrzymać śledztwo, Assad. Obstrukcja znaczy zatrzymanie. To dowodzi, że sprawa to coś znacznie więcej niż zwykła troska paru bogaczy o nienaganną reputację.

Oboje pokiwali głowami.

– W związku z tym próbowano zastraszyć mnie w domu, w samochodzie, a ostatnio w pracy. Za tymi groźbami stoją najprawdopodobniej ludzie z grupy. Posłużyli się dawnymi uczniami ze szkoły, by odsunąć nas od sprawy, ale obecnie ten łańcuch został przerwany.

– Czyli teraz trzeba chodzić na paluszkach – warknęła Rose.

– Właśnie. Możemy teraz pracować w spokoju i lepiej, żeby grupa się o tym nie dowiedziała. Szczególnie dlatego, że według nas Kimmie znajduje się w sytuacji, w której łatwo nam będzie ją przesłuchać i dzięki temu dowiedzieć się, co grupa wtedy porabiała.

– Ale ona nic nie mówi, Carl – wtrącił Assad. – Nie wydaje mi się, wnioskując z tego, jak na mnie patrzyła na dworcu głównym.

Carl wydął dolną wargę.

– Tak, tak, zobaczymy. Kimmie Lassen prawdopodobnie nie pozostaje przy zdrowych zmysłach, zresztą kto by pozostawał, dobrowolnie żyjąc na ulicy, skoro ma pałac w Ordrup? Poronienie w tajemniczych okolicznościach, w których prawdopodobnie wielokrotnie dopuszczono się wobec niej przemocy, mogło doprowadzić do takiej sytuacji.

Carl zaczął się zastanawiać, czy nie wyciągnąć papierosa, ale kruczoczarne, wytuszowane spojrzenie Rose powstrzymało jego ręce.

– Wiemy też, że Kristian Wolf, jeden z członków grupy, zginął parę dni po zniknięciu Kimmie, nie wiadomo jednak, czy te zdarzenia mają ze sobą coś wspólnego. Dzisiaj dowiedziałem się również od wdowy po nim, że Kristian Wolf miał tendencje sadystyczne. Zasugerowała mi też, że mógł mieć romans z Kimmie Lassen.

Palce Carla chwyciły paczkę papierosów. Jak dotąd, wszystko szło dobrze.

– Najważniejszym tropem w sprawie jest fakt, iż wiemy obecnie, że jeden lub więcej członków grupy było wmieszanych w inne napady niż ten w Rørvig. Kimmie Lassen ukryła dowody, które z całą pewnością wskazują na co najmniej trzy pobicia ze skutkiem śmiertelnym, a dodatkowe trzy plastikowe koszulki z dowodami pozwalają podejrzewać, że było ich więcej.

Dlatego teraz próbujemy schwytać Kimmie i prześledzić poczynania innych podejrzanych, by rozwikłać pozostałe zadania. Czy chcecie coś dodać do sprawozdania? – Zapalił papierosa.

– Widzę, że nadal masz misia w kieszeni na piersi – stwierdziła Rose, wpatrując się w papieros.

– Tak, coś jeszcze?

Pokręcili głowami.

– Dobrze, co masz do powiedzenia, Rose? Czego się dowiedziałaś?

Podążyła wzrokiem za snującym się nad nią dymem. Niedługo zacznie machać ręką.

– Niezbyt dużo, ale zawsze coś.

– Brzmi tajemniczo, posłuchajmy.

– Poza Klaesem Thomasenem dotarłam tylko do jednego policjanta zaangażowanego w śledztwo. Jakiś Hans Bergstrøm, który był wtedy w Lotnej Brygadzie. Dziś zajmuje się czymś zupełnie innym, poza tym jest nieznośny jako rozmówca. – Zaczęła opędzać się od dymu.

– Przecież nie ma nieznośnych rozmówców – wszedł jej w słowo Assad. – Jest po prostu na ciebie zły, bo powiedziałaś do niego „głupi gnoju". – Uśmiechnął się szeroko, gdy zaprotestowała. – Tak, Rose, słyszałem.

– Zasłoniłam słuchawkę ręką, on tego nie słyszał. To nie moja wina, że nie chciał gadać. Wzbogacił się na patentach, poza tym znalazłam na niego coś jeszcze. – Zaczęła mrugać i znów machnęła ręką.

– Co takiego?

– On też jest byłym uczniem szkoły z internatem. Nic z niego nie wyciągniemy.

Carl zamknął oczy i zmarszczył nos. Solidarność to dobra rzecz, ale kumoterstwo to utrapienie. Utrapienie, jak cholera.

– To samo dotyczy dawnych kolegów z klasy. Nikt nie chce z nami rozmawiać.

– Do ilu dotarłaś? Pewnie rozpierzchli się we wszystkie strony świata. A dziewczyny mają inne nazwiska.

Teraz zaczęła oganiać się tak demonstracyjnie, że aż Assad się od niej odsunął. Rzeczywiście groźnie to wyglądało.

– Dotarłam do prawie wszystkich, nie licząc tych, którzy mieszkają na drugiej półkuli i w tej chwili pewnie śpią i chrapią. Myślę, że mogę na tym poprzestać. Oni nie chcą nic powiedzieć, jeśli już w ogóle się odezwą. Tylko jeden uchylił przede mną rąbka tajemnicy, co to w ogóle byli za jedni.

Tym razem Carl wypuścił dym z dala od niej.

– Aha. Co powiedział ten człowiek?

– Powiedział po prostu, że to byli szaleni kolesie i że byli na bakier ze szkołą. Że palili haszysz w szkole i na pobliskich terenach. Chyba uważał, że byli całkiem w porządku. Posłuchaj, Carl, nie mógłbyś sobie darować tych skrętów podczas naszych spotkań?

Skończyło się na dziesięciu zaciągnięciach. Musi wystarczyć.

– Gdybyśmy tylko mogli porozmawiać z kimś z grupy, Carl – wtrącił Assad. – Ale pewnie nie możemy.

– Jeśli skontaktujemy się z kimś z grupy, to wszystko się nam wymknie z rąk. – Zgasił papierosa w filiżance z kawą, co w widoczny sposób zirytowało Rose. – Nie, poczekamy z tym. A ty co dla nas masz, Assad? Rozumiem, że przestudiowałeś listę Johana Jacobsena. Doszedłeś do czegoś?

Assad uniósł ciemne brwi. Widać było jak na dłoni, że ma coś w zanadrzu. I że czerpie niebywałą frajdę z tego, iż zachowywał to dla siebie.

– No, dawaj, czekoladowy pierniczku – powiedziała Rose, mrugając do niego kilkakrotnie czarnymi jak węgiel rzęsami.

Spojrzał w notatki, krzywiąc twarz w uśmiechu.

– Znalazłem tę kobietę, którą tak napadnięto w Nyborgu 13 września 1987. Ma pięćdziesiąt dwa lata i nazywa się Grete Sonne. Ma sklep z ubraniami na Vestergade. Nazywa się „Mrs. Kingsize". Nie rozmawiałem z nią, bo myślałem, że lepiej będzie, żebyśmy tam pojechali. Mam tu raport policyjny. Nie ma tu jednak zbyt dużo o napadzie, czego byśmy już nie wiedzieli.

Wnioskując po jego minie, było tego wystarczająco dużo.

– Kobieta miała wówczas trzydzieści dwa lata. Tego jesiennego dnia chodziła po plaży w Nyborgu z psem, a pies się wyrwał i pobiegł w stronę sanatorium dla dzieci z cukrzycą, które nazywa się „Kruszynka". Więc ona pędziła ile sił w nogach, żeby go złapać. Wychodzę z założenia, że to był agresywny pies. I wtedy złapało go przed nią paru młodych ludzi, i podeszło do niej z psem. Było ich pięcioro albo sześcioro. Ona więcej nie pamięta.

– Aj, co za okropność – odezwała się Rose. – W takim razie to musiało być strasznie brutalne pobicie.

„Owszem. Chyba że kobieta doznała amnezji z zupełnie innych powodów" – pomyślał Carl.

– To było faktycznie strasznie brutalne pobicie. Raport mówi, że wychłostano ją na gołe ciało i połamano kilka palców, a pies leżał martwy obok niej. Było mnóstwo śladów butów, ale trop ogólny prowadził donikąd. Mówiono, że średniej wielkości czerwony samochód parkował przed ośrodkiem Sommerbyen przed brązowym domkiem letniskowym, położonym nad samą wodą. – Assad spojrzał w notatki. – To był numer 50. Stał tam przez kilka godzin. Poza tym kilku kierowców zeznało, że widziało grupę młodzieży, która tak biegła wzdłuż drogi wtedy, gdy wydarzył się napad.

Później sprawdzono oczywiście kursy promów i sprzedane bilety, ale tutaj też dochodzenie do niczego nie doprowadziło.

Assad z rozczarowaniem wzruszył ramionami, jakby sam przeprowadził to śledztwo.

– I później, po czteromiesięcznym pobycie na oddziale psychiatrycznym Szpitala Uniwersyteckiego w Odense, Grete Sonne została wypisana do domu, a sprawę zawieszono jako niewyjaśnioną. To wszystko! – uśmiechnął się promiennie.

Carl schował twarz w dłoniach.

– Interesujące znalezisko, ale szczerze mówiąc, co w tym takiego nadzwyczajnego?

Assad ponownie wzruszył ramionami.

– Że ją tak znalazłem. I że możemy tam być za dwadzieścia minut. Przecież sklepy są jeszcze otwarte.

Sklep „Mrs. Kingsize" mieścił się sześćdziesiąt metrów od deptaka Strøget i faktycznie był sklepem z ubraniami o wyjątkowych ambicjach. Tutaj nawet najbardziej nieforemna istota dobrałaby sobie obcisłe czy składające się z warstw kreacje z jedwabiu, tafty czy innych kosztownych materiałów.

Grete Sonne była jedyną osobą o normalnym rozmiarze w całym sklepie. Miała naturalnie rude włosy, tylko odrobinę podkolorowane, a na tle bogatego wyposażenia sklepu sprawiała wrażenie wiotkiej i eleganckiej.

Kiedy wśliznęli się do sklepu, parokrotnie na nich spojrzała. Z pewnością miała już do czynienia z Drag Queens i transwestytami o potężnych gabarytach, ale zwykły mężczyzna i jego niższy, co prawda okrąglejszy, ale na pewno nie dobroduszny towarzysz nie należeli do tej kategorii.

– No cóż – powiedziała, patrząc na zegarek. – Niedługo zamykamy, ale jeśli mogę panom czymś służyć, to możemy trochę zaczekać.

Carl stanął między dwoma rzędami wieszaków z kreacjami.

– Wolelibyśmy poczekać, aż pani zamknie, jeśli to pani nie przeszkadza. Mamy parę pytań.

Spojrzała na wyciągniętą przez niego odznakę i spoważniała, jakby wspomnienia zawsze czekały w pogotowiu, gotowe do ataku.

– Ach tak, w takim razie już zamykam – powiedziała, po czym wydała dwóm tęgawym ekspedientkom dyspozycje na poniedziałek i życzyła im miłego weekendu.

– Wybieram się w poniedziałek po zakupy do Flensborga, więc... – spróbowała się do nich uśmiechnąć, obawiając się najgorszego.

– Proszę wybaczyć, że przychodzimy niezapowiedziani, ale po pierwsze, sprawa nagli, a po drugie, to tylko parę pytań.

– Jeśli chodzi o włamania do sklepów w dzielnicy, to lepiej porozmawiać ze sprzedawcami z Lars Bjørnsstræde. Oni trzymają rękę na pulsie – powiedziała, wiedząc, że chodzi o coś innego.

– Proszę posłuchać. Zdaję sobie sprawę, że pobicie sprzed dwudziestu lat to dla pani trudna sprawa i że pewnie i tak nie ma pani nic do dodania. Dlatego proszę po prostu odpowiadać „tak" lub „nie" na nasze pytania. Może tak być?

Zbladła, ale wciąż stała wyprostowana.

– Może pani kiwnąć albo pokręcić głową – ciągnął Carl, kiedy nie odpowiadała. Spojrzał na Assada. Asystent zdążył już wyciągnąć swój notes i dyktafon.

– Nie pamiętała pani niczego z napadu, czy nadal tak jest?

Po krótkiej, choć zdającej się trwać w nieskończoność pauzie kiwnęła głową. Assad zreferował jej ruch, szepcząc do dyktafonu.

– Myślę, że znamy sprawców. To sześcioro młodych ludzi ze szkoły z internatem w Zelandii. Czy może pani potwierdzić, że było ich sześcioro?

Nie zareagowała.

– Pięciu młodych mężczyzn i dziewczyna. Osiemasto-, dwudziestoletni. Zdaje się, że dobrze ubrani. Pokażę pani teraz zdjęcie dziewczyny, która z nimi była.

Podał jej kopię zdjęcia z „Gossip", na którym Kimmie Lassen stoi przed kawiarnią w towarzystwie kilku innych z grupy.

– To parę lat później, moda się trochę zmieniła, ale...

Patrzył na Grete Sonne, która wcale go nie słuchała. Wpatrywała się tylko w zdjęcie, przeskakując wzrokiem między młodymi bogaczami, korzystającymi z kopenhaskiego nocnego życia.

– Niczego nie pamiętam i nie chcę już myśleć o tej sprawie – powiedziała opanowanym głosem. – Byłabym wdzięczna, gdyby zostawili mnie panowie w spokoju.

Wtedy podszedł do niej Assad.

– Widziałem w starych zeznaniach podatkowych, że jesienią 1987 nagle wpadły pani pieniądze. Była pani zatrudniona w mleczarni w... – Assad zajrzał do swego notesu. – To się nazywało Hesselager. I wtedy pojawiło się trochę pieniędzy, siedemdzisiąt pięć tysięcy koron, zgadza się? Otworzyła pani swój butik najpierw w Odense, a tak później w Kopenhadze.

Carl poczuł, jak z zaskoczenia unosi mu się brew. Jak, u licha, Assad się o tym dowiedział? Do tego w sobotę? I dlaczego nic nie powiedział, kiedy tu jechali? Przecież czasu było dość.

– Może nam pani powiedzieć, skąd miała pani te pieniądze? – spytał Carl, odwracając się do niej z uniesioną brwią.

– Ja... – starała się sobie przypomnieć swoje dawne wyjaśnienie, ale zdjęcia z tygodnika sparaliżowały ją wewnętrznie.

– Jak, u diabła, dowiedziałeś się o tych pieniądzach, Assad? – spytał, kiedy wlekli się Vester Voldgage. – Przecież nie miałeś dziś możliwości, by zajrzeć do zeznań podatkowych, co?

– Nie. Pomyślałem tylko o przysłowiu, które kiedyś wymyślił mój tata. Brzmiało tak: „Jak chcesz wiedzieć, co wielbłąd wczoraj ukradł ci z kuchni, to zamiast go rozcinać, lepiej gapić mu się w tyłek" – uśmiechnął się szeroko.

Carl musiał to przetrawić.

– Co to znaczy? – spytał.

– Po co robić tak, żeby coś było trudniejsze, niż jest? Po prostu poszukałem w Google, czy w Nyborgu jest osoba o nazwisku Sonne.

– I zadzwoniłeś tam z pytaniem, czy nie wyśpiewano by ci szczegółów dotyczących majątku Grete?

– Nie, Carl. Nie rozumiesz przysłowia. Trzeba zajść od tyłu, nie?

Carl wciąż nie rozumiał.

– Ojej, najpierw zadzwoniłem do tych, którzy mieszkali obok tych, co się nazywali Sonne. I co się okazało? Że to nie ten Sonne. Albo może nowy sąsiad? – rozłożył ręce. – Co sądzisz, Carl?

– I zadzwoniłeś do starszej sąsiadki tej właściwej Sonne?

– Tak! To znaczy nie bezpośrednio, ale mieszkali w tej samej klatce, więc było pięć numerów do wyboru.

– I...?

– Tak, dodzwoniłem się do pani Balder z drugiego piętra, która mówiła, że mieszka tam od czterdziestu lat i że zna Grete od czasów, kiedy chodziła w pilsowanej spódniczce.

– Plisowanej, Assad, plisowanej. I co?

– Tak, wtedy ta pani powiedziała wszystko. Że dziewczyna miała dużo szczęścia i że dostała te pieniądze od anonimowego bogatego człowieka z Fionii, któremu zrobiło się jej żal. Siedemdziesiąt pięć tysięcy koron. To wystarczyło na sklep, który chciała założyć. Więc pani Balder się cieszyła. Mówi, że cała klatka też. Wszystkim było żal Grete z powodu tego napadu.

– Okej, niezła zagrywka, Assad.

Był to faktycznie nowy, istotny aspekt sprawy, któremu mogli się przyjrzeć.

Kiedy grupa napadała na swoje ofiary, mogło się to kończyć na dwa sposoby: ofiarom skłonnym do współpracy i wystraszonym na śmierć, takim jak Grete Sonne, płacono za milczenie. Jeśli ofiary nie chciały współpracować, nie dostawały nic.

Po prostu znikały.

27

Carl przeżuwał pierniczki, które Rose rzuciła na stół. Na dużym ekranie telewizora leciał reportaż o dyktaturze wojskowej w Birmie. Purpurowe szaty mnichów działały jak trzymana przez toreadora czerwona płachta na byka, więc teraz niedola duńskich żołnierzy w Afganistanie spadła na niższą pozycję na liście.

Premier pewnie nie miał o to żalu.

Za parę godzin Carl miał się spotkać w Liceum Rødovre z byłym nauczycielem ze szkoły z internatem. Z facetem, z którym podług słów dawnego ucznia szkoły, Mannfreda Slotha, Kimmie miała romans.

Carla ogarnęło dziwnie irracjonalne uczucie, które nawiedza wielu policjantów podczas dochodzenia.

Mimo że rozmawiał z macochą Kimmie, która znała ją od dziecka, jeszcze nigdy nie czuł się tak blisko Kimmie, jak właśnie teraz.

Spojrzał przed siebie. Ciekawe, gdzie jest w tej chwili.

Obraz na ekranie znów się zmienił, pokazując po raz dwudziesty reportaż o budynku, który wyleciał w powietrze na terenie dworca przy Ingerslevsgade. Całkowicie wstrzymano kursowanie pociągów, kilka trakcji kolejowych wywaliło w cholerę. Do tego w oddali, na torach, stało kilka żółtych pociągów z zarządu kolejowego Banedanmark – wymieniano szyny. Czyli szyny też wywaliło.

Gdy na ekranie pojawił się obraz komendantki policji, Carl podkręcił dźwięk.

– Wiemy jedynie, że budynek przez jakiś czas mógł stanowić miejsce schronienia bezdomnej kobiety. Osoby pracujące na dworcu widywały ją raz na jakiś czas przez ostatnich kilka miesięcy, kiedy wychodziła z budynku, ale nie znaleźliśmy śladów ani jej, ani nikogo innego.

– Czy w grę wchodzi przestępstwo? – spytała reporterka przesadnie zaniepokojonym tonem, który ma za zadanie podnieść pośledni reportaż do rangi przełomowego wydarzenia.

– Mogę powiedzieć, że według wiedzy Zarządu Kolei w budynku nie znajdowało się nic, co mogłoby w naturalny sposób wywołać taką eksplozję, a już na pewno nie o takiej sile, jaką tu widzimy.

Reporterka zwróciła się do kamery.

– Wojskowi eksperci od materiałów wybuchowych pracowali tu przez kilka godzin. – Ponownie się odwróciła. – Co takiego odkryli? Czy już coś wiadomo?

– Tak... To znaczy nie wiemy jeszcze na pewno, czy to jedyny powód, ale w każdym razie znaleziono fragmenty granatów ręcznych tego typu, w jakie wyposażeni są nasi żołnierze.

– Czy to znaczy, że dom został wysadzony w powietrze za pomocą granatów ręcznych?

Komendantka była mistrzynią w graniu na zwłokę.

– Jest taka możliwość.

– Czy wiadomo coś więcej o tej kobiecie?

– Tak, kręciła się po dzielnicy. Robiła zakupy w supermarkecie Aldi – komendantka wskazała Ingerslevsgade. – Raz na jakiś czas kąpała się tam – odwróciła się, pokazując pływalnię. – Oczywiście chcielibyśmy zaapelować, by mieszkańcy dzielnicy skontaktowali się z policją, jeśli mogą dostarczyć informacji o tej kobiecie. Nie ustaliliśmy jeszcze jej dokładnego opisu, ale sądzimy, że jest w wieku trzydziestu pięciu – czterdziestu pięciu lat, ma około stu siedemdziesięciu centymetrów wzrostu i normalną budowę ciała. Strój się zmieniał, ale był wyraźnie niechlujny, co wynikało z faktu, że żyła na ulicy.

W tym momencie Carl zamarł z kawałkiem ciastka w kąciku ust.

– On jest ze mną – oznajmił, przedzierając się wraz z Assadem przez kordon policji i techników wojskowych.

Na torach kolejowych kręciło się mnóstwo ludzi, a pytań nie brakowało. Czy to była próba sabotażu pociągu? Czy w takim wypadku próbowano trafić w konkretny pociąg? Czy w pociągu mijającym budynek znajdowali się jacyś prominenci? Od pytań i plotek tego typu aż huczało, a dziennikarze tylko strzygli uszami.

– Assad, zacznij po tej stronie – powiedział Carl, wskazując teren na tyłach budynku.

Wszędzie pełno było kawałków muru różnej wielkości. Drewniane fragmenty drzwi i konstrukcji dachu, kawałki i strzępy papy i rynien. Część zniszczyła ogrodzenie z siatki stalowej. To właśnie przy dziurach w siatce stali gotowi do skoku fotografowie i dziennikarze, na wypadek, gdyby znaleziono jakieś szczątki.

– Gdzie są ci pracownicy, którzy ją widzieli? – spytał Carl jednego z kolegów z komendy. Ten wskazał grupę ludzi, którzy dzięki fluorescencyjnym ubraniom wyglądali jak ekipa ratunkowa.

Kiedy Carl pokazał im odznakę, zaczęli mówić jeden przez drugiego.

– Chwileczkę! – powiedział i wyznaczył jednego z nich. – Niech nam pan opowie, jak wyglądała.

Sprawiał wrażenie zadowolonego z całej sytuacji. Za godzinę kończył pracę, a to był cudownie emocjonujący dzień.

– Nie widziałem jej twarzy, ale zwykle miała na sobie długą spódnicę i watowaną kurtkę. A później nagle potrafiła być ubrana w coś zupełnie innego.

Jego kolega pokiwał głową.

– Zgadza się, a kiedy szła po ulicy, często ciągnęła za sobą walizkę.

– Aha! Jaką walizkę? Czarną? Brązową? Na kółkach?

– Tak, taką dużą na kółkach. Zdaje się, że jej kolor się zmieniał.

– Tak – powiedział ten drugi. – Zgadza się. W każdym razie ja widziałem ją raz z czarną, raz z zieloną.

– Cały czas się rozglądała, jakby ktoś ją ścigał – powiedział ten pierwszy.

Carl kiwnął głową.

– Bo pewnie tak było. Jak to się w ogóle stało, że wolno jej było mieszkać w tym budynku po tym, jak to odkryliście?

Ten pierwszy splunął na gruzowisko.

– Co nam zależało, i tak go nie używaliśmy. Jak się ma takich rządzących, to trzeba się przyzwyczaić, że niektórzy nie dają sobie rady. – Pokręcił głową. – Nie chciałem nikomu o tym gadać. Co bym, cholera, z tego miał?

Drugi się zgodził.

– Stąd do Roskilde mamy co najmniej pięćdziesiąt takich budek. Niech pan pomyśli, ilu ludzi może w nich mieszkać.

Carl wolał jednak o tym nie myśleć. Wystarczy kilku pijanych chojraków i na torach zapanuje chaos.

– Jak w ogóle wchodziła na teren kolei?

Obaj się roześmiali.

– Otwierała sobie kluczem, skubana. – Wskazał coś, co kiedyś było furtką w płocie.

– Poważnie? A skąd zdobyła klucz? Czy ktoś go zgubił albo mu go ukradziono?

Wzruszyli ramionami, sięgając nimi aż do swoich żółtych kasków, i wybuchnęli śmiechem, zarażając nim resztę grupy. Skąd, kurka wodna, mają to wiedzieć? Przecież nie pilnują tych furtek.

– Coś jeszcze? – spytał, rozglądając się po reszcie zebranych.

– Tak – powiedział jeden z pozostałych. – Zdaje mi się, że któregoś dnia widziałem ją na stacji Dybbølsbro. Było dość późno i przyjechałem transporterem – wskazał jeden z pojazdów. – Stała przy peronie, przodem do szyn. Jakby była jakimś Mojżeszem i czekała, aż rozstąpią się wody. Myślałem, że chce skoczyć pod pociąg, ale tego nie zrobiła.

– Widział pan jej twarz?

– Tak, to ja powiedziałem policji, w jakim może być wieku.

– Zdaje się, że to było trzydzieści pięć – czterdzieści pięć?

– Owszem, ale jak się głębiej zastanowić, to raczej bliżej trzydziestu pięciu niż czterdziestu pięciu. Po prostu była smutna, a wtedy człowiek wygląda starzej, nie?

Carl przytaknął i wyciągnął zdjęcie Kimmie z wewnętrznej kieszeni. Z czasem tusz z drukarki laserowej trochę się starł. Zagięcia były głębsze.

– Czy to ta? – spytał, podtykając facetowi fotkę pod nos.

– Ja pierdzielę, ta! – krzyknął zaskoczony. – Wyglądała trochę inaczej, ale jasne, że to ona. Poznaję ją po brwiach. Rzadko kiedy kobiety mają takie szerokie brwi. Ja nie mogę, dużo lepiej wygląda na tym zdjęciu!

Stłoczyli się wszyscy wokół fotki, komentując, a Carl skierował wzrok na zniszczony budynek.

„Co się, u licha, wydarzyło, Kimmie?" – pomyślał. Gdyby ją zlokalizował dobę wcześniej, byliby dziś o wiele dalej.

– Wiem, kto to jest – powiedział chwilę później do kolegów, którzy stali w swoich skórzanych czarnych kurtkach; brakowało im tylko kogoś, kto przyszedłby z tą informacją.

– Zadzwońcie na Skelbækgade do wydziału poszukiwawczego i powiedzcie, że ta, która tu mieszkała, nazywa się Kirsten-Marie Lassen, zwana Kimmie Lassen. Mają jej numer ewidencyjny i pozostałe informacje. Jak coś znajdziecie, powiadomcie mnie w pierwszej kolejności, rozumiecie? – Już miał pójść, ale się zatrzymał. – Jeszcze jedno. Te sępy – wskazał dziennikarzy – za żadne skarby nie mogą poznać jej nazwiska, okej? To zakłóciłoby toczące się śledztwo. Przekażcie to dalej!

Carl spojrzał na Assada, który klęczał nieopodal, grzebiąc w odłamkach. Ciekawe, że technicy zostawili go w spokoju. Zapewne zdążyli już ocenić sytuację i wykluczyć ewentualność ataku terrorystycznego. Teraz trzeba już tylko przekonać o tym podjaranych dziennikarzy.

Dobrze, że to nie jego zadanie.

Przeskoczył przez coś, co kiedyś musiało być drzwiami – szeroki zielony przedmiot, do połowy pokryty białym graffiti, po czym przecisnął się na ulicę przez szparę obok kutej bramy. Nietrudno było znaleźć szyld, który nadal wisiał na chromowanym słupku. „Gunnebo, Løgstrup Hegn" – głosił napis, obok którego znajdowało się mnóstwo numerów telefonów.

Wyjął komórkę i zadzwonił pod kilka z nich, bez rezultatu. Pieprzony weekend, jak on nie cierpiał weekendów! Kto ma wykonywać policyjną robotę, jak ludzie sobie śpią?

„Assad musi z nimi porozmawiać w poniedziałek" – pomyślał. Może ktoś od nich będzie w stanie powiedzieć, jak weszła w posiadanie tego klucza.

Już miał gestem przywołać Assada. I tak technicy niczego nie przegapili. Wtedy usłyszał odgłos hamowania i zobaczył szefa Wydziału Zabójstw, wysiadającego z samochodu w chwili, gdy tylko wóz zatrzymał się na chodniku. Tak jak pozostali, miał na sobie czarną skórzaną kurtkę, tylko trochę dłuższą, bardziej błyszczącą i pewnie droższą.

„A ten tu czego?" – pomyślał, śledząc go wzrokiem.

– Nie znaleziono żadnych trupów! – krzyknął Carl, podczas gdy Marcus Jacobsen kiwnął do kilku kolegów stojących za przewróconym płotem.

– Słuchaj no, Carl, mógłbyś ze mną pojechać? – powiedział, gdy stali naprzeciwko siebie. – Znaleźliśmy tę narkomankę, której szukasz. Martwą, i to bardzo.

Carl już to widywał. Ciało leżące pod schodami, blade i żałośnie skulone. Skołtunione włosy, rozrzucone wśród kurzu i resztek folii aluminiowej. Godna pożałowania istota z twarzą opuchniętą od ciosów. Niewiele ponad dwadzieścia pięć lat. W białej reklamówce pływał przewrócony napój czekoladowy.

– Przedawkowanie – powiedział lekarz, wyjmując dyktafon. Należało oczywiście przeprowadzić sekcję zwłok, ale lekarz sądowy znał się na swojej robocie. Strzykawka jeszcze tkwiła w sfatygowanej żyle na kostce.

– Zgadza się – powiedział szef Wydziału Zabójstw. – Ale...

Kiwnęli do siebie z Carlem. Marcus myślał to samo, co on. Przedawkowanie, owszem. Ale dlaczego? Taka doświadczona narkomanka jak ona?

– Byłeś u niej, Carl. Kiedy to było?

Carl zwrócił się do Assada, który jak zwykle spokojnie się uśmiechał. Nie wiadomo dlaczego przytłaczająca atmosfera klatki schodowej nie robiła na nim wrażenia.

– To było we wtorek, szefie.

Nawet nie musiał już zerkać do tego swojego notesu, to zaczynało być niepokojące.

– Wtorek po południu, dwudziestego piątego – dodał.

Pewnie zaraz powie, że w godzinach 15.32–15.59 czy coś w tym stylu. Gdyby Carl nie widział Assada zalanego krwią, uznałby go za robota.

– To dawno. Od tej pory dużo się mogło wydarzyć – stwierdził szef Wydziału Zabójstw. Ukląkł i pochylił głowę, przypatrując się siniakom na twarzy i szyi kobiety.

Pojawiły się już po spotkaniu z Carlem.

– Te ślady duszenia nie powstały bezpośrednio przed śmiercią, zgodzi się pan?

– Powiedziałbym, że jakąś dobę wcześniej – odparł lekarz sądowy.

Na schodach rozległ się tupot i człowiek z dawnej ekipy Baka zszedł z kreaturą, którą człowiek z dużym oporem przyjąłby w poczet członków własnej rodziny.

– To jest Viggo Hansen, właśnie powiedział mi coś, co was pewnie zainteresuje.

Mocno zbudowany facet spojrzał spod oka na Assada, otrzymując w rewanżu równie pogardliwe spojrzenie.

– On tu musi być? – zapytał wprost, odkrywając wytatuowane ramiona. Kilka kotwic, swastyka i symbol Ku-Klux-Klanu. Sympatyczny młodzieniec.

Przechodząc, popchnął Assada obwisłym, wystającym bebechem. Carl otworzył szeroko oczy. Lepiej, żeby jego towarzysz na to nie zareagował.

Assad kiwnął głową – stłumił w sobie chęć reakcji. Marynarz miał szczęście.

– Wczoraj widziałem tę krowę z jakąś inną dziwką.

Opisał ją, a Carl wyciągnął podniszczony wydruk.

– Czy to ta? – spytał, ściągając nozdrza. Ohydny smród potu i szczyn niemal dorównywał fetorowi alkoholu, wydobywającemu się spomiędzy zepsutych zębów tego moczymordy.

Potarł zaspane, mało apetyczne oczy i kiwnął głową, aż uderzyły o siebie fałdy podwójnego podbródka.

– Tłukła tę narkomankę. Sami popatrzcie na te ślady. Ale ja wkroczyłem i ją wywaliłem. Mocna w gębie, krowa jedna – powiedział, nadaremnie próbując trzymać głowę wysoko.

Żałosne. Po co łgał?

Wtedy podszedł jeden z pozostałych kolegów i szepnął coś na ucho szefowi Wydziału Zabójstw.

– Okej – powiedział Marcus Jacobsen. Trzymając ręce w kieszeniach, wpatrywał się w tego durnia spojrzeniem, które mogło wróżyć rychłe wyciągnięcie kajdanek.

– Panie Hansen. Słyszałem, że jest pan naszym starym znajomym. Ma pan za sobą prawie dziesięć lat odsiadki za napady i napastowanie seksualne samotnych kobiet. Twierdzi pan, że widział, jak ta kobieta bije zmarłą. Dlaczego więc wciska nam pan taki kit, skoro zna pan policję nie od dziś?

Pytany wziął głęboki oddech. Jakby próbował cofnąć czas do bardziej dogodnego momentu. Prawie mu się to udało.

– Niech pan po prostu powie, jak było. Widział pan, jak stoją i rozmawiają, i tyle. Zdarzyło się coś jeszcze?

Spojrzał w ziemię. Ogarniające go poczucie upokorzenia było niemal namacalne. Może przyczyniała się do tego obecność Assada.

– Nie.

– Która to była godzina?

Wzruszył ramionami. Chlanie wypłukało z niego poczucie czasu, pewnie już wiele lat temu.

– Zapewne pił pan od tej pory?

– Tylko dla przyjemności – zmusił się do uśmiechu. Niezbyt piękny widok.

– Pan Viggo przyznaje, że ukradł kilka piw spod schodów – wtrącił policjant, który przyprowadził go z mieszkania. – Parę piw i paczkę chipsów.

Biedna Tine nie miała z nich pożytku.

Polecili mu, by do końca dnia został w domu i powstrzymał się od żłopania alkoholu. Od pozostałych mieszkańców klatki nie dowiedzieli się niczego.

Krótko mówiąc, Tine Karlsen umarła. Prawdopodobnie samotnie, nie pozostawiając nikogo, kto by za nią tęsknił, jeśli nie liczyć dużego, głodnego szczura imieniem Lasso, którego czasem nazywała Kimmie. Stała się po prostu kolejną daną statystyczną. Gdyby nie policja, jutro by o niej zapomniano.

Technicy odwrócili zesztywniałe zwłoki i znaleźli pod nimi tylko ciemną plamę moczu.

– Ciekawe, co miała nam do powiedzenia? – wymamrotał Carl.

Marcus pokiwał głową.

– Tak, a motywacja do odnalezienia Kimmie Lassen bynajmniej się nie zmniejszyła.

Pytanie tylko, czy to coś da.

Wysadził Assada przy miejscu wybuchu, polecając mu się wywiedzieć, czy śledztwo przyniosło coś nowego. Potem ma pojechać na komendę i sprawdzić, czy nie trzeba w czymś pomóc Rose.

– Spróbuję najpierw w sklepie zoologicznym, a potem jadę do Liceum Rødovre – krzyknął, gdy Assad zdecydowanym krokiem zmierzał w stronę ekspertów od materiałów wybuchowych i techników policyjnych, kłębiących się wciąż na terenie kolei.

W małej, krętej uliczce, która zapewne wkrótce będzie musiała się poddać pod naporem kosztownych, luksusowych domów, Nautilus Trading SA stanowił zieloną oazę, położoną wśród innych, przedwojennych budynków. Duże drzewa o jaskrawożółtych liściach w donicach z drewna dębowego, cała fasada pokryta plakatami ze zwierzętami egzotycznymi. Znacznie większe przedsiębiorstwo, niż to sobie wyobrażał. Prawdopodobnie też znacznie większe, niż kiedy pracowała tu Kimmie.

Oczywiście zamknięte, spowite sobotnim spokojem.

Obszedł budynki i znalazł drzwi niezamknięte na klucz. „Dostawy towaru" – głosił napis.

Otworzył drzwi i przeszedłszy dziesięć metrów w głąb budynku, znalazł się w tropikalnym piekle wilgoci, które sprawiło, że z jego pach momentalnie zaczęło cieknąć.

– Jest tu kto? – krzyczał co jakieś dwadzieścia sekund, wędrując przez krainę akwariów, jaszczurek, a potem przez raj ptasiego śpiewu dochodzącego z tysięcy klatek, które mieściły się w hali wielkości średniego supermarketu.

Natknął się na człowieka dopiero w czwartej hali, między klatkami z małymi i dużymi ssakami. Był pochłonięty czyszczeniem wybiegu, na tyle dużego, że pomieściłby jednego, albo i dwa lwy.

Kiedy Carl podszedł bliżej, poczuł w mdlącym, słodkawym zapachu ostrą woń drapieżnika. Może to faktycznie była klatka dla lwów.

– Przepraszam bardzo – powiedział cicho, ale najwyraźniej i tak przyprawiając mężczyznę o atak serca, bo ten upuścił wiadro i miotłę.

Stał pośrodku jeziora mydlin, ubrany w sięgające do łokci zielone rękawice, i patrzył na Carla, jakby ten miał go roznieść na strzępy, i to dosłownie.

– Przepraszam – powtórzył Carl, wyciągając rękę z odznaką. – Carl Mørck, Departament Q Kopenhaskiej Komendy Policji. Powinienem był zadzwonić, ale i tak byłem w pobliżu.

Mężczyzna miał jakieś sześćdziesiąt, sześćdziesiąt pięć lat, siwe włosy, a wokół oczu powstałe od uśmiechu głębokie zmarszczki, których zapewne dorobił się, zachwycając się małymi, włochatymi zwierzęcymi dziećmi. W tej chwili był jakby mniej zachwycony.

– Dużą klatkę ma pan do sprzątania – powiedział Carl, próbując ocieplić atmosferę, i dotknął lśniących jak lustro stalowych prętów.

– Tak, musi być czyściutka. Jutro zawozimy ją do właściciela firmy.

Carl wyłożył sprawę w przyległym lokalu, w którym obecność zwierząt wydawała się nieco mniej intensywna.

– Tak – powiedział mężczyzna. – Oczywiście, pamiętam Kimmie bardzo dobrze. Była jedną z osób, które stworzyły to miejsce. Wydaje mi się, że była u nas przez jakieś trzy lata, właśnie te, w których poszerzyliśmy działalność o import i pośrednictwo.

– Pośrednictwo?

– Tak, kiedy rolnik z Hammer chce zlikwidować farmę z czterdziestoma lamami albo dziesięcioma strusiami, na horyzoncie pojawiamy się my. Albo kiedy hodowcy norek chcą się przebranżowić na szynszyle. Kontaktują się też z nami małe ogrody zoologiczne. Zatrudniamy zoologa i weterynarza. – Jego twarz pokryła się zmarszczkami w uśmiechu. – Jesteśmy też największą w Europie Północnej hurtownią ze wszystkimi gatunkami certyfikowanych zwierząt. Dostarczamy wszystko, od wielbłądów po bobry. Właściwie to Kimmie to zapoczątkowała. Wtedy jako jedyna w wystarczającym stopniu znała się na zwierzętach.

– Była z wykształcenia weterynarzem, zgadza się?

– Tak, prawie. Miała też umiejętności handlowe, więc potrafiła ocenić pochodzenie zwierzęcia, tranzyt i wykonać całą robotę papierkową.

– Dlaczego odeszła z pracy?

Pokręcił głową od prawej do lewej.

– Tak, to już kawał czasu, ale coś się wydarzyło, już wtedy, gdy Torsten Florin zaczął tu kupować. Najwidoczniej znali się wcześniej. Zdaje się, że poznała przez niego innego mężczyznę.

Carl przez chwilę przyglądał się sprzedawcy zwierząt. Sprawiał wrażenie rzetelnego. Dobra pamięć. Dobrze zorganizowany.

– Torsten Florin? Mówi pan o tym od mody?

– Tak, to ten. Żywo interesuje się zwierzętami. To właściwie nasz najważniejszy klient – znowu pokręcił głową. – Dzisiaj to mało powiedziane, ponieważ ma pakiet większościowy akcji Nautilusa, ale wtedy przychodził tu jako klient. Wyjątkowo sympatyczny młody człowiek sukcesu.

– Ach tak. Widać, że faktycznie interesuje się zwierzętami. – Rozejrzał się po wypełnionym klatkami krajobrazie. – Mówi pan, że znali się wcześniej. W jaki sposób to się przejawiało?

– Nie było mnie, kiedy Florin przyszedł tu po raz pierwszy. Widywali się, kiedy przychodził po rozliczenia. Ona się wtedy nimi zajmowała. Ale na początku nie sprawiała wrażenia zachwyconej ponownym spotkaniem. Nie mam pojęcia, co działo się później.

– Ten gość, o którym pan mówił, że Florin go znał – pamięta pan, czy to był Bjarne Thøgersen?

Wzruszył ramionami. Najwyraźniej nie pamiętał.

– Mogę panu powiedzieć, że już rok wcześniej z nim zamieszkała – powiedział Carl. – To znaczy z Bjarnem Thøgersenem. Musiała w tym czasie tu pracować.

– Hmm, może i tak. Nigdy nie opowiadała o swoim prywatnym życiu.

– Nigdy?

– Nigdy. Nawet nie wiedziałem, gdzie mieszka. Sama wypełniała swoje akta osobowe, więc nie mogę panu pomóc.

Stanął przed klatką, z której z bezgranicznym zaufaniem spoglądały na niego maleńkie, ciemne oczy.

– Oto mój ulubieniec – powiedział i wyciągnął małpkę wielkości kciuka. – Moja ręka służy jej za drzewo – dodał, trzymając dłoń w powietrzu, a lilipucik wspiął mu się na palce.

– Dlaczego zrezygnowała z pracy w Nautilusie, mówiła coś?

– Myślę, że chciała po prostu zająć się czymś innym. Bez konkretnego powodu. Nie zna pan tego?

Carl ciężko wypuścił powietrze, aż małpka schroniła się za palcami. Pieprzone pytanie, pieprzone przesłuchanie.

Postanowił zatem przywdziać maskę upierdliwca.

– Myślę, że pan wie, dlaczego zrezygnowała. Może byłby pan tak miły i mi to powiedział?

Mężczyzna włożył rękę do klatki i pozwolił małpce zniknąć w głębi.

Wtedy odwrócił się do Carla. Śnieżnobiałe włosy i broda nie nadawały mu już przyjaznego wyglądu. W tej chwili emanowały niechęcią i oporem. Twarz w dalszym ciągu miała delikatny wyraz, ale w oczach kryła się stanowczość.

– Niech pan już lepiej pójdzie – powiedział. – Próbowałem być miły. Proszę więc nie sugerować, że mówię panu nieprawdę.

„A, więc o to chodzi" – pomyślał Carl i uśmiechnął się najbardziej pogardliwie, jak potrafił.

– Tak sobie myślę – powiedział – kiedy właściwie ta firma miała ostatnio kontrolę? Czy te klatki przypadkiem nie stoją za blisko siebie? Wentylacja działa bez zarzutu? Ile zwierząt pada wam podczas transportu? I tutaj? – zaczął zaglądać po kolei do wszystkich klatek, gdzie małe, przestraszone ciałka siedziały powciskane w kąty i dyszały.

Sprzedawca zwierząt uśmiechnął się, ukazując garnitur pięknych, sztucznych zębów. Widać było, że jeśli o niego chodzi, to Carl może sobie mówić, co tylko chce. Nautilus Trading SA nie miał się czym martwić.

– Chce się pan dowiedzieć, dlaczego zrezygnowała? Najlepiej spytać Florina. Bądź co bądź, jest tu szefem!

28

W leniwy sobotni wieczór wiadomości radiowe rozdzielały informacje po równo między narodziny tapira w ogrodzie zoologicznym w Randers i groźby przewodniczącego partii Prawica, dotyczące likwidacji podziału administracyjnego, którego sam się wcześniej domagał.

Carl wybrał numer w swojej komórce, spojrzał na lśniącą w słońcu taflę wody i pomyślał: „Całe szczęście, że jest jeszcze coś, czego nie potrafią zepsuć".

Po drugiej stronie Assad podniósł słuchawkę.

– Gdzie jesteś, szefie?

– Właśnie przejechałem przez Most Zelandzki i jadę do Liceum Rødovre. Powinienem wiedzieć coś szczególnego o tym Klavsie Jeppesenie?

Proces myślowy Assada był niemal słyszalny.

– On jest sfrus, Carl. To jedyna rzecz, jaką mogę o nim powiedzieć.

– Sfrus?

– Tak, sfrustrowany. Brzmi, jakby był ociężały, ale to pewnie uczucia blokują swobodny potok słów.

Swobodny potok słów? Następny będzie pewnie trzepot skrzydlatych myśli.

– Wie, o co chodzi?

– Tak, z grubsza. Rose i ja siedzimy nad listą przez całe popołudnie, Carl. Ona tak bardzo chce z tobą o tym porozmawiać.

Chciał zaprotestować, ale Assad już się oddalił.

Carl też się odsunął, kiedy Rose uruchomiła swój organ mowy o dźwięku piły do metalu.

– Tak, jeszcze tu siedzimy – powiedziała, zupełnie Carla dekoncentrując. – Siedzimy cały dzień nad tą listą i chyba udało nam się ustalić coś przydatnego. Chcesz usłyszeć?

A co ona, do cholery, myślała?

– Tak, proszę – powiedział i prawie przegapił zjazd na lewy pas ku Folehaven.

– Pamiętasz, że na liście Johana Jacobsena była taka sprawa z małżeństwem, które zniknęło na wyspie Langeland?

Myśli, że on cierpi na demencję czy co?

– Tak – odparł.

– Dobrze. Pochodzili z Kilonii i zaginęli. Znaleziono parę przedmiotów nad zatoką Lindelse Nor, które mogły do nich należeć, ale niczego nie udowodniono. Trochę pogrzebałam i powęszyłam.

– Czyli?

– Znalazłam ich córkę. Mieszka obecnie w domu rodziców w Kilonii.

– I?

– Spokojnie, Carl. Chyba można trochę poprzeciągać, kiedy się wykonało zajebistą pracę?

Miał nadzieję, że nie usłyszała jego głębokiego westchnienia.

– Nazywa się Gisela Niemüller i jest zszokowana przebiegiem tej sprawy w Danii.

– Co to znaczy?

– Kolczyk, pamiętasz go?

– Daj spokój, Rose, przecież rozmawialiśmy o nim dziś rano.

– Skontaktowała się z policją w Danii co najmniej jedenaście, dwanaście lat temu i powiedziała, że potrafi na sto procent zidentyfikować kolczyk znaleziony przy zatoce Lindelse Nor jako własność swojej matki.

W tej chwili Carl niemal staranował peugeota 106 z czterema hałaśliwymi chłopakami na pokładzie.

– Co? – wrzasnął, dociskając hamulec do deski. – Chwileczkę – powiedział i zjechał na chodnik. – Skoro nie potrafiła go zidentyfikować wtedy, to dlaczego później jej się to udało?

– Córka była na imprezie u rodziny w Albersdorffie w Szlezwiku i widziała tam stare zdjęcia swoich rodziców z innej imprezy rodzinnej. Jak myślisz, co jej matka miała na sobie na tych zdjęciach, że tak sprytnie zapytam? – wydała z siebie parę radosnych pomruków. – Tak, do diabła, te kolczyki!

Carl zamknął oczy i zacisnął pięści. „*Yes!*" – zakrzyknął w myślach. Właśnie tak musiał czuć się oblatywacz Chuck Yaeger, kiedy po raz pierwszy przekroczył barierę dźwięku.

– Jasna cholera – pokręcił głową. To był przełom. – Jasna cholera, no! Mocne, Rose. Mocne. Zdobyłaś kopię zdjęcia matki z kolczykiem?

– Nie, ale ona mówi, że wysłała je na policję w Rudkøbing gdzieś tak w 1995 roku. Rozmawiałam z nimi – mówią, że archiwa znajdują się obecnie w Svendborgu.

– Mam nadzieję, że nie wysłała im oryginału? – modlił się, żeby tak nie było.

– Owszem, wysłała.

Kurwa mać.

– Ale może zostawiła sobie kopię? Albo negatyw. Albo ma go ktoś inny, co?

– Nie, nic nie ma. Między innymi dlatego tak się wściekła. Od tamtej pory nie ma z nimi kontaktu.

– Natychmiast dzwoń do Svendborga, dobrze?

Wydała z siebie pogardliwe prychnięcie.

– Chyba mnie pan nie zna, panie podkomisarzu kryminalny. – I rzuciła słuchawką.

Po jakichś dziesięciu sekundach Carl zadzwonił ponownie.

– Cześć, Carl! – rozległ się głos Assada. – Co jej powiedziałeś? Wygląda dziwnie.

– Nieważne, Assad. Przekaż jej tylko, że jestem z niej dumny.

– Teraz?

– Tak, Assad, teraz.

Odłożył słuchawkę na bok.

Jeśli zdjęcie kolczyka zaginionej kobiety odnajdzie się w archiwach policji ze Svendborga i jeśli ekspert z całą pewnością potwierdzi, że kolczyk odnaleziony na plaży przy Lindelse Nor stanowi komplet z tym z metalowej skrzynki Kimmie i że do tego jest to kolczyk ze zdjęcia, to będą mogli wszcząć sprawę. Mieli podstawę do procesu. Do jasnej cholery, mieli przewagę! Będzie można przeczołgać Florina, Dybbøla Jensena i Prama przez tryby machiny sprawiedliwości. Muszą tylko najpierw znaleźć Kimmie, to przecież u niej znaleziono metalową skrzynkę. Łatwo powiedzieć. Śmierć narkomanki nie ułatwiła sprawy, ale przecież trzeba ją znaleźć.

– Tak – powiedział nagle Assad po drugiej stronie. – Cieszy się. Nazwała mnie swoją małą pustynną pchełką. – Roześmiał się, aż zatrzeszczało w słuchawce.

Kto, jak nie Assad, potrafił przypisać zniewadze właściwe znaczenie?

– Ale Carl, ja nie mam takich dobrych wieści, jak Rose – powiedział, kiedy skończył się śmiać. – Nie ma co liczyć, że Bjarne Thøgersen będzie jeszcze tak chętnie z nami rozmawiał. I co teraz?

– Mówisz, że odmówił spotkania z nami?

– Tak, wyraził się jasno.

– Pal licho, Assad. Powiedz Rose, że musi zdobyć to zdjęcie. Jutro robimy sobie wolne. Tym razem nieodwołalnie.

Carl spojrzał na zegarek, skręcając w Hendriksholms Boulevard. Przyjechał za wcześnie, ale może to i dobrze. Ten Klavs Jeppesen sprawiał wrażenie osoby, która woli przyjść za wcześnie niż się spóźnić.

Liceum Rødovre składało się z kompleksu płaskich domków, które wyrastały wprost z asfaltu, stanowiąc chaotyczną kompozycję wpadających na siebie budynków. Prawdopodobnie wiele razy rozbudowywano je w latach, gdy matura na stałe zagościła pod dachy klasy robotniczej. Przejście tu, sala gimnastyczna tam, nowe i stare domki z żółtej cegły, których zadaniem było zawłaszczenie przez zachodnie regiony przywilejów do niedawna zarezerwowanych dla młodzieży z bogatego Północnego Wybrzeża.

Kierował się strzałkami prowadzącymi do zjazdu absolwentów, „o-es-wu", i znalazł Klavsa Jeppesena przed aulą, trzymającego pakunki z papierowymi serwetkami i pogrążonego w rozmowie z paroma miłymi absolwentkami. Przystojny facet o nudnej aparycji, w sztruksowej marynarce i z brodą. To był nauczyciel licealny przez duże N.

Pożegnał swoje rozmówczynie wyrażeniem „Do zobaczenia później", które wypowiedział tonem zdradzającym kawalera bez zobowiązań, po czym poszedł z Carlem przejściem dla nauczycieli, gdzie gawędzili absolwenci, dając się ponieść nostalgii.

– Wie pan, dlaczego tu jestem? – zagadnął Carl i otrzymał odpowiedź, że jego kolega posługujący się łamaną duńszczyzną już go o tym poinformował.

– Co chciałby pan wiedzieć? – spytał Klavs Jeppesen i poprosił, by Carl zajął miejsce na wiekowym, zaprojektowanym przez architekta krześle w pokoju nauczycielskim.

– Chciałbym się dowiedzieć wszystkiego o Kimmie i ludziach, którymi się otaczała.

– Pański kolega sugerował, że sprawa z Rørvig została wznowiona. Coś jest na rzeczy?

Carl kiwnął głową.

– Mamy konkretne powody, by podejrzewać, że jedna lub więcej osób z grupy jest winna innych napadów.

Nozdrza Jeppesena rozszerzyły się, jakby brakowało mu tlenu.

– Napadów?! – spojrzał przed siebie i nie zareagował nawet, gdy zajrzała do nich jego koleżanka.

– Czuwasz nad muzyką, Klavs? – spytała.

Spojrzał na nią jak w transie i nieprzytomnie pokiwał głową.

– Byłem po uszy zakochany w Kimmie – powiedział, kiedy byli już sami. – Pożądałem jej jak jeszcze nigdy nikogo. Była doskonałym połączeniem anioła i diabła. Taka delikatna, młoda i przymilna jak kotka, a zarazem bardzo dominująca.

– Miała siedemnaście czy osiemnaście lat, kiedy nawiązał pan z nią romans. Do tego była uczennicą! To chyba nie do końca zgodne z regulaminem?

Spojrzał na Carla, nie unosząc głowy.

– Nie jestem z tego dumny – powiedział. – Po prostu nie mogłem się oprzeć. Wciąż jeszcze pamiętam dotyk jej skóry, rozumie pan? A minęło już dwadzieścia lat.

– Owszem, minęło też dwadzieścia lat od morderstw, o które jest podejrzewana ona i inni. Co pan o tym myśli? Sądzi pan, że mogli zrobić to razem?

Połowa twarzy Klavsa Jeppesena wykrzywiła się w grymasie.

– Każdy mógł to zrobić. Czy pan nie potrafiłby zabić? A może już pan to zrobił? – odwrócił głowę i powiedział ściszonym głosem: – Było kilka zdarzeń, które mnie zdziwiły, zarówno przed moim związkiem z Kimmie, jak i po nim. Był w szkole taki chłopiec, którego dobrze pamiętam. Wyjątkowo przemądrzały smarkacz, więc może i słusznie oberwał. Ale okoliczności były dziwne. Po prostu pewnego dnia zniknął. Przewrócił się w lesie, jak twierdził, ale wiem dobrze, jak wyglądają ślady pobicia.

– Co to ma wspólnego z grupą?

– Nie wiem, co to ma wspólnego z grupą, ale wiem, że po jego wyjeździe Kristian Wolf wypytywał o niego co dzień: gdzie on jest? Czy mamy od niego wiadomości? Czy wróci do szkoły?

– To mogło być autentyczne zainteresowanie, prawda?

Wtedy odwrócił twarz w stronę Carla. To był nauczyciel licealny, którego wprawnym rękom uczciwi ludzie powierzali edukację swoich dzieci. Człowiek, który całe lata spędził z uczniami. Czy właśnie taki wyraz twarzy widzieli rodzice, kiedy wzywał ich na rozmowy? Jeżeli tak, to z troski o dzieci powinni zabrać je z tej szkoły. Nie, całe szczęście rzadko kiedy widywało się twarz tak targaną pragnieniem zemsty, nienawiścią do ludzkości i obrzydzeniem.

– Kristian Wolf nie przejawiał autentycznego zainteresowania nikim oprócz siebie – rzucił pogardliwie. – Był zdolny do wszystkiego, może mi pan wierzyć. Ale zdaje mi się, że cholernie bał się konfrontacji z własnymi postępkami.

Właśnie dlatego chciał się upewnić, czy chłopiec zniknął na dobre.

– Proszę dać mi jakiś przykład – poprosił Carl.

– Niech mi pan wierzy, że to on był motorem tej grupy. Był złym człowiekiem, którego napędzała podłość w czystej postaci, a jego trucizna szybko się rozprzestrzeniała. To on wydał mnie i Kimmie. Przez niego musiałem opuścić szkołę, a Kimmie wyrzucono. To on ją popchnął ku chłopakom, których chciał zniszczyć. A kiedy miała ich już w swojej sieci, kazał jej się wycofać. Ona była jego pajęczycą, ale to on pociągał za sznurki.

– On nie żyje, wie pan o tym? Śmiertelny postrzał.

Kiwnął głową.

– Myśli pan może, że mnie to cieszy? Wręcz przeciwnie. Za dużo uszło mu płazem.

Na korytarzu rozległ się śmiech, dzięki czemu Jeppesen na moment oprzytomniał. Po czym na jego twarzy ponownie zagościł gniew, wciągając go w swoje odmęty.

– Napadli na tego chłopca w lesie, więc musiał uciekać. Może pan go sam o to zapytać. Może go pan zna. Nazywa się Kyle Basset. Obecnie mieszka w Hiszpanii, łatwo go znaleźć, bo jest właścicielem jednej z większych firm, KB Construcciones SA – kiwnął głową, gdy Carl zapisywał nazwę. – Zabili też Kårego Bruno. Może mi pan wierzyć – dodał.

– Przeszło nam to przez myśl, ale dlaczego pan tak uważa?

– Bruno u mnie bywał, gdy zostałem wyrzucony. Wcześniej byliśmy rywalami, ale potem staliśmy się sprzymierzeńcami. On i ja przeciwko Wolfowi i reszcie grupy. Zwierzył mi się, że się boi Wolfa. Że znali się już wcześniej. Kristian mieszkał w pobliżu jego dziadków i zawsze mu groził – Klavs Jeppesen pokiwał w zamyśleniu głową. – Nie wiem zbyt dużo, ale wystarczy. Wolf groził Kåremu Bruno, tak było. I Bruno zginął.

– Mówi pan, jakby miał pan pewność. Ale fakty są takie, że nie był pan już z Kimmie, kiedy zginął Bruno i kiedy wydarzyły się morderstwa w Rørvig.

– Tak. Ale widziałem wcześniej, jak inni uczniowie schodzili z drogi tym z grupy, kiedy ci przechodzili korytarzem. Widziałem, jak postępowali wobec ludzi, gdy byli razem. Nie z tymi, z którymi chodzili do klasy, bo w tej szkole człowiek uczy się przede wszystkim kumoterstwa, ale wobec wszystkich innych. To oni napadli na tego chłopca, po prostu to wiem.

– Skąd może pan to wiedzieć?

– Kimmie kilka razy nocowała u mnie w weekendy. Spała niespokojnie, jakby coś nie dawało jej spokoju. Przez sen wypowiedziała jego imię.

– Czyje?

– Tego chłopca! Kylego!

– Sprawiała wrażenie zszokowanej albo jakby coś ją dręczyło?

Zaśmiał się. To był gardłowy śmiech, który nie działa jak wyciągnięta dłoń, lecz jak przestroga.

– Nie, nic jej nie dręczyło. W ogóle nic. Kimmie taka nie była.

Carl już miał pokazać mu misia, ale przeszkodziły mu w tym ekspresy do kawy, które stały rzędem na ladzie, wydając z siebie syk. Jeżeli zamierzali je tak zostawić aż do zakończenia imprezy, to w środku zostanie sama smoła.

– Może poczęstujemy się filiżanką? – spytał, nie czekając na odpowiedź. Miał nadzieję, że filiżanka mokki zrekompensuje mu tych sto godzin, przez które nie miał w ustach nic porządnego.

„Ja dziękuję" – pokazał Jeppesen gestem.

– Czy Kimmie była złą osobą? – spytał Carl, nalewając kawy i prawie się nią zaciągając.

Zza jego pleców nie dobiegła żadna odpowiedź.

Kiedy odwrócił się z filiżanką kawy przy ustach i nozdrzami rozszerzonymi od aromatu słońca, które kiedyś musiało ogrzewać pola kolumbijskiego hodowcy kawy, krzesło Klavsa Jeppesena było puste.

Audiencja skończona.

29

Przeszła wokół jeziora od Planetarium do Vodroffsvej i z powrotem na dziesięć sposobów. W górę i w dół po schodach i ścieżkach łączących jezioro z Gammel Kongevej i Vodroffsvej. W tę i z powrotem, pilnując cały czas, by nie podejść za blisko przystanku autobusowego naprzeciwko Teaterpassagen, gdzie, jak sądziła, znajdowali się ci mężczyźni.

Raz po raz siadała na tarasie Planetarium, opierając się o szyby i wpatrując się w grę słońca w fontannie pośrodku jeziora. Ktoś siedzący za nią zachwycał się widokiem, ale Kimmie było wszystko jedno. Już od wielu lat nie zawracała sobie głowy takimi rzeczami. W tej chwili chciała tylko zobaczyć tych, którzy zatłukli Tine. Zwietrzyć, kim są prześladowcy. Kto pracował dla tych bydlaków.

Ani przez chwilę nie wątpiła, że wrócą. Tine się tego bała i miała stuprocentową rację. Jeśli chcieli schwytać Kimmie, to nie odpuszczą sobie ot, tak.

Tine stanowiła ogniwo łączące. Ale już jej nie ma.

Zdążyła się szybko oddalić, nim rozległ się huk i budynek wyleciał w powietrze. Może widziało ją kilkoro dzieci, kiedy przebiegała obok pływalni, ale to wszystko. Po drugiej stronie budynków na Kvægtorvsgade przewróciła płaszcz na lewą stronę i wrzuciła go do walizki. Następnie włożyła kożuch i zawiązała czarną chustkę na głowie.

Dziesięć minut później stała już przed lśniącą recepcją hotelu Ansgar na Colbjørnsensgade, pokazując swój portugalski paszport, który parę lat temu znalazła w ukradzionej walizce. Podobieństwo nie było uderzające, ale paszport miał sześć lat, a kto się w tak długim czasie nie zmienia?

– *Do you speak English, Mrs. Teixeira?* – spytał przyjaźnie portier, a reszta była już formalnością.

Przez godzinę siedziała w patio i piła drinki pod grzejnikami gazowymi. Żeby ją zapamiętali.

Następnie przespała prawie dwadzieścia godzin z pistoletem pod poduszką i widokiem trzęsącej się Tine po wewnętrznej stronie powiek.

Stąd rozpoczęła swoje spacery do Planetarium, a po ośmiogodzinnym oczekiwaniu wreszcie znalazła to, czego szukała.

Mężczyzna był szczupły, wręcz chudy, a jego twarz zwracała się to w stronę okna Tine na piątym piętrze, to na wejście przy Teaterpassagen.

– Trochę sobie poczekasz, popaprańcu – wymamrotała Kimmie, siedząc na ławce na Gammel Kongevej przed Planetarium.

Kiedy dochodziła dwudziesta trzecia, mężczyzna został zmieniony. Bez wątpienia jego zmiennik miał od niego niższy status. Widać to było po sposobie, w jaki ten nowy się zbliżał. Jak pies, który chciałby dorwać się do miski, ale najpierw musi wywęszyć, czy mu wolno.

Właśnie dlatego on, a nie ten pierwszy, musiał wziąć wartę w sobotnią noc. I dlatego Kimmie zdecydowała się działać.

Ruszyła za chudym facetem w odpowiedniej odległości i złapała autobus w chwili, gdy zamykały się drzwi.

Dopiero tam zobaczyła, jak zmasakrowaną miał twarz. Pęknięta dolna warga, szycie nad jedną brwią i krwawe wybroczyny ciągnące się wzdłuż linii włosów od ucha aż do szyi, zupełnie jakby farbował włosy henną i nie zmył resztek barwnika.

Wyglądał przez okno, kiedy wsiadała. Siedział, po prostu gapiąc się na chodnik w nadziei, że w ostatniej chwili dostrzeże swoją zdobycz. Dopiero kiedy dojeżdżali do Peter Bangs Vej, zaczął się uspokajać.

„Ma teraz wolne i nigdzie się nie spieszy" – pomyślała. W domu nikt na niego nie czeka. Widać to było po jego posturze, jego obojętności. Gdyby czekała na niego córeczka, szczeniak albo przytulny salon, gdzie można kogoś potrzymać za rękę i wsłuchać się w czyjeś westchnienia i śmiech, oddychałby głębiej i z większą swobodą. Nie, nie potrafił ukryć supłów wżerających mu się w duszę i brzuch. Nie miał do czego wracać. Do czego się spieszyć.

Znała to aż za dobrze.

Wysiadł przy nocnym klubie „Damhuskroen" i nie zadawał żadnych pytań o program wieczoru. Spóźnił się i dobrze o tym wiedział. Wiele osób zdążyło połączyć się w pary i wychodziło już przeżyć przelotne przygody. Powiesił więc płaszcz i wszedł do dużego lokalu, nie żywiąc szczególnych ambicji. Skąd miałby je czerpać ze swoim wyglądem? Zamówił duże piwo i usiadł przy barze, wodząc oczami wśród tłumu w poszukiwaniu kobiety – wszystko jedno, jakiej. Takiej, która by na niego spojrzała.

Zdjęła chustkę i kożuch i poprosiła szatniarkę, by pilnie strzegła jej torebki. Następnie wkroczyła do sali z pewnie wyprostowanymi plecami i piersiami w dyskretny sposób przemawiającymi do tych, którzy jeszcze byli w stanie skupić wzrok. Na scenie trzeciorzędna kapela donośnie akompaniowała obmacującym się ostrożnie parom tanecznym. Nikt na parkiecie pod kryształowym niebem świetlówek nie wyglądał tak, jakby znalazł drugą połówkę.

Poczuła na sobie wzrok wielu par oczu i niepokój, jaki rozniósł się wśród stołów i stołków barowych.

Stwierdziła, że jest mniej umalowana niż pozostałe kobiety. Mniej makijażu i mniej sadełka.

„Rozpoznaje mnie?" – pomyślała, powoli przesuwając wzrok obok błagalnych oczu i zatrzymując się na chudym mężczyźnie. Był tam, tak jak wszyscy inni, gotowy do skoku na widok choćby najmniejszego znaku. Nonszalancko oparł łokieć o bar i nieznacznie uniósł głowę. Oczy profesjonalisty oceniały, czy ktoś na nią czeka, czy może jest do zdobycia.

Kiedy posłała mu uśmiech, stojąc między stołami, wziął głęboki oddech. Nie mógł w to uwierzyć, ale niech to licho, jak bardzo chciał.

Nie minęły dwie minuty, a już znajdowała się na parkiecie z pierwszym skorym do podrywu facetem i tańczyła w leniwym rytmie, jak pozostali.

Chudy mężczyzna zauważył jej spojrzenia oraz fakt, że dokonała wyboru. Prostował się, poprawiał krawat i starał się z całych sił, by jego chuda, pokiereszowana twarz sprawiała w miarę atrakcyjne wrażenie w przyćmionym świetle.

Podszedł do niej w środku tańca i ujął jej rękę. Niezgrabnie objął jej plecy i lekko przycisnął do siebie. Poczuła dotyk jego niewprawnych palców, a na ramieniu jego serce walące jak młot.

Stanowił łatwą zdobycz.

– Oto moje lokum – powiedział, prezentując pokornym skinieniem głowy pokój na piątym piętrze, z nieciekawym widokiem na stację kolejki podmiejskiej Rødovre oraz plątaninę dróg i miejsc parkingowych.

Wcześniej, przy wejściu, pokazał jej tabliczkę przy liliowych drzwiach do windy. Finn Aalbæk – informował napis. Twierdził też, że wieżowiec jest bezpieczny, choć niedługo będzie wyburzany. Wziął ją za rękę i poprowadził zewnętrznymi schodami na piąte piętro, jakby był rycerzem przeprowadzającym ją bezpiecznie przez most zwodzony nad spienionym nurtem rzeki. Trzymał ją blisko siebie, żeby zwierzyna nie dała nogi. Już teraz w marzeniach, napędzanych jego rozkoszną i nowo nabytą pewnością siebie, leżał i obmacywał ją pod kołdrą, zwarty i gotowy.

Powiedział, że może sobie wyjść na balkon i podziwiać widok, a sam w tym czasie uprzątnął ławę, zapalił parę lamp Lava, nastawił płytę i szybkim ruchem otworzył butelkę ginu.

Kimmie uświadomiła sobie, że już od dziesięciu lat nie była sama z mężczyzną za zamkniętymi drzwiami.

– Co ci się stało? – zagaiła, unosząc w pytającym geście dłoń do jego twarzy.

Uniósł swoje przyklapnięte brwi. Chyba dokładnie studiował to przed lustrem, sądząc, że to urocze. Nic bardziej mylnego.

– Ach, to! Paru facetów sprowokowało mnie na służbie. Nie wyszło im to na dobre – na jego twarzy pojawił się uśmieszek. Też był upozowany. Mężczyzna kłamał jak najęty.

– Czym się właściwie zajmujesz, Finn? – spytała wreszcie.

– Ja? Jestem prywatnym detektywem – odpowiedział w sposób, przez który słowo „prywatny" budziło skojarzenia z wtykaniem nosa w nie swoje sprawy i zaglądaniem ludziom pod kołdry. Bynajmniej nie przywodziło na myśl egzotycznych i niebezpiecznych przygód, co pewnie było jego zamiarem.

Spojrzała, jak gestykuluje, trzymając butelkę, i poczuła, jak zaciska jej się gardło. „Spokojnie, Kimmie" – szeptały głosy. „Nie trać kontroli".

– Gin z tonikiem? – zapytał.

Pokręciła głową.

– Masz może whisky?

Wyglądał na zaskoczonego, ale nie na minus. Kobiety pijące whisky nie należą do delikatnych.

– Ohoho, chciało ci się pić – powiedział, kiedy jednym haustem wypiła do dna. Nalał kolejną porcję dla niej i dla siebie, próbując nie wypaść z rytmu.

Kiedy wypiła duszkiem jeszcze trzy kieliszki, był już otumaniony i został w tyle.

Niezrażona, zaczęła dopytywać się o zadanie, nad którym pracuje, patrząc, jak jego zahamowania topnieją pod wpływem alkoholu i jak przysuwa się do niej na sofie. Obdarzył ją sztucznym uśmiechem, wodząc palcami po jej udzie.

– Poszukuję kobiety, która mogłaby zrobić krzywdę wielu ludziom – odparł.

– Aha? Ciekawe. Czy jest szpiegiem przemysłowym, czy może dziewczyną na telefon albo kimś w tym stylu? – zapytała i aby oddać piorunujące wrażenie, jakie na niej wywarł, położyła dłoń na jego ręce i poprowadziła ją bez wahania ku wewnętrznej stronie swego uda.

– Trochę jednym, trochę drugim – odparł, próbując skłonić ją do rozchylenia ud.

Spojrzała na jego usta i już wiedziała, że zwymiotuje, jeśli będzie chciał ją pocałować.

– Kim ona jest? – zapytała.

– To tajemnica służbowa, kotku. Nie mogę ci jej zdradzić.

Powiedział „kotku"! To też okropne.

– Ale kto cię wynajmuje do takiej roboty? – pozwoliła mu przysunąć się bliżej. Przesycony alkoholem oddech oblewał gorącem jej szyję.

– Bardzo wysoko postawieni ludzie – wyszeptał, jakby miało go to uplasować na lepszej pozycji w hierarchii doboru naturalnego.

– Wypijemy jeszcze po jednym? – spytała, gdy jego palce błądziły po jej pośladkach.

Odsunął się i spojrzał na nią z uśmieszkiem wykrzywiającym spuchniętą połowę twarzy. Widać było, że ma plan. Ona ma dużo wypić, a on będzie dolewał, aż ona będzie dobrze naoliwiona i gotowa.

Jeśli o niego chodzi, to nie miałby nic przeciwko temu, gdyby padła nieprzytomna. Było mu zupełnie wszystko jedno, ile ona z tego będzie miała. Wiedziała, że nie o to tu chodzi.

– Nie możemy tego dzisiaj zrobić – powiedziała, a jego brwi i opuszczone kąciki ust zrobiły się równoległe względem siebie. – Mam okres, ale możemy to zrobić innego dnia, prawda?

Oczywiście kłamstwo, ale w głębi serca pragnęła, żeby było prawdą. Nie krwawiła już od jedenastu lat. Zostały jedynie skurcze w podbrzuszu, ale nie miały podłoża fizycznego. Przyprawiały ją tylko o trwającą latami złość i stracone marzenia.

Poroniła i była wtedy bliska śmierci. A potem ją wysterylizowano. Była bezpłodna.

Gdyby nie to, może wszystko potoczyłoby się inaczej.

Palcem wskazującym pogładziła go ostrożnie po zranionej brwi, ale to nie powstrzymało narastającej złości i frustracji. Widać było, co sobie myśli. Przywlókł do domu niewłaściwą babę i nie chciał się z tym pogodzić. Po co, do kurwy nędzy, przyłaziła na imprezę dla samotnych, skoro ma ciotę?

Kimmie zauważyła, że jego twarz zastygła. Wzięła torebkę, wstała, podeszła do okna balkonowego i wyjrzała na ponury, pustynny krajobraz domów szeregowych i wieżowców rysujących się w oddali. Prawie zupełna ciemność. Tylko chłodny blask latarni ulicznych kawałek stąd.

– Zabiłeś Tine – powiedziała cicho, wkładając rękę do torebki.

Usłyszała, jak gramoli się z sofy. Za sekundę będzie za nią. Był zamroczony, ale gdzieś w jego wnętrzu obudził się instynkt łowcy.

Wtedy powoli się odwróciła, wyciągając z torebki pistolet z tłumikiem.

Zauważył go, gdy próbował wygramolić się zza ławy i stanął spokojnie, zdumiony sam sobą i rysami, którymi pokryła się jego duma zawodowa. Zabawny widok. Uwielbiała tę mieszankę osłupienia i niepokoju.

– Tak – powiedziała. – Nie poszło ci zbyt dobrze. Nieświadomie przywlokłeś do domu obiekt, który rozpracowujesz.

Pochylił głowę, przyglądając się jej twarzy. Najwyraźniej weryfikował obraz wynędzniałej kobiety z ulicy, który wytworzył sobie w głowie. Zdezorientowany, przeszukiwał zasoby pamięci. Jak mógł mierzyć tak nisko? Jak mógł dać się nabrać przebraniu i polecieć na żebraczkę?

„No, dalej!" – szeptały głosy. „Dorwij go! To ich sługus, nic innego! Uderz!"

– Gdyby nie ty, moja przyjaciółka by żyła – powiedziała Kimmie, czując, jak alkohol pali ją w żołądku. Spojrzała na butelkę. Była złocista i do połowy pełna. Jeszcze jeden łyk, a głosy i ogień się uspokoją.

– Nikogo nie zabiłem – powiedział, wodząc wzrokiem między jej palcem umieszczonym na spuście a bezpiecznikiem pistoletu. Łapał się wszystkiego, co pozwalało mu wierzyć, że coś przeoczyła.

– Czujesz się jak szczur zapędzony do kąta? – spytała. Pytanie było zbędne, ale nie odpowiadał. Nie chciał się do tego przyznać, zresztą kto by chciał?

To Aalbæk zabił Tine. Aalbæk nią wstrząsnął i uczynił bezbronną. To Aalbæk sprawił, że stała się niebezpieczna dla Kimmie. Może Kimmie była bronią, ale Aalbæk był ręką, która nią kierowała. Dlatego musiał zapłacić.

On i ci, którzy wydają rozkazy.

– Wiem, że stoją za tym Ditlev, Ulrik i Torsten – powiedziała, całkowicie pochłonięta bliskością butelki i jej uzdrawiającą zawartością.

„Nie rób tego" – wyszeptał jeden z głosów, ale i tak to zrobiła. Wyciągnęła rękę po butelkę i najpierw zobaczyła jego ciało jako wibrację powietrza, a potem jako drgającą plątaninę ubrań i rąk, podrywającą się do skoku i rzucającą się w jej stronę.

We wściekłym ataku powalił ją na podłogę. Wiedziała już, że urażając męskość, zyskuje się śmiertelnego wroga. Racja. Teraz zapłaci za jego wygłodniałe spojrzenia i uniżone wysiłki, by zaciągnąć ją do siebie. Za to, że pokazał się obnażony i bezbronny.

Rzucił ją w stronę kaloryfera, aż potłukła sobie głowę i kark o żeberka, po czym wziął z podłogi dużą, masywną figurę z drewna i uderzył ją w biodro. Chwycił ją za ramiona i przewrócił na brzuch. Następnie przycisnął jej tułów do podłogi, wykręcając rękę z pistoletem za plecami, ale go nie puściła.

Jego palce wpijały jej się w ramię. Już wielokrotnie odczuwała ból i trzeba było znacznie więcej, by wydała z siebie dźwięk.

– Myślisz, że możesz tu sobie przychodzić i mnie podniecać? Że będziesz mnie nabierać? – mówił, okładając ją pięściami po lędźwiach. Jakoś udało mu się cisnąć pistolet w kąt i włożyć ręce pod jej sukienkę, ściągając jej rajstopy i majtki.

– Kurwa, dziwko, wcale nie masz okresu! – wrzasnął. Następnie chwycił ją mocno, obrócił i z całej siły uderzył w twarz.

Patrzyli sobie prosto w oczy, gdy przytrzymywał ją pod sobą kolanami i okładał na oślep. Obejmowały ją żylaste uda w przetartych spodniach, a od wymierzania razów nabrzmiały mu żyły na ramionach.

Bił ją, dopóki jej opór nie zaczął słabnąć, a protest wydawał się daremny.

– Masz już dosyć, suko? – wrzasnął, demonstrując jej zaciśniętą pięść, gotową do powtórnego wymierzenia kary. – Chcesz wyglądać jak twoja przyjaciółeczka?

Zapytał, czy ma dosyć.

Człowiek ma dosyć dopiero wtedy, gdy przestaje oddychać. Wiedziała o tym lepiej niż ktokolwiek.

Kristian znał ją najlepiej. To on wyczuwał, gdy ogarniało ją podniecenie. Uczucie, jakby człowiek odrywał się od ziemi, a płynąca z podbrzusza przyjemność wysyłała sygnały do wszystkich komórek.

Kiedy siedzieli w ciemnościach, oglądając *Mechaniczną pomarańczę*, pokazał jej, do czego może prowadzić pożądanie.

Kristian Wolf był doświadczony. Próbował już kontaktów z dziewczynami. Znał szyfry do ich najbardziej skrywanych myśli. Wiedział, w którą stronę należy przekręcić kluczyk w pasie cnoty. I nagle siedziała wśród pozostałych z grupy, a oni z pożądaniem patrzyli na jej nagie ciało w migającym świetle telewizora, na którym rozgrywały się przerażające sceny. Pokazał jej i wszystkim innym, jak jednocześnie czerpać przyjemność z wielu źródeł. Jak przemoc i pożądanie mogą iść w parze.

Gdyby nie Kristian, nigdy nie nauczyłaby się kuszenia swoim ciałem. Wyłącznie dla sportu. Nie zaplanował tylko, że w ten sposób wreszcie będzie mogła wpływać na ludzi. No, może nie od razu, ale z czasem.

Kiedy wróciła ze Szwajcarii, opanowała już tę sztukę do perfekcji.

Chodziła do łóżka z przygodnymi facetami. Biła ich i zrywała z nimi. Tak upływały jej noce.

Dzień wypełniała rutyna. Wionąca lodowatym chłodem macocha. Zwierzęta w pracy w Nautilus Trading. Kontakty z klientami i weekendy z grupą. Okazjonalne napady.

Wtedy zbliżył się do niej Bjarne, wzbudzając w niej nowe uczucia. Mówił jej, że jest kimś więcej niż rzeczywiście była. Twierdził, że jest kimś, kto może wzbogacić jego i innych. Że nie ponosi winy za swoje uczynki i że jej ojciec jest bydlakiem. Że ma wystrzegać się Kristiana. Że koniec z przeszłością.

Aalbæk dostrzegł jej rezygnację i od razu zaczął majstrować przy spodniach. Wtedy uśmiechnęła się do niego przelotnie. Może pomyślał, że się uśmiecha, bo lubi takie zabawy. Że wszystko poszło zgodnie z jej planem. Że jest bardziej pokręcona, niżby się mogło wydawać na początku. Że szamotanina jest częścią rytuału.

Ale Kimmie się uśmiechała, bo już położyła na nim krzyżyk. Uśmiechała się, gdy wyciągnął członek i gdy poczuła go na swym nagim udzie. I gdy wyczuła, że nie jest wystarczająco sztywny.

– Leż spokojnie, zrobimy to – wyszeptała, patrząc mu w oczy. – Pistolet to tylko zabawka. Chciałam cię wystraszyć. Wiedziałeś o tym dobrze, prawda? – rozchyliła wargi, by wydawały się pełniejsze. – Myślę, że mnie polubisz – powiedziała, ocierając się o niego.

– Też tak myślę – odparł, kierując otumaniony wzrok na jej głęboki dekolt.

– Jesteś silny. Wspaniały mężczyzna.

Objęła go czule i poczuła, jak rozluźnia nogi, by mogła uwolnić wykręcone ramię i poprowadzić jego rękę między swoje nogi. Wtedy zupełnie się rozluźnił, mogła więc drugą ręką ująć jego fiuta.

– Nic o tym nie powiesz Pramowi i reszcie, prawda? – powiedziała, pobudzając go, aż zaczął gorączkowo chwytać powietrze.

Jeśli miał im czegoś nie relacjonować, to właśnie tego. Nie należy ich prowokować. Nawet on to wiedział.

Kimmie i Bjarne mieszkali razem już od pół roku, a Kristian aż wychodził ze skóry.

Poczuła to pewnego dnia, gdy zwabił grupę perspektywą kolejnego napadu, który potoczył się inaczej niż zwykle. Kristian stracił kontrolę i aby ją odzyskać, nastawił przeciwko Kimmie pozostałych.

Ditlev, Kristian, Torsten, Ulrik i Bjarne. Jedna na wszystkich. Wszyscy na jedną.

Przypominała to sobie aż nazbyt szczegółowo, gdy leżący na niej Aalbæk nie mógł już dłużej czekać i próbował wziąć ją siłą.

Nienawidziła i uwielbiała to jednocześnie. Nic nie dawało takiej siły jak nienawiść. Nic nie pobudzało tak jak żądza zemsty.

Z całej siły podciągnęła się na rękach i oparła o ścianę. Miała pod sobą twardą figurę z drewna, którą ją uderzył. Ponownie wzięła do ręki jego miękkawy penis. Wystarczyło, żeby się zawahał, a ona zaczęła go pobudzać i miętosić, aż był bliski płaczu.

I kiedy wreszcie spuścił się na jej uda, wstrzymał oddech. Był mężczyzną, którego dzisiejszy wieczór wielokrotnie zaskoczył. Mężczyzną, który dobre czasy miał już za sobą i który zdążył zapomnieć, jaka jest różnica między samotną masturbacją a bliskością kobiety. W tym momencie był zupełnie zagubiony. Miał wilgotną skórę, ale oczy były suche, gdy patrzył martwo w sufit, który nie potrafił udzielić odpowiedzi na pytanie, jak zdołała się od niego odsunąć i nagle leżała z rozłożonymi nogami i pistoletem skierowanym wprost w jego pulsujące krocze.

– Naciesz się uczuciem, które cię teraz przepełnia, bo to będzie twój ostatni raz, bydlaku – powiedziała i wstała, a strużka spermy pociekła jej po udzie. Przepełniała ją odraza i natrętne poczucie zbrukania.

Tak samo jak wtedy, gdy zawiedli ją ludzie, którym ufała. Jak uderzenia jej ojca, kiedy zachowywała się niewłaściwie. Jak zaskakujące poniżenia i policzki wymierzane przez macochę, kiedy Kimmie wyrażała się o kimkolwiek entuzjastycznie. Jak ostre paznokcie pamiętanej jak przez mgłę, zapitej matki, która nie wiedziała, w jakim kierunku i w ogóle dlaczego bije. Używała takich słów, jak poprawność, zwięzłość, uprzejmość. Mała dziewczynka nauczyła się wagi tych słów, nim pojęła ich znaczenie.

I to, co zrobili jej Kristian, Torsten i inni. Ci, którym bezgranicznie ufała.

O tak, znała uczucie upodlenia i pragnęła go. Życie uczyniło ją zależną. To była droga naprzód. Wtedy mogła działać.

– Wstań – powiedziała, otwierając drzwi na balkon.

Wieczór był cichy i dżdżysty. Okrzyki w obcym języku, dobiegające z odległych szeregowców, rozległy się jak pulsujące echo po krajobrazie z betonu.

– Wstawaj – zamachała pistoletem, widząc, jak jego uśmiech rozciąga opuchniętą tkankę.

– To nie była atrapa? – spytał, idąc ku niej powoli i zapinając spodnie.

Odwróciła się do leżącej na podłodze figury i oddała jeden strzał. Rozległo się zaskakująco ciche pyknięcie, gdy kula wbiła się w plecy figury.

Aalbæk też był zaskoczony.

Cofnął się, ale gestem kazała mu wyjść na balkon.

– Czego chcesz? – spytał już na zewnątrz, z nagłą powagą w głosie. Trzymał się kurczowo balustrady.

Spojrzała w dół. Rozciągająca się pod nimi ciemność przypominała przepaść, która może pochłonąć wszystko. Aalbæk o tym wiedział i zaczął się trząść.

– Opowiedz mi o wszystkim – poleciła i usunęła się w cień pod ścianą.

A on zrobił to, co mu kazała. Mówił powoli, ale we właściwej kolejności. Skrzętnie odnotowane obserwacje zawodowca. Bo czy w takiej sytuacji było coś do ukrycia? Przecież to tylko praca. Teraz chodziło o coś więcej.

Kimmie wyobraziła sobie dawnych przyjaciół, podczas gdy Aalbæk opowiadał, próbując ratować swoje życie. Ditlev, Torsten i Ulrik. Mówi się, że możni tego świata są władcami ludzkiej niemocy. Własnej również. Historia cały czas to pokazuje.

Kiedy stojący przed nią mężczyzna nie miał już nic więcej do powiedzenia, rzekła chłodno:

– Masz dwa wyjścia. Wyskakujesz albo cię zastrzelę. Pięć pięter. Masz szanse przeżyć, jeżeli skoczysz. Wiesz, te krzaki na dole. Czy nie po to sadzi się je tak blisko?

Pokręcił głową. Coś mu tu nie pasowało. Tyle już przeżył. Takie rzeczy się po prostu nie zdarzają.

Na jego twarzy pojawił się żałosny uśmiech.

– Na dole nie ma żadnych krzaków. Tylko beton i trawa.

– Oczekujesz ode mnie litości? Czy okazałeś ją Tinie?

Nie odpowiedział, tylko stał bez ruchu, próbując sobie z całej siły wmówić, że ona nie mówi poważnie. Przecież dopiero co się z nim kochała. Albo coś w tym rodzaju.

– Wyskakuj albo strzelę ci w brzuch. Gwarantuję, że tego nie przeżyjesz.

Podszedł o krok bliżej i dostrzegł z przerażeniem, że pistolet kieruje się niżej, a jej palec się zgina.

Gdyby nie mocno pulsujący w jego żyłach alkohol, pewnie skończyłoby się strzałem.

Przechylił się lekkomyślnie ku przepaści, trzymając się balustrady, i być może ześliznąłby się w dół na niższe piętro, gdyby nie uderzyła go w palce, aż chrupnęło.

Wylądował na ziemi z głuchym odgłosem. Bez krzyku.

Odwróciła się ku drzwiom balkonowym i weszła do mieszkania. Rzuciła okiem na pokiereszowaną figurę, która leżała na podłodze z uśmiechem na ustach. Odwzajemniła uśmiech, schyliła się po łuskę po naboju i włożyła ją do torebki.

Kiedy zatrzaskiwała za sobą drzwi, była z siebie zadowolona. Przez godzinę wymyła gruntownie kieliszki, butelkę i wszystko inne. Drewniana figura stała spokojnie przy kaloryferze, schludnie owinięta ściereczką.

Jak szef kuchni, gotowy na przyjęcie kolejnych gości.

30

Z salonu Carla dobiegały trzaski, huki i głębokie dudnienie, jakby po wysłużonych meblach z Ikei przetaczało się stado słoni.

Czyli Jesper znowu robi imprezę.

Carl potarł się w skronie, przygotowując sobie kazanie.

Huk był ogłuszający, kiedy otworzył drzwi i jego oczom ukazało się światło migającego telewizora oraz Morten i Jesper, każdy po swojej stronie kanapy.

– Co tu się, do cholery, wyprawia? – wybuchnął, skonsternowany wszechobecnością hałasu i panującą w pokoju pustką.

– Dźwięk surround – poinformował Morten z odcieniem dumy, dociskając do oporu odpowiedni guzik na pilocie.

Jesper powiódł ręką wokół, pokazując rząd głośników ukrytych za fotelami i na regale z książkami. „Super, co?" – mówiło jego spojrzenie.

Czyli koniec sielanki w rodzinie Mørcków.

Podali mu letniego tuborga i próbowali rozchmurzyć informacją, że zestaw jest prezentem od rodziców przyjaciela Mortena, którzy nie potrafili go obsługiwać.

Mądrzy ludzie.

Właśnie w tym momencie Carl poczuł ochotę, żeby się zemścić.

– Morten, mam dla ciebie wiadomość! Hardy pyta, czy nie mógłbyś się nim opiekować tutaj, w domu. Oczywiście odpłatnie. Jego łóżko może stać tam, gdzie ten wasz wypasiony głośnik basowy. Możemy przecież przesunąć go za łóżko, tak żeby było na czym położyć worek na mocz.

Upił nieco z butelki, nie mogąc się doczekać ich reakcji, kiedy informacja przeniknie do ich ociężałych, weekendowych mózgownic.

– Odpłatnie? – spytał Morten.

– Hardy ma być tutaj? – wtrącił Jesper, opuszczając kąciki ust. – Eee tam, i tak mi wszystko jedno. Jeśli niedługo nie przyznają mi internatu na Gammel Amtsvej, wyprowadzam się do mamy na działkę.

Carl chciałby to zobaczyć.

– Ile płacą, jak myślisz? – zastanawiał się Morten.

Wtedy głowa zaczęła mu pulsować na dobre.

Dwie i pół godziny później obudził się, wpatrując się w radio z budzikiem, który wyświetlał „SUNDAY 01:39:09". W głowie roiło mu się od obrazów srebrnych kolczyków z ametystem i nazwisk Kylego Basseta, Kårego Bruno i Klavsa Jeppesena.

W pokoju Jespera Nowy Jork czasów gangsta raperów przeżywał swój renesans, a Carl czuł się tak, jakby się nawdychał końskich dawek zmutowanego wirusa grypy. Wysuszone śluzówki, piekące oczy, a ciało i wszystkie kończyny ciążyły mu ze zmęczenia jak ołów.

Leżał i zmagał się ze sobą, nim wreszcie spuścił nogi z łóżka, zastanawiając się, czy gorący prysznic jest w stanie zmyć z niego demony.

Następnie włączył radio i usłyszał w wiadomościach, że kolejną kobietę znaleziono pobitą do nieprzytomności w pojemniku na śmieci. Tym razem na Store Sødervoldstræde, ale okoliczności były takie same jak na Store Kannikestræde.

Zabawna zbieżność dwuczłonowych nazw, zaczynających się od „Store", a kończących na „stræde" – pomyślał, próbując sobie przypomnieć, czy w okręgu Departamentu A znajduje się więcej ulic o podobnych nazwach.

To właśnie dlatego był już zupełnie obudzony, gdy zadzwonił Lars Bjørn.

– Ubierz się i przyjeżdżaj tu do mnie, do Rødovre – powiedział.

Chciał efektownie odparować, że Rødovre nie należy do ich okręgu, i napomknąć o ewentualności zarażenia oraz o chorobach zakaźnych, ale Lars Bjørn zamknął mu usta, mówiąc, że znaleziono prywatnego detektywa Finna Aalbæka leżącego bez życia na trawie pięć pięter pod swoim balkonem.

– Głowa wygląda normalnie, ale ciało skróciło się o jakieś pół metra. Musiał wylądować na nogach. Kręgosłup wbił mu się w czaszkę – powiedział obrazowo.

Carl zastał Larsa Bjørna za węgłem wieżowca. Znajdujące się za nim prawie dwumetrowe graffiti głoszące „Zabij matkę i przeleć swego jebanego psa!" bynajmniej nie ocieplało jego wizerunku.

Z postawy Bjørna wynikało, że nie interesuje go nic, co dzieje się poza granicami Kopenhagi. Był tu jedynie po to, żeby odkupić swe winy.

– Lars, co ty tutaj robisz? – spytał Carl, spoglądając przez Avedøre Havnevej na rozświetlone okna niskich budynków, położonych niecałe sto metrów dalej za drzewami, z których opadła już połowa liści. To było Liceum Rødovre, z którego dopiero co wyszedł. Impreza absolwentów zapewne się przeciągnęła.

Dziwaczne uczucie. Zaledwie sześć godzin temu był tam i rozmawiał z Klavsem Jeppesenem, a teraz Aalbæk leży martwy po drugiej stronie ulicy. O co tu chodzi, do cholery?

Bjørn spojrzał na niego ponuro.

– Pewnie pamiętasz, że jeden z zaufanych, obecnych tu pracowników Komendy Głównej dopiero co był oskarżony o napaść na denata. Dlatego Marcus i ja uznaliśmy, że powinniśmy tu być, żeby się temu przyjrzeć. Ale może coś o tym wiesz, Carl?

Miły ton jak na ciemną, zimną wrześniową noc.

– Gdybyście go śledzili, jak was o to prosiłem, pewnie wiedzielibyśmy więcej, nie? – warknął Carl, próbując rozeznać się we wbitej w trawę bezkształtnej masie, leżącej jakieś dziesięć metrów od niego.

– Znalazły go tamte półgłówki – powiedział Bjørn. Wskazał żywopłot wokół jakiejś instytucji i grupkę chłopaków – imigrantów w spodniach dresowych z paskami i bladych duńskich dziewczyn w bardzo obcisłych dżinsach. Widać było, że nie wszystkim było to w smak. – Chcieli wejść i powygłupiać się na placu zabaw w tym żłobku czy przedszkolu, czy co to, do diabła, jest. Ale daleko nie zaszli.

– Kiedy to się stało? – spytał Carl lekarza sądowego, który zaczął się już zbierać.

– Dziś wieczorem jest chłodnawo, ale osłaniał go budynek, więc może jakieś dwie do dwóch i pół godziny temu – powiedział, patrząc zmęczonymi oczami, w których widać było tęsknotę za kołdrą i ciepłymi plecami żony.

Carl odwrócił się do Bjørna.

– Około siódmej byłem w Liceum Rødovre, jakbyś chciał wiedzieć. Rozmawiałem z dawnym chłopakiem Kimmie. To czysty przypadek, ale napisz w raporcie, że sam o tym wspomniałem.

Bjørn wyjął ręce z kieszeni swojej skórzanej kurtki i postawił kołnierz.

– No, coś takiego! – spojrzał mu prosto w oczy. – Czy kiedykolwiek byłeś u niego w mieszkaniu, Carl?

– Nie, zaręczam ci, że nie byłem.

– Jesteś zupełnie pewny?

„Nie no, nie wierzę" – pomyślał Carl, czując, jak ból głowy triumfalnie bierze nad nim górę.

– Nie no, nie wierzę – powiedział wreszcie z braku celniejszej riposty. – To już przesada. Byliście w mieszkaniu?

– Są tam teraz faceci z policji w Glostrup i Samir.

– Samir?

– Samir Ghazi. Ten, który zastąpi Baka. Jest z policji w Rødovre.

Samir Ghazi? Zanosi się na to, że Assad zyska bratnią duszę, z którą będzie mógł dzielić się tym swoim słodkim świństwem.

– Natrafiliście na list pożegnalny? – spytał Carl po uściśnięciu szorstkiej ręki, którą wszyscy zelandzcy policjanci z paroma latami stażu rozpoznaliby jako dłoń komisarza policji Antonsena. Parę sekund w jego imadle i człowiek już nigdy nie będzie taki sam. Kiedyś Carl mu powie, że może zaoszczędzić na robotach hydraulicznych.

– List pożegnalny? Nie, nie było. I możecie mnie kopnąć w dupę, jeśli ktoś mu nie pomógł.

– O co ci chodzi?

– Nie ma tu, kurna, za dużo odcisków palców. Ani na klamce od drzwi balkonowych, ani na zewnętrznym rzędzie kieliszków, ani na krawędzi ławy. Jest za to zestaw bardzo wyraźnych odcisków palców na balustradzie na balkonie, pewnie należących do Aalbæka, ale po jakie licho trzymać się balustrady, skoro się postanowiło wyskoczyć?

– Rozmyślił się? Przecież znane są takie przypadki.

Anonsen zachichotał. Zawsze to robił, gdy spotykał detektywów spoza własnego okręgu. Mieszanina pojednawczości i protekcjonalności.

– Na balustradzie jest krew. Niedużo, tylko mała plamka. Założę się, że znajdziemy na jego rękach ślady po ciosach, kiedy za chwilę zejdziemy na dół i dobrze poszukamy. Nie, kolego. Ta sprawa śmierdzi.

Wysłał kilku techników do łazienki, po czym postawił przed Carlem i Bjørnem przystojnego, śniadego faceta.

– To jeden z moich najlepszych ludzi, a wy mi go podwędzacie. Powiedzcie z ręką na sercu, że nie jest wam głupio.

– Samir – przedstawił się mężczyzna i wyciągnął dłoń w stronę Bjørna. Czyli tych dwóch jeszcze nie zdążyło się poznać.

– Mówię tylko, że jeśli nie będziecie traktować Samira jak trzeba, będziecie mieć ze mną do czynienia – powiedział Anonsen, obejmując ramię swojego człowieka.

– Carl Mørck – przedstawił się Carl i zafundował mężczyźnie uścisk dłoni niewiele ustępujący uściskowi jego szefa.

– Tak, to ten – kiwnął Antonsen w odpowiedzi na pytający wzrok Samira. – Człowiek, który rozwiązał sprawę Merete

Lynggaard i podobno zasunął Aalbækowi w pysk. – Zaśmiał się. Najwyraźniej Finn Aalbæk nie miał wysokich notowań również w okręgu zachodnim.

– Te drzazgi na dywanie – powiedział jeden z techników, wskazując parę mikroskopijnych drobinek przed drzwiami prowadzącymi na balkon – nie wyglądają, jakby leżały tu od dawna. Leżą na samym wierzchu.

Ukląkł w swoim białym kitlu i przyjrzał im się z bliska. Dziwni ludzie z tych techników. Ale zdolni, trzeba im to oddać.

– To mogą być fragmenty pałki czy czegoś podobnego? – spytał Samir.

Carl rozejrzał się po mieszkaniu i nie znalazł niczego niezwykłego oprócz grubej figury obwiązanej ścierką i stojącej przy drzwiach balkonowych. Ładnie wyrżnięty z drewna Flap w meloniku i z całą resztą rynsztunku. Jego kompan Flip stał w kącie, klapnięty. Coś tu nie pasowało.

Carl pochylił się i poluzował ścierkę, po czym przechylił figurę w przód. Wyglądało to obiecująco.

– Musicie ją sami obrócić, ale już widzę, że plecy tej figury nie są w najlepszym stanie.

Zebrali się wokół niej i ocenili rozmiar otworu po kuli oraz objętość drewna wbitego do środka.

– Stosunkowo mały kaliber. Kula nawet nie przeszła na wylot, wciąż tkwi w środku – powiedział Antonsen, któremu wtórowali technicy.

Carl się zgadzał. Pewnie dwudziestka dwójka. Ale wystarczająco śmiercionośna, gdy potrzeba.

– Czy ktoś z sąsiadów coś słyszał? Jakieś krzyki czy wystrzały? – spytał Carl, wąchając wlot kuli.

Pokręcili głowami.

Dziwne i nie zarazem. Wieżowiec był w fatalnym stanie i właściwie opustoszały. Na całym piętrze było tylko kilku mieszkańców. Pewnie też nikogo na wyższym i niższym piętrze. Dni czerwonego budynku były policzone. Może byłoby lepiej, żeby dziadostwo się zawaliło przy kolejnej wichurze.

– Sprawia wrażenie świeżego – powiedział Carl, cofając głowę. – Wystrzał z odległości paru metrów, nie sądzicie? Do tego dziś wieczorem.

– Zdecydowanie – powiedział technik.

Carl wyszedł na balkon i wyjrzał za balustradę. Niezły upadek. Spojrzał na morze światła w niskich budynkach naprzeciwko. W tej chwili we wszystkich oknach były ludzkie twarze. Ciekawość nie zawodziła, nawet w czarną jak smoła noc.

Wtedy zadzwonił telefon Carla.

Nie przedstawiła się, ale też było to zupełnie zbyteczne.

– Nie uwierzysz, Carl – powiedziała Rose. – Nocna zmiana w Svendborgu znalazła ten kolczyk. Dyżurny wiedział dokładnie, gdzie w systemie go szukać. Niezwykłe, co?

Spojrzał na zegarek. Niezwykłe było to, iż pomyślała, że on odbiera wiadomości o tej porze.

– Chyba nie śpisz? – spytała, nie czekając na odpowiedź. – Jadę teraz na komendę. Prześlą mi mailem zdjęcie kolczyka.

– Czy to nie może poczekać do rana albo do poniedziałku? – znów pękała mu głowa.

– Masz pomysł, kto mógł go zmusić do skoku? – spytał Antonsen, a Carl zatrzasnął klapkę komórki.

Pokręcił głową. Facet pytał, kto to mógł być. Na pewno ktoś, komu Aalbæk węszeniem zrujnował życie. Ktoś, kto myślał, że on za dużo wie. Może ktoś z grupy. Carl miał mnóstwo pomysłów, tyle że żaden się nie nadawał do publicznego obwieszczania.

– Sprawdzaliście jego biuro? – spytał Carl. – Teczki klientów, terminarz spotkań, wiadomości na sekretarce, maile?

– Posłaliśmy tam ludzi. Mówią, że to stara, pusta szopa ze skrzynką na listy.

Carl zmarszczył brwi i rozejrzał się wokół. Następnie podszedł do biurka, stojącego pod krótszą ścianą, sięgnął po wizytówkę Aalbæka, leżącą na podkładce do pisania, i wybrał numer do biura detektywistycznego.

Nie minęły nawet trzy sekundy, a rozdzwonił się telefon w korytarzu.

– Proszę! Już wiemy, gdzie faktycznie znajduje się jego biuro – powiedział Carl, rozglądając się. – Tutaj.

W żadnym razie nie było to widoczne. Ani jednego segregatora, leżącej na widoku teczki z rachunkami. Niczego w tym rodzaju. Tylko magazyny klubów książkowych, porozstawiane bibeloty i mnóstwo płyt CD z Helmutem Lotti i innymi tego typu.

– Przejrzyjcie każdą kartkę w mieszkaniu – polecił Antonsen. To z pewnością zajmie chwilę.

Nie zdążył nawet przeleżeć w łóżku trzech minut, czując, jak symptomy grypy szaleją po jego organizmie ze zdwojoną siłą, gdy znów zadzwoniła Rose. Tym razem jej struny głosowe pracowały pełną parą.

– To ten kolczyk, Carl! Ten, który pasuje do kolczyka znad Lindelse Nor. Teraz możemy z całą pewnością połączyć kolczyk z plastikowej koszulki Kimmie z zaginionymi osobami z Langeland, czy to nie fantastyczne?

Owszem, fantastyczne, ale trudno było wytrzymać jej tempo.

– To nie wszystko, Carl. Dostałam odpowiedzi na maile, które wysłałam w sobotę po południu. Możesz porozmawiać z Kylem Bassetem, zajebiście, co?

Carl podciągnął ramiona aż pod uszy i z trudem oparł się o wezgłowie łóżka. Kyle Basset? Chłopiec, którego szykanowali w szkole z internatem? Faktycznie... zajebiście.

– Może się z tobą zobaczyć jutro po południu. Mamy szczęście, zwykle nigdy go nie ma w biurze, ale będzie tam w niedzielę po południu. Jesteście umówieni na czternastą, więc zdążysz na samolot powrotny o szesnastej dwadzieścia.

Poderwał się w łóżku do pionu, jakby dostał sprężyną w plecy.

– SAMOLOT! O czym ty, do cholery, mówisz, Rose?

– To jest w Madrycie. Przecież wiesz, że on ma tam biuro.

Carl otworzył szeroko oczy.

– MADRYT! Nie wybieram się, kurka wodna, do żadnego Madrytu. Sama sobie leć.

– Już zabukowałam bilet, Carl. Lecisz SAS-em o dziesiątej dwadzieścia. Do zobaczenia na miejscu półtorej godziny wcześniej. Jesteś już odprawiony.

– Nie, nie, nie, nigdzie nie lecę! – usiłował przełknąć twardą masę zapychającą mu gardło. – W ogóle nigdzie!

– Wow, Carl! Boisz się latać? – Wybuchnęła śmiechem. Takim, który uniemożliwiał udzielenie wiarygodnie brzmiącej odpowiedzi.

Owszem, bał się latać. To znaczy, o ile było mu wiadomo, bo jedyny raz tego spróbował, gdy musiał wybrać się na imprezę do Aalborga. Wtedy profilaktycznie zalał się w trupa, w obie strony, więc Vigga o mało nie zwichrowała sobie kręgosłupa, wlokąc go za sobą. Później jeszcze przez dwa tygodnie wczepiał się w nią przez sen. W kogo, do cholery, będzie się teraz wczepiał?

– Nie mam paszportu i nie zrobię tego. Anuluj ten bilet, Rose.

Znowu się roześmiała. Co za nieprzyjemna mieszanka, ta kombinacja bólu głowy, dławiącej wściekłości i jej wibrującego śmiechu w przewodzie słuchowym.

– Kwestię paszportu załatwiłam z policją na lotnisku – powiedziała. – Jutro coś tam będzie na ciebie czekać. Spokojnie, Carl, dostaniesz ode mnie parę tabletek Frisium. Po prostu bądź tam jutro półtorej godziny przed odlotem w terminalu trzy. Dojeżdża tam metro, więc nie musisz nawet brać ze sobą szczoteczki do zębów. Ale pamiętaj o karcie kredytowej, dobrze?

Odłożyła z hukiem słuchawkę, zostawiając Carla samego w ciemności. Nie potrafił się zorientować, w którym momencie sprawy wymknęły mu się spod kontroli.

31

– Weź po prostu dwie tabletki Frisium – powiedziała, po czym wepchnęła mu je do ust, a kilka dodatkowych włożyła mu do kieszeni na piersi, w której leżał pluszowy miś.

Zdezorientowany rozglądał się po hali i kontuarach w poszukiwaniu funkcjonariusza, który mógłby mu coś zarzucić. Niewłaściwe ubranie, niewłaściwe zachowanie, cokolwiek, co zwolniłoby go z jazdy tymi potwornymi schodami wprost na zatracenie.

Wręczyła mu czytelny wydruk planu podróży, adres firmy Kylego Basseta, minirozmówki hiszpańskie i poleciła dobitnie, żeby nie brał ostatnich dwóch tabletek, dopóki nie usiądzie w samolocie powrotnym. Dodała jeszcze masę innych rzeczy. Carl za cztery minuty nie będzie w stanie przypomnieć sobie połowy. Przecież to niewykonalne, jeżeli człowiek przez całą noc nie zmrużył oka, a w dolnych partiach ciała pojawia mu się narastająca w szybkim tempie, grożąca eksplozją zapowiedź biegunki.

– Możesz być po nich senny – powiedziała na koniec. – Ale działają, możesz mi wierzyć. Z nimi niczego nie będziesz się bał. Samolot może nawet wyrżnąć prosto w ziemię, a ciebie to nie ruszy.

Dostrzegł, że pożałowała ostatniego zdania. Następnie pojechał ruchomymi schodami, trzymając w ręce tymczasowy paszport i kartę pokładową.

Już w połowie pasa startowego Carla zaczął oblewać pot, aż jego koszula w widoczny sposób pociemniała, a stopy ślizgały się w butach. Czuł, że tabletki zaczęły już działać, ale w tej chwili serce waliło mu w piersi tak mocno, że mógł równie dobrze umrzeć na zawał.

– Dobrze się pan czuje? – spytała ostrożnie siedząca obok kobieta i podała mu rękę.

Później miał wrażenie, jakby wstrzymywał oddech przez całe dziesięć tysięcy metrów wznoszenia się w eter. Czuł jedynie wstrząsy oraz tajemnicze skrzypienie i stukanie kadłuba.

Otworzył nawiew powietrza i ponownie go zamknął. Odsunął siedzenie do tyłu. Wymacał, czy pod fotelem znajduje się kamizelka ratunkowa, i odprawiał stewardesę za każdym razem, gdy do niego podchodziła.

Potem wyłączył się, tak jak światło.

– Proszę spojrzeć, pod nami Paryż – powiedziała w pewnym momencie jego współpasażerka, kiedy byli już wysoko. Otworzył oczy i poczuł ten koszmar na nowo, zmęczenie i skurcze, które odczuwał w każdym kawałku swego ciała, jak przy grypie, i wreszcie zobaczył rękę wskazującą zarysy czegoś, co kobieta uważała za wieżę Eiffla czy Place d'Etoile.

Carl kiwnął głową, zupełnie obojętny. Miał Paryż gdzieś. Chciał po prostu wysiąść.

Dostrzegła to i znów ujęła go za rękę. Wciąż ją trzymał, gdy obudził się raptownie podczas lądowania samolotu na pasie startowym lotniska Barajas.

– Był pan zupełnie nieprzytomny – powiedziała kobieta i wskazała szyld metra.

Poklepał swój mały talizman w kieszeni na piersi, potem wymacał portfel znajdujący się w kieszeni wewnętrznej i przez męczącą chwilę dyskutował sam ze sobą, czy karty Visa nadają się do użytku w tak odległym miejscu.

– To proste – powiedziała kobieta. – Kupuje pan w tamtym miejscu kartę na metro i ruchomymi schodami jedzie pan na dół. Proszę pojechać do Nuevos Minesterios, przesiąść się na linię 6 i dojechać do Cuatro Caminos, potem linią 2 aż do opery, a później już tylko jeden przystanek linią 5 i już pan jest na Callao. Stamtąd jest tylko sto metrów do miejsca, gdzie ma pan umówione spotkanie.

Carl rozejrzał się za ławką, na której jego ciężki jak ołów mózg i obolałe nogi mogłyby udać się na wycieczkę do krainy wypoczynku.

– Pokażę panu drogę, wybieram się w to samo miejsce. Widziałem w samolocie, jak pan się czuje – powiedziała płynną duńszczyzną jakaś przyjazna dusza.

Carl zwrócił wzrok ku mężczyźnie o niewątpliwie azjatyckim pochodzeniu.

– Mam na imię Vincent – powiedział i oddalił się statecznym krokiem, ciągnąc za sobą bagaż podręczny.

Nie tak wyobrażał sobie miłą niedzielę, gdy jeszcze dziesięć godzin wcześniej kładł się spokojnie do łóżka.

Po płynnej, acz hałaśliwej jeździe metrem, którą przebył w półprzytomnym stanie, Carl przeszedł przez przypominające labirynt korytarze stacji Callaos, a teraz wlepiał wzrok w monumentalne budynki Gran Vias, wyglądające jak góry lodowe. Neoimpresjonistyczne, funkcjonalistyczne, klasycystyczne kolosy, gdyby miał je później opisać. Nigdy nie widział niczego podobnego. Hałas, zapach, gorąco i masa ciemnowłosych ludzi, którzy dokądś pędzili. Tylko z jedną osobą był w stanie się solidaryzować. Z siedzącym na ulicy bezzębnym żebrakiem, przed którym stało kilka kolorowych plastikowych pojemniczków. Każdy z nich podawał inny cel datku. We wszystkich znajdowały się monety i banknoty we wszelkich walutach. Carl połowy nie rozumiał, ale w skrzących się oczach mężczyzny czaiła się autoironia. „Wybierz sam" – mówiło jego spojrzenie. Czy datek ma pójść na browarki, wino, wódkę, czy fajki? Wybierz sam.

Ludzie wokół się uśmiechali, a jeden z nich wyjął aparat i spytał, czy może zrobić zdjęcie. Twarz żebraka rozciągnęła się w szerokim, bezzębnym uśmiechu, gdy wyciągał tabliczkę.

Było na niej napisane „Foto 280 euro".

Podziałało. Nie tylko na stojących wokół ludzi, ale także na zmaltretowane wnętrze Carla i jego uśpione poczucie humoru. Wybuch śmiechu był dla niego porażającym i wyzwalającym zaskoczeniem. Oto autoironia przechodząca samą siebie. Żebrak wcisnął mu nawet do ręki wizytówkę, z której wynikało, że ma swoją stronę internetową: www.lazybeggars.com. Carl pokręcił głową, śmiejąc się, i włożył rękę do kieszeni wewnętrznej, choć w zasadzie żywił niechęć do ludzi żebrzących na ulicy.

Właśnie w tej chwili Carl wrócił do rzeczywistości, a całe jego ciało rozpaliło marzenie o całkowitym odstawieniu na boczny tor pewnej pracownicy Departamentu Q.

Znajdował się, do kurwy nędzy, w nieznanym kraju. Naszpikowany tabletkami, od których jego mózg pracował na jałowym biegu. Wszystkie części ciała pulsowały mu od reakcji immunologicznej. I do tego jego kieszeń wewnętrzna świeciła pustkami. Przez całe życie z uśmieszkiem na ustach słuchał historii o lekkomyślnych turystach, a teraz przydarza się to jemu, podkomisarzowi policji, który wszędzie wietrzy niebezpieczeństwo i podejrzanych osobników. Jak można być takim idiotą? W dodatku w niedzielę.

Status quo: brak portfela. Nawet paprochów w kieszeni. Dwadzieścia minut w metrze szczelnie wypełnionym ciałami miało swoją cenę. Ani karty kredytowej, ani tymczasowego paszportu, ani listy telefonów, ani prawa jazdy, ani nowiutkich pięćdziesięciokoronówek, ani legitymacji ubezpieczeniowej, ani biletów na samolot.

Już niżej nie można upaść.

Dali mu filiżankę kawy w bocznym gabinecie KB Construcciones SA i pozwolili przysnąć frontem do zakurzonych okien. Kwadrans wcześniej został zatrzymany w foyer budynku przy Gran Via 31 przez portiera, który przez długie minuty odmawiał sprawdzenia terminu jego wizyty, bo Carl nie potrafił się w żaden sposób wylegitymować. Facetowi gęba pracowała jak młockarnia, słowa były niezrozumiałe. W końcu Carl ze złością potrząsnął głową i zarzucił faceta stekiem duńskich łamańców językowych.

Pomogło.

– Kyle Basset – rozległ się odległy o całe kilometry głos, gdy Carl na chwilę się zdrzemnął.

Carl ostrożnie otworzył oczy w obawie, że znalazł się w czyśćcu, tak bardzo łupało mu w głowie i w całym ciele.

Podano mu jeszcze jedną kawę przy gigantycznych białych oknach szprosowych gabinetu Kylego Basseta i z jaką taką jasnością umysłu siedział teraz naprzeciw człowieka po trzydziestce, który doskonale wiedział, co reprezentuje. Bogactwo, władzę i nieumiarkowane poczucie własnej wartości.

– Pańska koleżanka zapoznała mnie z sytuacją – powiedział Basset. – Prowadzicie dochodzenie w sprawie morderstw potencjalnie powiązanych z osobami, które swego czasu napadły na mnie w szkole z internatem. Zgadza się?

Mówił po duńsku z akcentem. Carl rozejrzał się wokół. Gabinet był ogromny. Na dole, na Gran Via, ludzie wylewali się ze sklepów takich, jak Sfera i Lefties. W takim otoczeniu to prawie cud, że Basset w ogóle rozumiał po duńsku.

– To może być kilka morderstw, jeszcze tego nie wiemy – Carl wlał w siebie kawę. Była bardzo gorzka w smaku i nie do końca łagodząco działała na jego podrażnione jelita. – Nie ukrywa pan, że na pana napadli. Dlaczego w takim razie nie ujawnił się pan, gdy toczyła się sprawa przeciwko nim?

Zaśmiał się.

– Zrobiłem to dużo wcześniej. W towarzystwie właściwych osób.

– Czyli?

– Z moim ojcem. Chodził do szkoły z ojcem Kimmie.

– Okej. Co pan z tego miał?

Wzruszył ramionami, wyjmując papierośnicę z kutego srebra. Czyli takie rzeczy wciąż istnieją. Poczęstował Carla.

– Ile ma pan czasu?

– Mam samolot o szesnastej dwadzieścia.

Spojrzał na zegarek.

– Ups, to nie mamy za dużo czasu. Pewnie weźmie pan taksówkę?

Carl zaciągnął się głęboko dymem. Pomogło.

– Mam mały problem – powiedział zawstydzony.

Zapoznał Basseta z problemem. Kradzież kieszonkowa w metrze. Ani pieniędzy, ani tymczasowego paszportu, ani biletu na samolot.

Kyle Basset wcisnął przycisk urządzenia głośnomówiącego. Jego polecenia nie brzmiały uprzejmie. Raczej tak, jakby wydawał je ludziom, którymi pogardza.

– W takim razie będę się streszczał – Basset spojrzał na biały budynek naprzeciw. W jego spojrzeniu mogły się kryć bolesne wspomnienia, ale nie sposób było tego dostrzec, tak było harde i niewzruszone.

– Mój ojciec umówił się z ojcem Kimmie, że ona odczuje karę we właściwym czasie. To mogło poczekać, a mnie to urządzało. Dobrze znałem jej ojca, Willy'ego K. Lassena, właściwie to nadal go znam. Ma mieszkanie w Monako jakieś dwie minuty ode mnie i jest dość bezkompromisowym człowiekiem. Powiedziałbym, że nie warto z nim zadzierać. To znaczy kiedyś tak było. W tej chwili facet jest śmiertelnie chory. Nie zostało w nim wiele życia – uśmiechnął się. Dziwna reakcja.

Carl zacisnął usta. Czyli ojciec Kimmie rzeczywiście jest poważnie chory, tak jak on wmówił tej narkomance Tine. Coś podobnego! Czasem okazuje się, że rzeczywistość i fantazja lubią się ze sobą przeplatać.

– Dlaczego Kimmie? – spytał. – Wspomina pan tylko o niej. Inni nie byli w to wmieszani? Ulrik Dybbøl Jensen, Bjarne Thøgersen, Kristian Wolf, Ditlev Pram, Torsten Florin? Nie byli wtedy razem?

Basset założył ręce, a dymiący papieros zwisał mu w kąciku ust.

– Może pan myśli, że świadomie wybrali mnie na swoją ofiarę?

– Nic o tym nie wiem. Nie znam szczegółów tego epizodu.

– W takim razie panu opowiem. Jestem przekonany, że fakt, że to właśnie mnie pobili, był zupełnie przypadkowy. Przypadkowy był też dalszy rozwój sytuacji. – Położył rękę na klatce piersiowej i pochylił się w przód. – Trzy złamane żebra. Pogruchotany obojczyk. Potem jeszcze przez wiele dni sikałem krwią. Oczywiście mogli mnie zabić. Mogę panu powiedzieć, że nie stało się tak również przez przypadek.

– Rozumiem, ale do czego pan zmierza? To przecież nie wyjaśnia, dlaczego pańska zemsta miała dotknąć tylko Kimmie Lassen?

– Wie pan co, panie Mørck? Te bydlaki mnie czegoś nauczyły, napadając na mnie. W pewnym sensie jestem im za to wdzięczny. – Wypowiadając kolejne zdanie, przy każdym słowie stukał w stół. – Nauczyłem się, że trzeba uderzać, kiedy nadarza się okazja. Przypadkowo albo nie. Bez względu na rozsądek albo winę czy niewinność innych. Rozumie pan, to podstawa w biznesie. Wyciągnij broń i atakuj. Po prostu uderzaj. A moją bronią był w tym wypadku fakt, że można było wywrzeć wpływ na ojca Kimmie.

Carl wziął głęboki oddech. W uszach mieszkańca północnej Jutlandii nie brzmiało to zbyt sympatycznie. Zmrużył oczy.

– Chyba nadal nie rozumiem.

Basset pokręcił głową. Wcale się tego nie spodziewał. Pochodzili z dwóch różnych planet.

– Mówię tylko, że skoro nadarzała się okazja, by uderzyć w Kimmie, to właśnie ona musiała poczuć działanie zemsty – powiedział.

– A o innych pan nie dbał?

Wzruszył ramionami.

– Gdybym miał możliwość, uderzyłbym w którekolwiek z nich. Tyle że jej nie miałem. Można powiedzieć, że działamy w różnych rewirach.

– Czyli Kimmie nie była bardziej aktywna niż inni? Kto według pana stanowił siłę napędową tej bandy?

– Oczywiście Kristian Wolf. Ale gdyby te gnojki wszystkie naraz znalazły się na wolności, to chyba trzymałbym się z dala od Kimmie.

– Co pan ma na myśli?

– Kiedy zaczęli, ona zachowywała się neutralnie. Bili głównie Florin, Pram i Kristian Wolf. Ale kiedy się cofnęli, gdy zacząłem krwawić z ucha, co ich pewnie wystraszyło, wtedy wkroczyła Kimmie.

Wydął nozdrza, jakby do dziś wyczuwał jej obecność.

– Prowokowali ją, wie pan. Zwłaszcza Kristian Wolf. On i Pram ją obmacywali, a ona się prężyła i wtedy popchnęli ją w moim kierunku. – Zacisnął lekko pięści. – Najpierw mnie lekko poklepywała, potem coraz mocniej. Kiedy dostrzegła, że to sprawia ból, aż zaświeciły jej się oczy i przyspieszył oddech, a uderzenia stawały się coraz silniejsze. To ona kopnęła mnie w brzuch. Mocno, czubkiem buta. – Zdusił papierosa w popielniczce, przypominającej do złudzenia figurę z brązu znajdującą się na dachu naprzeciwko. Twarz Basseta była pokryta bruzdami. Carl dostrzegł to dopiero teraz, w padającym z boku świetle słonecznym. Wcześnie jak na takiego młodego faceta.

– Gdyby Wolf nie interweniował, nie przestałaby, dopóki bym nie umarł. Jestem tego pewny.

– A inni?

– Ach, inni – pokiwał głową sam do siebie. – Moim zdaniem nie mogli się już doczekać następnego razu. Byli jak widzowie na korridzie. A wiem coś o tym, proszę mi wierzyć.

Do gabinetu weszła sekretarka, która przedtem podała Carlowi kawę. Gibka, w ładnym ubraniu, ciemnym, podobnie jak kolor jej włosów i oczu. Trzymała w ręce kopertę, którą wręczyła Carlowi.

– *Now you have some euros and a boardingpass for the trip home* – powiedziała, uśmiechając się do niego przyjaźnie.

Potem zwróciła się do swego szefa i podała mu kartkę, którą on błyskawicznie przeczytał. Wściekłość, jaką wywołała, skojarzyła się Carlowi z dopiero co nakreślonym przez Basseta obrazem Kimmie z szeroko otwartymi oczami.

Basset bez wahania podarł papier na strzępy i obrzucił sekretarkę potokiem przekleństw. Na jego twarzy malowało się szaleństwo. Teraz bruzdy na twarzy ujawniły się w całej okazałości. Ta gwałtowna reakcja sprawiła, że kobieta zaczęła się trząść, patrząc z zawstydzeniem w podłogę. Wyjątkowo nieprzyjemny widok.

Kiedy zamknęła za sobą drzwi, Basset uśmiechnął się do Carla, nieporuszony.

– To tylko głupia biurwa. Niech się pan nią nie przejmuje. Poradzi pan sobie z powrotem do Danii?

Kiwnął głową w milczeniu, próbując wykrzesać z siebie coś na kształt wdzięczności, ale nie było łatwo. Kyle Basset był taki jak ci, którzy swego czasu go skrzywdzili. Pozbawiony empatii. Właśnie zademonstrował to przed oczami Carla. Do diabła z nim i z takimi jak on, głupie bydlaki.

– A kara? – spytał Carl na koniec. – Co z karą Kimmie? Co nią było?

Zaśmiał się.

– Ach, okazja nadarzyła się zupełnie przypadkowo. Poroniła i była bardzo pokiereszowana, właściwie to nawet chora, więc poprosiła o pomoc swego ojca.

– Zgaduję, że jej nie otrzymała – wyobraził sobie młodą kobietę, której ojciec odmówił pomocy w największej potrzebie. Czy to właśnie brak miłości malował się na twarzy małej dziewczynki, stojącej między ojcem a macochą na fotografii w starym artykule z „Gossip"?

– Och, dowiedziałem się, że to była paskudna sprawa. Jej ojciec mieszkał wtedy w hotelu d'Angleterre. Zawsze się tam zatrzymuje, gdy jest w Danii. Przyszła do recepcji, zataczając się. Czego, u diabła, się spodziewała?

– Kazał ją wyrzucić?

– I to na zbity pysk, żeby pan wiedział – zaśmiał się. – Najpierw musiała pozbierać z dywanu banknoty tysiąckoronowe, które jej rzucił, więc jednak coś jej z tego przyszło. Ale potem już tylko *good bye and farewell for good.*

– Jest przecież właścicielką domu w Ordrup. Wie pan, dlaczego tam nie poszła?

– Ależ poszła! I została potraktowana w taki sam sposób. – Basset pokręcił głową. Było mu zupełnie wszystko jedno. – No, panie Mørck, jeżeli chce się pan dowiedzieć czegoś więcej, to niech pan leci późniejszym samolotem. Musi pan mieć wystarczająco dużo czasu na odprawę, a jeśli chce pan zdążyć na szesnastą dwadzieścia, to proszę lepiej się zbierać.

Carl wziął głęboki oddech. Już w tej chwili czuł, o jaki lęk przyprawiają go drgania samolotu. Przypomniał sobie o tabletkach znajdujących się w kieszeni na piersi, wyciągnął misia i wygrzebał pigułki z dna kieszeni. Położył maskotkę na brzegu stołu, by popić tabletki kawą.

Zerknął znad krawędzi filiżanki na Armagedon papierów na biurku, kalkulator, pióro wieczne, wypełnioną do połowy popielniczkę, po czym jego wzrok spoczął na zaciśniętych pięściach Kylego Basseta i jego zbielałych kłykciach. Dopiero wtedy spojrzał na twarz Basseta i zobaczył człowieka, którego zapewne pierwszy raz od wielu lat ogarnął dławiący ból. Ból, w którego zadawaniu innym i sobie ludzie osiągają mistrzostwo.

Spojrzenie Basseta było utkwione w Bogu ducha winnym malutkim, okrąglutkim misiu. Zupełnie jakby wypierane dotąd uczucia poraziły go jak uderzenie pioruna.

Potem opadł na krzesło.

– Zna pan tego misia? – spytał Carl, któremu tabletki utknęły gdzieś pomiędzy strunami głosowymi.

Kiwnął głową, skupiając się przez chwilę na uczuciu wściekłości, które przyszło mu w sukurs.

– Tak, zawsze wisiał przy nadgarstku Kimmie, kiedy chodziła do szkoły. Nie wiem, dlaczego. Miał przymocowaną na stałe czerwoną wstążeczkę wokół szyi.

Przez chwilę Carl sądził, że jego gospodarz się rozklei i rozpłacze, ale twarz Basseta zastygła i po chwili na krześle siedział znowu mężczyzna, który potrafił zmieszać biurwę z błotem.

– Tak, pamiętam go aż za dobrze. Wisiał u jej nadgarstka, kiedy mnie tłukła. Skąd, do jasnej cholery, pan go wytrzasnął?

32

Kiedy w niedzielny poranek obudziła się w pokoju hotelu Ansgar, dochodziła dziesiąta. W nogach łóżka wciąż migał telewizor, nadając powtórkę nocnych wydarzeń na kanale TV2 News. Pomimo gigantycznych wysiłków wciąż nie znano przyczyn wybuchu bomby przy stacji Dybbølsbro, dlatego zdarzenie to zeszło z pierwszego planu. Obecnie była mowa o amerykańskim bombardowaniu rebeliantów w Bagdadzie i o kandydaturze Kasparowa na stanowisko prezydenta, ale przede wszystkim o śmiertelnym wypadku w zdezelowanym czerwonym wieżowcu w Rødovre.

Według rzecznika policji wiele wskazywało na morderstwo. Szczególnie fakt, że ofiara kurczowo trzymała się balustrady i została uderzona w palce tępym narzędziem. Być może pistoletem, z którego tego samego wieczora oddano strzał do drewnianej figury znajdującej się w mieszkaniu. Informacje udzielane przez policję były zdawkowe. Jak dotąd nie namierzono podejrzanego.

Tak powiedzieli.

Przycisnęła do siebie zawiniątko.

– Już wiedzą, Mille. Chłopcy wiedzą, że jestem na ich tropie – spróbowała się uśmiechnąć. – Myślisz, że są teraz razem? Myślisz, że Torsten, Ulrik i Ditlev rozmawiają o tym, co zrobią, kiedy mama ich znajdzie? Czy już się boją?

Zaczęła kołysać zawiniątko.

– Myślę, że powinni się bać po tym, co zrobili nam obu, nie sądzisz? I wiesz co, Mille? Mają powody.

Na ekranie telewizora operator kamery usiłował pokazać z bliska manewrującą zwłokami załogę karetki, ale najwyraźniej było za ciemno.

– Wiesz co, Mille? Nie powinnam była im mówić o tej metalowej skrzynce. To był błąd. – Otarła oczy, które nagle napełniły się łzami. – Nie powinnam była tego mówić. Dlaczego to zrobiłam?

Fakt, że zamieszkała z Bjarnem Thøgersenem, był jawną zdradą. Jeśli miała się z kimś pieprzyć, to albo w sekrecie, albo z całą grupą – nie było innych możliwości. A teraz takie oczywiste pogwałcenie żelaznych zasad. Nie dość, że faworyzowała kogoś z grupy kosztem innych, to na dodatek wybrała tego, który znajdował się najniżej w hierarchii.

To było naprawdę nie w porządku.

– Bjarne?! – zagrzmiał Kristian Wolf. – Co ty, kurwa, widzisz w tym nieudaczniku?

Chciał, żeby wszystko wróciło do poprzedniego stanu rzeczy. Żeby nadal jeździli na swoje wycieczki zakończone napadem i żeby Kimmie o każdej porze dnia i nocy była dostępna dla nich wszystkich – i tylko dla nich.

Wbrew groźbom i naciskom Kristiana, Kimmie trwała przy swoim. Wybrała Bjarnego, a inni musieli zadowolić się wspomnieniami.

Przez jakiś czas grupa kontynuowała swoje seanse. Spotykali się średnio co czwartą niedzielę, wciągali kokę i oglądali filmy pełne przemocy, a potem wyruszali terenówką Kristiana z napędem na cztery koła w poszukiwaniu osoby, którą mogliby zmaltretować i pobić. Niekiedy zawierali z ofiarami umowy i dawali im pieniądze za upokorzenia i cierpienie, innym razem po prostu zachodzili je od tyłu i bili do nieprzytomności, nim zdążyły ich rozpoznać. A czasami, tak jak w wypadku starszego mężczyzny, który samotnie łowił ryby w jeziorze Esrum, wiedzieli, że ofiara nie może ujść z życiem.

Właśnie ten ostatni typ napadów najbardziej im odpowiadał. Kiedy okoliczności im sprzyjały i mogli iść na całość. Kiedy mogli maksymalnie wczuć się w swoje role.

Ale nad jeziorem Esrum sprawy potoczyły się źle.

Widziała po drodze podniecenie Kristiana. Zawsze był podekscytowany, ale tym razem jego twarz była pociemniała i zacięta. Nie było rozchylonych warg czy opadających powiek. Widać było po nim wewnętrzną frustrację, kiedy aż nazbyt spokojnie stał i obserwował ruchy pozostałych oraz przylegające do ciała ubranie Kimmie, gdy wlekli mężczyznę do wody.

– Ulrik, weź ją! – krzyknął nagle, kiedy w ociekającej wodą letniej sukience i z rozstawionymi nogami kucała wśród sitowia, patrząc, jak martwe ciało idzie na dno. Ulrikowi rozbłysły oczy na samą myśl, ale ogarnął go także lęk, że nie podoła. Jeszcze przed jej wyjazdem do Szwajcarii musiał wielokrotnie odpuścić sobie seks z nią, widząc jednocześnie, jak robią to pozostali. Zupełnie jakby koktajl przemocy i seksu nie leżał mu tak jak innym. Jakby puls musiał najpierw zwolnić, by móc znowu podskoczyć.

– Dalej, Ulrik! – krzyczeli pozostali, podczas gdy Bjarne wrzeszczał, żeby przestali. Wtedy Ditlev i Kristian chwycili go mocno i przytrzymali.

Widziała, jak Ulrik rozpina zamek spodni, i to, że choć raz może stanąć na wysokości zadania. Nie widziała natomiast Torstena, który rzucił się na nią od tyłu i siłą położył na ziemi.

Gdyby nie przekleństwa i szarpanina Bjarnego oraz klęska męskości Ulrika, która nastąpiła zaraz potem, zgwałciliby ją tego dnia wszyscy tam, na skraju lasu pałek wodnych.

Nie minęło dużo czasu, nim Kristian zaczął systematycznie składać jej wizyty. Nie zważał na Bjarnego i innych. Byle on mógł ją mieć – wtedy był zadowolony.

Bjarne się zmienił. Sprawiał wrażenie rozkojarzonego, kiedy rozmawiał z Kimmie. Nie odwzajemniał już jej pieszczot i najczęściej go nie było, kiedy ona wracała z pracy. Wydawał pieniądze, których nie powinien mieć. Rozmawiał przez telefon, kiedy sądził, że ona śpi.

Kristian zabiegał o jej względy na wszelkie sposoby. W sklepie zoologicznym Nautilus, w drodze do pracy i z pracy, w mieszkaniu Bjarnego, kiedy ten dostał ciepłą posadkę u pozostałych z grupy i zszedł mu z drogi.

Kimmie nim gardziła. Gardziła Kristianem Wolfem za jego uzależnienie i oderwanie od rzeczywistości.

Szybko się zorientowała, że narasta w nim gniew. Widziała, jak jego stalowe spojrzenie się wyostrza, przeszywając ją na wylot.

Ale Kimmie się go nie bała. Czy mógł jej zrobić coś, czego już wcześniej wielokrotnie nie zrobili?

Stało się to tego marcowego dnia, kiedy kometa Hyakutake była dobrze widoczna nad duńskim niebem. Bjarne dostał od Torstena teleskop astronomiczny, a Ditlev użyczył mu swojej żaglówki. Chodziło o to, by rozsiadł się z paroma butelkami piwa w poczuciu własnej wielkości, podczas gdy Kristian, Ditlev, Torsten i Ulrik mogli wedrzeć się do mieszkania.

Nigdy nie zdołała się dowiedzieć, w jaki sposób weszli w posiadanie klucza do drzwi, ale nagle stali tam ze zwężonymi źrenicami i podrażnionymi od kokainy nozdrzami. Nic nie mówiąc, rzucili się na nią, przycisnęli do ściany i zerwali z niej ubranie, żeby była wystarczająco dostępna.

Nie zdołali jej zmusić, by się odezwała. Wiedziała, że to ich jeszcze bardziej pobudzi. Przecież widziała to wiele razy, gdy razem na kogoś napadali.

Mężczyźni z tej grupy nienawidzili użalania się, podobnie zresztą jak Kimmie.

Rzucili ją na ławę, nawet jej nie uprzątnąwszy. Gwałt rozpoczął się od tego, że Ulrik usiadł okrakiem na jej brzuchu i chwycił wielkimi łapskami za kolana, zmuszając ją do rozłożenia nóg. Najpierw próbowała bić go z całej siły po plecach, ale jego odurzenie i warstwa tłuszczu zamortyzowały siłę uderzeń. Zresztą, co by to dało? Przecież wiedziała, że Ulrik to uwielbia. Bicie, upokorzenia, przymus. Wszystko, co było na bakier z powszechnie akceptowaną normą. Dla Ulrika nie istniało tabu. Nie istniały fetysze, których by nie wypróbował. Ani jeden. A jednak nie potrafił bezproblemowo uzyskać pełnej erekcji, jak inni.

Kristian ustawił się między jej nogami i dał upust swojej chuci, aż oczy wyszły mu na wierzch, a wargi wydęły się z zadowolenia. Ditlev był drugi i błyskawicznie doszedł, z tymi swoimi charakterystycznymi, przypominającymi skurcze drgawkami. Wreszcie nadeszła kolej Torstena.

W chwili gdy ten cherlawy człowieczek w nią wtargnął, w drzwiach nagle stanął Bjarne. Spojrzała mu prosto w twarz, widząc, jak budzi się w nim poczucie niższości, a solidarność z grupą łamie mu kręgosłup i bierze nad nim górę. Krzyknęła, żeby sobie poszedł, ale Bjarne tego nie zrobił.

I kiedy Torsten się wycofał, dyszenie grupy przerodziło się w okrzyki radości, kiedy również Bjarne poszedł w ich ślady.

Wpatrywała się w jego zdystansowaną, siną twarz, uświadamiając sobie po raz pierwszy, do czego doprowadziło ją dotychczasowe życie.

Zrezygnowała, zamknęła oczy i odpłynęła.

Ostatnią rzeczą, którą usłyszała, nim ogarnęła ją ochronna mgła nieświadomości, był śmiech grupy, gdy Ulrik znowu spróbował i musiał się poddać.

To był ostatni raz, gdy widziała ich wszystkich razem.

– Kochanie, zobacz, co mamusia ma dla ciebie.

Wyplątała małego człowieczka z materiału i stała, patrząc na niego z ogromną tkliwością. Jaka doskonałość. Takie malutkie paluszki u rąk i nóg. Maleńkie paznokietki.

Następnie wypakowała zawartość paczki i przytrzymała ją w powietrzu nad zasuszonym ciałkiem.

– Popatrz, Mille, widziałaś kiedyś coś podobnego? Czy nie tego właśnie powinnyśmy użyć w takim dniu jak dziś?

Dotknęła palcem małej rączki.

– Mamusia jest ciepła, prawda? – spytała. – Tak, mama jest ciepła. – Zaśmiała się. – Mama zawsze taka jest, jak jest spięta. Przecież wiesz.

Wyjrzała przez okno. Ostatni dzień września. Tak samo jak wtedy, gdy dwanaście lat temu wprowadzała się do Bjarnego. Tyle że wówczas nie padało.

O ile dobrze pamiętała.

Po gwałcie zostawili ją na ławie, a sami rozłożyli się wokół, wciągając kokainę, dopóki całkiem nie odlecieli. Śmiali się do rozpuku, a Kristian parę razy poklepał ją mocno po nagich udach. Pewnie w pojednawczym geście.

– Daj spokój, Kimmie – krzyczał Bjarne. – Nie bądź taką cnotką. Przecież to tylko my.

– To koniec – warknęła. – Koniec.

Widziała, że jej nie wierzą. Bo jest od nich zbyt uzależniona. Bo po jakimś czasie karnie wróci. Ale ona nie zamierzała. Nigdy. W Szwajcarii radziła sobie bez nich. Teraz też może.

Zajęło jej chwilę, by się podnieść. Krocze ją piekło. Stawy były nadwerężone, bolał ją kark, a uczucie poniżenia ciążyło.

To samo uczucie ponownie dało o sobie znać, gdy w domu w Ordrup Kassandra powitała ją pogardliwymi słowami:

– Czy ty niczego nie potrafisz zrobić porządnie, Kimmie?

Następnego dnia dowiedziała się, że Torsten Florin kupił jej miejsce pracy, Nautilus Trading SA, i że jest bezrobotna. Czek wręczył jej jeden z pracowników, którego uważała za przyjaciela. Poinformował ją, że musi niestety opuścić to miejsce. Według jego słów za przetasowaniami personalnymi stał Torsten Florin. Jeśli więc chciałaby się na coś poskarżyć, to powinna się zwrócić bezpośrednio do niego.

Kiedy udała się do banku, by zrealizować czek, odnotowała, że Bjarne oczyścił i zlikwidował konto.

Pod żadnym pozorem nie wolno jej było wyśliznąć się z ich macek. Taki był plan.

Kolejne miesiące spędziła w domu, w swoim pokoju na górze. Nocą przynosiła sobie z kuchni jedzenie, a w dzień spała. Leżała z podciągniętymi nogami, ściskając w dłoni swojego misia. Kassandra często stawała pod drzwiami i mówiła coś tym swoim piskliwym głosem, ale Kimmie była głucha na cały świat.

Bo Kimmie nic nikomu nie była winna. I była w ciąży.

– Byłam taka szczęśliwa, kiedy się dowiedziałam, że będę cię miała, naprawdę – powiedziała, uśmiechając się do maleństwa. – Od razu wiedziałam, że jesteś dziewczynką i jak będziesz miała na imię. Miałaś po prostu na imię Mille. Czy to nie dziwne i zabawne?

Poprzewracała ją z boku na bok, po czym zawinęła ciałko z powrotem w materiał. Leżało na białej tkaninie niczym maleńkie dzieciątko Jezus.

– Tak bardzo się cieszyłam, że zamieszkamy razem w domu i będziemy żyć tak jak inni ludzie. Twoja mama znalazłaby pracę od razu po twoich narodzinach i byłybyśmy przez cały czas razem, kiedy mama odebrałaby cię ze żłobka.

Wyciągnęła torbę, postawiła ją na łóżku i wymościła jej dno hotelową poduszką. Wyglądało to bezpiecznie i przytulnie.

– Tak, ty i ja zamieszkałybyśmy w domu we dwie, a Kassandra musiałaby się wynieść.

Kristian Wolf zaczął do niej wydzwaniać parę tygodni przed swoim ślubem. Perspektywa spętania oraz jej wielokrotne odmowy doprowadzały go do szaleństwa.

Lato było szare, ale radosne, bo Kimmie zaczęła odzyskiwać kontrolę nad swoim życiem. Zostawiła za sobą straszliwe rzeczy, których się dopuścili. Teraz była odpowiedzialna za nowe życie.

Przeszłość dla niej umarła.

Dopiero gdy któregoś dnia w salonie Kassandry czekali na nią Ditlev Pram i Torsten Florin, Kimmie zdała sobie sprawę z beznadziejności swojej sytuacji. Widząc ich badawcze spojrzenia, przypomniała sobie, jak bardzo potrafią być niebezpieczni.

– Twoi dawni przyjaciele przyszli do ciebie z wizytą – zaszczebiotała Kassandra w swojej przejrzystej letniej sukience. Mimo protestów wyprosili ją z jej włości, „My Room", bo to, co miało nastąpić, nie było przeznaczone dla jej uszu.

– Nie wiem, dlaczego tu jesteście, ale chcę, żebyście wyszli – powiedziała Kimmie, wiedząc dobrze, że jej słowa stanowią jedynie wstęp do dyskusji, kto wyjdzie z tego spotkania z tarczą, a kto na tarczy.

– Za bardzo się tym przejęłaś, Kimmie – powiedział Torsten. – Nie możemy pozwolić, żebyś się wycofała. Kto wie, co ci przyjdzie do głowy?

Pokręciła głową.

– O co wam chodzi? Że najdą mnie myśli samobójcze i zostawię po sobie kompromitujące liściki?

Ditlev kiwnął głową.

– Na przykład. Myślimy też o innych rzeczach, które mogłabyś zrobić.

– Niby jakich?

– Czy to nie wszystko jedno? – powiedział Torsten Florin, podchodząc bliżej.

Jeśli znowu spróbują ją tknąć, przyrżnie im którąś z tych ciężki chińskich waz poustawianych po kątach.

– Rzecz w tym, że wiemy, na czym stoimy, kiedy jesteś z nami. Przecież sama nie możesz się bez nas obejść. Przyznaj się, Kimmie – ciągnął.

Obdarzyła ich uśmieszkiem.

– Może będziesz tatą, Torsten. Albo może ty, Ditlev. – Nie chciała tego mówić, ale widok ich zastygłych twarzy był tego wart. – Dlaczego miałabym z wami iść? – Położyła rękę na brzuchu. – Myślicie może, że to dobre dla dziecka? Nie sądzę.

Wiedziała doskonale, co myślą, wymieniając spojrzenia. Obaj mieli dzieci, a za sobą rozwody i skandale. Jeden skandal w tę czy we w tę nie robił różnicy. Problemem był wyłącznie jej bunt.

– Musisz się pozbyć tego dziecka – oznajmił Ditlev, nadspodziewanie kategorycznym tonem.

Powiedział „pozbyć się tego dziecka". Te cztery słowa powiedziały jej, że życie dziecka znajduje się w niebezpieczeństwie.

Wyciągnęła w ich stronę otwartą dłoń, by zaznaczyć swój dystans.

– Zostawcie mnie w spokoju, bo będziecie mieć ze mną do czynienia. Rozumiecie? Zostawcie mnie w spokoju.

Z zadowoleniem patrzyła, jak zmrużyli oczy przy zmianie jej tonu.

– Jeśli się nie dostosujecie, wiedzcie, że istnieje skrzynka, której zawartość może zrujnować wasze życie. Ta moje ubezpieczenie na życie. Jeżeli coś mi się stanie, to skrzynka ujrzy światło dzienne. – Wcale tego nie zaplanowała. Owszem, trzymała kasetkę w skrytce, ale nigdy nie miała zamiaru pokazywać jej innym. To były po prostu jej trofea. Jedna rzecz za każde życie, które odebrali. Jak indiańskie skalpy. Jak bycze uszy dla toreadorów. Jak serca ofiar Inków.

– Jaka skrzynka? – spytał Torsten, a jego lisia twarz pokryła się bruzdami.

– Zabierałam przedmioty z miejsc zbrodni. Wszystko, co zrobiliśmy, może zostać ujawnione dzięki zawartości tej kasetki. Jeśli choć tkniecie mnie albo moje dziecko, to ręczę, że zgnijecie za kratami.

Widać było, że Ditlev połknął haczyk. Natomiast Torsten przyjął to sceptycznie.

– Wymień choć jedną rzecz – powiedział.

– Kolczyk tej kobiety z Langeland. Gumowa opaska Kårego Bruno. Pamiętacie, jak Kristian go chwycił i zepchnął kopniakiem z krawędzi? Więc może pamiętacie też, że później stał przed pływalnią Bellahøj i śmiał się, trzymając w ręce gumową opaskę. Nie byłoby mu do śmiechu, gdyby usłyszał, że opaska jest schowana razem z dwiema kartami Trivial Pursuit z Rørvig. Jak sądzicie?

Torsten Florin spojrzał w bok. Zupełnie jakby chciał się upewnić, czy po drugiej stronie drzwi nikt nie podsłuchuje.

– Nie, Kimmie, masz rację – powiedział. – Chyba nie byłoby mu do śmiechu.

Kristian przyszedł do niej pewnej nocy, gdy Kassandra, upiwszy się do nieprzytomności, od dawna leżała jak kłoda. Stanął nad nią przy łóżku i wypowiadał słowa tak powoli i dobitnie, że każde z nich niemal się w nią wżarło.

– Kimmie, powiedz, gdzie jest skrzynka, bo cię zabiję.

Pobił ją tak brutalnie, że ledwo mogła ruszyć ręką. Bił ją po brzuchu, podbrzuszu i po klatce piersiowej, aż trzeszczały kości, ale ona nie wyjawiła, gdzie schowała skrzynkę.

W końcu poszedł. Całkowicie wyładował swoją agresję i był przekonany, że jego przedsięwzięcie dobiegło końca, a kasetka z dowodami to czysty wymysł.

Kiedy ocknęła się z omdlenia, sama zadzwoniła po karetkę.

33

Obudziła się z pustym żołądkiem, ale bez apetytu. Było niedzielne popołudnie, a ona wciąż przebywała w hotelu. Godzinny sen nakarmił ją obietnicami, że wszystko wreszcie złoży się w sensowną całość. Jaka strawa była jej wobec tego potrzebna?

Zwróciła się do torby z zawiniątkiem, stojącej obok na łóżku.

– Dziś dostaniesz ode mnie prezent, malutka Mille. Myślałam o tym. Dostaniesz najlepszą rzecz, jaką kiedykolwiek miałam w życiu. Mojego misia Teddy'ego – powiedziała. – Mama często o tym myślała, a nastąpi to właśnie dziś. Nie cieszysz się?

Czuła, że głosy czają się w oczekiwaniu na chwilę jej słabości, więc włożyła rękę do torby z zawiniątkiem, pozwalając, by ogarnęło ją ciepło uczuć.

– Tak, jestem spokojna, mój skarbie. Jestem zupełnie spokojna. Dziś nikt nas nie skrzywdzi.

Gdy przyjęto ją do szpitala z rozległym krwotokiem w jamie brzusznej, personel szpitala Bisperbjerg wypytywał ją, w jaki sposób znalazła się w tak złym stanie. Ordynator zasugerował nawet, żeby wezwać policję, ale odwiodła ich od tego pomysłu. Ślady na jej ciele były rezultatem upadku ze szczytu wysokich i stromych schodów – uspokajała. Już od jakiegoś czasu uskarżała się na chwilowe zawroty głowy, które dopadły ją, gdy weszła na schody. Zaręcza, że nikt nie nastaje na jej życie. Mieszka w domu jedynie z macochą. To tylko głupi, niefortunny wypadek.

Nazajutrz pielęgniarki przywróciły jej wiarę, że dziecko przeżyje. Dopiero gdy przekazały jej pozdrowienia od dawnych kolegów ze szkoły z internatem, wiedziała, że musi się mieć na baczności.

Czwartego dnia do jej jednoosobowej sali przyszedł Bjarne. Oczywiście nieprzypadkowo to właśnie jemu przydzielono rolę chłopca na posyłki. Po pierwsze, Bjarne nie był znaną osobą, w przeciwieństwie do pozostałych, a po drugie, nikt tak jak on nie potrafił sprowadzić rozmówcy do parteru, nie pozostawiając miejsca na czczą gadaninę i naprędce wymyślane kłamstwa.

– Mówisz, że masz dowody przeciwko nam, Kimmie? Naprawdę?

Nie odpowiedziała. Patrzyła po prostu przez okna na monumentalne, podniszczone budynki.

– Kristian przeprasza za to, co ci zrobił. Pyta, czy chcesz się przenieść do prywatnego szpitala. Z dzieckiem okej, prawda?

Spojrzała na niego ze złością. To wystarczyło, by spuścił oczy. Dobrze wiedział, że nie ma prawa o nic pytać.

– Przekaż Kristianowi, że ostatni raz tknął mnie czy ktokolwiek, co ma ze mną coś wspólnego, rozumiesz?

– Kimmie, znasz Kristiana. Nie można się go pozbyć ot, tak. Mówi, że nie masz nikogo za sobą. Nikogo, komu mogłabyś powiedzieć to, co o nas wiesz, Kimmie. Twierdzi też, że zmienił zdanie i że już wierzy w istnienie tej kasetki z dowodami. Że to do ciebie podobne. Właściwie to się śmiał, kiedy mi o tym mówił. – Bjarne próbował oddać wrażenia dźwiękowe, chrząkając tak jak Kristian, ale Kimmie go zignorowała. Kristian nigdy nie wyśmiałby zagrożenia.

– Z kim miałabyś się sprzymierzyć, skoro nie masz sojuszników, pyta Kristian? Wszyscy wiemy, że oprócz nas nie masz żadnych przyjaciół, Kimmie. – Dotknął jej ręki, ale wyrwała ją.

– Chyba powinnaś powiedzieć, gdzie jest ta skrzynka. Masz ją w domu, Kimmie?

Odwróciła się do niego z impetem.

– Myślisz, że zwariowałam?

Widać było, że jej uwierzył.

– Powiedz Kristianowi, że jak będziecie się ode mnie trzymać z daleka, to jeśli o mnie chodzi, możecie sobie dalej robić to, co chcecie. Jestem w ciąży, Bjarne, nie dotarło to do was? Jeśli przedmioty z kasetki ujrzą światło dzienne, to ja i dziecko też znajdziemy się tarapatach, prawda? Ta kasetka to tylko moje wyjście awaryjne.

Nie powinna była wypowiadać dwóch ostatnich słów.

Wyjście awaryjne. Jeśli coś mogło zagrozić Kristianowi, były to właśnie te słowa.

Po wizycie Bjarnego już w nocy nie zasnęła. Leżała w mroku, czuwając, z jedną ręką na brzuchu, a drugą na sznurku od dzwonka.

Przyszedł w białym fartuchu w nocy z pierwszego na drugiego sierpnia.

Zdrzemnęła się dosłownie na sekundę, kiedy poczuła na ustach jego rękę i silny nacisk kolana na klatkę piersiową. Powiedział wprost:

– Kto wie, gdzie możesz się ulotnić, gdy cię wypiszą, Kimmie? Mamy cię na oku, ale nigdy nie wiadomo. Powiedz, gdzie jest skrzynka, a dam ci spokój.

Nie odpowiedziała.

Uderzył ją mocno w podbrzusze, a kiedy nadal nie odpowiadała, zaczął ją okładać, aż rozpoczęły się bóle porodowe, nogi zaczęły jej drgać jak w konwulsjach, a całe łóżko się trzęsło.

Zabiłby ją, gdyby nie przewróciło się krzesło stojące przy łóżku, wypełniając ciche pomieszczenie piekielnym hałasem. Gdyby światła stojącej na dworze karetki nie oświetliły pokoju i nie obnażyły go w całym potwornym okrucieństwie. Gdyby głowa nie opadła jej do tyłu, a Kimmie nie wpadła w szok.

Gdyby nie był przekonany, że ona umiera.

Nie wymeldowała się z hotelu. Zostawiła walizkę, biorąc tylko torbę z zawiniątkiem i parę innych rzeczy, po czym przeszła tych parę kroków do dworca głównego. Dochodziła czternasta. Zaraz przyniesie dla Mille misia, tak jak obiecała. A potem dokończy robotę.

Był pogodny jesienny dzień, a kolejka podmiejska wyładowana była po brzegi roześmianymi dziećmi w towarzystwie wychowawców z przedszkola. Może wracali z wycieczki do muzeum, może jechali na parę godzin do parku z jeleniami Dyrehaven. Pewnie dzieciaki wrócą wieczorem do taty i mamy z pałającymi policzkami, podekscytowane wielokolorowymi liśćmi i stadami jeleni w części parku zwanej Eremitagesletten.

Kiedy już Mille i ona spotkają się znowu, tym razem na dobre, będzie jeszcze piękniej. W nieskończenie cudownym Królestwie Niebieskim. Będą na siebie patrzeć, śmiejąc się.

I tak będzie przez całą wieczność.

Kiwnęła głową i spojrzała przez budynek Svanemøllens Kaserne w stronę, gdzie znajdował się szpital Bisperbjerg.

Dwanaście lat temu wstała ze szpitalnego łóżka i wzięła malutkie dziecko leżące pod kawałkiem materiału na stalowym stole w nogach łóżka. Zostawili ją w sali tylko na krótką chwilę. Kobieta leżąca po sąsiedzku zaczęła rodzić i pojawiły się u niej poważne komplikacje.

Wstała, ubrała się i owinęła swoje dziecko kawałkiem materiału. Godzinę później, upokorzona przez ojca w hotelu d'Angleterre, ruszyła do Ordrup tą samą drogą, którą szła teraz.

Wtedy wiedziała doskonale, że nie może zostać w domu. Wiedziała, że grupa z internatu podąży jej tropem i że następnym razem będzie źle.

Ale wiedziała też, że pilnie potrzebuje pomocy, bo wciąż krwawiła, a bóle w podbrzuszu były wręcz nieludzkie i przerażające.

Dlatego chciała prosić Kassandrę o więcej pieniędzy. Namówić ją, by dała jej to, czego potrzebuje.

Właśnie w tym dniu odczuła, czego może doświadczyć od ludzi, których imię zaczynało się na K.

Kassandra z wściekłym wyrazem twarzy wcisnęła jej do ręki marne dwa tysiące. Dwa tysiące od niej i dziesięć tysięcy od ojca – właśnie tyle Kassandra i Willy K. Lassen, jej tak zwany ojciec, byli w stanie dla niej wysupłać. O wiele za mało.

Gdy wyproszona z domu stała na willowej uliczce, przytulając do siebie zawiniątko, a kolejna podpaska między jej nogami nasiąkała krwią, wtedy zrozumiała, że wszyscy, którzy ją skrzywdzili i sponiewierali, muszą kiedyś za to zapłacić.

Najpierw Kristian i Bjarne, a potem Torsten, Ditlev i Ulrik. I Kassandra, i jej ojciec.

Kiedy ponownie stanęła przed domem na Kirkevej, pierwszy raz od wielu lat, stwierdziła, że nic się nie zmieniło. Kościelne dzwony ze wzgórza nadal zwoływały wzorowych obywateli z klasy średniej na niedzielne zgromadzenie, a domy wciąż prężyły się bezwstydnie. Nadal trudno było sforsować drzwi wejściowe.

Znajome wydawały się zarówno zakonserwowana twarz Kassandry, kiedy otworzyła drzwi, jak i sposób bycia, jaki zawsze wywoływała w niej obecność Kimmie.

Kimmie nie wiedziała, kiedy pojawiła się między nimi wrogość. Pewnie już wtedy, gdy kontrowersyjne metody wychowawcze kazały Kassandrze zamykać Kimmie w ciemnych szafach i zalewać ją potokiem gorzkich słów, z których mała Kimmie połowy nie rozumiała. Inna sprawa, że sama Kassandra wiele się nacierpiała w tym pozbawionym uczuć domu. Mogło to budzić rodzaj zrozumienia, ale jej nie usprawiedliwiało. Kassandra była diablicą.

– Nie wejdziesz do środka – syknęła Kassandra, próbując zamknąć drzwi. Tak samo jak w dzień po poronieniu, kiedy pokiereszowana Kimmie stała na progu w skrajnej nędzy i rozpaczy, trzymając w ramionach zawiniątko.

Wtedy powiedziano jej, że ma iść do diabła, i faktycznie czekało ją piekło. Pomimo fatalnego stanu, do jakiego doprowadziły ją brutalne pobicie przez Kristiana oraz poronienie, przez wiele dni chodziła zgarbiona po ulicach. Nikt nawet nie udawał, że chce jej pomóc, a co dopiero się do niej zbliżyć.

Ludzie widzieli jedynie jej spękane usta i skołtunione włosy. Wzdrygali się na widok odrażającego zawiniątka w jej rękach, brązowych od zaschniętej krwi. Nie widzieli nękanego gorączką, znajdującego się w potrzebie człowieka. Nie widzieli idącej na dno osoby.

A ona myślała, że to kara. Prywatny czyściec, przez który musi przejść, by odpokutować za swe złe uczynki.

Uratowała ją narkomanka z dzielnicy Vesterbro. Tylko wychudzona Tine potrafiła zignorować zapach wydzielany przez zawiniątko i zaschniętą ślinę w kącikach ust Kimmie. Widywała już gorsze rzeczy i zaprowadziła Kimmie do nory w jednej z bocznych uliczek Sydhavnen, gdzie mieszkał inny narkoman, który u zarania dziejów był lekarzem.

Dzięki jego tabletkom i łyżeczkowaniu infekcja ustąpiła, a krwawienie ustało. Za to już nigdy więcej się nie pojawiło.

Tydzień później, mniej więcej wtedy, kiedy zawiniątko przestało cuchnąć, Kimmie była gotowa, by zacząć nowe życie na ulicy.

Reszta była historią.

Wejść do mieszkania przesiąkniętego ciężkimi perfumami Kassandry, w którym zjawy na każdej ze ścian jak zawsze drwiły z Kimmie, to jak utknąć w samym środku koszmaru.

Kassandra podniosła papierosa do ust, z których tuziny wypalonych wcześniej papierosów już dawno starły szminkę. Jej dłoń lekko drżała, ale oczy śledziły Kimmie uważnie przez kłęby dymu, kiedy kładła torbę na podłodze. Widać było, że Kassandra czuje się nieswojo. Że zaraz zacznie uciekać wzrokiem. Że nie przewidziała podobnej sceny.

– Czego tu chcesz? – spytała tymi samymi słowami, co przed dwunastu laty. Po gwałcie i poronieniu.

– Chcesz nadal mieszkać w tym domu, Kassandro? – odparowała Kimmie.

Jej macocha odrzuciła głowę do tyłu. Siedziała przez chwilę spokojnie, z luźnymi nadgarstkami i niebieskim dymem tańczącym wokół posiwiałych włosów.

– Po to przyszłaś? Żeby mnie wyrzucić, zgadza się?

Widok jej walki o zachowanie spokoju był upajający. Osoba, która mogła wziąć małą dziewczynkę za rękę i wyrwać ją matce. Odrażająca, nienawidząca samej siebie, egocentryczna kobieta, która wypełniła życie Kimmie przemocą psychiczną i codziennym poczuciem zawodu. Kobieta, która zaszczepiła w Kimmie wszystko, co doprowadziło ją do obecnej sytuacji. Nieufność, nienawiść, chłód uczuciowy i brak empatii.

– Mam dwa pytania. Odpowiadaj zwięźle, Kassandro.

– A potem sobie pójdziesz? – nalała sobie szklaneczkę porto z karafki, którą prawdopodobnie próbowała opróżnić przed przyjściem Kimmie, i wzięła łyk wyjątkowo kontrolowanym ruchem.

– Niczego nie obiecuję – odparła Kimmie.

– Co to za pytania? – Kassandra wciągnęła dym z papierosa tak głęboko do płuc, że podczas wydechu nie było po nim śladu.

– Gdzie jest moja matka?

Odchyliła głowę, rozchylając usta.

– Och, dobry Boże. To twoje pytanie? – raptownie odwróciła głowę do Kimmie. – Przecież nie żyje, Kimmie. Nie żyje od trzydziestu lat, biedaczka. Nigdy ci tego nie mówiliśmy? – Ponownie odchyliła głowę, wydając z siebie kilka dźwięków, które miały wyrażać zaskoczenie, po czym znów odwróciła głowę do Kimmie. Tym razem było ostro. Bezlitośnie. – Twój ojciec dawał jej pieniądze, a ona piła. Mam mówić dalej? Niewiarygodne, że nigdy ci tego nie mówiliśmy. Ale teraz już wiesz. Zadowolona?

Słowo „zadowolona" odbiło się echem w całym ciele Kimmie. Zadowolona!?

– A co z ojcem? Masz z nim kontakt? Gdzie jest?

Kassandra wiedziała doskonale, że to pytanie padnie, i ogarnęło ją obrzydzenie. Już samo słowo „ojciec" wystarczyło. Jeśli ktoś rzeczywiście nienawidził Willy'ego K. Lassena, była to ona.

– Nie rozumiem, po co chcesz to wiedzieć. Chyba dla ciebie mógłby się równie dobrze smażyć w piekle? Może chcesz się po prostu upewnić, że tak jest? W takim razie cię ucieszę, głupia dziewucho. Twój ojciec rzeczywiście cierpi teraz piekielne męki.

– Jest chory? – spytała Kimmie. Może jednak ten policjant mówił Tine prawdę?

– Chory? – Kassandra zgasiła papierosa i wyciągnęła przed siebie ręce, rozcapierzając palce o wystrzępionych paznokciach. – Rak zżera mu wszystkie kości. Nie rozmawiałam z nim, ale wiem od innych, że strasznie cierpi. – Ściągnęła usta i wypuściła z siebie powietrze tak mocno, jakby opuszczał ją sam szatan. – Strasznie cierpi i nie dożyje Bożego Narodzenia. Nie robi to na mnie wrażenia, rozumiesz?

Wygładziła sukienkę i przysunęła do siebie stojącą na stole szklaneczkę z porto.

Czyli zostały już tylko Kimmie, maleństwo i Kassandra. Dwie przeklęte litery K i malutki Anioł Stróż.

Kimmie podniosła torbę z podłogi i postawiła ją na stole, obok karafki z porto Kassandry.

– Czy to ty wpuściłaś do mnie Kristiana, gdy spodziewałam się dziecka? Powiedz mi!

Kassandra śledziła wzrokiem ruchy Kimmie, gdy ta rozchylała torbę.

– Dobry Boże! Chyba nie chcesz powiedzieć, że masz to paskudztwo w torbie? – Odczytała z twarzy Kimmie, że tak właśnie jest. – Jesteś chora psychicznie, Kimmie. Zabieraj to.

– Dlaczego wpuściłaś Kristiana do domu? Dlaczego go do mnie wpuściłaś, Kassandro? Przecież wiedziałaś, że jestem w ciąży. Mówiłam, żeby mnie zostawić w spokoju.

– Dlaczego? Byliście mi całkowicie obojętni, ty i ten twój bękart. A co myślałaś?

– I po prostu siedziałaś w salonie, podczas gdy on mnie katował. Musiałaś przecież słyszeć ciosy. Musiałaś wiedzieć, ile razy mnie uderzył. Dlaczego nie zadzwoniłaś na policję?

– Wiedziałam, że na to zasłużyłaś, prawda?

„Wiedziałam, że na to zasłużyłaś" – powiedziała, a głosy w głowie Kimmie wszczęły alarm.

Ciosy, ciemne pokoje, pogarda, oskarżenia. Wszystko to huczało w głowie Kimmie. Koniec z tym.

Jednym ruchem doskoczyła do Kassandry, chwyciła za upięte włosy i pociągnęła jej głowę do tyłu, żeby wlać w jej gardło resztę porto. Kassandra wpatrywała się w sufit, zdezorientowana i zdumiona, podczas gdy ciecz dostała się do jej dróg oddechowych, przyprawiając ją o atak kaszlu.

Wtedy Kimmie mocno docisnęła usta Kassandry i trzymała jej głowę jak w imadle, a kaszel i odruch wymiotny przybierały na sile.

Kassandra chwyciła ją za rękę, żeby ją odepchnąć, ale życie na ulicy daje ścięgnom siłę, która znacznie przewyższa możliwości starszej kobiety, wydającej jedynie polecenia. Jej oczy wypełniły się paniką, a żołądek się ścisnął, wysyłając kwas na miejsce i tak już nieuniknionej katastrofy – między przełyk a tchawicę.

Kilka szybkich, bezcelowych wdechów przez nos wzmogło uczucie paniki w ciele Kassandry, która teraz machała wszystkimi kończynami, by się oswobodzić. Kimmie trzymała ją mocno, odcinając na wszystkie sposoby dopływ tlenu. Przez ciało Kassandry zaczęły przebiegać skurcze, jej klatka piersiowa drżała w konwulsjach, a jęki powoli cichły.

Wreszcie znieruchomiała.

Kimmie puściła ją w miejscu skończonej walki, pozwalając, by przemówiły stłuczona szklaneczka po porto, przesunięta na dywanie ława i wymiociny wylewające się z kącików ust kobiety.

Kassandra Lassen lubiła delektować się życiem i właśnie to jej życie odebrało.

Ktoś powie: nieszczęśliwy wypadek. To było do przewidzenia – dodadzą inni.

Właśnie te słowa jednego z dawnych kolegów z polowań Kristiana Wolfa zacytowano, gdy znaleziono go z przestrzeloną tętnicą udową na jego włościach na wyspie Lolland. Owszem, nieszczęśliwy wypadek, ale to było do przewidzenia. Kristian nieostrożnie obchodził się ze strzelbą. Któregoś dnia to się musiało źle skończyć – odpowiedział zapytany.

Tyle że to nie był wypadek.

Kristian sterował Kimmie od pierwszego dnia, w którym na nią spojrzał. Namawiał ją i innych do uczestnictwa w swoich zabawach. Używał też jej ciała. Popychał ją w różne związki i ją z nich wyrywał. Sprawił, by wywabiła Kårego Bruno na pływalnię Bellahøj obietnicami, że znów się zejdą. Kiedy ją podjudził, krzyknęła, by Kristian zepchnął go z wieży. Zgwałcił ją i pobił najpierw raz, a potem drugi, tak że dziecko tego nie przeżyło. Wielokrotnie zmieniał jej życie, za każdym razem na gorsze.

Kiedy od sześciu tygodni żyła na ulicy, zobaczyła go na pierwszej stronie tabloidu. Uśmiechał się, dokonawszy jakichś fantastycznych transakcji, a teraz miał zamiar wypocząć przez parę dni w swojej posiadłości na Lolland.

– Żadna zwierzyna na moich ziemiach nie może czuć się bezpieczna, zważywszy na celność moich strzałów – powiedział.

Po raz pierwszy ukradła walizkę, ubrała się nienagannie i pojechała pociągiem do miejscowości Søllested, gdzie wysiadła, by pokonać o zmierzchu ostatnich pięć kilometrów dzielących ją od posiadłości.

Spędziła noc w krzakach, gdy tymczasem Kristian wrzeszczał w domu, aż w końcu jego młoda żona zniknęła na górze. Spał w salonie i parę godzin później był aż nadto gotów, by wyładować osobiste niedociągnięcia i ogólne frustracje na wystawionych bażantach i wszystkich innych żywych stworzeniach, które znalazły się w zasięgu strzału.

Noc była lodowata, ale Kimmie nie marzła. Myśl o krwi Kristiana, która wkrótce zostanie przelana za jego grzechy, sprawiała, że odczuwała jakby letnią gorączkę. Życiodajną i upajającą.

Już od czasów szkoły z internatem wiedziała, że targana niepokojem natura Kristiana wyrywa go ze snu przed wszystkimi innymi. Na kilka godzin przed rozpoczęciem regularnego polowania, wybierał się na rekonesans, żeby współpraca naganiaczy i myśliwych przyniosła jak najlepsze rezultaty. Wiele lat po jego zamordowaniu dokładnie pamiętała uczucie, gdy wreszcie dostrzegła Kristiana Wolfa wychodzącego przez łukowatą bramę posiadłości i kierującego się w stronę pól. W pełnym rynsztunku, spełniał wszystkie wyobrażenia klasy wyższej o tym, jak powinien wyglądać myśliwy. Wypielęgnowany, elegancki, w lśniących sznurowanych butach. Ale co klasy wyższe mogą wiedzieć o prawdziwych łowcach?

Śledziła go w pewnej odległości, przemieszczając się szybko za krzewami, niepokojąc się raz po raz dźwiękiem łamanych patyków i gałęzi. Gdyby tylko ją dostrzegł, nie zawahałby się strzelić. Zabłąkana kula – tak by to nazwał. Nieporozumienie. Błędny domysł, że to zwierzyna się skrada.

Ale Kristian jej nie słyszał. Zobaczył ją dopiero, gdy się na niego rzuciła, wbijając mu nóż w genitalia.

Upadł na twarz, po czym zaraz przewrócił się na plecy otwierając szeroko oczy i pojmując, że twarz, którą widzi nad sobą, jest ostatnią rzeczą, jaką w życiu zobaczy.

Przyciągnęła do siebie strzelbę i pozwoliła mu wykrwawić się na śmierć. Stało się to w mgnieniu oka.

Potem obróciła go, wciągnęła swoje ręce do rękawów, by wytrzeć broń, włożyła ją w rękę trupa, skierowała lufę w stronę jego podbrzusza i pociągnęła za spust.

Rezultat jej działań został nazwany zabłąkaną kulą, a jako powód śmierci podano rozerwane tętnice udowe, co poskutkowało śmiercią z wykrwawienia. Był to najszerzej komentowany wypadek w roku.

Owszem, nazwano to wypadkiem, ale Kimmie znała prawdę. Ogarnęło ją niecodzienne uczucie spokoju.

Sprawa przedstawiała się gorzej dla pozostałych z grupy. Kimmie zniknęła z powierzchni ziemi, a reszta grupy wiedziała, że w normalnych okolicznościach Kristian nie rozstałby się z życiem w ten sposób.

Okoliczności śmierci Kristiana określano jako niewyjaśnione.

Chłopcy z internatu tego nie łyknęli.

W tamtym okresie Bjarne sam zgłosił się na policję.

Może wiedział, że będzie następny. Może zawarł umowę z pozostałymi. Wszystko jedno.

Przeczytała o sprawie w gazetach. Że Bjarne wziął na siebie winę za morderstwa w Rørvig, dzięki czemu ona miała spokój z przeszłością.

Zadzwoniła do Ditleva Prama i powiedziała mu, że jeśli oni też chcą mieć spokój, muszą zapłacić jej pewną sumę pieniędzy.

Omówili całą procedurę, a grupa dotrzymała słowa.

To był mądry ruch. Zyskała co najmniej parę lat, nim dosięgnie ich ręka losu.

Przez chwilę wpatrywała się w ciało Kassandry, dziwiąc się, że nie odczuwa większego zadowolenia.

„To dlatego, że jeszcze nie skończyłaś" – powiedział jeden z głosów. „Nikt nie odczuwa szczęścia w pół drogi do raju" – powiedział inny.

Trzeci zaś milczał.

Kiwnęła głową, wyjęła z torby zawiniątko i powoli wdrapała się na schody, opowiadając dziecku, jak kiedyś się na nich bawiła i zjeżdżała po poręczy, kiedy nikt nie widział. Jak w kółko nuciła tę samą piosenkę, gdy Kassandra i ojciec jej nie słyszeli.

Krótkie chwile z życia dziecka.

– Poleż tutaj, a mamusia znajdzie dla ciebie Teddy'ego, kochanie – powiedziała, ostrożnie kładąc zawiniątko na poduszce.

Jej pokój wyglądał tak samo jak kiedyś. Leżała tu przez kilka miesięcy, czując, jak rośnie jej brzuch. To będzie jej ostatni pobyt tutaj.

Otworzyła drzwi na balkon i w mroku wymacała obluzowaną dachówkę. Była dokładnie tam, gdzie zapamiętała. I z niewiarygodną łatwością się poddała, wbrew jej oczekiwaniom. Przypominało to otwieranie świeżo naoliwionych drzwi. Złe przeczucia okryły jej skórę chłodem. Chłód zaś przerodził się w falę gorąca, gdy włożyła rękę do skrytki i odkryła, że jest pusta.

Jej oczy gorączkowo badały dachówki wokół tej obluzowanej, ale miała pełną świadomość, że poszukiwania są bezcelowe.

Bo to była właściwa dachówka i właściwa skrytka. Tyle że kasetki nie było.

Wszystkie obrzydliwe litery K w jej życiu stanęły jej przed oczami, a głosy w środku wyły i śmiały się z niej histerycznie i dokuczały jej. Kyle, Willy K., Kassandra, Kåre, Kristian, Klavs i wszyscy, którzy pojawili się w jej życiu. Kto pojawił się w nim teraz i usunął skrzynkę? Czy to ci, którym chciała wetknąć dowody w gardła? Ci, którzy przeżyli? Ditlev, Ulrik i Torsten? Czyżby naprawdę znaleźli skrzynkę?

Zadrżała, czując, że głosy zlewają się w jeden. Że żyły na grzbiecie jej dłoni zaczynają w widoczny sposób pulsować.

Coś takiego nie zdarzyło się od lat. Głosy zgadzały się ze sobą.

Trzech mężczyzn musi umrzeć. Choć raz głosy były całkowicie zgodne.

Wykończona, położyła się na łóżku obok zawiniątka. Wypełniały ją wspomnienia o upokorzeniach i podporządkowaniu się. Pierwsze silne razy jej ojca. Alkoholowy oddech dochodzący z czerwonych jak ogień ust matki. Ostre paznokcie. Szczypanie. Ciągnięcie za delikatne włosy Kimmie.

Kiedy mocno ją bili, siadała potem w kącie, zaciskając drżące dłonie na malutkim misiu. Mogła z nim porozmawiać, a on potrafił ją pocieszyć. Chociaż Teddy był mały, używał wielkich słów.

– Spokojnie, Kimmie. To tylko źli ludzie. Któregoś dnia znikną. Nagle ich nie będzie.

Kiedy podrosła, ton uległ zmianie. Miś potrafił powiedzieć, że nie musi pozwalać na to, by ją bito. Jeśli ktoś ma bić, niech to będzie ona. Nie musi się na nic godzić.

A teraz Teddy'ego nie było. Jedyna rzecz w życiu, zdolna przywołać przebłyski szczęśliwych chwil jej dzieciństwa.

Odwróciła się do zawiniątka, delikatnie je pogłaskała i powiedziała, ogarnięta wściekłością z powodu niedotrzymanej obietnicy:

– Nie dostaniesz teraz misia, moje maleństwo. Tak mi przykro.

34

Jak zwykle to Ulrik był najlepiej zorientowany w bieżących wiadomościach, ale też nie spędził całego weekendu, ćwicząc strzelanie z kuszy, tak jak Ditlev. Bardzo się różnili – zawsze tak było. Ulrik wolał iść w życiu na łatwiznę.

Kiedy zadzwoniła komórka, Ditlev stał zwrócony twarzą do cieśniny Øresund, wystrzeliwszy do tarczy parę serii bełtów. Na początku chybiał i bełty wpadały do morza jak puszczane po wodzie kaczki, ale przez ostatnie dwa dni większość wylatywała ze świstem z kuszy i lądowała dokładnie w zaplanowanym miejscu. Był poniedziałek, a Ditlev był rozpromieniony, ponieważ czterokrotnie trafił w krzyżyk pośrodku tarczy, gdy spanikowany głos Ulrika przerwał mu zabawę.

– Kimmie zabiła Aalbæka – powiedział. – Słyszałem o tym w wiadomościach i po prostu wiem, że to ona.

Na ułamek sekundy ta wieść przytłoczyła Ditleva. Była jak zapowiedź śmierci.

Wsłuchiwał się intensywnie w krótką i dość chaotyczną historię Ulrika o śmiertelnym wypadku Aalbæka i pozostałych okolicznościach.

Jeśli Ulrik dobrze zrozumiał dziennikarską interpretację mętnych wyjaśnień policji, samobójstwa nie można było jednoznacznie wykluczyć. Wniosek jest zatem taki, że w grę wchodzi morderstwo.

Sprawa robiła się poważna.

– Cała nasza trójka musi się spotkać, rozumiesz? – powiedział szeptem Ulrik, zupełnie jakby Kimmie już zdążyła go zwietrzyć. – Jeśli nie będziemy trzymać się razem, ona zajmie się nami po kolei.

Ditlev spojrzał na kuszę wiszącą na skórzanym pasku u jego nadgarstka. Ulrik miał rację. Od tej chwili wszystko się zmienia.

– Okej – powiedział. – Na razie trzymajmy się planu. Jutro rano spotykamy się u Torstena na polowaniu, potem porozmawiamy. Pamiętaj, że ona uderza dopiero drugi raz w ciągu ponad dziesięciu lat. Mam wrażenie, że wciąż mamy czas, Ulrik.

Spojrzał nieobecnym wzrokiem na Øresund. Nie było sensu chować głowy w piasek. Albo ona, albo oni.

– Posłuchaj, Ulrik – powiedział. – Zadzwonię do Torstena i go poinformuję. W tym czasie ty możesz trochę podzwonić i spróbować się czegoś dowiedzieć. Zadzwoń na przykład do macochy Kimmie i zapoznaj ją z sytuacją, dobra? Poproś ludzi, żeby się zgłaszali, jak coś usłyszą. Cokolwiek.

– Aha, Ulrik – dodał, nim się rozłączyli. – Staraj się nie wychodzić z domu, póki się nie spotkamy, co?

Nie zdążył nawet włożyć komórki do kieszeni, a już ponownie się rozdzwoniła.

– Tu Herbert – powiedział pozbawiony entuzjazmu głos.

Starszy brat Ditleva nigdy nie dzwonił. Kiedy policja prowadziła dochodzenie w sprawie morderstw w Rørvig, Herbert od razu przejrzał młodszego brata, ale nigdy nic na ten temat nie powiedział. Nie zdradził się ze swoim podejrzeniem, nie próbował też w nic się wtrącać. Nie doprowadziło to bynajmniej do rozkwitu miłości między nimi. Bo też nigdy jej nie było. Nikt w rodzinie Pramów nie zawracał sobie głowy uczuciami.

A jednak Herbert zawsze się pojawiał, kiedy było trzeba. Prawdopodobnie jego odwieczny lęk przed skandalem brał nad wszystkim górę. Lęk, że wszystko, co sobą reprezentuje, zostanie zbrukane, stawał się zbyt przytłaczający.

Dlatego Herbert się przydał, kiedy Ditlev wywęszył możliwość przełączenia śledztwa prowadzonego przez Departament Q w stan uśpienia.

Dlatego też dzwonił teraz.

– Chcę ci przekazać, że śledztwo w Departamencie Q znowu toczy się pełną parą. Nie mogę ci podać bardziej szczegółowych informacji, bo mój człowiek w komendzie schował czułki. W każdym razie prowadzący dochodzenie Carl Mørck wie, że próbowałem wpłynąć na jego pracę. Przykro mi, Ditlev. Połóż uszy po sobie.

Teraz nawet Ditlev poczuł przypływ paniki.

Złapał Torstena Florina, gdy król mody wycofywał samochód ze swojego miejsca parkingowego przy Brand Nation. Właśnie usłyszał wiadomość o Aalbæku i podobnie jak Ditlev i Ulrik, uważał, że to robota Kimmie. Nie słyszał natomiast, że Departament Q i Carl Mørck z powrotem weszli do gry.

– Kurwa, jest coraz gorzej – jego głos po drugiej stronie był poirytowany.

– Chcesz odwołać polowanie? – spytał Ditlev.

Długie milczenie było odpowiedzią samą w sobie.

– Niedobrze! Wtedy lis zdechnie sam – powiedział Torsten w końcu. Ditlev to sobie wyobraził. Torsten z pewnością siedział przez cały weekend i z lubością obserwował cierpienia oszalałego zwierzęcia. – Szkoda, że nie widziałeś go dziś rano – powiedział. – Zupełnie oszalał. Ale niech pomyślę.

Ditlev znał Torstena. W tej chwili w jego wnętrzu toczyła się walka między morderczymi instynktami a zdrowym rozsądkiem, który pozwolił mu kierować życiem zawodowym i rozrastającym się od dwudziestego roku życia imperium. Pewnie zaraz usłyszy w słuchawce, jak po cichu odmawia modlitwę. Taki już był. Jeśli nie potrafił czegoś rozwiązać sam, zawsze znalazł się jakiś bóg, do którego można było zanosić modły.

Ditlev włożył do ucha słuchawkę urządzenia głośnomówiącego, naciągnął cięciwę kuszy i wyciągnął bełt z kołczanu. Następnie załadował i wycelował kuszę w stronę jednego z pali stanowiących pozostałość po pomoście. Na palu właśnie usiadł ptak, który zabrał się do czyszczenia piór wilgotnych od mgły. Ditlev obliczył odległość i siłę wiatru i wystrzelił, zupełnie jakby gładził palcem policzek niemowlęcia.

Ptak niczego nie zauważył. Przeszyty na wylot, wpadł do wody i dryfował, podczas gdy Torsten niemal bezgłośnie mamrotał po drugiej stronie słuchawki.

Właśnie ten znakomity strzał stał się dla Ditleva impulsem do rozpoczęcia imprezy.

– Zrobimy to, Torsten – powiedział. – Zbierz dziś wieczorem wszystkich Somalijczyków i poinstruuj ich, żeby od teraz wypatrywali Kimmie. Postaw ich na straży, Torsten. Pokaż im jej zdjęcie. Obiecaj ogromną nagrodę, gdyby coś dostrzegli.

– Okej – powiedział Torsten po chwili namysłu. – A co z terenem polowania? Nie możemy dopuścić, żeby ganiali po nim Krum i reszta tych palantów.

– O czym ty gadasz? Weźmiemy, kogo chcemy. Jeśli ona się do nas zbliży, będziemy potrzebowali świadków, kiedy strzały przeszyją ją na wylot.

Ditlev zamknął kuszę, patrząc na mały biały punkt powoli zatapiany przez falę.

– O tak – ciągnął po cichu. – Byłoby bardzo dobrze, gdyby Kimmie się pojawiła. Zgadzamy się, Torsten?

Nie usłyszał odpowiedzi z powodu krzyku sekretarki stojącej na tarasie „Caracas". Jeżeli dobrze widział z tej odległości, machała rękami i przykładała je do ucha.

– Zdaje się, że ktoś chce ze mną rozmawiać, Torsten. Wyłączam się. Widzimy się jutro rano, okej? Trzymaj się.

Rozłączyli się równocześnie, a sekundę potem komórka znów zadzwoniła.

– Ditlev, znowu wyłączyłeś funkcję połączeń oczekujących?

To była jego sekretarka, która teraz stała spokojnie na tarasie kliniki.

– Nie rób tak, bo nie mogę cię złapać. Tu na górze panuje panika. Węszy tu jakiś człowiek, który podaje się za podkomisarza kryminalnego Carla Mørcka. Co mamy robić, Ditlev? Chcesz z nim porozmawiać? Nie okazał nakazu sądowego – myślę, że go nie ma.

Ditlev poczuł, jak na twarzy osiada mu słona mgiełka. Poza tym nie czuł nic. Od pierwszego napadu minęło dwadzieścia lat i przez cały ten czas łaskoczący niepokój lub skrywana troska stanowiły dla niego rosnące w siłę źródło energii.

Teraz nie czuł nic i nie było to przyjemne.

– Nie – odparł. – Powiedz, że wyjechałem.

Mewa zniknęła na dobre w ciemnych odmętach.

– Powiedz, że wyjechałem. I dopilnuj, żeby poszedł w diabły.

35

Dla Carla poniedziałek rozpoczął się dziesięć minut po położeniu się do łóżka.

Przez całą niedzielę był zupełnie skołowany. Większą część drogi do domu spał jak kamień, aż obrażone stewardesy nie mogły go dobudzić. Musiały go praktycznie wywlec z samolotu, po czym personel lotniska zjawił się z elektrycznym wózkiem, którym dowieziono go do punktu pierwszej pomocy.

– Ile tabletek Frisium pan wziął? – spytali go tam. Ale on zdążył znowu zasnąć.

Za to teraz, paradoksalnie, obudził się zaraz po położeniu się do łóżka.

– Gdzie się dziś podziewałeś? – spytał Morten Holland, gdy Carl niczym zombie wtoczył się do kuchni. Na stole pojawiło się martini, szybciej, niż człowiek zdążył za nie podziękować. Noc jeszcze młoda.

– Powinieneś znaleźć sobie kobietę – wybełkotał Morten, gdy wybiła czwarta, a do domu wrócił Jesper i uraczył Carla garścią dobrych rad na temat miłości i kobiet.

Wtedy Carl już wiedział, że Frisium jest dobre w małych dawkach. Tego już za wiele, żeby człowiek wysłuchiwał porad sercowych od szesnastoletniego kryptopunka i jeszcze nieświadomego swej orientacji geja. Pewnie niedługo dojdzie do tego, że matka Jespera, Vigga, też doda swoje trzy grosze. Już to słyszał.

– Co się z tobą dzieje, Carl? Masz problemy z przemianą materii? Powinieneś pić ziółka. To dobre na wszystko.

Spotkał Larsa Bjørna przy dyżurce na górze. Też nie wyglądał najlepiej.

– To przez te cholerne napady przy śmietnikach – powiedział Bjørn.

Obaj skinęli głowami do siedzącego za szybą funkcjonariusza i poszli dalej kolumnadą.

– Pewnie wpadliście już na zbieżność nazw między Store Kannikestræde a Store Søndervoldstræde. Macie oko na inne ulice?

– Tak, Store Strandstræde i Store Kirkestræde są na okrągło nadzorowane. Kręci się tam przez cały czas policjantka w cywilu. Zobaczymy, czy napastnik da się skusić. W związku z tym mogę ci powiedzieć, że nie możemy oddelegować ludzi do twojej sprawy, ale pewnie już o tym wiesz.

Carl kiwnął głową. W tej chwili było mu właściwie wszystko jedno. Jeśli to jetlag przyczynił się do jego niewyspania, ogłupienia i skołowania, to ni w ząb nie pojmował, że może istnieć coś takiego, jak podróż marzeń. Określenie „podróż z koszmarów" było bardziej na miejscu.

Rose wyszła mu na spotkanie na piwniczny korytarz. Po jej ustach błąkał się uśmiech, który Carl chętnie by zgasił.

– No, jak tam było w Madrycie? – brzmiały jej pierwsze słowa. – Znalazłeś czas na małe flamenco?

Nie miał nawet siły odpowiedzieć.

– Daj spokój, Carl. Co tam widziałeś?

Zwrócił na nią ciężkie spojrzenie.

– Co widziałem? Nie widziałem absolutnie niczego poza wieżą Eiffla i wewnętrzną stroną własnych powiek.

Już miała zamiar zaprotestować. „Przecież to niemożliwe!" – mówiło jej spojrzenie.

– Rose, powiem wprost. Jeśli jeszcze raz coś podobnego zaaranżujesz, to możesz zacząć się tytułować ekspracowniczką Departamentu Q.

Minął ją i klapnął na swój fotel biurowy. Głębia fotelowego siedziska jakby na niego czekała. Jakieś cztery, pięć godzin drzemki z nogami na stole i będzie się czuł jak nowo narodzony. Był o tym przeświadczony.

– Co się dzieje? – głos Assada rozległ się w tym samym momencie, w którym Carl zawitał do krainy marzeń sennych.

Wzruszył ramionami. Nic takiego, jeśli nie liczyć, że był w rozsypce. Ślepy czy co?

– Rose jest przykro. Powiedziałeś jej coś brzydkiego, Carl?

Już miał się znowu rozeźlić, kiedy jego wzrok padł na papiery, które Assad trzymał pod pachą.

– Co dla mnie masz? – spytał ze znużeniem.

Assad usadowił się na jednym z metalowych szkaradzieństw Rose.

– Kimmie Lassen jeszcze nie znaleziono. Poszukiwania prowadzone są wszędzie, więc to tak tylko kwestia czasu.

– Czy na miejscu eksplozji wydarzyło się coś nowego? Znaleziono coś?

– Nie, nic. O ile wiem, już skończyli. – Zajrzał w swoje papiery. – Skontaktowałem się z tymi z firmy Løgstrup Hegn – powiedział. – Byli przemili. Przeszukali jeszcze raz cały oddział, nim znaleźli człowieka, który coś wiedział o tym kluczu do bramy.

– Rozumiem – powiedział Carl z zamkniętymi oczami.

– Jeden z ich ludzi wysłał ślusarza na Ingerslevsgade, żeby tak pomógł jednej pani z ministerstwa, która zamówiła dodatkowy komplet kluczy.

– Zdobyłeś opis tej kobiety, Assad? Bo to pewnie była Kimmie Lassen?

– Nie, nie mogli ustalić, który to był ślusarz, więc nie mam żadnej charakterystyki. Opowiedziałem wszystko dyrekcji oddziału. Może chcieliby wiedzieć, kto mógł mieć dostęp do tego domu, który eksplodował.

– Okej, Assad. Dobra robota. Czyli wstęga została przecięta.

– Jaka wstęga?

– Nieważne, Assad. Twoim kolejnym zadaniem będzie przygotowanie teczek dla każdego z całej tej trójki z grupy, Ditteva, Ulrika i Torstena. Chcę mieć informacje na każdy temat. Podatki, struktura firmy, miejsce zamieszkania, stan cywilny i takie tam. Postaraj się spokojnie i bez pośpiechu stworzyć te teczki.

– Kim mam się zająć w pierwszej kolejności? Trochę już wiem o każdym z nich.

– Dobrze, Assad. Masz jeszcze coś, o czym powinniśmy porozmawiać?

– Mam przekazać z Wydziału Zabójstw, że z komórki Aalbæka wielokrotnie kontaktowano się z komórką Ditleva Prama. To chyba oczywiste.

– Dobrze, Assad. Czyli istnieje związek między nimi a sprawą. Możemy użyć tego jako fortelu.

– Fotelu?

Carl otworzył oczy i spojrzał prosto w dwa brązowe znaki zapytania. Szczerze mówiąc, trochę to czasami uciążliwe. Może parę prywatnych lekcji duńskiego pomogłoby sforsować barierę językową. Z drugiej strony istniało ryzyko, że facet nagle zacznie wypowiadać się jak jakiś dyplomata.

– No i znalazłem Klavsa Jeppesena – powiedział Assad, gdy Carl nie zareagował na jego pytanie.

– Dobrze, Assad – próbował sobie przypomnieć, ile już razy zdążył powiedzieć słowo „dobrze". Byłoby niedobrze, gdyby się zdewaluowało. – Gdzie on jest?

– Jest w szpitalu.

Carl się wyprostował. I co jeszcze?

– No wiesz – Assad wykonał gest przecinania nadgarstków.

– O kurwa! Dlaczego? Będzie żył?

– Tak. Byłem tam, i to już wczoraj.

– Dobrze, Assad. I?

– Nic takiego. Po prostu człowiek bez słupa moralnego.

Słupa moralnego? Znów się zaczyna.

– Mówi, że chciał to zrobić już od wielu lat.

Carl pokręcił głową. Szczerze mówiąc, na niego jeszcze żadna kobieta nie wywarła aż takiego wpływu. Może i szkoda.

– Miał coś jeszcze do powiedzenia?

– Nie sądzę. Wyrzuciły mnie pielęgniarki.

Carl uśmiechnął się blado. Assad chyba powoli zaczynał się do tego przyzwyczajać.

Wtedy wyraz twarzy jego pomocnika uległ zmianie.

– Dziś widziałem na drugim piętrze nowego człowieka. Chyba Irakijczyka. Wiesz, co on tu robi?

Carl kiwnął głową.

– Tak, zastąpi Baka. Jest z okręgu Rødovre. Poprzedniej nocy spotkałem go w tym wieżowcu. Może go znasz. Nazywa się Samir. Nazwiska nie pamiętam.

Assad nieznacznie uniósł głowę. Jego pełne wargi się rozchyliły, a wokół oczu pojawiły się delikatne zmarszczki. Nie powstały od uśmiechania się. Przez chwilę sprawiał wrażenie nieobecnego.

– Rozumiem – powiedział cicho i kilkakrotnie pokiwał głową. – Zastępuje Baka. Czyli tu zostanie?

– Owszem, tak zakładam. Coś nie tak?

Wtedy Assad znowu zaskoczył. Jego twarz się rozluźniła, a beztroskie jak zawsze spojrzenie skierowało się na Carla.

– Musisz pogodzić się z Rose, Carl. Ona jest taka pracowita i taka... taka miła. Wiesz, jak mnie dziś rano nazwała? – Nie mógł się doczekać, aż mu to powie. – Swoim ulubionym Beduinem. Czy to nie takie miłe? – Błysnął przednimi zębami i z zachwytem pokręcił głową.

Ironia nie była najmocniejszą stroną tego człowieka.

Carl podłączył komórkę do ładowarki i spojrzał na tablicę magnetyczną. Kolejnym krokiem powinien być bezpośredni kontakt z jedną lub ze wszystkimi osobami z grupy. Musi wziąć ze sobą Assada, żeby mieć świadków na wypadek, gdyby się wygadali.

Poza tym czekał go jeszcze adwokat grupy.

Pogładził się po brodzie i przygryzł policzek. Jasna cholera, że też musiał wykręcić ten numer z żoną adwokata Benta Kruma. Upierać się, że Krum ma romans z jego żoną! Czy można być większym idiotą? W każdym razie ta sprawa nie ułatwiała mu bynajmniej kwestii umówienia się z Krumem na spotkanie.

Spojrzał na tablicę, gdzie widniał numer do adwokata, po czym go wybrał.

– Agnete Krum – powiedział głos.

Odchrząknął i przybrał wyższy ton. Dobrze jest być rozpoznawanym, gdy jest się sławnym. Ale nie wtedy, gdy ktoś cieszy się złą sławą.

– Nie – powiedziała. – Już tu nie mieszka. Jeśli czegoś pan od niego potrzebuje, proszę zadzwonić na jego komórkę. – Smutnym głosem podała mu numer.

Od razu go wybrał i wysłuchał informacji na poczcie głosowej Benta Kruma, która oznajmiła, że w obecnej chwili przygotowuje on swoją łódź, ale że można go zastać pod tym numerem nazajutrz między dziewiątą a dziesiątą.

„Niedoczekanie" – pomyślał Carl i ponownie zadzwonił do jego żony. Powiedziała, że łódź cumuje w porcie w Rungsted.

Wcale go to nie zdziwiło.

– Assad, wyjeżdżamy, zbieraj się! – krzyknął przez korytarz. – Muszę tylko zatelefonować, dobra?

Wystukał numer do swego dawnego kolegi i rywala z posterunku City, Brandura Isaksena, który był pół-Farerczykiem, pół-Grenlandczykiem, a duszę i ciało miał równie północnoatlantyckie. Nazywano go Soplem.

– Czego chcesz? – spytał.

– Chcę cię wypytać o niejaką Rose Knudsen, która przeszła od was. Podobno były tam w City jakieś niesnaski z jej powodu. Możesz mi powiedzieć, o co chodziło?

Carl nie spodziewał się, że usłyszy wybuch śmiechu.

– To tobie się dostała? – zaśmiał się złowróżbnie Isaksen. Wydarzenie równie rzadkie, jak płynące jego ust uprzejmości.

– Powiem ci tak mniej więcej – ciągnął. – Najpierw cofała i wjechała swoim daihatsu w trzy prywatne auta kolegów. Potem postawiła cieknący dzbanek z kawą na odręczne notatki szefa do raportu tygodniowego. Rozstawiała po kątach wszystkie babki z sekretariatu. Rozstawiała po kątach wszystkich detektywów. Wtrącała się do ich roboty, a w końcu bzyknęła się z dwoma kolegami na spotkaniu opłatkowym, o ile dobrze się orientuję. – W tej chwili brzmiał, jakby był bliski sturlania się z krzesła z uciechy. – To tobie przypadła, Carl? Lepiej nie dawaj jej nic do picia.

Carl wziął głęboki wdech.

– Coś jeszcze? – spytał.

– Tak, ma siostrę bliźniaczkę, znaczy nie taką jednojajową, ale też dziwną.

– Aha, i co z tego?

– Dopóki nie usłyszysz, jak wydzwania z pracy do swojej siostry, to nigdy nie słyszałeś, jak dwie baby potrafią trajkotać. Krótko mówiąc, jest niezdarna, niesubordynowana, a w porywach wyjątkowo krnąbrna.

Czyli nic, czego by już nie wiedział, może oprócz sprawy z gorzałą.

Carl odłożył słuchawkę i zapatrzył się przed siebie, nasłuchując, co też się dzieje w gabinecie Rose.

Potem wstał i wymknął się na korytarz. A jakże, gadała przez telefon.

Podszedł bliżej i przyłożył ucho bezpośrednio do szpary w drzwiach.

– Tak – powiedziała cicho. – Tak, tak trzeba. Ojej, no tak. Czyli można pomyśleć... No nie, skoro tak – i tak dalej, w tym samym stylu.

Carl pojawił się w drzwiach i spojrzał na nią surowo. Zawsze można mieć nadzieję, że to odniesie jakiś skutek.

Po dwóch minutach odłożyła słuchawkę. Czyli tak sobie, jeśli chodzi o skutek.

– Jak tam, pogawędki z przyjaciółmi? – spytał z przekąsem. Spłynęło to po babsku jak woda po kaczce.

– Z przyjaciółmi! – powiedziała, biorąc głęboki wdech. – Taa, można i tak powiedzieć. To był podsekretarz z Ministerstwa Sprawiedliwości. Chciał przekazać, że dostali mail z Kripo w Oslo, w którym wychwalają nasz departament i mówią, że to najbardziej interesująca rzecz, jaka się wydarzyła w skandynawskiej historii kryminalistyki w ciągu ostatnich dwudziestu pięciu lat. A teraz ci z ministerstwa chcieli się tylko dowiedzieć, dlaczego nie zostałeś mianowany komisarzem policji.

Carl przełknął ślinę. Znowu zaczynają z tym cyrkiem? Nie ma mowy, jasna cholera, żeby zasiadł w szkolnej ławie. Przecież Marcusik już dawno zarzucił ten pomysł.

– Co odpowiedziałaś?

– Ja? Po prostu zaczęłam nawijkę na inny temat. A co miałam odpowiedzieć?

„Grzeczna dziewczynka!" – pomyślał.

– Słuchaj, Rose – powiedział, mobilizując wszystkie siły. To nie takie proste powiedzieć „przepraszam", kiedy się pochodzi z Brønderslev. – Wcześniej byłem trochę za ostry. Zapomnij o tym. Wyjazd do Madrytu był właściwie okej. Jak się głębiej zastanowić, to pod względem rozrywkowym był wręcz ponadprzeciętny. W każdym razie widziałem bezzębnego żebraka, ukradziono mi wszystkie karty kredytowe, a przez co najmniej dwa tysiące kilometrów trzymałem za rękę obcą kobietę. Po prostu następnym razem daj mi znać wcześniej, dobra?

Uśmiechnęła się.

– I jeszcze jedna rzecz, póki pamiętam, Rose. Czy to ty rozmawiałaś z pokojówką, która dzwoniła od Kassandry Lassen? Pewnie pamiętasz, że nie miałem ze sobą odznaki policyjnej, więc ona zadzwoniła, żeby potwierdzić moją tożsamość.

– Tak, to ja.

– Prosiła o opis mojego wyglądu. Czy mogłabyś mi zreferować, co jej wtedy powiedziałaś?

Na jej policzkach pojawiły się zdradzieckie dołeczki.

– No, powiedziałam po prostu, że jeśli ten facet ma brązowy skórzany pasek, czarne, rozklapane kajaki w rozmiarze 45, niepodobne do niczego, to istnieje ogromne prawdopodobieństwo, że jesteś nim ty. A jeśli na czubku twojej głowy uda jej się dojrzeć łysy placek, który wygląda jak tyłek, to sprawa przesądzona.

„Jasna cholera, ona nie ma litości" – pomyślał, zaczesując włosy do tyłu.

Znaleźli Benta Kruma na pomoście numer 11. Siedział w tapicerowanym fotelu na pokładzie rufowym łodzi, która z pewnością kosztowała więcej, niż był wart człowiek jego pokroju.

– Ta łódź to V42 – powiedział chłopak stojący przed tajską restauracją przy promenadzie. Doprawdy doskonale wychowany.

Entuzjazm, jakim wykazał się adwokat Bent Krum na widok stróża prawa, wkraczającego do jego białego raju w towarzystwie mocno opalonego i skąpo owłosionego przedstawiciela alternatywnej Danii, przejawił się w iście homeopatycznej dawce.

Nie dano mu jednak najmniejszej szansy na wyartykułowanie swoich protestów natury zawodowej.

– Rozmawiałem z Valdemarem Florinem – oznajmił Carl. – Odesłał mnie do pana. Twierdził, że będzie pan potrafił wypowiedzieć się na temat spraw rodziny. Ma pan pięć minut?

Bent Krum zsunął okulary słoneczne na czubek głowy. Właściwie od początku mogły się tam znajdować, bo słońca było jak na lekarstwo.

– W takim razie pięć minut, ale ani chwili dłużej. W domu czeka na mnie żona.

Carl uśmiechnął się szeroko. Coś podobnego! – mówił jego uśmiech, a taki stary wyjadacz, jak Bent Krum, momentalnie to dostrzegł. Może następnym razem ugryzie się w język, zanim skłamie.

– Valdemar Florin i pan byliście na miejscu w 1986 roku, kiedy na posterunek policji w Holbæk przywieziono tych młodych ludzi podejrzanych o morderstwa w Rørvig. Sugerował, że kilkoro z nich wyróżniało się z grupy, ale uważał, że pan lepiej zgłębi ten temat. Wie pan, co miał na myśli?

Przed nim, siedział w słońcu pobladły mężczyzna. Pozbawiony nie tyle pigmentu, ile raczej krwi. Zniszczony przez wszystkie niegodziwości, do których musiał przyłożyć rękę przez wszystkie te lata. Carl widywał to bezustannie. Nie istnieli bledsi ludzie od policjantów z nadbagażem nierozwikłanych spraw i adwokatów z nadmiarem tych rozwikłanych.

– Pyta pan, kto się wyróżniał? W zasadzie wszyscy. Uważam, że to byli dobrze wychowani młodzi ludzie. Zdążyli to już udowodnić swoją działalnością, nie sądzi pan?

– Taa – powiedział Carl. – Ale co ja tam wiem? Jeden strzela sobie w genitalia, drugi utrzymuje się z faszerowania kobiet botoksem i silikonem, trzeci pozwala, by niedożywione dziewczynki paradowały w tę i z powrotem przed tłumem gapiów, czwarty odsiaduje dożywocie, piąty specjalizuje się w mnożeniu lukratywnych biznesów bogaczy, wykorzystując ignorancję drobnych ciułaczy. No i szósta, która od dwunastu lat żyje na ulicy. Taa, właściwie nie wiem, co odpowiedzieć.

– Uważam, że nie powinien pan sobie pozwalać na podobne wypowiedzi na forum publicznym – powiedział Krum, gotując się do wniesienia sprawy.

– Na forum publicznym? – spytał Carl, rozglądając się po otaczającym ich krajobrazie z drewna tekowego, połyskującego włókna szklanego i chromu. – Czy można znaleźć forum mniej publiczne od tego? – Rozłożył ręce i uśmiechnął się. Wielu uznałoby to za komplement.

– A co z Kimmie Lassen? – ciągnął Carl. – Nie wyróżniała się? Czy nie stanowiła centralnej postaci w poczynaniach grupy? Czy w interesie Florina, Dybbøla Jensena i Prama nie leży przypadkiem, by ona niepostrzeżenie zniknęła z powierzchni ziemi?

Na twarzy Benta Kruma pojawiły się pionowe zmarszczki od uśmiechu. Nic pięknego.

– Pozwolę sobie przypomnieć, że ona już zniknęła. Warto zauważyć, że z własnej woli!

Carl obrócił się do Assada.
– Masz to, Assad?
Asystent uniósł ołówek na znak potwierdzenia.
– Dziękuję – powiedział Carl. – To wszystko.
Wstali.
– Proszę? – spytał Krum. – Niby co on ma mieć? Co się tu rozgrywa?
– No, powiedział pan przecież, że grupa miała interes w tym, żeby Kimmie Lassen zniknęła.
– Nie, wcale tak nie powiedziałem.
– Nie powiedział tak, Assad?
Niski mężczyzna pokiwał skwapliwie. Był bardzo lojalny.
– Wszystkie poszlaki wskazują na to, że to grupa zabiła rodzeństwo w Rørvig – powiedział Carl. – I nie mówię w tej chwili jedynie o Bjarnem Thøgersenie. Czyli znów się spotkamy, panie Krum. Poza tym spotka się pan zapewne z kilkoma osobami, o których mógł pan słyszeć, a może i nie. W każdym razie są to bardzo interesujący ludzie o znakomitej pamięci. Na przykład przyjaciel Kårego Bruna, Mannfred Sloth.
Krum nie zareagował na jego nazwisko.
– I nauczyciel ze szkoły, Klavs Jeppesen. No, nie mówiąc już nawet o Kylem Bassecie, którego wczoraj przesłuchałem w Madrycie.
Krum wreszcie zareagował.
– Chwileczkę – powiedział, chwytając Carla za ramię.
Carl spojrzał na jego rękę z niedowierzaniem, aż Krum ją cofnął.
– Tak, tak, panie Krum – powiedział. – Przecież wiemy, że zależy panu, by grupie dobrze się powodziło. Jest pan na przykład dyrektorem zarządu w prywatnym szpitalu „Caracas". Już samo to może stanowić decydujący powód, z jakiego wolno panu przebywać w tak pięknej okolicy – wskazał ręką na wszystkie restauracje leżące na molo i na cieśninę.

Nie było wątpliwości, że za chwilę Bent Krum obdzwoni wszystkich członków grupy.

Kiedy Carl się do nich wybierze, będą już dobrze przygotowani. Może nawet coś więcej.

Assad i Carl weszli do „Caracas" niczym dwóch panów spragnionych zabiegów upiększających, którzy chcą się rozejrzeć, nim ewentualnie zdecydują się na odessanie tłuszczyku tu i tam. Oczywiście recepcjonistka ich zatrzymywała, ale Carl poszedł dalej, do części budynku przypominającej dział administracyjny.

– Gdzie jest Ditlev Pram? – zapytał sekretarkę, znalazłszy w końcu tabliczkę z napisem „Ditlev Pram – dyrektor generalny".

Już trzymała rękę na telefonie z zamiarem wezwania strażnika, kiedy okazał plakietkę policyjną i poczęstował ją uśmiechem, który nawet jego twardo stąpająca po ziemi matka uznałaby za rozbrajający.

– Przepraszam, że tak bezpardonowo, ale musimy porozmawiać z Ditlevem Pramem. Czy mogłaby go pani poprosić? Wtedy i my, i on będziemy zadowoleni.

Nie łyknęła tego.

– Niestety dziś go nie ma – powiedziała tonem nieznoszącym sprzeciwu. – Ale może mogłabym umówić panów na spotkanie? Na przykład 22 października, godzina czternasta piętnaście, pasuje panom?

Czyli z Pramem teraz nie porozmawia. Jasny gwint.

– Dziękuję, zadzwonimy – powiedział Carl, ciągnąc za sobą Assada.

Teraz na sto procent ostrzeże Prama. Już się odwróciła i wyszła na taras ze swoją komórką. Dobra sekretarka.

– Odesłano nas tutaj – powiedział Carl i wskazał oddział z łóżkami, kiedy znowu mijali recepcjonistkę.

Po drodze ludzie przyglądali im się z uwagą, a oni kwitowali spojrzenia przyjaznym skinieniem.

Minąwszy oddział operacyjny, stali przez chwilę, rozglądając się, czy nie pojawi się Pram. Potem poszli dalej, przechodząc obok jednoosobowych sal, z których sączyły się dźwięki muzyki poważnej, po czym wylądowali w dziale usługowym, gdzie nieco mniej zadbani ludzie krzątali się w mniej prestiżowych mundurkach.

Kiwnęli głowami do kucharzy i doszli na końcu do pralni, gdzie grupka kobiet o azjatyckich rysach wpatrywała się w nich z przerażeniem.

Gdyby Pram się dowiedział, że Carl tu był, można się założyć, że za godzinę tych kobiet już by tu nie było.

W drodze powrotnej Assad był wyjątkowo milczący. Spojrzał na Carla dopiero, kiedy dojeżdżali do Klampenborga.

– Dokąd byś poszedł na miejscu Kimmie Lassen? – spytał.

Carl wzruszył ramionami. Kto to wie? Jest przecież zupełnie nieprzewidywalna. Najwyraźniej posiadła sztukę improwizowania w życiu lepiej niż ktokolwiek. Mogła być wszędzie.

– Zgodziliśmy się, że mogło jej bardzo zależeć, by Aalbæk przestał jej poszukiwać. Chodzi mi o to, że ona i reszta grupy już nie są przyjaciółmi od sera.

– Od serca, Assad. Od serca.

– W Wydziale Zabójstw powiedzieli, że w sobotni wieczór Aalbæk był w czymś, co się nazywa „Damhuskroen”. Mówiłem to?

– Nie, ale obiło mi się to o uszy.

– I wyszedł z kobietą, nie?

– O tym z kolei nie słyszałem.

– To znaczy, Carl, że jeśli ona zabiła Aalbæka, to ci inni z grupy nie są zbyt zadowoleni.

Delikatnie mówiąc.

– Czyli teraz między nimi jest wojna.

Carl kiwnął głową ze zmęczeniem. Ostatnie doby zaczęły o sobie dawać znać, i to nie tylko w jego głowie, ale w całym zawiadującym motoryką systemie nerwowym. Nagle dociśnięcie pedału gazu stało się nieskończenie trudne.

– Czy w takim razie nie sądzisz, że ona wróci do tego domu, gdzie znalazłeś kasetkę, żeby tak wydobyć dowody przeciwko pozostałym?

Carl potwierdził powolnym skinieniem głowy. Rzeczywiście można wziąć pod uwagę taką możliwość. Z kolei inna była taka, że zjedzie na bok i utnie sobie drzemkę.

– Więc może tak tam pojedziemy? – brzmiała konkluzja Assada.

Dom był zamknięty na cztery spusty i pogrążony w mroku. Kilkakrotnie zadzwonili do drzwi. Sprawdzili numer telefonu i wystukali go. Słyszeli, jak dzwoni w środku, ale nikt nie podniósł słuchawki. Nie wyglądało to obiecująco. W każdym razie Carl nie miał siły nic w tej sprawie robić. Starsze panie przecież też mają prawo do życia poza czterema ścianami domu, do czarta.

– Chodź, idziemy – powiedział Carl. – Ty poprowadzisz, a ja sobie utnę drzemkę.

Kiedy Carl i Assad weszli na komendę, Rose się pakowała. Wybiera się do domu i zobaczą ją pojutrze. Jest zmęczona, ciężko pracowała i w piątkowy wieczór, i w sobotę, i nawet przez część niedzieli. Więcej za te marne grosze nie zrobi.

Carl czuł się dokładnie tak samo.

– Aha – powiedziała. – Rozmawiałam z kimś z uniwersytetu w Bernie, kto znalazł kartotekę Kirsten-Marie Lassen.

Czyli Rose jednak uporała się z całą listą – pomyślał Carl.

– Była zdolną studentką tam, w Szwajcarii. Powiedzieli, że ani razu nie powinęła jej się noga. Jeśli nie liczyć tego, że straciła chłopaka w wyniku wypadku na nartach, to z akt wynika, że ten pobyt był dla niej bardzo udany.

– Wypadek na nartach?

– Tak, ta urzędniczka wspomniała, że był dość zagadkowy. Mówiło się o tym od czasu do czasu. Chłopak Kimmie był dobrym narciarzem. Nie z tych, co to normalnie zapuszczają się na skaliste tereny poza trasą.

Carl kiwnął głowa. Niebezpieczny sport.

Spotkał Monę Ibsen na dziedzińcu komendy. Z jej ramienia zwisała obszerna torba, a oczy wyrażały odmowę, jeszcze zanim zdążył otworzyć usta.

– Poważnie się zastanawiam, czy nie wziąć do domu Hardy'ego – powiedział stłumionym głosem. – Ale domyślam się, jaki to może mieć wpływ na psychikę Hardy'ego i domowników.

Spojrzał na nią zmęczonymi oczami. Najwyraźniej tego właśnie było trzeba, bo kiedy po chwili ją spytał, czy nie poszłaby z nim czegoś zjeść, żeby mogli omówić konsekwencje tak doniosłego kroku dla wszystkich zainteresowanych, usłyszał pozytywną odpowiedź.

– Noo, właściwie czemu nie – powiedziała, po czym uśmiechnęła się tak, że poczuł jakby kopnięcie w podbrzusze. – Właściwie to nawet jestem głodna.

Carla zatkało. Nie miał zielonego pojęcia, co powiedzieć. Po prostu spojrzał w jej oczy w nadziei, że jego czar zadziała.

Kiedy przesiedzieli nad jedzeniem jakąś godzinę, a Mona Ibsen powoli zaczynała mięknąć, organizm Carla przeniknęła tak błoga ulga i rozluźnienie, że zmorzył go sen.

Plasnął w sam środek talerza, komponując się malowniczo z befsztykiem z polędwicy i brokułami.

36

W poniedziałkowy poranek głosy milczały.

Kimmie budziła się powoli. Zdezorientowana i z pustką w głowie rozejrzała się po swoim dawnym pokoju. Przez chwilę wydawało się jej, że znów ma trzynaście lat i po raz kolejny zaspała. Ile razy wypychano ją za drzwi, nie częstując niczym poza wyrzekaniem i poszturchiwaniem ojca i Kassandry? Ile razy siedziała w szkole w Ordrup z brzuchem burczącym z głodu i oddawała się marzeniom?

Naraz przypomniała sobie wydarzenia z poprzedniego dnia. Szeroko otwarte, martwe oczy Kassandry.

To sprawiło, że znów zanuciła swoją dawną piosenkę.

Gdy się ubrała, wzięła zawiniątko i zeszła na dół. Rzuciła okiem na salon i zwłoki Kassandry i usiadła w kuchni, szepcząc maleństwu na ucho propozycję menu.

Nagle zadzwonił telefon.

Wyprostowała się i z wahaniem podniosła słuchawkę.

– Tak – powiedziała afektowanym, zachrypniętym głosem. – Mówi Kassandra Lassen. Z kim mam przyjemność?

Już przy pierwszym słowie rozpoznała ten głos. Należał do Ulrika.

– Och, przepraszam, rozmawia pani z Ulrikiem Dybbølem Jensenem, może mnie pani pamięta? – powiedział. – Pani Lassen, podejrzewamy, że Kimmie jest w drodze do pani. Dlatego chcielibyśmy prosić, żeby pani uważała i nas ostrzegła, kiedy tylko się zjawi.

Kimmie wyjrzała za okno kuchenne. Jeśli przyjadą z tej strony, nie zauważą jej, o ile będzie stała za drzwiami. A noże w kuchni Kassandry były doskonałej jakości. Wchodziły jak w masło zarówno w twarde, jak i w miękkie mięso.

– Myślę, że powinna się pani mieć na baczności, jeśli ją pani zobaczy, pani Lassen. Ale proszę nie stawiać oporu. Lepiej ją wpuścić i zatrzymać. I zadzwonić do nas, a my na pewno przyjedziemy pani na odsiecz. – Zaśmiał się ostrożnie, by nadać wiarygodność swej wypowiedzi, ale Kimmie wiedziała swoje. Nikt na całym świecie nie zdoła pomóc Kassandrze Lassen, gdy zjawi się Kimmie. To nawet udowodnione.

Podał jej trzy numery telefonów komórkowych, których Kimmie jeszcze nie znała. Ditleva, Torstena i Ulrika.

– Serdecznie dziękuję za ostrzeżenie – powiedziała szczerze, zapisując numery. – Czy mogę spytać, gdzie panowie się znajdują? Gdyby zaszła taka konieczność, czy panowie zdążą szybko przyjechać do Ordrup? Może lepiej byłoby wezwać policję w razie potrzeby?

Wyobraziła sobie twarz Ulrika. W obecnej chwili tylko krach na Wall Street byłby w stanie wywołać na niej większe zmartwienie. Policja! W tym kontekście to naprawdę brzydkie słowo.

– Nie, nie sądzę – powiedział. – Sama pani wie, że do przyjazdu policji potrafi minąć godzina. O ile w ogóle zareagują. Tak, takie czasy, pani Lassen. Nie to, co kiedyś. Wydał z siebie parę pogardliwych dźwięków, które miały ją przekonać o wątpliwej skuteczności organów prawa. – Jesteśmy niedaleko, pani Lassen. Dziś jesteśmy w pracy, ale jutro będziemy u Torstena Florina w Ejlstrup. Wybieramy się na polowanie do lasu Gribskov, który należy do jego posiadłości, ale wszyscy będziemy mieć włączone telefony. Proszę dzwonić bez względu na porę, a zjawimy się dziesięć razy szybciej niż policja.

W Ejlstrup, u Florina, powiada. Wiedziała dokładnie, gdzie to jest.

Wszyscy trzej naraz. Lepiej być nie może.

Czyli nie musi się spieszyć.

Nie słyszała, jak otworzyły się drzwi wejściowe, usłyszała natomiast wołanie kobiety.

– Cześć, Kassandro, to ja! Pora wstawać! – rozległ się głos, od którego zadrżały szyby w oknach, a Kimmie znieruchomiała.

Z holu wychodziło czworo drzwi. Do kuchni, do toalety, w której znajdowała się Kimmie, do jadalni i dalej, do „My Room", gdzie leżało zesztywniałe ciało Kassandry, wreszcie do piwnicy. Jeśli tej kobiecie życie było miłe, to niech wybierze którekolwiek, byle nie te prowadzące do jadalni i salonu.

– Cześć! – odkrzyknęła Kimmie, podciągając majtki.

Kroki za drzwiami ustały, a otworzywszy drzwi, Kimmie spojrzała w dwoje zdezorientowanych oczu.

Nie znała tej kobiety. Pewnie pomoc domowa albo sprzątaczka, wnioskując z niebieskiego mundurka i fartucha, w które właśnie się ubierała.

– Dzień dobry. Jestem Kirsten-Marie Lassen, córka Kassandry – powiedziała, wyciągając rękę. – Kassandra się niestety rozchorowała i zabrano ją do szpitala, więc dziś nie potrzebujemy pani pomocy.

Ujęła dłoń, którą z ociąganiem podała jej sprzątaczka.

Widać było, że kobieta słyszała już imię Kimmie. Uścisk jej dłoni był przelotny i zdawkowy, oczy zaś czujne.

– Charlotte Nielsen – odparła chłodno i zerkając Kimmie przez ramię, zajrzała do salonu.

– Sądzę, że mama wróci do domu w środę albo czwartek, więc do tego czasu się z panią skontaktuję. Na razie ja zajmę się domem – powiedziała Kimmie, czując, jak słowo „mama" pali ją w usta. Słowo, którego nigdy wcześniej nie użyła w odniesieniu do Kassandry, teraz wydawało się konieczne.

– Widzę, że trochę tu nabałaganione – powiedziała sprzątaczka, spoglądając na płaszcz Kimmie, przewieszony przez stojące w holu krzesło w stylu Ludwika XVI. – Chyba jednak zrobię szybką rundkę. I tak miałam tu spędzić cały dzień.

Kimmie stanęła przed drzwiami do jadalni.

– Och, to bardzo miło z pani strony, ale nie, dziś dziękuję – położyła rękę na ramieniu kobiety i odprowadziła ją w stronę jej płaszcza.

Charlotte Nielsen nie pożegnała się, wychodząc, ale jej brwi były wyraźnie uniesione.

„Lepiej się pozbyć tego starego truchła" – pomyślała Kimmie, wahając się między wykopaniem grobu w ogrodzie a poćwiartowaniem. Gdyby ona albo Kassandra miały jakieś auto, to znała jezioro w Północnej Zelandii, które spokojnie mogło pomieścić jeszcze jedne zwłoki.

Nagle się zatrzymała. Posłuchała głosów i przypomniała sobie, jaki dziś dzień.

„Po co tyle zachodu?" – spytały. „Przecież jutro jest dzień, w którym wszystko złoży się w sensowną całość".

Właśnie miała iść na górę, gdy usłyszała dźwięk tłuczonego szkła dobiegający z „My Room".

W ciągu paru sekund znalazła się w salonie, konstatując trzeźwo, że jeśli sprzątaczka dopięła swego, to za chwilę będzie leżała obok Kassandry z równie zaskoczonym i nieodwołalnym wyrazem twarzy.

Metalowy pręt, którym kobieta stłukła szybę w drzwiach, świsnął koło jej głowy.

– Zabiłaś ją, wariatko! Zabiłaś ją! – krzyczała w kółko ze łzami w oczach.

Jak, u licha, spośród wszystkich nędznych stworzeń chodzących po świecie to właśnie Kassandra potrafiła wzbudzić takie oddanie? Zupełnie niepojęte.

Kimmie wycofała się w stronę kominka i waz. „Chcesz się bić?" – pomyślała. „To dobrze trafiłaś".

Kimmie wiedziała doskonale, że przemoc i pragnienie są ze sobą ściśle powiązane. Te dwa elementy składowe życia opanowała do perfekcji.

Chwyciła figurę z mosiądzu w stylu art déco i zważyła ją w dłoni. Jeśli się nią celnie rzuci, jej ostre, powabnie uniesione ramiona będą w stanie zakłuć każdego. Czaszkę też przebiją.

Wycelowała i rzuciła, patrząc z zaskoczeniem, jak kobieta odbija figurę metalowym prętem.

Wbiła się głęboko w tapetę, a Kimmie cofnęła się do drzwi z zamiarem czmychnięcia na górę. Leżał tam jej pistolet, odbezpieczony i gotowy. Właśnie taki los czekał tę hardą, głupią kobietę, która weszła jej w paradę.

Ale kobieta nie poszła za nią. Z salonu dobiegał chrzęszczący odgłos kroków i jęki, nic poza tym.

Kimmie zakradła się z powrotem do drzwi salonu i dostrzegła przez szparę, jak kobieta pada na kolana przy martwym ciele Kassandry.

– Co ten potwór zrobił? – wyszeptała kobieta. Może nawet płakała.

Kimmie zmarszczyła czoło. Przez cały ten czas, kiedy ona i pozostali członkowie grupy wyrządzali innym krzywdę, nigdy nie widziała oznak smutku. Widziała przerażenie i szok, ale tak subtelne uczucie, jak smutek, znała tylko z własnego doświadczenia.

Popchnęła drzwi, by powiększyć szparę i mieć lepszy widok, ale zaskrzypiały, a kobieta nagłym ruchem podniosła głowę.

Chwilę potem sprzątaczka rzuciła się na nią, dzierżąc metalowy pręt. Kimmie zatrzasnęła drzwi i zdumiona pobiegła po schodach do swego pokoju po pistolet. Trzeba wreszcie położyć temu kres. Nie chciała jej zabijać. Tylko związać i unieszkodliwić. Nie, nie chciała do niej strzelać.

Liczba stopni przed Kimmie zmniejszała się, podczas gdy biegnąca za nią kobieta krzyczała, zawodziła, a w końcu cisnęła pręt na nogi Kimmie, aż ta upadła twarzą na półpiętro.

Pozbieranie się zajęło jej tylko chwilkę, ale było już za późno. Przysadzista młoda kobieta stała nad nią i przyciskała metalowy pręt do jej szyi.

– Kassandra często o tobie wspominała – powiedziała. – Nazywała cię swoim małym potworkiem. Myślisz, że się ucieszyłam, widząc cię w holu? Że myślałam, że wniesiesz coś dobrego?

Włożyła rękę do kieszeni fartucha i wyciągnęła odrapaną nokię.

– Jest taki policjant, nazywa się Carl Mørck. Wiesz, że cię szuka? Mam w książce telefonicznej jego numer, ponieważ był tak miły i zostawił mi swoją wizytówkę. Jak sądzisz, może powinnyśmy dać mu szansę, by uciął sobie z tobą pogawędkę?

Kimmie pokręciła głową. Starała się wyglądać na zszokowaną.

– Ale to nie ja jestem winna śmierci Kassandry. Udławiła się porto, kiedy rozmawiałyśmy. To był potworny wypadek.

– Aha – widać było, że sprzątaczka jej nie wierzy. Brutalnie nadepnęła na klatkę piersiową Kimmie i mocniej przycisnęła pręt do jej szyi, wybierając na wyświetlaczu numer Carla Mørcka. Wcześniej parokrotnie dźgnęła Kimmie prętem.

– I co, nic nie zrobiłaś, żeby jej pomóc, ty krowo? – ciągnęła kobieta. – Jestem pewna, że policja chętnie wysłucha, co masz do powiedzenia. Nie myśl, że ci to pomoże. Widać po tobie, co narobiłaś. – Skrzywiła się. – Powiedziałaś, że jest w szpitalu. Szkoda, że sama siebie wtedy nie widziałaś.

Kiedy znalazła numer, Kimmie wierzgnęła, trafiając ją prosto w krocze, po czym kopnęła ponownie. Kobieta otworzyła szeroko oczy i usta i rozluźniwszy uchwyt wokół pręta, przechyliła się w przód, jakby kręgosłup pękł jej na pół.

Kimmie nie powiedziała ani słowa, słysząc w telefonie przerywany sygnał połączenia. Po prostu zatopiła obcas w łydce kobiety, wytrąciła jej z ręki telefon, roztrzaskując go o ścianę, wycofała się i uwolniła spod metalowego pręta, który leżał teraz luźno w dłoni kobiety. Wtedy Kimmie wstała i wyjęła jej go z ręki.

Odzyskanie równowagi zajęło jej mniej niż pięć sekund.

Kimmie stała przez chwilę, dysząc, podczas gdy kobieta próbowała się wyprostować, ciskając wściekłe spojrzenia.

– Nic ci nie zrobię – powiedziała Kimmie. – Wystarczy, że cię przywiążę do krzesła.

Ale kobieta pokręciła głową i sięgnęła ręką w tył, chwytając za poręcz. Najwyraźniej szukała czegoś, co mogłaby oderwać. Oczy miała rozbiegane i w najmniejszym stopniu nie wyglądała na pokonaną.

Nagle wyprostowała ręce i dopadła do szyi Kimmie, zatapiając w niej paznokcie, aż niemal było słychać dźwięk rozdzieranego ciała. Kimmie cofnęła się, podciągając do brzucha kolano, tak by się od niej odgrodzić. Pozwoliło jej to odepchnąć kobietę do tyłu, aż ta, chwiejąc się, wygięła się w tył na poręczy, pięć metrów nad kamienną podłogą holu.

Kimmie krzyknęła, żeby przestała stawiać opór, ale ona nie chciała dać za wygraną, więc Kimmie odchyliła się i uderzyła ją czołem w głowę. Na chwilę pociemniało jej w oczach, a mózg eksplodował tysiącem błysków.

Otworzyła oczy i przechyliła się nad poręczą.

Krępa kobieta leżała na marmurowej podłodze jak ukrzyżowana, z ramionami rozrzuconymi na boki i skrzyżowanymi nogami. Całkiem nieruchoma i bardzo, ale to bardzo martwa.

Siedziała dziesięć minut na haftowanym krześle w holu, patrząc na wykręcone, nieżywe ciało. Pierwszy raz w życiu widziała ofiarę tak, jak wyglądała. Człowiek mający własną wolę i prawo do życia. Dziwiło ją, że wcześniej nie miewała tego uczucia. Wcale jej się nie podobało. Głosy ją upomniały za te myśli.

Wtedy rozległ się dzwonek do drzwi. Usłyszała na zewnątrz odgłos rozmów. To byli dwaj mężczyźni. Sprawiali wrażenie niecierpliwych, szarpali za drzwi, a chwilę później rozległ się dzwonek telefonu.

„Jeśli przejdą wokół domu, to zobaczą stłuczoną szybę w drzwiach. Lepiej leć na górę po ten pistolet" – naciskała samą siebie. „Teraz!"

Pokonała schody paroma bezgłośnymi susami, znalazła pistolet i stanęła na półpiętrze, zwróciwszy tłumik w kierunku drzwi wejściowych. Nawet jeśli mężczyźni wejdą, to na pewno nie wyjdą.

Wtedy poszli. Widziała ich dokładnie, jak mijali okno na półpiętrze, idąc do samochodu.

Wysoki mężczyzna szedł zamaszystym krokiem, a obok niego dreptał mały i śniady.

37

Dla Carla ciągle żywe było wspomnienie straszliwego dnia na komendzie i Mony Ibsen wijącej się ze śmiechu na widok jego zbaraniałego wyrazu twarzy, ugarnirowanej duszoną cebulką. Równie żenujące jak biegunka podczas pierwszej wizyty w toalecie potencjalnej dziewczyny.

„O mój Boże, jak się z tego wykaraskać?" – pomyślał, zapalając porannego papierosa.

Skupił się. Może właśnie dzisiaj dostarczy prokuraturze ostatnich ważkich informacji, koniecznych do sporządzenia nakazu aresztowania. Kolczyk z Lindelse Nor, zawartość kasetki – to powinno wystarczyć. Poza tym istniał związek między Aalbækiem a tymi z grupy. Carl miał w nosie, na jakiej podstawie mają zostać przesłuchani. Gdy tylko się tu znajdą, już on się postara, żeby któryś z nich wygadał się na jakiś istotny temat.

Sprawa, która zaczęła się od podwójnego morderstwa, mogła doprowadzić do ujawnienia innych przestępstw. Może nawet zabójstw.

Teraz potrzebna mu była już tylko konfrontacja z członkami grupy. Trzeba zadać im pytania, które zasieją w nich panikę. Może nawet ich podzielą. Jeśli nie w areszcie, to na ich boisku.

Identyfikacja najsłabszego ogniwa stanowiła najtwardszy orzech do zgryzienia. Na kim skupić atak? Najbardziej oczywistym wyborem był Bjarne Thøgersen, ale wiele lat w więzieniu nauczyło go, jak trzymać język za zębami. Poza tym kraty go chroniły. Thøgersen w ogóle nie musiał z nimi gadać o czymś, za co już został skazany. Jeśli chcą go nakłonić do mówienia, to trzeba dostarczyć niezbitych dowodów na inne przestępstwa.

Nie, jeśli on nie może być pierwszy, to kto? Torsten Florin, Ulrik Dybbøl Jensen czy Ditlev Pram? Kogo najłatwiej dopaść?

Chcąc sensownie odpowiedzieć na to pytanie, musiałby oczywiście spotkać się osobiście z nimi wszystkimi, a to nie będzie proste. Dowodem była ich nieudana wizyta w prywatnym szpitalu Prama. Bo Pram oczywiście wiedział od samego początku, że w szpitalu pojawiła się policja. Może był nawet w pobliżu. Tak czy inaczej, wiedział, że oni tam są.

I nie ujawnił się.

Nie, jeśli Carl ma skłonić któregoś z tych panów do rozmowy, to musi ich zaskoczyć w łóżkach. Właśnie dlatego on i Assad byli tego ranka tak wcześnie na nogach.

Torsten Florin będzie pierwszy – i nie był to przypadkowy wybór. Z wielu względów sprawiał wrażenie najsłabszego przez swoją chuderlawą posturę i mało męski zawód. Również jego wypowiedzi w prasie na temat mody sugerowały jakąś tajemnicę i bezbronność. Jakby wyróżniał się na tle grupy.

Dlatego za dziesięć minut Carl zabierał Assada z placu Trianglen i za jakieś pół godziny powinni się znaleźć nieopodal posiadłości w Ejlstrup, narzucając się Torstenowi Florinowi ze swoim wysoce niepożądanym towarzystwem.

– Zebrałem informacje o tych z grupy – oznajmił Assad siedzący na siedzeniu pasażera. – Tak oto teczka Torstena Florina – wyciągnął z torby akta sprawy, gdy wyjeżdżali z Lyngbyvejen. – Moim zdaniem jego dom wygląda jak jakaś twierdza – ciągnął Assad. – Ma ogromnie wielkie stalowe kraty, które zagradzają drogę do posiadłości. Czytałem, że jak robi imprezę, to samochody gości są wpuszczane po jednym. I to się faktycznie zgadza.

Carl spojrzał na kolorowy wydruk, który pokazywał Assad. Trudno było cokolwiek na nim dostrzec, kiedy człowiek musiał jeszcze zerkać na wąską drogę wijącą się pośród lasów Gribskov.

– Popatrz tu, Carl. Wszystko dostrzeżesz na fotce z lotu ptaka. Tu leży posiadłość Florina. Oprócz starego budynku, w którym mieszka on sam, jest jeszcze ten drewniany dom – postukał palcem w kropkę na mapie. – Wszystko inne, łącznie z tym wielkim budynkiem i wszystkimi małymi domkami z tyłu, zostało wybudowane dopiero w 1992 roku.

Rzeczywiście dziwnie to wyglądało.

– Czy one nie leżą w samym lesie Gribskov? Naprawdę można uzyskać pozwolenie na budowę czegoś takiego? – spytał Carl.

– Nie, nie leżą w lesie. Między lasem Gribskov a jego małym laskiem przypada przeciwpożar... pożar? Jak się nazywa takie coś, Carl?

– Pas przeciwpożarowy?

Poczuł na sobie zdumione spojrzenie Assada.

– Aha, w każdym razie widać to wyraźnie na zdjęciu. Sam popatrz. To taka wąska brązowa linia. No i ogrodził swoją ziemię – jezioro, wzgórza i całą resztę.

– Ciekawe, po co mu to? Boi się paparazzich czy co?

– Chodzi coś tam o to, że jest myśliwym.

– Tak, tak. Nie chce, żeby zwierzęta wymknęły mu się do lasów państwowych, znam takich.

W regionie Vendsyssel, skąd pochodził Carl, ludzie się z nich śmiali. W Północnej Zelandii najwyraźniej nikogo to nie śmieszyło.

Dojechali do miejsca, w którym ich oczom objawił się otwarty krajobraz. Najpierw w postaci prześwitów w lesie, a potem – rozciągających się pól, na których wciąż widać było sterczące jasnobrązowe pozostałości po kłosach.

– Widzisz tamten domek szwajcarski, Assad? – i nie czekając na odpowiedź, pokazał budynek leżący poniżej na prawo. Widać go było jak na dłoni, tam w dolinie, w której zbierały się roztopy. – Tam dalej leży stacja Kagerup. Kiedyś znaleźliśmy tam małą dziewczynkę, o której myśleliśmy, że nie żyje. A ona schowała się w tartaku, ponieważ bała się psa, którego przyniósł do domu jej ojciec.

Carl pokręcił głową. To naprawdę był powód? Nagle zabrzmiało to niewiarygodnie.

– Skręć tutaj, Carl – powiedział Assad, wskazując strzałkę na Mårum. – Na samym czubku mamy skręcić w prawo. Stamtąd jest kilkaset metrów do bramy. Mam do niego przydzwonić?

Carl pokręcił głową. Nie, do licha, żeby miał możliwość się ulotnić, jak wczoraj Ditlev Pram?

Torsten Florin faktycznie skrupulatnie ogrodził swoją posiadłość. „Dueholt" – widniał napis z gigantycznych mosiężnych liter, przytwierdzonych do granitowego kamienia stojącego obok bramy z kutego żelaza, która górowała nad żywopłotem.

Carl nachylił się do głośnika umieszczonego na wysięgniku na wysokości okna.

– Mówi podkomisarz kryminalny Carl Mørck – powiedział. – Wczoraj rozmawiałem z adwokatem Bentem Krumem. Chcielibyśmy zadać parę pytań panu Torstenowi Florinowi. To zajmie tylko chwilę.

Minęły przynajmniej dwie minuty, nim brama się otworzyła.

Za żywopłotem rozciągał się piękny krajobraz. Jeziora i pagórki po prawej, pośród zaskakująco bujnych łąk, jak na tę porę roku. Nieco dalej parę zagajników, przechodzących w większy las, a na samym końcu las Gribskov – ogromne krużganki liczących paręset lat dębów o pozbawionych listowia koronach.

„Naprawdę imponująca połać ziemi" – pomyślał Carl. Zważywszy na wciąż wysokie ceny gruntu, to miejsce było warte grube miliony.

Gdy skręcili ku domowi położonemu na skraju lasu, wrażenie przytłaczającego bogactwa jeszcze się wzmocniło. Sam główny budynek posiadłości Dueholt stanowił cacko składające się z pieczołowicie odnowionych gzymsów i lśniącego czernią dachu. Było tu kilka przeszklonych werand, wychodzących prawdopodobnie na wszystkie strony świata, a ogród i dziedziniec były tak dobrze utrzymane, że nawet królewscy ogrodnicy z szacunkiem pochyliliby głowy.

Za budynkiem głównym leżał pomalowany na czerwono drewniany domek, prawdopodobnie zabytkowy. W każdym razie odcinał się od reszty historią sięgającą kilkaset lat wstecz. Niewątpliwy kontrast w stosunku do monumentalnej konstrukcji stalowej, górującej z tyłu niczym wieża. Ogromna, a jednak bardzo ładna. Szkło i lśniący metal – zupełnie jak oranżeria w Madrycie, którą widział na plakacie na lotnisku.

Kryształowy pałac *à la* Ejlstrup.

Do tego na skraju lasu leżało kilka małych domków z ogródkami i werandami, wyglądających jak wioska ogrodzona przez grunty uprawne, na których prawdopodobnie hodowano warzywa. W każdym razie jeszcze widać było spore rzędy porów i jarmużu.

„Ja nie mogę, jakie to wielkie!" – pomyślał Carl.

– Ojej, jak ślicznie! – powiedział Assad.

Nie widać było żadnych ludzi, dopóki nie zadzwonili do drzwi, które otworzył im Torsten Florin we własnej osobie.

Carl wyciągnął do niego rękę i przedstawił się, ale Torsten Florin patrzył tylko na Assada, broniąc wstępu do swego domu niczym granitowy blok.

Za jego plecami, w holu, wiły się schody otoczone istną orgią malowideł i kryształowych żyrandoli. Dość tandetne jak na mężczyznę, który utrzymywał się z dobrego stylu.

– Chcielibyśmy porozmawiać o paru zdarzeniach, które według nas mogą mieć związek z Kimmie Lassen. Może mógłby pan nam pomóc?

– O jakich zdarzeniach? – spytał Florin opryskliwie.

– Morderstwo Finna Aalbæka dokonane sobotniej nocy. Wiemy o kilku rozmowach między Ditlevem Pramem i Aalbækiem. Wiemy też, że szukał Kimmie Lassen. Czy to któryś z panów zatrudnił go do tego zadania? A jeśli tak, to dlaczego?

– W ciągu ostatnich kilku dni to nazwisko kilkakrotnie obiło mi się o uszy, ale poza tym nic mi nie wiadomo o żadnym Finnie Aalbæku. Jeśli Ditlev odbywał z nim rozmowy, to właśnie z nim powinniście porozmawiać. Żegnam panów.

Carl włożył stopę między drzwi.

– Przepraszam, jeszcze chwileczkę. Jest także parę napadów na wyspie Langeland i w Bellahøj, które można powiązać z Kimmie Lassen. Właściwie to jest mowa o trzech morderstwach.

Torsten Florin kilkakrotnie szybko zamrugał, ale twarz miał kamienną.

– Nie potrafię panom pomóc. Jeśli chcą panowie z kimś porozmawiać, to najlepiej z Kimmie Lassen.

– Wie pan może, gdzie ona jest?

Pokręcił głową z dziwnym wyrazem twarzy. Carl widział już wiele dziwnych min, ale tej nie potrafił odszyfrować.

– Jest pan pewny? – spytał Carl.

– Całkowicie. Nie widziałem Kirsten-Marie od 1996 roku.

– Mamy dowody, które łączą ją z tymi wydarzeniami.

– Tak, słyszałem od adwokata. Ani on, ani ja nic nie wiemy o wydarzeniach, o których pan mówi. Proszę, żeby panowie już poszli. Jestem dziś zajęty. Proszę pamiętać o nakazie sądowym, jeśli zdecydują się panowie na wizytę w innym terminie.

Uśmiechnął się prowokacyjnie, a Carl próbował naciskać za pomocą paru dodatkowych pytań. Wtedy Torsten Florin odsunął się na bok, ustępując miejsca trzem czarnoskórym mężczyznom, najwidoczniej stojącym za drzwiami.

Dwie minuty później siedzieli z powrotem w aucie. Postraszono ich batem, prasą, prokuraturą generalną i czym tam jeszcze.

Jeśli Carl wcześniej sądził, że Torsten Florin jest słaby, to w tej chwili był bardziej niż skłonny zrewidować tę opinię.

38

Tego ranka, w którym miało się odbyć polowanie na lisa, Torsten Florin został jak zwykle obudzony dźwiękiem muzyki poważnej i lekkich, drobnych kroków. Stała przed nim młoda, czarnoskóra kobieta, naga od pasa w górę, i wyciągała ręce, w których trzymała, jak zawsze, srebrną tacę. Jej uśmiech był sztywny i wymuszony, ale Torstenowi Florinowi było wszystko jedno. Nie potrzebował jej uczuć i oddania. Potrzebował natomiast porządku, a porządek domagał się drobiazgowego wypełnienia rytuału. Było tak już od dziesięciu lat i miał zamiar taki stan utrzymać. Niektórzy bogaci ludzie trzymali się podobnych zasad, dbając o swój wizerunek w biznesie. Torsten się do nich uciekał, by przeżyć codzienność.

Wziął serwetkę, delektując się jej zapachem, położył ją sobie na piersi i przyjął talerzyk z czterema kurzymi sercami, przekonany, że bez tych organów, pochodzących ze świeżego uboju, po prostu zginie marnie.

Jednym kęsem zjadł pierwsze serce, po czym odmówił modlitwę o szczęście w polowaniu. Gdy zjadł pozostałe serca, jego twarz i ręce zostały wytarte pachnącą kamforą chustą przez wprawne ręce kobiety.

Następnie gestem wyprosił z pokoju kobietę i jej męża, który stał na nocnej warcie i podziwiał delikatne promienie budzącego się dnia, świecące ponad lasem. Za parę godzin pójdą w teren. O dziewiątej grupa myśliwych będzie gotowa. Tym razem nie będą tropić zwierzyny bladym świtem. Zwierzę jest na to zbyt przebiegłe i oszalałe. Polowanie musi się odbyć w świetle dnia.

Wyobraził sobie, jak wścieklizna i instynkt przeżycia zagrają w lisie, gdy wypuszczą go na wolność. Jak przywrze do ziemi, czekając na właściwy moment, kiedy zbliżą się naganiacze. Wystarczy, że doskoczy do pachwiny jednego z nich i już go nie będzie.

Ale Torsten znał swoich Somalijczyków. Nie pozwoliliby lisowi tak się do siebie zbliżyć. Bardziej martwił się o myśliwych. Cóż, „martwił" to może niewłaściwe słowo, bo w większości byli to doświadczeni ludzie, którzy już wielokrotnie uczestniczyli w jego zabawach i uwielbiali życie na krawędzi. Wszyscy byli wpływowymi mężczyznami, decydującymi o losach kraju. Mężczyźni o ponadprzeciętnie zuchwałych i dalekosiężnych planach. Właśnie dlatego dziś tu będą. To byli ludzie właściwego pokroju. Nie, nie martwił się o nich, wypełniał go raczej podniecający niepokój.

Gdyby nie Kimmie i ten pieprzony policjant, który zwrócił się do adwokata Benta Kruma, i gdyby sprawy, które już dawno temu powinny wyparować z pamięci – takie jak napady na wyspie Langeland oraz na Kylego Basseta i Kårego Bruno – nie zostały podjęte na nowo, to byłby wspaniały dzień.

Parę godzin później Torsten Florin musiał zrewidować te przemyślenia.

Skąd, u licha, taki pośledni policjant, który nagle pojawił się na jego progu, mógł coś wiedzieć na ten temat?

Stał w szklanej hali pośród hałasu czynionego przez wszystkie zwierzęta i przyglądał się lisowi, gdy Somalijczycy wyciągali klatkę z kąta. Zwierzę z szaleństwem w oczach bez przerwy atakowało kraty, gryząc je, jakby były żywą tkanką. Te zęby i groźne dla życia bakterie, które wysysały życie z lisa, sprawiły, że po plecach Torstena przebiegł łaskoczący dreszcz.

Pieprzyć policję, pieprzyć Kimmie i wszystkie drobnostki tego świata. Krok w kierunku wieczności, jakim było wypuszczenie zwierzęcia między nich, nie mógł się z niczym równać.

– Niedługo spotkasz swoje przeznaczenie, lisku chytrusku – powiedział, wyciągając pięść w stronę klatki.

Rozejrzał się po hali. Boski widok. Ponad sto klatek z przeróżnymi zwierzętami. Ostatnio przywieziono mu z Nautilusa klatkę dla drapieżników. Stała na ziemi, a w środku rozwścieczona hiena z grzbietem wygiętym w pałąk patrzyła złowrogo. Miała zostać przesunięta do kąta na miejsce lisa wraz z inną unikatową zwierzyną. Zapewniało im to polowania aż do Bożego Narodzenia. Wszystko pod jego kontrolą.

Wtedy usłyszał, jak na dziedziniec płynnie wjeżdżają samochody, i z uśmiechem zwrócił się do wejścia do hali.

Przybyli Ulrik i Ditlev, jak zawsze punktualnie. Kolejna cecha oddzielająca ziarna od plew.

Dziesięć minut później stali przy tunelu strzelniczym z kuszami i spoglądali czujnie. Ulrik był w masochistycznym nastroju i drżał z rozkoszy, gdy rozmawiali o Kimmie. Z niepewności, gdzie ona się znajduje. Może dzisiejszego ranka wciągnął o jedną ścieżkę białego proszku za dużo. Natomiast Ditlev myślał trzeźwo, a jego oczy były wyjątkowo żywe. Kusza, którą trzymał, wyglądała jak organiczne przedłużenie jego ciała.

– Dziękuję, spałem dziś znakomicie. Kimmie i wszyscy inni mogą sobie przychodzić – odpowiedział na pytanie Torstena. – Jestem gotów na wszystko.

– To dobrze – odparł Torsten. W tej chwili nie chciał psuć humoru swoim kumplom od polowania informacją o podkomisarzu Mørcku i jego grzebaninie w przeszłości. Mogą z tym poczekać do strzałów próbnych. – Fajnie, że jesteś gotowy na wszystko, bo chyba powinieneś.

39

Od kilku minut siedzieli w samochodzie zaparkowanym na skraju szosy i omawiali spotkanie z Torstenem Florinem. Według Assada powinni tam wrócić i wyjawić, co znaleźli w metalowej kasetce Kimmie. Uważał, że to nadwątli pewność siebie Torstena Florina. Carl jednak nie miał wątpliwości: rozmowa o kasetce musi poczekać do decyzji o aresztowaniu.

Assad na co narzekał. Najwidoczniej na pustynnych obszarach, gdzie spędził swe szczenięce lata, cierpliwość nie była aż tak powszechnym zjawiskiem, jak zwykło się sądzić.

Carl spojrzał w dół szosy i dostrzegł, że w jego kierunku zmierzają dwa pojazdy, nieco przekraczając dozwoloną prędkość. Były to terenówki z napędem na cztery koła i przyciemnianymi szybami – duzi chłopcy mogą także zobaczyć jedynie w katalogach.

– A niech to! – wybuchnął, kiedy minął ich pierwszy wóz, po czym włączył silnik i zawróciwszy, ruszył za drugim samochodem.

Gdy dojechali z powrotem do drogi prowadzącej do Dueholt, od drugiego samochodu dzieliło Carla zaledwie dwadzieścia metrów.

– Jestem pewny, że w pierwszym aucie mignął mi Ditlev Pram. Widziałeś, kto był w drugim, Assad? – spytał, gdy oba pojazdy skręciły w szutrową drogę, wiodącą do posiadłości Florina.

– Nie, ale zapisałem numery rejestracyjne. Już sprawdzam.

Carl potarł się po twarzy. Pomyśleć, że cała trójka spotyka się w tej chwili u Florina. Jeśli to rzeczywiście oni, to kiedy nadarzy się druga taka okazja, by zaobserwować tych trzech mężczyzn razem?

Ale nawet jeśli ich przyuważy, co mu to da?

Po chwili Assad miał już informacje z Wydziału Komunikacji.

– Pierwszy samochód jest zarejestrowany na nazwisko Thelmy Pram – powiedział.

Bingo!

– A ten drugi należy do instytutu analiz giełdowych UDJ.

Znowu bingo!

– No, to mamy całe stadko – powiedział Carl, patrząc na zegarek. Nie było jeszcze ósmej. Co oni knują, do cholery?

– Carl, uważam, że powinniśmy ich obserwować.

– To znaczy?

– No wiesz. Wejść na ich teren i zobaczyć, co tak robią.

Carl pokręcił głową. Ten nieduży człowiek bywa w porywach zbyt kreatywny.

– Słyszałeś, co mówił Florin – powiedział, a Assad siedział u jego boku i kiwał głową, wytrzeszczając oczy. – Musimy mieć nakaz sądowy, a nie zdobędziemy go na podstawie tego, czym obecnie dysponujemy.

– Nie, ale możemy go zdobyć, jak dowiemy się czegoś więcej, prawda?

– Tak, jasne. Ale zakradając się tam, niczego się nie dowiemy. Na to też nie ma pozwolenia, Assad. Nie mamy prawa.

– A co, jeśli to oni zabili Aalbæka, żeby zatrzeć za sobą ślady?

– Jakie ślady? Śledzenie ludzi jest legalne.

– Nie, ale jeśli Aalbæk faktycznie znalazł Kimmie, a ci z posiadłości ją teraz przetrzymują? Jest taka bezsprzeczna możliwość, czy nie lubisz takich słów? Aalbæk już nie żyje, więc jeśli to oni ją złapali, to tylko oni to wiedzą. Ona jest twoim najważniejszym świadkiem, Carl.

Carl podejrzewał, że na tym nie koniec jego ekscytacji – i miał rację.

– A jeśli teraz stoją i ją zabijają? Musimy tam wejść – usłyszał.

Carl ciężko wypuścił powietrze. Zbyt dużo tych pytań. Facet miał przecież rację, choć jednocześnie jej nie miał.

Zaparkowali samochód na Ny Mårumvej, przy stacyjce Duemose i szli od Gribskov brzegiem lasu, aż natrafili na pas przeciwpożarowy. Z miejsca, w którym się znaleźli, widzieli dokładnie torfowiska, a nieco dalej kawałek lasu Torstena Florina. Był gęsty i dorodny. Na samym końcu, na szczycie wzgórza majaczyła brama z kutego żelaza. Tam się w każdym razie nie wybierali. Zdążyli dostrzec gęsto rozmieszczone kamery monitorujące.

Bardziej interesował ich dziedziniec, na których zaparkowano terenówki i z którego odchodziły drogi we wszystkich kierunkach.

– Carl, myślę, że na całym pasie przeciwpożarowym znajdują się kamery – powiedział Assad. – Jeśli chcemy się za niego przedostać, lepiej iść tędy.

Wskazał uskok w torfowisku, gdzie żywopłot znajdował się tak nisko, że niemal ginął z oczu. Tylko tamtędy mogli przejść niepostrzeżenie.

Niezbyt zachęcające.

Później musieli pół godziny przeleżeć na ziemi, w przemoczonych i uświnionych spodniach, nim na dziedzińcu pojawili się trzej panowie. Za nimi podążało kilku chudych czarnoskórych mężczyzn którzy nieśli coś przypominającego łuki albo coś w tym stylu. Strzępy rozmowy trzech mężczyzn dobiegały aż za żywopłot, za którym ukryli się Carl i Assad. Bezdźwięczne głosy, częściowo pochłonięte przez odległość i wiejący nad nimi wiatr.

Następnie mężczyźni zniknęli w budynku głównym, a czarnoskórzy poszli w kierunku małych czerwonych domków.

Po dziesięciu minutach pojawiło się więcej czarnych, którzy zniknęli we wnętrzu dużej hali. Po paru chwilach wyszli, dźwigając klatkę, którą wsadzili do pickupa. Potem sami wsiedli do samochodu i na bagażnik obok klatki i samochód zniknął w lesie.

– Jak nie teraz, to nigdy – powiedział Carl, ciągnąc za sobą wzdłuż żywopłotu słabo protestującego Assada.

Poszli prosto w kierunku małych domków. Słychać było, że znajdują się w nich ludzie. Szmer obcego języka. Płacz niemowlęcia i okrzyki starszych dzieci. To było miniaturowe społeczeństwo.

Przemknęli obok pierwszego domku, zwracając uwagę na szyld z wieloma egzotycznymi nazwiskami.

– Tutaj też – powiedział szeptem Assad i wskazał znajdującą się na kolejnym domu tabliczkę z nazwiskiem. – Myślisz, że on tak po prostu trzyma niewolników? – spytał.

Na pewno nie, ale sprawiało to takie wrażenie. Niczym afrykańska wioska pośrodku parku. Albo rudery kryjące się za wielkimi rezydencjami południowych stanów jeszcze przed wojną secesyjną.

Nagle w niedużej odległości usłyszeli szczekanie psa.

– Czyżby miał psy biegające luzem po posesji? – wyszeptał z przejęciem Assad, zupełnie jakby go już usłyszały.

Carl spojrzał na swego towarzysza. „Spokojnie" – mówiła jego twarz. Jeśli grunty uprawne regionu Vendsyssel go czegoś nauczyły, to właśnie tego, że dopóki przed człowiekiem nie stoi dziesięć agresywnych bojowych psów, to nadal człowiek jest panem sytuacji. Kopniak we właściwym momencie z reguły załatwiał sprawę. Byle tylko nie robiły takiego cholernego rabanu.

Przebiegli przez nieosłonięty fragment dziedzińca i odkryli, że istnieje realna możliwość, by przedostać się tędy na tyły domu.

Dwadzieścia sekund później stali z twarzami przyciśniętymi do szyb okien szprosowych, za którymi absolutnie nic się nie działo. Wyglądało to jak klasyczny gabinet z mahoniowymi meblami. Na ścianach znajdowało się mnóstwo trofeów myśliwskich. Nic, co mogłoby ich na coś naprowadzić.

Odwrócili się. Jeśli wokół pojawiło się coś niezwykłego, trzeba było to szybko zidentyfikować.

– Widziałeś tamto? – wyszeptał Assad, wskazując cylindryczny kształt, stanowiący przedłużenie wielkiej szklanej hali i wchodzący kawałek w las. Miał co najmniej czterdzieści metrów długości.

„Co to jest, do cholery?" – pomyślał Carl.
– Chodź – powiedział. – Sprawdzimy to.

Wyraz twarzy Assada po wkroczeniu do hali zasługiwał na uwiecznienie. Carl czuł się podobnie. Jeśli Nautilus stanowił szokujący widok dla miłośników zwierząt, to tutaj było dziesięć razy gorzej. Piętrzące się klatki z przerażonymi zwierzętami. Na wszystkich ścianach wisiały zdarte, zakrwawione skóry we wszystkich możliwych rozmiarach. Wszystko – od chomików po cielęta. Szczekanie agresywnych psów. To pewnie te psy słyszeli przedtem. Wielkie, przypominające jaszczurki stwory i posykujące norki. Istny miszmasz zwierząt domowych i egzotycznych.

Nie była to jednak arka Noego. Wręcz przeciwnie. Od razu dało się wyczuć, że żadne zwierzę nie ujdzie stąd z życiem.

Carl rozpoznał stojącą pośrodku hali klatkę z Nautilusa. Znajdująca się w środku hiena powarkiwała. Z kąta dobiegały krzyki małpy, pochrząkiwania guźca i beczenie owcy.

– Myślisz, że Kimmie też tu mogła być? – spytał Assad, idąc parę kroków w głąb hali.

Carl przesunął wzrokiem po klatkach. Większość była zbyt mała, by zmieścił się w nich człowiek.

– A to co? – spytał Assad, wskazując rząd zamrażarek burczących w bocznym korytarzu. Podszedł i otworzył najbliższą.

– O psia kostka! – krzyknął. Widać było, że przeszedł go dreszcz obrzydzenia.

Carl zajrzał do zamrażarki szufladowej, z której patrzyły na niego obdarte ze skóry sterty zwierząt o otwartych oczach.

– W tamtych jest to samo – Assad po kolei otwierał i zamykał wieka.

– Sądzę, że większość zostanie zużyta na paszę – powiedział Carl, patrząc na hienę. W takim miejscu każda żywa tkanka może zniknąć w paszczach głodnych stworzeń, i to w okamgnieniu. Diabelnie nieprzyjemna myśl.

W ciągu pięciu minut zdążyli się przekonać, że w żadnej z pozostałych klatek nie ma ludzi.

– Popatrz, Carl – powiedział Assad, wskazując na podłużny kształt, który widzieli z zewnątrz. – To strzelnica.

Rzeczywiście tak było. Gdyby policja miała podobne cudeńko w Komendzie Głównej, byłoby przez cały dzień oblężone. Zaawansowane technologicznie, z dyszami powietrza i innymi bajerami.

– Nie idź tam – powiedział Carl, gdy Assad powędrował tunelem w stronę tarcz. – Jeśli ktoś przyjdzie, nie będziesz miał gdzie się schować.

Ale Assad nie słuchał. Zdążył już dostrzec ogromne tarcze.

– A co to jest, Carl? – krzyknął, gdy był już blisko jednej z nich.

Carl zerknął przez ramię. Z tyłu nie działo się nic niepokojącego. Wtedy poszedł w stronę Assada.

– To strzała czy co? – spytał jego kolega, wskazując metalowy pręt wbity w środek tarczy.

– Tak – powiedział Carl. – To jest bełt. Umiesz posługiwać się kuszą?

Assad spojrzał na niego zdezorientowany.

– Co powiedziałeś, Carl? Kuszą? Kto kusi?

Carl westchnął.

– Kusza to rodzaj łuku, który naciąga się w specjalny sposób. Ma dużą siłę wystrzału.

– Okej, to widać. I jest dokładna, Carl.

– I to bardzo.

Kiedy się odwrócili, wiedzieli już, że znaleźli się w pułapce. Po drugiej stronie toru stał w rozkroku Torsten Florin, a za nim Ulrik Dybbøl Jensen i Ditlev Pram. Ten ostatni trzymał naciągniętą kuszę, celując w ich kierunku.

„Nie, nie wierzę” – pomyślał Carl i krzyknął:

– Assad, za tarcze, już!

Płynnym ruchem wyciągnął pistolet z kabury na ramieniu i skierował go w stronę grupy w tym samym momencie, w którym Ditlev Pram wystrzelił z kuszy.

Usłyszał, że Assad rzuca się za tarczę w chwili, gdy strzała przeszyła jego prawe ramię, a pistolet upadł na żwir.

Dziwne, ale nie bolało. Skonstatował po prostu, że odrzuciło go pół metra do tyłu, a teraz był przyszpilony do tarczy, podczas gdy z krwawiącej rany wystawały tylko lotki bełtu.

– Drodzy panowie – powiedział Florin. – Dlaczego stawiacie nas w takiej sytuacji? Cóż mamy z wami począć?

Carl usiłował nadać rytmowi własnego serca nieco spokojniejsze tempo. Wyciągnęli już strzałę i spryskali ranę jakimś płynem, co niemal przyprawiło go o omdlenie, za to jako tako powstrzymało krwawienie.

Paskudna sytuacja. To było trzech strasznie zawziętych facetów.

Tymczasem Assad pieklił się o sposób, w jaki zostali siłą wprowadzeni do hali i zmuszeni, by usiąść na ziemi plecami do jednej z klatek.

– Nie wiecie, co się może stać, jak się robi takie rzeczy policjantom podczas akcji? – wykrzykiwał.

Carl dyskretnie trącił go w stopę. Na chwilę go to uciszyło.

– Sprawa jest bardzo prosta – powiedział, a każde słowo dudniło mu w ciele. – Teraz nas wypuścicie. Zobaczymy, co potem. Nic nie zwojujecie, grożąc nam czy nas przetrzymując.

– Coś takiego! – powiedział Ditlev Pram. Wciąż trzymał w ręce gotową do wystrzału kuszę. Gdyby choć celował w drugą stronę. – Nie jesteśmy głupi. Wiemy, że podejrzewacie nas o popełnienie morderstwa. Wspomnieliście o paru epizodach. Kontaktowaliście się z naszym adwokatem. Odkryliście związek między Finnem Aalbækiem a mną. Myślicie, że wszystko o nas wiecie i że nagle dojdziecie do tak zwanej prawdy. – Podszedł bliżej, stając w swoich skórzanych butach tuż przy stopach Carla. – Tyle że ta prawda dotyczy czegoś więcej niż tylko nas trzech. Jeśli zdołacie przekonać zbyt wiele osób do czegoś, co rzekomo wiecie, tysiące ludzi straci pracę. Nie ma rzeczy prostych, panie Mørck. – Pokazał gestem halę. – Wielkie pieniądze ulegną zamrożeniu. Nie chcemy tego ani my, ani nikt inny. Dlatego zapytam za Torstenem: cóż mamy z wami począć?

– Musimy załatwić to czysto – powiedział wysoki mężczyzna, Ulrik Dybbøl Jensen. Miał ogromne źrenice, a jego głos drżał. Nie było wątpliwości co do jego zamiarów. Ale Carl czuł, że Torsten Florin się waha. Waha się i zastanawia.

– Co powiecie na to, że was wypuścimy, a każdy z was dostanie po milionie. Od razu. Pieniądze wpłyną, gdy tylko odpuścicie sobie tę sprawę. Co wy na to?

Musieli oczywiście powiedzieć „tak", cóż innego im pozostało? Sama myśl o alternatywie była wyjątkowo odpychająca.

Carl spojrzał na Assada, który potakiwał. Bystry chłop.

–A pan, panie Mørck? Jest pan równie ugodowy co ten Mustafa? – spytał Florin.

Carl posłał mu harde spojrzenie, po czym kiwnął głową.

– Coś mi się jednak zdaje, że to nie wystarczy. Może podwoimy stawkę. Dwa miliony dla każdego z was za milczenie. Zrobimy to dyskretnie, zgoda? – spytał Torsten Florin.

Obaj skinęli potakująco.

– Tylko jedna rzecz, którą muszę wyjaśnić. Odpowiadajcie szczerze. Poznam, jeśli skłamiecie, a wtedy z interesu nici. Kapujecie?

Nie czekał na odpowiedź.

– Dlaczego wspomnieliście mi dziś rano o małżeństwie z Langeland? Rozumiem Kåre Bruno, ale oni? Co to ma z nami wspólnego?

– Gruntowne śledztwo – powiedział Carl. – Pewien człowiek z komendy całymi latami śledził podobne sprawy.

– Ale to nie ma z nami nic wspólnego – upierał się Florin.

– Chciał pan szczerej odpowiedzi, a brzmi ona właśnie „gruntowne śledztwo" – powtórzył Carl. – Rodzaj napadu, miejsce, sposób i czas. Pasuje do was.

W tym momencie grupa pokazała, na co ją stać.

– Gadaj! – ryknął Ditlev Pram, trącając osadą kuszy ranę Carla.

Nawet nie zdążył krzyknąć, bo gardło zacisnęło mu się z bólu. A Pram uderzył jeszcze raz. I kolejny.

– Gadaj! Dokładnie – dlaczego łączycie nas ze sprawą tego małżeństwa z Langeland? – wrzeszczał Pram.

Zamierzył się, by zadać jeszcze silniejszy cios, ale Assad go powstrzymał.

– Kimmie miała jeden kolczyk! – krzyknął. – Pasował do tego, który tam znaleźli. Trzymała go w skrzynce. Były tam jeszcze inne dowody waszych napadów. Przecież o tym wiecie.

Gdyby Carlowi pozostało choć trochę siły, pokazałby Assadowi bardzo dobitnie, że ma się zamknąć.

Ale było już za późno.

Od razu zobaczyli to obaj na twarzy Torstena Florina. Ziściły się wszystkie obawy tych trzech mężczyzn. Istniały przeciwko nim dowody. Realne dowody.

– Zakładam, że inne osoby z Komendy Głównej wiedzą o istnieniu tej skrzynki. Gdzie ona się znajduje?

Carl nie odpowiedział. Po prostu się rozejrzał.

Od miejsca, w którym się znajdowali, odległość do wyjścia wynosiła dziesięć metrów. Stamtąd do linii lasu było przynajmniej pięćdziesiąt kolejnych, a trzeba by było przedzierać się jeszcze jakiś kilometr przez las, żeby dotrzeć do piętrzącego się w oddali Gribskov. Trudno o lepsze schronienie, tyle że znajdowało się za daleko, a wokół siebie nie znalazł absolutnie nic, co mogłoby posłużyć za broń. Nad nimi stało dwóch mężczyzn z kuszami. Co mogą zrobić?

Zupełnie nic.

– Musimy to załatwić czysto – wychlipał Ulrik Dybbøl Jensen. – Cały czas to powtarzam. Nie możemy ufać tym dwóm. Różnią się od reszty, której dawaliśmy pieniądze.

W tym momencie twarze Prama i Florina odwróciły się powoli w stronę kolegi. „Niezbyt mądrze powiedziane” – mówiły.

Podczas gdy trzej mężczyźni deliberowali, Assad i Carl wymienili spojrzenia. Assad przeprosił, a Carl wybaczył. Jakie znaczenie miała wpadka Assada, kiedy o ich śmierci decydowało trzech ludzi całkowicie pozbawionych skrupułów?

– Okej, w takim razie tak zróbmy, ale nie mamy za dużo czasu. Za pięć minut będzie tu reszta – powiedział Florin.

Ulrik Dybbøl Jensen i Ditlev Pram natychmiast rzucili się na Carla, a Torsten Florin ich ubezpieczał, stojąc w metrowej odległości z wyciągniętą kuszą. Był pod ogromnym wrażeniem ich skuteczności.

Zakleili mu usta taśmą, założyli ręce za plecy i też związali je taśmą. Potem odchylili mu głowę w tył i zakleili oczy. Szarpnął się, gdy przyklejona taśma uniosła mu powieki o milimetr. To właśnie przez tę szparę zobaczył, że Assad stawia zaciekły opór, kopie i rzuca się, a jeden z nich pada na ziemię z głuchym odgłosem. Zdążył zauważyć, że to Ulrik Dybbøl Jensen. Obezwładniony ciosem zadanym w szyję kantem dłoni. Florin rzucił kuszę i ruszył mu na pomoc, a gdy pozostała dwójka obezwładniała Assada, Carl wstał i pobiegł w stronę światła, wpadającego przez drzwi.

Pokiereszowany i skrępowany, nie mógł pomóc Assadowi w walce inaczej niż poprzez ucieczkę.

Słyszał za sobą ich krzyki, że daleko nie ucieknie. Że zatrudnieni w posiadłości chłopcy zaraz go złapią i przyprowadzą z powrotem, gdzie czekał go ten sam los, co Assada. W klatce z hieną.

– Przywitaj się z hieną! – wrzeszczeli.

„Oni są zupełnie pomyleni” – przemknęło przez głowę Carla, który próbował rozeznać się w terenie przez wąską szparę.

Wtedy usłyszał samochody podjeżdżające pod główną bramę. Było ich całkiem sporo.

Jeżeli ludzie w tych autach przypominają tych w hali, to już po nim.

40

Gdy tylko pociąg ruszył z łoskotem, a dźwięk przetaczania się po podkładach kolejowych nabrał spokojniejszego rytmu, głosy w głowie Kimmie wzięły się do roboty. Nie hałasowały, nie były natarczywe, raczej nieustępliwe i pewne siebie. Z czasem zdążyła się do tego przyzwyczaić.

Pociąg miał opływowy kształt. Zupełnie nie przypominał starego czerwonego szynobusu do Gribskov, którym wybrała się tam wraz z Bjarnem przed wieloma laty. Dużo się zmieniło.

To były szalone czasy. Pili, wciągali i bawili się przez cały dzień, od chwili gdy krajobraz zaczął się zmieniać. Torsten z dumą oprowadzał ich po swoim nowym nabytku. Las, torfowisko, jezioro i pola uprawne. Perfekcyjne miejsce dla myśliwego. Jeśli tylko człowiek się postara, żeby ranna zwierzyna nie uciekła do państwowego lasu, to nie mogło być lepiej.

Śmiali się z niego, ona i Bjarne. Bo też trudno sobie wyobrazić bardziej komiczny widok niż facet, który ze śmiertelną powagą człapie w kaloszach, trzymając sznurek. Ale Torsten tego nie zauważył. Las należał do niego i to on był władcą całej dzikiej zwierzyny, na którą warto było zapolować na duńskim łonie natury.

W ciągu paru godzin zabili parę saren i bażantów, a na końcu szopa pracza, którego ona sama załatwiła dla niego w Nautilusie. Bardzo docenił ten gest. Potem już trzymali się rytuału i obejrzeli *Mechaniczną pomarańczę* w kinie Torstena. Tego zwyczajnego, nudnawego dnia zbyt duże ilości koki, a szczególnie alkoholu rozleniwiły ich i pozbawiły energii, która była konieczna, jeśli chciało się zapolować na nowe ofiary.

To była jej pierwsza i ostatnia wizyta, ale pamiętała ją, jakby była tam wczoraj. Głosy się o to postarały.

„Cała trójka jest tam dziś razem, pojmujesz to, Kimmie? To twoja szansa, teraz twoja kolej" – powtarzały monotonnie. Spojrzała badawczo na współpasażerów, po czym włożyła rękę do skórzanej torby i wymacała granat, pistolet i tłumik, małą torbę na ramię i swoje ukochane zawiniątko. W skórzanej torbie znajdowało się wszystko, czego potrzebowała.

Poczekała na stacyjce Duemose, aż pozostali poranni pasażerowie zostaną odebrani albo odjadą na rowerach zaparkowanych pod czerwoną wiatą.

Jeden z kierowców zapytał, czy jej nie podwieźć, ale ona tylko się uśmiechnęła. Uśmiechem można się posłużyć również w tym celu.

Gdy peron opustoszał, a droga wyglądała na równie wyludnioną jak przed ich przyjazdem, doszła do końca peronu, zeskoczyła na tłuczeń i ruszyła wzdłuż torów aż na skraj lasu, gdzie znalazła właściwe miejsce, by ukryć torbę.

Następnie spakowała torebkę na ramię, przełożyła jej pasek przez głowę, włożyła nogawki dżinsów do skarpet i schowała dużą torbę pod krzakiem.

– Mama niedługo wróci, kochanie. Nie bój się – powiedziała, a głosy ją poganiały.

Nietrudno było wędrować przez państwowy las. Przeszła parę metrów drogą obok niedużej firmy i już znalazła się na ścieżkach, którymi mogła przedostać się na tyły posiadłości Torstena.

Mimo że głosy ponaglały, dobrze się bawiła. Podnosiła wzrok ku ostatnim kolorowym plamom wiszącym na gałęziach, wdychała powietrze, by w mieszaninie zapachów wyczuć intensywność i barwy jesieni.

Nie potrafiła tego robić od lat. Wielu lat.

Kiedy doszła do pasa przeciwpożarowego, stwierdziła, że go poszerzono. Położyła się na skraju lasu i spojrzała przez pas na żywopłot oddzielający las Torstena od lasu państwowego. Wiele lat na ulicach Kopenhagi nauczyło ją, że kamery monitorujące wcale nie muszą być duże. Zlustrowała drzewa i żywopłot. Lokalizacja kamer zajęła jej dobrą chwilę. W miejscu, w którym leżała, znajdowały się cztery kamery. Dwie nieruchome i dwie, które przez cały czas się obracały, o sto osiemdziesiąt stopni. Jedna nieruchoma kamera skierowana była dokładnie na nią.

Wycofała się w zarośla i przeanalizowała sytuację.

Sam pas miał jakieś dziewięć, dziesięć metrów szerokości. Schludna, dopiero co ścięta trawa, niewiele ponad dwadzieścia centymetrów, czyli otwarta i równa przestrzeń. Kimmie rozejrzała się na boki. Wszędzie tak samo. Istniała właściwie tylko jedna droga, by przedrzeć się niepostrzeżenie przez pas przeciwpożarowy. Nie prowadziła przez trawę.

Z drzewa na drzewo. Z gałęzi na gałąź.

Zastanowiła się dobrze. Dąb po jej stronie pasa przeciwpożarowego był nieco wyższy niż buk po stronie przeciwnej. Potężne, sękate gałęzie sięgały jakieś pięć, sześć metrów nad pas, a po drugiej stronie wyciągały się trochę mniejsze i delikatniejsze gałązki. Gdyby skoczyć z wysokiego drzewa na niższe, różnica wysokości wyniosłaby parę metrów, za to można by skoczyć dalej, tak by sięgnąć bliżej pnia. W przeciwnym razie gałęzie mogą tego nie wytrzymać.

Kimmie nigdy nie była dobra we wspinaniu się na drzewa. Matka zabraniała jej bawić się tam, gdzie istniało ryzyko zabrudzenia ubrania. W rezultacie zniknęła chęć do zabawy.

To był piękny, duży dąb. Sękate, rozłożyste gałęzie i chropowata kora. Nietrudno będzie się na niego wspiąć.

Miłe wrażenie.

– Musisz tego kiedyś spróbować, Mille – powiedziała i zaczęła się wspinać.

Dopiero gdy już siedziała na górze, zaczęła się zastanawiać. Odległość do ziemi nagle stała się realna, a skok na gładkie gałęzie buku – decydujący. Czy na pewno da radę? Z dołu wyglądało to na dziecinnie proste, ale nie stąd. Jeśli spadnie, koniec z nią. Połamie wszystkie kończyny. Zobaczą ją przez system monitorujący. Schwytają ją, a wtedy wszystko wymknie jej się z rąk. Znała ich. To oni się zemszczą, nie ona.

Posiedziała trochę, zastanawiając się, od czego zacząć. Potem ostrożnie wstała, trzymając się gałęzi dębu wyciągniętymi do tyłu rękami.

Już w momencie wyskoku wiedziała, że odbiła się ze zbyt dużym impetem. Wiedziała to, lecąc w powietrzu i widząc, że niebezpiecznie zbliża się do pnia drzewa. Poczuła, jak łamie sobie palec, próbując uniknąć zderzenia z pniem, ale odruch był silniejszy. Nawet jeśli jeden palec nie nadawał się do użytku, to pozostałych dziewięć – owszem. Bólem zajmie się później. W tej chwili przywarła do drzewa, stwierdzając, że w dolnych partiach buki mają mniej gałęzi niż dęby.

Zeszła kawałek, sięgnęła najniższego konaru, ale do ziemi nadal brakowało jakichś trzech, czterech metrów. Zawiesiła się na rękach na gałęzi, podczas gdy złamany palec musiał sobie jakoś radzić. Chwyciła pień drzewa, objęła go z całej siły ramieniem, po czym puściła drugą rękę i ześliznęła się w dół, raniąc sobie do krwi ramię i szyję o wystające sęki.

Spojrzała na złamany, odstający od reszty palec i szarpnięciem ustawiła go we właściwej pozycji. Przez jej ciało przetoczyła się fala bólu, ale Kimmie zachowała milczenie. Gdyby to było konieczne, odstrzeliłaby go.

Wytarła krew z szyi i usunęła się w cień lasu, już po właściwej stronie żywopłotu.

To był las mieszany, pamiętała to z polowania. Kępy świerków, nieduże polany ze świeżo zasadzonymi drzewkami liściastymi i ogromne połacie dziko rosnących brzóz, głogu, buków i gdzieniegdzie dębów.

W lesie unosił się zapach gnijących liści. Człowiek, który piętnaście lat spędził na ulicy, intensywnie czuje podobne wonie.

Głosy zaczęły się domagać, by wzięła się do roboty, żeby mieć to wreszcie z głowy. Żeby konfrontacja odbyła się na jej warunkach. Ale Kimmie nie słuchała. Wiedziała, że ma czas. Gdy Torsten, Ulrik i Ditlev oddawali się swoim krwawym rozrywkom, trwało to tak długo, aż się nasycili. A nie było to łatwe.

– Pójdę skrajem lasu i pasa przeciwpożarowego – powiedziała na głos, by głosy mogły się przyłączyć. – To dłuższa droga, ale i tak dotrzemy do posiadłości.

Właśnie dzięki temu dostrzegła ciemnoskórych mężczyzn, którzy czekali zwróceni frontem do lasu. Zobaczyła klatkę z szalejącym w środku zwierzęciem. Zauważyła też, że mężczyźni mają na spodniach sięgające pachwin ochraniacze.

Dlatego wycofała się jednak do lasu, czekając na rozwój wypadków.

Wtedy rozległy się pierwsze okrzyki, a pięć minut później – pierwsze strzały.

Znajdowała się na terytorium myśliwych.

41

Biegł z odchyloną do tyłu głową. Ziemia pod jego stopami wyglądała jak migająca mozaika suchych liści i zdradzieckich gałęzi. Daleko za sobą słyszał przez jakiś czas wściekłe protesty Assada. W końcu wszystko wokół ucichło.

Przyspieszył. Szarpał się z taśmą klejącą za plecami. Odczuwał suchość w nosie od gorączkowego chwytania powietrza. Odchylił głowę do tyłu, żeby choć trochę widzieć.

Musiał usunąć taśmę z oczu. To przede wszystkim. Zaraz nadbiegną ze wszystkich stron. Myśliwi z dziedzińca, a naganiacze – Bóg wie skąd. Przez cały czas obracał się wokół, ale przez małą szparę w taśmie klejącej widział tylko drzewa. Biegł jeszcze parę sekund, nim wisząca nisko gałąź uderzyła go w głowę, odrzucając w tył.

– Kurwa mać! – zaklął. Do kurwy nędzy.

Z trudnością stanął na nogi i znalazł złamaną gałąź na wysokości głowy. Następnie podszedł do pnia, umieścił kikut gałęzi pod taśmą klejącą, tuż przy nozdrzu i spokojnym ruchem pociągnął całe ciało w dół. W rezultacie taśma zacisnęła się mocniej na karku, ale nie pozbył się jej z oczu. Przykleiła się natomiast na stałe do powiek.

Pociągnął znowu, próbując mieć zamknięte oczy, ale poczuł, że powieki poddają się ruchowi i odsłaniają mu się białka.

– Kurwa, kurwa, kurwa – zaklął znowu i zaczął kołysać głową w poziomie, szorując gałęzią po powiece.

Wtedy po raz pierwszy usłyszał krzyki naganiaczy. Bliżej, niż się spodziewał. Może tylko paręset metrów – w lesie trudno to ocenić. Uniósł głowę, pozwalając, by gałąź wyśliznęła się spod taśmy, i stwierdził, że na jedno oko widzi nawet całkiem dobrze.

Rozciągający się przed nim las był gęsty. Światło padało nierównomiernie i prawdę mówiąc, nie potrafił rozróżnić stron świata. Już choćby dlatego musiał przyznać, że wkrótce może nastąpić koniec Carla Mørcka.

Pierwsze strzały padły, gdy Carl znalazł się w pobliżu polany. Naganiacze byli już tak blisko, że musiał paść na ziemię. Na ile potrafił ocenić, tuż przed nim znajdował się pas przeciwpożarowy, a za nim – ścieżki lasu państwowego. W linii prostej dzieliło go zapewne siedemset, osiemset metrów od miejsca, w którym zaparkował samochód, ale co z tego, skoro nie wiedział, w którym to kierunku?

Zobaczył przelatujące nad lasem ptaki, usłyszał ruchy w poszyciu. Naganiacze krzyczeli i uderzali kawałkami drewna. Zwierzęta uciekały.

„Jeśli mają psy, to zaraz mnie wytropią" – pomyślał, spoglądając na stertę liści, które wiatr zebrał u podnóża wielkiego, rozgałęzionego konaru.

Gdy wyskoczyła pierwsza sarna, aż podskoczył, zszokowany, i instynktownie poturlał się na stertę liści. Kręcąc się i wyginając, zdołał się w niej zakopać.

„Oddychaj powoli i spokojnie" – pomyślał, leżąc w pachnącej próchnicą stercie. Jasna cholera, żeby tylko Torsten Florin nie zaopatrzył naganiaczy w komórki, by móc ich poinformować, że w tej chwili podchodzą zbiegłego policjanta, który za żadne skarby nie może się wymknąć. Tak bardzo chciał, żeby nie mieli komórek! Ale czy to w ogóle możliwe? Żeby człowiek pokroju Torstena Florina nie dopilnował takich środków bezpieczeństwa? Nie, to nieprawdopodobne. Oczywiście, że naganiacze musieli wiedzieć, co i kogo mają przed sobą.

Siedząc pod stertą liści, odkrył, że jego rana się otworzyła. Czuł, jak sącząca się z niej krew przykleja koszulę do ciała. Psy zwietrzyłyby go w okamgnieniu. A jeśli długo tak poleży, to wykrwawi się na śmierć.

Jak, do jasnej cholery, może pomóc Assadowi? Jeśli na przekór wszystkiemu on przeżyje, a Assad umrze, jak zdoła sobie w ogóle spojrzeć w oczy? To po prostu nie może się zdarzyć. Już kiedyś stracił towarzysza. Już kiedyś zawiódł. Taka była prawda.

Wziął głęboki wdech. To się nie może powtórzyć. Nawet jeśli miałby smażyć się w piekle. Nawet jeśli wyląduje w więzieniu. Nawet jeśli ma zaryzykować życie.

Zdmuchnął liście z oczu i usłyszał poświstywanie, które powoli przybierało na sile, aż w końcu przerodziło się w dyszenie i słabe poszczekiwanie. Poczuł, jak przyspiesza mu tętno, a rana na ramieniu zaczyna pulsować. Jeśli to pies, Carl przepadł z kretesem.

Nieco dalej zdecydowane kroki naganiaczy stały się wyraźniejsze. Śmiali się i krzyczeli, wiedząc doskonale, co robić.

Nagle ustały wysokie, zduszone dźwięki, jakie wydaje zwierzę w leśnym poszyciu. Zdał sobie sprawę, że zwierzę mu się przygląda.

Zdmuchnął jeszcze parę liści z oczu i spojrzał prosto w oczy lisa pochylającego nad nim głowę. Miał podeszłe krwią oczy i pianę wokół pyska. Dyszał, jakby był ciężko chory, a wszystkie mięśnie mu drżały, jak od mrozu.

Prychnął, gdy zobaczył Carla mrugającego pośród liści. Fuknął, gdy Carl wstrzymał oddech. Odsłonił zęby, warcząc wściekle, i podszedł bliżej z pochyloną głową.

Naraz znieruchomiał. Podniósł głowę i spojrzał za siebie, jakby zwietrzył niebezpieczeństwo. Potem znowu odwrócił głowę do Carla i zupełnie jakby potrafił rozumować, wczołgał się do niego i ułożył koło jego stóp, przepychając się między liśćmi swoim ociekającym ropą pyskiem.

Położył się, oddychając płytko, i czekał. Zupełnie zakryty liśćmi. Tak samo jak Carl.

Stadko kuropatw zebrało się w widocznej dalej smudze światła, a gdy wzbiły się w powietrze, wystraszone rumorem naganiaczy, rozległo się kilka wystrzałów. Z każdym z nich ciało Carla przeszywała fala chłodu, a u jego stóp wzmagało się drżenie.

Zobaczył, jak psy myśliwskie aportują ptaki, a za nimi ujrzał samych myśliwych, których sylwetki rysowały się na tle bezlistnych zarośli.

Było ich dziewięciu lub dziesięciu. Wszyscy w sznurowanych butach i pumpach. W miarę jak się zbliżali, rozpoznał wielu z nich jako ludzi z elity. „Ujawnić się?" – pomyślał przez ułamek sekundy, póki jego wzrok nie spoczął na gospodarzu i jego dwóch przyjaciołach idących w ślad za pozostałymi. Dwóch ostatnich trzymało kusze gotowe do strzału. Jeśli dostrzegą go Florin, Dybbøl Jensen albo Pram, to strzelą bez zadawania pytań. Będą chcieli, żeby to wyglądało na omyłkowy strzał. Wmieszają w to pozostałych mężczyzn z towarzystwa myśliwskiego. Wiedział, że poczucie solidarności to silna więź. Zerwą taśmę klejącą i upozorują nieszczęśliwy wypadek.

Oddech Carla stał się płytszy, podobnie jak oddech lisa. Co z Assadem? Co z nim samym?

Kiedy stali parę metrów od sterty liści, psy powarkiwały, a oddech zwierzęcia u jego stóp stał się słyszalny, lis nagle wyskoczył i wbił się zębami w ciało stojącego najbliżej myśliwego, rozszarpując jego pachwinę z całej siły, na jaką może się zdobyć niewielkie zwierzę. Młody mężczyzna wydał z siebie przerażający krzyk, w którym pobrzmiewało śmiertelne przerażenie i wołanie o pomoc. Psy próbowały dopaść lisa, który z wściekłością stawiał im opór, sikając z rozstawionymi nogami i zbierając się do skoku, próbując ratować życie. Ditlev Pram przygotował się do strzału.

Nie słyszał, jak strzała przecięła powietrze. Słyszał tylko wycie i szczekanie lisa w oddali, a później jego powolną agonię.

Psy wąchały lisi mocz, a jeden z nich wetknął pysk w miejsce, gdzie lis leżał u stóp Carla, ale nie zwietrzył jego zapachu.

„Boże, błogosław tego lisa i jego siki" – pomyślał Carl, podczas gdy psy zebrały się wokół swoich panów i zranionego mężczyzny, który leżał kilka metrów dalej, krzycząc. Jego obie nogi przeszywały skurcze. Towarzysze polowania pochylili się nad nim, naciskając na ranę, po czym podarli szaliki, opatrzyli go i podnieśli.

– Celny strzał, Ditlev – usłyszał głos Torstena Florina, gdy Ditlev wrócił z zakrwawionym nożem i lisim ogonem w ręce. Potem Florin zwrócił się do stojących za nim mężczyzn. – Przykro mi, przyjaciele, ale polowanie dobiegło końca. Zadbacie o to, by Saxenholdt błyskawicznie znalazł się w szpitalu? Zawołam naganiaczy, żeby go ponieśli. Dopilnujcie, by zaszczepiono go przeciw wściekliźnie, nigdy nie wiadomo, prawda? I dociskajcie bez przerwy arterię, rozumiecie? Inaczej możemy go stracić.

Krzyknął coś w stronę krzaków, a wtedy z mroku wyszło kilku czarnoskórych mężczyzn. Odesłał czterech wraz z myśliwymi, a pozostałym czterem polecił zostać. Dwóch z nich miało smukłe strzelby myśliwskie, takie jak sam Torsten Florin.

Kiedy towarzystwo myśliwskie zniknęło, niosąc między sobą łkającego mężczyznę, trzech przyjaciół ze szkoły z internatem i czterech czarnoskórych utworzyło krąg.

– Nie mamy czasu, kapujecie? – powiedział Florin. – Ten policjant jest tylko o parę lat starszy od nas. Nie wolno nam go zlekceważyć.

– Co mamy z nim zrobić, jak go zobaczymy? – spytał Dybbøl Jensen.

– Wyobraźcie sobie, że jest lisem.

Długo nasłuchiwał, nim się upewnił, że mężczyźni się rozproszyli i zmierzali teraz na drugi koniec lasu. Czyli droga prowadząca z powrotem do posiadłości była wolna. Wolna, pod warunkiem, że pozostali czarnoskórzy nie wrócili, by zakończyć robotę.

„Biegnij!” – pomyślał, prostując ciało i odchylając głowę do tyłu, by w miarę widzące oko mogło go poprowadzić przez gęste poszycie.

„Może w hali jest nóż. Może uda mi się przeciąć taśmę. Może Assad żyje" – przelatywało mu przez głowę, podczas gdy zarośla czepiały się jego ubrania, a z rany na ramieniu ciekła krew.

Było mu zimno. Ręce na plecach się trzęsły. Może stracił już tyle krwi, że było za późno?

Wtedy usłyszał, jak kilka terenówek dodaje gazu i odjeżdża z niezbyt odległego miejsca. Czyli już niedaleko.

W chwili gdy to pomyślał, strzała świsnęła tak blisko jego głowy, że był w stanie to poczuć. Wbiła się w pień drzewa tak mocno, że nikt nie potrafiłby jej wyciągnąć.

Odwrócił się, ale niczego nie zobaczył. Gdzie oni są? Wtedy rozległ się strzał, a kora na pobliskim drzewie została rozpłatana.

Nagle okrzyki naganiaczy stały się wyraźniejsze.

„Biegiem! Dalej!" – krzyczało coś w nim. „Byle nie upaść. Od jednego krzaka do drugiego, poza zasięgiem strzału. Gdzie się schować? No, gdzie?"

Wiedział, że teraz go schwytają. Że śmierć nie będzie łatwa. Przecież właśnie w ten sposób te bydlaki osiągały zadowolenie.

Serce waliło mu w piersi tak mocno, że wyraźnie je słyszał.

Przeskoczył przez strumień, czując, że buty więzną mu w błocie. Podeszwy zrobiły się ciężkie jak ołów, mięśnie w nogach zesztywniały. „Biegnij! Dalej".

Po jednej stronie dostrzegł polanę. To pewnie tędy przedostali się tutaj z Assadem, bo strumień był tuż za nim. Czyli musi biec w prawo. W górę i na prawo, to nie może być daleko.

Strzelili znów, tym razem mocno chybiając, aż nagle Carl znalazł się na dziedzińcu. Całkiem sam, z sercem walącym jak młot i tylko dziesięć metrów od szerokich wrót hali.

Był w połowie drogi, gdy kolejna strzała wbiła się w ziemię tuż obok niego. Chybiła nieprzypadkowo. Została wystrzelona wyłącznie po to, by mu przypomnieć, że jeśli się nie zatrzyma, pojawi się jeszcze jedna.

W tym momencie wszystkie mechanizmy obronne się poddały. Zatrzymał się. Stał przez chwilę w oczekiwaniu, że go powalą. Że ten piękny brukowany dziedziniec stanie się miejscem jego ofiary.

Wziął głęboki wdech i powoli się odwrócił. Patrzyło na niego nie tylko trzech mężczyzn i czterech naganiaczy. Stała tam również grupka czarnoskórych dzieci o zaciekawionych oczach.

– Już w porządku. Możecie iść – zakomenderował Florin, a czarnoskórzy mężczyźni opuścili grupę, zaganiając przed sobą dzieci.

Na dziedzińcu zostali tylko Carl i trzech mężczyzn. Ociekali potem i uśmiechali się krzywo. Z kuszy Ditleva Prama zwisała lisia kita.

Polowanie skończone.

42

Patrzył w ziemię, kiedy popychali go przed sobą, nie chcąc widzieć szczątków Assada w oślepiającym świetle hali. Nie chciał się dowiedzieć, co miażdżące szczęki hieny potrafią zrobić z ludzkim ciałem.

Już w ogóle nie chciał niczego widzieć. Mogą z nim robić, co chcą. Po prostu nie chciał patrzeć, jak to robią.

Wtedy usłyszał śmiech jednego z mężczyzn. Pochodzący aż z trzewi śmiech, którym zarazili się pozostali. Nieprzyjemny, chóralny rechot sprawił, że Carl zacisnął oczy, na ile pozwalała na to taśma.

„Jak można śmiać się z cudzego nieszczęścia i śmierci? Co sprawiło, że ci ludzie mają tak skrzywioną psychikę?"

Wtedy usłyszał przekleństwa ciskane po arabsku. Gardłowe, nieprzyjemne dźwięki miały wyrażać gniew, jednak na chwilę wypełniły Carla tak niewysłowioną radością, że aż uniósł głowę.

Assad żył!

Z początku nie mógł się zorientować, skąd dochodziły dźwięki. Widział tylko lśniące stalowe pręty i hienę patrzącą na nich spode łba. Wtedy podniósł głowę i dostrzegł Assada, który jak małpa tkwił przyczepiony do górnej części klatki. W jego oczach widać było szaleństwo, a ręce i twarz były podrapane do krwi.

Dopiero wtedy Carl zauważył, że hiena paskudnie kulała. Zupełnie jakby miała złamany kręgosłup. Zwierzę skamlało przy najmniejszym ruchu, a śmiech trzech mężczyzn ucichł.

– Świniaki! – rozległ się z góry pogardliwy okrzyk Assada.

Carl prawie się uśmiechnął pod taśmą. Nawet tak blisko śmierci ten człowiek nie tracił rezonu.

– W którymś momencie spadniesz, a wtedy zwierzę będzie wiedziało, co z ciebie za jeden – syknął Florin. Jego oczy pałały wściekłością na Assada, który oszpecił dumę jego ogrodu zoologicznego. Ale ten gnojek miał rację. Assad nie mógł tam wisieć bez końca.

– No, nie wiem – rozległ się głos Ditleva Prama. – Ten wiszący orangutan sprawia wrażenie hardego. Jeśli takie cielsko spadnie na hienę, nie wyjdzie jej to na dobre.

– Pierdolić hienę. I tak nie wywiązała się ze swojej naturalnej powinności – powiedział Florin.

– Co robimy z tymi dwoma? – pytanie zostało zadane cichym głosem. Zupełnie innym tonem niż głosy tamtych. To wmieszał się Ulrik Dybbøl-Jensen. Sprawiał wrażenie mniej podekscytowanego niż wcześniej. Bardziej bezpośredniego. Tak często objawiają się następstwa kokainowego rauszu.

Carl odwrócił się do niego. Gdyby był w stanie coś powiedzieć, zasugerowałby, żeby ich wypuścili. Że ich zabicie byłoby bezcelowe, bezsensowne i niebezpieczne. Że Rose postawi na nogi wszystkie wydziały, jeśli nazajutrz się nie pojawią. Że będą szukać u Florina i na coś natrafią. Że powinni ich uwolnić, a potem czmychnąć na drugą półkulę, żeby się tam ukryć na zawsze. Że to ich jedyna szansa.

Ale Carl nie mógł nic powiedzieć. Taśma klejąca zbyt mocno przywierała mu do ust. Poza tym nie poszliby na to. Torsten Florin nie cofnie się przed niczym, by zatrzeć ślady swego postępku. Nawet jeśli będzie musiał spalić całe to dziadostwo. Carl już to wiedział.

– Wrzucimy go do tamtego. Wszystko mi jedno, co się stanie – powiedział spokojnie Florin. – Sprawdzimy wieczorem, a jeśli nadal będą żyli, wpuścimy do nich inne zwierzęta. Jest z czego wybierać.

Carl zaczął wydawać z siebie dźwięki. Wierzgać nogami. Musi stawić jakiś opór, nie podejdą do niego ot, tak. Już nie.

– Co się dzieje, panie Mørck? Coś się nie podoba?

Ditlev Pram zbliżył się, unikając jego niezdarnych kopniaków, po czym uniósł kuszę i wycelował ją prosto w oko, na które Carl widział.

– Stój spokojnie – zakomenderował.

Carl rozważał, czy nie kopnąć znowu. Przynajmniej szybko by się to skończyło. Ale nic nie zrobił, a Pram wyciągnął wolną dłoń, chwycił taśmę zakrywającą Carlowi oczy i pociągnął.

Zupełnie jakby oderwał mu powieki. Jakby nagle oczy pływały bezwładnie w oczodołach. Jego siatkówki zostały zbombardowane przez światło, które na moment go oślepiło.

Potem ich zobaczył. Wszystkich trzech naraz. Z rozłożonymi ramionami, jakby do uścisku. Z oczami, które mówiły, że to będą jego ostatnie zapasy.

I pomimo utraty krwi i słabości w całym ciele zaczął wierzgać i warczeć spod taśmy, że takim bydlakom nie ujdzie to na sucho.

A kiedy złorzeczył, na ziemi obok przemknął cień. Widział, że Florin to zauważył. Potem zaś z dalszej części hali dobiegł ich tupot i kolejny tupot, i znów. Obok nich przemknęły koty, zmierzając w stronę światła. Do kotów dołączyły szopy, gronostaje i ptaki, które z trzepotem uniosły się pod aluminiowy stelaż podtrzymujący szklany dach.

– Co się dzieje, do kurwy nędzy? – krzyknął Florin, podczas gdy Ulrik Dybbøl Jensen śledził wzrokiem świnkę wietnamską uciekającą na swoich krótkich nóżkach po korytarzach wokół klatek. Postawa Ditleva Prama się zmieniła, a spojrzenie zrobiło się czujne, gdy ostrożnie podnosił kuszę z ziemi.

Carl się cofnął. Słyszał, że tupot rozlegający się w hali przybiera na intensywności. Że zwielokrotniają się dźwięki wydawane przez wypuszczone na wolność zwierzęta.

Usłyszał, że wiszący na prętach Assad się śmieje. Słyszał też przekleństwa trzech mężczyzn i coraz głośniejszy tupot, chrząkanie, poszczekiwanie, syk i trzepot skrzydeł.

Natomiast nie było słychać kobiety, dopóki się nie pojawiła.

Nagle tu stała, z dżinsami włożonymi w skarpety i z wyciągniętym przed siebie pistoletem z tłumikiem w jednej ręce. W drugiej niezgrabnie ściskała kawałek mrożonego mięsa.

Była ładna, gdy tak stała z przewieszoną przez ramię torbą. Właściwie nawet piękna. Jej twarz emanowała spokojem, a oczy lśniły.

Trzech mężczyzn zamilkło na jej widok. Nie zważali na miotające się po hali zwierzęta. Cała trójka stała jak sparaliżowana. Nie ze względu na pistolet, nie na widok samej kobiety, ale na widok tego, co sobą reprezentowała. Było to widać jak na dłoni. Wyglądała jak czarnoskóra ofiara linczu, stojąca przed klanem. Jak wolnomyślicielka przed inkwizytorami.

– Cześć – powiedziała i po kolei skinęła do nich głową. – Rzuć to, Ditlev – machnęła w stronę kuszy Prama i poleciła im, by cofnęli się o krok.

– Kimmie! – spróbował Ulrik Dybbøl Jensen. W jego głosie słychać było zarówno afekt, jak i lęk. Może więcej afektu niż lęku.

Uśmiechnęła się, gdy parę zwinnych wydr obwąchało nogi jednego z nich, nim zniknęło na wolności.

– Dziś wszyscy się uwolnimy – powiedziała. – Czy to nie cudowny dzień?

– Ty – powiedziała, patrząc wprost na Carla. – Kopnij do mnie tę skórzaną pętlę. – Pokazała mu miejsce, gdzie rzemień wystawał spod klatki z hieną.

– Chodź, maleńka – szepnęła do wnętrza klatki, w której stało ranne zwierzę, dysząc ciężko. Ani na chwilę nie traciła z oczu trzech mężczyzn. – Chodź, dostaniesz smakołyk.

Włożyła mięso przez kraty i czekała, aż głód zwierzęcia weźmie górę nad strachem. A kiedy hiena się zbliżyła, podniosła z ziemi narzędzie do chwytania i włożyła je ostrożnie przez kraty, tak by pętla znalazła się wokół leżącego na ziemi mięsa.

Hiena poddała się błyskawicznie, zdezorientowana dużą liczbą ludzi i ich milczeniem.

A kiedy schyliła głowę do mięsa, a kobieta pociągnęła, łapiąc zwierzę w pętlę, Ditlev Pram się wyrwał i pobiegł do bramy, ku wściekłemu oburzeniu dwóch pozostałych.

Kobieta podniosła pistolet i wystrzeliła, a Pram upadł ciężko, uderzając głową o kamienną podłogę, i jęczał głośno, podczas gdy ona z trudem przywiązywała pętlę do krat. Zwierzę zaczęło miotać głową we wszystkie strony, żeby się uwolnić.

– Wstawaj, Ditlev – powiedziała cicho. A kiedy nie mógł, podprowadziła do niego dwóch pozostałych i poleciła im, by go podnieśli.

Carl już widywał strzały, które miały zatrzymać uciekiniera, ale nigdy nie widział tak precyzyjnie zadanej rany jak ta, przecinająca na pół panewkę biodrową mężczyzny.

Ditlev Pram był blady jak ściana, ale nic nie powiedział. Wyglądało to tak, jakby trzej mężczyźni i ona brali udział we wspólnej ceremonii, której nie sposób było uniknąć. Milczącej i nienazwanej, a jednak znajomej.

– Otwórz klatkę, Torsten – spojrzała na Assada wiszącego u szczytu klatki. – To ty mnie widziałeś na dworcu głównym. Możesz już zejść.

– Allachowi niech będą dzięki! – rozległo się z góry, podczas gdy Assad wyplątywał stopy spomiędzy krat. Kiedy spadł, nie mógł utrzymać się na nogach. Przez cały ten czas zdrętwiały mu wszystkie kończyny.

– Wyciągnij go, Torsten – powiedziała i śledziła jego ruchy, dopóki Assad nie leżał na ziemi poza klatką.

– Teraz wy trzej wejdźcie do klatki – powiedziała cicho do mężczyzn.

– O Boże, nie, wypuść mnie – powiedział szeptem Ulrik. – Nigdy nie zrobiłem ci krzywdy, Kimmie, nie pamiętasz?

Próbował wzbudzić jej współczucie, robiąc żałosną minę, ale ona nie zareagowała.

– No już – powiedziała tylko.

– Możesz nas równie dobrze zabić – powiedział Florin, pomagając wejść Ditlevowi Pramowi. – Żaden z nas nie wytrzyma w więzieniu.

– Wiem, Torsten. Słyszę cię.

Pram i Florin nic nie powiedzieli, a Ulrik Dybbøl Jensen jęczał.

– Ona nas zabije, nie rozumiecie?

Kiedy drzwi klatki się zatrzasnęły, uśmiechnęła się, odchyliła do tyłu i odrzuciła pistolet w tył tak daleko, jak tylko zdołała. Było słychać, jak wylądował, kiedy metal uderzył o metal.

Carl spojrzał na Assada masującego kończyny z uśmiechem na ustach.

Jeśli nie liczyć, że z jego dłoni wciąż kapała krew, wyszedł z tego niemal bez szwanku.

Wtedy trzech mężczyzn zaczęło krzyczeć, jeden przez drugiego.

– Ty tam, bierz się za nią! – krzyknął jeden do Assada.

– Nie ufajcie jej – podchwycił Florin.

Ale kobieta nie ruszyła się nawet o milimetr. Stała, przyglądając się im, zupełnie jakby oglądała stary film, który już dawno poszedł w zapomnienie, a teraz jakby wbrew jej woli został ponownie odtworzony.

Wtedy podeszła do Carla i zdjęła taśmę z jego ust.

– Wiem, kim jesteś – powiedziała. Tylko tyle.

– Wzajemnie – odparł Carl i z lekkością wciągnął do płuc powietrze.

Ta wymiana słów sprawiła, że mężczyźni zaprzestali protestów. Florin podszedł do samych krat.

– Jeśli wy, policjanci, teraz nie zareagujecie, to za pięć minut ona będzie jedyną żywą osobą, nie rozumiecie tego? – Spojrzał kolejno w oczy Carla i Assada. – Kimmie jest inna niż my, pojmujecie? To ona zabija, nie my. To prawda, napadaliśmy na ludzi. Biliśmy ich do nieprzytomności, ale tylko Kimmie zabijała, rozumiecie?

Carl potrząsnął głową z uśmiechem. Florin był typem zwycięzcy, dla którego kryzys jest tylko przygrywką do sukcesu. Póki życia, póty nadziei. Walczył, i to bezpardonowo. Czy nie próbował ich zabić? Czy nie wrzucili Assada do klatki z hieną?

Carl skierował spojrzenie na Kimmie. Spodziewał się uśmiechu, ale nie radosnego, zimnego grymasu. Stała jak w transie i przysłuchiwała się.

– Popatrzcie na nią. Czy protestuje? Są w niej jakieś uczucia? Popatrzcie na jej palec. Złamany. Czy płacze z tego powodu? Nie, ona nad niczym nie zapłacze, nad naszą śmiercią też – dobiegło z podłogi klatki, gdzie leżał Ditlev Pram, przyciskając pięścią ohydną ranę.

Przez chwilę straszliwe wydarzenia, których dopuściła się grupa, przemknęły Carlowi przed oczami. Czy mogą mówić prawdę? Czy to tylko element walki?

Wtedy Torsten Florin ponownie zabrał głos. Nie był już królem ani prowodyrem, tylko po prostu sobą.

– Kierowaliśmy się rozkazami Kristiana Wolfa, rozumiecie? Znajdowaliśmy ofiary na polecenie Kristiana. Biliśmy je razem tak długo, jak długo czerpaliśmy z tego przyjemność. W tym czasie ta piekielna kobieta czekała z podniesioną głową na swoją kolej. Oczywiście raz na jakiś czas uczestniczyła wymierzaniu kary. – Florin zrobił pauzę i kiwnął głową, wyobrażając to sobie. – Ale uwierzcie, że to zawsze ona zabijała. Oprócz tego razu, kiedy Kristian wdał się w szarpaninę z jej dawnym chłopakiem, Kårem, to zawsze ona mordowała. My po prostu torowaliśmy jej drogę. To ona jest morderczynią. Tylko ona. Robiła to z ochotą.

– O Boże – załkał Ulrik Dybbøl Jensen. – Powstrzymajcie ją! Nie rozumiecie? Torsten mówi prawdę.

Carl poczuł, że atmosfera w hali i głęboko w nim samym ulega zmianie. Zobaczył, że Kimmie powoli otwiera swoją torebkę, ale związany i osłabiony nic nie mógł zrobić. Zauważył, że mężczyźni wstrzymują oddech. Dostrzegł też, że Assad jest całkowicie świadomy, co się dzieje, i z całej siły próbuje podnieść się na kolana.

Znalazła w torebce to, czego szukała, wyciągnęła granat ręczny i wyciągnęła zawleczkę, trzymając bezpiecznik.

– Nic nie zrobiłeś, przyjacielu – powiedziała, patrząc hienie prosto w oczy. – Ale i tak nie możesz żyć z tą łapą, pewnie wiesz?

Skierowała spojrzenie na Carla i Assada, podczas gdy Ulrik Dybbøl Jensen wrzeszczał w klatce, że jest niewinny i że poniesie odpowiednią karę, byle mu tylko pomogli.

– Jeśli wam życie miłe – powiedziała. – Lepiej się odsuńcie. Już!

Carl zaprotestował, ale cofnął się z rękami związanymi na plecach i przyspieszonym pulsem.

– Chodź, Assad – powiedział i skonstatował, że jego kolega czołga się w tył.

Kiedy już byli wystarczająco daleko, włożyła granat do torby i wrzuciwszy ją płynnym ruchem przez kraty w najdalszy kąt klatki, odskoczyła. Florin rzucił się na torbę, próbując na próżno wyrzucić ją z powrotem za pręty, jednak torba eksplodowała, pogrążając halę w piekielnym hałasie przerażonych zwierzęcych krzyków i echa rozbrzmiewającego przez całą wieczność.

Wybuch odrzucił Carla i Assada pomiędzy mniejsze klatki, które osłoniły ich przed deszczem odłamków szkła.

Kiedy opadł kurz i pozostał już tylko hałas robiony przez zwierzęta, Carl poczuł, jak ręka Assada odnajduje jego nogę w kłębowisku metalowych podstaw i krat.

Assad się wygrzebał i upewniwszy się, że Carl ma się dobrze, zameldował, że on też. Potem zdjął taśmę z nadgarstków Carla.

Widok był straszny. W miejscu, w którym stała klatka, na wszystkie strony porozrzucane były żelazo i kawałki ciał. Tułów tu, kończyny tam. Zastygłe spojrzenia martwych twarzy.

Wiele już widział, ale czegoś takiego – nigdy. Kiedy przybywał na miejsce zbrodni w towarzystwie techników, krew już nie płynęła. Ciała leżały bez życia.

Tutaj granica między życiem a śmiercią była nadal widoczna.

– Gdzie ona jest? – spytał Carl, odwracając wzrok od tego, co kiedyś było trzema mężczyznami w więzieniu ze stali nierdzewnej. Policyjny wydział techniczny będzie miał w czym grzebać.

– Nie wiem – odparł Assad. – Może gdzieś tu leży.

Podciągnął Carla do pozycji stojącej. Ramiona Carla były jak dwa pozbawione czucia wyrostki, które nie miały z nim nic wspólnego. Tylko pulsujące ramię żyło własnym życiem.

– Wychodzimy – powiedział i wraz ze swym przyjacielem podążył w stronę prześwitu.

Stała tam, czekając. Miała skołtunione, pokryte kurzem włosy, a spojrzenie tak głębokie, jakby skrywało największy smutek i nieszczęście.

Polecili czarnoskórym mężczyznom, żeby się wycofali. Że nie będą za to wszystko odpowiadać. Że są bezpieczni. Żeby teraz pomyśleli, jak wydostać zwierzęta. Żeby ugasili pożar. Kobiety przyciągnęły do siebie dzieci, a mężczyźni wpatrywali się w halę, z której unosił się czarny, złowróżbny dym, kłębiąc się nad stłuczonym szklanym dachem.

Wtedy jeden z nich krzyknął parę słów i nagle wszyscy zaczęli się uwijać.

Poszła dobrowolnie z Assadem i Carlem. Pokazała im ścieżkę prowadzącą do pasa przeciwpożarowego. Wskazała haczyki otwierające furtkę. To właśnie ona za pomocą paru słów poprowadziła ich przez skropione słońcem ścieżki wiodące do torów.

– Zróbcie ze mną, co chcecie – powiedziała. – Jestem już martwa. Znam swoją winę. Pójdziemy do stacji. Mam tam torbę. Wszystko spisałam. Jest tam wszystko, co pamiętam.

Carl próbował za nią nadążyć, opowiadając jej o skrzynce, którą znalazł, o wielkiej niepewności, w której ludzie żyli od lat, a która teraz przerodzi się w pewność.

Była nieporuszona, kiedy mówił o ludzkim bólu z powodu straty. O krzywdzie, jaką Kimmie wyrządziła nieznajomym ludziom. O ranach, jakimi są niewykrycie mordercy dziecka czy nieznany powód zniknięcia rodziców. O tym, że nie tylko ofiary cierpiały.

Wyglądało, że to do niej nie dociera. Po prostu szła dalej przed nimi, z luźno zwisającymi ramionami i złamanym palcem sterczącym w bok. Zamordowanie trzech przyjaciół stało się też jej śmiercią. Sama tak powiedziała.

„Tacy jak ona nie pożyją długo w więzieniu" – pomyślał. Po prostu to wiedział.

Kiedy doszli do nasypu, do peronu brakowało jakichś stu metrów. Tory kolejowe przecinały tu las równo jak od linijki.

– Pokażę wam, gdzie jest moja torba – powiedziała, idąc w stronę rosnących tuż przy torze krzewów.

– Nie podnoś jej, ja to zrobię – powiedział Assad i wepchnął się przed nią.

Wyciągnął skórzaną torbę i przebył dwadzieścia metrów dzielących ich od peronu, trzymając ją daleko od siebie, jakby przy nadmiernym potrząsaniu miało go zaatakować jakieś urządzenie znajdujące się w środku.

Stary, dobry Assad.

Kiedy doszli do skraju peronu, podniósł torbę i odwrócił ją do góry dnem, wbrew protestom kobiety.

Rzeczywiście, w środku znajdował się brudnopis. Na pierwszy rzut oka widać było, że wiele stron jest gęsto wypełnionych miejscami, wydarzeniami i datami.

Niezwykły widok.

Assad sięgnął po niewielkie płócienne zawiniątko i odchylił rąbek, podczas gdy kobieta gorączkowo chwytała powietrze, łapiąc się za głowę.

Ujrzawszy, co jest w środku, Assad zrobił to samo.

Był to zmumifikowany, maleńki człowieczek o pustych oczodołach. Głowa była całkiem sczerniała, palce rozcapierzone. Odziany w miniaturowe ubranka dla lalek.

Ujrzeli, jak rzuca się ku dziecięcym zwłokom, i nie zrobili nic, żeby ją powstrzymać przed podniesieniem ich i przytuleniem.

– Maleńka Mille, maleńka Mille. Już dobrze. Mama tu jest, mama już cię nigdy nie opuści – płakała kobieta. – Już zawsze będziemy razem. Dostaniesz misia i codziennie będziemy się razem bawić.

Carl nigdy nie przeżył jedynego w swoim rodzaju poczucia wspólnoty, jakie przeżywa człowiek, trzymając w ramionach swojego nowo narodzonego potomka. Ale była w nim tęsknota za tym uczuciem. Teoretycznie. Nieco odległa.

Teraz patrzył na kobietę i czuł silne fale tęsknoty i ukłucie głęboko w sercu, które pozwoliły mu zrozumieć. Uniósł osłabioną rękę do kieszeni na piersi, wyciągnął z niej mały talizman, misia, którego znalazł w metalowej kasetce Kimmie, i podał go jej.

Nic nie powiedziała. Stała jak sparaliżowana i patrzyła na maleńką zabawkę. Powoli otworzyła usta i przechyliła głowę. Wciągnęła powietrze, jakby miała się rozpłakać, wahając się w nieskończoność między uśmiechem a szlochem.

Obok niej stał Assad, niecodziennie rozbrojony i milczący. Ze zmarszczonymi brwiami i ciszą ogarniającą całe ciało.

Wtedy ostrożnie sięgnęła po misia. W chwili gdy poczuła go w dłoni, rozluźniła się, napełniając płuca powietrzem i odchylając głowę.

Carl wytarł nos, z którego zaczęło mu cieknąć, i starał się patrzeć w bok, by nie poddać się łzom. Spojrzał wzdłuż toru, gdzie grupa pasażerów czekała na pociąg i gdzie jego samochód stał zaparkowany przy wiacie stacyjki. Odwrócił się w drugą stronę i ujrzał pociąg toczący się w ich stronę.

Spojrzał ponownie na kobietę, która oddychała już spokojnie, przyciskając do siebie dziecko i misia.

– Już – powiedziała, wydając z siebie westchnienie zdolne do rozwiązania nagromadzonych przez lata supłów. – Głosy całkiem zamilkły. – Zaśmiała się, a po jej policzkach płynęły strumienie łez. – Głosy zamilkły, nie ma ich – powtórzyła, unosząc spojrzenie ku niebu. Emanowała spokojem, którego Carl nie rozumiał.

– Och, Mille, teraz jesteśmy tylko we dwie. To się naprawdę stało.

Ulga sprawiła, że zaczęła kręcić się wokół własnej osi, trzymając dziecko w tańcu, który nie miał kroków, lecz po prostu unosił ją nad ziemią.

Kiedy odległość od pociągu wynosiła dziesięć metrów, Carl zobaczył, jak przemieszcza się w bok, na krawędź peronu.

Assad krzyknął ostrzegawczo w tym samym momencie, w którym Carl uniósł wzrok i spojrzał Kimmie prosto w oczy, wypełnione wdzięcznością i spokojem ducha.

– Tylko my dwie, kochana córeczko – powiedziała, wyciągając rękę w bok.

Sekundę później już jej nie było.

Rozległ się tylko przeraźliwy pisk hamulców pociągu.

EPILOG

Droga od przejazdu kolejowego aż do posiadłości skąpana była w poświacie, jaką dawały kolumny niebieskich, migających błysków. Całą okolicę przepełniało to światło i dźwięk syren z wozów strażackich i policyjnych. Wszędzie widać było plakietki policyjne, samochody Falcka i mnóstwo dziennikarzy i kamer, a także lokalnych ciekawskich, kręcących się po terenie z ludźmi z pomocy psychologicznej. Dalej, przy samym torze, uwijali się technicy policyjni i ratownicy. Wszyscy właziili sobie w paradę.

Carlowi wciąż kręciło się w głowie, ale rana na ramieniu już nie krwawiła. Zadbali o to sanitariusze. Krwawiła za to jego dusza, a suchość w gardle nie chciała ustąpić.

Siedział na ławce pod drewnianą wiatą stacji Duemose i kartkował zeszyt Kimmie. Występki grupy były bezlitosne, ale też zostały bezlitośnie obnażone. Napad na rodzeństwo w Rørvig. Przypadek sprawił, że padło na nich. Sposób, w jaki poniżyli chłopaka, rozbierając go po zadaniu śmiertelnych ciosów. Bracia bliźniacy, którym odcięto palce. Małżeństwo, które zniknęło w morzu. Bruno i Kyle Basset. Zwierzęta i ludzie, niezliczona ilość razy. Wszystko tam było. Również to, że to Kimmie zabijała. Metody się zmieniały, najwyraźniej umiała to robić. Strasznie trudno pojąć, że ta sama osoba ich uratowała. Ta, która leżała pod kołami pociągu wraz ze swoim dzieckiem.

Carl zapalił papierosa i przeczytał ostatnie strony. Mówiły o wyrzutach sumienia. Nie z powodu Aalbæka, ale Tine. Że nie chciała dawać jej śmiertelnej dawki. W brzydocie słów pobrzmiewał ton tkliwości.

Rodzaj zaangażowania i zrozumienia, których pozbawione były pozostałe ohydne czyny. Słowa takie, jak „żegnaj" i „ostatni, błogosławiony odlot Tine".

Media wpadłyby w amok, dorwawszy się do tego zeszytu, akcje na giełdzie zaś poleciałyby na łeb, na szyję po ujawnieniu współodpowiedzialności mężczyzn.

– Weź ten zeszyt i od razu skopiuj, dobrze, Assad?

Kiwnął głową. Konsekwencje będą burzliwe, ale potrwają krótko. Ponieważ jedynym oskarżonym jest człowiek, który już siedzi w więzieniu, chodziło głównie o powiadomienie nieszczęsnych krewnych i sprawiedliwy podział gigantycznych odszkodowań, o które wystąpią wobec majątków Prama, Florina i Dybbøla Jensena.

Uściskał Assada i gestem podziękował psycholożce, która uważała, że teraz kolej na Carla.

We właściwym czasie porozmawia ze swoją psycholożką.

– Teraz pojadę do Roskilde, a ty zabierz się z technikami na komendę, okej? Widzimy się jutro, Assad. Wtedy sobie wszystko omówimy, nie?

Assad znów kiwnął głową. Zdążył już sobie to poukładać w głowie.

Między nimi wszystko grało.

Dom na Fasanvej w Roskilde był pogrążony w mroku. Za spuszczonymi roletami panowała cisza. W radiu mówili teraz zarówno o gwałtownych zajściach w Ejlstrup, jak i o aresztowaniu dentysty, który najprawdopodobniej stał za napadami przy kontenerach na śmieci w śródmieściu. Został ujęty przy próbie ataku na policjantkę w cywilu na Nikolaj Plads przy Store Kirkestræde. Na co, u licha, ten idiota liczył?

Carl spojrzał na zegarek i ponownie na ciemny dom. Wiedział, że starsi ludzie chodzą wcześnie spać, ale było dopiero wpół do ósmej.

Kiwnął głową, widząc tabliczki z napisami „Jens-Arnold & Yvette Jensen" i „Martha Jørgensen", i zadzwonił.

Stał wciąż z palcem na dzwonku, gdy delikatna kobieta otworzyła drzwi, próbując zasłonić się przed zimnem eleganckim kimonem.

– Tak – powiedziała zaspana, patrząc na niego z dezorientacją.

– Przepraszam, pani Jensen. Carl Mørck. Policjant, który niedawno u pań był. Pewnie pani pamięta?

Uśmiechnęła się.

– A tak – powiedziała. – Faktycznie, przypominam sobie pana.

– Mam dobrą wiadomość, jak sądzę. Chciałbym przekazać ją osobiście pani Marcie. Znaleźliśmy mordercę jej dzieci. Można powiedzieć, że sprawiedliwości stało się zadość.

– Och – powiedziała, kładąc rękę na piersi. – Jaka szkoda. – Na jej ustach pojawił się uśmiech innego rodzaju. Nie tylko smutny, ale też przepraszający. – Powinnam była zadzwonić, bardzo mi przykro. Oszczędziłabym panu wyprawy. Martha nie żyje. Umarła tego samego dnia, kiedy panowie tu byli. To oczywiście nie jest panów wina. Po prostu nie miała już sił.

Położyła dłoń na rękach Carla.

– Ale dziękuję. Jestem pewna, że sprawiłoby to jej ogromną radość.

Siedział długo w aucie, wpatrując się w Fiord Roskilde. Światła miasta odbijały się w mrocznych wodach. W innych okolicznościach wzbudziłoby to w nim uczucie spokoju, ale teraz nie było o tym mowy.

„Trzeba robić swoje, póki czas” – te słowa bezustannie kręciły mu się w głowie. Robić swoje, póki czas – bo nagle czas się kończy.

Zaledwie parę tygodni później Martha Jørgensen umarłaby w przeświadczeniu, że katów jej dzieci już nie ma. Jaki by jej to dało spokój. Jakiego spokoju zaznałby sam Carl, gdyby ona o tym wiedziała.

„Trzeba robić swoje, póki czas”.

Spojrzał ponownie na zegarek i wziął komórkę. Długo wpatrywał się w klawiaturę, nim wybrał numer.

– Klinika Urazów Rdzenia Kręgowego – powiedział głos w słuchawce. W tle słychać było telewizor włączony na cały regulator. Padały słowa „Ejlstrup", „Dueholt" i „Duemose" oraz „szeroko zakrojona akcja ratowania zwierząt".

Tam też.

– Mówi Carl Mørck – powiedział. – Jestem bliskim przyjacielem Hardy'ego Henningsena. Czy mogłaby mu pani przekazać, że jutro do niego przyjdę?

– Oczywiście, ale Hardy teraz śpi.

– Rozumiem, ale proszę mu to powiedzieć zaraz po przebudzeniu.

Przygryzł wargi, gdy ponownie spojrzał na wodę. Jeszcze nigdy nie podjął w życiu poważniejszej decyzji.

Wątpliwość zakłuła go w brzuch jak nóż.

Wziął głęboki oddech, wybrał kolejny numer i odczekał trwające całe wieki sekundy, nim usłyszał głos Mony Ibsen.

– Cześć, Mona, tu Carl – powiedział. – Przepraszam za ostatni raz.

– Nie ma sprawy – jej odpowiedź brzmiała szczerze. – Słyszałam o dzisiejszych wydarzeniach, Carl. Mówią o tym na wszystkich kanałach w telewizji. Widziałam twoje zdjęcia. Masę zdjęć. Czy jesteś ciężko ranny, tak jak cały czas o tym mówią? Gdzie teraz jesteś?

– Siedzę w samochodzie i patrzę na Fiord Roskilde.

Przez chwilę milczała, próbując zapewne ocenić głębię jego kryzysu.

– Dobrze się czujesz? – spytała.

– Nie – odparł. – Nie mógłbym tak powiedzieć.

– Zaraz przyjeżdżam. Siedź spokojnie, Carl. Nie ruszaj się ani na krok. Patrz sobie na wodę i odpoczywaj, a ja zaraz tam będę. Powiedz, gdzie dokładnie jesteś, Carl, to przyjadę.

Carl westchnął. Jakie to miłe.

– Nie, nie – powiedział, pozwalając sobie zaśmiać się krótko. – Nie musisz się o mnie martwić, czuję się dobrze. Tyle że chciałbym coś z tobą przedyskutować. Chyba nie do końca to ogarniam. Gdybyś mogła przyjechać do mnie do domu, byłbym bardzo, ale to bardzo zadowolony.

Zadał sobie wiele trudu. Unieszkodliwił Jespera pieniędzmi, które ten miał wydać w pizzerii „Roma" i w kinie w Allerød. Wystarczy dla dwóch osób. Starczy nawet na kebab po kinie. Zadzwonił do wypożyczalni wideo i poprosił Mortena, żeby po skończonej pracy poszedł prosto do swojej piwnicy.

Zrobił kawę i zagotował wodę na herbatę. Sofa i ława były wysprzątane jak nigdy.

Usiadła obok niego na sofie, skrzyżowane ręce złożyła na kolanach. Jej oczy wszystko uważnie rejestrowały. Wysłuchała każdego słowa, kiwała głową, gdy robił zbyt długie pauzy. Sama jednak nic nie mówiła, dopóki nie była absolutnie gotowa.

– Chcesz się opiekować Hardym w domu i boisz się tego – powiedziała, kiwając głową. – Wiesz co, Carl?

Poczuł, że wszystkie ruchy wykonuje w zwolnionym tempie. Czuł się tak, jakby przez całą wieczność kręcił głową. Jakby płuca pracowały niczym nieszczelne miechy. „Wiesz co, Carl?" – spytała. Bez względu na to, co kryło się pod tym pytaniem, nie chciał znać odpowiedzi. Chciał tylko, by już zawsze tak siedziała z pytaniem na wargach. Oddałby życie, by je pocałować. Kiedy ona uzyska na nie odpowiedź, za zbyt krótką chwilę jej zapach stanie się tylko wspomnieniem, a widok jej oczu będzie całkiem nierzeczywisty.

– Nie, nie wiem – powiedział z wahaniem.

Położyła dłoń na jego ręce.

– Jesteś po prostu wspaniały – powiedziała, przysuwając się do niego tak, że ich oddechy się spotkały.

„Ona jest cudowna" – pomyślał, gdy zadzwoniła komórka, a ona zaczęła nalegać, by ją odebrał.

– Mówi Vigga! – rozległ się podekscytowany głos jego eks-żony. – Dzwonił Jesper. Mówi, że chce się do mnie wprowadzić – powiedziała, niwecząc wrażenie Carla, że znalazł się w raju, które dopiero co go nawiedziło.

– Carl, nie ma mowy! On nie może u mnie zamieszkać. Musimy o tym pogadać. Jestem w drodze do ciebie, do zobaczenia za dwadzieścia minut. Chciał zaprotestować, ale Vigga już się wyłączyła.

Carl spotkał kuszące spojrzenie Mony i uśmiechnął się przepraszająco.

Oto właśnie jego życie.

Gorące podziękowania dla Hanne Adler-Olsen za codzienną zachętę i duże zrozumienie. Dziękuję też Elsebeth Wæhrens, Freddy'emu Miltonowi, Eddiemu Kiranowi, Hanne Petersen, Michy Schmalstiegowi i Henningowi Kure za niezbędne i celne komentarze. Podziękowania dla Jensa Wæhrensa za logistykę, Anne C. Andersen za macki ośmiornicy i orle spojrzenie. Wyrazy wdzięczności dla Gitte i Petera Q. Rannesa oraz Duńskiego Centrum Pisarzy i Tłumaczy Hald za gościnność, gdy paliła potrzeba, a także dla Poula G. Exnera za najzwyczajniejszą bezkompromisowość. Dziękuję Karlowi Andersenowi za wszechstronną wiedzę na temat między innymi polowań, a komisarzowi policji Leifowi Christensenowi za szczodrość w dzieleniu się swoim doświadczeniem i surowe poprawki odnoszące się do kwestii policji.

Dziękuję Wam, moi fantastyczni czytelnicy, za odwiedzanie mojej strony domowej www.jussiadlerolsen.com i zachętę do dalszej pracy.

Jussi Adler-Olsen
Kobieta w klatce
Przełożyła Joanna Cymbrykiewicz

W roku 2002 z pokładu promu znika piękna i przebojowa parlamentarzystka, Merete Lynggaard. Policja podejmuje śledztwo na szeroką skalę, ale bez rezultatu. W roku 2007 duński parlament decyduje o utworzeniu Departamentu Q, specjalnego wydziału policji do spraw szczególnej wagi, na czele którego staje Carl Mørck, policjant z kopenhaskiego wydziału zabójstw. Mørck wraz ze swoim tajemniczym arabskim asystentem Assadem podejmuje sprawę Merete i szybko orientuje się, że jej zniknięcie nie było nieszczęśliwym wypadkiem.

Bogactwo skandynawskiego kryminału wydaje się niewyczerpane, o czym świadczy książka Adlera-Olsena.

„Polityka.pl"

Zatrzymuje bicie serca w czasie lektury. To thrillerowe arcydzieło.

„Zbrodnia w Bibliotece"

Bardzo klasyczny i bardzo współczesny kryminał, a przy okazji satyra na scenę polityczną i żyjące z niej media.

„Playboy"

Rasowa powieść o zbrodni i śledztwie – trzyma w napięciu, ma niebanalnych bohaterów, odpowiednią dawkę fundujących ciarki scen

„Dziennik Gazeta Prawna"

książki do czytania

Hallgrímur Helgason

Poradnik domowy kilera

Przełożyła Justyna Burzyńska

Poradnik domowy kilera to nie przewodnik dla zdesperowanych gospodyń domowych. To niebezpiecznie wciągająca opowieść, w której trup ściele się gęsto, a kobiety są zabójczo piękne.

Erlend Loe

Muleum

Przełożyła Milena Skoczko

Julie traci najbliższą rodzinę w katastrofie lotniczej. Jest młoda, piękna, zdolna i bardzo bogata. I dobrze wie, co powinna zrobić: zabić się w niebanalny sposób. Czy pragnienie śmierci może być początkiem nowego życia?

Kajsa Ingemarsson

Żółte cytrynki

Przełożyła Natalia Januszewska

Powieść o poszukiwaniu samej siebie, o miłości i przyjaźni, ale zwłaszcza o odwadze, która pozwala postawić wszystko na jedną kartę i podjąć w życiu właściwą decyzję.

Bodo Kirchhoff

Mała Garbo

Przełożyła Anna Taraska-Pietrzak

Hoederer ucieka po nieudanym napadzie na bank. Uprowadzając samochód, staje się porywaczem. Nie wie, że na tylnym siedzeniu schowała się Malu – dziecięca gwiazda filmowa. Co może połączyć przestępcę wiecznie prześladowanego przez pech i dziecko, któremu wszystko się zawsze udaje?

Gunnar Staalesen

Zimne serca

Przełożyła Agata Beszczyńska

To miało być proste zlecenie: odnaleźć prostytutkę, która zaginęła kilka dni po odrzuceniu agresywnego klienta. W brutalnym świecie płatnego seksu nic nie jest jednak proste. W trakcie śledztwa Varg Veum trafia na bezwzględnych handlarzy narkotyków, również szukających dziewczyny. Dowiaduje się też o komitecie parafialnym, którego członkowie przed laty zobowiązali się pomagać jej rodzinie. Czy nagła śmierć jednego z nich ma związek z zaginięciem? Jakie tajemnice kryją domy wzorowych obywateli? Pochmurne Bergen w zimnym świetle stycznia ukazuje swoje najbardziej ponure oblicze.

Staalesen stosuje w swoich książkach parę ciekawych chwytów – choćby rzadką w nordyckim kryminale narrację pierwszoosobową oraz klasyczną chandlerowską ironię. To powoduje, że przygody Veuma bezpośrednio nawiązują do dawnej tradycji amerykańskiej powieści noir lat 40. i 50. XX wieku – są w atrakcyjny sposób staromodne. Nie ma tu charakterystycznej dla współczesnej literatury tego typu rwanej narracji, nie ma stylizacji na galopujący thriller. Są za to świetne dialogi i sarkastyczny ton.

Piotr Kofta,
„Dziennik Gazeta Prawna”

Leena Lehtolainen
Pod wiatr
Przełożyła Edyta Jurkiewicz

Rudowłosa nadkomisarz Maria Kallio wraca do pracy po urlopie macierzyńskim i od razu otrzymuje nietypową sprawę. Musi rozwikłać zagadkę śmierci swojego dawnego kochanka, który rzekomo popełnił samobójstwo, rzucając się ze skały do morza. Dokładnie rok później w tym samym miejscu ginie kolejna osoba. I choć wszystko wskazuje na nieszczęśliwy zbieg okoliczności, pani nadkomisarz zaczyna podejrzewać, że obie sprawy coś łączy. Prędko okazuje się, że za siatką pozorów i prywatnej tragedii kryje się morderstwo oraz katastrofa ekologiczna. Tym razem jednak nie wystarczą przenikliwy umysł i dedukcja, by rozwikłać zagadkę. Podkomisarz Kallio, młoda mężatka, zakochuje się w jednym z głównych podejrzanych...

Pod wiatr Leeny Lehtolainen to smak Finlandii w pigułce. Wszystko, od poruszanych kwestii społecznych, poprzez klimat i krajobraz, aż po tak charakterystyczną dla tego rejonu świata zachowawczość i wstrzemięźliwość zachowań jego mieszkańców, mówi tu językiem dalekiej Północy. Ten dramat rozgrywa się nie podczas spektakularnych strzelanin i wyścigów, ale w subtelnej i delikatnej przestrzeni międzyludzkich związków, fluktuacji emocji i wymiany znaków, przechylając powieść fińskiej pisarki bardziej w stronę psychologii niż sensacji.

Agnieszka Jeżyk,
czytelnia.onet.pl

Tytuł oryginału: *Fasandræberne*

Projekt typograficzny: Stanisław Salij
Projekt okładki: Thomas Szøke, eyelab.dk
Przekład przejrzała: Agata Beszczyńska
Korekta: Małgorzata Jaworska
Skład: Piotr Górski
Druk i oprawa: Drukarnia im. Adama Półtawskiego, Kielce

Wydanie pierwsze, Gdańsk 2011

Published with financial support from the Danish Arts Council

wydawnictwo słowo/obraz terytoria sp. z o.o.
al. Grunwaldzka 74/3, 80-244 Gdańsk
tel.: (58) 345 47 07, fax (58) 520 80 63
e-mail: slowo-obraz@terytoria.com.pl
www.terytoria.com.pl

ISBN 978-83-7453-060-6